In einer süddeutschen Kleinstadt erlebt das Mädchen Seri helle Tage der Kindheit: Tage, die sie im Garten ihrer Freundin Aja verbringt, die aus einer ungarischen Artistenfamilie stammt und mit ihrer Mutter in einer Baracke am Stadtrand wohnt.
Doch die scheinbar heile Welt einer Kindheit in den sechziger Jahren des 20. Jahrhunderts hat einen unsichtbaren Sprung: Seris Vater starb kurz nach ihrer Geburt, Ajas Vater kommt nur einmal im Jahr zu Besuch, und der gemeinsame Freund Karl hat seinen jüngeren Bruder verloren, der an einem hellblauen Frühlingstag in ein fremdes Auto gestiegen und nie wiedergekommen ist. Es sind die Mütter, die Karl und die Mädchen durch die Strömungen der Kindheit lotsen und ihnen beibringen, keine Angst vor dem Leben zu haben und sich in seine Mitte zu begeben.
Zsuzsa Bánk erzählt die Geschichten dreier Familien und begleitet ihre jungen Helden durch die Zeit: Als Seri, Karl und Aja zum Studium nach Rom gehen, wird die Stadt zum Wendepunkt ihrer Lebenswege – und zur Zerreißprobe ihrer Freundschaft.

»Ein Fest des Widerstands gegen die Zumutungen des Lebens.«
Britta Heidemann, Westdeutsche Allgemeine Zeitung

»Und wie sie das erzählt! Farbe, Einzelheit, Bild und das hinreißend komponierte Ineinanderfließen dieser Elemente.«
Andreas Isenschmid, Die Zeit

Zsuzsa Bánk, geboren 1965, arbeitete als Buchhändlerin und studierte anschließend in Mainz und Washington Publizistik, Politikwissenschaft und Literatur. Heute lebt sie als Autorin mit ihrem Mann und zwei Kindern in Frankfurt am Main. Für ihren ersten Roman »Der Schwimmer« wurde sie mit dem aspekte-Literaturpreis, dem Deutschen Bücherpreis, dem Jürgen-Ponto-Preis, dem Mara-Cassens-Preis sowie dem Adelbert-von-Chamisso-Preis ausgezeichnet. Für die Erzählung »Unter Hunden« aus ihrem Erzählungsband »Heißester Sommer« erhielt sie den Bettina-von-Arnim-Preis.

Weitere Informationen finden Sie auf www.fischerverlage.de

Zsuzsa Bánk

Die hellen Tage

Roman

FISCHER TaschenBibliothek

MIX
Papier | Fördert gute Waldnutzung
FSC
www.fsc.org
FSC® C083411

5. Auflage: Juli 2023

Erschienen bei FISCHER Taschenbuch
Frankfurt am Main, April 2013

Umschlaggestaltung: Hißmann/Heilmann, Hamburg
Umschlagabbildung: Kim Reuter
Satz: Pinkuin Satz und Datentechnik, Berlin
Druck und Bindung: CPI books GmbH, Leck
Printed in Germany
ISBN 978-3-596-51273-7

Für Louise und Friedrich

Zirkusmädchen

Ich kenne Aja, seit ich denken kann. Ich habe kaum eine Erinnerung an eine Zeit vor ihr, an ein Leben, in dem es sie nicht gegeben hat, keine Vorstellung, wie sie ausgesehen haben könnten, Tage ohne Aja. Aja gefiel mir sofort. Sie sprach laut und deutlich und kannte Wörter wie Wanderzirkus und Schellenkranz. Zwischen anderen sah sie winzig aus, mit ihren kleinen Händen und Füßen, und als müsse sie dem etwas entgegensetzen, sprach sie in langen Sätzen, denen kaum jemand folgte, als wolle sie beweisen, dass sie laut reden konnte, ohne Pause und ohne Fehler. Sie zog in dem Jahr zu uns, in dem für uns Kinder nichts lustiger war, als unsere Namen rückwärts aufzusagen und uns laut Retep oder Itteb zu rufen. Aja hieß immer nur Aja.

Wir fanden uns, wie sich Kinder finden, ohne zu zögern, ohne Umstände, und sobald wir unser erstes Spiel begonnen, unsere ersten Fragen gestellt hatten, verbrachten wir unsere Tage miteinander, fädelten sie auf wie an einer endlosen Kette und hielten jede Unterbrechung, mit der andere uns trennten, für eine Zumutung. Wenn Aja zu mir kam, öffnete sie unser Hoftor lautlos. Niemand konnte unser Tor lautlos öffnen und schließen, weil es ein großes Tor auf Rollen war, das jeden Besuch vor den letzten Schritten zur Haustür ankündigte und dessen Geräusch wir bis unters Dach und bis in die hintersten Winkel des Gartens hören konnten. Nur Aja öffnete unser Tor so leise, dass es niemandem auffiel, auch nicht, dass sie über den Hof lief, und ich wunderte mich, wie still sie sein, wie unbemerkt sie kommen und gehen konnte.

Wir müssen uns im Sommer begegnet sein, im Sommer, der Aja umgab, als gehöre er ihr, als gehörten sein Licht, sein Staub, seine langen hellen Abende ihr, und durch den sie sich ohne Jacke und Schuhe, mit einem gelben Hut, den sie im Schrank ihrer Mutter gefunden hatte, bewegte wie durch ein großes, lichtes Haus, dessen Zimmer ohne Türen ineinanderliefen. Wir küssten und umarmten uns schnell, wie Mädchen es häufig tun, auch wenn es Aja sonst mit niemandem tat, auch später nicht, und wir ließen nicht mehr voneinander, auch wenn ich nicht weiß, warum Aja ausgerechnet mich aussuchte, mich einlud und in ihr Leben bat, ein Leben, das anders war als alles, was mir zuvor begegnet war, anders als alles, was ich kannte, und das mir fern erschien, größer und weiter als meines, und sich abspielte an einem Ort ohne Zeit und Grenzen. Ich weiß nicht, was es war, das sie in meine Nähe drängte, an anderen vorbei zu mir schob und an mich band, was es überhaupt sein kann, das uns dazu bringt, uns füreinander zu entscheiden. War es meine Art, über Wiesen zu springen, einen Stein übers Wasser zu werfen, ein Lied zu singen, oder war es nur, weil es sonst niemanden gab, der den Platz neben Aja hätte einnehmen können, in diesen Tagen, an diesem Ort? Sind wir bloß zusammengeblieben, weil auch später niemand kam, der mich hätte ablösen können? Ich habe Aja nie danach gefragt, und heute spielt es keine Rolle mehr. Heute sind wir, wer wir sind, und wir fragen nicht danach, wir suchen nicht nach Gründen.

Das Seltsamste an Aja aber war ihre Mutter. Sie war nicht so wie die Mütter, die ich kannte, die in unserer kleinen Stadt, in den schmalen Straßen rund um den großen Platz, im langen spitzen Schatten des Kirchturms lebten, mit ihren bunten Autos und bunten Einkaufsnetzen, die jeden Morgen am Zaun in ihre Briefkästen sahen, während Ajas Mutter die Post an der Tür entgegennahm. Das Erste, was mir an ihr aufgefallen war, waren die lackierten Fußnägel gewesen, weil sie auch die Haut bemalt hatte, als habe sie mit Lack nicht sparen und einen violetten Streifen auf ihre Zehen setzen wollen. Sie war größer als andere Frauen, sogar größer als die meisten Männer, und Aja schien neben ihr zu verschwinden. Sie hatte lange, schmale Beine, von denen sie sagte, wie Holzbeine sähen sie aus, und es stimmte, ein bisschen sahen sie aus wie die Beine des Küchentischs, den sie im Sommer hinaus in den Garten trug, unter die Zweige der Birnbäume, die ihr Geflecht aus Schatten auf die schmutzige Tischplatte warfen. Hinter einem Maschendraht hielt sie Hühner, die ihr jemand überlassen hatte, und Aja und ich durften jedes Mal eine Handvoll Mais ins Gras streuen und die schmale Tür öffnen, bevor Ajas Mutter auf ihren flachen Schuhen hinging und ein Huhn schnappte, seinen Hals umdrehte und dann später, wenn sie es langsam rupfte, weiße und braune Federn ins kniehohe Gras segeln ließ.

Aja lebte mit ihrer Mutter in einem Haus, das kein Haus war, nur ein Häuschen, gehalten von Brettern und Drähten, eine Hütte, an die neue Teile geschraubt wurden, wenn der Platz nicht mehr reichte, wenn es zu eng geworden war, selbst für die wenigen Möbel, die Ajas Mutter gehörten, für die Schachteln und Kisten, die sie stapelte, und die Schuhkartons, die sie sammelte, für die vielen Briefe, die sie darin aufbewahrte. Wie Spinnennetze zogen sich Kabel und Klebeband durch zwei kleine Zimmer, eine winzige Küche und einen schmalen Flur, für die Lampen, die auch tags brannten, selbst wenn die Sonne schien und Licht in alle Ecken des Hauses drang. Damals wusste ich nichts von Häusern, nichts davon, wie sie zu sein, wie sie auszusehen und wo sie zu stehen hatten, dass sie eine Straße und Nummer brauchten und es nicht reichte zu sagen, hinter Kirchblüt steht es, dort, wo die Felder beginnen und die Kieswege sich kreuzen, nicht weit vom Bahnwärterhäuschen, und es sieht aus, als würde es schweben. Ich wusste nicht, dass es jemand erlauben musste, zu hämmern und Hühner halten zu dürfen, dass irgendwer verfügte und entschied über das, was Ajas Zuhause war, und ich ahnte nichts von den Vormittagen, die Ajas Mutter in den Gängen vor den Amtsstuben verbrachte. Für mich war Ajas Haus ein Haus mit allem, was es dazu brauchte, auch wenn es kein Türschloss hatte und Aja deshalb nie einen Schlüssel bei sich trug. Ajas Mutter ließ das schiefhängende Gartentor offen, auch die Tür zum Haus, und wenn jemand wissen wollte, ob sie keine Angst habe, vor Einbrechern, vor Dieben, musste sie lachen, auf ihre Art, ein bisschen zu spät, ein bisschen zu leise, als sei sie erst jetzt auf etwas gestoßen worden, das ihr nie in den Sinn gekommen wäre. Was, sagte sie, soll man bei uns schon holen?

Manchmal überfiel Ajas Mutter der Schlaf, bevor sie einen Satz zu Ende gesagt, einen Gedanken ausgesprochen hätte, und nachts, wenn Aja wach wurde und für ein Glas Wasser in die Küche ging, saß sie neben dem Lichtkegel einer Lampe, als warte sie auf den Morgen, jedenfalls erzählte es Aja so. Ihre Mutter hatte Schrammen an den Händen, grüne Flecken an Knien und Schienbeinen und sah komisch aus mit ihren schmutzigen Pflastern und Verbänden, die sie aus Stoffresten zusammenknotete. Beim Zwiebelschälen schnitt sie sich mit einem Messer, das sie hoch an einen Haken gehängt hatte, damit Aja es nicht nehmen konnte, sie stieß sich den Kopf an den Schränken, verfing sich in Kabeln und riss etwas mit, das dann zerbrach und das sie zu anderen Scherben und Splittern in einen Eimer legte, die sie nicht mehr zusammenfügen konnte. Sie ging durch ihr Haus, ihren Garten und durch alle Straßen der kleinen Stadt, als gebe es keine Hindernisse, als könne nichts in ihrem Weg stehen, als müssten ihr die Dinge weichen und nicht umgekehrt. Als könne sie auch keinen Gedanken daran verschwenden, als seien ihre Gedanken zu kostbar, als habe sie zu wenige und müsse mit ihnen sparsam sein.

Bevor ich mich am Abend aufmachte, bevor wir uns trennten, um uns wiederzusehen, spätestens am nächsten Tag, am nächsten Morgen, schlugen wir zum Abschied ein Rad. So wie andere sich die Hände reichten und umarmten, schlugen wir am schiefhängenden Tor ein Rad, dort, wo der Rasen flachgetreten war und der Löwenzahn zwischen die Latten drängte, Aja und ich mit der gleichen schnellen Bewegung in die eine, und Ajas Mutter zwischen uns in die andere Richtung. An manchen Abenden blieb sie weiter weg, als könne sie uns stören, als wolle sie uns noch Zeit lassen, als hätten wir nicht genug gehabt davon, als brauchten wir diese eine Minute, diese wenigen Augenblicke noch, bevor ich gehen würde. Wenn ich den schmalen Weg hinablief und mich umdrehte, sobald ich das Bahnwärterhäuschen sehen konnte, hatte sich Aja am Zaun hochgezogen, die Knie zwischen die Latten geschoben und winkte mit beiden Händen, als wolle sie sagen, vergiss nicht, morgen wiederzukommen.

Obwohl ihr Haus keine Anschrift hatte, bekam Ajas Mutter Briefe, die in einem dicken Umschlag aus Packpapier steckten, auf dem unter ihrem Namen nur Kirchblüt stand, in kleinen schiefen Buchstaben, und der Postbote brachte sie an die Tür, schon weil es immer Briefe gab, für die sie ihre Unterschrift leisten musste. Auch als schon ein Kasten aus Blech am Zaun hing, mit einem Schlitz, in den er die Post hätte werfen können, blieb er dabei, sie in ihre Hände zu legen und ihren Namen zu sagen, als müsse er sich jedes Mal aufs Neue vergewissern, wer sie war, ob wirklich die, für die der Brief gedacht war. Es war einer der seltenen Augenblicke, in denen wir ihren ganzen Namen hörten. Sonst bestand Ajas Mutter darauf, von allen Évi genannt zu werden, nicht Éva, und schon gar nicht Frau Kalócs. Auf dem Amt würde man sie so nennen, sagte sie, das reiche, und nur dem Briefträger erlaube sie noch, ihren ganzen, ihren vollen Namen zu sagen. Wenn er sein Fahrrad an den Pfosten lehnte, das schiefhängende Tor aufschob und Licht in der Küche sah, wenn er ein Geräusch, ein Klappern hörte, klopfte er ans Fenster und wartete, bis Évi die wenigen Schritte zur Tür gelaufen kam und ihre Post entgegennahm, in Packpapier gewickelte Briefe in federleichten blauen Kuverts, die sie dann tagelang auf dem kleinen Tisch neben dem Fliegengitter liegenließ, wo Aja und ich sie viele Male hochnahmen und drehten und wendeten, und weil Aja glaubte, sie könne riechen, von wo der Brief geschickt worden war, roch sie an ihm. Sie hielt ihn an ihre Nase, an meine, sie wedelte damit und fächelte uns Luft zu, und wenn ihre Mutter uns entdeckte und fragte, nach was riecht er, dieser Brief, sagte Aja, nach Amerika, er riecht nach Amerika.

Sobald die ersten kühlen Nächte anfingen, den Sommer zu verdrängen, kam Besuch in Ajas Haus. Er kam von weit her, wie Évi sagte, mit einem Schiff, einem Zug und einem Bus, und nach seinen Briefen hatten Aja und Évi ihn seit Wochen schon erwartet, ohne genau zu wissen, an welchem Tag er kommen würde. Jeden Samstag hatte Évi ein Huhn in den Topf geworfen und dann mit uns gegessen, sie hatte sich die Fußnägel lackiert, erst rot, dann rosa, hatte vor dem Spiegel, den sie aufklappen und aufstellen konnte, ihr Haar mit Nadeln aus einem blauen Tuch hochgesteckt und später gelöst. Sie hatte den Schmutz von den Böden gefegt, die kurzen Gardinen in einer Wanne im Garten gewaschen, nass aufgehängt und in Falten gelegt. An den Nachmittagen hatte sie über die Feldwege und an den Abenden auf den Kalender geschaut, bis irgendwann jemand am schiefhängenden Tor stand. Aja und ich konnten ihn vom Fenster aus sehen, mit einem dunklen Koffer in der einen, einem Hut in der anderen Hand, den er abgenommen hatte, als sich Évi in der Tür gezeigt, als sie das Fliegengitter gelöst, einen Fuß auf die Stufen gesetzt und zwei Strähnen aus ihrer Stirn gestrichen hatte, um über die losen Platten zum Tor zu laufen, die Hände auszustrecken und an seine Wangen zu legen. Aja sagte, er sei ihr Vater, aber ihre Mutter schüttelte den Kopf, und wenn Aja nicht in der Nähe war, sagte sie, ein Mann, der sie einmal im Jahr besuche, könne nicht Ajas Vater sein. In diesen Wochen sammelte Aja die Seile und Bälle, die sie im Garten verstreut hatte, am Abend ein, sie aß, was Évi auf den Tisch stellte, und nach der Schule ging sie schnell nach Hause und nicht wie sonst mit mir und den anderen über Obstwiesen und Felder zum Bahnwärterhäuschen, wo wir im Gras lagen und warteten, bis die Schranken sich senkten und die rostroten Waggons der Güterzüge vorbeiratterten. Zigi hieß ihr Vater. Aja nannte ihn so, auch ihre Mutter nannte ihn so, manchmal Zigike oder Zigili oder Zigikém oder Zig-Zig, und ich fragte mich, wie man so heißen konnte, ob das überhaupt ein Name war, Zig-Zig.

Zigis Haare hingen ins Gesicht, seine wirren Locken, die in alle Richtungen wuchsen und die er nur selten schneiden ließ. Zwei seiner Zähne waren dunkler und standen übereinander, ein bisschen wie Menschen in einer Menge, die aneinander vorbeizuschauen versuchen. Er sah aus, als habe er Hunger, als habe er in letzter Zeit zu wenig gegessen, und weil Évi glaubte, er solle es in diesen Wochen nachholen, verließ sie ihre Küche kaum noch und stellte alle zwei, drei Stunden Würstchen und Brezeln, süßen Tee und Zuckerkringel auf den Tisch. In Zigis Brusttasche steckte ein rotes Tuch, in das Aja sich schneuzte, wenn sie nichts anderes fand, und das sich absetzte von Zigis dunkler Kleidung, über die Évi sagte, Zigi sehe darin aus, als gehe er zu seiner eigenen Beerdigung. Zigi trug keine Strümpfe und immer dasselbe Paar dunkler Schuhe, dessen Leder an den Seiten Risse zeigte und in dem seine schmalen Füße breiter wirkten, und obwohl er die Bänder nicht knotete, lösten sich die Schuhe beim Laufen nie von seinen Füßen. So wie andere eine Mücke verscheuchten oder Sahne in ihren Kaffee rührten, sprang Zigi rückwärts auf die Hände, kam auf die Füße, sprang wieder rückwärts auf die Hände, viele Male hintereinander, als fliege er durch Évis Garten in Kreisen, die er mit den Beinen in die Luft zeichnete, über Stühle und Bänke, die nie in seinem Weg standen. Wenn er mit seinem Kaffee am Küchenfenster lehnte, wussten wir schon, gleich würde er die Knie an die Brust reißen, die kleine Tasse unter seinen Füßen von einer Hand in die andere geben und, sobald er stand, in einem Zug leer trinken, Aja reichen und sich vor uns verbeugen, bis seine spitze Nase zwischen die Knie stieß und wir die Libelle unter seinem Nacken sehen konnten, die er vor Jahren mit etwas schwarzer Farbe und einer feinen Nadel in die Haut hatte zeichnen lassen.

Wir liebten Zigis Kunststücke und konnten uns nicht sattsehen an ihnen. Aja sagte, sobald sie aufwache, stelle sie sich noch im Nachthemd in den schiefen Türrahmen und warte, bis Zigi die Decke zurückschlage, seine Hände auf den Boden setze, die Beine hochreiße und so neben ihr in die Küche gehe. Wenn ich mittags kam, balancierte Zigi zwischen den Birnbäumen auf einer Kugel, die er unter dem Blechdach neben den Hühnern hervorgeholt hatte, wo Évi die leeren Blumentöpfe stapelte. Wenn er mit den Armen ruderte, wenn er die Kugel mit nackten Füßen über Maulwurfshügel rollte und den Rücken weit nach hinten bog, wenn es aussah, als müsse er kippen und fallen, zerrte Aja Évis Korbsessel nach draußen und saß dann wie auf einem Thron unter seiner hohen Lehne, die weit über ihren Scheitel reichte, im Schneidersitz, die flachen Hände auf den Schenkeln, die Knie unter den Armlehnen. Sie folgte Zigis Bewegungen, und wenn er anfing, ihr Blickfeld zu verlassen, drehte sie den Kopf nach ihm, Aja, die ihren Namen rückwärts sagen konnte, ohne dass er anders geklungen und sich verändert hätte, wie oft wir ihn auch auflösten und zusammenfügten, wie oft wir ihn auch auseinandernahmen und über uns kreisen ließen, mit derselben Leichtigkeit, mit der Zigi durch die Luft in Évis Garten sprang, vor und zurück unter zwei Bäumen, wenn er abhob und diesen Namen rief, Aja.

Jedes Jahr brachte Zigi Dinge, mit denen Aja und ich nichts anzufangen wussten, über die Évi sich aber freute wie über nichts sonst. Diesmal waren es die Reste einer Tapete, auf der rote Rosen rankten und die für eine Seite ihrer winzigen Küche reichten. Zigi nahm das Regal ab, sah zu, wie Geldscheine hinabsegelten, die er in einem Briefumschlag geschickt und die Évi hinter Tellern und Tassen versteckt hatte, und klebte die Tapete an einem Vormittag rund um das Fenster, durch das wir über den Pfad aus losen Platten zum schiefhängenden Tor schauen konnten. Er legte kein Zeitungspapier aus, schmierte mit einem breiten Pinsel Kleister auf die Wand, ohne dass etwas auf den Boden getropft wäre, schnitt die Bahnen im Stehen, mit schnellen, kurzen Bewegungen, mit einem von Évis scharfen Messern, nur nach dem Maß seiner Augen, drückte sie mit beiden Händen an und strich sie glatt mit dem roten Tuch, das er aus der Brusttasche seiner schwarzen Jacke genommen und unter sein Hemd gesteckt hatte. Am Abend saß Évi in ihrer Küche, umgeben von roten Rosen, die nach nichts dufteten, aber dort rankten, als wollten sie hochwachsen, durch das Fenster hinaus ins Freie.

Die Zeiten mit Zigi waren Évi heilig, die wenigen Wochen, in denen er in ihrem Bett schlief und an ihrem Tisch aß, wenn sie vorgeben konnte, sie seien eine Familie wie jede andere. Évi zog sich zurück, sobald Zigi Haus und Garten mit ihnen teilte, und sie blieb stiller, als wolle sie mit den verfügbaren Sätzen haushalten und Zigis Aufmerksamkeit nicht zerstreuen, als dürfe sie Aja und Zigi nichts von ihrer Zeit rauben, aus der Aja so viel mitnehmen musste, damit es für ein Jahr reichen würde. Wenn ich am Zaun entlanglief, sah ich Évi unter tiefhängenden Zweigen an einen Baum gelehnt, die Hände vor dem Bauch gefaltet, als wolle sie sich verstecken und habe keinen besseren Platz dafür gefunden. Sie glaubte, erst wenn Aja abends auf Zigis Schoß eingeschlafen sei und ihr Kopf auf seiner Brust liege, dürfe sie selbst anfangen, mit ihm zu reden, jedenfalls sagte sie es so, nur in den Stunden am späten Abend und in der Nacht, als könnten Zigi und sie erst dann zueinanderfinden und als gehöre er sonst allein Aja.

Sobald Évi auf einer Leiter Pflaumen in einen Eimer warf, sobald sie die Wäsche durch den Garten trug und hinter den Sonnenblumen an die Leine hängte, lief Zigi mit uns zum kleinen Waldsee, hob uns über Zäune, über Sträucher und Baumstümpfe, und manchmal riss er die Arme hoch, um mit einer Rolle rückwärts über unsere Köpfe zu springen. Wir verbrachten ganze Nachmittage damit, zwei Stöcke zu einem Kreuz zu legen und Zigi zuzusehen, wie er sich durch die Luft drehte und genau davor zum Stehen kam. Wenn er Aja auf eine Schulter setzte und mich auf die andere, hielten wir uns fest an seinem Kopf und legten die Hände vor seine Augen, und selbst dann, selbst wenn Zigi nichts sehen konnte, lief er ohne zu zögern und ohne zu stolpern weiter, mit den gleichen schnellen Schritten, als brauche er seinen Blick gar nicht fürs Laufen, als wisse er auch so schon, wo auf seinem Weg Äste und Steine liegen könnten. Sobald der Abend das blaue Licht des späten Sommers in Évis Garten goss, drängten sich Kinder am Zaun und zogen sich an den Latten hoch, damit sie nichts versäumten, wenn Zigi den Kopf in den Nacken legte und auf der Stirn ein Tablett mit Gläsern balancierte, wenn er am Zaun entlanglief, Évi im Vorbeigehen roten Saft einschenkte und Aja die Gläser über die Latten reichte, bis Zigi den Kopf senkte, das Tablett mit einer Hand auffing, unter den Arm klemmte und mit Aja anstieß. Wenn sie auf dem Schulhof, auf ihren Wegen durch Kirchblüt gefragt wurde, ist das dein Vater, der mit der Stirn Gläser auf einem Tablett durch euren Garten trägt, sagte sie, ja, das ist mein Vater, und sie ließ es klingen, als passe niemand besser in ihre Welt, als habe niemand einen festeren Platz in ihr als Zigi.

Zigi fing mit seinen Übungen an, auch wenn ihm keiner zusah, wenn er nicht wusste, dass Aja und ich uns hinter Gardinen versteckt hatten, hinter einem Busch, um ihn zu beobachten, wenn er Holzreifen aus dem Verschlag hinter den Hühnern holte, um sie an Armen und Beinen kreisen zu lassen, und so den Feldweg hinablief, um hinter dem Mais zu verschwinden. Wenn Zigi nichts dergleichen tat, wurden wir unruhig, wenn er wie jedermann ging, ohne auf die Hände zu springen, wenn er seinen Kaffee trank und die Knie nicht hochriss dabei, wenn er sich auf einen Stuhl setzte, ohne ihn vorher durch die Luft geworfen zu haben, wenn er einfach nur den kleinen Block aus dem Futter seiner dunklen Jacke nahm und mit Ajas Stiften etwas zeichnete, das gerade fingernagelgroß war, und den Rest des Papiers weiß ließ. Jedes Jahr untersuchte Zigi Évis Häuschen, strich mit den Händen übers Holz, über Bretter und Leisten, die schiefen Rahmen der Fenster, ihre tiefen Risse, durch die im Sommer Ameisen schlüpften. Er band das rote Tuch um sein rechtes Hosenbein und trug darunter einen Hammer, mit dem er auf Nägel klopfte, die sich gelöst hatten, oder Bretter hochstemmte, die verrutscht waren. Évis Haus sollte winterfest sein, bevor Zigi sich aufmachen würde. Er hatte Angst, Aja und Évi könnten frieren, die Kälte könne durchs Fliegengitter, unter der Tür hereinkriechen, in den langen dunklen Monaten, die einem zu frühen Herbst folgten, und wir gewöhnten uns schnell an den hohlen Klang, wenn er von Schelle zu Schelle an die Regenrinne klopfte, der uns sagte, es ist Zigi, er schaut nach dem Haus.

Gerade als der Sommer in den Herbst überging, schlug er die Wand in Évis Zimmer mit einer Axt ein, stieß den Fensterrahmen heraus und setzte eine Glastür ein, die er bei einem Schrotthändler an der Landstraße hinter Kirchblüt auf einen Karren gebunden und über den Feldweg am Mais entlanggezogen hatte, damit Évi nicht mehr durch ein Fenster musste, wenn sie hinter dem Haus zu den Hühnern wollte. Als sie wie zum Dank Zigilein und Zig-Zig sagte, brachte Zigi Pinsel, Schaufeln und Eimer und fing an, die Steine zu verputzen und das Holz zu streichen, damit es getan war, bevor der erste Frost kommen und Zigi schon abgereist sein würde. Vor den Fenstern konnten wir seine Füße in schmutzigen Schuhen von der Leiter baumeln sehen, die er Stunde um Stunde ein Stück weiter schob, bis er das Haus zweimal umkreist hatte. Wenn Zigi sie am Abend stehen ließ, kletterten wir auf die Leiter, und wenn er am nächsten Tag hochstieg, liefen wir in den Garten, um zuzusehen, wenn Zigi Putz auftrug, weil er selbst das anders machte, weil selbst das Kratzen und Schmieren und Klopfen bei ihm anders aussah. Wir schauten auf seine schmalen Fußknöchel, die wie Pfeilspitzen zur Seite zeigten, als könnten sie jeden Augenblick losschnellen. Seine schwarze Hose zog Zigi nicht einmal jetzt aus, da er mit einer Schaufel Mörtel auftrug, auch die Schuhe nicht, auf die sich Staub legte und die trotz der immer losen Senkel nie von seinen Füßen fielen.

Solange es der Herbst zuließ, saßen Aja und ich an den Nachmittagen in einem großen Tuch, das Évi zwischen zwei Bäume gespannt hatte. Sie und Zigi redeten in ihrer Sprache, und sie lachten so leise, als wollten sie es vor uns geheim halten, während wir in den Abend schaukelten, die Schatten länger und dunkler wurden, bis sie alles zudeckten und Évi vergaß, Aja ins Bett und mich nach Hause zu schicken. Dann stieg sie über die wenigen Stufen zum Fliegengitter und verschwand mit Zigi im Haus. Wir konnten sie in Évis Zimmer vor der neuen Glastür sehen, wenn sie sich an den Händen fassten, an den Schultern, wenn Zigi den Arm hob und Évi drehte, wenn sie ohne Musik mit schnellen Schritten durch den schmalen Flur tanzten, die Mäntel an den Kleiderhaken streiften und Zigi seinen Hut schnappte, um ihn Évi aufzusetzen. Wenn wir so schaukelten und schauten, Aja und ich, dann glaubten wir fest, dann wussten wir, so hatte es zu sein, und so würde es eines Tages auch für uns werden.

Nach Wochen reiste Zigi ab und ließ nichts zurück als feuchten Putz, der wegen des Wetters nicht trocknen wollte, und eine Tapete voller Rosen, die hinaus in den Garten strebten. Er fuhr an einem Tag, den er nicht angekündigt hatte, von dem Aja und Évi aber gewusst hatten, er würde kommen, schon als Zigi mit dem Hammer an die Regenrinne geklopft hatte, von Schelle zu Schelle, rund ums Häuschen, dem er eine schmutzig weiße Farbe gegeben hatte. Spätestens als Zigi in seinen Papierblock einen Bus, einen Zug und ein Schiff gezeichnet hatte, spätestens da hatten sie es gewusst. Sie brachten ihn zur Haltestelle, wo er den Bus zum Bahnhof nahm, um in einen Zug zu steigen, der ihn zu einem anderen Zug brachte, mit dem er am Abend die Stadt erreichte, wo das Schiff im Hafen lag, das er über eine breite Treppe bestieg. Eine Treppe, über die er nicht schnell und leicht hinaufging, sondern für die er Zeit brauchte, so schrieb er es jedenfalls in seinem Brief, den Aja heimlich las, nachdem der Postbote ihn Wochen später gebracht, mit dessen ersten Sätzen Zigi aber schon gleich nach dem Ablegen begonnen hatte. Wenn sich der Bus unter den Kastanien am Ende der Straße zeigte, griff Évi nach Ajas Hand, und wenn die Türen sich öffneten, zog sie Aja heran und legte den Arm um ihre Schulter, während Zigi seinen Koffer mit den wenigen Kleidern in den Bus warf, auf die Stufen sprang, mit einer Hand die Stange fasste und sich so zurücklehnte, als wolle er noch schnell mit dem Scheitel den Asphalt berühren, ein Bein vorgestreckt, den Rücken weit nach hinten gebogen, um mit dem schwarzen Hut in der Hand ein letztes Mal zu winken. Évi musste Aja und mir später immer wieder erzählen, wie sie ihm nachgeschaut hatten, als der Bus Zigi weggetragen hatte, mit diesem letzten Kunststück, das er für den Abschied aufgehoben hatte. Auch wenn es Aja selbst gesehen hatte, wollte sie es immer wieder aus Évis Mund hören. Wir fanden nie heraus, wie Zigi den Fahrer dazu brachte, die Türen offen zu lassen, ob er Geld dafür bekam oder mit Évi und Aja Mitleid hatte, wenn sie im Herbst allein zurückblieben, und er die Türen deshalb nicht schloss – bis zur nächsten Biegung, hinter der Zigi seinen Hut aufsetzte, seinen Koffer nahm, ausstieg und zu Fuß weiterging, weil ihm der Bus doch zu schnell fuhr, wie er später schrieb, und er es nicht mochte, sich so schnell zu entfernen, von der Haltestelle, an der Aja und Évi noch eine Weile standen, als wüssten sie nicht, wohin, von dem schmalen Pfad, über den sie langsam, mit kleinen zögernden Schritten, Hand in Hand zurückgingen zu ihrem Haus, das schmutzig weiß unter Birnbäumen stand und an das Zigi in den letzten Tagen noch zwei, drei Bretter genagelt hatte, in der Hoffnung, sie könnten den Winter fernhalten.

Neben seinem Geruch, der verfliegen würde, sobald Évi die Fenster öffnete, hatte Zigi zwischen den Kaffeetassen vom Morgen einen Stapel Zeichnungen zurückgelassen, und Aja nahm einige Blätter davon mit in ihr Zimmer, ließ sie in Schubladen unter Strümpfen und Hemden verschwinden oder klemmte sie ins Fenster, und Évi steckte sie mit Nadeln über ihrem Bett fest, damit sie vom Kopfkissen aus sehen konnte, was Zigi auf weißem Papier für sie dagelassen hatte, ein winziges Bund gelber Blumen, einen winzigen Zirkuswagen, ein winziges Dachfenster und darunter auf einem winzigen Laken ein winziges Kind. Mit der Zeit verschwanden die Bilder. Sie fehlten im Flur, sie fehlten in der Küche, in Ajas Zimmer, sie fielen herunter und rutschten unter den Backofen, hinter die Schränke und Betten, und Évi und Aja machten sich bald nicht mehr die Mühe, sie aufzuheben.

Évi ließ sich nichts anmerken, wenn Zigi verschwunden war, wenn er sich verabschiedet hatte, um in einem Jahr wiederzukommen, wenn er sie mit Aja zurückgelassen hatte, in einem Haus, das er selbst auf wenige Steine gesetzt und aus Holzplatten und dicken Nägeln gezimmert hatte und vielleicht deshalb aussah, als würde es schweben. Évis Leben lief weiter, auch wenn es ihr schwerfallen musste und sie schon das Kaffeekochen Kraft zu kosten schien, und Ajas Leben auch, nach einer stillen Pause, sobald Évi die Kinder vom Lattenzaun weggeschickt hatte, weil Zigi nicht mehr durch die Luft springen und Gläser mit rotem Saft auf der Stirn balancieren würde, sobald Aja begriffen hatte, Zigi würde nachts nicht mehr in der Küche sitzen und unter einem gelben Licht krumme Figuren zeichnen, die sie am Morgen ausmalen durfte. Wenn wir durchs Haus liefen, blieb jetzt immer etwas an unseren Strümpfen hängen, und es dauerte, bis Évi sich wieder fing und ihr auffiel, wie viel Staub und Schmutz an unseren Füßen klebte.

Den Winter über hielt sich Aja fest an Zigis Briefen, an den Zeichnungen, die er für sie in den Umschlag steckte, Männchen mit Pfeilen, die ihr zeigen sollten, welche Bewegungen er gerade einübte, und die wir sofort nachzuturnen versuchten. Aja nahm die Briefe in ihren Hosen und Kleidern mit und zog sie aus den Taschen, wenn wir auf unseren Wegen anhielten, am Bachlauf hinter dem Bahnwärterhäuschen. Zigi hatte sich nicht die Mühe gemacht, sich meinen Namen zu merken, weil er sich niemals Namen merkte, wie Évi sagte, weil es ihm unwichtig und unsinnig erschien, auch weil sein eigener Name nicht sein wirklicher Name war, sondern einer, den er sich selbst gegeben hatte, in einem Jahr, das sich von Évi schon weit genug entfernt hatte, als Zigi zum ersten Mal ein Schiff bestiegen hatte, das ihn über den Ozean trug und fortriss aus allem, was ihn davor umgeben hatte, um an der Küste, die das Schiff wenige Tage später erreichte, unter einer Zirkuskuppel Tabletts auf seiner Stirn zu balancieren. Aber wenn er schrieb und seinen Brief enden ließ mit: Ich umarme Dich, Dich und Deine kleine Freundin, dann wusste ich, ich war gemeint.

Im Frühling, als ein wärmeres Wetter das erste Grün in Évis Garten setzte und uns über die Felder in den nahen Wald lockte, war es für Aja mit einem Mal besser zu ertragen, ohne Zigi zu sein, leichter noch im Sommer, der laue Nächte brachte und seinen weiten hellen Himmel über uns auswarf, wenn Évi im Korbsessel unter den Birnbäumen saß und mit nackten Füßen übers Gras strich, allein zwischen Stühlen und Tischen, als warte sie auf jemanden. Zigi hatte uns einmal erzählt, es schneie nicht nur im Winter, sondern im ganzen Jahr, wir könnten den Schnee nur nicht sehen. Also legten wir uns an Sommertagen zu Löwenzahn und Butterblumen und schauten hoch zum Kirchblüter Himmel, und wenn ihr die Wolkendecke dicht genug schien, sagte Aja, seht nur, es schneit.

Schnee

Ajas Geburtstag fällt auf den heißesten Tag des Jahres. In den Zeiten, in denen Évi kaum Geld hatte und sie im Sommer in Kirchblüt blieben, gab sie für Aja ein Fest, von dem die Kinder in den Straßen rund um den großen Platz noch lange redeten, nach dem sie im Frühling schon fragten und von dem ich heute manchmal glaube, Évi habe es für sich selbst gegeben. Sobald Aja am Morgen über die Felder lief, auf ihrem Kopf eine Krone aus rotem Papier, die sie neben ihrem Kissen gefunden hatte, legte Évi schon Decken ins Gras, stellte Blechbüchsen auf und hängte Zuckerstangen mit Bindfäden an eine Leine, die sie zwischen den Bäumen durch den Garten gespannt hatte. In zwei Blechwannen, die sie aus dem Verschlag hinter den Hühnern holte, goss sie kaltes Wasser, das bis Mittag warm genug war und in das wir bis zum Abend springen durften. Aja lud auch die Kinder ein, die sonst niemand einlud, die ohne Geschenk kamen und die Aja nur kannte, weil sie an jedem Zaun stehen blieb, in den schmalen Straßen hinter der kleinen Brücke, die nach Kirchblüt führte, über einen Graben, im Sommer rot von Klatschmohn. Évi sagte nie, was Aja an diesem Tag anziehen sollte, es störte sie nicht, wenn wir über Stühle und Tische sprangen, in die Bäume kletterten und uns mit Früchten bewarfen, und sie schimpfte nie, wenn etwas zerbrach oder am nächsten Tag fehlte. Es war ihr gleich, wann die Kinder abgeholt wurden, ob spät am Abend, wenn sie müde und schmutzig im kniehohen Gras lagen und ihre nassen Kleider an der Leine hingen, ob sie überhaupt abgeholt wurden. Wenn dann Eltern die Pforte langsam öffneten und sich im Garten umschauten, als dürften sie es nicht, brachte Évi Perlwein mit Erdbeeren, die sie am Abend zuvor mit Zucker bestreut hatte, und füllte ihn unter einem Sonnenschirm mit einer Kelle in Gläser, die sie über Jahre gesammelt hatte und unter denen es nicht zwei gleiche gab.

Sobald die Sonne ein letztes Licht auf die drei Linden vor dem Zaun warf, hob Évi die kleineren Kinder in einen Karren aus Holz, den sie von einem Bauern geliehen hatte und mit einem Seil an Weizen und Mais vorbei durch den Staub zog. Die größeren liefen neben Aja vorneweg, die noch immer ihre Krone aus rotem Papier trug und ihrer Mutter den Weg zu den Häusern zeigte. Wenn wir vor einem Tor hielten und ein Kind aus dem Wagen sprang, ging Évi mit ihm, als wolle sie sehen, was sich hinter diesen Türen verbarg, als wundere es sie, dass andere

Häuser verschlossen waren und man einen Schlüssel brauchte, um die Türen zu öffnen, und wenn sie zurückkam und das Seil wieder in die Hände nahm, lief sie die ersten Schritte still, als habe ihr etwas die Sprache genommen. Ich blieb über Nacht bei Aja, Évi hängte Lichter in den Baum und ließ uns unter Ästen im großen Tuch schaukeln und wenig später einschlafen, während sie im Schein einer Kerze ihre Fußnägel lackierte, als gebe es keine bessere Zeit dafür. Sie ließ alles stehen, bis sie am Morgen aufstand, Butterbrote für uns strich und hinausging, sich an den Birnbaum lehnte und ihren Blick ein letztes Mal wandern ließ. Dann fing sie an, die Gläser und Teller einzusammeln, die Tischtücher mit den rosaroten Flecken, die Bälle und farbigen Bänder, die ins Gras gefallen, die Kleider und Strümpfe, die nass geworden und liegen geblieben waren. Den Klang dieses Nachmittags wolle sie noch einmal hören, sagte sie uns durchs Fenster, als hätten wir damals verstehen können, was sie meinte, mit diesem Gefühl der Unruhe, das sie überfiel, weil Aja größer wurde, und das sie besser aushalten konnte, wenn sie die Stimmen, die Lieder und Rufe dieses Nachmittags nachklingen ließ, um sich später, wann immer ihr danach sein würde, daran erinnern zu können.

Als Évi schon etwas Geld hatte, fuhr sie mit Aja in den großen Ferien in die Berge, und Aja feierte Geburtstag mit irgendjemandem, den ihre Mutter auf einer Sonnenterrasse, auf einem Gipfel angesprochen und dazugebeten hatte. Aja hatte von jedem dieser heißesten Tage des Jahres ein Foto, auf die Rückseite hatte Évi geschrieben Ajas zehnter, Ajas elfter Geburtstag, in ihrer großen Schrift mit den schiefen Buchstaben, von denen jeder in eine andere Richtung strebte, das Jahr, den Ort und die Namen der Fremden, von denen sie nichts wussten und die sie nie mehr treffen würden. Wenn Aja in die Berge gefahren war, tat es weh, an sie zu denken, schon weil ich glaubte, sie habe schnell andere gefunden, mit denen sie abends ein Rad schlagen und über Wiesen laufen konnte. Erst später, als wir schon erwachsen waren, sagte Aja, auch sie habe ihre Geburtstage im Garten vermisst, mit mir, den bunten Bändern und Wannen aus Blech, jedes Mal, wenn sie in den Bergen gewesen sei und Évi mit Fremden auf sie angestoßen habe. Lieber hätte sie neben mir unterm Birnbaum gelegen und ihrer Mutter, kurz bevor wir einschliefen, zugesehen, wie sie ihre Nägel lackierte.

Ich gehörte früh zu Aja und Évi, zu ihrem Haus und Garten. Ich gehörte auf den Rasen hinter den drei Linden, mit seinen Maulwurfshügeln und Butterblumen, über den wir ohne Schuhe und Strümpfe sprangen, in den schmalen Flur, durch den wir einander jagen durften, auch wenn wir an Mänteln und Taschen hängen blieben und über Kisten und Kartons stolperten, in die winzige Küche, wo die Zweige des Flieders anklopften, wenn Évi vergessen hatte, sie zurückzuschneiden, und durch deren Fenster der Regen drang, wenn Évi nicht schnell genug Tücher davorgelegt hatte. Eine Weile musste meine Mutter geglaubt haben, das mit Aja könne sich geben, wie eine kurze heftige Krankheit wäre es bald ausgestanden, bis sie begriff, es war anders mit uns, sie brauchte nur am Zaun zu stehen, zu rufen und winken, und konnte sehen, es war anders mit uns.

Obwohl Évi sie jedes Mal bat hereinzukommen, blieb meine Mutter am Tor, wo sie über alles nur zu staunen schien, über die schiefhängenden Schaukeln, die Stühle ohne Lehnen, die Hühner hinterm Maschendraht und das geflickte Dach, dem man den jüngsten Herbst und Winter ansehen konnte, am meisten aber über Évi, die sich zwischen alldem mit ihren leichten, fliegenden Schritten bewegte, mit ihrem bunten Kopftuch, mit dem sie ihr wirres Haar zurückhielt, mit ihren schmutzigen Händen und kurzen Kleidern, die sie im Sommer trug und die ihre langen Beine mit den blauen Flecken nicht verhüllten. Heute glaube ich, meine Mutter störte sich nie daran, dass ich durch einen Garten tobte, in dem das Holz aus den Bänken brach und der Rost sich in die

Regenfässer fraß, aber es störte sie, dass Évi über all das hinwegsehen konnte, dass es ihr gleich war, ob das Tor schief in den Angeln hing, ob ein Fenster undicht war, weil sich ihr Blick auf etwas anderes richtete, das für meine Mutter unsichtbar bleiben musste. Vielleicht fragte sie sich auch, wovon Évi lebte, wovon sie die Dinge bezahlte, die sie abends in einen Topf warf und morgens auf Ajas Brote strich, die wenigen Dinge in ihren Schränken und auf den schmalen Regalen. Wenn mich Aja nach der Schule zu Plätzen führte, die ich noch nie gesehen hatte, wenn wir an Zäunen und Mauern stehen blieben, um die Spuren nachzuzeichnen, die das Moos zwischen die Steine gesetzt hatte, konnte es sein, dass wir Évi aus einem Haus kommen sahen, in einer hellen Schürze, die Haare unter einem Tuch versteckt, mit einem Eimer in der Hand, den sie in eine große Tonne leerte. Manchmal entdeckten wir ihre langen Beine auf einer Leiter, ihre Arme und Hände, wenn sie mit einem Tuch über Fensterscheiben wischte, und dann liefen wir zur anderen Straßenseite und gingen schnell weiter, weil wir aus irgendeinem Grund glaubten, Évi wolle dabei nicht von uns gesehen werden.

Dass Évi anders war, hatte ich schnell begriffen. Es lag nicht nur an dieser einen Strähne, die sich wand und sträubte und sich nicht fügen wollte, nicht daran, dass sie zum Schlafen Licht brauchte, in kurzen Kleidern ging und jeder die grünen Adern in ihren Kniekehlen sehen konnte. Etwas unterschied sie von den Frauen in Kirchblüt, schon weil sie einem Gespräch kaum folgen konnte, was nicht an der Sprache lag, die sie von Sommer zu Sommer besser beherrschte, sondern daran, dass sie mit ihren Gedanken immerzu woanders zu sein schien, auf den Amtsstuben mit ihren Schreibtischen oder in einem Zirkus auf der anderen Seite eines Ozeans. Évi war mit Aja anders als andere Mütter mit ihren Kindern, wenn sich Évi unter den Platanen des großen Platzes fangen ließ und Aja hinter ihr herlief, in nicht mehr als einem Hemdchen, weil es ihr im Kleid heiß geworden war und Évi sich nicht darum kümmerte, was man deshalb in Kirchblüt über sie hätte denken können. Alles schien leicht, ihre Tage waren hell, wenn sie im Schatten der Bäume Grashalme zupften, wenn sie Hand in Hand an den Geschäften und Auslagen vorbeigingen und redeten, immerzu redeten, bis Évi sich auf eine Bank setzte und Aja zusah, wie sie Tauben verscheuchte. Wenn ich abends auf meinem Weg nach Hause umkehrte, weil ich meine Jacke hatte liegenlassen, konnte ich Évi und Aja auf ihren krummen Stühlen vor dem Haus sitzen sehen, dicht zusammengerückt unter dem Küchenfenster, um so auf die Dunkelheit zu warten, Ajas Kopf an Évis Schulter, ihre Füße auf Évis Schenkeln.

Évis Tür stand für jeden offen, in einer der Ecken fand sich immer ein Platz zum Schlafen, und in einer der Schubladen fanden sich Decken, die sie verteilen konnte. Wenn im Winter ihre Freunde kamen, schien Évi alles zu vergessen, was hinter der Pforte lag, auch den schmalen Weg am Bachlauf entlang und die Brücke über den Klatschmohn, die zum Städtchen führte, als versinke Kirchblüt im selben Augenblick, in dem ihre Freunde am schiefhängenden Tor auftauchten und es beim Öffnen durch den Staub schoben. Kirchblüt schien zu verschwinden, wenn sie über die losen Platten aus Waschbeton zum Fliegengitter gingen, die wenigen Taschen und Tüten ausbreiteten und ihre Rasiermesser in der Küche auf die Spüle legten. Dann holte Évi Stühle aus dem Garten und stellte sie an den Tisch, wo sie kaum Platz hatten, und schlug Nägel in die Wand, damit ihre Freunde ihre Jacken aufhängen konnten. Wenn auf den eisbestäubten Feldern Nebel lag, erzählten sie uns von ihrer Zeit mit Zigi, als er hoch über ihren Köpfen an einem Trapez geschaukelt war und sie die Musik dazu gespielt hatten, und Aja und Évi übersetzten für mich, wenn sie nicht weiterwussten. Sie reichten Aja und mich von Schoß zu Schoß, nannten Évi im Scherz Éva oder Kalócs Éva, nur um zu sehen, wie sich ihr Gesicht verzog, ließen Karten in ihren Hemdsärmeln verschwinden und fischten sie aus ihren Hüten. Aja sagte, sie schliefen so wenig wie

Évi, sie gingen erst ins Bett, wenn Aja längst schon weggedämmert war, mit dem Klang ihrer Stimmen und Lieder im Ohr, standen aber vor ihr auf, rollten die Decken zusammen und warteten in der Küche, bis Aja wach wurde. Sie legten zwei Kissen auf ihren Stuhl, schoben ihn an den Tisch heran und redeten, als sei Aja eine Königin und als seien sie ihre Untertanen. Aja ging nicht länger allein zur Schule, in diesen Wochen war immer jemand neben ihr, der ihre Hand hielt, so wie Zigi es getan hatte, auch mittags, wenn wir fern der vorgezeichneten Pfade zum Wald gingen, um dort über Baumstümpfe und Gräben zu springen.

Évis Freunde kamen, wenn sie übers Land fuhren und Kirchblüt auf ihrem Weg lag, wenn sie gerade keinen anderen Platz hatten, an dem sie bleiben konnten, wenn sie nicht weit vom Neckar, hinter den ersten dichten Wäldern hierhergefunden hatten, weil sie nach wenigen Wochen Winter ihr Leben auf der Straße aufgeben mussten und an Évis schiefhängendem Tor über den Zaun riefen, es ist zu kalt fürs Akkordeon. Aja sprach am Maschendraht zu den Hühnern, damit sie genügend Eier legten, und Évi überließ ihren Freunden das Bett und zog selbst auf die Liege, räumte im Schrank Fächer leer, die niemand brauchte, ließ ihre Freunde aus ihren Töpfen nehmen und von ihren Tellern essen, und wie zum

Lohn hörten sie nicht auf, sich über Évis Haus zu freuen, über die Lampen, die am Abend Licht auf ihre Kartenspiele warfen, über den Ofen, der sie dabei wärmte, über die Tür, die sie schließen konnten, und über Évi, die ihnen zusah, wenn sie Kaffee aus kleinen Tassen tranken und von dem Brot aßen, das Évi in ein gestreiftes Küchentuch geschlagen und zusammen mit einem großen Messer auf den Tisch gelegt hatte. Évi hatte genügend Platz für alle, die ein wenig bleiben wollten, es wurde ihr nie zu laut oder zu eng, sie fragte auch nicht, wann ihre Freunde weiterziehen wollten, und nahm nichts von dem Geld, das sie an den Samstagen auf einem der Plätze in der nächsten Stadt erspielt und in die Schublade des Küchentischs geworfen hatten. Ich hatte angefangen, mir etwas von Évis Art auch für mein eigenes Leben zu wünschen, obwohl ich es damals so nicht hätte sagen können, und auch später noch habe ich oft an diese Winter in ihrer Küche denken müssen, als Aja und ich längst nicht mehr durch ihren Garten sprangen, sondern an einem Meer spazierten und nach Schiffen suchten, die es durchkreuzten.

Wenn der Schnee auf dem Zaun, wenn die Eiszapfen vor den Fenstern geschmolzen waren, machten sich Évis Freunde auf und spielten am Gartentor ein letztes Mal: a lányok, a lányok, a lányok angyalok, die Mädis, die Mädis, die Mädis von Chantant, bevor sie das Gefühl mitnahmen, das Aja durch die bunten hellen Tage getragen hatte, und Évi mit dem Nachhall ihrer kurzen lauten Abende zurückließen. Wenn sie hinter der Brücke über den Klatschmohn verschwunden waren, mit einer tiefen Verbeugung, einem letzten Winken, fing Évi an, vor den Rosentapeten ihre Stühle zu rücken, sie hinauszutragen und zu verteilen auf ihre alten Plätze, und wenn ich Aja allein zur Schule kommen sah, wusste ich, Évis Freunde hatten die Decken zusammengerollt und die Kissen zurückgelegt, sie hatten ihre Rasiermesser von der Spüle genommen und die Karten eingepackt. Sie hatten Aja ein letztes Mal in die Luft geworfen und aufgefangen, hatten Évi ein letztes Mal umarmt und zum Abschied eines ihrer liebsten Lieder gesungen, und jetzt war Évi dabei, die leeren Stühle zu rücken und sie hinaus in den Garten zu tragen.

Wenn Évis Freunde in der kältesten Zeit des Jahres einmal nicht kamen, weil sie einen anderen Ort zum Bleiben gefunden hatten, legte sich etwas auf Évi und Aja, das ich kaum durchdringen konnte, als seien sie verhüllt von etwas, das ich nicht einfach anfassen und wegziehen konnte. Sobald der Herbst die Blätter von den Linden gerissen hatte, fürchtete Aja schon den ersten Schnee, und etwas hielt sie zurück, wenn die Luft ihn ankündigte und der Himmel sein schmutzigstes Weiß zeigte, wenn wir in dicken Mänteln am Zaun standen und Aja auf dem eisigen Boden zum Abschied kein Rad schlagen wollte. Selbst wenn wenig Schnee gefallen war und der nächste Morgen ihn schon mitnehmen würde, wurde Aja darüber stiller, als habe sie die Lust zu reden verloren. Sobald der Frost die Zweige einsperrte, hängte Évi Meisenbälle und Pfaffenhütchen vors Küchenfenster, und Aja und ich durften auf der Spüle sitzen, die Füße im Becken, und den Vögeln zuschauen, wenn sie sich festkrallten und zu picken anfingen. Wir verbrachten ganze Nachmittage so, klopften ans Fenster und begannen, die Vögel zu zählen, sie zu rufen und ihnen Namen zu geben. Nur wenn Schnee fiel, schaute Aja an ihnen vorbei und sah den Flocken nach, als male sie sich aus, wie sie ihnen ausweichen könnte, wenn sie über die losen Platten zum Tor und den Weg hinab zur Brücke über den Klatschmohn musste. Wenn ich ging, blieb sie am Fenster, und wenn ich mich am Zaun nach ihr umdrehte, schaute sie auf mein Haar, auf meine Schultern, als müsse es mir weh tun, wenn sich Schnee daraufsetzte, als könne es mich schmerzen, wenn ich ihn mit meinen Handschuhen von den Ärmeln streifte und den Kopf schüttelte, damit er sich von meiner Mütze löste.

Évi glaubte, Aja habe eine Erinnerung an den Himmel, an die Kälte und den Schnee dieses einen Wintertags, der weit genug zurücklag, um längst verblasst zu sein, aber mit den Jahren nur deutlicher und greller zu werden schien, als sei die Zeit verdreht worden, als liefen alle Uhren falsch, als rückten die vergangenen Jahre nicht weiter weg, sondern sprängen heran, als springe besonders dieser eine Tag mit jedem neuen Winter näher an sie heran. Évi dachte, Aja sei an Schneetagen deshalb stiller, obwohl Aja jedes Mal sagte, nein, sie könne sich an nichts erinnern, nicht an diesen Ort, an diesen Tag, auch nicht an diesen Schnee, wenn Évi davon zu erzählen anfing, weil Aja sie lang genug gedrängt hatte. Es war in Ajas zweitem Winter gewesen, als sie noch nicht in Kirchblüt gewohnt hatten, Aja schon laufen konnte und Évi sie nur noch selten in ihrem Wagen spazieren fuhr. Évi hatte den Winter überstanden geglaubt, hatte hinausgeschaut aus ihrem Dachzimmer mit dem runden Fenster und der Nische für zwei Herdplatten, an das Zigi sie mit seinen winzigen Zeichnungen manchmal noch erinnern wollte. Obwohl sie schon Krokusse gesehen und den Frühling erwartet hatte, war noch einmal Schnee gefallen und nach Stunden in Regen übergegangen. Aja hatte in eine Decke gehüllt auf einem Kissen geschlafen, die Händchen zu Fäusten geballt, das Köpfchen zur Seite gedreht, unter dem blassen Licht einer Lampe, über die Évi ein blaues Tuch gehängt hatte, während das dichte Weiß vor dem Fenster langsam verschwunden war, weggewaschen vom

Regen, der über Nacht zu Eis auf den Straßen und Gehsteigen wurde.

Am Morgen war Évi auf dem Zimmer geblieben, sie hatte wenig Lust, in das Wetter hinauszugehen, erst am Nachmittag zog sie Aja den roten Anzug über, in dem sie winzig aussah, mit weißem Fell an Kapuze und Ärmeln, die über ihre Hände reichten, nur Ajas Augen blieben über dem Schal frei. Als Évi den Kinderwagen über den Bürgersteig schob, konnte sie auf die Straße und die ferne Kreuzung sehen, die schon im Dämmerlicht lag, aufgebrochen von den Scheinwerfern weniger Autos, die langsam vorbeifuhren. Warum Évi das Haus verlassen hatte und hinausgegangen war in den Schnee, der wieder anfing zu fallen, wusste sie nicht mehr, ob es wirklich nur gewesen war, weil sie glaubte, ein Kind müsse jeden Tag an die Luft. Wenn Évi sonst nur über wenig nachdachte, dachte sie daran oft und fand doch keine Erklärung, warum sie nach diesem verrückten schnellen Wechsel von Schnee zu Regen und wieder Schnee nicht zu Hause geblieben war, warum sie nicht darauf verzichtet hatte, Ajas Wagen an diesem Tag zu den breiteren Straßen zu schieben, vorbei an Zäunen und Gärten, die unter einer Decke aus Eis lagen. Der Gedanke daran überfiel sie oft in den frühen Morgenstunden, wenn sie unter ihren Lampen wach lag und auf das erste Licht des Tages wartete, er nagte und zerrte an ihr, nur weil ihr Kopf gerade bereit war, einen Gedanken zu denken und ihm kein anderer einfallen wollte.

Évi war damals unsicher übers Eis gelaufen, weil man kein Salz auf die Gehsteige gestreut hatte, mit kleinen Schritten, mit denen sie kaum vorwärtskam, in ihren dicken Stiefeln mit den flachen Absätzen, den Blick auf Aja gerichtet, die an einem bunten Stück Stoff zog, das Évi an den Kinderwagen gebunden hatte. Hinter ihr fuhr ein Auto, nicht viel schneller, als sie mit ihren kleinen Schritten laufen konnte, und geriet doch ins Schleudern, der Fahrer versuchte, die Spur zu halten, aber das Auto drehte sich leise übers Eis, zeichnete einen großen Kreis in den Schnee und nahm mit, was in seinem Weg stand, einen Abfalleimer, ein Fahrrad, das an einem Pfosten lehnte, einen Blechkasten mit den Zeitungen des Tages und den Kinderwagen, den er Évis Händen entriss und an einer Gartenmauer entlangschleifte. Évi konnte nur zusehen, wie das Auto in den Pfahl einer Laterne stieß, wie sich das Glas aus seinem Seitenfenster löste und auf Aja zuschoss. Dann bewegte sich nichts mehr, nicht die Zweige, die über die Zäune ragten, nicht die Räder des Fahrrads, das über die Straße geschleift worden war, auch nicht der Müll, der aus dem Abfalleimer gefallen und übers Pflaster gerollt war. Es dauerte, bis Évi

Ajas Schreie hörte, bis sie einen Krankenwagen riefen, bis Évi mit ihren schnellen, leichten Bewegungen über das Auto, über sein Dach geklettert und auf der anderen Seite hinabgesprungen war, Aja aus dem Wagen befreit hatte und mit ihr zum nächsten Haus gelaufen war, in das man sie nicht hineinlassen wollte, wegen des Bluts, das über den Kragen und die Ärmel ihres hellen Mantels rann, vielleicht auch wegen der Sprache, in der sie damals noch nicht viel sagen konnte. Évi wartete an der Treppe, ohne sich zu rühren, sie wagte keinen Schritt mehr, aus Angst, sie könne auf dem Eis ausrutschen, und Aja könne ihr aus den Armen fallen. Obwohl Aja nicht aufhörte zu schreien, obwohl sie sich mit aller Kraft wand und um sich schlug, gelang es Évi, sie zu halten, aber es gelang ihr nicht, auf Ajas Hand zu schauen, auf ihren roten Anzug mit dem von Blut getränkten Fell an den Ärmeln, auch nicht, als der Krankenwagen seine Türen öffnete, als sie jemand an den Schultern fasste und ihr half, über zwei breite Stufen einzusteigen.

Als Aja und Évi nach Kirchblüt zogen, kannte sie schnell jeder. Es reichte aus, sie einmal zu sehen, mit ihrem wirren Haar, ihren Hüten und Kopftüchern, wenn sie nebeneinander die Straße hinab-, wenn sie unter Platanen über den großen Platz liefen, um ein Bild von ihnen zu haben und es nicht mehr zu vergessen. Jeder in Kirchblüt wusste, sie wohnten hinter der Brücke über den Klatschmohn, wo der Wald und die Felder lagen, sie lebten ohne Straßennamen, ohne Hausnummer und ohne Türklingel in einem Gartenhäuschen ohne Bad, das jeden Herbst eine neue Farbe bekam, und sie wuschen sich an der Spüle in ihrer Küche, um die sie aus Brettern und Steinen vier Wände gebaut hatten, obwohl es nicht erlaubt war. Jeder wusste, Aja war das Mädchen, dem man weder Ringe noch Armreife schenken durfte, das sich die Handschuhe für den Winter selbst aussuchte in dem kleinen Geschäft hinter dem großen Platz, dessen Mutter draußen wartete und ihm alle Zeit ließ, die es brauchte, um passende Fäustlinge für seine Hand zu finden, an der es nur drei Finger hatte. Jeder wusste, Évi war die Frau, die es nicht mochte, wenn ihr jemand die Hand entgegenstreckte, damit sie einen Ring an einem Finger ansehen konnte, die ihren Freunden die Fingerspiele mit ihrer Tochter verboten hatte und an den Händen etwas mit ihr abzuzählen. Wenn jemand vergessen hatte, dass man Aja weder Ringe noch Armreife schenken durfte, und etwas mitbrachte, warf Évi es in den Abfall, und als ob das nicht reichte, brachte sie ihn zu einer Tonne an einer der breiten Straßen, die aus Kirchblüt hinausführten, wo man ihn bald in einem großen Müllwagen mitnehmen würde.

Seit diesem Wintertag war Évi vorsichtig mit Aja, nicht nur, wenn der Himmel mit seinem dunklen Weiß Schnee ankündigte. Wenn im Schuhgeschäft jemand einen Ballon verschenkte, hatte Évi Angst, er könne zu dicht an Ajas Ohr platzen, und wenn sie am Markt eine Kirsche kosten durfte, glaubte Évi, Aja würde sich an ihrem Kern verschlucken. Wenn Aja auf die Schläfe gefallen war, fürchtete Évi tagelang, ihr Blick könne sich eintrüben, sie könne plötzlich schwanken und im Türrahmen hängen bleiben, auch wenn Aja sofort aufgestanden und weitergelaufen war, und wenn Aja am Nachmittag schläfrig wurde und wegdämmerte, rüttelte Évi an ihrer Schulter und kniff in ihre Seite, bis Aja aufschreckte und die Augen öffnete. An Schneetagen ging Évi seither mit kleineren Schritten, und sie ließ die Hände frei, damit sie sich stützen und festhalten konnte. Sie versuchte, ihre Angst kleinzuhalten, und die eine Frage, wenn sie am Morgen zu ihr zurückkehrte, aus dem Haus zu scheuchen: Warum war sie an jenem Tag nicht mit Aja zu Hause geblieben? Wenn Schnee fiel, öffnete sie trotz der Kälte alle Fenster, damit ein Luftstoß ihre Angst hinaustragen und mit den Flocken verjagen würde.

Évi hielt es für eine Strafe Gottes, für den sie neben dem Fliegengitter einen kleinen Altar hatte, auf den Aja und ich Blumen stellen und Blütenblätter in eine

Schale legen durften, die wir unter dem Kirschbaum aufgelesen hatten. Aber warum Gott sie bestrafen musste, konnte Évi uns nicht sagen, und wenn ich sonntags in der Kirche am großen Platz neben Aja saß, wo das Licht durch die blauen Fenster auf den Staub fiel, der über unseren Köpfen flirrte, fragte ich mich jedes Mal, warum Gott sich ausgerechnet Évi ausgesucht, warum er ihr nicht einfach vergeben hatte.

Zigis Sommer

Es war selten, dass Aja ihren Willen nicht durchsetzen durfte, und doch gab es Tage, an denen sie ihre Wut hinausbrüllte, so dass jeder auf dem großen Platz stehen blieb und erst weiterging, wenn Évi den Kopf schüttelte und Aja mit roten Flecken im Gesicht und geballten Fäusten zurückblieb, die sie nur langsam öffnete. Ein anderes Mal ließ sie sich vor dem Fliegengitter auf die Stufen fallen, obwohl sie schon hätte loslaufen müssen, warf die Schultasche ins hohe Gras, sträubte sich und machte sich schwer, wenn Évi sie an einem Arm über den kurzen Pfad aus Platten zog, ohne ein Wort bis zur Pforte. Ich konnte es spüren, wenn Aja sich in der Klasse neben mich setzte, ich wusste dann, ihre Mutter hatte sie wie eine Puppe durch den Garten gezogen, an einer Hand, hatte sie am Zaun liegen gelassen, um ohne Zeichen, ohne Geste zurückzugehen und Aja mit diesem Beben in den Tag zu schicken, das ich nicht nur spüren, sondern auch sehen konnte, an Ajas Blick, an ihren Lippen, ihren Schultern, und das Aja nie ganz verlor, auch später, viel später, nie mehr ganz verlor.

Einmal kam Zigi schon im Sommer, und Aja schmiss sich eine ganze Weile nicht aufs Pflaster des großen Platzes und auf die Stufen vor dem Fliegengitter. Wir nannten diesen Sommer Zigis Sommer, auch Jahre später, wenn wir uns erinnerten, nannten wir ihn so, diesen einen Sommer, der sich aus lauter hellen Tagen zusammenfügte. Selbst heute, wenn wir daran denken, sagen wir Zigis Sommer, obwohl sich vieles davorgeschoben hat, das unser Bild hätte verändern und unseren Blick darauf trüben können. Zigi kam in diesem Jahr ohne Brief, der ihn sonst Monate vorher angekündigt hatte, ohne Postkarte, auf der ein spitzes rotes Zirkusdach zu sehen war und die wochenlang zwischen den Rosentapeten im schiefen Küchenfenster steckte, vor dem sich Sonne und Regen, Tag und Nacht abwechselten, um Aja und Évi zu sagen, Zigi wird kommen, bald wird er mit seinem dunklen Koffer am schiefhängenden Tor stehen und beim Öffnen die Steinchen durch den Staub schieben. Zigi hatte genügend Geld zusammen, um den Sommer ausfallen zu lassen, wie er es nannte, um ihn hier zu verbringen, mit Aja, die aus diesem einen Sommer schöpfte für die nächsten Jahre, vielleicht für ihr ganzes Leben, und der wie eine Festung stand, zu der sie in Gedanken zurückkehren konnte, wann immer ihr danach war, aufzubrechen und sich auf den Weg dorthin zu begeben.

Évi erzählte, sie habe vom Küchentisch aufgeschaut, weil sie ein Geräusch gehört habe, und da habe Zigi an der Pforte gestanden, aber sie habe weggesehen, weil sie geglaubt habe, es sei nur eine Laune des Abendlichts, das sich zwischen den Bäumen aufs Gras gelegt und in dem sie Zigi schon häufig gesehen habe, auch wenn er in Wirklichkeit weit entfernt, hinter einem Ozean gewesen sei. Deshalb habe sie sich bald nicht mehr gewundert, wenn er in den Abendstunden auf dem schmalen Weg aufgetaucht sei, der neben den Maisfeldern zu ihrem Häuschen führte, wenn er am Zaun gewartet habe und dann verschwunden sei, sobald sie geblinzelt und sich die Augen gerieben hatte. Aber diesmal war Zigi stehen geblieben und hatte sich nicht aufgelöst, als Évi ein zweites, ein drittes Mal nach ihm geschaut hatte, auch nicht, als sie den Küchentisch verlassen, im schmalen Flur die Mäntel gestreift, die Tür geöffnet und das Fliegengitter gelöst hatte, als sie über die Steinplatten zum Tor gelaufen war und ihre Arme ausgestreckt, ihre Hände an Zigis Wangen gelegt hatte, um zu fühlen, ob er es wirklich war – war es wirklich Zigi, mit seinen schiefen Zähnen, seinem wirren Haar, seinen Schultern, auf die er Aja und mich setzen und auf denen er uns tragen konnte, ohne müde zu werden.

Zigi hatte unter den linken Arm seinen schwarzen Koffer, unter den rechten ein dunkelrotes Fahrrad geklemmt, wie Aja es sich in den Sommern zuvor gewünscht, wie sie es sich erträumt hatte, auch wenn Zigi nicht viel davon hielt und selbst nur auf einem Einrad fuhr, das weit oben auf einer Stange einen kleinen Sattel hatte, den er aber kaum nutzte, wenn er unter Bäumen durchs Gras rollte und mit seinem Haar die Zweige streifte, über die wackelnden losen Platten zum Tor, wo er sich mit einem Ruck zu uns drehte und die Arme ausbreitete, als warte er auf Beifall. Aber Aja sollte eins haben, Aja sollte ein Fahrrad haben wie andere Kinder, ein rotes Fahrrad mit zwei Rädern, die sich einfach hintereinander vorwärtsdrehten, und einem Lenker, an dem sie sich würde festhalten können.

Es war sonderbar, Zigi schon im Sommer hier zu haben, als der Weizen noch hellgrün und klebrig war, und wir konnten uns nicht genug darüber wundern, wenn er sein Hemd auszog, über den Lattenzaun warf und sich neben zwei Schweißtropfen die schwarze Libelle unter seinem Nacken zeigte, die einmal eine spitze Nadel in seine Haut gezeichnet hatte und die Zigi selbst nur sehen konnte, wenn er zwei Spiegel gegeneinanderhielt. Auch nach Tagen, als wir schon wussten: Zigi ist hier, er wird eine Weile bleiben, Abend für Abend wird er die Fenster schließen und sich zu Évi legen, am Morgen aufstehen und sie wieder öffnen, konnten wir es nicht glauben, Zigi in Évis Garten zu sehen, in seinen zu kurzen dunklen Hosen, die seine Knöchel zeigten, mit nackten Füßen zwischen Rüben und Tomaten in Évis Beeten und am weitgeöffneten Fenster der Küche, wo er Speck und Zwiebeln mit der Schere in die Pfanne schnitt und mindestens zehn Eier aufschlug, die er vorher durch die Luft geworfen hatte. Zigi hatte Ajas neues Fahrrad an den Maschendraht gelehnt, hinter dem die Hühner pickten, und ich ahnte, wie schwer es Aja fallen musste, am Morgen zur Schule zu gehen und es bis Mittag stehen zu lassen, wenn sie zurückkam und schaute, ob es noch an derselben Stelle stand, an die sie Steinchen gelegt hatte, damit es niemand verrücken konnte, ohne dass sie es merken würde. Trotzdem wollte sie nicht aufsteigen und losfahren, es dauerte, bis sie den Lenker umfasste und ihr Rad durch die Pforte schob. Zigi hatte auf einen Zettel zwei winzige Räder und viele rote Pfeile gezeichnet, die alle vorwärtszeigten, als brauche Aja einen Plan, als müsse sie auf dem Papier sehen, was sie auf dem Fahrrad zu tun haben würde. Sie band den Zettel mit Paketschnur an den Lenker, wie eine Landkarte, mit der sie nach dem Weg würde suchen können, sollte sie sich einmal zwischen Mais und Weizen verirrt haben.

Lange schob Zigi Aja auf ihrem Fahrrad durchs hohe Gras, zog mit den Reifen Furchen darin. Obwohl Évi schon fragte, was hält euch im Garten, warum fahrt ihr nicht an den Feldern entlang zum Bahnwärterhäuschen, schien Aja noch warten zu wollen. Erst als sie Zigis Arm nicht mehr brauchte, fuhr sie auf zitternden Rädern den Weg hinab, mit kurzen Pausen, wenn sie abstieg und einen Schritt zurücktrat, um ihr Fahrrad anzuschauen. Sie blieb in der Nähe des Zauns, wo ich auf einem der schiefen Stühle saß, den Évi für mich gebracht hatte, und ihr bis zum Abend zusah, wenn sich der Himmel dunkler färbte und ein Wind aufkam, der in die Linden blies. Aja stellte ihr Fahrrad an den Maschendraht, und später stand sie noch viele Male vom Tisch auf, um hinauszugehen und nachzusehen, ob es umgefallen war, ob der Lenker sich verbogen hatte, ob der Sattel noch festsaß, ob sie Zigis Zeichnung richten oder mit einem neuen Stück Paketschnur festbinden musste.

Während Aja fahren lernte und gleichzeitig auf die kleinen roten Pfeile schaute, die Zigi für sie gezeichnet hatte und die alle vorwärtszeigten, wuchs auf den Feldern ringsum der Weizen. Ich konnte zusehen, wie er höher kletterte und immer mehr von Aja verschluckte, jedes Mal, wenn sie ihre schmutzigen Füße auf die Pedale setzte und losrollte. Zigi lief ohne Schuhe neben ihr, eine Hand auf Ajas Rücken, auf den bunten Streifen ihres Kleids, die andere auf ihrer Schulter, damit er sie halten konnte, sollte sie das Gleichgewicht verlieren. Er lief mit großen schnellen Schritten zwischen den Feldern, auch nach Wochen lief er noch so, ohne langsamer zu werden, als der Weizen schon hoch und dicht stand und Aja wie durch eine Schlucht fuhr. Évi und ich blieben an der Pforte, aber wenn es uns zu lange dauerte, wenn Zigi und Aja verschwunden waren und wir nur ihre Stimmen hören konnten, gingen wir ein Stück durch den Staub, bis sich der Weg gabelte und sie hinter zwei Eichen zu sehen waren, nicht weit von den Gleisen, die zum Bahnwärterhäuschen führten, Aja mit den Füßen fest auf den Pedalen, Zigi mit den Armen rudernd neben ihr. Wir hörten Ajas helles weites Lachen, das sich im Weizen verfing und dessen Klang Évi stehen bleiben und den Blick senken ließ, als sei schon das Schauen zu viel, als hätten Aja und Zigi in diesen Tagen einen Kreis um sich gezogen, in den niemand eindringen dürfe.

Bald fuhr Aja so auf ihrem Rad, wie Évi durch die Straßen Kirchblüts lief, als müssten ihr die Dinge weichen und Platz machen und nicht umgekehrt. Zigi brauchte nicht mehr neben ihr zu bleiben, um sie stützen zu können, selbst wenn sie den Lenker losließ, erst für einen Augenblick, dann jedes Mal etwas länger. Zigi hatte es mit ihr geübt, er war wenige Schritte vor ihr gelaufen, hatte die Hände hochgehoben und gezeigt, wann Aja den Lenker loslassen und wieder fassen musste, und Évi hatte es erlaubt, wie sie vieles erlaubte, vielleicht weil es ihr unsinnig vorkam, Aja etwas zu verbieten, das sie ohnehin tun würde. Wenn Zigi loszog, weil er wie jedes Jahr auf den Straßen jemanden finden wollte, dem er seine Schuhe schenken konnte, fuhr Aja neben ihm bis zur kleinen Brücke, unter der es jetzt rot von Klatschmohn war, blieb auf ihrem Rad sitzen und schaute Zigi nach, wenn er sich umdrehte, um rückwärts durch die Luft zu springen und zum Abschied auf den Händen weiterzugehen. Sie wartete bis zum Abend, fuhr zu Évi und mir und wieder zur Brücke, um große Kreise zu drehen, bis Zigi nach Stunden barfüßig wiederkam, weil er jemanden gefunden hatte, an einer abgelegenen Straße, in einem Versteck hinter Kartons und Tüten, dem er seine Schuhe hatte geben können.

Seit sie Zigi auf dem großen Platz und den schmalen Wegen ringsum gesehen hatten, seine Art, über Stuhllehnen zu spazieren und Aja mit einer Drehung auf seine Schultern zu setzen, stellten sich Kinder aus Kirchblüt an den Lattenzaun, bis Évi das Tor für sie öffnete, Zigi Decken und Kissen auslegte und uns kleine Übungen beibrachte, uns im Kreis aufstellen und aus dem Stand viele Male auf Kisten hüpfen ließ, bis wir in seine zusammengelegten Hände springen, auf seine Schultern klettern und uns auf dem Boden abrollen konnten. Er ließ uns zu zweit, zu dritt auf einer Schaukel stehen, die er so hochgebunden hatte, dass sie wie ein Trapez über dem Boden schwang, und zeigte uns, wie wir darauf in die Knie gehen und uns festhalten sollten. Er ließ uns auf dem Rücken liegen und Steine auf den Fußsohlen balancieren, später Einweckgläser aus Évis Küche, die wir mit nackten Füßen weiterreichten, ohne dass eines davon zu Bruch gegangen wäre, im ganzen Sommer nicht eines. Neben dem Bachlauf, der kein Wasser führte in diesen Tagen, spannte er ein Netz über den Weg, an zwei Pfosten aus Holz, die er mit einem Hammer in den Boden geschlagen hatte, und wir warfen Bälle darüber, während Aja auf ihrem Rad unter dem Netz hindurchfuhr, zwischen springenden, rufenden Kindern, unter fliegenden Bällen den schmalen Weg hinauf, bis sie vor dem hochgeschossenen Mais stehen blieb, um sich umzudrehen und zurückzuschauen. Es schien, als kämen jetzt alle Kinder aus Kirchblüt, um sich an den Nachmittagen vor dem schiefhängenden Tor zu drängen und auf Zigi zu warten, darauf, dass er einen Ball schnappen und ihn über den Zaun schlagen würde, während Évis Blick die Libelle zwischen seinen Schultern streifte und zu den nahen Weizenfeldern wanderte, zwischen denen Aja Radfahren gelernt hatte.

An Ajas Geburtstag, den Zigi zum ersten Mal mitfeiern konnte, hängte er gelben Stoff als Vorhang zwischen die Bäume und stellte ein Podest auf, an dem er seit Tagen gehämmert und geklopft hatte. Er hob Ajas Fahrrad darauf, hielt den vorderen Reifen zwischen den Beinen fest, und Aja kletterte über den Sattel auf Zigis Schultern, streckte ihre Arme hoch, und dann standen sie wie ein großes A, das wir längst schon schreiben konnten, bis Zigi Aja durch die Luft drehte und zurück auf den Sattel stellte, wo sie sich so tief vor uns verneigte, dass wir ihren Nacken sehen konnten. Zigi fügte sich in die Menge aus Kindern, als sei er selbst eins, als sei er eines dieser Kinder, die ohne Einladung gekommen waren. Er sprang mit uns in die Wannen, die Évi am Morgen wieder mit Wasser gefüllt hatte, schnappte nach den Zuckerstangen, die quer durch den Garten an Wäscheleinen hingen, schoss Bälle in die Luft, bis sie in den Baumkronen verschwanden, und ließ sich von Aja ein Tuch um die Augen binden, um blind nach uns zu tasten. Évi versuchte, unsichtbar zu bleiben an diesem Tag, sie stand am Küchenfenster und zupfte an den kurzen Vorhängen, als dürfe sie das Haus nicht verlassen, als habe sie ausgerechnet heute keinen Zutritt zu ihrem eigenen Garten. Am Abend war es Zigi, der ohne Schuhe am schiefhängenden Tor die Eltern empfing, mit einem Gesicht, als sei dies der Ort, zu dem alle drängten und an dem nur für wenige Platz war. Er führte sie zum Tisch, dessen Beine tief in den Mauselöchern standen, zog Stühle heran, schenkte mit einer Kelle Perlwein mit Erdbeeren in Gläser und reichte sie weiter, ohne ein Wort zu sagen, wie ein Kellner, den Évi für diesen Tag bestellt hatte. Zigi brachte die Kinder nach Hause, die nicht abgeholt wurden, in diesem Jahr zog er den Karren über den Feldweg und legte Pausen ein für seine Luftsprünge, während wir jedes Mal den Atem anhielten. Aja hatte sich gewünscht, noch zum Waldsee zu gehen, und als Zigi sich nach dem Schwimmen im Sand ausstreckte, legten wir unsere Köpfe an seine Schultern. Zurück jagten wir über die sommerwarmen Felder, und wo der Weizen hoch genug war, ließen wir uns fallen und versteckten uns, versuchten, nicht zu lachen und noch nicht einmal zu atmen, damit Zigi uns nicht finden, damit er weiter am Feldrain nach uns rufen würde. Später kletterten wir ins große Tuch, das Évi wieder von Baum zu Baum gespannt hatte, hielten Weizenähren in den Händen, lösten Korn für Korn, ließen sie ins Gras segeln und hörten auf Zigi, der im Küchenfenster saß und Geschichten erzählte, für die sein Deutsch gerade reichte und Aja ihm die Wörter gab, wenn sie doch fehlten. Wir wussten nie, ob Zigi sich diese Geschichten ausdachte, ob er sie in diesem Moment erfand, wie es ihm gerade einfiel, oder ob er sie gehört und für Aja gesammelt hatte, auch wenn er jedes Mal sagte, alles sei wahr, alles sei genau so gewesen und nichts davon erfunden.

Évi holte frische Gläser und Teller mit Wurst und Brot, pflückte Tomaten von den Stauden, als hätten wir zu wenig gegessen, und obwohl sie die Augen verdrehte und den Kopf schüttelte, wenn Zigi anfing zu reden, schob sie die Bank unter den Birnbaum und legte sich auf die bunten Kissen, um zuzuhören. Aja und mir war es gleich, ob Zigis Geschichten erfunden waren, ihre Melodie trug uns durch die hellen Tage dieses Sommers, Zigi webte eine Welt für Aja, so viel konnte ich schon begreifen, als könne die vorgefundene nicht ausreichen, als müsse er sich eine buntere Welt ausdenken, als müsse er das, was er sah, auseinandernehmen und neu zusammensetzen, damit es für Aja gut genug sein, damit es für sie reichen würde. Wir vergaßen nicht, was Zigi erzählt hatte, es fing nur an, sich zu verschieben und so zu verdrehen, dass wir es Jahr für Jahr weniger zusammenfügen konnten und es uns schwerfiel, noch daran zu glauben, auch wenn Aja nie nach der Wahrheit fragte, auch später nicht, vielleicht aus Angst, Zigis Geschichten könnten auseinanderfallen, sobald wir sie berührten.

Zigi fing an, von einer Wette zu erzählen, aus einer Zeit, als er Évi noch nicht begegnet war, lange bevor es Aja in seinem Leben gab, in den letzten Tagen und Wirren des hässlichen Krieges, wie er ihn nannte, als er an der Küste Englands abgestürzt, neben dem Flugzeug gefunden und als Gefangener weggebracht worden sei, damit er im Schacht eines Berges Kohle abbaue. Jemand habe ihm gesagt, wenn du einen Hund, ein kleines Hündchen hast, werden sie dich wegschicken und gehen lassen, keiner kann im Bergbau mit einem Hund arbeiten, und Zigi war losgezogen, um in einem der nahen Dörfer einen zu finden. Auf einem Hof am Ende einer sich windenden Straße hatte er einen jungen deutschen Schäferhund losgebunden, der ohne zu bellen mit ihm gegangen war. Er hatte ihn Otto genannt und am nächsten Tag mitgenommen zur Grube, wo er sich wie jeden Morgen mit den anderen in eine Reihe zu stellen hatte. Als man nach dem Hund fragte, trat Zigi vor und sagte, zu ihm gehöre er, Otto heiße er. Mit einer Handbewegung, als wollten sie ihn ohrfeigen, ließen sie ihn mit Otto weggehen, die Straße zwischen Schotterhaufen hinab, mit einem letzten Winken zu den Bergleuten, die ihm nachschauten, bevor sie wenig später vom Schacht verschluckt wurden. Zigi sagte, er habe mit ihnen gewettet, ohne einen Penny, ohne Kleider und Essen, allein mit diesem kleinen deutschen Schäferhund in den Süden zu kommen, wo er auf eines der riesigen Schiffe steigen wollte, das ihn über den Atlantik tragen würde. Me no money, me no eat, me no english, hatte einer für ihn aufgeschrieben, winzig in die Mitte eines Zettels, der ansonsten weiß blieb und den Zigi bei sich trug wie eine Schatzkarte und aus seiner Brusttasche zog, sobald sich jemand vor ihn stellte. Mit diesen drei Parolen, die er aufzusagen lernte, war er auf einen Zug gesprungen, und der Schaffner hatte ihn nicht auf die Gleise geworfen, sondern mitfahren und auf dem Gang sitzen lassen, unter einem schmutzigen Fenster, auf einem schmalen Sitz, der mit einem Lederriemen hochgebunden war und den er für Zigi heruntergeklappt hatte. Er brachte zwei Brote mit Käse, eines für Zigi und eines für den Hund, auf den er deutete, und Zigi warf es Otto hin, zur Belohnung dafür, dass er wegen ihm in diesem Zug saß, der ihn wegtrug von einer Küste und einem Flugzeugwrack, von einem Kohlewerk und einem Dorf, dessen Namen er soeben schon vergessen hatte. Jetzt erst spürte er seine Müdigkeit und lehnte den Kopf ans Fenster, schloss die Augen, um nicht länger hinauszuschauen über weite grüne Täler, die genauso aussahen wie in seiner Vorstellung. Als der Zug in die Hafenstadt einfuhr, hatten ein paar der Bergleute schon auf ihn gewartet, auf dem einzigen Bahnsteig des Bahnhofs, unter einem halben Dach und einer Uhr ohne Glas und Zeiger. Einen Wagen hatten sie besorgt und waren angereist, nur um zu sehen, ob Zigi es wirklich schaffen würde, ohne einen Penny anzukommen, um ihn zu beklatschen, ihn und den deutschen Schäferhund, der neben Zigi aus dem Zug sprang und zum ersten Mal bellte, als habe er den richtigen Augenblick dafür abwarten wollen. Sie gaben Zigi aus ihren Taschen und Geldbörsen das Wettgeld, das für die Schiffspassage über den Atlantik nicht gereicht hätte, aber Zigi zählte es nicht, er faltete und steckte es schnell in seine Hose, weil er plötzlich Angst hatte, jemand könne es sehen und stehlen wollen. Den Hund schenkte er einer Fremden, die vor Otto stehen blieb und mit der Zunge schnalzte, zu ihm redete, ihn streichelte und mit der flachen Hand auf ihre Schenkel schlug, um ihm zu bedeuten, er solle seine Pfoten heben. Zigi sagte, sie solle ihn mitnehmen und Otto nennen, das sei der Name, auf den er höre, und dann wiederholte sie diesen Namen, mit einem O, das eher wie ein A klang, einige Male, schnell hintereinander, Otto, Otto, Otto, und der Hund lief ohne zu bellen neben ihr den Bahnsteig hinunter und verschwand.

Am Ende dieses langen Sommers, in dem alles aufgehoben und vergessen war, nahm Zigi Abschied, und obwohl Aja gewusst hatte, dieser Tag würde kommen, wirbelte er etwas in ihr durcheinander, von dem sie sich lange nicht erholte. Die Zeit war in diesem Sommer nicht weitergelaufen, sie hatte die Tage in eine Gleichmäßigkeit gegossen, die es sonst in Ajas Leben mit Zigi nie gab. Als Zigi abfuhr, war es, als sei Aja einer Täuschung erlegen, als sei sie nicht achtsam genug gewesen und ausgespielt worden. Ich hatte über Nacht bleiben dürfen, um Zigi am Morgen ein letztes Mal zu sehen, und als ich aufstand und die Stufen vor dem Fliegengitter hinabstieg, wartete er schon mit seinem dunklen Koffer am schiefhängenden Tor. Évi trug ein helles Kleid, das ihre Beine versteckte und das sie am Abend zuvor auf dem Küchentisch über einem Leinentuch gebügelt hatte. Sie sah zum ersten Mal müde aus, seit Zigi hier war, ihre Augen waren kleiner als sonst, als habe sie in der Nacht etwas aufgeschreckt und nicht mehr zur Ruhe kommen lassen. Aja ging diesmal nicht mit, um an der Haltestelle zu stehen, wenn Zigi auf den Bus springen, wenn er sich aus der Tür lehnen und mit seinem Hut winken würde, bevor der Bus abbiegen und hinter einer Reihe Kastanien verschwinden würde. Sie schüttelte den Kopf und zog die Schultern hoch, als wolle sie sich hinter ihnen verstecken. Ihr Blick warnte Évi, darauf zu bestehen, dass sie mitkommen solle. Ich konnte ahnen, wie sehr es Aja schmerzen musste, auf Zigi zu verzichten, nach all den Wochen, in denen er neben ihrem Rad gelaufen war, ohne müde davon zu werden, ohne die Lust daran zu verlieren, sie auf den Sattel zu heben und im rechten Augenblick loszulassen, nach all den Tagen, in denen er sie umgeben hatte wie der Sommerwind den Weizen rund um Évis Garten. Aja trat aus dem Haus, dem Zigi diesmal keine neue Farbe gegeben hatte, als habe er es vergessen, an jedem Tag aufs

Neue vergessen, es wie sonst zu streichen, immer wenn Aja ihr Fahrrad vom Maschendraht gelöst, sich von den Hühnern verabschiedet und gegen die Sonne geblinzelt hatte. Sie holte ihr Fahrrad und schob es über die losen Platten hinaus, an Zigi vorbei, der am schiefhängenden Tor stehen blieb und ihr nachschaute, als sie ohne Kuss und Umarmung, ohne ein Wort aufstieg und sich in ihrem kurzen gestreiften Kleid, mit schnellen Tritten von uns entfernte und den Feldweg hinabfuhr, auf dem sie in diesem Sommer gelernt hatte, das Gleichgewicht zu halten. Bevor der Weizen sie verschluckte, riss sie die Arme hoch, so wie Zigi es ihr beigebracht hatte, als schicke sie zum Abschied diesen letzten Gruß, senkte sie aber schnell und fasste die Lenkstange, als habe der Mut sie plötzlich verlassen.

Zigis Sommer hörte auf, obwohl Aja sich gewünscht hatte, es würde nicht geschehen, er müsse nicht enden und Zigi zurück an einen Ort schicken, von dem Aja nicht wusste, wie und wo er war, auch nicht, ob sie ihn jemals würde sehen können. Alle Kinder, die an den Abenden mit Zigi durch den Garten geturnt, am Netz hochgesprungen waren und Bälle geschlagen hatten, kehrten zurück in ihre Häuser und tauschten die hellen Tage mit Zigi bald gegen etwas anderes. Nur Aja schien nichts zu haben, das sie hätte ablenken können. Wenn Évi neben ihr lief und sie auf ihrem Fahrrad anschob und mit schnellen, großen Schritten auf einer Höhe mit ihr blieb, wollte es nicht passen. Nichts davon wollte passen, nicht Évis Füße in Schuhen, ihre langen, schmalen Beine, ihr Haar, das sie mit dem bunten Tuch zurücksteckte, nicht ihr Blick, mit dem sie versuchte vorzugeben, alles sei wie immer. Auch ihr Ton wollte nicht passen, wenn ich am Abend ging, nachdem wir unser Rad geschlagen hatten und sie Aja fragte: Willst du nicht deine Zeichnung am Lenker richten, willst du sie nicht noch einmal mit etwas Paketschnur festbinden?

Als wenig später der Weizen gemäht wurde, standen Aja und ich am Feldrain. Der Lärm störte uns nicht, nicht der Staub, der über unsere Köpfe fegte, der Sturm, den die Maschine zu uns schickte und der an unseren Kleidern zerrte, das Korn, das uns ins Gesicht schlug, an unseren Lippen haften blieb und sich in unserem Haar, in unseren Wimpern verfing. Aja hatte darauf gewartet, dass sie den Weizen ernten würden. Seit Zigi gegangen war, hatte sie jeden Tag gehofft, es wäre so weit, hatte aus ihrem schiefen Fenster mit den kurzen Gardinen geschaut, hatte mit ihrem Fahrrad am Zaun gestanden und auf das Rattern gewartet, mit dem sie die Maschinen anwarfen und begannen, die Felder abzuernten. In diesem Jahr wollte sie den Weizen loswerden, zum ersten Mal loswerden, und es konnte ihr nicht schnell genug gehen, bis sie ihn abtrugen und wegschafften, damit sie ihn nicht mehr würde sehen müssen. Trotz des Lärms setzten wir uns auf den Feldweg, mit angezogenen Knien neben Ajas Fahrrad, das dicht genug neben ihr lag, damit sie ihre Hand mit den drei Fingern ausstrecken und es berühren konnte. Wir wollten sehen, wie der Mähdrescher den Weizen von den Feldern nahm, durch die Zigi wie zwischen Wänden gelaufen war, mit einer Hand auf Ajas Schulter und einer auf ihrem Rücken, auf den bunten Streifen ihres kurzen Kleids. Das Komische war, dass der Bauer nicht schrie, wir sollten aufstehen und weitergehen. Er ließ uns sitzen und schauen, wie das Korn durch die Luft flog und den Himmel über uns braun färbte, als habe er eine Ahnung, dass er etwas verschwinden ließ, das Aja nicht länger um sich haben wollte.

Solange es das Wetter noch erlaubte, gingen wir baden, auch wenn Aja nicht mehr viel Freude daran hatte, hinter den Feldern durch den Wald zu fahren, zum kleinen See, wo die Wanzen übers Wasser liefen und wir uns mit den anderen Kindern trafen. Wir fuhren mit den Rädern vorbei an Warnschildern und dichten Sträuchern, die an unserer Haut kratzten, und Aja zeigte Kunststücke, die Zigi mit ihr eingeübt und Évi ihr nicht verboten hatte. Beim Fahren zog sie manchmal die Füße hoch und stellte sie auf den Sattel, um so weiterzurollen, dann wieder saß sie auf dem Gepäckträger und hielt den Lenker mit einem Gürtel, den sie aus ihrem Hosenbund gezogen hatte. In diesem Sommer hatte man einen breiten Holzsteg ins Wasser gesetzt, an dessen Spitze wir zu viert, fünft nebeneinanderstehen und ins trübgrüne Wasser springen konnten. Wir vertrieben uns die Zeit damit, uns auf den Brettern auszustrecken, das Kinn auf die Fäuste zu legen und auf die Wellen zu schauen, wenn zwischen den Weiden ein leichter Wind aufkam. Meist aber war das Wasser glatt und ohne Bewegung, und wenn wir ein Blatt darauf warfen, blieb es lange an derselben Stelle. Wir waren allein mit unseren Rädern und Badetüchern, mit unseren Schritten, Sprüngen und Stimmen, deren Klang wir über den See schickten. Erst am Abend, wenn es im Wald still wurde, kamen sie aus Kirchblüt mit den Wagen herausgefahren, um uns aufzuscheuchen und zusammenzutreiben, aus dem Wasser zu ziehen und zu rufen, es ist Zeit, es wird dunkel.

Bevor wir den See verließen, die Räder durch Sand und Gras der Böschung schoben und mit unseren Klingeln die Vögel aufschreckten, fuhr Aja ein letztes Mal hinunter bis an die Spitze des Stegs. Der Tag endete mit dieser kleinen Übung, die groß genug war, um die Blicke aller anzuziehen, die auf dem Waldweg stehen geblieben waren. Wir schauten zu, wie

Aja sich abstieß und über den Steg jagte, ihre Arme hochriss und erst absetzte und bremste, wenn das Vorderrad schon übers Wasser ragte. Es gehörte zum ausklingenden Sommer, so wie Zigis Abschied, die kühleren Nächte, das tiefgelbe Licht dazugehörten, und am Abend wartete ich darauf – genauso wie ich am Morgen auf die zehn Glockenschläge am großen Platz wartete, wenn ich mich in den Ferien zu Aja aufmachte. Erst wenn Aja den Steg verlassen und ihr Rad die Böschung hochgeschoben hatte, erst dann stiegen alle auf und fuhren los, und wenn sie einmal ihr Kunststück vergessen hatte, kehrten wir um und warteten, bis Aja Streifen in den Sand der Böschung gezeichnet und ihr Vorderrad an der Spitze des Stegs über dem Wasser zum Stehen gebracht hatte. Vielleicht war sie an diesem Abend abgelenkt worden, von einem Vogel, der plötzlich aufflog, einem Windhauch, der das Wasser kräuselte, vielleicht waren ein Badeanzug, ein Sonnenhut auf dem Steg liegen geblieben, und sie hatte ausweichen wollen. Vielleicht war es, weil Zigi abgereist war, weil der Bauer die Felder kahlgeschoren und den Weizen weggebracht hatte. Vielleicht aber auch, weil meine Mutter zum ersten Mal zur selben Zeit wie Évi an den Waldsee gekommen war, als hätten sie sich abgesprochen. Vielleicht hatten sich ihre Schatten in Ajas Blickfeld geschoben und sie verwirrt, weil wir unsere Mütter nie zusammen sahen, weil meine Mutter Abstand zu

Évi hielt und immer wenigstens ein Gartenzaun die beiden voneinander trennte.

An diesem Abend jedenfalls hatte Aja ihre Hände zu spät auf den Lenker gesetzt, hatte zu spät gebremst und war weiter durch die Luft gefahren, als wolle sie fliegen. Einen Augenblick lang glaubte ich, es sei eines ihrer neuen Kunststücke, und als sie ins Wasser fiel und ihr Fahrrad nicht losließ, rannte vielleicht deshalb keiner los, um zu helfen, weil alle glaubten, auch das gehöre dazu. Meine Mutter war die Erste, die sich von uns löste und im Laufen ihre hellen Sandalen abstreifte, schneller als Évi, die einen Augenblick gezögert hatte, bevor sie rufend durch den Sand rutschte und meiner Mutter folgte. Es sah aus, als zittere der ganze Steg unter ihren Schritten, unter ihren nackten Füßen, bis Évi an seiner Spitze auf die Knie fiel und die Arme nach Aja ausstreckte, die sich kaum bewegte und weiter hinabsank, als dürfe sie ihr Fahrrad nicht loslassen, das unter Wasser schwer geworden war. Évi bekam ihre Hand zu fassen, und als Aja sie ihr entriss, zog meine Mutter Bluse und Hose aus, sprang in ihrer weißen Wäsche kopfüber mit gestreckten Beinen und spitzen Zehen ins Wasser und schob Aja an den Steg heran. Dann tauchte sie nach dem Rad, um es hochzustemmen zu Évi, die Aja schnell aus dem Wasser gezogen hatte, an tropfnassen, klebenden Kleidern, die sie noch schmaler und kleiner aussehen ließen, jetzt, da sie bibbernd hinter Évi stand und meiner Mutter zuschaute, wie sie ihr rotes Fahrrad aus dem grünen Waldsee fischte, kurz bevor er es hätte verschlucken können.

Alle Kinder waren abgestiegen, hatten die Fahrräder in den Sand geworfen, waren hinabgelaufen und am Wasser stehen geblieben. Ich wunderte mich, dass meine Mutter Aja nicht einfach hatte zum Ufer schwimmen lassen, sondern so getan hatte, als würde sie ertrinken, wenn keiner sie herauszog. Dass sie sich nicht gescheut hatte, ihre Kleider auszuziehen und in Unterwäsche kopfüber ins Wasser zu springen, um ein Fahrrad zu retten, auf dem Aja an vielen Tagen dieses Sommers neben einem hüpfenden, lachenden Zigi an den Feldern entlanggefahren war und das deshalb nicht auf dem Grund eines Waldsees liegen durfte. Vielleicht hatte ich Schuld daran, vielleicht hatte ich das in ihr ausgelöst, wenn ich von Aja geredet, wenn ich mich gesträubt hatte, sobald meine Mutter am Gartenzaun gewartet und ich Aja für die Nacht zu verlassen hatte – jedes Mal, wenn sie mich ins Bett gebracht hatte, und mein letzter Satz ein Satz mit Aja gewesen war. Vielleicht hatte sie deshalb ins Wasser springen und nach Aja tauchen müssen, obwohl doch jeder wusste, Aja konnte schwimmen, sie konnte sogar gut schwimmen, sie würde nicht einfach untergehen.

Aja ließ sich von meiner Mutter die nassen Kleider und Schuhe ausziehen, als sei sie noch zu klein, es selbst zu tun, und als Évi sagte, Aja könne ohne Kleider zurückfahren, es sei warm genug, in einem Ton, als wolle sie Aja bestrafen, bestand meine Mutter darauf, dass Aja ihre Bluse überzog, die vor ihren Füßen auf dem Steg lag. Meine Mutter wrang das Wasser aus ihren Haaren und sagte, sie würde sich so in den Wagen setzen, hinter unserem Tor könne sie niemand sehen, wenn sie aussteigen würde, und als Évi still blieb, streifte meine Mutter Aja die Bluse über, und ich konnte sehen, wie es Aja gefiel, in der weißen Sommerbluse meiner Mutter zu sein, die einen fremden Duft trug und deren halblange Ärmel über ihre Hände reichten. Ajas Rad war übersät mit den dunklen Gräsern des Sees, und als meine Mutter es über die Böschung schob, tropfte das Wasser von ihnen. Aja stieg auf, ohne sich nach Évi umzudrehen, und während sie schneller fuhr als alle anderen, als sei sie einer Gefahr entwischt und fürchte noch, von ihr eingeholt zu werden, zeichnete sie eine Spur aus winzigen Punkten in den Staub.

Meine Mutter hatte Évi im Wagen mitnehmen wollen, wenigstens durch den Wald, bis zur größeren Straße, weil sie glaubte, etwas in Évis Blick erkannt zu haben, das ihr sagte, sie dürfe Évi nicht allein lassen, jedenfalls erklärte sie es mir später so. Aber Évi hatte nicht einsteigen wollen, heute müsse sie allein gehen, hatte sie erwidert, sie wolle warten, bis unsere Stimmen nicht mehr zu hören seien. Als wir losfuhren, Aja ein gutes Stück vor uns, in der weißen Bluse meiner Mutter, die sie trug wie ein langes Kleid, hatte Évi den Steg bereits verlassen. Als meine Mutter in ihrer nassen Wäsche in den Wagen stieg, mit einem letzten Winken zu mir, stand Évi am Ufer, die Hände ineinandergelegt, den Blick aufs Wasser gerichtet.

Zum ersten Mal Karl

Zuvor hatten sich unsere Mütter nur so gekannt wie Mütter, deren Kinder befreundet sind, sie hatten sich an Évis Gartenzaun nie etwas zu sagen gehabt, an den seltenen Abenden, wenn meine Mutter mit dem Wagen gekommen war, wenn sie an Évi vorbeigeschaut und ihre Kleider glattgestrichen hatte, als wüsste sie gerade nicht wohin mit ihren Händen. Wenn ich zu ihr gelaufen war, schien sie erleichtert, als glaube sie, mir habe in Évis Garten etwas zustoßen können. Sie hatte den Motor laufen lassen und die Wagentür nicht zugeworfen, als müsse sie Évi zeigen, wie knapp ihre Zeit war, zu knapp jedenfalls, um die Wagentür zu schließen und eine Weile am Zaun zu stehen, wo Évi sie jedes Mal mit der gleichen Geste hereingebeten hatte, nachdem sie das schiefhängende Tor schon geöffnet hatte, sobald sie den Wagen in einer Wolke aus Staub sich hatte nähern sehen. Meine Tage mit Aja hatten meine Mutter ratlos zurückgelassen, und es dauerte, bis sie wieder mit mir reden konnte wie sonst, bis sie ihren hastigen, eilenden Ton wiederhatte, aus dem sie jeden ihrer Sätze spann. Seit diesem Nachmittag aber, an dem Aja mit dem Fahrrad ins trübe Wasser des Waldsees gefallen und meine Mutter ihr nachgesprungen war, gab es etwas, das unsere Mütter verband, ohne dass sie es hätten auszusprechen brauchen. Meine Mutter vergaß, dass sie Évis Garten nie hatte betreten wollen, und Évi vergaß es auch.

Langsam hatte sich meine Mutter genähert. Sie hatte Zeit gebraucht, den Motor abzustellen, die Wagentür zu schließen und am Zaun zu warten, Tage später durch die Pforte, die wenigen Schritte über die Steinplatten zu Évis Haus zu laufen, wo sie stehen geblieben war, als sei alles Weitere für den Augenblick noch zu viel. Bald war sie in den Garten gekommen, hatte sich von Évi wie an einer unsichtbaren Leine an der Hauswand entlangführen lassen, als könne sie den Weg nicht allein finden, als müsse Évi ihr zeigen, wie sie an Maulwurfshügeln vorbei durchs hohe Gras gehen konnte. Sie trug die zimtfarbenen Schuhe mit den feinen Riemchen auf ihrem Spann, die zu ihrer Hose passten, zu ihrer langen Bluse und den Armreifen, die an den Handgelenken klapperten, jedes Mal, wenn sie ihre Sonnenbrille mit den großen dunklen Gläsern zurechtrückte. Mit kleinen Schritten tastete sie durchs Gras, das Évi nicht mehr geschnitten hatte, seit Zigi abgereist war, als wolle sie prüfen, wie hoch es noch wachsen würde. Évi schob die Bank mit durchgestreckten Armen unter den Birnbaum, und meine Mutter setzte sich auf ein Kissen, das Évi schnell für sie aufgelegt hatte, aus Angst, das Holz könne meiner Mutter zu hart sein, ein Splitter könne am feinen Stoff ihrer Hose reißen. Meine Mutter zog die Schuhe aus und stellte sie nicht unter die Bank, sie warf sie hinter zwei Mauselöcher ins Gras, und später lief sie barfüßig zum Wagen, über die losen Platten und die Steinchen am Wegrand. In den Händen hielt sie ihre weiße Bluse, die Aja auf dem Badesteg übergezogen, Évi in einer Schüssel gewaschen und noch feucht auf dem Küchentisch gebügelt und zusammengefaltet hatte. Als wir losfahren wollten, kam Évi zum Tor herausgelaufen und wedelte mit den Schuhen, meine Mutter kurbelte ihr Fenster nach unten, nahm sie mit zwei spitzen Fingern an den Riemchen, legte sie vor den Beifahrersitz und fuhr mit nackten Füßen nach Hause. Es hatte ein bisschen gedauert, bis sie den Wagen anspringen ließ, nur einen kleinen Augenblick länger als sonst, aber er war lang genug gewesen, dass Aja und ich ihn bemerken konnten.

Etwas zog Aja zu meiner Mutter, seit sie ihre Kleider auf den Steg geworfen hatte und kopfüber ins Wasser gesprungen war, seit sie das Fahrrad samt grünen Gräsern aus dem See gefischt hatte und in nasser Wäsche nach Hause gefahren war. Es war gekommen und blieb, und wenn es sich auch kaum in ihren Blicken und Gesten zeigte, konnte ich es spüren, und ich bin sicher, Évi spürte es auch. Ein Kind wie Aja war meiner Mutter noch nie begegnet, und sie fing gerade an, zu begreifen, wie Aja mich überfallen hatte, wie sie mich einnahm und nicht losließ, wie ich glauben konnte, mir sei etwas widerfahren, wenn es ihr widerfahren war. Vielleicht tat ihr Aja auch leid, mit einer Mutter wie Évi, die ihre blauen Flecken nicht versteckte, mit dem wirren Haar, das sie zusammenband mit Stoffresten, und einem Vater wie Zigi, der keine Strümpfe und selten Schuhe trug, sein Geld in einem Zirkus verdiente und davon jeden Herbst neue Farbe und Bretter kaufte, die er an Évis Hütte festnagelte, damit sie Regen und Schnee abwehrten, wenn er nicht hier sein konnte. Meine Mutter blieb nicht mehr am Zaun stehen, und sie winkte nicht mehr, wenn ich kommen sollte. Früher hatte sie nicht gewusst, was sie mit Évi reden sollte, selbst die wenigen Augenblicke am Gartenzaun hatten die beiden kaum füllen können, schon weil Évi nicht über dieselben Wörter verfügte wie meine Mutter, weil sie ihr auch nicht schnell genug einfielen, nicht so schnell wie meiner Mutter, die sie mühelos zusammenfügte und schwerelos aneinanderreihte und sich nie verfing dabei. Aber jetzt saß sie an den Abenden mit Évi unterm Küchenfenster und ließ Aja und mir alle Zeit, die wir brauchten, um von Stuhl zu Stuhl zu springen, um von den Bäumen ins Gras zu fallen und zum Abschied unser Rad zu schlagen. Sie nannte Évi nicht länger Frau Kalócs oder Éva, sie sagte jetzt Évi, so wie Évi es sich gewünscht hatte, und sobald sie es zum ersten Mal gesagt hatte, war ich sicher gewesen, sie würde wiederkommen, an vielen Abenden würde sie wiederkommen, ihre zimtfarbenen Schuhe zwischen Maulwurfshügeln ins hohe Gras werfen und mit nackten Füßen in Évis Garten sitzen.

Als sie zum ersten Mal das Haus betrat, wunderte sie sich über die Bilder an den Wänden, Zigis Zeichnungen, in denen sie wenig erkennen konnte, über die bunten Rahmen, mit denen Évi die Bilder zusammenhielt und auf die sie mit einem kleinen Pinsel Farbe gab, wenn ihr danach war. Für meine Mutter stand Évis Haus nicht am Rand unseres Städtchens, dort, wo es ausfranste und Felder und Wald begannen, für meine Mutter stand es in einer anderen Welt, die sie bislang nicht gekannt, die sie auch nie hatte betreten wollen und von der sie gehofft hatte, ich würde sie bald verlassen. Aber seit sie aufgehört hatte, am Zaun nach mir zu rufen, seit sie durch Évis Garten ging, als sei es nie anders gewesen, musste sie spüren, etwas lag über Évi und den Dingen, die sie umgaben, etwas, das wir nicht fassen oder greifen konnten. Sie musste sehen, dass Évi nicht nur dieses Haus bewohnte, das aus Resten zusammengehämmert war und aussah, als könne es sich vom Boden lösen und über Weizen und Mais zum Bahnwärterhäuschen schweben, sondern dass ihr auch der Weg davor gehörte, auf dem wir Bälle über ein Netz geworfen hatten. Alle Wege gehörten ihr, alle staubigen Pfade, die an den Feldrainen nach Kirchblüt führten. Sobald Évi am Morgen die Läden aufstieß und über die Felder schaute, gehörten sie ihr, sobald sie über die Steinplatten zum schiefhängenden Tor ging und es beim Öffnen durch den Staub zog, sobald sie den Mais mit ihren Armen streifte, wenn sie zur Brücke über den Klatschmohn ging, mit ihren schnellen, leichten Schritten, die den Boden kaum zu berühren schienen. Meine Mutter fragte nicht mehr, ob Évi keine Angst habe, allein in einem Haus hinter Feldern zu leben. Évi brauchte nicht zu erklären, drei Linden und ein Zaun aus Holzlatten reichten ihr als Schutz, der Bachlauf, der im Sommer nur selten Wasser führte, und Aja, selbst wenn sie nichts tat als nebenan zu schlafen und sich in ihre Laken zu drehen. Wenn meine Mutter und Évi unterm Birnbaum saßen, achteten sie nicht mehr auf uns, sie suchten auch nicht mehr nach Worten, sie schlugen einfach die Beine übereinander und redeten. Wenn meine Mutter abfuhr, ging Évi mit zum Wagen und klopfte ans Fenster, und meine Mutter kurbelte es hinunter, damit sie weitersprechen konnten, als hätten sie nicht genügend Zeit gehabt, sich alles zu sagen, als sei ihnen soeben noch etwas eingefallen, das bis zum nächsten Mal nicht warten konnte.

Ajas Sturz ins trübe Wasser und ihre Fahrt zurück auf ihrem dunkelroten Rad mit den nassen Gräsern hatte auch Zigi erreicht, in einem Brief, den Évis Freunde geschrieben hatten, und weil jeder so tat, als sei es ein Unfall gewesen und Aja durch eine glückliche Fügung heil geblieben, tat auch Zigi so. Von der Gärtnerei am Friedhof ließ er zwei Sträucher liefern, eine rote und eine schwarze Johannisbeere, die an einem Samstagmorgen, als Aja aufgestanden und ans Tor gelaufen war, auf der Ladefläche eines grünen Lieferwagens gebracht wurden und von denen Évi sagte, die eine sei für Aja, die andere für mich. Wir setzten sie am Zaun ein, wo es die beste Sonne und den besten Halbschatten unter den Linden gab und sie schnell hochwachsen würden. Im Frühjahr zeigten sie ihr erstes helles Grün, und als ihre Beeren zu wachsen anfingen, verschwand ein Junge aus dem Viertel mit den Sandsteinhäusern und Rosengärten, aus einer dieser Straßen, die wir jederzeit mit der nächsten verwechseln konnten. Er jagte nicht mehr mit uns durch den Wald zum See, er lief nicht mehr über den Schulhof, um sich in kurzen Hosen auf die Aschenbahn zu werfen, er versteckte sich nicht länger hinter Pfeilern und Büschen, wenn wir ihn fangen wollten. An den Feldrainen waren vor den Polizeiwagen Bänder gespannt, die uns zurückhielten, und über Wochen flackerte das Gelb der Taschenlampen durch den Wald, wie ein flaches Feuer, das sich über dem Boden ausgebreitet hatte und nicht höher stieg. Auch vor dem Maisfeld stand ein Wagen, sein zuckendes Licht reichte in Ajas Zimmer und Évis Küche und färbte an den Abenden unsere Gesichter blau. Die Feldwege und schmalen Pfade im Wald waren erfüllt von Stimmen und Rufen, die zusammenwuchsen und sich über unseren Köpfen bewegten wie Wolken vor einem Unwetter. Jeder sprach davon, und von nichts anderem sprach man mehr, auf den Straßen, die zum großen Platz führten, vor den Geschäften und dem Tor zur Schule webte jeder an diesem Netz aus Stimmen, in dem wir uns mehr und mehr verfingen, jedes Mal, wenn wir versuchten, uns daraus zu befreien.

Als wir nach Wochen wieder zum Waldsee durften, hörten wir die Stimmen noch immer, als hingen sie noch zwischen den Ästen und wisperten nun immerzu das eine: Ein Junge aus Kirchblüt ist verschwunden. Sein Stuhl im Klassenzimmer blieb leer, und bald kam jemand, um die Stifte und Hefte einzusammeln, den Turnbeutel aus grauem Stoff von der Garderobe zu nehmen und seinem Vater nach Hause zu bringen. Die Bänder und Stangen verschwanden von den Feldrainen, und die Polizeiwagen mit ihren blauen Lichtern fuhren langsam über die Feldwege rund um Évis Haus, als versuchten sie ein letztes Mal, etwas zu finden, das ihnen bislang nicht aufgefallen war. Die ersten Plakate an Mauern und Türen tauchten auf, mit dem Gesicht des Jungen, seinem Namen und dem letzten Tag, an dem man ihn gesehen hatte, an dem er mit uns über den Schulhof gelaufen, mittags durch den Wald hinunter zum See gefahren und später nicht mehr zurückgekehrt war. Eine Stille, zäh und dicht, legte sich auf den großen Platz, auf die Geschäfte und ihre Auslagen, auf den Kirchturm und seinen Glockenschlag, auf die Vorgärten, die Zäune und Häuser, auch auf das Haus, in dem sein Vater lebte, ein Sandsteinhaus in einem Rosengarten, dessen Blüten und Knospen bis zum Dach kletterten und zum Himmel strebten, das Haus, an dem die Läden jetzt geschlossen blieben und das wir deshalb bald so nannten: Haus mit geschlossenen Läden.

Es war der Sommer, in dem Karl zu uns stieß. Er kam in unser Leben, als wir noch sangen: Ringel, ringel, Reihe, sind der Kinder dreie, uns an den Händen fassten und im Kreis durch Évis Garten tanzten. Es war schnell so, als habe es Karl schon immer gegeben, wenn er jetzt am Maschendraht mit den Hühnern sprach und Évi Nägel reichte, wenn sie für ihre neuen Hasen Kästen baute und ein Gitter davorsetzte, in das wir Salatblätter stecken durften. Aja und ich vergaßen fast, dass es eine Zeit gegeben hatte, in der wir nur zu zweit gewesen waren und einander gereicht hatten, Aja vergaß es vielleicht schneller als ich.

Obwohl uns nichts gefehlt hatte, schien Karl etwas zu ergänzen, auch wenn jeder hätte glauben können, er passe nicht zu uns. Seine hellen Hemdkragen passten nicht zu Ajas wirrem Haar, seine Stimme, wenn er guten Tag sagte und Évi die Hand reichte, nicht zu unserem Radschlagen, sein Warten auf Évis Ermunterung, sich setzen zu dürfen, wenn er neben ihren Stühlen unterm Birnbaum stand, und seine Art, dann still zu bleiben, die Hände im Schoß, während Aja und ich aufsprangen, durchs Gras wanderten und mit den Zehen Butterblumen pflückten. Aber für Aja und mich passte es, hatte es sofort gepasst. Karl setzte sich an die Spitze unseres Dreiecks, um es zu Ende zu zeichnen und zu schließen. In diesem Sommer teilten wir die drei Linden vor dem Zaun unter uns auf, aus deren Blüten Évi an den Abenden Tee kochte. Wir setzten uns auf ihre Äste und schauten nun zu dritt auf Évis Garten, auf ihr kleines Küchenfenster, hinter dem die Ameisenstraßen lagen, die Aja mit Krümeln umleitete und die sich erst auflösten, wenn Évi Backpulver verstreut hatte.

Wir hatten Karl schon gekannt, bevor wir ihn getroffen hatten, bevor er an den Nachmittagen mit uns in den trüben See sprang und nach Steinen tauchte, die er uns schenkte, wenn er am Abend als Erster abgeholt wurde. Wir kannten sein Gesicht aus den Katalogen für Kinderkleider und von dem Plakat in der Auslage des Schuhgeschäfts, in dem Évi höchstens zweimal im Jahr Schuhe kaufte, ein Paar für den Sommer und eines für den Winter, immer eine Nummer größer, als Aja gebraucht hätte, nachdem sie ihren rechten, ihren linken Fuß auf einem Brettchen hatte messen lassen, mit einem Schieber, an den ihre Zehen stießen, und man jedes Mal darüber gestaunt hatte, wie klein ihre Füße waren. Karl hatte uns schon zwei Sommer und zwei Winter lang hinter Glas angeschaut, zwischen Sandalen, Halbschuhen und Stiefeln, weil seine Mutter ihn schon seit langem an einen Ort brachte, wo er sich umzog, wo sein Haar gekämmt und Lack auf seine Strähnen gesprüht wurde, wo man ihn vor große Strahler unter schwarze Schirme stellte, damit er später in einem Katalog oder Schaufenster zu sehen sein würde. Wenn er nicht aus dem Wagen steigen wollte, wenn er sich wand und sträubte, wenn er seiner Mutter weggelaufen war und sie ihn hatte einfangen müssen, lockte sie ihn mit Brausetabletten in bunter Folie oder einem Heft, das er sich aussuchen durfte, in einem der Zeitungsläden auf dem Weg, und aus dem er Aufkleber und Sammelbildchen an Aja und mich verteilte, wenn wir auf dem Schulhof aufeinander zujagten. Karls Mutter zeigte die Kataloge jedem, der zufällig neben ihr stand, sie schlug die Seiten auf, auf denen Karl zu sehen war, mit seinem nussbraunen Haar, das in Wellen fiel, mit seinen vorspringenden spitzen Knien und seinem einzigen Makel, dem blassen Fleck über seiner Wange, dort wo sich die Haut in winzige Wellen legte und Karls Haar mit einem Mal blond wurde – eine Verbrennung, die mit den Jahren verblasst und von der nur etwas zurückgeblieben war, das wie die Spitze eines Dreiecks aussah.

Für Aja und mich war Karl ein Straßenprinz und Schaukastenkönig, der nicht nach Kirchblüt gehörte, nicht in die schmalen Straßen, die uns umgaben, nicht auf den großen Platz mit den Platanen, die in den letzten Tagen des Winters gestutzt wurden, damit sie im Sommer darauf ihr dichtes Dach über uns ausbreiteten. Eine Fügung, eine Laune der Zeit, die Aja und ich nicht verstehen konnten, musste ihn in unsere Nähe geworfen haben, jedenfalls war er das einzige Kind in Kirchblüt, das sich selbst in einer Auslage ansehen konnte. Kurz nachdem Karl hierhergezogen war, hatte man im Schuhladen eine Tafel neben sein Bild gestellt, auf der stand, das ist Karl, er wohnt zwei Straßen weiter. Wenn wir nach der Schule über den großen Platz liefen, schaute uns immer jemand nach, die Leute blieben stehen, um auf Karl zu zeigen, alle sprachen von ihm, weil er jetzt in Sommerhosen und Sonnenhut in der Zeitung zu sehen war, die man am Morgen für ein paar Groschen mitnahm und an den Haltestellen, auf den Bänken im Schatten des Kirchturms und im Café las, das seine Stühle hinausstellte, sobald das Wetter danach war. Aja und ich konnten nichts finden an den Bildern, die Karl mit diesem strengen Scheitel zeigten, den man kurz vor den Aufnahmen nachgezogen haben musste, und wir wunderten uns über seine Mutter, die Karl ohne Pausenbrot zur Schule schickte, aber dafür sorgte, dass er in einem Schaufenster zu sehen war.

Wenn Karl an den Nachmittagen nicht zu Évi kam, wenn wir nicht zu dritt in unsere Linden kletterten und Blätter zupften, zog Aja eines der wenigen Bücher aus dem kleinen Regal hinter den Mänteln und trug es durch die Glastür an den Hasen und Hühnern vorbei in den Garten. Évi fing an, vorzulesen, hielt aber gleich schon inne und legte das Buch auf ihren Schoß, weil in ihrem Kopf zu vieles durcheinandergeraten war, wie sie sagte, seit das blaue Licht der Polizeiwagen durch ihre Küche geflackert war. Dass sie uns nie vorlas, sondern in dem Augenblick Geschichten erfand, in dem sie die Seiten aufschlug und die Bilder sah, hatten wir erst gemerkt, als wir selbst lesen konnten und Évis Finger folgten, der über die Zeilen glitt, als reihe sie gerade die Buchstaben aneinander. Während sie sonst nach Worten oft suchen musste, erfand sie die Geschichten für uns fast schwerelos, sie brauchte nur die Seiten umzublättern, gab Menschen und Tieren einen Namen und ein Leben, ließ sie sprechen und laufen und älter werden. Ihre Geschichten gefielen uns besser als die in den Büchern, und Évi vergaß sie nicht mehr, sie fügte sie leicht und schnell zusammen und erzählte sie uns viele Male, mit dem gleichen Klang und Reim. Die Bilder nahm sie als Wegweiser, sie waren Pfeile, die ihr die Richtung zeigten, in die sie denken sollte, um eine Welt aus ihnen zu bauen. Solange wir nicht hatten lesen können, waren uns nie Zweifel gekommen, ob die Geschichten so geschrieben standen, wie Évi sie vortrug, und als wir schon wussten, dass Évi sie erfand, hüteten wir unser Geheimnis, aus Angst, Évi würde damit aufhören wollen.

Obwohl Évi seine Briefe nicht lesen konnte, hielt es Zigi nicht ab davon, an einem Ort, weit entfernt von Kirchblüt, alles aufzuschreiben, von dem er glaubte, Évi solle es wissen. Es schien ihm zu reichen, mit dem Bleistift über einen federleichten blauen Bogen Papier zu fahren und seine schrägen Buchstaben daraufzusetzen, ihn zu falten und in einen Umschlag zu stecken, zu wissen, Wochen später würde ihn der Postbote ans schiefhängende Tor bringen, in Évis Hände legen, und sie hätte etwas, das zuvor Zigi berührt hatte und das sie mit ihm verbinden würde. Wenn Évi die Briefe auf dem kleinen Tisch neben dem Fliegengitter liegen ließ und ab und an mit den Fingern darüberglitt, schien es sie nicht zu stören, fern von den Dingen zu sein, die Zigi hinter einem weiten Meer umgaben. Wenn sie den Bogen aus dem Kuvert zog, wenn sie ihn auf dem schiefen Küchentisch mit beiden Händen glattstrich, dachte sie sich vielleicht aus, was sie gern darin gelesen hätte und was so dort hätte stehen können. Erst später wussten wir, dass Évi nach den drei Buchstaben suchte, die sie erkennen konnte, wenn sie aufeinanderfolgten und ihren Namen ergaben, weil es einen Unterschied machte, ob er zweimal, ob er dreimal auftauchte, und weil Évi jede Nennung ihres Namens wie einen Beweis für etwas nahm. Den Tag seiner Ankunft hatte Zigi groß in die Mitte gesetzt, anders als bei seinen winzigen Zeichnungen, die den Rest des Papiers weiß ließen. Évi nahm den Kalender von der Wand und blätterte langsam die Seiten um, bis sie auf den Monat stieß, den Zigi aufgeschrieben hatte, zählte den Tag langsam an den Fingern ab und kreiste ihn mit Ajas rotem Buntstift ein. Hatte Zigi Geld geschickt, legte Évi die Scheine neben eine Liste aus Zahlen, mit der sie rechnete, ein Labyrinth aus Strichen und Kreisen, das sie hinter den Küchenschrank geklemmt hatte, damit Aja es nicht finden würde. Nur wenn sie sich ungesehen glaubte, weil wir draußen auf einem Bein über die losen Platten auf und ab sprangen, zog sie die Liste heraus und fügte Striche und Kreise zusammen, bis sie auf eine Summe kam, von der sie wusste, für die nächsten Wochen, vielleicht sogar für die nächsten Monate würde es reichen.

Auch wenn wir Karl schon von Bildern gekannt hatten, auf denen er Stiefel oder Sandalen trug, die andere kaufen sollten, hatten Aja und ich nicht geahnt, wer er war und warum er nach Kirchblüt gezogen war, in ein Haus, das nur zwei Straßen entfernt vom Schuhladen lag. Den Sommer über hatten wir ihn mit dem gleichen unbefangenen und offenen Blick angeschaut, den wir für jeden hatten. Wir wussten, er lebte mit seiner Mutter in einem Haus, das wir von der Straße aus nicht sehen konnten, seine Fenster nicht, nicht einmal sein Dach, weil es sich hinter einer hohen Hecke verbarg, die so dicht wuchs, dass sie keinen Blick zuließ, und die nicht zurückgeschnitten, nur gestutzt wurde, von jemandem, den Karls Mutter öfter kommen ließ, als nötig war. Es gab kaum Familien, die so lebten wie Karl mit seiner, ein Kind beim Vater, das andere bei der Mutter, aber Aja und ich hatten uns trotzdem nichts dabei gedacht. Den ganzen Sommer über waren wir mit Karl ins Wasser gesprungen, an hellen Tagen in sein trübes Grün und hatten Libellen verscheucht, ohne eine Ahnung zu haben, wer seine Familie war und was ihn zu uns gespült hatte, welche Wendung der Zeit, die wir von den Uhren abzulesen lernten und die uns nichts bedeutete. Wir waren mit Karl unter den Steg geschwommen, hatten uns festgehalten am nassen Holz, waren abgetaucht, wenn man nach uns gerufen hatte, und war kein Wetter zum Baden gewesen, waren wir durch den Wald gestreunt, mit Ästen und Zweigen, die wir auflasen und fortwarfen. Karl war mit uns gestürzt, hatte sich die Haut geschürft, die Hosen aufgerissen, wir hatten uns im Weizen versteckt, als er grün war und eine feine Spur auf unseren Kleidern ließ, hatten an den Abenden in unseren Linden gesessen, bis Évi gerufen hatte, es sei genug, Karl und ich müssten nach Hause. Nur wenn Aja und ich zum Abschied ein Rad geschlagen hatten, hatte Karl am Zaun gestanden, die Hände tief in den Hosentaschen, als wolle er sich nicht schmutzig machen, als habe er plötzlich Angst, Steinchen könnten an seinen Fingern kleben.

An all diesen Tagen, die sich so leicht aneinandergereiht und verbunden hatten, hatten wir noch nicht gewusst, dass es Karls Mutter gewesen war, die das Gesicht des verschwundenen Jungen hatte auf Plakate drucken lassen, vom Fotohändler hinter dem großen Platz, der kein Geld dafür hatte nehmen wollen. Wir hatten nicht gewusst, dass sie mit ihrem hellen Wagen langsam durch die Straßen gefahren war, um die passenden Fenster und Eingänge zu finden und ihre Plakate anzukleben, auf der Suche nach ihrem Sohn, der an einem Frühlingsnachmittag verschwunden und nicht mehr nach Hause gekommen war, nach dem die Polizei auf den Feldern vor Évis Garten gesucht hatte, unter flackernden blauen Lichtern, mit Hunden und Stöcken, mit denen man hinter den Absperrbändern über Wochen den Wald und die Wiesen durchkämmt hatte. Wenn wir gehört hatten, eine Frau gehe mit einem Foto in der Hand von Haus zu Haus, von Tür zu Tür, um zu fragen, ob jemand ihr Kind gesehen habe, war uns nie der Gedanke gekommen, es könne Karls Mutter sein, Karls Mutter, an der alles, selbst ihr Wimpernschlag, langsam war. Erst als Aja und ich anfingen, davon zu reden, als wir zu Karl sagten, du musst am Haus mit den geschlossenen Läden vorbei, wenn wir uns treffen wollten und sagten, lasst uns am Haus mit den geschlossenen Läden treffen, schüttelte Karl den Kopf. Er wollte sich nicht mit uns davor treffen, und er wollte schon gar nicht, dass wir es so nannten.

Wenige Tage nachdem Karls Bruder verschwunden war, waren Karl und seine Mutter nach Kirchblüt gezogen. Karls Mutter hatte das erstbeste Haus genommen, das sie mieten konnte, ohne darauf zu achten, wie groß oder klein es war und wie viel es kosten würde. Seitdem hatte Karl in beiden Häusern ein Zimmer, und er brauchte nur den großen Platz zu überqueren, um von einem zum anderen zu kommen. Er hatte seine Sachen packen müssen, die wenigen, die ihm wichtig waren, hatte sie in eine Tasche aus braunem Leder gesteckt, und an einem kühlen Morgen im Mai, der winzige Regentropfen auf die Windschutzscheibe ihres Autos gesetzt hatte, waren sie losgefahren, mit einem Fotoalbum neben Karl auf dem tiefroten Rücksitz und vielen losen Bildern von seinem Bruder, nach denen die Polizei gefragt hatte. Seine Mutter hatte sie in einen Kuvert in ihre Handtasche gesteckt, zu dickem, braunem Klebeband, das sie jetzt immer bei sich trug, um jederzeit an einem Zaun oder Baum ein Plakat von Karls Bruder aufhängen zu können, seinen Namen in großen schwarzen Druckbuchstaben darunterzuschreiben und die Frage, ob ihn jemand gesehen habe. Sie waren hierhergezogen, als es hieß, Karls Vater sei neben den Polizisten durch den Wald gelaufen, mit gleich schnellen und gleich langsamen Schritten, bis sie es ihm verboten hätten, und dann habe er hinter den Absperrungen gestanden, dort wo der Mais gerade zu wachsen anfing, im flackernden Blaulicht der Wagen, die Hände wie einen Trichter an die Lippen gelegt und nach seinem Sohn gerufen, Benedikt, Ben, Benedikt, bis ihn jemand weggebracht und nach Hause gefahren habe, wo er wenig später, an einem leuchtenden Frühlingstag, der schon den Sommer vorweggenommen hatte, alle Läden vor seinen Fenstern geschlossen habe.

In seinem Zimmer blieb alles so, wie Karls Bruder es an jenem Morgen zurückgelassen hatte, an dem er in Eile aufgebrochen war, weil sein Vater ihn gedrängt hatte. Die schwarzen Schuhe, die er nicht hatte anziehen wollen, das Handtuch, das er auf den Teppich geworfen hatte und das Aja und ich sehen konnten, die seltenen Male, wenn wir Karl vom Haus mit den geschlossenen Läden abholten und im Flur an den Zimmern vorbeigingen. Nur sein Bett hatte sein Vater gemacht, die Decke und das Kissen mit dem Bezug aus blauen Streifen glattgezogen und die Hausschuhe aus rotem Filz davorgestellt. Karl sagte, manchmal gehe sein Vater an den Schreibtisch und bleibe eine Weile auf dem Drehstuhl sitzen, der viel zu schmal sei für ihn. Er tue nichts weiter, als auf das Fenster zu schauen, seine geschlossenen Läden, die leise, kaum hörbar zitterten, wenn vor dem Haus ein Auto übers alte Pflaster fahre, als wolle er sich vornehmen, sie bald wieder zu öffnen. Dann lege er sich vor das Bett, auf den bunten Webteppich mit den Fransen, neben die schwarzen Schuhe und das Handtuch, mit dem sich Karls Bruder an diesem letzten Morgen abgetrocknet hatte und dessen Feuchtigkeit längst verflogen war. Jedes Mal, sagte Karl, bleibe sein Vater eine Weile mit weit ausgestreckten Armen auf dem Boden liegen, als wolle er das Zimmer umarmen, bis Karl ihn irgendwann an der Schulter fasse und sage, steh auf, du hast genug gelegen.

Karls Bruder kam nicht zurück, auch an einem anderen Tag nicht, den Aja und ich uns für Karl und seine

Eltern herbeisehnten, auch wenn seine Mutter immer wieder das Haus verließ und die Einfahrt hinab zur Straße ging, weil sie hinter der Hecke Kinderstimmen gehört und geglaubt hatte, ihr Sohn könne dabei sein, sie könne sein Gesicht unter den anderen Gesichtern finden, sie müsse nur lang genug schauen. Später wussten wir, in ihren Gedanken blieb Ben so alt wie an dem Tag, als er verschwunden war, er sah weiter so aus wie auf den Bildern, die im ganzen Haus verteilt, über den Treppen und in den langen Fluren an den Wänden hingen. Er blieb so klein, und er trug dieselben Kleider wie am letzten Sonntag, den er bei ihr verbracht hatte, knielange braune Hosen aus Leder, eine graue Strickjacke mit Knöpfen aus Horn und Schuhe mit breiten roten Schnürsenkeln, die er an der Seite zu binden hatte. Seine Stimme änderte sich nicht, auch wenn sich Karls Stimme von Jahr zu Jahr änderte, auch sein Lachen blieb dasselbe, über das sie uns einmal sagte, sie höre es, sobald sie im Sandsteinhaus, dem Haus mit den geschlossenen Läden, die wenigen Stufen hoch nehme, die Tür zu seinem Zimmer öffne und auf dem Bett nach seinem Schlafanzug taste, den seitdem niemand weggenommen hatte. Wenn sie die wenigen Schritte zum Fenster gehe, an das die Brüder aus der flachen Hand ihre Murmeln geschnipst hätten, immer wenn es geregnet habe, vertreibe sie den Gedanken, Ben könne ohne sie wachsen und älter werden, und sein Gesicht könne Züge annehmen, die ihr nicht vertraut wären. Nur in Karls Vorstellung wuchs sein Bruder, Karl ließ ihn wachsen, wie er sagte, ließ ihn größer werden, größer noch als sich selbst. Er stellte sich vor, wie seine Füße wuchsen, seine Hände, wie sein Haar länger würde, dunkler auch, und wie er nicht mehr in die Hosen und Jacken passte, die er an ihrem letzten gemeinsamen Sonntag getragen hatte, als sein Vater Ben schon am frühen Morgen gebracht hatte und dann weitergefahren war.

Aja und ich sprachen von Ben lange nur als Karls Bruder, als habe er keinen Namen. Ich erinnerte mich immer schlechter an sein Gesicht, das aussah, als sei er mit Kreidehänden über seine Haut gefahren, als habe man es mit hellem Puder bestäubt und müsse es jetzt mit einem feuchten Taschentuch abwischen. Keiner wollte sagen, was jeder in Kirchblüt zu denken schien, auch nach Monaten, auch im nächsten Frühling und auch später nicht, als die Fotos von den Laternen verschwunden waren und nur wenige Plakate hängen blieben, weil die meisten Ladenbesitzer sie nicht mehr in ihren Eingängen sehen wollten. Alle nannten es verschwunden oder verloren oder vermisst, keiner wagte, etwas anderes zu sagen, jedenfalls nicht zu Karl und seinen Eltern, die es sich verbeten hatten, so zu reden, und sobald jemand dazu ansetzte, sobald sie jemand ansprach, an einer der Kreuzungen, auf einem ihrer Wege über den großen Platz, wenn Karl sich unter den Platanen von seiner Mutter verabschiedete, um mit seinem Vater zu gehen, hoben sie die Hände und drehten sich weg, als wollten sie die Worte abwehren. Für mich klang es komisch, wenn ich hörte, sie hätten ihr Kind verloren, als sei ihnen Karls Bruder entwischt und sie seien weitergegangen, ohne es zu bemerken, als könne man ein Kind wie einen Schlüssel oder ein Paar Handschuhe einfach verlieren.

Évi schwieg und tat Karl den Gefallen, vorzugeben, er sei ein Junge wie jeder andere, mit einem Leben wie jeder andere, genauso wie sie jedes Mal vorgab, ihr Leben gehe weiter wie zuvor, nachdem Zigi im Herbst abgereist war. Sie tat auch so, als rund um den großen Platz erzählt wurde, Karls Vater habe hinter verschlossenen Garagentüren im Wagen gesessen und den Motor laufen lassen, bis die Nachbarn die Polizei gerufen hätten, weil sie das Tor nicht selbst hätten öffnen können. Obwohl es hieß, es sei eine Frage von Sekunden gewesen und nur dem Glück zu verdanken, dass Karls Vater nichts geschehen sei, erlaubte seine Mutter, dass Karl weiter über Nacht bei ihm blieb. Karl wartete darauf, sein Bruder würde eines Tages an einem Ort, den er noch nicht kannte, auftauchen, jemand würde ihn an einem Vormittag finden und am Nachmittag zu ihm zurückbringen. Er glaubte, nur dann würde das Geräusch in seinem Kopf verstummen, dieser Klang von Glas auf Glas, wenn er und Ben Murmeln ans Fenster hatten schnellen lassen, immer wenn es so stark geregnet hatte, dass sie im Haus geblieben waren. Karl hörte es, seit sein Bruder verschwunden war, und wenn es anfing zu regnen, hörte er es lauter noch, ein schnelles Klack-Klack, das wiederkehrte und noch eine Weile bei ihm blieb, auch wenn der Regen nachgelassen hatte oder schon vorbeigezogen war. Selbst Jahre später, als wir größer, als wir schon erwachsen waren, redete Karl immer noch so, als könne er seinen Bruder jeden Augenblick in einer Menschentraube entdecken, als könne er in einem Zug sitzen, auf einem Waldweg auftauchen, als könne er in einem Wagen vorbeifahren oder an einem Strand baden, an dem Karl sich gerade in die Wellen warf. Wenn er jemanden sah, der eine bestimmte Art hatte zu gehen, seinen Kopf zu bewegen und sich zu uns zu drehen, zeigte Karl auf ihn und sagte, das könnte er sein, und irgendwann hörten Aja und ich auf zu glauben, Karl würde die Suche aufgeben.

Wäre sein Bruder nicht verschwunden, hätte es Karl in unserem Leben nie gegeben. Auf diesen komischen Gedanken hatte uns Évi gebracht, und vielleicht hatte es etwas mit ihrem kleinen Altar neben dem Fliegengitter und den Blüten darauf zu tun, dass sie so dachte, aber etwas daran störte mich, ohne dass ich es damals hätte sagen können, etwas daran hat mich immer schon gestört, und ich weiß, Aja und Karl hatten diesen Gedanken auch nie gemocht. Wenn wir an Évis schiefem Küchentisch Stifte verstreuten, malte Karl auf jedes seiner Blätter ein Kind, das abseits von den anderen stand. Als er sagte, er male seinen Bruder, fragte Évi, ob Karl nicht etwas habe, das sie für ihn aufbewahren, etwas, das sie vielleicht in den Garten hängen oder aufstellen könne, ob Karl nicht etwas habe, das sie seinem Bruder geben könne, wenn sie ihn sehe, wenn er an ihrem Zaun vorbeilaufen würde, weil er auf dem Weg nach Hause wäre, etwas, das sie dann holen und in seine Hände legen könnte, und sie fragte beiläufig, als habe es kein Gewicht und keine Bedeutung, während sie Kartoffeln aus einem Eimer nahm, mit dem kleinen schwarzen Messer schälte und in einen Topf mit Wasser fallen ließ.

Am nächsten Tag brachte Karl ein Kästchen aus Blech, um das er einen Gummi gebunden hatte und das er schon am schiefhängenden Tor öffnete. Évi nahm es in die Hand, um es eine Weile zu betrachten und zu bewundern, ein zitronengelbes Kästchen, in dem einmal kleine Tafeln Schokolade in buntem Papier gelegen hatten und das nun gefüllt war mit hellgrünen und dunkelblauen Murmeln, die Karl und sein Bruder unzählige Male ans Fenster geschnipst hatten, auch an ihrem letzten Sonntag, der sich in nichts von anderen Sonntagen unterschieden hatte, sosehr Karl sich auch anstrengte, etwas zu finden, das an diesem Sonntag anders gewesen war als an allen Sonntagen zuvor. Wir sollten einen Platz suchen, wo es nicht nass werden, wo es niemand sehen und wegnehmen würde, sagte Évi, und dann suchten wir, liefen über den Rasen mit seinen Mauselöchern und Maulwurfshügeln, tasteten ihn ab, als brauchten wir ein Erdloch, eine Grube, die einen Schatz aufnehmen könnte. Wir stellten uns auf die schiefen Armlehnen der Stühle und fuhren mit den Fingern an den Ästen der Birnbäume, an der Regenrinne des Häuschens entlang, die Zigi im jüngsten Herbst wieder geflickt hatte. Wir schauten zwischen die Hasenkästen und in die Schubladen unter den Mänteln, die wir streiften, jedes Mal, wenn wir durch den schmalen Flur in die Küche gingen. Wir suchten einen Platz für das Schokoladenkästchen aus Blech, weil Évi es brauchen würde für Karls Bruder, wenn er sich hinter dem Mais, hinter dem Weizen zeigen und sich über den Feldweg langsam nähern würde. Évi würde sich beeilen, es zu holen, sie würde es ihm reichen und sagen, dein Bruder hat es mir gegeben, damit ich es für dich aufbewahre. Wir legten es aufs Küchenregal neben dem Fenster, neben seine bunten Vorhänge, unter die Rosen aus Papier, damit es nicht nass werden und damit kein Tier daran nagen würde. Évi schob es an die Wand, damit es keiner sehen und wegnehmen würde, und obwohl es mit dieser Bewegung aus unserem Blick verschwand, vergaßen wir es nicht mehr. Wir wussten immer, wo es war und warum es dort lag, jeder von uns hätte einen Stuhl heranziehen und es holen können, um es Karls Bruder zu geben, wenn er eines Tages an Évis Lattenzaun, unter unseren Linden vorbeilaufen würde.

Lesen

Neben wenigen Steinen, die Zigi ans Fliegengitter gesetzt hatte, wuchs der Grünspan auf einem Kupferrohr. Er kletterte hoch an Évis Haus, Jahr für Jahr schien er mit uns zu wachsen, bis ans Blech der Regenrinne, wo die Schwalben nisteten. Wir störten uns nie daran, wir fanden ihn hübsch, auch wie er sich absetzte vom Holz der schiefen Bretter, so hübsch, dass Évi ihn erst entfernen ließ, als jemand das Wort giftig in den Mund genommen hatte. Wir wuchsen, wie Kinder wachsen, ohne etwas dafür tun zu müssen, und wir merkten es nur an den Kleidern, die unsere Mütter im Frühling und Herbst aus den Schränken nahmen und in Kisten verstauten, oder wenn auf dem großen Platz unter den Platanen jemand sagte, wie bist du groß geworden, wie bist du gewachsen. Karl hatte schon vor einer Weile angefangen, sich mit Aja und mir in den Dreck zu werfen. Er trug jetzt eine Brille mit einer runden Fassung aus Horn. Auch wenn es ausfranste, ließ er sein Haar nicht mehr vom Friseur stutzen, zu dem ihn seine Mutter alle vier Wochen gebracht hatte, und wenn ihn noch jemand auf seine Katalogzeiten ansprach, gab er einfach vor, nicht der zu sein, für den ihn alle hielten.

Évi begann, im Fotoladen hinter dem großen Platz zu arbeiten, zu dem jeder in Kirchblüt seine Filme brachte, um nach einer Woche die Bilder in einem roten Umschlag abzuholen, und wo Karl später alles lernte, was man in unserer kleinen Stadt über Fotografie lernen konnte. Der Ladenbesitzer hatte Évi gefragt, ob sie es sich zutraue, in seinem Geschäft zu arbeiten, als sie dabei war, mit einem feuchten Tuch über seine Fensterscheiben und Möbel zu wischen, und Évi hatte nicht überlegt, sie hatte sofort ja gesagt, ja, sie traue es sich zu, in seinem Geschäft zu arbeiten, natürlich traue sie sich, jedenfalls hatte sie es so am Abend meiner Mutter erzählt, als passe nichts besser zu ihr, als in einem Fotoladen hinter der Theke zu stehen und Filme in Umschläge zu stecken. An einem hellen Aprilmorgen, der die letzten Reste Eis und Nebel mitnahm und uns nach den Wintermonaten, die uns eingesperrt hatten, endlich freiließ, war Évi am großen Schaufenster mit den Fotoapparaten, Objektiven und Bilderrahmen die Treppe hochgestiegen und im Laden erschienen, in ihren offenen Schuhen mit den Absätzen aus Holz und den zwei breiten Lederriemen, die ihre lackierten Fußnägel zeigten, mit dem bunten Tuch im Haar, unter dem die eine wirre Strähne nicht bleiben wollte, in dem dunkelblauen Kleid, das sie mit der Hand genäht hatte, an den Nachmittagen davor, als sie zwischen uns auf einem der schiefen Stühle in ihrer Küche gesessen und den Stoff über die Tischplatte geworfen hatte, mit weißem Garn zwischen den Zähnen und einem Stück Kreide in der linken Hand, als bereite sie sich auf etwas vor, auf das sie lange gehofft und das sich endlich erfüllt hatte.

Noch am ersten Tag gab man Évi eine Schürze, auf der in grünen Buchstaben der Name des Fotoladens auf der Brusttasche zu lesen war, und sagte ihr, sie brauche nicht in zu guten Kleidern zu kommen, diese Schürze solle sie tragen. Fortan nahm Évi sie am Morgen aus einem Metallschrank hinter dem dunklen Vorhang, brachte sie samstags nach Hause, wusch sie im Garten in einer Schüssel aus, in der sich das Wasser schnell grau färbte, und hängte sie zum Trocknen zwischen die Birnbäume, um sie montags wieder in das Netz zu stecken, in dem sie sonst ihre Einkäufe trug. Manchmal vergaß sie, die Schürze auszuziehen, wenn sie den Laden über Mittag schloss, die Stufen hinabstieg und über den großen Platz spazierte, wegen der frischen Luft, die sie schnappen musste, wie sie sagte, mit einem Brötchen in der einen, einem Apfel in der anderen Hand, um sich vom Staub zu befreien, von dem Geruch, der aus den roten Kuverts kam, sobald sie eines öffnete und auf die Theke legte. Manchmal trug sie ihren Kittel noch am Abend, wenn sie nach den Johannisbeeren sah, wenn sie Erde zwischen den Fingern zerbröselte und Wasser über die Beete goss, und erst wenn wir sagten, du trägst deine Ladenschürze noch, öffnete Évi sie Knopf für Knopf und hängte sie an einen Nagel, den sie neben die anderen Haken in die Wand geschlagen hatte, am selben Tag, an dem sie im Fotoladen angefangen hatte.

Évi hatte nie Fotos gebraucht, Zigis Zeichnungen hatten ihr genügt, ein Augenblick der Ruhe, um ein Bild einzufangen und nicht mehr zu vergessen, und zuerst hatte sie sich gewundert über die vielen Leute, die ihre Filme brachten, über die vielen Bilder, die in Kuverts lagen und oft nur das Gleiche zu zeigen schienen. Etwas drängte sich in ihre Tage, das ihr bislang fremd gewesen war, jedes Mal, wenn sie rote Umschläge über die Ladentheke reichte und Negative durchsah, die hinter dem Vorhang in einer großen Kassette lagen. Wenn wir Évi nach der Schule besuchten, durften wir Fotokleber auf Karton schmieren, bunte Papierreste zerschneiden, und sobald das Glöckchen an der Tür klingelte und Évi den Vorhang beiseiteschob, durften wir zuschauen, wenn jemand Namen und Anschrift auf ein Kuvert schrieb, bevor Évi den kleinen Beleg abtrennte und auf die Theke legte. Wenn sie die Umschläge vor dem vergitterten

Fenster zum Hof mühsam nach den Anfangsbuchstaben der Namen ordnete, sah sie die Bilder manchmal durch, als suche sie eines darunter, und wenn sie den weißen Handschuh überzog und die Fotos unter dem grellen Licht einer Lampe mit einer Pinzette fasste, konnten wir ahnen, dass etwas daran verboten sein musste. Évi entdeckte das Leben der anderen, sie fand heraus, wie es aussehen konnte, wenn es sich nicht hinter drei Linden, am Rand der Felder abspielte, sondern in einer Straße, die unter Kastanien in Kirchblüt lag, in einem Haus, zu dem kein Pfad aus losen Platten, sondern ein fester Weg führte, mit einem Dach aus Ziegeln, mit Wänden, die in der Nacht die Kälte abwehrten, mit Fenstern, die man gut schließen konnte, mit langen gedeckten Tischen, auf denen mindestens sechs gleiche Tassen und Teller standen, und mit Garderoben, an denen die Mäntel auf Kleiderbügeln und nicht an Nägeln hingen.

Irgendwann fing Évi an, im Garten aufzuheben, was Aja verstreut hatte, sie schraubte ein Schild mit ihrem Namen neben dem Fliegengitter an, ließ für ihr Zimmer zwei kleine Schränke liefern und achtete darauf, dass sie über der Kommode rechts und links im gleichen Abstand zum Spiegel angebracht würden, legte den Kopf zur Seite und gab zwei Männern Anweisungen, nachdem sie die Schränkchen über die losen Platten getragen und vor die Glastür gestellt hatten. Sie verteilte Kissen auf den leeren Holzkisten, die wir umdrehten und als Hocker nutzten, rollte einen Teppich aus, den ihre Freunde gebracht hatten und den Évi zusammengeschnürt hinter der Tür hatte stehen lassen, und eine ganze Weile schnitt sie mit dem Küchenmesser Fäden ab, die sich aus dem Saum der Vorhänge gelöst hatten. Sie tauschte die bemalten Bilderrahmen aus, die Zigis Zeichnungen hielten, und kaufte im Fotoladen neue, von dem ersten Geld, das man ihr aus der Ladenkasse gegeben hatte, in kleinen Scheinen, so wie Évi es gewünscht hatte, und das sie nicht nachgezählt, aber zu Hause auf dem Küchentisch vor unseren Augen ausgebreitet hatte wie einen Fächer. Sie öffnete die Verpackung der Bilderrahmen, löste die Folie, bog die kleinen Haken auf der Rückseite um und wischte mit einem Geschirrtuch übers Glas, bevor sie die Bilder an der Wand mit den Fingerspitzen ausrichtete, damit sie nicht länger schief hingen. Es war, als versuche sie sich in einem anderen Leben, das sie entdeckt hatte, jedes Mal, wenn sie Fotopapier in eine Wanne gelegt, mit der Pinzette herausgenommen und wie Wäsche an eine Leine geklemmt hatte. Vielleicht war es wegen der vielen Fremden, die sich auf den Bildern zu Familien fügten, mit ihren Ausflügen und Festen, die Évi immerzu zeigten, was sie und Aja nicht hatten. Jedenfalls schien sie nie genug gesehen zu haben, wenn sie am Abend über den Feldweg nach Kirchblüt lief, sobald Aja eingeschlafen war, und meine Mutter sie von der Straße aus im Fotoladen entdeckte, wenn sie noch immer unter dem Licht einer Lampe Bilder ordnete.

Trotz Kissen und neuen Schränken blieb es Évis Haus, auch wenn Évi die Gläser mit einem Sprung und die Geschirrtücher, deren Flecken sie nicht mehr auswaschen konnte, verschwinden ließ. Mich störte, dass Évi diese Dinge auf einmal störten und sie ihr Haus verändern wollte, in dem uns nie etwas gefehlt hatte. Karl und ich jedenfalls waren an keinem anderen Ort lieber als hier. Wir mochten es, über umgedrehte Kisten zu springen und unsere Füße ins Waschbecken zu stellen, wenn wir auf der Spüle saßen und durchs Küchenfenster schauten, aus schmalen Weckgläsern zu trinken, aus den kleinen Plastiktassen, die der Getränkehändler verschenkte, wenn man zwei Kästen Limonade mitnahm, und die Évi für uns sammelte. Wir mochten die Hühner, wenn sie durch den Garten liefen und im Gras verschwanden, das uns im Sommer bis an die Knie reichte, selbst das Klebeband mochten wir, das die Kabel und Fensterrahmen hielt. Insgeheim hoffte ich, Évi würde aufhören, ihr Haar anders zu tragen, es vor dem kleinen Spiegel, den sie aufklappen konnte, zu färben, zu schneiden und an den Seiten festzustecken, ich hoffte, sie würde wieder kochen wie früher und nicht nach den Rezepten, die sie von den Bildern der Zeitschriften abzuschauen schien, die man am Kiosk neben dem Fotoladen kaufen konnte. Ich wünschte, sie würde wieder so gehen wie immer, weil sie selbst das geändert hatte, nicht nur die Schnelligkeit ihrer Schritte, sondern die ganze Art, ihren Körper zu bewegen, den Kopf, den Hals, die Hände zu halten und die Füße auf den Absätzen aus Holz voreinander zu setzen. Ich hoffte, ihr neuer Ton würde verschwinden, in den sie fiel, wenn sie mit uns redete, wenn sie lachte und hustete, ich hoffte, sie würde aufhören, sich an einem neuen Leben zu versuchen und sich genauso leicht darin bewegen zu wollen wie auf den Feldwegen rund ums Bahnwärterhäuschen.

Dass man im Fotoladen immer warten musste, wenn Évi über den Fächern hinter der Theke nach dem Buchstaben suchte, unter dem ein Umschlag zu finden war, und dass sie manchmal zu viel oder zu wenig herausgab, wenn sie an der Kasse das Wechselgeld abzählte, schien niemanden zu stören. Wie mit einem Kind war man nachsichtig mit ihr, selbst dem Ladenbesitzer schien es nichts auszumachen, wenn Évi für diese Dinge Zeit brauchte, weil er ansonsten sehen konnte, mit welcher Vorsicht sie die Kameras aus dem Fenster nahm und auf die Theke legte, und weil sie sich nie beschwerte, wenn sie länger bleiben oder früher kommen sollte, weil sie sich überhaupt nie über irgendetwas beschwerte. Dass Évi weder lesen noch schreiben konnte, sondern nur so tat, hatte ich schon geahnt, jedes Mal, wenn sie zwischen Aja und mir gesessen hatte, mit einem Buch in den Händen, das wir aus dem kleinen Regal hinter den Mänteln genommen hatten. Ich hatte es gewusst, seit wir angefangen hatten zu lesen und mit lauten Wörtern bald an Évi vorbeigeeilt waren, mit einer Ungeduld, die man nur als Kind hat und später verliert. Bald nachdem Évi im Fotoladen angefangen hatte, kam sie an zwei Abenden der Woche zu meiner Mutter, um lesen zu lernen, zwei, vielleicht drei Sommer nachdem Aja in den Waldsee gefallen war und meine Mutter in Évis Nähe etwas finden konnte, das es sonst nirgends gab und das wir später an anderen Orten vergeblich suchten. An einem Nachmittag, an dem meine Mutter auf der schiefen Bank in Évis Garten gesessen und ihre Schuhe zwei Mauselöcher weiter ins Gras geworfen hatte, um später mit nackten Füßen zum Wagen zu laufen, das Fenster hinabzukurbeln und Évi noch etwas zu sagen, bevor sie mit mir auf dem Rücksitz losfahren würde, an diesem Nachmittag, an dem die Bäume die Sonne zurückgehalten hatten, musste Évi in meiner Mutter etwas gesehen haben, das sie ins Haus gehen und die Briefe holen ließ, die wie stumme Mahnungen auf dem kleinen Tisch neben dem Fliegengitter geblieben waren. Meine Mutter hatte sie unterm Birnbaum geöffnet und schnell durchgesehen, um Évi zu sagen, was darin geschrieben stand und was sie zu tun haben würde. Sie hatte nicht überrascht ausgesehen, als Évi die Briefe in ihre Hände gelegt hatte.

An zwei Abenden der Woche stellte Évi ein Glas warme Milch und einen Teller Brote für Aja in die Küche, ging über den Feldweg, über die Furchen und Rillen, die ein Traktor gezeichnet und der jüngste Regen tiefer gespült hatte, zur Brücke über den Klatschmohn und unter Platanen über den großen Platz, unter ihren sommergrünen Blättern zur anderen Seite, vorbei am Fotoladen, für den sie an diesen Abenden sicher keinen Blick hatte, vorbei am Schuhgeschäft, das ein altes Plakat von Karl in kurzen Hosen und Strandschuhen zeigte, und zwei Ecken weiter, bis sie am Telefonhäuschen in unsere Straße bog, wo sie am Nachbargarten stehen blieb und ich sie von meinem Fenster aus schon sehen konnte, als brauche sie noch einen Augenblick, bevor sie zu unserem Haus gehen konnte, wo zwei Buchstaben auf sie warteten, die meine Mutter für diesen Abend ausgesucht hatte. Zwei Buchstaben würde sie Évi zeigen, nicht mehr, zwei Buchstaben würde sie langsam schreiben, sie wieder und wieder vor Évis Augen setzen, und Évi würde sie nachzeichnen, auf einem grauen Blatt Papier, das meine Mutter aus dem Sekretär genommen hatte, an dem sie ihre Post durchsah, aus einer der

Schubladen neben der Klappe, die mit einem kleinen Schlüssel zu öffnen war. Évi sagte, sie zeichne die Buchstaben lieber erst in Gedanken, und malte mit der linken Hand in die Luft, ließ sie umherschwirren und fing sie ein, wenn sie Schulter an Schulter mit meiner Mutter auf dem Sofa saß und ich sie von der Diele aus sehen konnte. Sie schrieb sie dann auf den Bogen Papier und danach in ihr Heft, und wenn ich am Morgen aufstand, die Treppe hinabstieg und ins Wohnzimmer sah, lagen die losen Blätter unter dem Tisch verstreut wie Herbstlaub.

Meine Mutter hatte ein Heft mit gelbem Stoffeinband und Schleife in einem der besseren Geschäfte ausgesucht und Évi am ersten Abend gegeben, als sie an unserem Tor gestanden hatte, ohne zu klingeln oder zu rufen, als wolle sie vermeiden, von jemandem gehört zu werden, und deshalb lieber warten, bis meine Mutter sie am Tor stehen sah, die Tür öffnete und ihr winkte, damit sie über den Hof lief und in der Diele ihre Schuhe mit den Absätzen aus Holz abstreifte, obwohl meine Mutter jedes Mal sagte, sie könne die Schuhe ruhig anlassen. Évi kam immer zur gleichen Zeit, und sie schien selbst für diesen Weg zu ihrer Deutschstunde, wie meine Mutter es nannte, einen neuen Gang erfunden zu haben, eine andere Art, ihre Füße aufzusetzen, still und leise, mit kleinen Schritten, als könne sie unbemerkt bleiben, wenn sie über den großen Platz und den Bürgersteig unter den Kastanien bis zu unserem Tor lief. Wie ein Schulmädchen sah sie dann aus, in ihrer dunklen Strickjacke, die Haare mit einem Reif aus dem Gesicht gehalten, ihr gelbes Heft unter dem Arm, wenn sie das Tor beiseiteschob und die wenigen Schritte über den Hof ging, wenn sie die eine Strähne aus der Stirn nahm, die ihr ins Gesicht gefallen war, wenn sie sich aufs Sofa setzte, die Stifte zurechtlegte und das gelbe Band mit der Schleife löste, um ihr Heft aufzuschlagen.

Zwei Schulbücher hatte meine Mutter besorgt, die für die ersten Klassen gedacht waren, dazu Stifte in vielen Farben, als solle Évi nicht nur schreiben, sondern auch bunte Girlanden zwischen die Absätze zeichnen, so wie Aja und ich es taten. Wenn sie zwischen Sofakissen unter der großen Lampe in ihrem Blätterwald saßen, kreiste meine Mutter die Buchstaben und Wörter mit ihrem Bleistift ein, unterstrich sie, sagte sie langsam und deutlich vor, und Évi sprach sie genauso langsam und deutlich nach, als lerne sie nicht lesen, sondern sprechen, und dann schauten sie sich an, als hätten sie eine Entdeckung gemacht, als seien sie gerade zusammen auf etwas gestoßen. Évi wurde nicht müde davon, die Reime zu wiederholen: Anne, Kanne, Wanne, Pfanne, die Wörter laut zu sagen, jeden Buchstaben, aus dem sie zusammengesetzt waren, und manchmal sprach sie die Wörter aus, als hätten sie eine andere Bedeutung, als könne etwas anderes gemeint sein, sobald man es nur anders betonte. Évi hatte ihre Lieblingswörter, Zündholz war eines davon, es gefiel ihr, wie sie aussahen, sie zeichnete die Linien ihrer Buchstaben, ihre Schwünge nach und hörte darauf, wie sie klangen, wenn sie die Wörter viele Male hintereinander laut aufsagte. Meine Mutter gab ihr Hausaufgaben, für jeden Tag eine Übung, und wenn Aja, Karl und ich in unsere Linden kletterten, saß Évi unterm Birnbaum bei einem Glas Wasser, aus dem sie nicht trank, mit einem Bleistift und einem Spitzer, den sie aus Ajas Mäppchen genommen hatte und in dem sie ihren Stift drehte, jedes Mal, wenn sie eine Seite mit As oder Os geschrieben hatte.

Meine Mutter hatte sich in den Kopf gesetzt, ein Fenster für Évi zu öffnen, durch das sie in eine reichere, bessere Welt würde steigen können, von der meine Mutter glaubte, Évi solle unbedingt Zutritt zu ihr haben. Es schien ihr nie zu viel zu werden, auf die schiefen Buchstaben zu schauen, die Évi langsam in ihr Heft setzte, an all diesen Abenden zu zeigen, wie sie auszusehen hatten, mit welchem Schwung sich ein großes G zu öffnen und ein kleines S zu schließen hatte. Sobald sie ihre Tasche, ihre Schlüssel an die Garderobe gehängt und auf ihrem roten Sessel die Post durchgesehen hatte, blätterte sie schon in den Büchern, um Évis Schulstunde vorzubereiten, wie sie sagte, wenn sie durchs Haus ging und plötzlich stehen blieb, war ihr immer gerade etwas eingefallen, das sie Évi beim nächsten Mal zeigen wollte und schnell auf die farbigen Zettel schrieb, die jetzt überall herumlagen. Über unseren Köpfen zog sie eine Schnur durchs Wohnzimmer, durch die Diele und Küche, und jedes Mal, wenn Évi kam, hefteten sie ein neues Blatt an, mit dem nächsten Buchstaben, unter dem vier, fünf Wörter standen, die so anfingen und die Évi in ihrer schrägen, widerspenstigen Schrift geschrieben hatte, in der die Buchstaben auseinanderzudriften versuchten. Die Blätter vermehrten sich schnell, die Wörter zogen sich bald durchs ganze Haus, und ich folgte ihrer Spur durch den Flur über die Treppe und durch die Diele ins Wohnzimmer. Sie schwebten über mir, wenn ich aufwachte und ins Bad ging, sie raschelten, wenn ich die Stufen hinabstieg, mich an den Küchentisch setzte und meinen Tee trank, sie flatterten zum Abschied, wenn ich die Haustür öffnete und auf dem Schulweg in Gedanken schon neue Wörter auf die Blätter schrieb, die unser Haus schmückten wie Girlanden ein Gartenfest. Wenn ein Blatt sich löste, wenn es auf den roten Teppich, auf die Küchenfliesen segelte, hob meine Mutter es sofort auf und klemmte es fest, damit Évi es beim nächsten Mal nicht missen müsste. Obwohl sie sich an vielem störte und es immer Dinge gab, die ich brachte und die sie in unserem Haus nicht haben wollte, störte es sie nicht, dass eine Schnur unsere Zimmer teilte, und es machte ihr nichts, wenn sie sich an den scharfen Papierbögen schnitt, wenn sie die Treppe hochstieg und die Blätter ihr Haar streiften, wenn Besuch kam, der sich hinter dem Eingang in der Schnur verfing, in den bunten Buchstaben, die sich das Haus mit uns seit jenem Sommer teilten.

Am Abend wartete sie auf Évi, als könne sie nichts Besseres mehr mit ihrer Zeit anstellen, als am Fenster zu stehen und die Tür zu öffnen, sobald Évi am Tor auftauchte und über den Hof ging, mit ihren kleinen, schnellen Schritten, in der Hand einen Korb, in dem sie unter Küchentüchern immer etwas brachte, das sie gebacken, gekocht und eingemacht, das sie von ihren Beeten gepflückt und mit Gräsern zu einem Strauß gebunden hatte. Erst hatte meine Mutter abgewehrt, hatte die Hände gehoben, mit den Armreifen gerasselt, den Kopf geschüttelt und gesagt, kein Mensch könne so viel essen, Évi müsse ihr nicht danken, sie solle ihr nichts mitbringen. Aber Évi stellte weiter Glas um Glas auf den Küchentisch, und meine Mutter fing an, die Dinge anzunehmen, die mit jeder Woche, für die sie sich vier Buchstaben vorgenommen hatten, mehr wurden und bald ein eigenes Regal brauchten. Meine Mutter ließ eins anbringen, in der Farbe der Schränke, damit es passte, und doch sah es anders aus, mit all den Gläsern mit Marmelade, Kompott und eingelegten Gurken, von denen wir nie so viel essen konnten, dass sie mit der Zeit weniger geworden wären, mit ihren breiten roten Gummis und den Verschlüssen aus Draht, den Etiketten, die Évi aufgeklebt und beschriftet hatte, mit ihren schiefen, spitzen Buchstaben, die sich immer um den Platz zu streiten schienen. Manchmal stand meine Mutter vor dem Éviregal, wie wir es nannten, und schaute auf die Gläser, als seien sie Trophäen, auch wenn sie über Évis Schrift, über die Fehler darin lachen musste. Dann nahm sie eins in die Hände, um es an einen anderen Platz zu stellen, die Gläser zurechtzurücken und so zu drehen, dass die Schrift gut zu sehen war. Évis Buchstaben hatten den Weg in unser Essen gefunden, wir strichen ihre Bögen auf unsere Brote und gossen ihre Schwünge über unseren Pudding. Wenn wir in eine Gurke bissen, die Évi für uns eingelegt hatte, hörten wir ihre Stimme, mit der sie beim Lesen stockte und stolperte, bis sie ein Wort schließlich sagen konnte, und wenn wir dunkle Marmelade mit einem Löffel aus dem Glas nahmen, fragten wir uns, ob Évi das Wort dazu jemals richtig würde schreiben können.

Meine Mutter störte sich nie an Évis Langsamkeit, an der Mühe, die sie hatte, die Wörter, auf die meine Mutter mit einem Stift deutete, flüssig zu lesen, schnell zu wiederholen und nicht gleich zu vergessen. Mit Évi zeigte sie eine Geduld, die sie mir gegenüber nie gezeigt hatte, und ich fragte mich, warum sie ausgerechnet mit Évi die Geduld nicht verließ, wo sie sonst bei vielem die Geduld verlor, warum es sie nicht störte, wenn Évi die gleichen Fehler wieder und wieder machte, wenn sie Seide mit A und J schrieb und Sand mit Z und nicht mit S, weil sie das wenige, was sie übers Schreiben wusste, aus ihrer Sprache in unsere übertragen hatte. Auch das Zählen brachte meine Mutter ihr bei, nach drei Wörtern nannte sie Évi eine Zahl und dann noch eine, Évi sollte sie zusammenrechnen, voneinander abziehen und noch eine hinzufügen, und Évi hatte Freude daran, zu rechnen fiel ihr leichter, als zu schreiben. Sie hatte meiner Mutter die Liste aus Strichen und Kreisen gezeigt, mit der sie sich durch den Kalender, durch ihre Rechnungen und die Kassenzettel im Fotoladen arbeitete und die sie sonst hinter ihrem Schrank versteckt hielt, den Zigi mit zwei Türen gezimmert und über die Herdplatten gehängt hatte. Bald würde sie die Liste nicht mehr brauchen, sagte meine Mutter, und wenn Évi kam, nahm sie unseren Kalender von der Wand und ging mit Évi jeden Monat und jeden Tag durch, schüttelte aus ihrer Handtasche Quittungen und Belege und ließ Évi Posten um Posten nachrechnen.

Évi hatte es aufgegeben, vor Aja geheim zu halten, dass sie erst jetzt lesen lernte, Buchstaben mit einem Sinn und Klang zu füllen begann, etwas, das sonst jeder zu beherrschen schien, auch Aja, Karl und ich, ohne dass wir darüber nachdenken mussten, das uns mühelos in eine Welt trug, die Évi bislang verschlossen geblieben war. Aber jetzt entdeckte Évi sie, und nichts, was sie sah, blieb ungelesen. Wir merkten es an ihren Augen, wenn sie einem Schriftzug folgten, auf einem Lastwagen, der vorbeifuhr, über einem Geschäft, in einer Auslage, in dem Anzeigenblättchen, das donnerstags auf die Stufen zum Fotoladen gelegt wurde und Busreisen anbot, die auch Évi schon bezahlen konnte, und auf den Zetteln, die auf dem großen Platz verteilt wurden und die Évi mit einer Neugier und Freude entgegennahm wie niemand sonst. Bald fing meine Mutter an, Évi aus meinen Büchern zu diktieren, nicht zu schnell, mit vielen Pausen, weil Évi lange brauchte, bis sie die Wörter in ihr Heft gesetzt hatte, mit dieser Schrift, die sich nicht mehr änderte, die auch Jahre später so blieb, vielleicht weil Évi die Anstrengung, mit der sie jeden Buchstaben schrieb, nicht mehr ablegen konnte und sie auf jedem Papier, auf jeder Seite ihrer Hefte zu sehen war, wo sich die Buchstaben aneinanderdrängten, als hätten sie nie genügend Platz und müssten einander wegstoßen.

Évi brauchte nicht länger so zu tun, als lese sie, sie brauchte Kopf und Augen nicht mehr so zu bewegen, wie sie es bei anderen gesehen und nachgeahmt hatte. Sie hörte auf, Geschichten für uns zu erfinden und vorzugeben, sie stünden so in den Büchern, die wir aus dem kleinen Regal hinter den Mänteln nahmen und Évi in den Schoß legten. Évi quälte sich durch die Seiten, wenn sie uns laut vorlas, und lange Zeit hörte sie sich an, wie Aja und ich uns angehört hatten, als wir selbst angefangen hatten, laut in unseren ersten Büchern zu lesen. Sie glitt mit ihren Fingern über die Buchstaben, als ziehe sie die Wörter auseinander und setze sie neu zusammen, und wir schauten auf den dunkelroten Lack, der sich von ihren Nägeln löste, die zu lang und zu rot waren für jemanden, der bei jedem Wetter ohne Handschuhe durch die Gemüsebeete fuhr und Unkraut zupfte. Was immer sie fand, las Évi jetzt laut, auch was der Postbote brachte und was sonst ins Haus flatterte und andere sofort in den Müll geworfen hätten. Sie machte keinen Unterschied zwischen den Prospekten, die man im Fotoladen auf die Theke legte, und den Büchern in Leinen, die meine Mutter ihr gegeben hatte, weil sie dachte, sie könnten Évi gefallen und hätten ihr etwas zu sagen. Die Angebote vor den Geschäften las sie genauso wie die Meldungen im Gemeindeblatt zu Begräbnissen und Taufen. Wenn sie ein Wort richtig gesagt hatte, nickte sie und sagte es gleich noch einmal. Wir machten es zu unserem Spiel, auf Plakate in den Schaufenstern zu zeigen oder auf die Tafeln vor dem Café, und wir freuten uns mit Évi, wenn sie es schon beim ersten Mal richtig las und dann zweimal, dreimal wiederholte, mit diesem Ton, als glaube sie nicht recht, was dort geschrieben stand, Kürbisse, Schneestiefel, Heuschnupfen oder Erdbeerkuchen. Im Fotoladen las Évi die Adressen auf den Kuverts, die in einer großen gelben Kiste gebracht und vor den Eingang gestellt wurden, mit Bildern, die Évi nicht aus den Wannen hinter dem dicken Vorhang gefischt hatte, sondern die aus einem Labor geschickt worden waren, und bald fing sie an, die kleinen Zettel selbst auszufüllen, die sie vom Kuvert trennte und über die Theke schob, auch wenn sie nachfragen und warten musste, bis man ihr den Namen Buchstabe für Buchstabe diktiert hatte.

Jetzt, da sie Zigis Briefe lesen konnte, reichte es ihr nicht mehr, sie in hellblauen Umschlägen auf dem kleinen Tisch neben dem Eingang liegen zu sehen. Zum ersten Mal las sie seine Briefe und konnte nicht aufhören damit, sie biss sich fest an ihnen, hastete durch die Blätter und Zeilen, um bei einer Stelle zu bleiben, die sie wieder und wieder laut las, als gebe es uns nicht, als lehnten Aja, Karl und ich nicht am Türrahmen und schauten zu, wenn sie sich zu den farbigen Papieren hinabbeugte, die ausgebreitet auf dem Küchentisch lagen, zu Zigis winzigen, kantigen Buchstaben. Erst ging sie ohne Eile von Wort zu Wort, um jeden halben Satz und jede Silbe auszukosten, und wurde dann beim zweiten, dritten Lesen schneller, als könne sie nicht abwarten, voranzukommen, obwohl sie doch alles schon einmal gelesen hatte. Zigi schien ihr näher, als er ihr in den Wochen in Kirchblüt, wenn der Herbst den Sommer und seine langen hellen Tage ablöste, jemals hätte sein können, als könne Évi jetzt endlich sehen, wie seine Welt beschaffen war und was sie zusammenhielt, als springe Zigi mit jeder Wendung dichter an sie heran, auf seine Art, ohne Anlauf, aus dem Stand, rückwärts durch die Luft, hoch über dem Boden. Manchmal verschwand Évi mit den Briefen, mit kleinen Bündeln, die sie nach Jahren und Monaten geordnet hatte und mit Schnüren zusammenhielt. Sie sprang aus dem Küchenfenster und suchte einen stillen Platz im Garten, weit genug entfernt von uns, damit sich unsere lauten Stimmen nicht in den Klang von Zigis Sätzen mischten und Évi allein durch die Jahre spazieren konnte, ungestört auf Zigis Schiffspassagen zwischen Ost und West, über den Ozean durch Sommer und Winter. Wir hörten Évis Murmeln und Wispern, wenn sie für sich las und ein Wort, bis sie es erfasst hatte, zweimal, dreimal sagen musste. Es drang vom Garten ins Haus, in die Küche und in Ajas kleines Zimmer, es klopfte zwischen zwei Sommern an die Scheiben, in dem Jahr, in dem Évi die Buchstaben entdeckte und zusammensetzen lernte. Zigis Sprache hüllte uns ein, sie verfing sich in unseren Linden und steckte im Weizen auf den Feldern ringsum, ihr Takt gab uns die Schrittfolge vor, wenn wir mit Stöcken zum Bach hinabsprangen. Ihre Melodie summte durch die Nachmittage, und weil sie Évi gefiel, konnte sie ganze Seiten bald wie ein Gedicht aufsagen, ohne noch zu stocken oder zu stolpern, wenn sie am Zaun stand und den schmalen Weg hinab zur Brücke über den Klatschmohn schaute oder welkes Laub unter den Bäumen zusammentrug und vor den Johannisbeeren verbrannte.

Wenn der Postbote jetzt einen Brief von Zigi in Évis Hände legte, öffnete sie ihn sofort. Sie setzte sich an die Glastür, die Zigi eingebaut hatte, ohne damals ahnen zu können, dass Évi hier einmal seine Briefe lesen, hier mit den Fingern über die Buchstaben gleiten, sie nachzeichnen und nicken würde, als sei sie in ein Gespräch versunken, als habe Zigi ihr nicht an einem anderen Ort, zu einer anderen Zeit geschrieben, sondern als erzähle er es in diesem Augenblick, und Évi müsse nur zuhören. Sie faltete die Briefe zusammen, steckte sie in den Bund ihres Rocks, holte sie später hervor, um ihre liebsten Stellen noch einmal zu lesen, und manchmal schlief sie in der Küche über ihnen ein, und Aja fand sie am Morgen auf einem schiefen Stuhl, den Kopf auf ihren verschränkten Armen, das wirre Haar auf blauem Briefpapier. Seit sie umgeben sei von seinen Wörtern, kämen ihr Zigis Zeichnungen wie Rätsel vor, sagte Évi, sie gehe an ihnen vorbei und wundere sich, als hätten sich Zigis Sätze davorgedrängt und verstellten nun den Blick auf seine Bilder. Später, viel später, als wir anfingen, über solche Dinge nachzudenken, fragten wir uns, ob Zigi jemals gewollt habe, dass Évi seine Briefe würde lesen können. Ob ihm nicht lieber gewesen wäre, weiter mit der Gewissheit zu schreiben, sie würde sie nicht entziffern können, ob es für ihn nicht leichter gewesen war, als er gewusst hatte, seine Briefe blieben ungelesen.

Obwohl sie viele Wörter falsch buchstabierte und über die Jahre auch nicht mehr lernte, wie sie auszusehen hatten, begann Évi, Briefe und Karten zu schreiben, nicht an Zigi, dem sie nie schrieb, sondern an ihre Freunde – Briefe, die oft zurückkamen, weil die Anschrift nicht mehr stimmte, und die der Postbote Évi überreichte, als müsse er sich dafür entschuldigen. Nie hatte sich Évi gefragt, wie sie einen Satz aus Wörtern bauen könnte, aber jetzt hatte sie angefangen, darüber nachzudenken, es reichte ihr nicht mehr, die Wörter einfach zu sagen, wie sie ihr in den Sinn kamen, jetzt schien sie zu überlegen, bevor sie etwas aussprach, und sie schrieb langsam auf die Karten, die sie im Fotoladen ausgesucht hatte, Karten mit gelben Rosen, kleinen Hunden und der Kirche am großen Platz. Jedes Mal schrieb sie mehr, als dafür vorgesehen war, auch rund um die Anschrift und die Briefmarke, weil ihr noch etwas eingefallen war, vielleicht auch, weil ihr die Bewegung ihrer linken Hand gefiel, wenn sie am Küchentisch den Stift übers Papier bewegte und die Buchstaben, die sich noch immer an einer Schnur durch unser Haus zogen, endlich aneinanderzureihen wusste.

Als die Linden uns im Sommer hinter ihrem dichtesten Grün versteckten, sagte meine Mutter, sie könne ihr nichts mehr beibringen, und Évi kam nicht länger zu uns zum Lesen. Meine Mutter gab ihr ein Wörterbuch, ein schweres blaues, in dem Évi nachschauen konnte, wie etwas geschrieben wurde und was es bedeutete. Erst war es Évi komisch vorgekommen, dass jemand in seiner Muttersprache Erklärungen brauchte für Wörter, die er doch alle kennen musste, aber dann stellte sie das Buch auf ihr Küchenregal, neben die Blechdose für Karls Bruder, und nahm es an den Abenden, um wie in einem Roman darin zu lesen. Évi schaute nur noch bei meiner Mutter vorbei, wenn sie nach dem Fotoladen den Umweg machte, um weiter Gläser mit Marmelade und Kompott zu bringen, als könne sie nicht aufhören, meiner Mutter zu danken. Obwohl meine Mutter sie hereinbat, blieb Évi am Tor stehen, als habe sie keinen Grund mehr, unser Haus zu betreten, als habe sie ihr Recht darauf mit dem letzten Buchstaben des Alphabets verwirkt. Meine Mutter hängte die Schnur mit den farbigen Blättern ab, die unser Haus von Sommer zu Sommer geschmückt hatte, und plötzlich sah es leer aus, ohne die Buchstaben und Wörter, die Évi mit meinen Buntstiften geschrieben hatte. Nach ihrer letzten Deutschstunde hatte meine Mutter Évi einen Füller geschenkt, den man aufschrauben konnte, um aus einem Glas Tinte zu ziehen, von der Évi tiefblaue Flecken an den Händen hatte, die sie nur schwer abwaschen konnte. Évi nahm den Füller selten, ihre Karten schrieb sie mit einem Bleistift aus der Küchenschublade, aber wenn sie in ihrem dicken Buch durch die Seiten blätterte, stellte sie das Kästchen neben sich und strich über den dunklen Stoff, mit dem es bezogen war und in dem der Füller lag wie eine Schlafende.

Évi hatte den ersten von Zigis Briefen an einem milden Herbstsonntag nach dem Gottesdienst gelesen, in dem sie sich öfter als sonst bekreuzigt hatte. Aja sagte, sie habe nicht mehr nach den drei Buchstaben suchen müssen, die sie zu ihrem Namen zusammenfügen konnte, sie habe die vielen anderen Namen darin entdeckt und in der Küche laut vorgelesen, die Zigi ihr in seinen Briefen gab. Als sie den Brief beiseitegelegt habe, sei sie eine Weile still auf ihrem Stuhl sitzen geblieben, und die eine Strähne, die ihr ins Gesicht gefallen sei, habe sie nicht wie sonst zurückgestrichen, sie habe sie gar nicht bemerkt, als sie ihren Blick zerteilt habe. Dann habe sie den roten Koffer mit den Verschlüssen aus Messing, den Fächern für Scheren, Feilen und Bällchen aus Watte geholt, den sie im Garten unter den Birnbäumen öffnete, wenn sie ihre Nägel lackieren wollte. Sie habe das schiefhängende Tor angehoben und hinter sich zugezogen und sei über den Feldweg gelaufen, den Koffer in der einen und Aja an der anderen Hand, zur Brücke über den Klatschmohn, für den sie dieses Mal keinen Blick gehabt habe, hinunter ins Städtchen, über den leeren großen Platz unter den Platanen, deren Blätter noch immer sommergrün waren, bis sie drei Straßen weiter am Telefonhäuschen in unsere Straße eingebogen seien, wo Évi nicht mehr stehen geblieben sei, um noch einmal tief Luft zu holen, sondern ohne zu zögern zu unserer Tür gegangen sei und nicht gewartet habe, bis meine Mutter sie bemerken würde, sondern zum ersten Mal angeklopft habe. Sie sei gekommen, um meiner Mutter Sommerfüße zu machen, hatte Évi gesagt, obwohl der Herbst schon in den Wald drängte, seine ersten Farben auf die Blätter gesetzt und Zigi angekündigt hatte, der bald das Schiff und den Zug und hinter der Bushaltestelle den Weg unter den Kastanien aus

Kirchblüt hinaus nehmen würde, bis zu dem schmalen Pfad, an dem er Évis Haus und Garten und unsere Linden schon würde sehen können.

Meine Mutter hatte aufgehört, über Évi zu staunen. An den Abenden dieses schnellen Sommers hatte sie aufgehört damit, wenn Évi ihre Hefte aufgeschlagen und gewartet hatte, bis meine Mutter sie loben würde, für die vielen Buchstaben, die sie sauber auf die vorgezeichneten Linien gesetzt hatte. Évi musste meiner Mutter nicht erklären, warum sie an diesem Sonntag kam. Gerade hatte sie angefangen, in Zigis Briefen zu lesen, und sich in eine Welt begeben, die meine Mutter mit den Buchstaben des Alphabets, auf den Linien ihrer grauen Papiere, Silbe für Silbe für sie eröffnet hatte. Meine Mutter setzte sich in ihren roten Sessel, ließ Évi einen Hocker davorstellen und ein Handtuch auflegen, und während Aja und ich mit angezogenen Knien auf dem Teppich saßen und zuschauten, ließ sie Évi ihre Nägel lackieren, obwohl sie Lack auf den Nägeln nie gemocht hatte, mit rosa Farbe, die Évi geschüttelt, gegen das Fenster gehalten und wieder geschüttelt und die sie ausgesucht hatte, weil sie fand, Dunkelrot sei keine Farbe für meine Mutter, es passe nicht zu ihr, und es passe schon gar nicht zu ihren schmalen Füßen.

Brüder

Alle Kinder in Kirchblüt hatten Geschwister, nur Aja und ich, wir hatten keine, und Karl, der einen Bruder hatte, lebte ohne ihn. Damals schien es keine Rolle zu spielen, schon weil niemand darüber sprach, aber es hielt uns fest in einem Dreieck, aus dem wir uns nicht lösen konnten. Verschoben hat sich seitdem vieles, in den Jahren, die uns haben wachsen und älter werden lassen, auch mein Blick hat sich verändert, mein Blick auf Karl und Aja, auf alles, was ich in ihnen sehen konnte, hat sich unzählige Male geändert, manchmal in wenigen Augenblicken. Wir haben unser Dreieck in die Länge gezogen, wir haben die Orte gewechselt und uns voneinander entfernt, wir haben die Abstände neu abgesteckt und bemessen. Wir sind in andere Richtungen gestrebt, manchmal, als wollten wir nur weg voneinander, ohne es zu merken und sagen zu können. Wir haben einander verloren und doch wiedergefunden, ganz gleich, wohin wir uns bewegten, wohin es uns drängte.

Als Aja angefangen hatte zu lesen, glaubten wir zum ersten Mal, wir hätten sie verloren. Etwas zog sie weg von Karl und mir und unseren Spielen. Wir konnten sie in ihrem bunten Tuch sehen, unter einer Decke mit verblassten Flecken, die an den Enden in viele Fäden ausfranste, wenn sie zwischen zwei Bäumen schaukelte und hochschaute zu uns, nur um ihren Blick schnell wieder zu senken, und manchmal wurden wir müde davon, Karl und ich, müde vom Warten, bis Aja wieder einen Blick für uns hatte, bis sie aus ihrem Tuch sprang und ihr Buch allein darin schaukeln ließ. Kurz nachdem Évi angefangen hatte, sich durch die Sätze und Buchstaben zu quälen, war Aja schon über die Zeilen gehastet, über die Wörter geflattert und hatte ihren Sinn erfasst, mit einer Gier, die sie nie mehr ablegte und später bei allem zeigte, das sie unbedingt beherrschen wollte. Während Évi noch immer langsam die Absätze aneinanderreihte, ließ sich Aja für die Vorlesewettbewerbe der Schule aufstellen, setzte im Direktorenzimmer an Évis Hand durch, dass sie antreten durfte, obwohl sie jünger war als die anderen, und während Karl und ich in einer der ersten Reihen zuhörten, las Aja im Stehen auf der Bühne, an einem Pult, hinter das Évi zwei Kisten gestellt hatte, damit Aja hochsteigen und gesehen werden konnte. Aja las aus einem Buch, das sie aus der Pfarrbücherei hinter der Kirche am großen Platz hatte, die sonntags nach dem Gottesdienst geöffnet war, von zwei Brüdern, die ihr Dorf in den Bergen zurücklassen mussten, um in einer großen Stadt Ruß und Staub aus den Schornsteinen zu fegen. Sie las mit ihrer hellen Stimme, die sich manchmal überschlug, lauter und flüssiger als alle anderen Schüler, ohne sich zu räuspern, ohne zu stocken und zu stolpern, als brauche sie das Buch nicht mehr, als kenne sie schon jeden Satz und als reichten ihr allein die Wörter in Gedanken.

Während Aja las, tobte in Karls Kopf ein Klacken, ein leises Klacken nur, das meist ohne Ankündigung wiederkehrte und das ich sofort erkennen konnte, schon an der Art, wie Karl seine Hände dann hielt, die sich zu Fäusten ballen wollten, und daran, wie er sich an seinen Kopf fasste, an seine Ohren, als versuche er, das Geräusch so zu vertreiben. Bei Regen klopfte es lauter und heftiger an, dieses Klack-Klack. Sobald sich der Himmel verdunkelte, sobald die Wolken unruhiges Wetter heranzogen, sagte Karl, höre er es nahen, mit dem ersten Regentropfen sei es dicht an seinem Ohr und dann mit jedem Tropfen lauter als zuvor, das Klack-Klack von Murmeln, die gegen eine Fensterscheibe schlugen. Aja und ich wussten davon, seit Karl uns in Évis Küche sein Fotoalbum gezeigt hatte, mit dem Pergamentpapier zwischen den Seiten, das er damals, als sein Bruder verschwunden war, auf dem tiefroten Sitz des Autos fest in die Hände genommen hatte, um es der Polizei zu geben. Évi hatte darum gebeten, sie hatte die Bilder anschauen wollen und Karl gefragt, ob sein Bruder manchmal irgendwo auftauche und Karl ihn dann sehen könne, vielleicht so, wie Zigi an den Feldern hinter Weizen und Mais auftauchte, in den Monaten, in denen er weit von Kirchblüt entfernt war und Évi ihn trotzdem sehen konnte. Mir war die Frage verrückt vorgekommen, aber Karl hatte sofort gesagt, ja, er tauche auf, nicht nur in seinen Träumen, nicht nur auf den Bildern, die er male, sondern jedes Mal, wenn es anfange zu regnen, wenn sich die ersten schweren Wolken in den Himmel schoben und er das gleiche Geräusch höre wie an ihrem letzten Sonntag, als Karl mit seinem Bruder blaue und grüne Murmeln ans Fenster geschnipst hatte.

Wenn Aja und ich mit den Rädern am Haus mit den geschlossenen Läden vorbeifuhren, sahen wir manchmal Karl im Garten, hinter großen braunen Säcken, die es im Kaffeeladen gab, in die sein Vater Blätter und Zweige warf und die er mit einem Anhänger wegbrachte und hinter den Erdbeerfeldern bei einem Bauern loswurde. Wir entdeckten Karl hinter der Hecke, wenn er mit dem Gartenschlauch über den Rasen ging, als dürfe er keinen Tropfen vergießen, neben seinem Vater, der das Gras mit einer Sense schnitt, mit weiten, langsamen Bewegungen, die nahtlos ineinander übergingen und sich unzählige Male wiederholten. Die Stimme von Karls Vater hörten wir nie, nur Karl, der immer etwas zu leise sprach, als habe er Angst, seinen Vater aufzuschrecken, als müsse er alles vermeiden, was ihn aufbringen könnte, und doch klang es, als suche er die Stille zu zerreden, die sich auf seinen Vater und die Dinge gelegt hatte, die ihn umgaben. Karl hielt den Gartenschlauch so, dass seine Schuhe nicht nass wurden, er aß, was ihm gebracht, und er trank, was ihm hingestellt wurde, er sagte nicht nein, und er hatte aufgehört, den Kopf zu schütteln, sich zu winden, aufzustampfen und davonzulaufen. Er wollte auffangen, was verlorengegangen war, als könne er das, wenn er nur die Stille zerredete und tat, was immer seine Eltern von ihm wünschten, wenn er sich nur nicht wand, nicht den Kopf schüttelte, wenn er sich nur genügend anstrengte, besser zu sein, besser als andere Kinder, besser sogar als Aja und ich, wenn er versuchte, zwei Söhne in einem zu sein, und es ihm nie gelingen konnte. Wenn er die Lücke schließen wollte, die sein Bruder gerissen hatte, an einem hellen blauen Nachmittag, an dem er zum Waldsee gefahren und danach verschwunden war, und die tiefer und größer geworden war, mit jeder Nacht, mit jedem Morgen, an dem außer Karl und seinen Eltern niemand mehr glaubte, sein Bruder würde noch zu ihnen zurückkehren.

Seit seine Mutter angefangen hatte, mit den Tassen zu klappern, kam Karl öfter zu Évi, jedes Mal, wenn er das Klappern nicht länger aushielt, wenn er es nicht mehr hören wollte und sein Fahrrad nahm, um mit dem Blick aufs ferne Bahnwärterhäuschen an Weizen und Mais vorbei zu Évi zu fahren, die ein buntes Glas mit Saft für ihn füllte und über sein Haar strich, das im Sommer in den Spitzen heller wurde. Aja und ich wussten schon, Karls Mutter klapperte wieder mit dem Geschirr, wenn sie es unter fließendem Wasser abspülte, wenn sie es in den Schrank räumte und Splitter aus den Tellerrändern brachen. Wir wussten, sie setzte neue Risse ins Porzellan, die aussahen, als liege ein Haar darauf, weil sie der Gedanke erwischt hatte, Ben würde nach der Schule nicht mehr nach Hause gehen und seinen Schulranzen abwerfen, er würde an den Wochenenden nicht mehr an ihre Tür klopfen, die Schuhe abziehen und sich an ihren Tisch setzen, an dem ihr das Geschirr in den Händen gerade zu schwer geworden war.

Wir sahen Karls Mutter nur, wenn sie kam, um Karl abzuholen, und wir konnten uns nie daran gewöhnen, wie langsam alles an ihr war, selbst ihr Wimpernschlag, wie langsam sie alles machte, wie langsam sie auch den hellen Wagen fuhr, den sie am Wochenende in einer Werkstatt waschen ließ, wie lange sie brauchte, bis er vor Évis Lattenzaun stand, und wie langsam sie ausstieg, als wüsste sie nicht, wie sie ihre Füße setzen sollte, in ihren cremefarbenen Schuhen, als habe sie Angst, sie könnten auf dem kurzen Weg zu Évis Haus schmutzig werden. Wie sie zum schiefhängenden Tor ging, als käme sie kaum voran, als sei sie soeben aufgewacht und müsse die Augen hinter dunklen Gläsern verbergen, und wie sie ihre Brille dann abnahm, selbst das tat sie langsam, sobald sie neben Karl stand und ihre Augen, das viel zu helle Grün darin zeigte, als müsse jedes Licht sie schmerzen. Auch wenn sie redete, tat sie es langsam, sie setzte ihre Wörter sicher und behutsam, anders als Évi, aus der die Wörter oft heraussprudelten, wie sie ihr gerade einfielen. Karls Mutter schien keine Vorstellung von Zeit zu haben, sie trug keine Uhr am Handgelenk und kannte keine Eile, wenn sie unter Évis Bäumen stand und Zigaretten rauchte, die in einer Schachtel aus Perlmutt steckten, während sie Karl am Hemdkragen zupfte und sein Haar aus seiner Stirn strich. Karls Mutter sah nicht aus wie eine Mutter, etwas ließ sie zu jung aussehen, vielleicht war es auch ihre Art, mit Karl zu reden, die anders war als bei anderen Müttern, selbst ihre Art, ihn anzufassen, selbst die war anders. Aja und mir war sie fern, auch wenn sie dicht vor uns stand und wir sehen konnten, wie sich die winzigen Glieder ihrer Kette an ihren langen blassen Hals schmiegten. Sie passte nicht hierher, nicht nach Kirchblüt und nicht in Évis Garten, und alles an ihr sah aus, als liege ihr auch nichts daran, hierherzupassen.

An einem Frühlingsabend, an dem wir von den Bahnschranken durch den knöchelhohen Weizen gejagt und unter unseren Linden ins Gras gefallen waren, hatte Karls Mutter schon unterm Birnbaum gestanden und nach ihrem Feuerzeug gesucht, in ihrer Tasche und ihrem leichten Mantel aus eisblauem Stoff, mit dem schmalen Kragen aus Kunstfell, den sie nie zuknöpfte, hatte im Handschuhfach ihres Wagens nachgesehen und war zurückgekehrt, um Évi um Feuer zu bitten. Eine wolle sie noch rauchen, bevor sich Karl verabschiede von den Mädchen, wie sie sagte, weil sie uns nie beim Namen nannte, als sei ihr die Mühe zu groß, sich unsere Namen zu merken und dann auch auszusprechen. Évi hatte begonnen, Rosen zurückzuschneiden und ihre Zweige mit Draht an den Latten festzubinden. Sie sagte, in der Küche müsse sie Feuer haben, für ihre Kerzen am Abend habe sie irgendwo Streichhölzer liegen, Karls Mutter solle nachsehen, auf dem Küchenregal neben dem Fenster, weit hinten, damit Aja sie nicht nehmen könne, und ich weiß nicht, wie Évi vergessen konnte, dass dort das Kästchen aus Blech lag, aus dem Karls Bruder einmal kleine Tafeln Schokolade in farbigem Papier genommen hatte, ein Kästchen, das jetzt mit Murmeln gefüllt war und darauf wartete, von Évi geholt zu werden, wenn Karls Bruder eines Tages an ihrem Zaun entlanggehen würde. Erst als Évi sich an den Rosen stach, als sie ihr Taschentuch aus der Schürze nahm, um den Finger wickelte und es sich rot färbte, fiel es ihr ein, und sie rief durch den Garten: Sind sie da, haben Sie die Hölzer gefunden?, mit einer Stimme, die plötzlich unruhig klang, und als keine Antwort kam, ging sie die wenigen Schritte zum geöffneten Fenster, wo Karls Mutter am schiefen Küchentisch saß, die Arme aufgestützt, das Gesicht in die Hände gelegt, das Kästchen aus Blech vor ihr, die grünen und blauen Kugeln aus Glas übers Wachstuch gestreut.

Évi kletterte ins Fenster und blieb im Rahmen sitzen, zwischen den roten Rosen aus Papier, die mit jedem Jahr blasser über die Tapete rankten, seit Zigi sie einmal aufgeklebt hatte. Sie sagte, Karl habe das Kästchen gebracht, und es klang wie eine Entschuldigung. Sie habe ihn danach gefragt, um etwas zu haben, das sie seinem Bruder geben könne, wenn er eines Tages vor ihrem Fenster über den Feldweg gehe. Karls Mutter hatte angefangen zu weinen, auf ihre tonlose stille Art, sie wischte sich über die Augen, verschmierte die Wimperntusche auf den Wangen und Händen, auf dem Eisblau ihres Mantels, und Évi weinte ein bisschen mit ihr, solange sie die Kugeln eine nach der anderen zurück ins Kästchen setzte, um sie danach wieder herauszunehmen und in kleinen Kreisen auf den Tisch zu legen. Als sei sie sich plötzlich selbst nicht mehr sicher und müsse es deshalb noch einmal hören, sagte Évi: Karl hat es mir gegeben, damit ich es für seinen Bruder aufbewahre, damit ich etwas habe, das er wiedererkennen kann, wenn er eines Tages hier vorbeikommt, und dann weinten sie weiter, Karls Mutter um ihren verlorenen Sohn und Évi, weil sie vielleicht ahnte, nie würde Karls Bruder an ihrem Zaun entlanggehen, und nie würde sie ihm das Kästchen aus Blech geben können.

Wenn sie gewusst hätte, es sei ihr letzter gemeinsamer Morgen, sagte Karls Mutter, hätte sie ihn gehalten, ein letztes Mal fest in ihren Armen. Sie hätte ihn anders angeschaut, hätte versucht, sich alles einzuprägen, was sie an diesem Morgen an ihm sehen konnte, die wirren Haare nach dem Schlaf, die zwei kleinen Wirbel über seinem Nacken, die Falten in seinem Schlafanzug, einen Mückenstich über dem Auge, eine Wimper, die sich gelöst hatte und auf der Wange lag. Sie hätte über seinen Kopf gestrichen, sein Haar befühlt, ihr Gesicht darin versinken lassen und sich nicht zu schnell von ihm verabschiedet, wie sonst am Montagmorgen, wenn sein Vater früh kam, um ihn zu holen, zur Schule zu bringen und schnell weiterzufahren, um sich nicht zu verspäten. Wenn sie etwas hätte ahnen können, hätte sie ihn nicht gehen, ihn nicht aus den Augen gelassen, sie wäre ihm gefolgt und hätte seine Hand festgehalten, die er ihr seit einer Weile nicht mehr hatte geben wollen, weil er sich für zu groß hielt, um noch an der Hand seiner Mutter zu gehen. Über jeden seiner Schritte hätte sie gewacht, wenn sie gewusst hätte, dass ihr nichts bleiben würde als die Angst, seinen Geruch zu vergessen, die Züge seines Gesichts, ihr würde nichts bleiben als die Bilder, die gerahmt im ganzen Haus hingen und auf den Schränken standen.

Am liebsten, sagte Karls Mutter, würde sie sich wegdrehen und ihr Leben liegenlassen wie einen abgetragenen Mantel. Nach den hellen Tagen sehne sie sich, mit denen alles angefangen habe, jetzt, da sich etwas in ihr Leben gedrängt hatte und sich als schwarze Farbe durch alle Zimmer ihres Hauses fresse, sich vor ihre Augen schiebe, vor ihr Gesicht im Spiegel und vor ihren Blick auf Karl. Alles habe damals gut angefangen, sagte sie, mit hellen Tagen, nichts als hellen Tagen, und obwohl alle gemahnt hätten, sie sei zu jung, habe sie Karl bekommen, so jung, dass sie noch heute manchmal nicht für seine Mutter, sondern für seine Schwester gehalten würde. Sie hätten Karl nachts nicht allein lassen wollen, und so habe er in den ersten Monaten zwischen ihnen im großen Bett geschlafen, auf einem weißen Kissen in der Mitte, damit er nicht herausfallen würde. Sie hätten keine Angst haben müssen, sich im Schlaf auf ihn zu drehen und ihm die Luft zu nehmen, und wenn sie morgens aufgewacht seien, habe Karl noch immer so dagelegen wie am Abend. Zwölf Monate nach Karls Geburt kam sein Bruder zur Welt, an einem wolkenlosen Tag im Januar, der dicht an dicht Ranken aus Eisblumen auf die Fenster setzte und den Himmel am Morgen hellrot färbte, als die anderen noch schliefen und Karls Mutter hinausschaute auf die leeren Straßen, den Rauch der Schornsteine über den Dächern, der langsamer als sonst zu steigen schien, und wusste, es war so weit, sie müssten Karl zu den Nachbarn bringen und losfahren, mit der kleinen Tasche, die sie vor Wochen schon gepackt hatte, als sie ihren Mantel nicht mehr hatte zuknöpfen können und ihr schon das Sitzen und Atmen zu viel geworden waren.

Nur wenige Stunden nach der Geburt ließen sie den Pfarrer aus der Krankenhauskapelle holen, um Karls Bruder zu taufen, hastig und benommen und ohne Paten. Die Hebamme hatte es den Eltern geraten, ihr hatte der Blick des Arztes gereicht, als er die kleine Brust, ihre Herztöne abgehört hatte, und der scharfe, gehetzte Ton in seiner Stimme, als er die Schwestern zusammenrief. Als sie Karls Bruder hinausbrachten, hatte seine Mutter nicht gewusst, an wen sie sich wenden, zu wem sie reden sollte, denn obwohl sie ihr Kind hatte taufen lassen, glaubte sie an keinen Gott und konnte zu keinem beten. Aber sie war nicht wie Karls Vater auf und ab gelaufen, vor den großen Fenstern auf dem Gang, sie hatte stattdessen ihren Blick auf ein Holzkreuz über der Tür gerichtet und sich festgehalten daran, weil es sonst nichts gab, weil sie sonst nichts fand, an dem sie sich hätte festhalten können. Als sie wieder zu Hause war und man ihr sagte: Du hast das Schlimmste schon hinter dir, fiel es ihr schwer, daran zu glauben, weil sie den hellen Tagen, die zurückkehrten, nicht trauen konnte, aus Angst, noch getäuscht zu werden – nicht dem Frühling, der jenen Winter ablöste und den Himmel über den Dächern am Morgen wieder blau und nicht mehr rot färbte, nicht den zwei schrägen Narben, die ein langes Kreuz auf die kleine Brust zeichneten, sich Jahr um Jahr zusammenzogen und blasser wurden und die Karls Bruder später, als er seine Hemden schon selbst aufknöpfen konnte, jedem zeigte, der sie sehen wollte.

Seit er begonnen hatte, seine ersten Sätze zu sagen, konnte er auch schon erklären, warum dieses Kreuz auf seiner Brust lag. Sein Vater erzählte es ihm abends, wenn er einen Stuhl ans Bett heranzog, sich zu ihm setzte, die Beine übereinanderschlug, die Hände in den Schoß legte und Karls Bruder niemals genug davon hören konnte, vom Blick des Arztes, von den schnellen, leisen Schritten der Schwestern und vom Pfarrer, nach dem sie gerufen hatten und der ins Zimmer am Ende des Ganges gekommen war, um ihn auf den Namen Benedikt zu taufen, den so nur seine Mutter zu ihm sagen würde. Sobald der letzte Satz verklungen war, wollte Karls Bruder, dass sein Vater wieder anfing, mit der Tasche, die seine Mutter schon vor Wochen gepackt hatte, mit Nachthemd und Morgenmantel, Unterwäsche und hellroten Pantoffeln, die zu fein waren fürs Krankenhaus, mit dem Licht am Morgen, das sich wie Feuer durch den Himmel zog, dem Blick aus dem Fenster auf Inseln aus Schnee, die man an die Seiten der Bürgersteige gekehrt hatte, dem Ruß, dem Rauch der Schornsteine und mit dem Wagen, der nicht anspringen wollte an diesem Morgen und den sein Vater dreimal, viermal starten musste. Dass die Hände seines Vaters feucht und kalt gewesen waren, als er den Wagen langsam über eisglatte Straßen lenkte, mit einer Unruhe und Ungeduld, weil er nicht schneller fahren durfte, und wie sie anfingen, eine Melodie zu pfeifen, weil sie wussten, am Abend würden sie ihr Kind in die hellblaue Decke wickeln, in der schon Karl gelegen hatte, und nach Hause bringen.

Als sie Ben nach Wochen mitnehmen durften, wollten sie ihn kaum mehr aus den Armen geben und allein in seiner Wiege lassen. Nachts saßen sie davor, zogen die Decke an sein Kinn, strichen sie glatt und zupften sie zurecht, aus Angst, sie könne Ben zu schwer, es könne ihm darunter zu heiß werden. Sie wachten über seinen Atem, und wenn sie doch einschliefen, schreckten sie mit dem Gedanken an ein blasses Kreuz auf und legten ihre flache Hand auf seine Brust, um zu prüfen, ob sie sich auch hob und senkte, ob sie noch ein Klopfen darin spüren konnten. Schon wegen seiner Gesichtsfarbe, so weiß wie Puder, wollten sie ihn immer ein bisschen zu sehr beschützen, ihm auch später immer ein bisschen zu viel verbieten, aus Angst, es würde ihm kalt werden, wenn er die falsche Jacke, die falsche Mütze trug, ein Spaziergang, ein Spiel könnten ihn anstrengen, es könne ihn schwächen, wenn er nicht genügend aß, er würde krank, wenn er zu oft die Treppen auf und ab stieg oder zu schnell die Straße hinablief. Über allem vergaßen sie Karl, vergaßen, sie hatten noch ein Kind, eines, das zuerst und gesund geboren worden war, dessen Brust man nicht aufgeschnitten und zugenäht hatte, das laufen konnte, so schnell und so viel es wollte, das fallen konnte, ohne dass seine Eltern herbeistürzen mussten, das sie ankleiden konnten, ohne Angst, es könne ihm zu kalt oder zu heiß werden, das essen durfte, wonach ihm war, und das einschlief, ohne dass seine Eltern seinen Atem bewachten und in der Nacht nach seinen Händen und Füßen tasteten.

Es bereite ihr Schmerzen, sagte Karls Mutter, zu sehen, wie Karl versuche, sie zu trösten, wie er jeden Tag versuche, ein besseres Kind als alle anderen Kinder zu sein, und sie könne das dumme Gefühl nicht vertreiben, bestraft worden zu sein, weil sie Karl in den ersten Jahren vergessen hätten, selbst dann noch, als sein Bruder größer gewesen sei und sie nicht mehr auf jeden seiner Schritte hätten achtgeben müssen. Karl hatte sich zu seiner Mutter an den Küchentisch gestellt und seinen Kopf an ihre Seite gelehnt, sie legte eine Hand auf seine Schulter, als zögere und fürchte sie noch, wir könnten etwas sehen, das nicht für uns bestimmt war. Mit einer ihrer langsamen, leichten Bewegungen, die Karl sicher kaum spüren, die er nur ahnen konnte, strich sie über seinen Scheitel, über den blassen Fleck hinter seiner Wange, wo sein braunes Haar blond wurde und die Haut aussah wie in tausend winzige Wellen gelegt, seit dem Tag, an dem sich Karl ins Leben seiner Eltern zurückgedrängt hatte und sie aufhören mussten, ihn zu übersehen.

Karls Mutter sagte, sie habe an diesem Tag nicht nach ihren Söhnen geschaut, habe sie Türen aufreißen und durch die Zimmer rennen lassen, über die Teppiche, die unter ihren Füßen weggerutscht seien, übers Sofa, von dem sie die Kissen heruntergerissen hätten, und durch die Kammer neben der Küche, in der sie die weiße Wäsche aus einem Korb genommen und mit einem Bügeleisen geglättet habe, das sie stehen gelassen habe, um an die Tür zu gehen und nachzusehen, wer geklopft habe. Die Brüder zogen und zerrten aneinander, balgten sich wie junge Hunde, während einer auf dem anderen lag, und weil sie häufig so rangen und ihr Geschrei und Gelächter in alle Winkel des Hauses schickten, war es nichts, weshalb sie hätte nach ihnen schauen müssen. Aber an diesem Nachmittag, in diesem Augenblick, in dem sie zur Tür gegangen war, hatten sie sich mit den Füßen im Kabel des Bügeleisens verfangen, hatten das Bügelbrett umgestoßen und das Eisen mit einem Scheppern hinabgerissen, es war auf Karl gefallen, auf seinen Kopf, auf seine Wange, hatte seine Haut verbrannt und sein Haar versengt, dort, wo es jetzt mit einem Mal blond wurde. Karls Mutter hatte den brüllenden Karl zu ihrem Wagen getragen, und weil er nicht aufhörte, um sich zu schlagen, hatte sie ihn nicht auf den Rücksitz zu seinem Bruder, sondern nach vorne gesetzt und versucht, ihn mit der rechten Hand an die Lehne zu drücken und zu beruhigen. Sie war zum erstbesten Arzt gefahren, der ihr einfiel, und damit man ihrem Wagen Platz machte, hatte sie den Ellenbogen auf der Hupe gelassen, die sie wegen Karls Geschrei kaum hatte hören können, hatte nicht auf rote Ampeln und Stoppschilder geachtet, hatte den Wagen abgestellt, war hinausgesprungen, hatte die Tür zur Praxis mit dem Fuß aufgestoßen und Karl hineingetragen, vorbei an allen Wartenden, während sein Bruder weinend hinter ihnen herlief, hatte Karl auf eine Liege gesetzt, wo sie seine Arme fasste und nach unten drückte, mit aller Kraft, die sie aufbringen konnte, während Ben sich die Ohren zuhielt und weiterweinte.

Nachdem sie die Wunde, nachdem sie den Verband gesehen hatte, Karls Hände, die sich unablässig bewegten, auch in den Nächten darauf, änderte sich ihr Blick auf Ben, auf die blasse Farbe seines Gesichts, das Kreuz auf seiner Brust, wenn er badete, auf seine fahrigen, hastigen Bewegungen, wenn er einem Ball hinterherlief. Wenn sie auf Bens Füße schaute, konnte sie nicht aufhören zu denken, sie, nicht Karls Füße hatten sich im Kabel verfangen und das Eisen herabgerissen, und vielleicht war es deshalb, dass Ben später zu seinem Vater zog, zu der Zeit, als Karls Mutter anfing, Karl fotografieren zu lassen, die Stelle überschminken, das Licht einrichten und Karls Kopf so drehen zu lassen, dass man nicht mehr als einen Schatten sehen konnte, einen Fleck am Haaransatz, der nur noch denen auffiel, die davon wussten. Es war nichts auf seiner Haut, es störte niemanden, wenn sie sich hinter seiner Wange in tausend Wellen legte, und jedes Bild von sich, das Karl in einem Schaufenster sehen konnte, in einem Katalog, in einer Zeitung, sollte ihm helfen zu glauben, es mache nichts, dass seine Mutter ihn und Ben sich selbst überlassen hatte, in einem Haus voller Zimmer, mit einem Bügeleisen, das sie hatte stehen lassen und das Karls Haut in einer einzigen Sekunde verbrannt hatte.

Jahre später, als wir schon selbst Fotos von uns schossen, zeigte Karl uns Bilder aus dieser Zeit, die in einem Schuhkarton unter seinem Bett lagen und von denen uns nur eines gefiel. Karl lag neben einer Reihe Steckdosen unter einem großen Fenster, dessen schwarze Sprossen den Hof zerteilten, die Mauern unter Efeu, Fahrräder und zwei Akazien, die anfingen auszuschlagen. Er lag in einem Haufen schwarzer Kabel, er war eingeschlafen, die Arme von sich gestreckt, die Knie angezogen. Karl war nur am Rand der Aufnahme zu sehen, die unter Lichtern und Schirmen ein anderes Kind zeigte, dessen Haar gekämmt und dessen Kleider abgebürstet wurden. Mir gefiel dieses Bild sofort, schon weil es etwas von Karl zeigte, das nicht jeder bemerkte – dass er sich nie stören ließ von dem, was ihn umgab, wie laut und aufdringlich es auch sein mochte. Karl erzählte, das Bild sei später wenigstens hundertmal so groß in einer Ausstellung aufgetaucht, die nichts mit Kleidern oder Schuhen zu tun gehabt habe und zu deren Eröffnung Karls Mutter eine Einladung erreicht habe, auf der nicht mehr gestanden hatte als: Vielleicht hätten Sie Lust, Ihr schönes Kind einmal anders zu sehen.

Heute glaube ich, Karl hat angefangen zu fotografieren, weil er den Blick für das, was andere für wesentlich hielten, nie teilen konnte, weil er ihn auf etwas anderes lenken wollte, auf etwas, das sich am Rand abspielte, und weil er keinen anderen Beruf fand, in dem zwei Sekunden entscheiden können. Als man schon mehr wusste über seinen Bruder und sein Verschwinden, als man sicher war, dass er mitten in Kirchblüt an einem hellblauen Nachmittag in einen Wagen gestiegen war, dass jemand die Tür zugezogen hatte und losgefahren war, und all das nicht länger als zwei Sekunden gedauert hatte, wurden zwei Sekunden zur Zeiteinheit, die Karl nicht mehr losund seine Mutter nicht mehr zur Ruhe kommen ließ, die Zeiteinheit, in der beide fortan dachten, in der sie dem Sekundenzeiger mit ihren Blicken folgten, in der sie zählten und rechneten, mit der sie ihre Stunden, Tage und Jahre einteilten. Obwohl Karls Mutter ohne Uhr am Handgelenk ging und die wirkliche Zeit sie nicht kümmerte, musste diese Zählung in ihren Gedanken ohne Unterbrechung, dieser Takt ohne Unterlass mitlaufen. Zwei Sekunden, nicht länger als das Klack-Klack in Karls Kopf, zwei Sekunden, die ausreichten, in einen Wagen zu klettern und die Tür zu schließen, zwei Sekunden, die ausreichten, eine Aufnahme zu machen, einen Auslöser zu drücken und loszulassen. Zwei Sekunden, die Karls Mutter abzählte und neu zählte und dabei jedes Mal versuchte, sie in die Länge zu ziehen, sie zu dehnen und dann anders, ganz anders ausgehen zu lassen, sie gut ausgehen zu lassen, als könne sie Ben noch sehen und ihm zuwinken, als könne sie noch loslaufen und ihn abhalten davon, in ein Auto zu steigen und mitzufahren.

Wenn sie jetzt kam, um Karl abzuholen, ließ Évi ihr Zeit, in die Küche zu gehen und das Kästchen vom Regal zu nehmen, und weil Karls Mutter vor uns nicht zugeben wollte, dass sie Murmeln über Évis Tisch rollen ließ und auf das Geräusch hörte, das sie dabei machten, tat sie, als brauche sie nur ein Glas Wasser, als habe sie etwas liegenlassen und suche in Évis Küche alles, nur kein zitronengelbes Kästchen aus Blech, in dem früher kleine Tafeln Schokolade gelegen hatten, die Karl und sein Bruder aus bunten, glänzenden Papieren gewickelt und auf ihre Zungen gelegt hatten. Wir alle taten so, obwohl wir das leise Klacken hörten, wenn wir am Fenster vorbeiliefen und unseren Blick senkten, damit wir Karls Mutter nicht störten, wenn sie an Évis Tisch Kreise aus grünen und blauen Glasmurmeln legte.

Seit sie wusste, dass Évi ein Kästchen für Ben aufbewahrte, schien sie Karl lieber bei ihr zu lassen, als ließe sie etwas glauben, Karl könne seinem Bruder nirgendwo näher sein als hier, näher jedenfalls als in ihrem eigenen Haus, in dem die Dunkelheit in jedes Zimmer gekrochen war, und näher als im Haus seines Vaters, an dem sich die Rosen hoch zum Dach rankten und anfingen, Stein um Stein zuzudecken. Vielleicht lag es an Évis Garten, auf den ein helleres Licht fiel als auf andere Gärten, vielleicht an Évis Stimme, an diesem Summen, das Évi umgab, wenn sie über Blüten strich, wenn sie ein Glas mit Wasser aus dem Hahn füllte und auf den Tisch stellte, neben eines ihrer Taschentücher mit den Stickrosen, wenn sie wusste, dass Karls Mutter kommen würde, sie würde im Haus verschwinden und unter dem schiefen Fenster, vor der Spüle mit schmutzigem Geschirr sitzen, ein Kästchen aus Blech in den Händen halten und die Murmeln darin anschauen, während Évi schon das Herbstlaub zusammenkehrte und bald die ersten Eiszapfen von der Regenrinne schlagen würde. Bis zum Neujahrstag blieb es so, als Aja und ich Reste von Blei aus einer Schüssel fischten und Karls Mutter mitten im dichten Schneetreiben, das sie in ihrem eisblauen Mantel zerschnitt, ein rotes Päckchen mit weißer Schleife brachte, darin acht hohe Gläser aus Kristall, die Évi im Schrank über der Spüle verschwinden ließ, aber jede Woche herausnahm, um sie mit einem weichen Tuch abzuwischen und vor dem Fenster gegen das Licht zu halten.

Ostern

Évi mochte den Winter nicht, und wenn er kam, mit Eis und Schnee, setzte sie alles daran, ihn nicht zu beachten, seine nassen, dunklen Tage zu übergehen, wenn die Scheiben beschlugen und sie Küchentücher in die Rahmen steckte, damit Wind und Regen draußen blieben. Erst wenn der Frost seine Spuren zeichnete und die Fenster nicht mehr freigab, hörte sie auf, den Winter zu leugnen, wenn sie auch im Haus die fingerlosen Handschuhe trug und Aja nicht länger in ihrem Zimmer schlief, weil ihr Atem in der kalten Luft zu sehen und ihr Kopfkissen klamm geworden war. Dann ließ sie Aja neben sich auf der Liege schlafen und erzählte ihr jeden Abend dieselbe Geschichte, die Aja später Karl und mir erzählte, vom Frühling, der einen großen Hut mit flatternden gelben Bändern trägt und anklopft, um einen müden Winter abzulösen und über Nacht Frost und Schnee und Eisblumen zu vertreiben. Évi suchte die dunklen Monate zu verkürzen, die Zeit allein durchs Erzählen zu beschleunigen, während sie Aja mit allen Decken und Tüchern zudeckte, die sie finden konnte, und sich zum Schlafen neben sie legte, ohne die fingerlosen Handschuhe abzuziehen. Bevor Aja aufwachte, stieg Évi aus dem Bett, wischte mit dem Handrücken über die Glastür und suchte den Himmel nach einem Zeichen des Frühlings ab, wie sie sagte, zog Stiefel über die nackten Füße und den Mantel übers Nachthemd, schlug mit einem großen Stock, den sie am Abend vor die Stufen gelegt hatte, rund ums Haus an die Wasserleitung und die Regenrinne, um das Eis zu lösen, kochte Tee, wärmte sich die Hände im heißen Dampf und brachte das Frühstück ins Zimmer, damit Aja unter ihren Decken blieb, bis der Tee sie gewärmt hatte und sie ihr Bett verlassen konnte, ohne zu frieren.

Im Winter verbrachte Évi viel Zeit am Fenster. Wenn wir an ihrem Tisch saßen und ein Blatt nach dem anderen bemalten, mit dicken Stiften, die Évi mit dem Küchenmesser spitzte, wenn wir unsere Lieder sangen und bunte Karten legten, mischten und neu verteilten, stand sie neben ihren kurzen Gardinen und schaute hinaus, als könne sie den Augenblick verpassen, in dem sich der Winter zurückziehen würde. Sobald Aja das Februarblatt vom Kalender riss, verlegte Évi ihr Leben in den Garten und fing an, die Tage bis Ostern an den Händen abzuzählen, so wie meine Mutter es ihr gezeigt hatte. Es war ihr gleich, ob Himmel und Wetter mitspielten, ob es bis weit in den April hinein eisig blieb und noch einmal Schnee auf ihr Dach fiel, auf das Zigi im Herbst geklettert war, um es abzutasten und zu flicken. Sie packte Mützen und Schals schon in Kisten, sobald die Tage nur länger und heller wurden, ließ sie in ihrem neuen Schrank verschwinden, als müsse sie sofort alles loswerden, was zum Winter gehörte, und sie blieb stur in diesen Dingen. Auch wenn der Wind an ihren Haaren zerrte, ging Aja im April schon ohne Mütze, in dünner Jacke und in Schuhen, die erst für den Sommer gut waren. Évi setzte Lilien in Töpfe, obwohl jeder sagte, bis Mai werde es nachts Frost geben, und war sie an den Nachmittagen nicht im Fotoladen, stand sie im Garten und nahm Erde aus großen Tüten, die jemand vom Blumengeschäft im Fahrradanhänger gebracht hatte. Wenn es nach zwei Sonnentagen und einem täuschend blauen Himmel, unter dem Évi in ihrem Korbstuhl gesessen hatte, wieder kälter wurde, ging sie nachts im Bademantel nach draußen, kniete im Gras, legte ihre flachen Hände auf den Boden, und wenn er hart von Frost war, sammelte sie die Töpfe mit den Lilien ein und stellte sie hinter den Hühnern ins Gartenhäuschen, das Zigi in einem dieser Herbste gezimmert hatte. Aja brauchte nur die dunklen Flecken auf Évis Bademantel zu sehen und wusste, Évi hatte nachts den Boden abgetastet und die Kübel eingesammelt und dann, bevor Aja aufwachte, auf ihre Abdrücke im Garten zurückgestellt, als wolle sie geheim halten, dass sie die Blumen noch vor Frost schützen musste, als sei es ihre Schuld, dass der Frühling uns noch immer warten ließ.

Jeden Abend zählten wir im Kalender die Tage bis Ostern, in dreiundzwanzig, in zweiundzwanzig Tagen, zählten wir, und Évi jammerte, wie wenig Zeit ihr bleibe, alles vorzubereiten. Sie aß wenig in diesen Wochen, es fiel ihr nicht schwer zu verzichten, auf die vielen Dinge, die es sonst in ihrer Küche gab, nur auf den kleinen schwarzen Kaffee am Morgen, den sie wie Zigi in zwei Zügen aus ihrer roten Tasse trank und nach dem sie süchtig war, wie sie oft genug sagte. Wenn Aja fragte, warum nur sie ihr Haus noch nicht geschmückt hätten, wo man in ganz Kirchblüt schon bunte Eier in die Vorgärten gehängt habe, schüttelte Évi den Kopf und schimpfte, diese Leute wüssten nichts von Ostern. Sie hatte meine Mutter gebeten, dass ich in der Osternacht und am Ostersonntag bei ihr bleiben dürfe, und weil meiner Mutter nie viel daran lag, ließ sie es zu, vielleicht auch, weil Évi in einem Ton gefragt hatte, als dürfe sie es ihr nicht abschlagen.

Freitags saß ich schon an ihrem Tisch, während Évi mit der Kelle klare Suppe mit Linsen in unsere Teller gab, die sie nur an diesem einen Tag im Jahr kochte, der in ihrer Sprache Großer Freitag hieß und den sie weiter so nannte, weil sie fand, es klinge besser als Karfreitag. Später stellte sie den Klappspiegel neben der Spüle auf, wickelte ein dunkles Tuch um ihren Kopf und klopfte am Zaun ihren guten Mantel mit dem Kochlöffel ab, weil sie nichts anderes zur Hand hatte. Dann ging sie mit ihren schnellen, leichten Schritten zur Pforte und den Weg hinab, unter dem ersten Grün der Bäume, um bei der Karfreitagsandacht auf die zwei roten Stickrosen ihres Taschentuchs zu weinen. Selbst auf dem Weg zurück weinte sie noch, wenn wir in unseren Linden saßen und schon an der Brücke sehen konnten, wie sie sich die Tränen wegtupfte und den Regenschauer nicht beachtete, der Aja und mich zurück ins Haus jagte und der die Schultern von Évis Mantel getränkt hatte, wenn sie das Fliegengitter löste und sich schüttelte. Am Abend heulte der Wind vor den Fenstern, und Évi erzählte uns, was sie gehört hatte, sie ließ diesen Namen fallen, mit dem man in ihrer Nähe schnell in Berührung kam, Pontius Pilatus, der gesagt habe, man solle nicht Jesus von Nazareth, König der Juden, auf das Kreuz schreiben, sondern, es ist nur der, der gesagt hat, er sei Jesus von Nazareth, König der Juden. Später hörte sie mit einem Satz auf, über dem sie still wurde und jedes Jahr aufs Neue ins Grübeln geriet, als habe sie ihn zum ersten Mal vernommen, der über dem Küchentisch aufstieg und über unseren Köpfen zu kreisen begann, sobald Évi ihn gesagt hatte, und der lange nachhallte, weil sie ihn so ausgesprochen hatte, dass er nicht zu übergehen und nicht wegzudenken war. Was ich geschrieben habe, habe ich geschrieben, mit diesem letzten Satz schickte uns Évi ins Bett, wo es uns nicht gelingen wollte, wie sonst zu kichern und unsere Lieder zu singen, weil diese Worte weiter durchs Zimmer schwebten und an die dünnen Wände stießen, als suchten sie einen Weg hinaus und fänden ihn nicht, und weil sie den Schlaf von uns fernhielten, auf den wir am Abend des Großen Freitags warteten wie sonst nie.

Zur Osternacht trug Aja ein neues Kleid, das ihr bis zu den Knöcheln reichte. Évi hatte es aus hellbraunem Samt genäht, den sie in einer Auslage entdeckt und der nicht viel gekostet hatte, ohne Schnittbogen und ohne Maß zu nehmen, nur mit einem Stück weißer Kreide, mit dem sie in schnellen Bewegungen auf die Innenseite des Stoffs und das Futter Striche gezogen hatte, weil sie kein Metermaß brauchte und es ihr reichte, auf Aja zu schauen, wenn sie von einer losen Platte zur nächsten zum Tor sprang, um zu wissen, wie weit und wie lang es zu sein hatte. Évi legte ein Kopftuch übers Haar und band es unter dem Kinn zusammen, zog uns den Scheitel nach, mit dem Kamm aus Horn, der neben dem Fliegengitter an einer Schnur hing, nahm uns an den Händen, und während über uns der Wind Wolken jagte, liefen wir zur Kirche, mit gleich schnellen Schritten, als hätten wir es plötzlich eilig, als könnten auch Aja und ich das lange Warten bis zur Lichtfeier nicht mehr aushalten.

Auf dem großen Platz standen wir um ein Feuer, aus dem der Wind Funken trieb und das uns kaum wärmte, bevor wir in die Kirche traten, in eine Dunkelheit, die später von vielen Lichtern durchbrochen werden würde. Aja und ich kämpften gegen den Schlaf, zupften an unseren Jacken, die wir an die Haken vor uns gehängt hatten, und schauten auf Évi, ich konnte sehen, wie sich ihre Züge lösten und ihr Blick sich änderte, selbst wenn sie den Kopf gesenkt hielt, konnte ich es sehen, jetzt, da sie ihre Hände zusammenlegte, das Kinn zur Brust neigte und die Lippen ohne einen Laut bewegte. In den Wochen vor Ostern war sie schweigsam gewesen, sie schien verschwunden, selbst wenn sie da gewesen war, und wenn wir sie etwas gefragt hatten, hatte es gedauert, bis sie eine Antwort hatte geben können, die knapper ausgefallen war als sonst, als habe Évi es sich auferlegt, in der Zeit vor Ostern wenig zu reden. Jetzt wartete sie zwischen Aja und mir auf sieben Wörter: In dieser Nacht zu vertreiben das Dunkel, um auf dem Weg zurück wie erlöst durch Kirchblüt zu gehen, vorbei an den Lichtern vor Fenstern und Türen, die uns den Weg hinaus zu den Feldern leuchteten. Nachdem Évi in den jüngsten Wochen so leise wie möglich durchs Haus und über die schmalen Pfade ringsum gelaufen war, sang sie jetzt und schlug mit den Absätzen aufs Pflaster, das noch nass vom letzten Schauer war. Aja und ich hatten uns die Finger am heißen Wachs der Kerzen verbrannt, aber es machte uns nichts, da Évi wieder redete und summte und sich bewegte wie sonst, da wir sie wiederhatten und wenige Schritte hinter ihr durch die stillen Straßen sprangen.

In der Osternacht ging Évi nicht schlafen. Sie war nicht müde in diesen Stunden, in denen die Zeit gegen sie lief, weil sie viel zu tun hatte bis zum Morgen, wenn wir aufwachen und mit einer Decke über den Schultern in den Garten eilen würden. Sie ließ ein Feuer brennen, in einer großen Schale aus Eisen, über der sie im Sommer auf einem Rost Kartoffeln briet, den sie jetzt aber abgenommen hatte, um Holzscheite zu stapeln. Wir sahen das Feuer vor Ajas Zimmer, vor dem kleinen Fenster mit den kurzen Vorhängen, sein rotgelbes Licht und seine Funken, die es zum Osterhimmel schickte, und wir hörten, wie es knackte zu Évis Summen und Pfeifen, bevor Aja unter flackernden Schatten wegdämmerte. Sie sang im Schlaf, aber kein Lied, das wir auf unseren Wegen durch den Wald sangen: Es tanzt ein …, Es tönen die …, Es klappert die …, wenn wir von den Rädern sprangen, in einem Meer aus Felsen verschwanden und einen Unterschlupf fanden. Es klang wie eine Geschichte, die sie vor dem Morgen noch loswerden wollte, und etwas ließ sie dabei aussehen wie Zigi, eingewickelt in bunte Decken, die Évi aus Stoffresten genäht hatte, ihr Gesicht zu mir gedreht, auf ihrer Hand mit den drei Fingern, das wirre Haar in der Stirn, ohne dass es sie gestört hätte – als liege plötzlich Zigi neben mir, geschrumpft auf Ajas Größe.

Évi hatte so viele Eier versteckt, dass wir bis Mittag suchen konnten, und wir wurden nicht müde davon, auch später nicht, als wir an keinen Hasen mehr glaubten, der bemalte Eier über die Felder zu uns brachte. Wir warfen uns in Nachthemden ins morgennasse Gras, rutschten unter Sträucher, unter die drei Stufen, die vom Fliegengitter zu den losen Platten hinabführten, öffneten das Häuschen, das Zigi gezimmert hatte, und den Verschlag mit den Hühnern, die hochflatterten und die Federn aufwirbelten. Wir streiften den Zaun und kletterten in die Bäume, um das Gras mit unseren Blicken abzusuchen, und weil Évi jedes Mal Verstecke vergaß, fanden wir Wochen später noch Eier, die der Regen aufgeweicht oder ein Tier angenagt hatte. Évi hatte die Nacht über Eier mit Zwiebelschalen eingerieben und mit einem Pinsel Schleifen aufgetragen, die wie Zuckerguss aussahen, hübscher als die Verzierungen der Torten, die es in der Konditorei hinter dem großen Platz zu kaufen gab. Sie hatte Eier in eine Schüssel ausgeblasen, und am Morgen briet sie für uns Rühreier in einer Pfanne, die schief über der Flamme stand. Sie hatte feine Bänder durch die Schalen gezogen und die Eier an Weidenzweige gehängt, deren Enden sie vor Wochen schon mit einem Hammer aufgeschlagen hatte, damit sie bis Ostern grün würden. Um die Bäume hatte sie gelben Krepp gewickelt und die Kissen in neue Bezüge gesteckt, die sie im Winter unter ihrer kleinen Lampe am Küchentisch genäht hatte. Sie hatte Kuchen in einer Lammform gebacken, Aja und ich hatten ihn durch ein feines Sieb mit Puderzucker bestäuben dürfen, und als meine Mutter mittags kam und Évi mit dem Messer sah, sagte sie, er sei zum Anschneiden zu schön, wir könnten unmöglich davon essen. Sie legte den Kopf in den Nacken und schaute in die geschmückten Zweige, sie staunte über die Eier, die Aja und ich im Gras gesammelt und in Körbe gelegt hatten, über alles, was Évi in dieser Nacht aus ihrem Garten gemacht hatte, am meisten aber über die Hasen, denen Évi grüne Schleifen um den Hals gebunden hatte und die Aja und ich aus dem Stall holen und auf unsere Brust setzen durften.

Jedes Jahr blieb ich an Ostern bei Évi, auch später, als sie aufhörte, Eier mit Zwiebelschalen zu färben, und nur noch Pulver aus Tütchen in Essigwasser auflöste. Meine Mutter hatte nichts dagegen, sie genoss die stillen Tage, und weil ihr nichts an Ostern lag, fiel es ihr nie schwer, Évi diese Freude zu machen. Irgendwann durfte auch Karl über die Feiertage zu Évi, obwohl seine Mutter gefragt hatte, wie Évi zu einem Gott beten könne, der es ihrem Kind erlaubt habe, in einen Wagen zu steigen und mitzufahren, und es geklungen hatte, als habe Évi Schuld daran. Als könne man ihr den Vorwurf machen, zu einem Gott zu beten, der es zugelassen hatte, dass Karls Mutter jede Straße, jeden Weg in Kirchblüt und jeden Baum im nahen Wald abgesucht hatte, um eine Spur zu finden, der ihr nichts gelassen hatte als ein Kästchen mit Murmeln, und Évi hatte keine Antwort gewusst und war den ganzen langen Abend still geblieben. Karl fand schnell Gefallen an Évis Ostern, vielleicht, weil alle Feste aus seinem Leben verschwunden waren, sogar Weihnachten, das sie kaum mehr feierten, seit Ben nicht mehr bei ihnen war. Jedes Jahr hatten Karls Eltern etwas davon weggenommen, erst die Sterne und Kugeln am Weihnachtsbaum, dann die Lichter, die Spitze, später den Baum selbst, den sie durch einen Kranz ersetzten, dann auch den Kranz, für den sie eine Kerze aufstellten, und irgendwann selbst diese eine Kerze, die Lieder und Geschenke, bis sie alles seinließen, bis sie den Tag und das Fest vergaßen und sich nicht beraubt, sondern leichter fühlten, so jedenfalls sagte es Karls Mutter, weil sie Weihnachten ohne Ben nicht mehr feiern mussten.

Évi glaubte, bestimmte Dinge geschahen nur an Ostern, nur an diesen zwei Tagen im Jahr, an denen der Himmel am Morgen nach der Lichtfeier anders aussah. Deshalb wunderte es sie nicht, dass Karl ausgerechnet an einem Ostersonntag etwas einfiel, mit dem er seine letzte Erinnerung an seinen Bruder verfeinern und sein letztes Bild von ihm zu Ende malen konnte. Vielleicht war es, weil die Hühner hochgeflattert waren und mit ihren Flügeln gegen das Drahtnetz geschlagen hatten, als wir beim Eiersuchen die Tür zu ihrem Käfig geöffnet hatten, jedenfalls erinnerte sich Karl daran, dass sein Bruder an ihrem letzten gemeinsamen Sonntag früher als sonst zu ihm und seiner Mutter gebracht worden war, weil sein Vater mit dem Wagen eine weite Strecke hatte fahren müssen, vier, fünf Stunden in eine Stadt im Süden, wo er an diesem Tag noch arbeiten sollte. Als sie klopften, war seine Mutter noch im Morgenmantel gewesen, was sonst nie geschah, weil sie schon am Frühstückstisch gewaschen, angezogen und gekämmt war und das Gleiche von ihren Kindern verlangte. Ben hatte in der geöffneten Tür gestanden und sich länger als sonst von seinem Vater verabschiedet, als hätten sich die beiden nicht trennen wollen, als hätten sie am Morgen oder am Abend davor gestritten und sich nicht aussöhnen können. Als Karls Vater sich umdrehte, um loszugehen, flog ein kleiner schwarzer Vogel über ihren Köpfen ins Haus und flatterte dicht unter der Decke in den Flur, über die Treppen und in die Küche, wo er über frischen Brötchen und heißem Kakao kreiste und heftig mit dem Schnabel und den Flügeln gegen das Fensterglas schlug. Karl und Ben sprangen kreischend hinter ihm her, ein bisschen aus Angst, ein bisschen vor Aufregung, als ihr Vater einen Besen aus der schmalen Kammer nahm und den Vogel hinauszuscheuchen versuchte, zurück zur Diele, wo er ihm entwich und zu den Treppen flog, als wolle er hinauf zu den Zimmern, zu ihren Betten und Schränken, bis er die Richtung erneut änderte und sich in den dicken Vorhängen verfing, die sonst die kalte Luft abwehrten, jetzt aber zur Seite gezogen waren und Karls Mutter versteckten, als habe sie Angst vor einem kleinen schwarzen Vogel, der ins Haus geflogen war und nicht hinausfand, der sich festkrallte am schweren Stoff, wo alle sehen konnten, wie schnell er atmete und wie heftig seine Flügel zitterten. Ben und Karl zerrten am Samt der Vorhänge, sie riefen und ruderten mit den Armen, als könnten sie ihm den Weg zeigen, bis sich der Vogel freiflatterte und durch die weitgeöffnete Tür endlich hinausfand, um so schnell von zwei Buchen verschluckt zu werden, als habe es ihn gar nicht gegeben.

Obwohl die Leute sagten, Aja und Évi passten nicht nach Kirchblüt, blieb es für mich immer Karl, der nicht hierhergehörte, der in einem falschen Bild saß und beim Versuch, sich einzufügen, nur aus seinem Rahmen fiel. Auch wenn wir jetzt schon wussten, wie der blasse Fleck in sein Gesicht gekommen war und warum seine Haut dort aussah wie in unzählige winzige Wellen gelegt, war es, als habe Karl sich nach Kirchblüt nur verlaufen und sei aus irgendeinem Grund, den ich mir damals nicht ausdenken konnte, geblieben. Er spielte kaum mit anderen Kindern, als Freunde hatte er Aja und mich ausgesucht, zwei Mädchen, eines davon mit einer Mutter wie Évi, umgeben von Hasen und Hühnern, in einem Haus, das dort lag, wo Kirchblüt ausfranste und die Feldwege sich kreuzten. Es kümmerte Karl nicht, wenn sich andere über ihn lustig machten, weil er sich uns, ausgerechnet uns Mädchen, ausgesucht hatte, die Röcke trugen und zum Abschied ein Rad schlugen, während Karl neben uns stand, die Fäuste tief in den Hosentaschen, als habe er Angst, sich schmutzig zu machen, bis zu dem Tag, an dem er Anlauf nahm, die Hände aufsetzte, die Beine hochriss und sich zum ersten Mal mit uns drehte, höher und schneller noch als wir.

Ich glaube nicht, dass ich es durcheinanderbringe und mich falsch erinnern könnte, ich bin sicher, es fällt in die Zeit, als Zigis Geschichten zu schwanken und bröckeln begannen, dass der kleine schwarze Vogel zurückkehrte, um durch Karls Ohr in seinen

Kopf zu fliegen und darin zu kreisen, mit schnellen, unruhigen Bewegungen durch seine Tage und Nächte, mit lautem Flügelschlag, durch die Bilder seiner Träume, wo er ans Fenster stieß, sich im Vorhang verfing und den Weg zur Tür nicht fand, die Karl jedes Mal für ihn öffnete, kurz bevor er aufwachte, die Decke zurückschlug und die Treppen hinabstieg, um vor dem Gartentor in den Himmel zu schauen und nach einem schwarzen Punkt zu suchen. Es war dieselbe Zeit, in der Karls Mutter die Hecke schneiden ließ und jeder, der vorbeikam, in ihr Haus sehen konnte, weil auch die Vorhänge vor den großen Fenstern fehlten, hindurchsehen konnte bis zur anderen Seite des Zimmers, in den Garten dahinter, bis zum Schilf, das im Winter gelb um einen Teich stand, während über dem Sandsteinhaus, dem Haus mit den geschlossenen Läden, die Rosen über dem Dach zusammenwuchsen.

Ein Jahr

Seit meine Mutter Évis Osterkuchen gesehen hatte, wurde sie nicht müde, an ihn zu denken, wie an ein Bild oder Gesicht, das einen nicht mehr losließ, und sie fing an, jedem davon zu erzählen, bis im Sommer, als das Obst auf den Wiesen reifte und der Weizen hoch stand, Bestellungen in Évis Haus flatterten. Früher hätte Évi die Schrift auf den Zetteln nicht entziffern können, aber jetzt tat sie es mit Freude, und sie las sie laut, weil sie alles laut las, auch die Bestellungen, die immer gleich anfingen, immer mit: Verehrte Frau Kalócs, Liebe Frau Kalócs, Liebe, verehrte Frau Kalócs. Évi heftete sie an die Wand, über den kleinen Tisch mit den Briefen, postkartengroße Zettel, die meine Mutter abends in ihrem roten Sessel entworfen hatte und die Évi daran erinnerten, was sie in den nächsten Tagen zu kaufen hatte, mit fünf gleich langen Linien, auf denen der Tag stand, an dem der Kuchen bestellt worden war, der Tag, an dem er gebracht werden sollte, der Name, die Straße und die gewünschte Sorte. Angefangen hatte Évi damit nur, weil sie glaubte, meiner Mutter nichts abschlagen zu dürfen, aber sie hatte sich geweigert, Geld dafür zu nehmen, dass sie Eier und Butter in Mehl rührte und in den Ofen schob, wie sie sagte. In den ersten Wochen hatte meine Mutter Aja das Geld gegeben, in kleinen Scheinen und Münzen, damit sie es über Tage verteilt in Évis Geldbörse verschwinden lassen konnte, ohne dass Évi es merken würde, für die kleinen Einkäufe, zu denen sie uns Kinder mitnahm, damit wir ihre Taschen nach Hause trugen, gefüllt mit Bitterschokolade und Gelatine, mit eingelegten Kirschen in grünen Gläsern, die beim Laufen aneinanderschlugen, und der einen Sorte dunklen Kakaos, die nur der Kaffeeladen führte und die man für Évi in kleine braune Papiertüten füllte.

Évi ließ diesen Duft durch ihr Haus ziehen, das sich in diesem Sommer in eine Backstube verwandelt hatte, schickte ihn durch die geöffneten Fenster in den Garten, über den Zaun und die Linden, an den Feldrainen zur Brücke über den Klatschmohn, wo ich ihn schon riechen konnte, jedes Mal, wenn ich auf dem Weg zu Aja war. An den Nachmittagen drang blaues Licht in ihre Küche, und ich fing an zu glauben, es sei wegen des Kuchens, den sie gerade buk, als ändere der Kuchen auf den Blechen die Farbe der Wände, als sei das Licht nicht schon immer an Sommernachmittagen blau in Évis Haus gedrungen. Évi hatte schnell Gefallen daran gefunden, wie sie an vielem schnell Gefallen fand, weil es ihr leichter fiel, etwas anzunehmen, als abzulehnen, vielleicht sah es deshalb immer leicht aus, wenn sie die Schürze umband, die Bleche aus dem Ofen zog und zum Auskühlen auf den Boden stellte, über den wir dann eine Weile nicht springen durften. Am liebsten waren Évi Bestellungen, auf denen unter Kuchensorte: frei stand, und sie backen konnte, zu was sie Lust hatte und was ihr gerade einfiel, wenn sie unter ihren Birnbäumen, an den Büschen vorbei durch den Garten lief und nachsah, was er in diesen Tagen hergab, an Obst, das sie zuckern, mit Schnaps und Honig bepinseln und in eine Springform legen könnte. Wenn ihr warm wurde von der Hitze des Ofens, vom vielen Kneten und Teigrollen, zog sie Kleid und Strümpfe aus und ein langes Hemd über, das Zigi im Herbst vergessen hatte und das zu kurz war, um die Adern in ihren Kniekehlen zu verdecken, die bei jedem Schritt dunkler zu werden schienen, den Évi auf nackten Füßen ging, vom Tisch zum Herd und vom Kühlschrank zur Spüle, als wolle sie ihre Küche mit Schritten ausmessen, als müsse sie auch beim Backen mit ihren leichten, schnellen Schritten eine Strecke zurücklegen, und wenn es nur rund um den schiefen Küchentisch war. Aja störte sich nie an den vielen Tabletts und Blechen, die mit weißer Kreide beschriftet fremde Namen in ihrem Haus verteilten, über die sie am Morgen stieg, wenn sie ihr Zimmer verließ, um zwischen Türmen aus Butterplätzchen und rosafarbenem Biskuit, zwischen Zserbókuchen und Dobostórta, die Évi nach Kirchblüt gebracht hatte, ihren Tee zu trinken. Évi stand sogar nachts in der Küche, und wenn sich das erste Licht über die Felder goss und Aja aufwachte davon, holte sie den letzten Kuchen aus dem Backofen, und wenn er am Vormittag geliefert werden sollte, stellte sie ihn unter ein Netz auf die oberste Stufe vors Fliegengitter, damit meine Mutter ihn wegbringen konnte, wenn Évi schon auf dem Weg zum Fotoladen war.

In Évi hatte meine Mutter jemanden gefunden, auf den sie achtgeben wollte. Vielleicht hatte sie angefangen, Évis Glück mit dem eigenen zu vermischen und zu denken, wenn Évi etwas gelungen war, war es ihr selbst gelungen. Von Évis Erfolg jedenfalls glaubte sie, gehöre ein wenig auch ihr, und wollte sie etwas davon spüren, brauchte sie nur ins Auto zu steigen, auf der breiten Straße unter den Kastanien aus Kirchblüt hinauszufahren und in den Feldweg einzubiegen, wo er sich zu schlängeln begann und tiefe Pfützen den Himmel spiegelten, wenn es lange genug geregnet hatte. Sie fuhr zu Évi, auch wenn sie keine Zeit hatte und sich davonstehlen musste, wie sie sagte, von ihrem Schreibtisch, an dem sie viele Male durchspielte, über welche Strecken ein Lastwagen fahren und zu welcher Zeit ein Schiff die Fracht übernehmen sollte, um nach Süden, nach Norden und aufs offene Meer zu kommen, wann es in einem Hafen sein musste, den sie als kleinen schwarzen Kreis auf ihrer Landkarte sehen konnte, zu der sie sich nur umzudrehen brauchte, um mit den Fingern über die Linien zu gleiten und eine Nadel mit hellrotem Köpfchen dorthin zu stecken, wo die Fracht ankommen sollte. Wenn wir in unseren Linden saßen, stoppte sie den Wagen vor Évis Zaun und ließ den Motor laufen, die Tür geöffnet, winkte zu uns hoch und drückte Évi mit zwei Sätzen am schiefhängenden Tor drei, vier neue Zettel in die Hand, mit denen sie schon gewedelt hatte und auf denen manchmal neben der Kuchensorte stand, welche Farbe der Zuckerguss für den Namenszug haben sollte. Sie tat geschäftig und eilig, als könne es nicht bis zum Abend, nicht bis zum nächsten Tag warten, anders als Évi, die langsam über die losen Platten und wenigen Stufen ins Haus zurückging, die Bestellungen langsam vor dem offenen Küchenfenster las, laut genug, dass wir es in unseren Linden hören konnten, langsam aus beiden Händen groben Zucker auf einen Hefezopf und die eine Prise Salz in den Eischaum streute, als habe sie nie etwas anderes getan. Die Küchenwaage, die meine Mutter gebracht hatte, ließ Évi unbenutzt, sie brauchte zum Backen keine Waage, so wie sie auch kein Metermaß zum Nähen brauchte, weil sie alles mit den Augen abmaß, den Kakao, das Mehl, die Butter, sie stellte auch keine Uhr, es reichte ihr, die Backofentür zu öffnen und nachzusehen, wie sich der Kuchen gefärbt hatte, wie er aufgegangen war, um zu wissen, sie konnte ihn zum Abkühlen schon herausnehmen. Wenn sie in der Küche keinen Platz mehr fand, stellte Évi die Tabletts und Teller mit Kuchen auf den Gartentisch, den sie vors geöffnete Fenster geschoben hatte. Manchmal vergaß sie die Bleche und lief über die Brücke ins Städtchen, um Backpapier oder Zuckerperlen in einer anderen Farbe zu holen, und wenn ein Schauer kam und den Kuchen aufweichte, schien es ihr nie etwas auszumachen, sie fing einfach an, den gleichen Kuchen noch einmal zu backen.

Damit Évi keine Nägel mehr in die Wand schlagen musste, brachte meine Mutter eine Leiste aus dunklem Holz, an der man die Zettel auf spitze Haken spießen konnte, die sie in einem Geschäft gefunden hatte, das an Gaststätten und Großküchen verkaufte, an einer der breiten Straßen, die von Kirchblüt weg zum Neckar führten. Als sie damit vor der Glastür, vor den bunten Streifen aus Kunststoff stand, die im Sommer die Mücken fernhielten, schüttelte Évi den Kopf und hob die Hände, aber als meine Mutter sagte, sie habe so gut wie nichts dafür bezahlt, war Évi bereit, die Leiste anzubringen. Sie ließ die Wasserwaage liegen, die Zigi einmal besorgt und nie benutzt hatte, und wir Kinder schauten durchs Küchenfenster, hielten die Hände als Trichter an den Mund und riefen: Nach oben, mehr nach unten, weiter nach links, nein, nach rechts. Évi suchte die Zettel mit den Bestellungen, sammelte sie vom Boden auf, nahm sie aus den Jackentaschen und Schürzen, aus den wenigen Schubladen, von den Fensterrahmen, in denen sie klemmten, von den Kabeln, wo sie mit Wäscheklammern festgesteckt waren, und spießte sie auf die spitzen Haken, las laut vor, was darauf geschrieben war, nahm sie ab und setzte sie in anderer Reihenfolge zurück. Wenn meine Mutter am Abend hupte und winkte und neue Bestellungen brachte, fuhr sie mit den Fingern über die Zettel, so wie sonst über die Linien der Landkarten, wenn sie sich Wege ausdachte für Lastwagen und Schiffe, und bald fing Évi an, an dieser Leiste Gefallen zu finden, auch wenn sie das Weiß ihrer schmalen Küchenwand durchtrennte.

Wenn Évis Ofen ausfiel, weil ihr das Gas ausgegangen war und es dauerte, bis man ihr eine neue Flasche bringen würde, trug sie den Teig zu uns und stand am Abend, ohne zu klopfen, ohne zu rufen, vor unserer Tür, mit einem Blech, das sie auf Brusthöhe in den Händen hielt und den ganzen Weg zu uns getragen hatte, ohne davon müde zu werden, ohne darüber zu klagen, an den Feldrainen entlang, über die Brücke, über den großen Platz und dann zwei, drei Straßen weiter. Meine Mutter schob das Blech in den

Backofen, und am nächsten Morgen fuhr sie den Kuchen mit dem Wagen aus, während wir unsere Schultaschen packten und Évi zum Fotoladen ging, die Tür aufschloss und das Glöckchen einhängte. Manchmal zog Évi aus der kleinen schwarzen Box ein Negativ und entdeckte darauf ihren Kuchen, oder sie fand ein Foto in einem der Umschläge, die am Morgen mit der gelben Kiste gekommen waren, und konnte dann sehen, wie andere mit ihren Torten und Keksen Geburtstag oder Kommunion gefeiert hatten. Wenn ein Kuchen, den sie gebacken hatte, in einem fremden Haus von fremden Tellern gegessen worden war, schien es sie noch leichter über die Wege hinaus zu den Feldern und ans schiefhängende Tor zu tragen, als sei sie in Kirchblüt von Haus zu Haus gegangen, als habe sie die Türen selbst geöffnet und jedes Wohnzimmer rund um den großen Platz betreten.

Plötzlich hatte Évi Geld, es lag in kleinen Scheinen zwischen Messern und Gabeln in der Schublade, es steckte mit Resten von Tee in ihren Blechdosen. Jeden Monat legte sie etwas von dem beiseite, was sie im Fotoladen an der Kasse bekam, was man ihr für den Kuchen gab und was Zigi in fremder Währung in farbigen Kuverts schickte, und als sie glaubte, es sei genug, ging sie zur Bank am großen Platz und zahlte es auf ein Konto, zu dem sie ein ockerfarben schimmerndes Büchlein führte, in das sie zum

Jahresende die Zinsen eintragen ließ und in dem sie von Zeit zu Zeit nachsah, wie viel es war, ob wirklich so viel wie in ihrer Erinnerung. Bald kaufte sie ein Dampfbügeleisen, bügelte die Wäsche aber weiter auf dem Küchentisch, auf einer Decke und einem Leinentuch, behielt die Stofftaschentücher, als alle schon Taschentücher aus Papier hatten, auch die Art, sie auseinanderzufalten und zusammenzulegen, wenn sie sich geschneuzt hatte, auch die behielt sie bei, und die Abneigung gegen ein Telefon, auch später, als jeder in Kirchblüt ein graues Telefon mit Wählscheibe hatte. Nur in den Süden, in die Berge fuhr sie bald wie andere, deren Autos sie über Jahre nachgeschaut hatte, wenn sie am ersten Ferientag unsere kleine Stadt auf der Straße nach Süden verlassen hatten, sie kaufte im Reiseladen neben dem Schuhgeschäft Fahrscheine für den Bus oder Zug und machte sich mit Aja auf, in den Sommern, in denen Aja ihren Geburtstag mit Fremden feierte.

Évi hatte sich weit entfernt von dem, was sie früher einmal an Zigis Seite gewesen war. Sie besaß jetzt etwas, das sie aufstehen ließ, mit dem sie ihre Rechnungen, ihre Einkäufe bezahlte, auch wenn es sie noch lange nicht aufnahm in den Kreis, auf den sie am Morgen sah, wenn sich jeder in Kirchblüt in einen Alltag aufmachte, an den Évi nur glaubte, dichter herangerückt zu sein. Sie hatte sich weit entfernt von einer Zeit, in der sie Pailletten an Zigis Kostüme genäht hatte, wenn sie sich bei einem Sprung auf die Hände, bei einer Drehung durch die Luft gelöst hatten, schwarze Perlen, die den breiten Kragen seines Hemds und seinen Gürtel geschmückt hatten, den Bund und Saum seiner Hosen, und die Évi so angenäht hatte, dass sie wie Pfeile auf Zigis Gelenke zeigten, auf seine schmalen Hände und Füße, als sollten sie darauf hinweisen, was er alles mit ihnen anstellen konnte. Wenn sie das Küchenfenster öffnete, damit die warme Luft des Backofens verflog, und Karl und ich in den Fensterrahmen kletterten, erzählte sie auf Ajas Drängen davon. Es waren Dinge, die uns fernblieben, so nah sie Évi auch jedes Mal heranholte. Évi hatte damals in ihrem Zirkuswagen an einem Tisch genäht, den sie hinunterklappen konnte und der für zwei Teller und Becher, für sie und Zigi gerade gereicht hatte, neben einer Kochplatte und einem Waschbecken, in das sie morgens und abends Wasser aus einem Kanister gegossen hatten. Wenn Zigi sich auf die Hände gestellt und die Beine im Spagat hatte auseinanderfallen lassen, hatte er mit den Füßen die Wände berührt, und wenn Besuch gekommen war, war kaum Platz gewesen, das Akkordeon auseinanderzuziehen. Die Freunde blieben vor der offenen Tür stehen, auf einem Treppchen aus Blech, drei Stufen, die Zigi wegnahm und in den Wagen stellte, wenn sie einen Ort verließen und zum nächsten aufbrachen, an dem sie schnell vergaßen, wo sie soeben noch gewesen waren. Immer sahen die Plätze gleich aus, ein weites Stück flachgetretener Erde ohne Bäume, das an einem Feld, an einer Wiese endete und außer dem Zirkus, der seine Wagen dort aufstellte, niemand zu brauchen schien, mit Blick auf die letzten Häuser einer Stadt und die feinen Fäden schmaler Straßen, die von ihr wegführten.

Zigi und Évi wohnten in einem gelben Wagen, der vier Buchstaben aus einem langen Schriftzug zeigte und so zwischen den anderen stand, dass man den Zirkusnamen lesen konnte, vom ersten zum nächsten und übernächsten Wagen, bis sich der Name zusammenfügte, in einem Kreis aus farbigen Waggons mit kleinen Fenstern, die man nach außen kippen und mit einem Riegel feststecken konnte, um die Wäsche daran aufzuhängen, auch an kalten Tagen, wenn es lange dauerte, bis sie trocknete, und viele Male wieder nass wurde, weil es über Nacht geregnet hatte. Wenn Zigi am Trapez schwang, wenn er ein Blättchen mit Kreide vom Seil löste, um es in seinen Händen zu zerreiben und wie weißen Staub hinabrieseln zu lassen, wenn er von einem Trapez zum anderen durch die Luft sprang, wenn er sich nur mit den Füßen hielt und kopfüber weiterschaukelte, wenn er sich später abseilte, zwischen Sägespänen zum Stehen kam und sich tief verbeugte, die Hände über Kreuz auf seine Brust gelegt, sein Gesicht auf den Knien, standen die Menschen Reihe für Reihe auf und riefen, als wollten sie ihn nicht gehen lassen. Wenn er mit seinen leichten Schritten springend rückwärts lief und hinter dem roten Vorhang verschwand, wo er schnell und flach atmete, nahm er Évis Hände und drückte sie, wie um Évi zu bestärken, bevor sie hinausging, in ihrem nachtblauen Kostüm, auf ihren weichen blauen Schuhen, die sie am Abend nie an der Garderobe im Zelt ließ, sondern immer ans Ende ihres Bettes legte, weil sie die Schuhe bei sich haben wollte, weil sie glaubte, die Schuhe, die sie führten und hielten, dürften nicht über Nacht im Zelt stehen, auch sie brauchten einen guten Platz, um Évi am nächsten Abend wieder tragen und stützen zu können. Zigi habe es nie versäumt, sagte Évi, nicht ein einziges Mal sei er an ihr vorbeigegangen, ohne ihre Hände zu nehmen und einen Augenblick lang zu halten, als könne er ihr etwas mitgeben, das sie in den nächsten Minuten brauchen würde, als wolle er sich auch selbst versichern, ihr würde nichts geschehen. Zigi hatte einmal zu uns gesagt, Évi habe das Seil, auf dem sie tanzte, nicht gebraucht, sie habe es vergessen, sobald sie an einer Strickleiter hochgestiegen sei und die ersten Schritte getan habe, auf einem Seil, das auf Augenhöhe der Zuschauer gespannt gewesen sei, damit ihr Blick sich nur auf Évis Beine richten würde, sobald sie einen

Fuß vorgeschoben und aufgesetzt und wieder ein Stück vorgeschoben habe. Er hätte es zerschneiden können, hatte Zigi gesagt, und es war einer der Sätze gewesen, die wir ihm sofort geglaubt hatten, auch später, als die anderen Geschichten zu wanken und bröckeln begannen, glaubten wir noch daran. Évi wäre weiter durch die Luft gelaufen, hatte er gesagt, weit genug über dem weichen Boden, auf den sie nie fiel, mit dem kleinen Schirm in einer Hand, den sie auch nicht brauchte und den sie mit der gleichen Leichtigkeit hielt, mit der sie ihre Füße aufsetzte. Sobald Évi ihn zusammenfaltete und jemandem in die Hände warf, kam ein Seil aus der Kuppel des Zeltes mit einem Haken, den Évi am Rücken, in einer Öse ihres Kostüms einhängte, bevor sich ihre Füße lösten und sie durch die Luft getragen wurde, über die Köpfe der Zuschauer, in weiten Kreisen nach oben, Kopf und Rücken nach hinten gebogen, als würde sie mit weit ausgestreckten Armen fliegen. Unter der Kuppel kam sie auf einem Seil zu stehen, und wenn es aussah, als verbeuge sie sich, ließ sie sich kopfüber fallen, und es wurde sofort still in den Reihen, man hielt die Luft an, während Évi schneller und kürzer atmete, und wenn sie sich auf halber Höhe im Seil fing, wenn sie sich mit den Füßen und einer Hand festklammerte daran, sprangen die Menschen wie von einem Schrecken befreit auf und klatschten. Évi glitt langsam hinab, löste den Haken vom Rücken, kam mit einer letzten Drehung auf dem weichen Boden zu stehen, und unter Rufen und Pfiffen, unter lautem Applaus verschwand sie hinter dem Vorhang, wo Zigi ein Tuch um ihre Schultern legte, damit ihr vom Schweiß nicht kalt wurde. Einmal hatte er uns gesagt, Évi sei so schnell hinter dem Vorhang verschwunden, dass er an Fischschwärme habe denken müssen, die mit einer einzigen raschen Bewegung davongleiten, und wann immer er seine Fußspitzen in einen Fluss getaucht habe und ein Fischschwarm auseinandergestoben sei, habe er sofort an Évi denken müssen, daran, wie sie früher hinter dem Vorhang verschwunden sei.

Aja hatte keine Erinnerung daran, nicht eines dieser Bilder kehrte beim Erzählen zurück, obwohl Évi sagte, damals habe es ausgesehen, als habe Aja ihnen zugeschaut, als habe sie allen zugeschaut, wenn sie nicht schlief oder dämmerte, in ihrem Tuch, das sie während der Proben an zwei Stangen gebunden und so übereinandergeschlagen hatten, dass Aja nicht herausfallen konnte, und das jeder anstieß, der vorbeiging, damit Aja weiter darin schaukelte. War sie wach, richtete sie den Blick auf Zigi und Évi, die über Drahtseile liefen und durch die Luft sprangen, neben Artisten auf Einrädern, die sich an den Händen hielten, wenn sie Aja umkreisten, und einer Akrobatin, die mit ihrem Scheitel die Fersen berührte, wenn sie sich weit nach hinten bog und ihre Knöchel fasste, in einem Libellenkostüm mit durchsichtigen Flügeln und schwarzer Kappe, die zwischen den Augen spitz zusammenlief, eine Frau, die nicht nur wegen des Kostüms, sondern wegen ihrer zitternden, flatternden Bewegungen von allen Libelle genannt wurde. Viele Stunden hatten sie jeden Tag im großen Zelt verbracht, in dieser Luft, die Évi den Atem nahm, jedes Mal, wenn sie es betrat und die Vorstellung des letzten Abends nachhallte. Évis Augen gewöhnten sich schnell an die Dunkelheit hinter dicken Stoffplanen, und wenn sie in den Pausen mit einem Blinzeln ins Tageslicht zurückkehrte, ging sie wie schwerelos über den Boden aus Sägespänen, nahm draußen ihren Klappstuhl und setzte sich vor ihren Wagen, wo Zigi darauf achtete, von Libelle weit genug entfernt zu sitzen, und alle vorgaben, ihre Blicke nicht zu bemerken. Wenn ihnen die Sonne zu heiß wurde, spannten sie ein großes Tuch auf, und wenn sie die Füße hochlegten und den Kopf auf die Lehne fallen ließen, sahen sie gar nicht mehr aus wie Menschen, die an einem Trapez schwangen und kopfüber von der Kuppel stürzten.

Évi glaubte, einen Ort gefunden zu haben, an dem sie in Ruhe schlafen konnte, an dem sie in der Nacht nichts aufscheuchte und am Tag nichts bedrohte. Sie sprang mit einer Leichtigkeit durch die Luft, die sie für verloren gehalten hatte, sie betrat das Seil wieder, als habe ihr Körper kein Gewicht, als dürfe sie alle Gesetze von Kraft und Bewegung hinter sich lassen, und wenn sie am Abend das Geschirr in die Spüle gestellt und den Tisch hochgeklappt hatten, schlief sie ohne Träume neben Zigi in ihrem schmalen Bett, in das sie ihre blauen Schuhe legte, damit sie in der Nacht einen guten Platz haben würden. Sie glaubte es so lange, bis Libelle ihren Stuhl näher an Zigi heranrückte und eine Grenze durchstieß, die Évi für sie gezogen hatte, gleich nachdem sie und Libelle hier aufeinandergetroffen waren. Als Évi spät am Abend die durchsichtigen Flügel vor dem gekippten Fenster hatte zittern und flattern sehen und Zigi sich erst am Morgen zu ihr ins Bett gelegt hatte, nahm sie ihre Tasche und fing an, ihre Kleider aus den wenigen Schränken zu holen und einzupacken. Sie hatte keine Eile, sie hatte Zeit, nichts drängte sie an einen neuen Ort, weil sie ohnehin nicht wusste, wohin, und als Zigi sie so sah, nahm er seine wenigen Sachen und legte sie in den schwarzen Koffer, mit dem er sich später jedes Jahr nach Kirchblüt aufmachen würde. An einem Sommermorgen, der gerade so viel Regen gebracht hatte, um den Staub auf den Wegen zu binden, verließen sie ihren Wagen und nach wenigen Umarmungen auch den Platz, ohne Blick zurück auf die Freunde, die am Abend noch auf den Stufen vor ihrer Tür gestanden hatten, und ohne einen Blick auf Libelle, die zwischen den Klappstühlen ihre Flügel abgenommen hatte und wie einen Schild vor sich hielt. Zigi hatte Aja auf seinen Rücken gebunden, in einem Tuch, das er vor der Brust geknotet hatte, und dann gingen sie ohne zu zögern durch das hohe Tor, das der Zirkus auf jedem Platz neu aufstellte, ohne je einen Zaun dafür zu haben, und durch das die Menschen an den Nachmittagen und Abenden zu den Vorstellungen drängten. Mit dem Rücken zur Stadt, zu ihren letzten Häusern, liefen sie die Straße hinab, mit ihren leichten Schritten, und vertrieben den Gedanken, dass man am Abend fragen würde, warum niemand mehr mit den Füßen am Trapez schwang und niemand mehr an einem Seil in weiten Kreisen unter die Kuppel getragen wurde.

In den ersten Nächten blieben sie unter Bäumen an einem Feldrain, weit genug entfernt von den großen Straßen, jedes Mal, wenn sie nicht weiterkonnten und sagten, es sei genug für diesen Tag, weil selbst Aja Zigi auf dem Rücken schwer geworden war. Es war ein langer Sommer, mit hellen Tagen und kurzen Nächten, auch der Herbst, der später kam als sonst, verschonte sie und erwischte sie selten mit einem Schauer, vor dem sie ihre Sachen zusammenraffen und Unterschlupf suchen mussten. Manchmal fanden sie einen Heuschober, eine Hütte oder Laube und blieben über Nacht, und wenn sie am Morgen losgingen und die Tür hinter sich zuzogen, ließen sie alles unverändert zurück. Obwohl Zigi sagte, nirgends schlafe er besser als unter freiem Himmel und nichts leite ihn so sicher wie der Abendstern, besorgte er in einem kleinen Geschäft für Schreibwaren ein Heft mit Landkarten, weil er eine Idee davon haben wollte, wohin sie sich bewegten, auch wenn er sich Namen wie Maikammer oder Marienbude nie merken konnte und sie ihm nichts sagten. Évi nahm ihm das Heft mit den Karten ab, warf es in die Luft, und so wie es aufschlug, hob sie es auf, schloss die Augen und fuhr mit einem Finger über die zwei Seiten, bis sie auf einen Ortsnamen zeigte, der gut genug klingen musste, um die Straße dorthin zu nehmen, und so blieb es, sobald sie auf der Landkarte einen Weg gefunden hatten, sobald Zigi Aja mit dem Tuch auf den Rücken gebunden und den Koffer genommen hatte, wechselten sie die Orte in diesem Jahr, das wir Kinder später ihr Wanderjahr nannten. Irgendwann gaben sie Aja das Heft, die seine Ecken in den Mund nahm und an den Blättern zerrte, bis sie ein Händchen auf einem roten oder schwarzen Punkt liegen ließ und Évi und Zigi wussten, dorthin würden sie aufbrechen und eine Postkarte an ihre Freunde schicken. Zwei verschlüsselte Sätze würde Zigi aufschreiben, und Évi würde ihren Namen daruntersetzen, als wollten sie ihnen ein Rätsel aufgeben, als sei es ein Spiel, bei dem sie die Stadt erraten müssten.

Mit jedem neuen Tag dachten sie weniger an Libelle, und eine Ruhe umgab sie wieder, die Évi zuletzt in dem schmalen Bett in ihrem gelben Wagen gespürt hatte. Hatten sie zur Mittagszeit einen Platz gefunden, von dem sie glaubten, er sei groß und belebt genug, klappten sie den Koffer auf und legten Aja auf Zigis Kleider. Zigi spannte ein Seil zwischen zwei Pfosten oder Bäume, und obwohl es sonst drei Männer brauchte, die das Seil in den Klemmen festzogen, damit es nicht unter Évis Füßen, unter ihrem Gewicht nachgeben würde, gelang es Zigi in diesen Tagen auch allein. Er hob Évi hoch, sie kletterte über seine Schultern und lief über das Seil, mit einem Schirm in der linken Hand, den sie bald verschenkte, weil sie es leid war, ihn länger von Stadt zu Stadt zu tragen. Sie gab ihn einem Mädchen, das seinen Blick nicht von Évi lösen konnte, auch nicht, als Évi hinabgesprungen war, auf einen harten Boden, auf den sie ihre Füße so zu setzen versuchte, als sei er weich. Wo immer sie waren, erzählte man sich schnell, Zirkusleute seien da, ein winziges Kind hätten sie, das in einem Koffer liege und dessen Blick seiner Mutter folge, die in blauen Schuhen über ein Seil laufe. Wenn Zigi und Évi ihre Sachen packten und weiterzogen, ging man ein Stück mit ihnen, um sie noch eine Weile anzuschauen, Évi mit dem Seil, das sie aufgerollt über die Schulter hängte, ihrem wirren Haar, das nicht unter dem hellblauen Tuch blieb, mit dem sie es zurückgebunden hatte, Zigi mit Hut und offenem Hemd, das er trug wie eine Jacke, mit seinen dunklen Schuhen, deren Schnürsenkel er nicht verknotete, seinem leichten, fliegenden Gang, den er auch jetzt, trotz Aja auf dem Rücken, trotz durchwanderter Tage und Nächte nicht verloren hatte. Auch im Freien stellte Évi ihre blauen Schuhe in der Nacht neben sich, und am Morgen schaute sie als Erstes, ob sie noch da waren. Aja legten sie in einem Bündel aus Decken zu ihren Füßen, weil sie glaubten, dort das feinste, sicherste Gespür zu haben und am schnellsten zu merken, wenn ein Tier käme oder ein Wind an ihr zerrte. Sah es am Abend nach schlechtem Wetter aus, suchten sie an einem Fluss eine Brücke als Unterstand für die Nacht, und irgendwann erwachte Évi vom Plätschern, wenn der Regen aufs Wasser fiel. Am Morgen zog sie sich aus und sprang hinein, wusch Aja am Ufer und hielt sie in den Armen, bis ihre Haut trocken war, während Zigi seine Zehen in den Fluss steckte und Fischschwärme aufscheuchte.

Ihre Freunde hatten Zigis Rätsel auf den Postkarten gelöst und waren in einer Laune nachgereist, bis sie Zigi und Évi beim Baden fanden und sich mit ihnen ins Wasser warfen und erzählten, es hätten sich schnell andere gefunden, die in ihrem Wagen wohnten. Aber nach den Vorstellungen würde noch immer gefragt, warum Zigi nicht mehr kopfüber am Trapez schwinge, warum Évi sich nicht mehr von der Kuppel stürze, warum sie nicht mehr über ein Seil laufe und es aussehen lasse, als brauche sie es nicht, als bliebe sie auch ohne Seil in der Luft. Ihre Freunde schlossen sich ihnen an, suchten mit ihnen Plätze und zogen das Seil fest, trommelten, spielten Akkordeon und sangen mit Zigi, der den Takt mit der flachen Hand auf seiner schmutzigen Hose schlug. Sobald sie den Koffer aufklappten und Aja hineinlegten, sobald Évi über Zigis Schultern das Seil bestiegen hatte, blieb jeder, der vorbeikam, stehen, und wenn Évi sich später verbeugte, ging niemand weiter, ohne Geld in die leere Hälfte des Koffers geworfen zu haben, vielleicht schon, weil daneben Aja in Decken gehüllt auf Zigis Kleidern lag. Sie kauften Brot davon, Wein und Käse, etwas Milch für Aja, die sie in eine Flasche füllen ließen, und gingen hinaus aus dem Ort, weg von seinen letzten Häusern und umzäunten Gärten.

Wenn sie müde waren, schliefen sie in Wäldern, sammelten Feuerholz und entzündeten es am Abend, weil die Nächte schon kühler wurden. Der späte Herbst schickte die ersten Stürme, und Évi versuchte, sich vor Wind und Regen zu schützen, wenig später schon vor dem ersten Schnee, und wenn es früh dunkel wurde, stellte sie sich mit Aja in Hauseingängen unter, vor den Auslagen der Geschäfte, bis man sie entdeckte und verscheuchte. Das Wasser in den

Flüssen und Bächen war zu kalt zum Baden geworden, und sie fingen an, diesen Geruch an sich zu haben, von ungewaschenen Kleidern und Haaren, von feuchtem Wetter, wenn sie der Regen erwischt hatte und ihre Mäntel und Schuhe in der kalten nassen Luft nur schwer trockneten. Die Tage wurden Évi lang, und es war neu für sie, dieses Gefühl, ein Tag könnte zu lang sein, er könnte ausgerechnet ihr zu lang werden. Nachts schlief sie schlecht, und tags schien ihr manchmal die Kraft zu fehlen, auf Zigis Schultern und ihr Seil zu steigen, das nun zwischen zwei Bäume gespannt war, die keine Blätter mehr trugen, und zum ersten Mal hatte sie das Gefühl, bei einem Sprung oder Schritt abrutschen zu können. Um der Kälte zu trotzen, zogen sie bald alle Kleider an, die sie bei sich hatten, im Koffer blieb nichts außer dem Seil, das Zigi an seinem rechten Arm aufrollte, nachdem Évi hinabgesprungen war und sich tief verbeugt hatte. Obwohl der Winter erst begonnen hatte, spürte Évi die Kälte schon in ihre Gelenke kriechen, nachts, wenn sie unter klammen Decken lag und sich an Zigi und Aja zu wärmen versuchte, für die sie am Abend ein Bett aus Zweigen, Blättern und Moos bauten, in das sie ein Fell legten, damit sie es weich haben würde, und die sie jetzt nicht mehr zu ihren Füßen schlafen ließen, sondern in die Mitte nahmen, damit sie es warm genug haben würde, wenn Zigi und Évi ihre Hände über ihr zusammenlegten. Zigi trug auch nachts seine Schuhe, die vom vielen Laufen Risse in den Sohlen hatten, deren Nähte sich an den Seiten gelöst hatten und die nur mit zwei Gummibändern an Zigis Füßen blieben. Sobald Regen fiel und die Straßen nass wurden, drang Wasser in seine Schuhe, und wenn es über Nacht kälter wurde, hatte Évi jedes Mal Angst um Zigis Füße.

Versteckten sich die Sterne hinter einer Wolkendecke, wusste Évi, am Morgen würde Schnee fallen. Sie lag wach und schaute in die Dunkelheit, hörte auf die wenigen Laute im Unterholz, auf die Geräusche der anderen, ihr Atmen, Seufzen und Räuspern, auf den Wind, der in den Wald fuhr und in seinen Zweigen nach den letzten Blättern jagte. In einer dieser Nächte, in denen die Wolken einem vollen Mond genügend Platz gelassen hatten, hatte Évi ihre Decke zur Seite geschlagen, war aufgestanden und einem Rascheln nachgegangen, bis sie eine Bewegung wahrnahm, der sie folgte, um dann einen Fuchs zu erkennen, der an ihre Taschen herangeschlichen war. In dieser Nacht fing Évi an, sich vor der Dunkelheit zu fürchten. Wenn es an den Nachmittagen dämmerte, hatte sie schon Angst vor ihr, und am Abend, wenn sie Zweige für Ajas Bett sammelte und von den Bäumen ein einzelnes Blatt auf ihre Schultern fiel, fuhr sie zusammen. Im Schnee war es besser auszuhalten, war es leichter, draußen zu sein. Évi glaubte, der

Schnee nehme der Kälte ihre Spitze, und sobald es am Himmel nach Schnee aussah, wurde sie ruhiger, als komme bald ein Schutz über sie, als hülle der Schnee sie und die anderen in etwas ein, in dem sie keine Angst zu haben brauchte. Wenn er leise auf ihre Decken fiel, glaubte Évi, ihr würde wärmer davon, wenn er ihre Taschen und die Matten aus Gummi bedeckte, die sie zum Schlafen ausrollten und die im Herbst die Feuchtigkeit noch hatten abwehren können.

Kamen sie in eine größere Stadt, fragten sie nach einem Bad, zahlten vor dem Drehkreuz mit Münzen, die jemand in ihren Koffer geworfen hatte, und wuschen sich. Évi zog Aja aus und setzte sie auf ihre Schenkel in eine tiefe Wanne, in der sie das warme Wasser aus einer Brause über ihr Gesicht, ihre Arme und ihren Rücken laufen ließ. War die Zeit um, fiel es ihr schwer, aus der Wanne zu steigen und die schmutzigen Kleider über ihre saubere Haut und die gewaschenen Haare zu ziehen. Wenn sie Ajas Füße in Strümpfe, ihre Hände durchs Leibchen steckte, überfiel sie wieder die Angst vor den Straßen und ihrer klammen Kälte, und bevor sie den Mantel zuknöpfte, den Kragen hochschlug und mit Aja im Arm hinaustrat, zögerte sie und blieb stehen vor der schweren Tür, die sie einen letzten Augenblick schützte. Manchmal nahm sie jemand beiseite und sagte ihr, wo sie Suppe und Brot zu essen bekämen, und einmal zeigte ihnen jemand, wo sie über Nacht bleiben konnten, brachte sie in der Nähe eines Bahnhofs zu einem Gartentor, über einen Hof zu einem kleinen Fenster, an das sie klopften, bis jemand öffnete und sie dorthin führte, wo sie sich hinlegen sollten. Évi und Aja blieben auf einer schmalen Liege, und nebenan schliefen Zigi und die anderen dicht beieinander auf Feldbetten, unter denen sie ihre Sachen versteckten, in einem großen Saal mit niedrigen Decken, über die Zigi am Morgen sagte, sie seien nachts an ihn herangerückt, weil er nach Monaten unter freiem Himmel den Abendstern nicht habe suchen können, bevor ihm die Augen zugefallen seien, und selbst Évi sagte, lieber wolle sie wieder im Wald schlafen als noch einmal eine Nacht hier.

Wenn Évi an den Rändern der Pfützen erkennen konnte, es würde Frost geben, drängte sie die anderen, eine Kirche zu suchen, deren Türen geöffnet waren, und weil man sie schon kannte und wusste, sie waren die Seiltänzer und Akkordeonspieler, die ihr Kind in einen aufgeklappten Koffer legten und zwischen den Liedern ihre Finger kneteten und rieben, damit sie nicht steif würden, schickte man sie nicht weg, sondern ließ sie ungestört in einer Ecke schlafen. Évi wurde in solchen Nächten nicht wie sonst von der nassen Kälte geweckt, gegen die ihre Kleider und Decken nicht mehr ausreichten. Sie lag nicht wach und hörte nicht hinein in eine Dunkelheit, die ihr draußen im Wald endlos schien und sie mit jedem Mal mehr ängstigte. Hier schlief sie ruhig und tief, so wie sie im Sommer an Feldrainen geschlafen hatte, und bevor sie sich am Morgen aufmachten, zündete sie neben heruntergebrannten Lichtern eine Kerze an und kniete zwischen leeren Bänken nieder, faltete die Hände und bewegte still ihre Lippen. Wenn sie aufstand und ging, ließ sie an der Tür etwas von ihrem Geld durch einen Schlitz in ein Kästchen fallen und zog dann leichter weiter. An einem solchen Morgen, an dem sie unter den weit ausgebreiteten hölzernen Flügeln zweier Engel aufgewacht waren, waren Zigis Schuhe verschwunden. Jemand musste in der Nacht das Gummiband gelöst, sie von Zigis Füßen gestreift und mitgenommen haben. Unter seiner Decke fand Zigi ein Paar Stiefel mit eingenähtem Futter, die er sofort anzog und die seine Füße, die in den Nächten zuvor erst rot und dann blau geworden waren, über den Winter retteten.

Als der Frühling kam, hielt Évi die ersten Knospen und rosafarbenen Blätter der Magnolien für eine Täuschung, für eine Verwirrung ihrer Augen, die nur ihrer Sehnsucht einen Streich spielten. Erst als Zigi sagte, es sei nun warm genug, sie könne die Decken am Tag ruhig weglassen, sie brauche sie nicht länger um ihre Schultern und Ajas Rücken zu legen, rollte sie die Decken zusammen und steckte sie in Zigis Koffer. Évi wartete nicht, bis sich das Wasser in den Flüssen und Bächen erwärmt hatte, am ersten heißen Tag vor Ostern zog sie die Kleider aus und sprang in einen eisigen Fluss, an dessen Ufer sie am Abend ein Feuer angezündet hatten und über Nacht geblieben waren. An einer Stelle, wo er flach und breit über Felsen floss, lief sie über Kieselsteine, die unter ihren Schritten wegrutschten, tauchte unter und wusch sich den Winter aus den wirren Haaren, während Zigi mit Hut und ohne Hemd am Ufer saß und Aja so hielt, dass ihre Füße ans Wasser reichten. Évi hatte ihre Jacke, ihre Strümpfe und Röcke an Zweigen festgebunden, die sich zum Fluss neigten, ließ sich von Zigi ein Stück weißer Seife geben und rieb es in ihre Kleider und Haare, damit sie den Geruch aus feuchten Wintertagen loswürden und später schnell an der Sonne trockneten. Mit den hellen warmen Stunden kehrte etwas zu Évi zurück, das sie verloren geglaubt hatte, und sie fing langsam an zu begreifen, dass sie nicht länger frieren würde und sich nicht mehr sorgen müsse um Aja, es könne ihr zu kalt, zu feucht werden und sie würde krank werden davon.

Vielleicht hätten sie früher mit dem Wandern aufgehört, wenn Aja schneller gewachsen wäre, sagte Évi, aber sie habe lange in eine Hälfte des aufgeklappten Koffers gepasst, und es habe gedauert, bis sie hinausgeklettert sei und angefangen habe zu laufen. Wenn Zigi gesagt habe, es gefalle ihm, auf diese Art das Land kennenzulernen, aufzubrechen und weiterzuziehen, wenn ihm danach sei, zu bleiben, wann immer ihn die Gesichter eines Ortes, ein Feldrain oder ein Flussufer dazu einluden, hatte Évi sich vorgenommen, es auch zu mögen, es genauso zu mögen wie er. Sie freute sich an den länger werdenden Tagen, daran, dass wieder mehr Menschen zu den Plätzen kamen, wo sie schon am Vormittag das Seil aufspannten und wenig später anfingen zu spielen und zu singen. Der Sommer machte es ihnen leicht, und trotz der vielen Gewitter, vor denen sie sich versteckten, kam es Évi vor, als würde sie beschenkt, mit jedem neuen Tag, an dem sie nicht frieren musste, als würde sie belohnt dafür, den Winter unter freiem Himmel ausgehalten und trotz der Kälte nicht aufgegeben zu haben. Am Morgen sprangen sie in Flüsse, um ihr Haar und ihre Kleider zu waschen, an den Abenden lagen immer genug Münzen im Koffer, und manchmal kauften sie davon etwas für Aja, eine Rassel oder ein Püppchen, das Aja auf dem nächsten Platz schon aus der Hand fallen und liegen bleiben würde. Sie schliefen, ohne in der Nacht noch aufgescheucht zu werden, sie aßen, was Sträucher und Bäume hergaben, und sie setzten Aja in Erdbeerfelder und achteten darauf, dass sie nicht zu viel Dreck in den Mund nahm.

Trotzdem überfiel Évi bald der Wunsch, an einem Ort zu bleiben. In den ersten Wochen im Herbst gelang es ihr, ihn zu bändigen, sie hoffte darauf, er würde verschwinden und sie freigeben, genauso wie er sie überfallen hatte, aber um die Weihnachtszeit sagte sie zu Zigi, sie wolle niemandem mehr nachschauen, der in einem Hauseingang verschwinde, sie wolle nicht mehr durch Fenster sehen müssen, hinter denen andere saßen und nicht sie mit Zigi und Aja. Sie wolle auch nicht mehr draußen schlafen, auch nicht in einem Zelt oder Zirkuswagen, sie wolle keinen Winter mehr im Freien erleben, nachts im Wald nicht mehr in die Dunkelheit starren und auf die Stille hören. Als die Glocken das neue Jahr einläuteten, nahmen Zigi und Évi im fallenden Schnee Abschied von ihren Freunden, die lieber im Süden, im Vorland der Berge bleiben wollten. Évi warf das Heft mit den Landkarten hoch, und weil es zum letzten Mal war, fiel es ihr leichter, und sie warf sie höher als sonst. Als es aufschlug und zwei Seiten zeigte, ließen sie Aja mit den Händen darüberfahren, und als sie innehielt, schauten sie nach und wussten, sie würden nach Nordwesten gehen.

Sie nahmen sich ein Dachzimmer mit Bett und Tisch, mit Wäsche und etwas Geschirr, hinter dem Évi die Landkarten verschwinden ließ. Zigi zahlte in kleinen Scheinen und vielen Münzen drei Mieten im voraus, klappte seinen Koffer auf und legte eine Seite mit Decken aus, damit Aja darin schlafen konnte. Im Glück darüber, ein Dach über ihrem Bett zu haben und von Mauern umgeben zu sein, schlief Évi in der ersten Nacht ohne Wäsche, auch wenn es im Zimmer nicht warm wurde. Wenn sie aufwachte, weil sie in zu vielen Nächten aufgewacht war und nicht mehr anders konnte, als nachts aufzuwachen, schlug sie ihr Federbett zur Seite, ging zum Fenster und strich über das Glas, als wolle sie prüfen, ob es Regen und Kälte auch wirklich draußen ließ. Bald schlief sie in einem Nachthemd, das Zigi in Papier geschlagen aufs Kissen gelegt hatte, ließ ein Licht brennen und gab vor, es sei wegen Aja, die sich in der Dunkelheit fürchte.

Zigi fand Arbeit auf dem nahen Friedhof. Er ging früh am Morgen, wenn Aja schlief und Évi noch am Tisch sitzen blieb, an dem sie heißen Tee durch ein Sieb in eine Kanne gegossen hatte, die Zigi mitnahm, um später in kleinen Schlucken davon zu trinken und daran zu denken, dass Évi ihn gekocht hatte, damit er sich an etwas würde wärmen können. Zigi trug die Stiefel, die eines Morgens neben seinen Füßen, unter seiner Decke gestanden hatten, so als dürften sie nicht nass, nicht schmutzig werden, und er trug nur dieses eine Paar und tauschte es selbst beim Arbeiten nicht gegen ein anderes. Niemand hätte ihm die alten Schuhe mit den Gummibändern von den Füßen ziehen können, ohne dass Zigi es gespürt hätte und aufgewacht wäre davon. Évi war sicher, etwas anderes hatte in diese Nacht hineingespielt, das weder zu sehen noch zu fassen gewesen war und mit den weit ausgebreiteten hölzernen Flügeln zu tun haben musste, unter denen sie geschlafen hatten.

Wenn Zigi die Kränze einsammelte, wenige Tage nachdem sie an ein Grab gelegt worden waren, las er, was auf ihren Bändern geschrieben stand, und verscheuchte den Gedanken, dass er und Évi hier niemanden hatten, der um sie trauern würde. Er hob sie auf die Ladefläche eines Wagens, auf der sie kleiner aussahen, und manchmal nahm er Blumen ab, trug sie den kurzen Weg nach Hause und stellte sie vors Fenster, bis Évi sagte, sie wolle keine Totenblumen in ihrem Zimmer. An den Abenden war Zigi still, als trage er die Ruhe des Friedhofs in ihr Zuhause, und da Évi bald nicht mehr wollte, dass die Gräber ihm die Sprache nahmen, fing Zigi auf einer Baustelle an, zu der er am Morgen, selbst mit seinen schnellen, leichten Schritten, länger als eine Stunde unterwegs war. Sie gaben ihm eine leuchtend rote Jacke mit hellen Streifen, die an Zigi aussah wie ein Mantel, und dann hob er mit einem Spaten Gräben aus und strich Mörtel auf Steine, die er Schicht um Schicht aufeinandersetzte. Wenn die anderen mittags leere Kisten zu einem Tisch zusammenschoben und ihre Brote aus Blechdosen nahmen, lief Zigi über ein Brett, das er wie eine Brücke zwischen zwei Stangen des Baugerüsts gelegt hatte, sprang hoch oben durch die Luft, jonglierte mit Äpfeln, balancierte Gläser auf seiner Stirn und leere Flaschen auf seinen ausgestreckten Armen, bis die anderen fragten: Was hast du auf einer Baustelle verloren. Zigi war froh, nicht länger von Toten und ihren Kränzen umgeben zu sein, und er nahm sich vor, so lange zu bleiben, bis er selbst ein Haus würde bauen und alles daran ausbessern können, und wenn er Jahre später um Évis Häuschen aus Stein und Holz und Blech mit einem Hammer lief, auf Regenrinnen und Bretter klopfte, wenn er das Dach abtastete und die Fenster durch Türen ersetzte, dann nur, weil er es hier gelernt hatte.

Évi sah zu, immer genügend Kohlen im Eimer neben dem Ofen zu haben und sie rechtzeitig aus dem Keller zu holen, mit Aja, die sie im Tuch auf den Rücken band und die sich an Évis Schultern festhielt und an ihren Haaren zupfte, wenn sie über eine schmale steile Treppe hinabstieg und ein Gitter beiseiteschob, hinter dem Kohlen aufgeschüttet waren. Wenn Évi glaubte, sie sollten es wärmer haben, legte sie im Ofen nach, und allein der quietschende Ton, wenn sie die Klappe öffnete, allein der Gedanke, es tun zu können, wenn ihr danach war, auch das Licht an der Decke einfach anschalten zu können, um die Dunkelheit zu verscheuchen, beruhigte sie und schob die Erinnerung an einen Winter im Freien weg von ihr. Am Abend wusch sie Aja in einer Wanne aus Blech, die sie auf den Tisch stellte und in die sie heißes Wasser aus einem großen Topf goss, das sie auf dem Herd zum Kochen gebracht hatte. Évi hatte Angst, der Geruch, den ihre Kleider und Haare an nassen Tagen verströmt hatten und den sie am ersten heißen Tag in einem Fluss losgeworden war, könne zu ihr zurückkehren. Sie vergaß ihn nicht, auch wenn sie ihn später an jemandem wahrnahm, der auf der Straße lebte, sprang er sie an, und sie ging schnell weiter, aus Angst, er könne an ihr haften bleiben. Wenn vor dem runden Fenster Schnee fiel, füllte Évi Kohlen nach und zog die Strickjacke über, und während sie auf Dächer, auf Antennen und Schornsteine schaute, legten sich die Wege vor ihre Augen, die das Land wie ein Geflecht aus Adern überzogen und die sie länger als ein Jahr abgelaufen waren, auf Asphalt und Kies, durch Schmutz und Staub, mit Zigis Koffer in der Hand, mit dem Seil über der Schulter und Aja auf dem Rücken, zwischen Flüssen und Wäldern, in denen Évi nachts dichter an Zigi herangerückt war, auf den Morgen gehofft und versucht hatte, sich in der Dunkelheit nicht zu fürchten.

Zigi würde nicht bleiben, so viel wusste Évi. Sie wartete darauf und wunderte sich an jedem Abend, an dem Zigi zurückkam und die Tür aufstieß, seine rote Jacke mit den hellen Streifen, seine Stiefel auszog und sich zu ihr und Aja an den Tisch setzte, an dem er wieder zu reden angefangen hatte, seitdem er seine Zeit nicht mehr zwischen Gräbern verbrachte. Zigi würde aufhören mit ihrem kleinen Leben, das er mit seinen schnellen, leichten Schritten zwischen Baustelle und Dachkammer jeden Tag ablaufen konnte und zu dem Évi ihn nicht zwingen würde, wenn er es bald abstreifen und hinter sich lassen wollte. An einem Nachmittag im April, an dem Zigi trotz Wind und Regen weit oben über eine Stange von Gerüst zu Gerüst balancierte und die anderen ihm Beifall klatschten, sah er einen Zirkuswagen in der Ferne, auf einem schmalen Weg vor dem Wald, einen gelben Zirkuswagen, dem er so lange mit seinem Blick folgte, bis das Gelb hinter dem Grün der Tannen verschwunden war und Zigi nicht mehr sicher sein konnte, ob der Wagen nur eine Laune seiner Einbildungskraft gewesen war. Am Abend gab er seine leuchtend rote Jacke zurück und fragte Évi bis zum Morgen viele Male, ob sie mit ihm kommen, von Platz zu Platz wandern und bleiben wolle, wenn ihnen ein Ort gefallen sollte. Als es hell wurde und Aja aufwachte, zog er seine Stiefel an und stieg die Treppen hinab. Évi hatte ihn nicht gedrängt zu bleiben, sie hatte ihn nur darum gebeten, aber als er Aja auf die Stirn, die Wangen, auf die Lider geküsst hatte, als er mit seinem schwarzen Koffer unter dem Arm losgelaufen war, die Stiege hinunter, durch die Haustür, zum Bürgersteig auf der anderen Seite und dann die Landstraße hinab, hatte sie es sich verboten, ihm vom runden Fenster aus nachzusehen.

Zigi schloss sich seinen Freunden an. Die wenigen Postkarten, die sie geschickt hatten, hatte er als Ankerpunkte im Gedächtnis behalten und ihre Wege in Gedanken nachgezeichnet, wenn er von der Baustelle an der Straße zurückgelaufen war, selbst wenn er abends neben Évi gelegen und darauf geachtet hatte, dass sie ihre Schultern und Füße nicht aufdeckte. Er ahnte, wo sie in diesen Tagen sein könnten, und fand sie, ohne lange suchen zu müssen, fügte sich schnell in ihren Kreis, als sei er nie woanders gewesen, als habe er sie nie verlassen, um ein Zimmer mit schrägen Decken und rundem Fenster zu mieten, damit Aja es warm haben würde und Évi ein Licht anmachen konnte, sobald es am Abend dunkel wurde. Er zog mit ihnen durch den Sommer und Herbst, und Évi blieb nichts, als von den Orten zu träumen, von denen er Karten schickte, und sie träumte von ihnen, in der Nacht, wenn sie wenige Stunden unter einem Licht schlief, und am Tag, wenn sie sich zu Aja auf den Boden legte, die Augen schloss und sich ein schneller Reigen in ihrem Kopf drehte, aus Zigis Füßen, auf einem Seil über dem Boden, seinem wirren

Haar, das er zusammennahm und unter seinen Hut steckte, seinem Koffer, in den die Münzen fielen und den er zusammenklappte, wenn sie am Abend einen Platz zum Schlafen suchten. Wollte Zigi sie sehen, machte er sich auf den Weg, zu Fuß oder auf der Ladefläche eines Wagens, wenn ihn jemand mitnahm bis zur nächsten Abzweigung, zur nächsten Stadt oder weiter, und weil Zigi die Namen der Orte auf den Schildern noch immer fremd waren, vertraute er sich dem Lauf der Straßen an, als könnten sie ihn nicht fehlleiten, als wüssten sie, wohin Zigi geführt werden wollte, bis er morgens unter dem Fenster stand und auf und ab ging, ohne zu rufen oder an die Tür zu klopfen. Évi bemerkte ihn jedes Mal schnell, weil sie seine Bewegungen, seine Schritte in ihrem Dachzimmer spüren konnte, in ihrem Hals, an Rücken und Schultern, und sie wusste, um Zigi zu sehen, musste sie sich bloß umdrehen und vom Fenster hinab auf die Straße schauen, und um ihn heraufzubitten, brauchte sie das Fenster nur zu öffnen und ihm zu winken.

Wenn Zigi seinen Koffer aufgeklappt, den Schmutz aus seinen Haaren gewaschen und viele Münzen in der Schublade hatte verschwinden lassen, ging Évi mit seinen Kleidern in den Hof, vorbei an den Fahrrädern und Ajas Kinderwagen, den Zigi auf seinen Wegen gefunden und mitgebracht hatte. Unter einem Blechdach warf sie seine Kleider in einen Trog, streute Waschpulver darüber, ließ sie lange einweichen und wechselte so oft das graue Wasser, bis sie glaubte, der Geruch, der sich in die Kleider gefressen hatte, sei verschwunden, und weil Zigi nichts mehr zum Überziehen hatte, blieb er in Unterwäsche und wartete mit Aja auf dem Arm, solange seine Kleider trockneten. Aja wich nicht von seiner Seite, und Zigi ließ sie auf seinen Schultern sitzen, aß mit ihr von einem Teller, von einem Löffel, ließ sich von ihr füttern, band sie mit dem Tuch vor seine Brust, wenn er hinausging, und wenn er sie abends ins warme Wasser in der Wanne setzte, küsste er jeden ihrer kleinen Finger, jede ihrer winzigen Zehen, und er legte Aja später nicht ins Bett, sondern ließ sie auf seinem Schoß einschlafen, wo sie bis in die Nacht wie ein Kätzchen eingerollt liegen blieb, ohne sich zu rühren.

Évi fragte nie, wie lange Zigi bleiben würde. Jeden Morgen, wenn er auf dem Boden lag und Aja über seinen Rücken, seine Arme, über seinen Kopf klettern ließ, ging Évi los mit ihrem Einkaufsnetz, und von dem Geld, das Zigi über den Tisch gestreut hatte, kaufte sie in einem kleinen Laden ein für drei, ohne zu wissen, ob Zigi am Abend noch da sein würde. Wenn er sie verließ, ging er wie ein Dieb in der Nacht, schloss die Türen hinter sich lautlos und schlüpfte in die Dunkelheit, um ihre Gesichter nicht sehen und kein Wort hören zu müssen, das ihn zum Bleiben bewegen könnte. Aber etwas habe ihn immer schon am Abend zuvor verraten, wenn sie am Tisch gesessen hätten, sagte Évi, etwas an seiner Art, sie und Aja anzuschauen, und stiller zu sein als sonst, wenn sie später im Bett gelegen hätten. Sogar der kleine Leberfleck unter seiner rechten Braue habe dann anders ausgesehen und Évi wissen lassen, am nächsten Morgen, wenn sie nach einer kurzen Nacht aufwachen würde, wäre Zigi nicht mehr da. Aja würde nach ihm rufen, sie würde ihn suchen, unter dem Bett, im Schrank, hinter der Tür, und nach Stunden würde sie weniger suchen, und nach Tagen würde sie aufhören damit.

Als Évi erfuhr, dass Zigi kurz nach Neujahr, an einem für die Jahreszeit zu milden Tag auf ein Schiff gestiegen war, das ihn über den Ozean trug, versuchte sie sich mit dem Bild zu beruhigen, sie und Zigi folgten nur zwei Punkten auf einer Landkarte, die nicht auf derselben Seite lagen. Aber es schmerzte sie, es stieß sie zurück in eine Dunkelheit, die sie glaubte verlassen zu haben, und später musste sie oft an diesen frühlingshaften Tag im Januar denken, auf den Wochen mit Eis und Schnee folgten und an den sie sich gut erinnern konnte, weil sie ohne Jacke gegangen war und Aja keine Mütze übergezogen hatte. Als sie erfuhr, dass Zigi an diesem Tag das Schiff genommen hatte, um die Nähe zu ihr und Aja aufzugeben und einzutauschen gegen etwas anderes, das kaum mehr war als eine Idee, als ein Versprechen, kam es ihr seltsam vor, es nicht gespürt zu haben, nicht an ihrer Schulter, an ihrem Rücken, wo sie sonst immer hatte spüren können, ob Zigi kommen oder gehen würde, und sich nie hatte umdrehen müssen, um zu wissen, dass Zigi gerade auf der Straße stand, gerade schaute er hoch zum Fenster. Bald verlor sie das Gefühl ganz, das Zigi angekündigt hatte, es löste sich auf, und Évi glaubte, der Atlantik mit seinem unnötig tiefen Wasser sei schuld daran, wenn sie nicht mehr spürte, ob Zigi kommen würde, und er anfangen musste, es ihr in Briefen zu schreiben, die er von einem Ort schickte, den Évi nur von den Bogen farbigen Papiers kannte, die Zigi mit seinen schiefen Buchstaben für sie vollschrieb.

Immer schon hatte Zigi ein Schiff besteigen wollen, so viel wusste Évi, schon nach Kriegsende, als er sich zum ersten Mal aus Budapest hatte aufmachen wollen, wo die Brücken in die Donau gestürzt waren, und doch geblieben war, obwohl er damals keinen Grund dafür hatte finden können. Seitdem hatte er sich weggewünscht und in Gedanken Schiffe bestiegen, war die Wege dorthin viele Male abgelaufen, die Strecken abgefahren und an den Häfen angekommen, an denen er an Bord gehen könnte. Évi sagte, Zigi habe

Jahre auf diesen Augenblick gewartet, er habe Jahre damit verbracht, sich ihn auszumalen, auch wenn Zigi immer gesagt habe, er habe kein Schiff besteigen können, weil er Évi habe treffen müssen, als der Staatszirkus im Stadtwäldchen Jahre nach Kriegsende wieder seine erste Vorstellung gab. Zigi habe gesagt, er sei nur geblieben, um Évi zu begegnen, die aus irgendeinem Grund seinen Weg nicht früher habe kreuzen wollen, unter einem Zirkusdach, neben Reitern und Pferden, die mit ihren Hufen das Sägemehl aufwirbelten, wo Évi an einem Seil unter die Kuppel gezogen worden war und sich kopfüber hatte hinabfallen lassen, bis er ihr Gesicht sehen konnte und nach ihren ersten Blicken, ihren ersten Worten sicher war, es war wegen ihr, dass er nie weggegangen war, es war, um mit ihr in einem lichten Gefüge zu leben, zwischen dem Trapez und dem Schlagen der Trommeln, zwischen dem lauten Applaus am Abend und den leisen Spaziergängen durchs Stadtwäldchen, die jedes Mal unter den hellen Strahlern des großen Karussells endeten, vor seinen weißen Holzpferden und goldenen Kutschen, zu jeder Jahreszeit, bei jedem Wetter, immer am ersten Tag der Woche, wenn der Zirkus keine Vorstellung gab.

Wenn sie etwas Geld übrig hatten, gingen sie ins nahe Széchenyibad, saßen im trüben Thermalwasser unter Wasserspeiern, schauten den Schachspielern zu, und manchmal stand Zigi auf und fragte, ob er den nächsten Zug machen dürfe. Zigi nahm Évis Füße in die Hände und knetete sie, weil er fand, nur so könne Évi an jedem Abend der Woche ihre blauen Schuhe überziehen und sicher und schnell über das Seil laufen. Wenn sie auf ihrem Weg zurück über die breite Straße gingen, auf der die Straßenbahnen zuerst am Oktogon, kurz darauf an der Oper hielten, wenn sie dann in einer der wenigen Auslagen ein Spielzeugschiff entdeckten, ließ Évi es in Papier wickeln und nahm es mit, bis Zigi eine kleine Sammlung hatte, die er ein letztes Mal Stück für Stück aus seiner Vitrine nahm, als vor dem Stadtwäldchen, das der Oktober gelb und rot gefärbt hatte, die Panzer rollten, wenige Tage bevor er mit Évi seine Stadt und sein Land für immer verließ. Wochen nachdem sie sich das Klopfen und Rufen an der Tür abgewöhnt hatten, weil sie nicht mehr sicher sein konnten, was sie dahinter erwartete, gaben sie über Nacht und ohne Abschied ihr Leben zwischen Trapez und Trommeln, zwischen Thermalwasser und Spielzeugschiffen auf. Hastig, ohne Blick zurück, schlüpften sie durch die schmale Zeitschleuse, die sich kurz geöffnet hatte, im Gepäck nicht mehr als ein Paar blauer Schuhe, um durch den Novembernebel, der den Abendstern in dieser Nacht versteckt hielt, nach Westen über eine Grenze zu fliehen, hinter der sie glaubten, über jeden ihrer Schritte fortan selbst bestimmen zu können. Auch wenig später, als Zigi schon ein wirkliches Schiff hätte nehmen können, nicht nur eines in seiner Vorstellung, hatte er ihm nur nachgeschaut und es nicht bestiegen, der Gedanke an Évi hatte ihn abgehalten. Er hatte im Hafen gestanden und zugesehen, wie sie es beluden, Treppen anlegten, Kisten an Seilen hinaufzogen, hatte sich umgedreht und war mit diesem Bild vor Augen weggegangen, auf seinen schmalen Füßen, mit seinen schnellen, leichten Schritten.

Jetzt aber, an diesem frühlingshaften Tag nach Neujahr, nahm Zigi ein Schiff, als brauche er plötzlich Wasser, viel Wasser zwischen sich und seiner alten Heimat, als müssten seine Wege hier enden, und als führe keiner zurück in das Geflecht, das er mit Aja auf dem Rücken an Évis Seite ein Jahr lang abgelaufen war. Als könne er jetzt wiederfinden, was ihm zwischen Baustelle und Friedhof abhandengekommen war, als dürfe er endlich eine Bewegung aufnehmen, die er bisher nur in Gedanken vollzogen hatte, ging er schnell und ohne Scheu aufs Schiff, so schrieb er Évi jedenfalls später, mit seinem dunklen Koffer, während Évi unter Dachschrägen heißes und kaltes Wasser in Ajas Blechwanne goss und ihren Ellenbogen eintauchte, um zu prüfen, ob es warm genug war. Zigi sah auf die Schaumkronen des Atlantiks und stürzte Évi in einen Taumel, der ihren Träumen ähnelte und alles durcheinanderwirbelte, was sie sah und dachte. Als ein letztes Mal in diesem Winter Schnee fiel und das Eis auf den Straßen und Gehwegen zudeckte, als ein Wagen, der ins Schleudern geriet, Aja fortriss, glaubte Évi, das Glas der Autoscheibe habe nicht Ajas Finger zerschnitten, sondern etwas zwischen Zigi und ihr. Sie konnte ihm nicht verzeihen, dass er sich langsam Stunde für Stunde in Richtung Westen von ihr und Aja entfernt hatte, dass er Aja nicht mehr in einem Tuch auf seinem Rücken trug, sondern Évi sie über vereiste Bürgersteige schob und dabei Wachen und Schlafen kaum voneinander trennen konnte. Évi überkam die Angst, sie würde bestraft dafür, ihr altes Leben aufgegeben zu haben, als sei es nichts wert, ein Leben auf der Straße, bestraft dafür, Zigi gehen gelassen und so getan zu haben, als könnten sie und Aja ohne ihn weiterleben. Warum ihre Strafe aber so hart ausfallen musste, begriff sie nicht, wo sie nichts weiter tat, als mit einem kleinen Mädchen in einem kleinen Zimmer zu leben. Je länger sie darüber nachdachte und je mehr Zeit verging, in der sie ohne Zigi blieben, desto weiter rückten die Antworten, die Évi hätten einfallen können. Sie wurde das Gefühl nicht los, sie trage Schuld daran, dass sie mit Aja allein war, es nistete sich ein und wucherte in ihr, es legte sich zäh und klebrig auf ihre Schritte und die ruhelosen Bewegungen ihrer Hände, als habe sie in Leim gefasst und finde nichts, mit dem sie ihn lösen könnte.

Wenige Jahre später fand Zigi in Kirchblüt den Garten hinter den Feldern, und weil Évi an Fügung glaubte, wollte ich auch glauben, eine Fügung habe sie und Aja in meine Nähe gebracht. Sie zogen an Christi Himmelfahrt ein, und ich habe mich oft gefragt, was es mit dem Mai und Kirchblüt auf sich hatte, warum Aja und Karl ausgerechnet im Mai hier angekommen waren, ob es etwas bedeuten sollte, dass die Menschen, die in der Mitte meines Lebens standen, ausgerechnet der Mai nach Kirchblüt geholt hatte. Aja und Évi hatten nicht mehr als einen Pappkarton, den Évi vor der Brust hielt und von der Bushaltestelle unter den Kastanien über den Bürgersteig und den Feldweg trug. In einem Kästchen lagen darin Nadel und Faden, mit denen sie einmal Pailletten an Zigis Kostüme genäht hatte, auch die blauen Schuhe, die bald verschwanden und Évi nie finden konnte, wenn wir sie hätten sehen wollen.

Évi mochte lieber nicht wissen, wie es Zigi gelungen war, dass sie in diesem Haus bleiben durften, das ohne Anschrift an einem Feldweg stand, der sich weit genug entfernt von anderen Häusern durch Weizen und Mais schlängelte, wo Kirchblüt ausfranste und mit seinen Dächern und Glockentürmen schon wie ein Bild hinter Glas lag. Zigi leitete Strom ins Haus, mit vielen Klammern und zwei dicken schwarzen Kabeln, die er hochhängte, damit Aja, auch wenn sie auf einen Stuhl stieg, sie nicht berühren konnte. Er zog einen Zaun aus Latten um den Garten, setzte ein Schloss ins schiefhängende Tor, das Évi nie benutzte, und später band er einen Kasten aus Blech daneben, für die Briefe aus hellblauem Papier, die er Évi schickte, in den Monaten, in denen er nicht hier war. Jeden Herbst schlug er neue Nägel in neue Bretter, trug Steine heran, Stangen und Rohre, die er auf Schrottplätzen gefunden hatte, und brachte sie an, wo immer Évi sie haben wollte. Zigi begann nur langsam zu begreifen, dass diese Art des Lebens Évi gefiel, und mehr noch als ihr kleines Haus mochte sie ihren Garten, mit diesem Stück einer Wiese und den gelben Tupfern aus Butterblumen, schon weil ihr Zirkuswagen immer nur auf Kies oder Schlamm gestanden hatte. Als er sah, dass Évi lieber Fotos in einem Laden ordnete, als über ein Seil in einem Zirkuszelt zu schweben, gab er den Gedanken endgültig auf, sie noch einmal im nachtblauen Kostüm von weit oben herabstürzen zu sehen. Er verstand, warum Évi lieber hier als auf der Straße oder in einem Zirkuswagen wohnte, auch wenn das Haus klein und schief war und nur am Rande einer Stadt lag. Es war nicht die Flucht vor dem Winter, es war der Wunsch, Aja würde aufwachsen mit Kindern, die in Häusern lebten und eine Anschrift hatten, und nicht mit Erwachsenen, auf deren Kleider sich ein Geruch von Schmutz und Regen gelegt hatte.

Für Zigi war die Dunkelheit, die Évi nachts gesehen hatte, keine Dunkelheit, selbst die Wintertage waren für ihn hell gewesen, hell genug, um an den Sommer denken zu können, wenn sie wieder an Flussstränden sitzen und sich ins Wasser werfen würden. Ihn hatte es nie gestört, keine Bleibe zu haben, und wenn er sie im Dachzimmer besuchte, hatte er es nie lange ausgehalten. Manchmal hatte er Aja mitgenommen, und Évi hatte sie gehen lassen, nachdem Zigi gefragt hatte, ob sie nicht auch zwei Dinge in seinen Koffer werfen und mitkommen wolle. Évi hatte den Kopf geschüttelt, und wenn Aja vor dem Haus die Arme nach ihr ausgestreckt hatte, hatte sie sich schnell umgedreht und war die steile Treppe hoch zum Dachzimmer gestiegen. Zigi kam zurück, obwohl sich Évi jedes Mal gefürchtet hatte, er würde nicht mehr zurückkommen. In den Nächten hatte sie wach gelegen und war aufgestanden, um aus dem runden Fenster zu schauen, ob Zigi mit Aja auf der anderen Seite der Straße stand und hochschaute. Wenn es über Nacht kälter geworden war und Aja angefangen hatte zu husten, zu fiebern, war Zigi zurückgekehrt, über kleine Wege abseits der großen Straßen, damit man ihn nicht anhalten und nach seinen Papieren fragen würde, weil er jedem sofort auffallen musste, ein Mann mit dunklem Koffer und einem Kind in einem Tuch auf seinem Rücken. Évi hatte kein Wort über Ajas heiße Stirn, ihre roten Wangen verloren, und sie fragte nie, wo sie gewesen waren, wo sie geschlafen und was sie gegessen hatten. Als Aja schon in Kirchblüt lebte, nahm Zigi sie nur noch in den Herbstferien mit, dann zogen sie wie früher von Stadt zu Stadt, mit einem Zelt, das Zigi an den Abenden an einem Feldrain aufschlug und in dem Aja tiefer und besser schlief als zu Hause, jedenfalls sagte sie es so. Während Zigi auf den Kirchplätzen durch die Luft sprang und Gläser auf seiner Stirn balancierte, trug Aja die Dinge für ihn heran und nahm sie ihm ab, bevor er sich verbeugte. Später sagte sie, es sei ihr nie komisch vorgekommen, dass man für sie Münzen in einen leeren Koffer geworfen habe, dass sie sich in einem Bad gewaschen hätten, für das sie eine Karte hätten lösen müssen, dass sie sich zum Essen auf die Straße gesetzt, Brot und Käse aus einer Tüte genommen und den Dreck nicht von ihren Kleidern geklopft hätten, wenn sie aufgestanden und weitergegangen seien.

Wenig Geld gehörte immer zu ihrem Leben. Auch als Évi schon im Fotoladen arbeitete, behielt sie es bei, für Aja nur ein Paar Schuhe zu kaufen, eines für den Sommer und eines für den Winter, und weil Aja langsam wuchs, konnte sie die Schuhe zwei, drei Jahre lang tragen. Aber weil sie kein Paar zum Wechseln hatte, ging sie manchmal in feuchten Schuhen, die Évi am Abend mit Zeitungspapier ausgestopft hatte und die über Nacht trotzdem nicht getrocknet waren. Évi kaufte nie etwas in Ajas Größe, und Aja sah immer ein bisschen aus, als verschwinde sie in ihren Kleidern, als gehe sie in ihnen verloren. Wenn ich ihr nachblickte, an der Abzweigung hinter dem großen Platz, wo es zur Brücke über den Klatschmohn ging und wir uns Tag für Tag nach der Schule mit einem Radschlagen verabschiedeten, fiel mir jedes Mal auf, wie lang ihre Hosen waren, die auf ihren Schuhen Wellen warfen, und wie die Ärmel ihrer Jacke ihre Hände versteckten. Als Aja zehn wurde, schenkte meine Mutter ihr die ersten Schuhe in passender Größe. Sie hatte gesehen, wie Ajas Schuhe beim Laufen von den Füßen gefallen, wie sie beim Fahrradfahren von den Pedalen gerutscht waren, und in der Auslage des Schuhgeschäfts, das noch immer Bilder von Karl zeigte, hatte sie rote Sandalen mit einer weißen Krone auf den Riemchen entdeckt und am Abend mitgebracht. Mit dem Schuhkarton in den Händen stieg sie aus dem Wagen, hielt die Sandalen hoch und winkte am schiefhängenden Tor mit ihnen, und als Aja auf sie zusprang, über den Rasen, die Butterblumen, die losen Platten, blieb Évi unter dem Birnbaum stehen und legte ihre Hände auf dem Rücken ineinander, als müsse sie sich selbst zurückhalten. Es schien ihr zu missfallen, dass Aja jetzt ein Paar passende Sandalen hatte, das nicht sie, sondern meine Mutter gekauft hatte, und es dauerte, bis sie

Aja erlaubte, die neuen Schuhe nicht nur vor ihr Bett zu stellen und anzusehen, sondern auch zu tragen.

Ich fragte mich oft, wie es sein konnte, dass sich Évi an einem Seil hatte bis unter die Zirkuskuppel ziehen und hinabfallen lassen, wie es passte zu ihren blauen Flecken, zu den Ecken und Kanten, an denen sie sich immerzu stieß, dass sie zu einer anderen Zeit über Zigis Schultern geklettert war und ein Seil betreten hatte, ohne zu stolpern und zu fallen, als habe Zigi das Seil durch einen anderen Raum gezogen, in dem die Gesetze der Schwerkraft nicht gegolten hatten. Karl und ich konnten nie genug kriegen von Évis Geschichten, sie ließen uns in eine Welt blicken, die wir nicht einmal aus Büchern kannten, und jedes Mal fielen uns Fragen ein, auf die Évi uns nie Antworten gab – warum Zigi gewartet habe, bis sie ihn hereingelassen habe, warum er nicht einfach die Treppe hochgestiegen sei, wo es doch auch sein Zimmer unter dem Dach war, woran genau Évi gemerkt habe, Zigi würde am nächsten Morgen nicht mehr da sein, und mit wem Aja gespielt habe, in all den Jahren, in denen sie nicht in Kirchblüt gelebt hätten. Évi erzählte uns davon, wenn wir oft genug danach gefragt hatten, an den dunklen Tagen im späten Herbst, wenn Zigi abgereist war und es nur noch in ihrer Küche warm wurde, in der sie für ganz Kirchblüt Lebkuchenhäuser buk, für die wir Honig in Wasser rühren und Watte für den Schornstein zupfen durften. Ich fand, jedes dieser Häuschen sah aus wie Évis Haus, mit einem schiefen, spitzen Dach, zwei kleinen Fenstern und einer großen Tür, eine, wie Zigi sie vor Jahren in die Wand gesetzt hatte, damit Évi nicht länger durch ein Fenster zu den Hühnern steigen musste. Wir klebten Dach und Wände mit weißem Zuckerguss aneinander und hielten sie fest, bis Évi sagte, es fällt nicht mehr auseinander, ihr könnt die Hände ruhig wegnehmen.

Évi hatte angefangen, den Winter zu hassen. In klammen Nächten, auf ihren Wegen durch Wälder, in einem Hauseingang, in dem sie Aja vor dem Wetter zu schützen versucht und von dem man sie verscheucht hatte, hatte sie damit angefangen und sich vorgenommen, ihn fortan zu leugnen, auch später noch, als sie schon im Gartenhaus mit Dach und Wänden und Türen wohnte. Sie versuchte, den Winter zu übergehen, ihn selbst in Gedanken kaum zuzulassen, wenn sie am Küchenfenster stand und den Stürmen zuschaute, die über die braunen Äcker fegten und durch die kahlen Zweige unserer Linden fuhren. Wenn Karl und ich riefen: Schnee fällt, in dicken, fetten Flocken, vor deinem Fenster, wenn wir die Stiefel überzogen und die Tür mit einem Tritt aufstießen, um hinauszulaufen und Schnee auf die Zunge zu legen, blieben Évi und Aja am Treppenabsatz, zogen die Schultern hoch und verschränkten die Arme. Évi sagte, wenn sie sich schlafen lege, kehrten die Nächte in den Wäldern manchmal zurück, die Geräusche im Gehölz, die sie bis zum Morgen höre, wenn alles still sei und der Wind es aufgegeben habe, an den Brettern und Läden zu zerren. Évi schlief bei Licht, unter einer ihrer vielen Lampen, auch in Ajas Zimmer löschte sie nie alle Lichter. Fiel der Strom aus, schlief Aja im Schein einer Kerze, und Évi wachte über sie, damit die Flamme auf dem kleinen Tisch sich nicht in den Gardinen fing, wenn ein Luftzug durchs Fenster drang. Wenn Aja von der Schule kam und Évi schlafend auf dem Küchenstuhl fand, die Arme unter ihrem Kopf verschränkt, das Gesicht versteckt unter ihrem wirren Haar, dann wusste sie, Évi hatte in der Nacht wieder an ihrem Bett gesessen und aufs erste Licht gewartet.

Seit sie nicht mehr jeden Morgen ihre Sachen zusammenklaubten und loszogen, musste Évi nicht mehr fürchten, ihre Papiere könnten verschwunden sein. Wenn sie nach ihnen gefragt worden waren, auf einem Platz, über den Zigi das Seil gespannt hatte, an einem Feldweg, wenn sie für die Nacht eine Lichtung zum Schlafen gesucht hatten, hatte sie jedes Mal die Angst überfallen, sie könne sie verloren haben, sie könnten aus dem Koffer gerutscht sein, der Wind könnte sie fortgejagt haben und mit den Papieren auch den dünnen Schutz, der über ihnen lag, wenn sie ihre Landkarte in die Luft geworfen hatten und Aja mit ihren kleinen Fingern darübergefahren war. Jetzt, da Évi in einem Haus mit zwei Türen wohnte, die sie nicht abschließen wollte, versteckte sie ihre Papiere hinter den Kaffeetassen in dem Schränkchen über der Kochplatte. Sie sagte, allein der Gedanke beruhige sie, nie mehr nachts in einem Wald, nie mehr morgens unter einer Brücke nach ihnen tasten zu müssen. Wenn sie vor den Fenstern ihren Flieder zurückschnitt, wenn sie unter den Bäumen Blätter zusammenfegte, fielen ihr die Papiere manchmal ein, und sie legte die Schere, den Rechen beiseite, nahm die Stufen zum Fliegengitter, streifte im schmalen Flur die Mäntel, schob die Tür des Schränkchens auf und tastete hinter Kaffeetassen nach ihnen, als könnten sie sich aufgelöst haben und verschwunden sein. Évi trug die Papiere nie bei sich, aus Angst, sie zu verlieren, so wie sie auch ihre Geldbörse nie bei sich trug, sondern das Geld, das sie brauchte, herausnahm und lose in ihre Tasche warf. Wenn jemand am schiefhängenden Tor stand und Évis Papiere sehen wollte, weil Zigi versäumt hatte, rechtzeitig zu tun, was er tun musste, damit sie hier wohnen konnten, ging Évi, holte sie aus dem Schränkchen und zeigte sie, ohne sie aus der Hand zu geben, als habe sie Angst davor, man könne sie ihr wegnehmen.

Évi hatte sich aus ihren Zirkustagen, wie wir sie nannten, eine Vorliebe für alles Gelbe bewahrt und sah zu, dass immer etwas Gelbes sie umgab, und wenn es nur ein Tuch an ihrem Hals oder eine Blüte vor ihrem kleinen Altar neben dem Eingang war, eine winzige Erinnerung, die Évi wegziehen und mitnehmen konnte zu einem gelben Wagen, an einen Tisch, an dem sie Jahre zuvor schwarze Perlen an Zigis Kostüme genäht hatte. An Zigis rechtem Fuß blieb eine blasse Stelle, durch die kein Blut mehr floss und die ihn nicht mehr schmerzte, an der er aber spüren konnte, wann es frieren würde. Sie war gekommen und geblieben, seit jener Winternacht, in der Schnee auf ihren Decken gelegen und Évi ein Fuchs aufgescheucht hatte, kurz bevor Évi darauf gedrängt hatte, zum Schlafen in eine Kirche zu gehen. Die Stiefel, die Zigi am Morgen unter zwei hölzernen Engeln neben seinen Füßen gefunden hatte, hatte er so lange getragen, bis sie auseinandergefallen waren, und seitdem hatte er jedes Jahr ein Paar Schuhe verschenkt, als habe er es sich damals unter den weit ausgebreiteten Flügeln so auferlegt.

In jedem Herbst, wenn Zigi in Kirchblüt war, ging er am ersten Tag, der klamme Kälte gebracht hatte, auf die Straßen und kam nach Stunden zurück ohne Schuhe, die er einem Fremden gelassen hatte, den er irgendwo hinter Kartons und Tüten entdeckt hatte. Zigi suchte diese heimlichen Plätze, und er fand sie, wie andere den Weg zu einem Haus finden, vielleicht weil er die Zeit nie vergaß, als er mit Aja auf dem Rücken selbst an Feldrainen entlang und durchs Dickicht der Wälder gelaufen war, immer wenige Schritte vor Évi, um einen Weg zu finden, einen Pfad auszumachen, in seinen abgetragenen Schuhen, deren Nähte sich gelöst und die zwei Gummibänder zusammengehalten, die seine Füße nicht mehr gewärmt und geschützt hatten vor Eis und Schnee und Regen. So wie Évi einen kleinen Altar neben der Tür aufstellte, mit bunten Bildern von Heiligen und Blütenblättern aus dem Garten, zog Zigi in jedem Herbst, den er bei Évi verbrachte, an einem der Nachmittage los, nachdem er genügend Bretter ans Haus geschlagen und die Rahmen der Fenster gestrichen hatte. Wenn wir in unseren Linden saßen, ging er am Bachlauf hinab, mit seinen schnellen, leichten Schritten, die Arme so an den Seiten, als wolle er zu einem Sprung abheben, bis zur Brücke über den Klatschmohn und weiter, und wir wussten dann, Zigi machte sich auf, um jemanden zu finden, der Schuhe brauchte und dem er seine würde schenken können.

Was blieb, war Ajas Gabe, den Schnee zu spüren. Wenn sie sagte, heute Nacht wird Schnee fallen, morgen früh wird er auf euren Fensterbänken liegen, dann fiel er auch, und meine Mutter holte am Abend schon den großen Besen und die Schaufel aus der Einfahrt, Évi stopfte Decken und Handtücher in die Fensterrahmen, damit es in den kleinen Zimmern nicht nass würde, stellte die dunklen Stiefel mit der dicken Sohle aus Gummi an die Tür, damit sie in der Nacht nicht nach ihnen suchen müsste, wenn der Schnee stärker fallen und sie mit einer Taschenlampe ums Haus gehen würde, um nachzusehen, ob das Dach, ob Fenster und Türen den Schneeflocken auch standhielten. Évi war aus ihrem Wanderjahr die Angst geblieben, Ajas Füße könnten nass werden, und unter jedem regengrauen Himmel, vor jedem Schauer schärfte sie Aja ein, sich unterzustellen und in Sicherheit zu bringen. Im Frühling, wenn die Stürme viel Regen gebracht und die Feldwege rund um Évis Haus versenkt hatten, ging Évi in ihren Gartenschuhen und schlüpfte erst hinter der Brücke in Sandalen, wo der feste Weg, der Asphalt begann, und

Aja sprang hinter ihr im Zickzack über Pfützen, in ihren gelben Stiefeln, die sie ohne Strümpfe über die nackten Füße zog.

Ich hatte mich in Ajas Leben begeben, als sei ein fester Platz für mich immer schon darin vorgesehen gewesen. Für Évi war ich kein Gast mehr, sie wunderte sich nie, wenn ich unter ihrem Fenster, auf den Stufen vor dem Fliegengitter, wenn ich an Sonntagen an ihrem Frühstückstisch saß, weil ich am Abend vergessen hatte, nach Hause zu laufen, und im großen Tuch eingeschlafen war, das sie für uns zwischen die Bäume gebunden hatte. Nie schien sie zu denken, dass ich an einem anderen Ort zu Hause war, der in Kirchblüt lag und nicht von Feldern, sondern von den Fenstern und Vorgärten der Nachbarn umgeben war. Obwohl ich zu meiner Mutter gehörte, lebte ich bei Aja und Évi und fing an, meine Wege zu verwechseln, sie durcheinanderzubringen und nach der Schule die falsche Richtung einzuschlagen, bis zur Brücke über den Klatschmohn zu laufen, als sei ich mit einem Faden an Aja gebunden, und ich kehrte erst um, wenn ich das Bahnwärterhäuschen schon sehen konnte, mit kleinen langsamen Schritten, als wollte ich nicht.

Meine Mutter fragte nicht mehr, warum ich mir ausgerechnet Aja hatte aussuchen müssen, und mit den

Jahreszeiten, die über Kirchblüt kamen und es verkleideten, hatte sie es aufgegeben, Évis Leben an ihrem zu messen, an den vielen Dingen, aus denen es zusammengefügt war. An den hellen Tagen unserer Kindheit, in denen wir ohne Zweifel auf unsere Welt sahen, war meine Mutter näher an Évi herangekommen, war manchmal zurückgeschreckt wie vor einem Tier, an dessen Zähmung sie nicht glauben wollte, und hatte sich wieder angenähert, vielleicht nur, um mir diesen Gefallen zu tun. Immer hatte sie Abstand gehalten, so wie sie zu allen Abstand hielt, selbst zu mir, als dürfe selbst ich dieses letzte Stück nicht auf sie zugehen. Sie hatte verstanden, dass Karl und ich am liebsten bei Évi waren, auch wenn es für andere eine Hütte war, in der Aja aufwuchs, während ich in einem Haus mit Treppen lebte, die hoch ins nächste Stockwerk führten, und Karl sogar in zwei Häusern wohnte und in beiden ein Zimmer hatte. Sie wusste, am liebsten saßen wir am Wegrand vor Évis Haus, das man aus der Ferne für den Schuppen eines Bauern halten konnte, warfen Steinchen ans schiefhängende Tor und schauten auf den blätternden grauen Putz, an den wenigen Stellen, an denen Zigi sich versucht hatte, auf das von Herbst zu Herbst dunkler werdende Holz und die Ziegel, die nicht einmal für das halbe Dach gereicht hatten. Karl und ich verloren das Gefühl für Sommer und Winter, und wir vergaßen die Tageszeit, in die nur Évi uns zurückholte, wenn sie am Abend das Fliegengitter löste, zwei Stufen hinabging und uns zurief, wir müssten uns aufmachen und nach Hause gehen.

Wenn Évi in jüngster Zeit so etwas wie ein Gefühl der Ruhe umgeben hatte, verlor sie es bald wieder, weil sich in unserer kleinen Stadt immer Leute finden mussten, die Lügen verbreiteten, auf den Wegen rund um den großen Platz, unter den dichtstehenden Platanen, an den Gartenzäunen und im Kaffeeladen, in dem Évi bitteren Kakao und Mandelsplitter besorgte. Nachdem jemand von ihrem Biskuitteig gegessen und sich den Magen verdorben hatte, hieß es in diesem Herbst, der mir einfällt, bei Évi sei es nicht sauber genug, um für andere zu backen, und sie mische die Zutaten so, dass man krank würde davon. Die Holzleiste für die Bestellzettel in Évis Küche blieb leer, und an den dunklen Nachmittagen im November rührten wir an Évis Töpfen keinen Honig mehr ins Wasser und zupften keine Watte für die Schornsteine der Lebkuchenhäuser, die sonst zu dieser Jahreszeit in ganz Kirchblüt in den Fenstern gestanden hatten. Meine Mutter nahm Évis Geldbörse und legte heimlich Münzen und kleine Scheine hinein, und wenn sie nicht kommen konnte, gab sie das Geld mir, und ich verteilte es auf Évis abgeschlagene Tassen im schiefhängenden Schrank über der Spüle, sobald sie durch die Glastür zu den Hühnern gegangen war und Mais aus ihrer Schürze auf den Boden streute.

Aja wurde krank, nachdem zum ersten Mal Schnee gefallen war und wir uns mit Schneebällen über den großen Platz gejagt hatten, weil Aja nichts mehr auf Évis Mahnungen gab, im Schnee langsamer zu gehen und vorsichtig zu sein. Es mag an ihrem klammen Zimmer gelegen haben, in dem sich, seit es kälter geworden war, die bunten Tapeten neben dem Fenster gelöst hatten, die Zigi in einem der späten Sommer aufgeklebt hatte, vielleicht auch an der leeren Holzleiste in der Küche, an der Art, wie Évi an den dunklen Nachmittagen daraufgeschaut hatte, wenn wir an ihrem schiefen Tisch gesessen und Karten gespielt hatten. Aja hatte ihren Fieberblick, wie wir ihn nannten, der ihre Augen dunkler färbte und mit einem Schatten umgab, der sich auch später noch, als sie schon älter, als sie erwachsen war, jedes Mal zeigte, sobald sie krank wurde. Évi holte Ajas Matratze, damit Aja neben ihr schlafen und sie besser über Aja wachen konnte. Sie wechselte die Wäsche, wenn Ajas Kissen nass von Schweiß war, und brachte sie dazu, in kleinen Schlucken Tee zu trinken, den sie in der Küche aufgoss. Aja fehlte uns, und Karl und ich versuchten, die Zeit schneller laufen zu lassen, in der wir ohne sie sein mussten, schossen Bälle und schmissen

Steine in die Stille, kletterten in unsere Linden und sahen auf Évis Haus, das jetzt anfällig und leicht aussah, wie eines unserer Kartenhäuser, das wir einfach hätten wegpusten können. Unter Eiszapfen versuchten wir durchs beschlagene Fenster zu schauen, wir bewarfen uns mit Schnee und jagten uns durch den Garten, vom Zaun zu den Gemüsebeeten, von den losen Platten zu den Johannisbeersträuchern, aber es war nicht dasselbe. Wir saßen in dicken Stiefeln und Jacken auf Évis Stufen und standen erst auf, wenn Évi sagte, seid vernünftig, es wird zu kalt für euch.

Aja kam nicht zur Schule. Jeden Morgen warteten Karl und ich unter den Platanen des großen Platzes vergeblich auf sie, und erst wenn es vom Kirchturm dreimal kurz zur letzten Viertelstunde schlug, liefen wir zum Schultor. Der Platz neben mir blieb leer, und ich gab mir Mühe, ihn zu füllen, breitete Papiere über den Tisch, stellte meine Tasche auf Ajas Stuhl und legte meinen Schal über die Lehne. Évi war an den Nachmittagen nicht im Fotoladen, und wenn wir nach ihr fragten, sagte man uns jedes Mal, sie würde vorerst nicht kommen. Meine Mutter hatte Angst, ich würde mich in Ajas Nähe anstecken, und hatte mir verboten, in meiner Linde oder auf den Stufen vor Évis Haus zu sitzen, um auf ein Wort, ein Zeichen, um auf Ajas Gesicht zu warten, das sich am Fenster zeigen könnte. An Heiligabend brachte sie Évi ein Paket, ließ den Motor laufen, sprang hinaus, schloss die Wagentür, damit mir auf dem Rücksitz nicht kalt würde, und hob das schiefhängende Tor an, das beim Öffnen übers Eis kratzte. Sie stellte das Päckchen mit einem Bündel aus Tannenzweigen auf die oberste Stufe und kehrte schnell um, als könne sie unentdeckt bleiben, als könne Évi den laufenden Motor nicht gehört haben. Évis Haus lag seltsam still unter dem Schnee. Die wenigen Läden waren geschlossen, um die Kälte abzuwehren. Eine dunkle Plane, die Évi aus dem Häuschen hinter dem Verschlag mit den Hühnern geholt hatte, lag auf dem Dach, unter großen Steinen, damit der Wind sie nicht fortreißen würde. Jemand hatte die Eiszapfen abgeschlagen und unter den Fenstern liegen lassen. Ihre Spitzen waren wie Pfeile aufs Haus gerichtet. Zwei Krähen flogen von den nahen Feldern zu Évis Zaun und flatterten in die nackten Linden, als wir losfuhren und ich mich umdrehte, um zu schauen, ob Évi das Fliegengitter löste und ihr Paket hereinholte.

Wir sahen Évi erst im neuen Jahr, als sie nachts vor unserer Tür stand, ohne zu klingeln oder zu klopfen. Meine Mutter hatte ein Geräusch gehört, hatte sich den Bademantel umgelegt, war über die nachtkalte Treppe hinabgestiegen, und als sie durchs Fenster in den Hof schaute, sah sie im fallenden Schnee Évi, mit

Aja im Arm, in eine Decke gehüllt, ihr heißer Kopf an Évis Schulter. Évi hatte sie über die Feldwege zu uns getragen, während sich die Flocken auf ihr Haar gesetzt hatten, in dicken Stiefeln durch den Schnee, über Spiegel aus Eis durch die Dunkelheit, in der sie neben dem Wind in den Zweigen Ajas leises Atmen an ihrem Ohr gehört und kein Licht gebraucht hatte, wie sie sagte, weil sie den Weg zur Brücke und zum großen Platz blind kannte, jeden größeren Stein, jedes Loch, über das sie hätte stolpern können, jeden Ast, den die Stürme der letzten Wochen von den Bäumen gerissen hatten und der später vom Schnee versteckt worden war. Évi kam, weil sie nichts gegen diesen Winter tun konnte, in dem ihr Ofen nicht wärmte und Aja die Kälte nicht länger aushielt. Vielleicht kam sie auch, weil meine Mutter die Wagentür mit einem lauten Schlag zugeworfen hatte und schneller als sonst losgefahren war, das letzte Mal, als sie mich abgeholt und in scharfem Ton gesagt hatte, ich würde Aja in den nächsten Wochen sicher nicht besuchen.

Ich war wach geworden und stand im Türrahmen, als sie Aja Schuhe und Mantel auszogen und ins Wohnzimmer legten, wo sie nicht einschlief, sondern auf alles wie zum ersten Mal schaute, auf unsere Möbel, unser Geschirr hinter Glas, auf die Bücher, die hoch bis zur Decke in den Regalen standen, und den Ofen, in dem es auch nachts brannte und der von November bis April diesen Geruch von Öl durchs Haus schickte. Meine Mutter holte Decken und Kissen, gab Zitrone in heißes Wasser und ließ Aja genug davon trinken, klappte zwischen unseren roten Sesseln eine Liege für Évi auf und sagte, sie solle sich hinlegen und schlafen, bis zum Morgen würde sie auf Aja aufpassen, und dann kniete sie auf dem Boden, wickelte nasse Tücher mit einem Schuss Essig um Ajas Waden und legte danach ihre Hände auf die Decke, vielleicht aus Angst, sie könne verrutschen. Als der Arzt am Morgen kam, schlief Évi noch, als habe sie nach Wochen zum ersten Mal schlafen können und könne jetzt nicht mehr aufwachen. Meine Mutter hatte ihn schon angerufen, als es noch dunkel gewesen war, und jetzt, als sie ihm die nasse Jacke in unserer Diele abnahm, verbot sie ihm, mit Évi zu schimpfen, und sagte, er solle gar nicht erst auf die Idee kommen, Aja ins Krankenhaus zu schicken.

Aja wurde in unserem Wohnzimmer, auf unserem roten Sofa gesund. Ihr Fieber ging zurück, die Schatten um ihre Augen wurden heller, und ihr Blick wurde wieder so, wie Karl und ich ihn kannten. Ich streute Vogelfutter auf die Fensterbänke, damit Meisen und Finken kamen und Aja ihnen zuschauen konnte, wenn sie Körner pickten. Évi hatte begonnen, in unserer Küche zu kochen, und wenn meine

Mutter am Abend den Wagen abstellte und die Tür aufstieß, war der Tisch schon gedeckt. Aja hatte wieder angefangen zu essen, und der Arzt kam nicht mehr jeden Tag, um nach ihr zu sehen. Er hörte sie ein letztes Mal ab, klopfte mit den Fingern auf ihren Rücken und ließ sie husten, während meine Mutter sich an der Lehne ihres Sessels festhielt, und als er den Kopf schüttelte, weil er kein Pfeifen, kein Rasseln mehr hören konnte, war sie neben Évi plötzlich blass geworden. Évi faltete ihre Decke, ihr Nachthemd zusammen und legte beides auf ihren Korb mit den Gläsern, die sie fürs Kochen gebraucht hatte. Bevor sie mit Aja an der Hand die Straße zum großen Platz hinablief, drehte sie sich um und schaute zu meiner Mutter, die im Hof stehen geblieben war, und als sei es ihr erst jetzt eingefallen, schob sie das Tor noch einmal auf, ging mit ihren schnellen, leichten Schritten zurück und umarmte meine Mutter, als sei ihr der Abstand plötzlich gleich, den meine Mutter noch immer zu halten wusste. Während Aja am Tor stand und ich am Fenster, vor dem die Meisen am Morgen noch Futter gepickt hatten, umarmte sie meine Mutter, ohne ein Wort zu sagen, und meine Mutter schien nichts dagegen zu haben, so viel konnte ich vom Fenster aus sehen.

Am nächsten Tag besorgte meine Mutter in dem kleinen Elektroladen hinter dem großen Platz einen Heizlüfter, den sie ohne Erklärung in Ajas Zimmer stellte, und weil Évi nicht wagte, etwas dagegen zu sagen, blies er fortan an den Nachmittagen warme Luft zwischen die Wände und brachte die schmalen Papierfiguren zum Tanzen, die an Fäden von der Decke hingen. Als Évi zum Fotoladen ging, schickte meine Mutter jemanden, der die Fugen rund um die Türen und Fenster abdichtete, so gut er konnte, und der verschwunden war, bevor Évi am Nachmittag zurückkam. Dann zog sie ihren dunklen Mantel mit dem spitzen Kragen und den hellen Knöpfen an, die passenden Ohrringe und Handschuhe, und ging mit mir an der Hand von Tür zu Tür durch Kirchblüt, mit einer Wut, die ich von ihr nicht kannte, und einem Beben in der Stimme, das nur ich hören konnte, weil sie es sofort zurückhielt, sobald jemand öffnete, um dann freundlich zu sprechen, nicht zu laut, nicht zu schnell, und die Leute dazu zu bringen, wieder Évis Kuchen zu bestellen. Bis April waren wir jedes Haus abgelaufen, zu dem meine Mutter früher den Kuchen gebracht hatte, und als die ersten gelben und grünen Knospen sich zeigten, hatte sie mit jedem gesprochen, für den Évi einmal gebacken hatte. Sie hatte gesagt, sie sei sicher, sie zählten nicht zu den Leuten, die an den Unsinn glaubten, der auf dem großen Platz und den Straßen ringsum verbreitet worden sei, und alle hatten den Kopf geschüttelt und gesagt, nein, natürlich nicht. In der Karwoche brachte meine Mutter Évi winkend die ersten neuen Bestellungen, die wieder anfingen mit: Verehrte Frau Kalócs, Liebe Frau Kalócs, Liebe, verehrte Frau Kalócs. Sie stieg schnell aus dem Wagen, öffnete das schiefhängende Tor, löste das Fliegengitter, lief in die Küche und spießte die Zettel vorsichtig auf die Haken der Holzleiste, als dürfe sie jetzt nur nichts falsch machen. Dann nahm sie Mehl, Eier, Butter und die eingelegten Kirschen in grünen Gläsern aus ihrem Einkaufsnetz, stellte alles auf den Küchentisch, setzte sich auf einen schiefen Stuhl, breitete die Arme aus und sagte, Évi, es geht weiter.

Seit meine Mutter in den Waldsee gesprungen war, um Ajas Fahrrad herauszuziehen, war sie mit Aja durch etwas verbunden, das ich spüren konnte, das in ihrer Nähe sicher jeder spüren konnte, und das Évi erst nicht hatte zulassen wollen, dem sie über die Jahre aber nachgegeben hatte. Meine Mutter sah etwas in Aja, das andere vielleicht nicht erkennen konnten, genauso wie Évi etwas an Karl entdeckt hatte, das die beiden aneinanderband. Karl und Évi zählten die Zeit anders, sie teilten sie in Einheiten, die anderen fremd waren. Wenn Karls Takt, in dem er hörte und dachte, seit Ben verschwunden war, zwei Sekunden waren, die für ein Klack-Klack in seinem Kopf ausreichten, so waren es bei Évi acht Minuten, die acht Minuten eines Tages, in denen sie in weichen blauen Schuhen über ein Seil gelaufen war, unter Zirkuskuppeln, auf einer Straße, einem Platz, unter einem Nachmittagshimmel, acht Minuten nur, in denen sich alle Minuten ihres Tages zusammenfanden. Noch immer legte sich ein Zifferblatt über Évis Zeit, auf dem ein Zeiger acht Minuten lang lief, zurücksprang und von vorne begann. Obwohl Évi angefangen hatte, ihr Leben auf alle Minuten eines Tages zu verteilen, wurde sie den alten Takt nicht los, wenn sie im Garten nach acht Minuten Rechen und Harke zur Seite stellte, wenn sie die Umschläge im Fotoladen in acht Minuten in die Fächer mit den Buchstaben steckte, wenn sie nie länger als acht Minuten brauchte, um Teig anzurühren und auf einem Blech in den Ofen zu schieben. Auch hatte man nicht nur über Évi Lügen verbreitet, auf den Wegen rund um den großen Platz, unter den Ästen seiner Platanen, an den Pforten und Gartenzäunen, und im Kaffeeladen, wenn Évi gerade nicht bitteren Kakao besorgte, den wir in Milch gerührt nie trinken wollten, sondern eine Zeitlang auch über Karl, dass seine Mutter verrückt sei und sein Vater nicht bei Verstand, oder umgekehrt, seine Mutter nicht bei Verstand und sein Vater verrückt.

In diesem Frühling, in dem meine Mutter neue Bestellungen an die Holzleiste in Évis Küche gespießt hatte, war Karl stiller geworden. Der Kirschbaum vor

Ajas Fenster hatte sich erst grün, dann weiß gefärbt, und wir freuten uns über die ersten Vögel mit blauen Federn, die sich in die tiefhängenden Zweige setzten. Aber Karl war stiller geworden, stiller noch als sonst, als müssten wir ihn anstoßen, damit er etwas zu uns sagte. Er antwortete knapp auf Évis Fragen, wenn er an den Nachmittagen mit angezogenen Knien auf den Stufen vor ihrem Haus saß und mit Stöcken in die Luft schrieb, wenn er in seiner Linde die ersten Blätter zupfte und zwischen den Fingern zerrieb. Wenn er Évis Fragen überging, wussten wir nie, ob er sie wirklich nicht hörte oder ihm nur die Mühe zu groß war, sich Antworten auszudenken für Évi, die sich nicht abschütteln ließ, auch nicht von Karls Blicken, mit denen er übers Gras vor seinen Füßen glitt, als habe er Évi nichts mehr zu erzählen. Seine Mutter hatte aufgehört, Karl an den Abenden mit dem Wagen abzuholen, in Évis Küche einen Stuhl heranzuziehen und das Kästchen aus Blech in den Händen zu halten, das Évi für Karls Bruder aufbewahrte, bis er eines Tages an ihrem Zaun vorbeilaufen würde. Im Winter hatte Évi sie ein einziges Mal gesehen, an einem Nachmittag, als Évi den Fotoladen früher als sonst geschlossen hatte, war sie nicht weit von der Brücke über den Klatschmohn durch den fallenden Schnee gelaufen. Sie war aus ihrem Wagen gestiegen, in einem langen schwarzen Kleid, dessen Rücken tief ausgeschnitten war und ihre helle Haut zeigte, als wolle sie am Abend ausgehen und habe sich schon dafür angezogen. Évi hatte es erst für ein Traumbild gehalten, das aus der Nacht in diesen Wintertag geschlüpft war und sich über den Schranken des Bahnwärterhäuschens auflösen würde, wenn sie nur genau hinschaute, so jedenfalls hatte sie es wenig später meiner Mutter erzählt. Karls Mutter hatte die Wagentür offen gelassen und war auf hohen Absätzen langsam an den Feldern entlanggegangen, hinter denen der Wald begann, dessen Grün die Polizeibänder zerschnitten hatten, in den Wochen, in denen mit Hunden und Stöcken nach Karls Bruder gesucht worden war. Seit diesem Tag hatte Évi aufgehört, Karl zu fragen, ob er nicht nach Hause müsse, als sei sie nicht mehr sicher, was ihn dort erwarte. Wenn er an den Abenden auf den Stufen vor dem Fliegengitter oder im weichen Gras unterm Birnbaum eingeschlafen war, trug meine Mutter ihn über die losen Platten und legte ihn auf den Rücksitz unseres Wagens, ohne dass Karl davon aufgewacht wäre, und da wir nicht wussten, wohin wir ihn bringen sollten, zu seiner Mutter oder zu seinem Vater, nahmen wir ihn mit zu uns, zogen ihm Schuhe und Strümpfe aus und ließen ihn vor den Bücherregalen auf unserem Sofa schlafen, und wenn er am Morgen mit uns beim Frühstück saß, schien er sich nie darüber zu wundern.

Im Sommer tauschte Aja ihr Fahrrad gegen ein größeres, auch wenn es ihr schwerfiel und sie Évi verboten hatte, es wegzugeben, weil Zigi sie daraufgesetzt hatte und die Feldwege rund ums Bahnwärterhaus neben ihr abgelaufen war, als er ihr das Fahren in seinem Sommer beigebracht hatte. Aja bekam ein Rad, das man Évi für wenig Geld überlassen hatte, und als Aja die ersten Runden auf dem großen Platz damit drehte, fing Évi an, Karls Mutter zu besuchen. Aja sagte, Évi habe wie immer die leeren gelben Kisten übereinandergestapelt und auf die Stufen vor dem Fotoladen gestellt, habe das Glöckchen ausgehängt, die Glastür geschlossen und sei mit ihr quer über den großen Platz gelaufen, unter den Platanen, die ihre späten Schatten vor ihre Füße geworfen hätten. Vor dem Schaukasten der Kirche seien sie wie jedes Mal stehen geblieben, um nachzusehen, wann sie sich am Sonntagmorgen zum Gottesdienst aufmachen müssten, obwohl sich die Zeiten nie änderten, und als sei Évi gerade etwas eingefallen, seien sie nicht weiter zur Brücke über den Klatschmohn gegangen, sondern umgekehrt, um langsam durch die Straßen mit den Backsteinhäusern und Rosengärten zu spazieren, zu den breiteren Wegen, wo die größeren Häuser standen, auch das Haus, in dem Karl mit seiner Mutter wohnte, hinter einer Hecke, die Karls Mutter hatte schneiden lassen, damit ihr an den hohen Fenstern nichts entgehen und sie niemanden übersehen würde, der vorbeikam und durch ihr lichtes Haus in den Garten, zum Teich und dem Schilf, das ihn umgab, schauen konnte.

Aja fuhr auf ihrem neuen Rad unter den Kastanien auf und ab, nachdem Karls Mutter Évi gesehen und ihr geöffnet hatte. Später erzählte uns Évi, sie hätten vor dem Terrassenfenster gesessen, Karls Mutter habe auf ihre Hände geschaut, auf ihre schmalen Ringe und die farbigen Steine, die von ihnen gefasst wurden, und weil Évi es sich verboten habe, ihren Blick über die schwarzweißen Fotos an den Wänden gleiten zu lassen, die alle Karls Bruder zeigten, habe sie aufs Schilf draußen gesehen, das im Frühling sein Gelb verloren und sich wieder grün gefärbt hatte. Es sei ihnen nicht viel eingefallen, das sie einander hätten sagen wollen, als habe es nicht schon andere, hellere Tage gegeben, als habe Karls Mutter nicht schon in Évis Küche gesessen, Murmeln aus einem Kästchen genommen und über den schiefen Tisch rollen lassen, als habe sie Évi nie acht Kristallgläser in einem Päckchen mit weißer Schleife geschenkt. Für den Augenblick hatte es Évi gereicht, etwas hatte ihr die Angst genommen, Karl an den Abenden nach Hause zu schicken, und so, wie sie morgens nach den Sträuchern an ihrem Zaun sah, sah sie fortan mittags, wenn sie den Fotoladen geschlossen hatte, nach Karls Mutter und hörte bald auf, sich Vorwände einfallen zu lassen für die kurze Zeit, wenn sie vor dem Fenster saßen und aufs Schilf schauten. Manchmal brachte Évi etwas von ihrem Kuchen, aber Karls Mutter rührte ihn nicht an, und Évi legte ein Küchentuch darauf und stellte ihn in den Kühlschrank, bis es zu viele Teller wurden und sie den Kuchen mitnahm, genauso, wie sie ihn gebracht hatte. Karls Mutter wartete auf Évi, wenn ihr einmal zwischen Kuchenblechen und den roten Umschlägen im Fotolabor keine Zeit geblieben war. Sie stand am Gartentor, wenn Aja und ich mit den Rädern vorbeifuhren, hinter den gusseisernen Stäben, die ihren Blick zerteilten, und streckte wie ein Schwan ihren langen weißen Hals, der ihren müden Kopf hielt. Sie schaute, ob Évi in ihrer bunten Strickjacke, aus der immer Fäden hingen, auf ihren Absätzen aus Holz am Ende der Straße auftauchen und mit einem Teller, mit einem Korb in der Hand, mit schnellen leichten Schritten näher kommen würde.

Nie versäumte Évi, Karls Mutter einzuladen, ihr zu sagen, sie könnten genauso in ihrer Küche, auf ihren Stühlen sitzen, und obwohl Karls Mutter keine Antwort für sie hatte, nahm Évi sich vor, mit dem Fragen nicht aufzuhören, und vergaß darüber die Zeit, die das Schilf vor dem Fenster wieder dunkel färbte und den ersten Schnee auf die schwarzen Stäbe des Zauns setzte. Im neuen Jahr, in den Wochen vor

Ostern kam Évi seltener, weil sie vor den Feiertagen und dem Weißen Sonntag mit dem Backen kaum nachkam, vergaß aber nie, über Karl Grüße an seine Mutter zu schicken. Als die Eisheiligen im Mai von milder Luft verjagt wurden, ging ich mit Évi und Aja langsam über den Feldweg, wie es manchmal nach der Messe unsere Art war, wenn wir alle vier, fünf Schritte stehen blieben, um in den Pfützen und im Bachbett nach Fröschen zu suchen. Als wir uns ins Gras setzten, Évi und Aja in ihren guten Mänteln und mit schiefsitzenden Hüten, unsere Schuhe abzogen, um ein wenig barfuß zu gehen, sahen wir hinter den Linden ein Auto halten. Évi sprang auf, ging weiter und legte eine Hand wie einen Schirm über die Augen, weil das Mittagslicht sie blendete, und als sie Karls Mutter erkannte, fing sie an, schneller zu laufen. Karl hatte seine Mutter dazu gedrängt, wie er sagte, er war die vielen Grüße und Einladungen leid, die er ausrichtete und die immer unerwidert blieben. An diesem Morgen hatte er seine Mutter an den Ärmeln ihres Kleids aus dem Haus gezogen und zum Wagen geschoben, hatte die Tür geöffnet, den Schlüssel ins Zündschloss gesteckt, sich nach hinten gesetzt und gewartet, bis seine Mutter losgefahren war. Auf Évis Zeichen blieben wir vor dem Fliegengitter sitzen wie folgsame Hunde. Évi zog den Hut und den guten Mantel mit den Grasflecken aus, und Karls Mutter folgte ihr in die Küche, wo sie schon oft gesessen und das Kästchen geöffnet hatte, das Évi für Ben aufgehoben hatte. Évi ließ Karls Mutter allein, sie glaubte, wie früher würde sie die Murmeln darin berühren wollen, aber sie nahm es nicht vom Regal, auch an keinem der nächsten Sonntage, an denen sie jetzt kam, ohne dass Évi sie noch einmal hätte einladen müssen. Évi fing an zu glauben, das Kästchen habe Karls Mutter die Sprache genommen, allein die Vorstellung, dass es hier war, habe sie verstummen lassen, der Gedanke, es lag in Évis Küche, umgeben von staubigen Feldwegen, die sich zum Wald zogen, in dem sie nach Ben gesucht hatten, habe ihr die Wörter geraubt, und sie schlug vor, einen anderen Platz dafür zu finden. Karls Mutter schüttelte den Kopf und sagte, es sei nicht das Kästchen, sie wolle nur sitzen und schauen, wie sich das Schwarz vor ihren Augen entferne, wie es sich zurückziehe, jedes Mal, wenn sie in Évis Küche sitze, unter ihren Rosen aus Papier, und während wir Kinder uns umschauten, als suchten wir danach, als könnten auch wir es sehen, dieses Schwarz, das Karls Mutter die Sicht nahm, nickte Évi und sagte, sie solle sitzen und warten, sie solle so lange bleiben, bis es ganz verschwunden sei. Karls Mutter sagte, es stimme nicht, was man ihr wenige Wochen nach Bens Geburt gesagt habe, sie habe das Schlimmste hinter sich, nur weil sich da zwei Narben auf seiner Brust gekreuzt hätten. Das hier sei das Schlimmste, weil sie Ben noch immer sehe, weil er auftauche, zehnmal, zwanzigmal nebeneinander, um hinter Karl durchs Schultor zu laufen, durch ihren Garten mit dem Schilf, durch die Straßen von Kirchblüt, über den großen Platz unter Platanen, im Sommer unter ihren grünen Blättern, im Winter unter ihren nackten, gestutzten Ästen, die sich streckten, als wollten sie nach ihm greifen, wenn er an ihr vorbeiging, ohne sie anzusehen, wenn er von allen Seiten, aus allen Ecken auf sie zurannte, wenn sie sich in jede Richtung zu ihm drehte und er entwischte, sobald sie ihn berühren wollte.

Wir wussten, Karls Mutter hatte ihr altes Haus, das Karls Vater in einer anderen Stadt, nicht weit von Kirchblüt, gebaut hatte, auch die Möbel und Bilder darin, sofort verkauft, um mit Karl hierherzuziehen, als Ben verschwunden war, auch dass es ihr nicht gelungen war, Karls Vater aufzufangen, weil sie selbst in etwas gestürzt war, das alles an ihr, selbst ihren Wimpernschlag, hatte langsamer werden lassen. Trotzdem wollte Évi nicht aufhören zu glauben, die hellen Tage würden zu Karls Mutter zurückkehren, und so stand sie öfter wie zufällig am Haus mit den geschlossenen Läden, über dessen Dach zwei oder drei Sommer zuvor die Rosen zusammengewachsen waren. Évi bestand darauf, Karl am Abend nach Hause zu bringen, aber sie brachte ihn nicht zu seiner Mutter, sondern schlug jedes Mal den Weg zu seinem Vater ein. Wenn sie Karls Vater am Fotoladen vorbeigehen sah, ließ sie alles liegen, öffnete die Tür und lief ihm hinterher, und obwohl er mit niemandem außer Karl sprach, ließ sich Évi nicht abbringen, ihm das Erstbeste zu sagen, das ihr einfiel, weil es sie nicht störte, wenn er sich nur über seinen blonden Bart strich, der wie bei einem Ziegenbock spitz unter dem Kinn zusammenlief, wenn er sich von ihr wegdrehte und weiterging, als habe sie nichts gesagt. Wenn sie Bilder durchsah und in Kuverts steckte, wenn sie Puderzucker mit der linken Hand von weit oben in den Teig rieseln ließ, wenn sie Backpulver auf die Ameisenstraßen in ihrer Küche streute, wurde sie nicht müde davon, mit Aja und mir durchzuspielen, wie es ihr gelingen könnte, Karls Vater zum Reden zu bringen.

Es dauerte, bis er seinen Kopf langsam wie eine Schildkröte zu Évi drehte, bis er die Augen zusammenkniff, als müsse er sie scharfstellen, weil er mit dem Schauen aus der Übung gekommen war, als müsse er sich noch ans Licht gewöhnen, weil er die Läden nicht mehr geöffnet und zu selten das Haus verlassen hatte. Évi machte es nichts, dass es dauerte, bis Karls Vater ihr Gesicht wiedererkannte, bis er ein Wort verstand, das sie sagte, und auch, dass es für ihn bestimmt war. Als wir Karl an einem Sommerabend nach Hause brachten, an dem der Himmel, bevor es dunkel wurde, noch einmal aufriss und, wie um uns zu belohnen, sein letztes heftiges Blau zeigte, sagte Évi am Zaun zu Karls Vater, sie brauche jemanden, der den Kuchen für sie ausfahre, und sie ließ es klingen, als habe sie niemanden, an den sie sich wenden könne, als könne nur er ihr helfen. Er blieb still, und alles andere hätte uns gewundert, aber am nächsten Morgen kam er, noch bevor Évi sich mit den Fingern die Knoten aus den Haaren gekämmt hatte, stand er am schiefhängenden Tor, in seinem langen dunklen Regenmantel mit Kapuze, von dem die Tropfen des letzten Schauers perlten. Aja sah ihn das Tor öffnen und sein Fahrrad über die losen Platten am Haus vorbeischieben, und später sagte sie mir, Évi habe sich neben dem Fliegengitter an die Wand gelehnt und einen Augenblick die Augen geschlossen, bevor sie aus ihrer Schürzentasche Blütenblätter genommen und unter das Heiligenbildchen gestreut habe, bevor sie hinausgetreten sei und getan habe, als käme Karls Vater jeden Morgen um diese Zeit, als habe er sein Haus nicht heute früh zum ersten Mal verlassen, um sich über Staubwege zu ihr aufzumachen.

Seit er wusste, dass Ben in einen Wagen gestiegen und verschwunden war, hatte Karls Vater sein Auto stehen lassen. Er fuhr Évis Kuchen mit dem Fahrrad aus, in einem Korb, der vor dem Lenker eingehängt war, und es schien Évi gleich zu sein, in welchem Zustand er ankommen würde, wenn sich Karls Vater nur auf den Weg begeben, wenn er nur wieder anfangen würde, sich wie alle anderen durch die Straßen Kirchblüts zu bewegen. Den ersten Kuchen brachte er zu uns, denn Évi wollte sicher sein, dass er nicht zu lange brauchte. Als meine Mutter am Abend mit dem Wagen kam, wie so oft den Motor laufen ließ, hinaussprang und mit ihren Armreifen an den Handgelenken klapperte, rief sie zu Évi, die vor dem weitgeöffneten Küchenfenster stand: Sie können ihn schicken, er wird Ihren Kuchen ausfahren, und bevor ich hinauslief, um mit Aja ein Rad zu schlagen, konnte ich sehen, wie Évi noch einmal Blütenblätter aus der Schürzentasche nahm und vor ihr Marienbild warf.

Sonntags darauf brachte Karls Vater Holz und Draht und die Tasche mit den Werkzeugen, die aneinanderschlugen, als er sie auf den Gartentisch stellte und anfing, das Holz auszumessen und mit rotem Stift Striche zu zeichnen, wo er es schneiden musste. Obwohl Évi es für eine Sünde hielt, sonntags zu arbeiten, ließ sie ihn, weil sie glaubte, Karls Vater müsse die Tage der Woche vergessen haben, überhaupt vergessen haben, dass man Wochen in Tage, Tage in Stunden teilte, dass sie einen Sinn und einen Namen hatten. Während sie mit ihrer Rosentasse am Fenster lehnte und wir Kinder am schiefen Tisch vom Kuchen brachen, den Évi mit einem neuen Gewürz gebacken hatte, stand Karls Vater unterm Kirschbaum, dessen Blüten bei jedem Windhauch wie Schnee auf ihn fielen, und baute einen Aufsatz, in den er drei, vier Kuchenplatten übereinanderschieben konnte, die sich beim Fahren nicht bewegten, sondern fest in ihrer Halterung steckten, die er öffnete, sobald er vor einem der Häuser rund um den großen Platz angekommen war, wo man sich jedes Mal über ihn wunderte, weil er Évis Kuchen ausfuhr, wo er doch früher an einem schrägen Tisch unter einer breiten Lampe Häuser entworfen, aus Holzstäben als Modell geleimt und später auf eine Wiese gebaut hatte, einige davon an den schmalen Wegen, die hinausführten zum Waldsee. Anders als Zigi mit seinen raschen, springenden Bewegungen war Karls Vater in allem schwerfällig und langsam. Er brauchte Zeit für alles, was er tat, und wenn er auf seinem schwarzen Fahrrad ohne Schutzbleche losfuhr, sah er immer aus, als trage er unter seinen Kleidern einen Gips an Armen und Beinen.

Auch den Unterschied zwischen Tag und Nacht schien er nicht mehr zu kennen, die Dinge nicht mehr zuordnen zu können, die nur in die eine oder andere Hälfte des Tages gehörten. Als er anfing, nachts durch den Garten zu gehen und die Wände abzutasten, ließ Évi ihn, obwohl er ihren leichten Schlaf durchkreuzte und sie aufwachte davon. In der Dunkelheit nahm er Maß, und wenn es hell wurde, stand er am Zaun und schien in Gedanken vorzubereiten, was er an Évis Haus zu tun haben würde. Während er im Sandsteinhaus die zusammengerollten Pläne und Zeichnungen unter den Dachschrägen vergaß, die Läden nicht öffnete und die Mauern den Rosen überlassen hatte, bewegte er sich in Évis Garten, als habe er nie etwas anderes getan, hier und auf den Straßen, die Évi ihm morgens nannte und die er auf seinem dunklen Fahrrad abfuhr, in seinem schwarzen Regenmantel, den er bei jedem Wetter trug, die Kapuze über den Kopf gezogen, als habe er jetzt schon Angst vor dem nächsten Schauer. Es gefiel ihm, in Évis Nähe zu sein, wir konnten es sehen, auch wenn er Évi nie ein anderes Zeichen gab, als mit der rechten Hand über die Spitze seines Barts zu streichen, wenn er sie gehört, wenn er sie verstanden hatte, und es schien ihm nichts auszumachen, nur wenig von Évi beachtet zu werden. Manchmal brachte er Schnittblumen und ließ sie auf dem Gartentisch liegen, als habe er sie dort vergessen, aber als er begriff, dass Évi im Sommer fast nur in ihrem Garten lebte, wo sie schon am Morgen Blüten im feuchten Gras sammelte und in eine Schale legte, brachte er bloß noch Blumen, die sie zu den anderen in die Erde setzen konnte. Er wartete auf den Stufen vor dem Fliegengitter, im Schatten des Kirschbaums auf der Bank oder vor dem Lattenzaun auf einem Hocker, den wir zum Klettern unter die Linden gestellt hatten, bis Évi ihn eines Tages hereinbat und, während sie Springformen öffnete, einen ihrer schiefen Stühle heranzog, für den er viel zu groß und breit war und auf dem er aussah, als sitze er auf einem Kinderstuhl.

Auch wenn es Évis Haus war, schien es mit Zigi eine stille Abmachung zu geben, dass nur er daran etwas ändern dürfe, und es musste Évi wie ein Betrug vorkommen, wenn sie es jetzt zuließ, dass Karls Vater mit dem großen Spaten einen Keller grub, unter dem kleinen Schuppen, hinter dem Verschlag mit den Hühnern, weil er gesehen hatte, wie Évi hinter den Türen Türme aus Kisten und Schachteln baute, und sie klagen gehört hatte, zu wenig Platz zu haben. Während es Zigi reichte, nur mit den Augen Maß zu nehmen, legte Karls Vater Wasserwaagen und Zollstöcke an, auch als er mit einer Zange die Nägel verschwinden ließ, die Évi für ihre Mäntel und Hüte in die Wand geschlagen hatte, und eine Garderobe bis unter die Decke baute, obwohl Évi nicht wohl dabei war, wie sie meiner Mutter am Abend sagte. Aja mochte es nicht, wenn Karls Vater hier war, und sie wurde unruhig, sobald er tat, als sei es sein Haus und er dürfe damit anstellen, was immer er wollte. Sie schaukelte schneller im großen Tuch, das Évi zwischen die Birnbäume gebunden hatte, und ließ ihren Blick nicht ab von Karls Vater, als dürfe sie keine seiner Bewegungen verpassen und müsse ihn aufhalten, sobald er durch ihren Garten lief und den Hammer an ihre Wände setzte, als müsse sie ihn davon abbringen, dem Haus und den wenigen Dingen darin zu nahe zu kommen. Manchmal sprang sie auf, nahm ihm etwas aus der Hand und legte es an seinen Platz zurück, und er ließ es geschehen, als wolle er sich nicht gegen Aja wenden, als habe er Angst, sie gegen sich aufzubringen. Jeden Morgen durchstieß er auf seinem Fahrrad die unsichtbare Grenze, die Aja für ihn von den Maisfeldern zum Bachlauf gezogen hatte, und während Évi nichts dagegen hatte, dass er seine Werkzeuge auf den Boden ihrer winzigen Küche und draußen zwischen die Butterblumen streute, erlaubte Aja ihm nicht, einen Schritt in ihr Zimmer zu tun oder vom Garten aus ihr kleines Fenster zu richten. Sie hielt sich die Ohren zu, wenn Évi das Radio einschaltete, das Karls Vater gebracht und dessen kurze Antenne er so lange ausgerichtet hatte, bis er hier, abseits der Häuser und Straßen, einen Sender gefunden hatte, mit Liedern, die Évi mochte und laut mitsang: Wunderbares Mädchen, hast mich schon am Fädchen, hast mich schon am Gängelband. Es ärgerte Aja, wenn er abends unterm Birnbaum saß, obwohl er die leeren Kuchenplatten schon längst in die Küche gestellt hatte, wenn er morgens aus Évis

Tassen trank, bevor er den Kuchen hinaustrug und sein Fahrrad an den Johannisbeeren vorbeischob. Es störte sie, wenn er am Weizen entlangfuhr und mit den Rädern Streifen in den Staub zeichnete, wenn er am Nachmittag das schiefhängende Tor anhob, damit es beim Öffnen nicht auf dem Boden schleifte, und wenn dann sein Gesicht zu sehen war, mit dem blonden Ziegenbart, an dem er zupfte, sobald Évi aus dem Fenster schaute, als falle ihm mit seinen Händen sonst nichts ein.

Die Zeit, in der Zigi nicht da war, wurde mit Karls Vater nur länger. Zigis Sprünge, seine Geschichten, von denen wir nie wussten, sollten sie wahr oder erfunden sein, fehlten Aja, seine schiefen Skizzen, die er in Sekunden mit einem spitzen Bleistift in ihr Schulheft zeichnete, sein wirres Haar, seine dunklen Zähne, die sich dicht aneinanderdrängten, seine Hände, mit denen er Aja auf die Schultern hob, um so an den Feldern entlangzulaufen, bis die Dunkelheit sie verschluckte. Am meisten schien ihr das leichte Gefühl zu fehlen, mit dem sie zu Bett ging, wenn Zigi seine Stimme durchs Haus schickte, mit dem sie aufwachte und zum Fliegengitter lief, wenn sie wusste, dass Zigi ohne Hemd und in zu kurzen Hosen auf den Stufen saß, er trank seinen ersten schwarzen Kaffee aus der kleinen roten Tasse, die Évi auf die Treppe gestellt hat. Karls Vater schien es nur zu geben, um Aja daran zu erinnern, dass Zigi nicht hier war, dass er die meiste Zeit nicht hier war, und dass nicht Zigi, sondern ein anderer Évis Nähe suchte. Jedes Mal, wenn Karls Vater sein Fahrrad an den Baum lehnte, wenn er sich mit einer seiner langsamen, schweren Bewegungen auf die Bank setzte, wusste Aja, dass Zigi weit weg war, auf der anderen Seite eines Ozeans, am anderen Ende eines Meeres, das wir uns unter seiner Oberfläche tief und dunkel und eisig vorstellten. Sie verstand nicht, warum Karls Vater seine verrückten Einfälle unbedingt in ihrem Haus, in ihrem Garten umsetzen musste, warum er in Kirchblüt keinen anderen Ort dafür fand, warum Évi es zuließ, dass er ausgerechnet ihr Haus betrat und die Türen der Schränke richtete, die schwebenden Kabel und Glühbirnen hochband und dann wie ein stummer Gast vor dem Fliegengitter wartete, bis er irgendwann aufstand, ohne Gruß auf sein Fahrrad stieg und losfuhr, in seinem Regenmantel, den er nie zuknöpfte und den der Fahrtwind aufblies. Für Tisch und Stühle baute er ein Podest in die Küche, damit Évi höher sitzen und die Sträucher vor dem Zaun und unsere Linden besser sehen konnte, wenn Aja dort am Abend zu den Tauben sprach. Einen Stuhl schraubte er wie einen Hochsitz an die Wand, auf die roten Rosen der Tapete neben dem Fensterrahmen, nachdem er gesehen hatte, wie Évi in den Regen geschaut hatte, als das Wasser knöchelhoch unter den

Bäumen gestanden hatte, und wir uns tagelang gefragt hatten, aus welchen Wolken der viele Regen kam. Évi war nicht sicher, ob die Wand den Stuhl halten würde, und obwohl sie sagte, ihr reichten die einfachen Stühle, deren Beine auf dem Boden standen und nicht in der Luft schwebten, sahen wir sie jetzt Abend für Abend auf diesem Stuhl sitzen, wie auf einem Thron, umgeben von Rosenranken aus Papier, die hinaus in den Garten strebten.

Wenn Aja nach Hause kam, hatte sie Angst, die Tür zu öffnen und etwas verändert zu finden, sie ging durch die Küche, die kleinen Zimmer und ließ ihren Blick wandern, von den Böden zur Decke, über die Wände, von einer Seite zur anderen, zog die Schubladen auf und sah in die Schränke. Aber Karl und ich mochten die seltsamen Dinge, die es in keinem anderen Haus, an keinem anderen Ort gab, nicht nur den hochgesetzten Stuhl, der aussah, als klebe er an der Wand, oder den kleinen Klappschrank für Ajas zwei Paar Schuhe, der sich öffnete, wenn sie an einem Strick zog, auch den schrägen Handlauf aus Metall, den Karls Vater über die wenigen Stufen gesetzt hatte, die zum Fliegengitter führten, und an dem sich nie jemand festhielt, den kleinen Teller aus Messing am Stamm des Birnbaums, auf den Évi ihre Teetasse stellen konnte, wenn sie im Garten Blätter zusammenfegte. Als Karls Vater das Tor richten wollte, hob Évi die Hände und schüttelte den Kopf. Es sollte weiter schief hängen und auf dem Boden schleifen, vielleicht weil es zu sehr Zigis Tor war und seine Besuche immer hier anfingen, mit einer schnellen, kleinen Bewegung, wenn er den Hut abnahm und das Schloss aufspringen ließ, wenn er die Steinchen darunter durch den Staub schob und Évi dieses Geräusch hören konnte, auf dessen Klang sie nicht verzichten wollte.

Die Nächte setzten schon den ersten kalten Tau ins Gras, als Karl seinen Vater vor dem großen Spiegel im Badezimmer entdeckte, wie er versuchte, Sätze zu sagen, als habe er es verlernt und wolle sich jetzt Wort für Wort zurückholen, weil er vielleicht einen Satz für Évi im Kopf haben und plötzlich Lust bekommen könnte, ihn auch zu sagen. So wie Évi auf unserem Sofa unter der kleinen Lampe lesen gelernt hatte, erst die Buchstaben des Alphabets, dann die Wörter, die sie aus ihnen bauen konnte, lernte Karls Vater wieder sprechen. Er schaue sich selbst zu dabei, sagte Karl, er lege seine hohle Hand ans Kinn, unter seinen Ziegenbart, als müsse er die Wörter, die er wisperte, auffangen darin, als habe er Angst, sie könnten hinunterfallen und auf den Fliesen des Badezimmers zerspringen. Zigi war weiter weg denn je, als Karls Vater sich das Reden zurückeroberte, mit jedem Nagel, den er mit der Zange aus der Wand zog, war er weiter weggesprungen, mit jedem Stuhl, dessen Lehne und Beine Karls Vater richtete, damit der nicht wackelte und wir nicht länger schief auf ihm sitzen mussten. In ihrem Kopf trug Évi einen Kampf aus, das Wüten und Toben darin strengte sie an, das schnelle Springen und Stolpern der Bilder, das Auf und Ab ihrer Bewegungen, wir alle konnten es sehen, wenn sie ihre Finger an die Stirn, an die Schläfen legte, als wolle sie ihren Kopf zusammenhalten, weil seine Gedanken zu wild auseinanderstrebten, als breche er sonst entzwei, als bringe Karls Vater alles durcheinander, selbst die Bilder in Évis Erinnerung, die er zur Seite schob, als brauchte er den ganzen Raum für sich allein. Vielleicht hatte es damit zu tun, dass Zigi sie vor Jahren zurückgelassen und ohne Abschied ein Schiff bestiegen hatte, jedenfalls ließ Évi es so klingen, jedes Mal, wenn sie am Abend mit meiner Mutter unter dem Birnbaum redete und sie ihre Gläser auf den Teller aus Messing stellten, den Karls Vater in den Stamm gesetzt hatte. Karls Vater war zu Zigi in ihren Kopf gestiegen und versuchte, ihn dort zu verdrängen, selbst das eine Bild von Zigi, das sich wie kein anderes in Évis Erinnerung gebrannt hatte, zu verdunkeln. Évi hatte uns oft davon erzählt, wie eines der Heiligenbildchen über ihrem Altar sehe es aus. In ihrem Wanderjahr, als sie auf Straßen gelebt und in Wäldern übernachtet hatten, hatte Zigi Aja auf seiner rechten Schulter durch einen Fluss getragen, an dessen Ufer sie Feuer gemacht hatten und über Nacht geblieben waren. Évi hatte gebadet und war viele Male untergetaucht, um die Seife aus ihrem wirren Haar zu waschen, und wenn sie die Augen geöffnet und das Wasser von den Wimpern gewischt hatte, hatte sie Zigi gesehen, die Hosenbeine über die Knie hochgebunden, ohne Hemd, mit dem feinen Lederband am Hals und dem silbernen Kreuz daran, in dem sich die Sonnenstrahlen dieses Vormittags gefangen hatten. An einer flachen Stelle war er zwischen Steinen durchs Wasser gegangen, auf einer Schulter Aja, die er mit der rechten Hand gestützt hatte, in der linken seinen dunklen Koffer, um auf der anderen Seite des Ufers zu warten, bis Évi aus dem Wasser gestiegen war, um ihr Haar an der Sonne trocknen zu lassen. Etwas an diesem Bild hatte Évi immer glauben lassen, Aja und sie brauchten niemanden als Zigi, sie hatte sich geschützt geglaubt wie unter einem Netz, das Zigi mit einer seiner schnellen, leichten Bewegungen über sie ausgeworfen hatte, ohne dass sie sich in seinen Maschen verfangen hätten. Selbst die Strömungen des Atlantiks hatten dieses Gefühl nicht weggespült, obwohl Évi damals nichts hatte ahnen können von dem, was sich damals in Zigi abgespielt hatte, als er zum ersten Mal das Schiff genommen und es ihn nachts aufs Deck getrieben hatte, wo ihm der Westwind den Hut vom Kopf gerissen und übers Wasser gejagt hatte, hinter dem schon lange kein Land mehr zu sehen gewesen war. Évi hatte nichts gewusst von dem Ziehen in seiner Brust, unter dem Kreuz an seinem Lederbändchen, von dem Zigi geglaubt hatte, es nehme ihm den Atem, als er eine Plane zurückgeschlagen hatte, um aus einem der Rettungsboote in einen Sternenhimmel zu starren, den er so noch nie gesehen hatte. Später schrieb er ihr, wie er nach Ajas Schneeunfall diesen Ozean verflucht hatte, der jetzt zwischen ihnen lag und mit seinen unnötig hohen Wellen die Kontinente auseinanderschob. Évi hatte auch davon nichts gewusst, nichts von den Bildern, die ihn gequält hatten, von Ajas Hand, ihren winzigen Fingern, die er einzeln geküsst hatte, an jedem Abend, den er bei Évi verbracht hatte, Bilder, die er nicht loswurde und die ihn auf seinen Wegen einholten, ganz gleich wie leicht und schnell er zu laufen versuchte, die über ihn herfielen und sich in seinen Schlaf drängten, bis er die Augen öffnete und die Hände hob, um sie zu verscheuchen.

All das erfuhr Évi erst, als sie seine Briefe schon lesen konnte, auch dass Zigi sein Zimmer verlassen hatte, als ihn das Telegramm erreicht und er von Ajas Unfall erfahren hatte, dass er den nächsten Bus zur Küste genommen hatte, durch Straßenschluchten gefahren und über eine breite Promenade aus Holz an einen Strand gelaufen war, hinter Riesenrädern, Karussells und Buden, zu denen die Menschen an den Wochenenden strömten, die aber um diese Tageszeit noch geschlossen waren. Für den Augenblick hatte er ihnen nirgends näher sein können als auf diesem Zipfel Land, der frech ins schmutzig grüne Meer ragte, hinter dem irgendwo Évi und Aja sein mussten. Er hatte an der Brandung gestanden und über die Wellen geschaut, als brauche er nur seine Hände als Trichter an den Mund zu halten und laut genug rufen, als könne er Évi und Aja in der Ferne ausmachen, als könnten sie auftauchen, wenn er nur lange genug schaute. Er hatte seine schwarzen Schuhe mit den losen Bändern abgestreift und in den kalten Sand geworfen, und das Märzwasser hatte ihn nicht verschreckt, als es seine Füße und den Saum seiner Hosen nassgespült hatte. Die Buden waren am Nachmittag geöffnet worden, und als sie am späten Abend geschlossen wurden, hatte Zigi noch immer keinen Durst oder Hunger verspürt. Als sich das Riesenrad ein letztes Mal an diesem Tag gedreht hatte und kein Bus mehr gefahren war, den er hätte nehmen können, war er gegangen, ohne sich noch einmal zum Wasser zu drehen, hatte die Küste hinter sich gelassen, ihre breiten Holzstege und gelbweißen Schaumkronen, die wie Schmutz auf dem Sand blieben, und war den langen Weg zurück in die Straßenschluchten gelaufen.

Als Zigi gegen Ende des Sommers kam, wollte Karls Vater gerade die Johannisbeeren umsetzen. Zigi öffnete das schiefhängende Tor, und als es über den Boden schleifte und ihn ankündigte mit diesem Ton, war es, als habe Zigi sich verlaufen, als stünde er am falschen Ort, vor einem fremden Haus, an dem nichts mehr dem Zufall und Augenmaß überlassen war, als stünde er in einem bösen Traum, in dem sich das Haus mit seinem Dach, mit seinen Fenstern und Wänden aufgerichtet und aufgehört hatte zu schweben. Aja flog ihm über die Stufen zu, sprang auf seine Oberschenkel, streckte die Beine durch, hielt sich fest an seinen Händen, und Zigi drehte sich, bis ihr schwindlig wurde. Ich blieb mit Karl am Küchenfenster und hatte das Gefühl, mich vor das Podest und den Stuhl auf der Tapete stellen zu müssen, damit Zigi sie nicht sehen würde. Évi winkte Zigi herein, er fuhr mit den Händen über die Wand, über die neue Garderobe, als taste er nach den verschwundenen Nägeln, an denen er mit dem Ärmel hängen geblieben war, jedes Mal, wenn er mit Évi durch den schmalen Gang getanzt war, als seien sie in die Wand geschlüpft, und er müsse sie nur herausziehen. Diesmal war es anders, Zigi hier zu haben. Karls Vater hatte die Dinge verrückt und keinen Platz für ihn vorgesehen. Das Haus war geschrumpft, und Évi hatte nichts dagegen tun können.

Zigi nahm Karl jetzt erst wahr, früher hatte er vielleicht geglaubt, Karl sei an einem Abend hier und am nächsten schon nicht mehr, erst jetzt, in diesem späten Sommer, begann er Karl zu sehen, als er merkte, er kommt wieder, dieser Junge, an jedem Nachmittag kommt er, und genauso wie sein Vater bleibt er auch. Neben Zigis schnellen, leichten Schritten, die weder Widerstände noch Grenzen kannten, wirkte Karls Vater noch langsamer und steifer, als lähmten ihn schon die flinken, tanzenden Bewegungen, wenn er am Zaun stand und auf Zigis schmale Füße schaute, als wundere er sich nur, wie schnell Zigi auf ihnen laufen konnte. Die Stühle, die Karls Vater gerichtet und deren Armlehnen er in vielen Stunden geleimt hatte, damit sie nicht länger mit einem Scheppern auf dem Boden landeten, wenn wir uns aufstützten, trug Zigi in den Garten, warf sie hoch und fing sie mit einer Hand auf, als sollten sie auseinanderfallen und sich wieder schief stellen. Er schob sie in einer Reihe zusammen und sprang mit einer Drehung darüber, und manchmal tat Évi ihm den Gefallen, seine Hand zu nehmen, hochzusteigen und über die Lehnen zu balancieren.

Als Zigi gekommen war, hatte Karls Vater angefangen, das Gras zu mähen, die Sense seitdem aber nicht mehr angefasst. Évis Wiese blieb zur Hälfte hoch, bis in den Herbst hinein lag sie wie ein riesiges Tier vor uns, das darauf wartet, fertiggeschoren zu werden, und wenn wir durchs Gras tobten, wenn wir die Schuhe auszogen und unsere nackten Füße darin versenkten, wenn wir Butterblumen und Löwenzahn abzupften und zwischen unsere Zehen steckten, wurden wir jedes Mal daran erinnert, es war Évis Rasen, der sein helles Grün schon an den Herbst verlor, und außer Zigi hatte ihn niemand zu berühren.

Häuser

Zigi schraubte den Handlauf aus Metall ab, weil er seine Sprünge, seinen freien Blick beim Anlaufnehmen störe, sagte er, und weil er fand, selbst jemand wie Karls Vater könne gut über drei Stufen gehen, ohne sich festhalten zu müssen. Er brachte die Garderobe weg und steckte die alten Nägel zurück, die noch Spuren von Putz trugen und die Évi in einer Tasse gesammelt hatte, als habe sie geahnt, Zigi würde sie zurückhaben wollen. Selbst die kleinen Vierecke aus Filz unter den Tischbeinen zog er ab, und wir merkten es, weil Évis Suppe wieder an den Tellerrand lief und Bens Murmeln wieder über die Tischplatte rollten, wenn Karl sie aus dem Kästchen nahm und rund um Évis Zuckerdose legte. Nur den Hochstuhl neben dem Fenster rührte Zigi nicht an, weil er sehen konnte, dass er zu Évis Lieblingsplatz geworden war. Sie saß bei schlechtem Wetter dort und schaute wie aus einem Wintergarten hinaus, mit einer Decke über den Schultern und einer Jacke über den Knien, wenn es über Nacht kälter geworden war, wenn die Scheiben beschlugen und Aja am Morgen mit den Fingern übers Glas malte. Karls Vater schien sich nicht zu ärgern, dass Zigi in diesem Haus, das er einmal für Évi gebaut und dann Jahr für Jahr ausgebessert hatte, keine fremden Spuren zuließ, dass er wegnahm, was Karls Vater angebracht hatte, und dass Évi ihn nicht davon abhielt, als habe sie ihr Haus für einen Wettstreit freigegeben, von dessen Ausgang sie gar nichts wissen wollte. Jetzt war es wieder Zigi, der sich kümmerte, wenn Putz aus den Ecken rieselte und Scharniere geölt werden mussten, es war Zigi, der am Morgen schon die Wände, die Fenster und Möbel abtastete und seinen Blick über die Regenrinne und das spitze Dach wandern ließ, als habe er Angst, Karls Vater könne etwas entdecken, das er übersehen hatte. Auch auf den Feldwegen rund um Évis Haus achtete Zigi darauf, schneller als Karls Vater zu sein, wenn er auf Ajas Fahrrad an ihm vorbeijagte und mit den Knien an den Lenker stieß, wenn er die Füße auf der Erde schleifen und Karls Vater in einer Wolke aus Staub hinter sich ließ.

Wenn er sonst mit niemandem sprach, sprach Karls Vater ausgerechnet mit Zigi – stockend und langsam, wie es zu seiner Art, zu gehen und sich aufs Fahrrad zu setzen, passte, als sei ihm das Bein zu schwer, gebeugt den Weg hinabzufahren, den Rücken rund, die Schultern bis an die Ohren hochgezogen, als seien Sattel, Räder und Lenker, als sei alles zu klein für ihn. Wenn er jetzt den Kuchen holte, schob er sein Rad nicht mehr über die losen Platten in den Garten, um es an die Wand zu lehnen und sich unter den Birnbaum zu setzen, sondern blieb neben Zigi am Zaun stehen und wartete, bis Évi ihm die Teller bringen würde. Unter Karls Linde, die ihren Schatten über die Stufen zum Fliegengitter warf, fiel ihm immer etwas ein, über das er mit Zigi reden konnte, und wenn Zigi auch sicher nicht alles verstand, schaute er doch, als sei er neugierig, vielleicht um Évi den Gefallen zu tun, die froh darüber schien, schon weil Karls Vater ihr nie eine Antwort gegeben, weil er die vielen Sätze, die sie zu ihm gesagt hatte, einfach von der Stille, die über den Feldern lag, hatte schlucken lassen. Vielleicht hatte sie Zigi darum gebeten, mit Karls Vater eine Weile am Zaun zu stehen, bevor der sich aufs Fahrrad setzen und mit seinem angedeuteten Winken losfahren würde, um in Kirchblüt ihren Kuchen zu verteilen. Jedenfalls duldete Zigi ihn wie einen Hund, der ihm zugelaufen war und den er nicht fortjagen mochte.

Bevor Zigi in diesem Herbst Abschied nahm, ging er zu jemandem, der die schwarze Libelle unter seinem Nacken entfernen sollte, dem es aber nicht gelang, die Farbe der Flügel vollständig verschwinden zu lassen. Wenn Zigi sein Hemd auszog, konnten wir das helle Pflaster sehen, das er aufgeklebt hatte und das alles nur schlimmer machte, wie Évi fand, weil sie doch wusste, weil doch jeder wusste, was sich darunter verbarg, und sie sagte: Lass sie, lass sie weiter über deinen Rücken flattern, lass sie ruhig in deinem Nacken sitzen. Évi war noch nicht bereit, den Sommer aufzugeben, als könne sie den Wechsel der Jahreszeiten bestimmen und über den Tag entscheiden, an dem sie sich ablösten. Diesmal hing sie besonders an ihm und sammelte die Blumenkästen, die Töpfe vor dem Zaun ein und stellte sie in die Fenster, damit der Sommer bleiben würde, wie sie sagte, wenigstens noch eine Weile vor ihren Fenstern. Karls Vater hatte sich in den letzten Wochen zurückgezogen, vielleicht hatte er eingesehen, einen Wettkampf gegen Zigi nie gewinnen zu können. Er saß erst wieder auf der Bank im Garten, nachdem Aja und Évi Zigi unter Kastanien, die ihre Blätter schon an den Herbst verloren hatten, zum Bus begleitet und ihm nachgewinkt hatten, nachdem Zigi Évis Hände gedrückt, nachdem er sich weit aus der Tür gelehnt hatte und hinter der nächsten Abzweigung verschwunden war, um dann wie jedes Mal hinauszuspringen und bis zum Bahnhof zu Fuß weiterzugehen, weil ihm der Bus zu schnell gefahren war. Erst nachdem Évi ihren Strohhut abgenommen und auf dem Weg zurück ein Rad nach dem anderen geschlagen hatte, um Aja damit aufzuheitern, schob Karls Vater sein Fahrrad wieder durch ihren Garten, über die losen Platten, die unter seinen schweren Schritten wackelten, klopfte ans

Küchenfenster und wartete, bis Évi rufen und warmen Kuchen auf die Treppe stellen würde, auf jede Stufe einen. Er tat, als sei Zigi nie hier gewesen, als sei er nicht gestern noch über Stühle und umgelegte Tische gesprungen, als sehe Évis Haus nicht wieder aus wie früher, bevor Karls Vater angefangen hatte, mit seinen Werkzeugen Hand anzulegen, als habe Zigi es nicht zurückgeschubst in seine schwebende, schiefe Lage, mit zwei, drei schnellen Bewegungen seiner schmalen Hände, als habe er Karls Vater nicht aus dem Garten geschoben, durchs schiefhängende Tor zum Feldweg, zur Brücke über den Klatschmohn und zurück nach Kirchblüt.

In den langen Monaten, in denen Zigi nicht hier war, passte Karls Vater auf Évi und Aja auf, als habe er Zigi versprochen, jeden Tag zu kommen und nach ihnen zu sehen, als dürften Évi und Aja nicht allein bleiben, als seien sie ohne Karls Vater früher verloren gewesen. Braute sich ein Herbstgewitter über den Feldern zusammen und blieb in den Platanen des großen Platzes hängen, stand Karls Vater mit dem Regenschirm vor dem Fotoladen und begleitete Évi nach Hause, damit sie nicht nass wurde, damit kein Tropfen auf ihre Schultern fiel, und Évi ließ ihn, sie tat ihm den Gefallen, den Schirm über sie halten zu dürfen, zögerte mit ihren Füßen und stimmte ihre schnellen Schritte auf seine langsamen ab, ein bisschen als müsse sie Rücksicht nehmen auf jemanden, der verletzt war und doch zu laufen versuchte. Wenn er Évi mit Einkäufen sah, nahm er ihr die Netze aus der Hand, stellte sie in den Aufsatz vor seinem Lenker, fuhr sie durch die Felder und legte sie auf Évis Küchentisch. Manchmal stand er wie ein Wachposten unter unseren Linden, und bis in den späten Abend konnten wir seine Schritte hören, wenn er vor den Zaunlatten auf und ab ging. Genauso schnell wie er am Tag nach Zigis Abreise auf einem der wieder schiefen Stühle gesessen hatte, verließ er Évis Garten, sobald sich Zigi ankündigte, in Briefen auf farbigem Papier, die eine Weile ungeöffnet auf dem Küchentisch lagen, obwohl Évi sie schon lesen konnte, und solange Zigi hier war, hielt er diesen Abstand, zu dem ihn niemand gedrängt und den er ganz von selbst abgesteckt hatte. Auch wenn ihm der Blick auf den Putz der Wände schwerfallen musste, auf die Ziegel, die vom Dach glitten, und die Regenrinne, die sich nach jedem Schauer weiter zu senken drohte, hatte er aufgehört, an Évis Haus etwas ausbessern zu wollen. Aber wir wussten, dass Évi ihm bloß ein Zeichen zu geben brauchte, und er würde seinen Koffer mit den Werkzeugen holen und anfangen. Etwas war mit Karls Vater geschehen, nicht nur, weil er nach Zigis Abreise seinen Bart mit einem scharfen Messer abgenommen hatte und sein Gesicht zeigte, das er bislang dahinter verborgen hatte. Sein

Blick war anders geworden. Wenn er uns anschaute, war es, als könne er uns jetzt auch sehen, nicht wie früher, als er uns nie erkannt hatte. Er trug leichtere Hemden und hellere Hosen, die ihm die Strenge nahmen, die Aja und mich oft verschreckt hatte. Nur den dunklen Regenmantel behielt er an, als sei es für den Augenblick noch zu viel, ihn einzutauschen gegen einen anderen, der nicht so schwer auf seinen Schultern liegen würde.

Obwohl sich Karls Vater zurückgezogen hatte, sobald sich Zigi am schiefhängenden Tor gezeigt, sobald er es angehoben und die Steinchen durch den Staub geschoben hatte, sobald er seinen schwarzen Koffer hinters Fliegengitter in Évis schmalen Flur gestellt hatte, um die wenigen kurzen Wochen eines langen Jahres hier zu verbringen, und obwohl die Männer keinen Wettstreit mehr austrugen, kämpfte Aja noch immer gegen Évi. Sie hatte Karls Vater erlaubt, in ihrer Nähe zu sein, auch wenn er dabei nichts anderes tat, als vor dem Zaun auf und ab zu laufen, Kuchen auf seinem Fahrrad ins Städtchen zu bringen, an den Nachmittagen unterm Birnbaum zu sitzen und bei alldem nichts zu sagen. Wenn Évi im Türrahmen stand und ihm erklärte, welche Bestellungen er in den nächsten Tagen ausfahren müsse, drängte Aja sich dazwischen, und wenn sie fand, Karls Vater habe oft genug vor dem Küchenfenster gewartet, nahm sie einen von Zigis farbigen Briefen aus dem Stapel und wedelte damit vor Évis Augen, als könne Évi sie vergessen haben. Sie warf Steine gegen die Speichen seines Fahrrads, bis Évi schimpfte, sie solle aufhören, und wenn sie am Abend hineingehen sollte und Karls Vater noch nicht losgefahren war, machte sie sich steif und klammerte sich an den Stamm ihrer Linde. Évi musste sie an den Knöcheln fassen, so in ihr Zimmer tragen und mit schmutzigen Füßen aufs Bett legen, wo sie in Kleidern schlief, weil es Évi nicht gelang, sie auszuziehen. Als Karls Vater nach Zigis Abreise den Handlauf aus Metall wieder angeschraubt hatte, weil Évi ihm wenigstens so viel hatte zugestehen wollen, hatte Aja die Kuchenbestellungen vertauscht, die Namen mit Spucke von den Kuchenblechen gewischt und falsche Zettel an die Teller geheftet, weil sie glaubte, Évi trage Schuld, sie habe Karls Vater aus dem Haus mit den geschlossenen Läden gelockt und in ihr Leben gelotst, obwohl Aja dort keinen Platz für ihn vorgesehen hatte. Karls Vater war an diesem Tag umhergeirrt, war die Gartentore abgefahren, hatte Honigbaisers und Hefezöpfe aus den Kästen genommen, um sie vorzuzeigen, und da er dabei kein Wort über die Lippen gebracht hatte, hatte er Stunden gebraucht, bis er alle Bleche und Teller ausgeliefert hatte. Am Abend war er blass und erschöpft gewesen, hatte in Évis Küche drei große Gläser Wasser mit Sirup getrunken und sich mit seinem kaum sichtbaren Winken eilig verabschiedet. Aja war ihm über die losen Platten zum schiefhängenden Tor nachgelaufen, hatte unter ihrer Linde gestanden und an ihrem Kleid gezupft, als warte sie noch auf etwas, das von ihm kommen müsse, und bevor er sich auf den Sattel geschwungen hatte, hatte er sich zu ihr gedreht, sich ans Kinn gefasst, als taste er nach seinem blonden Ziegenbart, den er nicht mehr trug, und sie angeschaut, als wolle er sagen, ich weiß, du warst es, du hast es getan, aber ich werde auch darüber kein Wort verlieren.

Während Karl und ich an Ajas Scheitel vorbei in die Höhe schossen, hörte Aja auf zu wachsen, kurz nachdem Zigi den Bus genommen und Karls Vater sich wieder an die geöffneten Läden zu Évis Küchenfenster gelehnt hatte. Sie hatte die Lust daran verloren, die Fersen und Schultern an den Türrahmen zu drücken und Zentimeter für Zentimeter neue Striche mit dem Bleistift auf die Wand zu setzen. Vielleicht wünschte sie, alles könne bleiben wie in den Herbsttagen, als Zigi Karls Vater zurückgedrängt, als er ihn durch den schmalen Flur an den Mänteln vorbei aus dem Haus, über die losen Platten aus dem Garten geschoben, die Nägel zurück in die Wand gesteckt und Aja auf die Armlehnen der Stühle gestellt hatte, damit sie wieder schief würden. Vielleicht konnte sie deshalb auch als Erwachsene noch Kleider und Schuhe in Mädchengrößen kaufen, ich jedenfalls erwische mich noch dabei zu glauben, Karls Vater sei schuld daran, dass Aja kleiner und schmaler blieb als die Seiltänzer und Trapezkünstler, die sie kannte. Jedes Mal, wenn ich ihn sah, auch Jahre später noch, wenn er den großen Platz überquerte, mit seinen schweren, langsamen Schritten, wenn er mit Karl im Herbst vor dem Sandsteinhaus das Laub zusammenfegte, wenn er sein schwarzes Fahrrad ohne Schutzbleche an Samstagen am Markt stehen ließ, musste ich denken, er hatte vor ihrem Fenster, vor ihrem Zaun, unter ihrer Linde gesessen, er hatte ihr die Lust zu wachsen genommen, an ihm lag es, dass Aja die Lust daran verloren hatte.

Évi sorgte sich, weil Aja kleiner blieb als andere Kinder, auch wenn sie sich streckte, wenn sie sich auf Zehenspitzen stellte und langmachte, und sie sah zu, dass Aja genug aß und jeden Tag lange an der Luft blieb, gab ihr nach dem Aufwachen süßen, klebrigen Saft aus einer braunen Flasche und konnte sich auch nach Jahren nicht damit abfinden, dass Aja in ihrem großen Bett immer zu viel Platz hatte, trotz der Kissen und Decken, mit denen Évi es aufzufüllen suchte. Wo Évi herkam, glaubte man, ein Kind wachse nicht, wenn man eine Leiter im Haus aufstellte und ihm die Schuhsohlen zeigte, aber Évi hatte niemals eine Leiter im Haus geduldet. Zigi hatte immer Stühle übereinandergestapelt, und zu Karls Vater hatte Évi gleich gesagt, wenn er in ihrem Haus etwas ausbessern wolle, müsse er sich etwas einfallen lassen, und dann hatte er den Tisch verschoben und war mit steifen Beinen auf seine Platte geklettert. In Ajas erstem Jahr, als sie auf den Straßen gelebt und Aja in Zigis aufgeklappten Koffer gelegt hatten, hatte Évi immer darauf geachtet, dass niemand, der sich vor Aja auf den Boden setzte, seine Schuhsohlen gegen sie richtete, und wenn, war sie sofort vom Seil gesprungen, um den Koffer mit Aja wegzudrehen. Mit ihren kleinen Händen und Füßen sah Aja immer aus wie ein Kind, das zu spät angefangen hatte zu wachsen oder zu früh aufgehört hatte damit. Évi wurde manchmal gefragt, ob Aja schon nach sieben, nicht nach neun Monaten auf die Welt gekommen sei, wie sie uns oft genug unterm Birnbaum erzählte, wenn wir im Schatten der Zweige im großen Tuch schaukelten, mit ihrem leichten Kopfschütteln, das immer zwei Strähnen in ihre Stirn warf, oder am Küchentisch, wenn wir Karamell in unsere Zahnlücken klebten, wenn wir Nüsse für den Kuchen putzen durften und die Schalen von einer Seite zur anderen über den schiefen Tisch springen ließen.

Als im Winter die großen Stürme über Kirchblüt fegten und mit ihrem Regen das Klack-Klack in Karls Kopf lauter werden ließen, lernte Aja auf dem Eis zu laufen. Karl und ich fanden sie fortan auf der Eiskunstbahn, die es seit letztem Winter gab, hinter den Fahrradwegen, die an Erdbeerfeldern vorbei aus Kirchblüt hinausführten. Wir fanden sie an den Abenden in der Halle, wenn die Bahn sich geleert hatte und die großen Fluter schon ausgeschaltet waren, wenn neben Aja nur noch jemand mit einem breiten Besen übers Eis glitt, um die von den Kufen aufgekratzten Reste an die Seiten zu schieben, und am Morgen, noch bevor die Schule begann, wenn sie ihre großen Kreise lief, um an Fahrt zu gewinnen, bevor sie sich in der Mitte erst langsam, dann immer schneller auf derselben Stelle drehte und Zigis Bewegungen, die Haltung seiner Arme und Beine aufs Eis zu übertragen schien.

Évi hatte ihr keine weißen, sondern rote Schlittschuhe gekauft, die sie im Sommer hatte bestellen müssen, damit sie im Winter geschickt wurden, und die Aja mit zwei Paar dicken Strümpfen trug. Keiner hatte ihr zeigen müssen, wie sie die Schuhe zu binden, die Schnürsenkel an den Haken zu führen hatte, und sie lief auf ihnen, wie ich es sonst bei niemandem sah, als hätten sie keine Kufen, die man in einer Bude neben dem Eingang schleifen ließ, als müsse Aja nicht erst lernen, sich auf ihnen zu halten, als habe sie eine Ahnung davon immer schon in ihrem Kopf gehabt und nur auf den Tag gewartet, an dem sie endlich

Schlittschuhe anziehen und loslaufen konnte, vorbei an allen anderen, mit weit ausgebreiteten, schwingenden Armen, mit großen, schnellen Schritten, die sie über die Jahre von Évi und Zigi abgeschaut haben musste. Évi hatte Aja diese Dinge beigebracht, sie hatte ihr an den Abenden gezeigt, wie sie die Arme zu halten hatte, den Kopf, die Beine, und wie sie sich abstoßen musste, um mit wenigen Schritten schneller zu werden. Nach den ersten Drehungen und kleinen Sprüngen hatte sie erkannt, sie konnte Aja mehr zumuten, sie musste nicht zu vorsichtig sein, weil Aja schnell lernte, wie sie sich zu bewegen, wie sie ihren Rücken, ihre Schultern zu halten hatte, um nicht auszurutschen, und wie sie fallen konnte, ohne sich zu verletzen. Wenn Évi sie nach der Arbeit abholte, rief sie übers Eis, es ist Zeit, wir gehen, und wenn Aja nicht hören wollte, sondern weiterlief, als sei Évi nicht da, als stünde sie nicht neben Karl und mir an der Absperrung, als winke und rufe sie ihr nicht zu, rutschte Évi schimpfend übers Eis, in Straßenschuhen, die nass wurden davon, packte Aja am Arm und zog sie zum Rand. Die kühle Luft, die Kälte auf dem Eis machten Aja nichts. Alles schien sie vor den Toren dieser Halle zu lassen, was sie sonst umgab, selbst Karl und mich in diesen Augenblicken zu vergessen, wenn sie sich in kreisenden Bewegungen entfernte von uns, von Kirchblüt, vom großen Platz und von den Feldwegen, die Weizen und Mais zerschnitten, und sich zu einem anderen Ort aufmachte, von dem wir nichts wussten und ahnten, auch wenn sie nur auf derselben Stelle um sich selbst kreiste, auf ihren roten Schlittschuhen, den Kopf in den Nacken gelegt, die Arme weit ausgebreitet.

Helle Tage kamen, während Aja übers Eis lief und auf Kufen zu tanzen lernte. Trotz des Winters reihten sie sich aneinander und überboten sich, übertrafen einander an Licht und Farben, die über den Schneefeldern lagen. Bis zu der Nacht, in der jemand einen schweren, spitzen Stein in Ajas Fenster warf und ohne Spur in der Dunkelheit verschwand. Obwohl Évi ohne Schuhe und Jacke, obwohl sie sofort hinausgeeilt war, hatte sie nichts mehr tun können, als zu schreien, als selbst einen Stein aufzuheben und über die schwarzen Felder zu werfen. Aja war nicht aufgewacht, sie schlief ruhig weiter, während Évi fluchend die Scherben auf ein Blech kehrte, das Fenster mit Pappkarton zuklebte und Decken davorhängte, weil die Nächte schon Eiszapfen an die Regenrinnen setzten, und so blieb es, bis Karls Vater es an einem Vormittag sah und schon am Nachmittag ein neues Fenster brachte. Évi konnte das Klirren und Scheppern des splitternden Glases nicht vergessen, sie höre es öfter, als ihr lieb sei, sagte sie, auch Wochen später noch, als Ajas Zimmer wieder ein Fenster hatte und meine Mutter versuchte, Évi aus ihrem Haus zu locken und etwas anderes für sie zu finden, schon wegen Aja, die nicht in einem Haus aufwachsen sollte, das im Winter nur in der Küche warm wurde und in dessen Fenster man nachts vom Feldweg aus große Steine warf. Ob Évi nicht näher am großen Platz, am Fotoladen wohnen wolle, fragte sie, aber Évi schüttelte den Kopf und nahm die Hände hoch, als sei schon die Frage zu viel, und sie müsse sie abwehren. Allein würde sie Évi nicht überreden können, und auf ihre Art, der man sich nicht widersetzen konnte, brachte sie Karls Mutter dazu, ihren eisblauen Mantel mit dem Kragen aus Kunstfell umzulegen, in den Wagen zu steigen, hinauszufahren und das schiefhängende Tor zu öffnen, das Fliegengitter zu lösen und im schmalen Flur die Hüte und Mützen zu streifen. In Évis winziger Küche spielten sie in Gedanken weiter, was hätte passieren können, und bei allem taten sie, als sei der Stein nicht vor Ajas Bett auf den Fransen des Teppichs gelandet, sondern habe Aja getroffen. Die beiden Frauen redeten mit Évi wie Eltern mit ihrem Kind, wir konnten sie durch die dünnen Wände in Ajas Zimmer hören, den spitzen, scharfen Ton meiner Mutter und die leise Stimme von Karls Mutter, mit der sie langsam jedes ihrer Wörter setzte. Évi sagte, wenn sie aufwache, müsse sie die Tür öffnen und den Fuß ins Freie setzen können, sie brauche den Blick über die Felder, er müsse weit reichen, nicht nur bis zur nächsten Mauer, sondern bis zum Bahnwärterhäuschen und weiter, im Frühling bis zu den rapsgelben Feldern und im Herbst bis zum Tannenwald, wenn die kahlen Laubbäume den Blick dorthin zuließen. Sie brauche die Stille, die hier draußen nur die Vögel durchbrachen, wenn sie in der Regenrinne badeten und mit jedem Flügelschlag den Geruch der Fotos verjagten, der abends an ihren Kleidern und Fingern hafte, auch den der Münzen, die sie hinter der Ladentheke in die Kasse lege. Nichts könne sie nach Kirchblüt, in ein Haus mit Stockwerken locken, lieber würde sie weiter Decken und Planen vor die Fenster hängen und mit dem Hammer gegen die Leitungen schlagen, wenn es über Nacht Frost gegeben hatte, und zum ersten Mal klang es aus Évis Mund, als gebe es nichts mehr zu bereden. Aber etwas blieb in Ajas Zimmer, das nicht verschwinden wollte. Es war ins Bett gekrochen, in die Schubladen der Schränke, die Stoffe der Kissen und kurzen Gardinen, es drehte die feinen Papierfiguren an ihren Fäden und legte sich wie Staub auf die Pinsel und Stifte, die auf dem Teppich verstreut lagen, wie oft Évi die Fenster auch geöffnet ließ, damit der Ostwind das Geräusch von klirrendem Glas mitnehmen würde. Im Frühling strich sie die Läden mit blauer Farbe, weil die sich am besten in den Sommerhimmel füge, wie sie sagte, und meine Mutter begriff, nichts würde Évi verscheuchen, kein Frost und kein zersprungenes Glas, nichts würde sie dazu bringen, ihre wenigen Dinge zu nehmen und in die Nähe des großen Platzes zu ziehen. Sie ließen es sein, auf Évi einzureden, aber wir alle gingen weiter durch Kirchblüt und schauten in jedes Gesicht, um uns zu fragen, wer es gewesen sein könnte, der nachts den Stein durch Ajas Fenster geworfen hatte.

Wir wuchsen heran, während sich die Welt weiterdrehte, als kümmere sie sich nicht um uns, und unsere Mütter alles daransetzten, nicht aus dem Gleichgewicht zu geraten, zu stolpern und so zu stürzen, dass ihnen das Aufstehen zu schwer fallen würde. Lange Zeit waren sie in gutem Abstand nebeneinander hergelaufen, Évi in grünen Gummistiefeln, an denen immer Erde klebte, meine Mutter in flachen Schuhen, auf denen sie schnell lief, als habe sie ständig etwas im Sinn und zu wenig Zeit dafür, und Karls Mutter auf hohen Absätzen, die wir auf den losen Platten klappern hörten, wenn sie die wenigen Schritte zu Évis Tür ging, jetzt, da sie Karl an den Abenden wieder öfter abholte und sich nicht wunderte, wenn sie seinen Vater vor leeren Kuchenplatten sitzen sah, als habe er schon immer hier gesessen, als sei er mit seinem Fahrrad schon immer über die Feldwege rund um Évis Haus gefahren, um sich dann vor ihrem Küchenfenster davon auszuruhen. Unsere Mütter hatten darauf geachtet, sich nie zu nah zu kommen, keine hatte ihre vorgezeichneten Wege aufgegeben, selbst wenn diese sich berührt hatten, wenn sie einmal wie auf Glatteis ins Leben der anderen gerutscht waren, hatte sie schnell wieder etwas getrennt. Sie hatten Abstand gehalten und zugesehen, ihre eigenen Pfade nicht mehr zu verlassen. Erst seit Aja auf unserem roten Sofa gesund geworden war und Évi gehört hatte, in welchem Ton meine Mutter dem Arzt verboten hatte, Aja ins Krankenhaus zu schicken, seit sie gesehen hatte, wie meine Mutter die Decke über Aja gelegt und aufgepasst hatte, dass sie nicht verrutschte, seit Évi an zahllosen Nachmittagen mit Blick auf das gelbe Schilf zwischen den Fotos von Ben gesessen hatte, seit Karls Mutter an den Sonntagen in Évis Küche versucht hatte, die Dunkelheit vor ihren Augen zu vertreiben, hatten unsere Mütter ihre Wege nicht länger versperrt und angefangen, die Schranken davor langsam hochgehen zu lassen.

Aja lernte, ihre ersten Pirouetten auf dem Eis zu drehen, und an einem der wenigen Abende, an denen sie nicht zur Eislaufbahn gegangen war, hielten meine und Karls Mutter zufällig im selben Moment ihre Wagen vor Évis Zaun. Bevor Karl von seiner kahlen Linde stieg, bevor er seine Hosen glattstrich und die Hände abklopfte, sagte seine Mutter, es sei Zeit, die Kristallgläser einzuweihen, ob Évi und meine Mutter das nicht auch glaubten, und Évi ging schnell über den Weg mit den losen Platten, löste das Fliegengitter und nahm die Gläser aus dem kleinen Schrank über der Spüle, der wieder schief hing, seit Zigi im Herbst dagewesen war. Karls Mutter holte aus ihrem Wagen zwei Flaschen Winzersekt, den sie am Wochenende im nächsten Weingut gekauft und auf den tiefroten Sitzen ihres Wagens über die Landstraße nach Kirchblüt gefahren hatte, legte ihn ins Eisfach, und obwohl er nicht schnell genug kalt wurde, goss sie ihn in die Kristallgläser, die sie Évi vor langer Zeit geschenkt und die Évi nie benutzt, aber jede Woche mit einem Geschirrtuch abgewischt und gegen das Licht gehalten hatte. Hier, in Évis Küche, in der sich die Helligkeit an einem Nachmittag unzählige Male ändern konnte, so wie Bäume und Wind es gerade zuließen, fingen unsere Mütter an, du zueinander zu sagen. Plötzlich hatten sie Vornamen, Karls Mutter war jetzt Ellen und meine Mutter Maria, und Karls Mutter sagte zu Évi nicht mehr Frau Kalócs, wie sie es über Jahre getan hatte, sondern Évi. Ich hörte meine Mutter sagen, wenn sie Lotto spiele, kreuze sie jedes Mal die Zahlen an, die für unsere Geburtstage stünden, für Karls, Ajas und meinen, und es klang komisch, wie sie es sagte, als habe sie ein Geheimnis lange für sich behalten und könne es jetzt endlich loswerden. Évi und Ellen stießen darauf an, dass die Geräusche aus ihrem Kopf verschwänden, die klirrende Fensterscheibe und der ängstliche Flügelschlag eines Vogels, der sich im Vorhang verfangen hatte, und nach zwei Gläsern sagte Ellen, manchmal trauere sie dem Leben schon nach, und Évi erwiderte, aber du lebst es doch noch, wie kannst du so reden, du lebst es doch.

Seit sie Vornamen hatten, saßen sie öfter bei Évi und störten sich nicht an Karls stummem Vater, wenn er zwischen Birnbäumen an seinem Fahrrad und den Aufsätzen für Kuchen schraubte, auch Ellen störte sich nicht an ihm, die sich gab wie ein wohlerzogenes Mädchen und ihm sonst aus dem Weg ging. Als Évis Freunde in den kältesten Wochen des Jahres kamen, Évi Évike nannten und ihre Decken auf dem Boden verteilten, die Karten in Stapeln auf den schiefen Tisch legten und uns raten ließen, wo sie Herz As und Kreuz Dame versteckt hatten, Zigaretten rauchten und Aja eine Krone aus goldener Pappe aufs Haar setzten, die sie von Kopf zu Kopf weiterwandern ließ, saßen Ellen und meine Mutter manchmal auf schiefen Stühlen dazwischen, und wenn die Freunde ihre Lieder sangen und anfingen mit: Maria, Maria, tat meine Mutter ihnen den Gefallen und lachte darüber. Sie spielten Akkordeon mit geschlossenen Augen, als könnten sie die Tasten und Knöpfe dann besser finden, und wenn einen der Riemen auf der Schulter zu drücken begann, reichte er das Instrument zum Nächsten, der den Fächer auseinanderzog und das Rot darin zeigte, den Kopf zurückwarf und seine Füße bewegte, als müsse er aufstampfen. Wenn sie erzählten, dass sie auf einer Hochzeit gespielt, aber ins Haus nicht hineingedurft hatten, sie hätten vor den Fenstern im Hof bleiben müssen, dann schienen sich auch Ellen und meine Mutter zu ärgern, obwohl sie fremd wirkten, im Klang der Sprache, in die Évis Freunde immer wieder zurückfielen, und im Takt des Schifferklaviers, in ihren Blusen, die zu sauber und glatt, mit ihren Haaren, die zu gut gekämmt und gescheitelt waren, und es immer ein wenig aussah, als habe ein Kellner sie aus Versehen zum falschen Tisch geführt.

Ausgerechnet an einem späten Frühlingstag, der den Gewitterhimmel in Sekunden dunkel färbte und schwarze Wolken über die Platanen auf dem großen Platz jagte, gab Karls Vater dem langen Drängen nach und erlaubte Karl, die Läden am Haus zu öffnen und die Rosen zurückzuschneiden, die er in den Jahren zuvor hatte hochklettern und über dem Dach zusammenwachsen lassen. Trotz des nahen Donners war Karl zum Fotoladen gelaufen, und am Abend kam Évi mit Handschuhen und Gartenscheren, um Karl im kalten Regen zu zeigen, wie er die Rosen, die anders als ihre Rosen, die nur auf Tapeten gemalt waren, im Sommer dufteten und leuchteten, wie er diese Rosen schneiden musste, um sich nicht zu verletzen. Als Karl uns wenige Wochen später erzählte, sein Vater habe die Luke zum Dachboden geöffnet, die Klapptreppe herabgelassen und sei mit ihm nach oben gestiegen, habe die Kisten mit seinen Zeichnungen geöffnet, die Papiere auseinandergerollt und mit Karl eine Weile im Staub gestanden und gehustet, da reichte es Évi nicht, Blütenblätter aus dem feuchten Gras zu zupfen und vor ihren kleinen Altar zu werfen. Sie hatte auf den rechten Augenblick gewartet, die farbigen Zündhölzer zu nehmen, die ihr zu kostbar für die Flamme am Herd waren und die meine Mutter ihr Jahr für Jahr schenkte, um Évi an ihre Schulzeit zu erinnern, wie sie es nannte, weil Zündholz eines von Évis Lieblingswörtern gewesen war, eines, das sie auf unserem Sofa, unter unserer Lampe am liebsten geschrieben hatte. Évi hatte die Schachteln in einem ihrer schiefen Schränke aufgehoben, und jetzt nahm sie eine, steckte sie in die Tasche ihres guten Mantels, band ihr Haar zusammen, legte ein Tuch um den Kopf und lief mit uns Kindern den Feldweg hinab, in ihren grünen Stiefeln aus Gummi, zur Brücke über den Klatschmohn, zum großen Platz, öffnete das Tor zur Kirche, in die sie sonst nur an den Sonntagen und Feiertagen ging, um an dem kleinen Seitenaltar mit einem langen farbigen Streichholz eine Kerze anzuzünden, niederzuknien und sich zu bekreuzigen.

Zwei Frühlinge später fing Karls Vater wieder an, Häuser zu zeichnen. An den Abenden sah Karl das Licht in seinem Zimmer brennen, und am Morgen, wenn er aufwachte und aufstand, brannte es immer noch. Obwohl Évi ihm oft genug sagte, er solle nicht, er müsse nicht, sie würde schon jemanden finden, wollte Karls Vater nicht aufhören, ihren Kuchen auszufahren, als habe er ein Gelübde abgelegt und dürfe sich nicht mehr daraus lösen. Er bestand darauf, an den Vormittagen mit dem Fahrrad zu Évi hinauszufahren, die Kuchenteller in den Aufsatz vor seinen Lenker zu schieben und im Städtchen zu verteilen, in seinem dunklen Regenmantel, in dem sich der Fahrtwind fing, weil er ihn nie zuknöpfte, als kenne er kein Wetter und keine Jahreszeiten.

Als er das erste neue Haus gebaut hatte, sagte Karl, wir sollten es anschauen, und wir fuhren mit den Rädern über die schmalen Wege, die an der Eisbahn vorbei in die Erdbeerfelder führten, bis wir vor einem Zaun stehen blieben, zu dem nur das Tor noch fehlte. Aja und ich erkannten es sofort. Karl hatte nichts zu sagen gebraucht. Es war groß, es war nicht schief, es hatte ein neues, dichtes Dach und einen Garten ohne Birnbaum, und doch sah es aus wie Évis Haus, ein bisschen so, als würde es schweben.

Die Ufer des Neckars

Karl und ich hörten irgendwann auf, unsere Räder zu schlagen, und wir erinnerten uns später nur daran, wenn wir auf einer Wiese, an einem Strand ein Kind sahen, das ein Rad schlug, und uns fragten, wann wir damit aufgehört hatten, an welchem Tag, zu welcher Stunde. Aja schlägt heute noch ein Rad, wenn ihr danach ist, genauso leicht und sicher wie früher, wann immer sie Lust dazu hat und etwas in ihr sagt, jetzt wäre die rechte Zeit, die Hände aufzusetzen, die Beine hochzureißen und sie einen schnellen halben Kreis später wieder aufzustellen. Es macht ihr nichts, wenn ihre Hände schmutzig werden und Steinchen daran kleben, wenn ihr Rock beim Drehen herunterfällt und ihre Beine zeigt, denen man das viele Schlittschuhlaufen ansieht. Wenn sie zum Stehen kommt, schiebt sie die Füße zusammen und schaut eine Weile auf den Rasen, den Sand, den Kies, als müsse sie ihre Bewegung mit diesem Blick abschließen. Ich frage mich oft, wann hat es aufgehört, wann haben wir aufgehört, in Évis Küchenfenster zu sitzen, mit hochgezogenen Knien, vor uns, auf den Brettern aus dunklem Holz, die Zigi zu einem Küchenboden gezimmert hatte, Évis Hühner und Hasen, wenn der Wind zu stark an ihrem Verschlag gerüttelt und Évi es nicht übers Herz gebracht hatte, sie länger draußen zu lassen. Wann hatten wir zum letzten Mal so gesessen, zwischen Évis Tieren in ihrer kalten Küche, bevor es anfing, uns nicht mehr zu genügen, durchs beschlagene Fenster auf unsere Linden zu sehen und auf den Tag zu warten, an dem sie ihr erstes Grün zeigen würden. Wann fingen wir an zu wissen, der Frühling trägt keinen Hut mit gelben Bändern, er klopft auch nicht an die Tür, um den Winter abzulösen, er rollt einfach über die Felder, weil es zum Spiel und Wechsel der Jahreszeiten gehört. Früher hatten Karl und ich nie gesehen, dass der Weg vom schiefhängenden Tor zur Brücke über den Klatschmohn nichts als Staub und Schlamm war, es hatte uns nie gekümmert, dass an Évis Haus alles krumm und schief war, und wir hatten weggehört, wenn man uns auf dem großen Platz hatte fragen wollen, wie Évi und Aja darin leben konnten. Aber irgendwann fingen selbst wir an zu spüren, wie klamm es dort werden konnte, wenn es im Herbst schneekalt geworden war, wie Aja es nannte, wenn es über Nacht schneien würde. Trotz der Decken, die Aja aus den Zimmern holte und Karl und mir um die Schultern legte, hatten wir begonnen, in Évis Küche zu frieren. Nur Évi und Aja schienen gefeit gegen die Kälte, wenn sie durch die Schlitze und Risse in den Fensterrahmen drang, die Évi versucht hatte, mit Watte zu stopfen. Ajas Hände und Füße wurden nicht kalt, und Évi reichten die Strickhandschuhe ohne Finger, wenn sie abends unter einem schwachen Licht am Küchentisch saß, um in Zigis Briefen zu lesen.

Ich weiß den Tag nicht mehr, an dem das eine aufhörte und das andere begann, aber es hörte auf, irgendwann hörte es auf, im Winter wird es gewesen sein, in dem Karls Vater wieder so zu reden anfing, wie er es früher einmal getan hatte. Es muss nach dem Sommer mit der Weberknechtplage gewesen sein, die es aus dem Norden bis zu uns nach Kirchblüt, bis zu den Feldern, die Évis Garten umgaben, geschafft hatte, bis in unsere Linden und Évis Haus, wo sie sich als grauer Schatten in die Ecken rund um die Türrahmen gesetzt hatte. Évi hatte damals Klebestreifen aufgehängt, und Aja hatte sich darin verfangen, sie hatten ihre dunklen Locken verfilzt, und Évi hatte sie bis auf einen kurzen, störrischen Rest abschneiden müssen, Strähne für Strähne, in denen der Kamm steckengeblieben war. Seitdem kämpfte sie um jeden Zentimeter mehr, wenn sie Zeitungspapier auslegte und Aja unterm Birnbaum die Haare schnitt, mit ihrer rosafarbenen Schere, die sie aus dem Koffer mit den Nagelfeilen und Watteböllchen nahm, vor einem Spiegel, den Zigi besorgt hatte und den sie auf den langen Holztisch stellte, auf dem sonst die Kuchenplatten standen, die Karls Vater in den Aufsatz vor seinem Fahrrad schob. Aja hielt ihre flache Hand ans Ohr, um Évi zu zeigen, wie kurz ihr Haar werden sollte, und Évi legte ihre Hand darunter, um einen Zentimeter mehr herauszuschlagen, bis Aja den Kopf oft genug geschüttelt hatte und Évi aufgab, weil sie wusste, wenn sie es nicht tat, würde Aja es selbst tun. Aja vergaß die Länge ihrer Haare nur, wenn Zigi im Herbst kam, wenn er die Wiese mit der Sense schnitt und Aja das Gras in einen Korb hinter den Hasenställen warf, wenn er unter den Bäumen auf die Hände sprang, wenn er Holzreife an Armen und Beinen kreisen ließ und die Kinder aus den Straßen rund um den großen Platz kamen und über Évis Zaun schauten. Erst wenn Zigi abfuhr, wenn sie ihn am Morgen zum ersten Bus gebracht hatten, wenn Évi auf dem Rückweg ein Rad nach dem anderen geschlagen hatte, gegen die Stille, die sich ohne Zigi in ihrem Haus ausbreiten würde, wenn Aja sich dann hinter der Tür an den Kopf fasste, um ihre Mütze abzuziehen, erst dann fiel ihr auf, ihr wirres Haar, ihre Locken waren schon über die Schultern gewachsen.

Nach dem Sommer mit der Weberknechtplage hatte sich selbst der Wald verändert, auf dessen Irrwege hinter der Lichtung wir uns oft geflüchtet hatten, um uns dort zu verlaufen und jedes Mal nur schwer wieder herauszufinden. Plötzlich kannten wir seine Pfade, wir wussten, wie wir zu gehen hatten, selbst wenn wir abkamen vom Weg, schreckte uns die Dunkelheit nicht, wir hatten keine Angst, wir könnten aus dem Dickicht, in dem wir uns früher verfangen hatten, nicht mehr herausfinden. Vieles ließen wir hinter uns in dieser Zeit, nicht bloß das Radschlagen und den Wald mit seinem See, der vor unseren Augen kleiner und flacher geworden war. Zigi driftete weg und verlor seine Umrisse, für Karl und mich jedenfalls war es schwieriger geworden, ihn in Gedanken heranzuholen und scharf zu zeichnen. Jedes Jahr fuhr er auf einem Schiff in einen Horizont, der zu fern war, um ihn sich vorzustellen, und er kehrte erst zurück, wenn Évi von ihm erzählte und ihn zwischen tiefhängenden Kabeln und Zetteln für Kuchenbestellungen am Trapez schwingen ließ. Auch Karls Bruder verschwamm in den Bildern unserer Erinnerung, Aja und ich hörten seine Stimme nicht länger, wir sahen seine puderweiße Haut nicht mehr, und wie wir unseren Kinderblick verloren, verloren wir auch die Zeit, in der wir in unseren Linden gesessen hatten, im Herbst zwischen ihren gelben Blättern, die wir hatten hinabsegeln lassen, im Sommer unter ihren Pollen, die wie Fäden aus Watte an unserer Haut haften geblieben waren. Wir ließen die hellen Tage hinter uns, in denen wir leicht durch die Minuten und Stunden gesprungen waren, uns im Kreis immerzu nur um uns selbst gedreht hatten, in unserer winzigen, fest abgesteckten Welt zwischen Évis Garten, dem Schultor, dem Glockenschlag des Kirchturms und den Wegen hinaus zu den Erdbeerfeldern, wo unsere Blicke nie über die Ränder gereicht hatten. Nie hatten wir uns um etwas kümmern müssen, weil sich diese Welt auch ohne unser Zutun im selben Takt, mit demselben Klang ununterbrochen weiterbewegt hatte.

Über Aja kamen diese Jahre, die unsere Kindheit ablösten, wie eine Krankheit, die für den Moment unheilbar blieb, gegen die sie nichts tun und nichts nehmen, der sie nur entwachsen konnte. Schon am Morgen erklärte sie Évi ihren Krieg, und es störte sie nicht, wenn Karl oder ich dabei waren, und weil Évi keine Lust hatte, schon beim ersten Kaffee gegen Aja antreten zu müssen, nahm Aja ihre roten Schlittschuhe von dem schwarzen Haken an der Tür, hängte sie über die Schulter, sprach, nachdem sich Évi ihr verweigert hatte, zu den Tauben in ihrer Linde, zu den Krähen auf den Feldern, mit ihren lauten, schnell gesetzten Wörtern, sprang über Pfützen und lief den schmalen Weg zur Brücke über den Klatschmohn, als sei ihr kalt, als fröstele sie, die Schultern hochgezogen, als wolle sie Hals und Ohren verstecken, die Hände tief in ihren Manteltaschen, weiter über den großen Platz, wo sie auf der anderen Seite hinter Zäunen und Hecken einbog und aus meinem Blick verschwand. Aja verbrachte mehr Zeit auf der Eisbahn als mit Karl und mir, und wenn wir zusammen sein wollten, mussten Karl und ich auch Schlittschuhe überziehen oder Aja von den klammen Holzbänken aus zuschauen, wenn sie Anlauf nahm, den Oberkörper leicht nach vorne beugte, wenn sie die Arme ausbreitete, mit wenigen großen Schritten schneller wurde und aussah, als wolle sie sich selbst entkommen.

Die Tage waren fern, an denen Aja auf dem großen Platz so gebrüllt hatte, dass sie rote Flecken bekommen hatte und die Menschen zusammengelaufen waren, und Évi hatte schon vor einer Weile angefangen, darüber zu lachen. Was jetzt kam, war schlimmer, weil es morgens schon da war und bis zum Abend anhielt, und weil Aja nicht ein einziges Mal aufhören konnte, auf Évi herabzuschauen, als sei sie plötzlich größer geworden und über Évis Scheitel hinausgewachsen. Sie schien Freude daran zu haben, Évis Aussprache nachzuäffen und ihr die Fehler vorzuhalten, die sie noch immer in jedem Satz machte. Wenn Évi Artikel vertauschte und Zeitformen verwechselte, verbesserte Aja sie in einem Ton, in dem alles nach Vorwurf klang, als sei Évi eine Schülerin, die sich nie genügend anstrengte. Évi setzte Endungen an die Wörter, wo sie nicht hingehörten, sie sprach die As und Es noch immer sonderbar aus und bildete die Mehrzahl so, dass Karl und ich früher hatten darüber lachen müssen. Jetzt, da Aja sie immer wieder daraufstieß, wollte Évi nicht mehr aufhören, darüber zu schimpfen, wer diese Artikel vor die Wörter gestellt habe, warum es das Haus, aber die Treppe heißen müsse, warum der und nicht die Mond, wo es doch ein weiblicher Mond sein müsse, weil doch auch die Sonne eine weibliche Sonne war. Je langsamer dabei die schnellen, leichten Bewegungen ihrer Hände wurden, desto wilder und heftiger wurden Ajas, und Évi konnte kaum mehr einen Satz sagen, ohne dass Aja die Hände hochnahm, um sie zu unterbrechen und zu verbessern, in diesem spitzen, kläffenden Ton, der nach den kleinen Hunden klang, die in Kirchblüt an den Zäunen hochsprangen und bellten, wenn wir mit den Rädern vorbeifuhren. Aja redete so, bis Karl und ich es nicht mehr aushielten, wir wollten nicht mehr hören, wie sie mit Évi umging und ihr nach jedem Satz vorschrieb, wie sie ihn zu betonen hatte. Manchmal sagte Évi in ihrer Sprache dann etwas wie: Der liebe Gott schlägt nicht mit dem Stock, und Aja übersetzte es für Karl und mich und verdrehte die Augen. Je verzagter, je stiller Évi wurde, je weniger Lust sie hatte, etwas zu sagen, je länger sie die Wörter in ihrem Mund ließ und zwischen den Zähnen hin- und herschob, bevor sie hinausdurften, desto schneller und lauter sprach Aja, und es hörte sich an, als habe sie Gift in ihre Stimme gemischt, als habe sie Gift geschluckt, das ihren Mund verzerrte und ihr lautes Reden noch lauter werden ließ.

Mich schmerzte es, wenn ich beide so sah, weil ich niemanden kannte und niemandem begegnet war, der inniger miteinander gewesen wäre, als Évi und Aja es gewesen waren, selbst wenn sie nur nebeneinander gelaufen waren, ihre flinken Schritte aufeinander abgestimmt, schon wie Évi über Ajas Haar gestrichen hatte, über die dunklen, störrischen Strähnen, wie sie ihren Blick auf Aja gerichtet und ihr zugenickt hatte, als könne nichts wichtiger sein als das, was Aja ihr zu sagen hatte, und wie sie Aja an den Schultern gefasst hatte, wie sich die beiden überhaupt immerzu an den Händen gehalten und berührt hatten. Wenn Aja ihr später doch einen Kuss zum Abschied gab und Évi sagte: Lass deine Judasküsse, fragte ich mich, ob ich die beiden noch lange beim Waldsee finden würde, wie in allen Sommern zuvor, wenn ich ihre Stimmen schon von weitem gehört hatte, ihre Rufe, ihr lautes Lachen, wenn sie ungestört waren, wenn sie sich allein und unbeobachtet geglaubt hatten, wenn Aja die Arme auf Évis Schultern gelegt und sich festgehalten hatte, wenn sie auf Évis Rücken am Steg vorbei auf die andere Seite geschwommen war, wenn sie die Luft angehalten hatten, kopfüber hinabgetaucht waren, ihre Hände an einer flachen Stelle auf den Grund gesetzt und ihre schmalen Füße aus dem Wasser gestreckt hatten.

Wenn auch ihr Körper nicht weiterwuchs, wuchs Ajas dunkles, wirres Haar, das sie von Zigi haben musste, schneller, als unser Haar wuchs, und ihre Gedanken bewegten sich schneller durch ihren Kopf, als müssten sie kaum Wege und Strecken zurücklegen, als strebten sie weg von Ajas Körper, der bei dieser Geschwindigkeit nicht mithalten konnte und das Wachsen lieber aufgegeben hatte. Aja ließ ihre Einfälle aus ihrem Mund sprudeln, und Karl und ich mussten die Hand heben, um ihr zu bedeuten, sie solle sich zurückhalten, sie solle auch uns wieder zu Wort kommen lassen. Aja begriff und lernte ohne Widerstände, und trotzdem sprach sie in der Klasse manchmal so, als hetze sie jemand, alles in Eile zu sagen, als habe sie keine Zeit zu verlieren, als müsse sie ihrem kleinen Körper etwas entgegensetzen, als könne sie ablenken davon, dass alle anderen sie im Wachsen überholten und an ihr vorbeizogen, als könne sie den Abstand durchs Reden aufheben und einen Vorsprung wenigstens in Gedanken haben. Als Aja nach Kirchblüt gezogen war, war bald klar gewesen, sie würde aufs Gymnasium gehen, weil sie in der Schule zu den Besten und Schnellsten gehörte, man hatte Évi sogar angeboten, Aja dürfe ein Jahr überspringen. Évi hatte Angst davor gehabt, nicht nur, weil Aja dann noch kleiner sein würde als die anderen, sondern weil sie ihr nicht würde helfen können, weil sie selbst nur wenige Jahre zur Schule gegangen war und auch das zu weit zurücklag, weil sie nicht zurechtkäme mit all den Wörtern, wie sie geschrieben würden, was sie bedeuteten und welchen Artikel sie hätten. Mit der Zeit verflog ihre Angst, weil sie sah, Aja brauchte niemanden, der etwas erklärte, sie verstand alles wie von selbst, Évi musste nur den Küchentisch leerräumen und das Buch aufschlagen, aus dem sie lernen sollte. Während Aja Seite für Seite mit den drei Fingern ihrer rechten Hand umgeblättert, mit blauer Tinte in ihre Hefte geschrieben hatte, während sie Buchstabenreihen auf die vorgezeichneten grauen Linien gesetzt und unter die Absätze farbige Girlanden gemalt hatte, hatte Évi im Türrahmen gestanden, ohne sich zu rühren, und wenn Aja ihr Heft später zusammengeklappt hatte, hatte Évi die Stifte genommen und sie mit dem scharfen Obstmesser gespitzt.

Als wir aufs Kirchblüter Gymnasium gingen und Karl und ich im Lernen bald nachließen, als wir nur noch müde waren vom Sitzen und Zuhören und uns nichts mehr daran gefallen wollte, blieben Ajas Freude und ihr Eifer, und sie versorgte Karl und mich mit den Aufgaben, die sie schnell am Küchentisch gelöst hatte, auf dem Évi ihr Nähzeug, ihre Tassen und Teller beiseitegeschoben hatte, unter dem schiefen Fenster, in das sich Meisen setzten, wenn Évi am Morgen Körner gestreut hatte. Aja reichte uns die Lösungen auf einem Bogen Papier, und Karl und ich setzten sie Zahl für Zahl, Wort für Wort in unsere Hefte, im Sommer unter den Platanen des großen Platzes, im Winter auf den Treppen der Schule, bevor es zur ersten Stunde läutete. Aja war eines der wenigen Kinder, die nicht in den breiten ruhigen Straßen mit den großen Häusern lebten und doch aufs Gymnasium gingen, und wie sie Karl und mich in vielem überholte, hatte sie uns auch dabei überholt, war mit ihrem feuerroten Ranzen, der auf ihrem Rücken tanzte, an uns vorbei in eine Welt gesprungen, die ihr schnell gehörte, während sie Karl und mir in Teilen immer fremd blieb. Aja war durchs große Tor über die grauen Steinstufen und die Backsteingänge unserer Schule gelaufen und hatte alles sofort in Besitz genommen, als hätte es sich nach ihr ausgerichtet, als hätten sich die Dinge um sie angeordnet, sobald sie aufgetaucht war, als habe sie jeden Winkel, jede Tür und hinter den Treppen jeden Gang sogleich gekannt und sich darum so sicher und leicht bewegt, sicherer und leichter als alle anderen zwischen Formeln und Fragen, zwischen Zahlen und Wörtern, die sie auseinandernahm und zusammensetzte, wie es ihr einfiel, und mit denen sie zu jonglieren wusste, so wie

Zigi mit den Reifen aus Holz, die er hintereinander hochjagte und mit den Füßen auffing.

Seit unsere Mütter an einem Winterabend in Évis Küche angefangen hatten, du zueinander zu sagen, hatten auch wir Kinder Namen. Karls Mutter Ellen hatte Aja und mich früher nie mit Namen angesprochen, aber jetzt sagte sie Therese und Aja, und wir wunderten uns, dass sie unsere Namen kannte, wo sie uns immer nur die Mädchen genannt und Karl gefragt hatte: Siehst du die Mädchen heute?, Gehst du morgen zu den Mädchen?, oder: Was machen eigentlich die Mädchen?, wenn sie fand, er habe schon zu lange in seinem Zimmer gesessen und, weil es regnete, bunte Murmeln gegen sein Fenster geworfen. Seit Aja in unserem ersten Sommer meinen Namen rückwärts gesagt und sofort ein kurzes Seri daraus gemacht hatte, blieb dieser Name an mir haften, und mir ist nie der Gedanke gekommen, ihn zu ändern, Karl und Aja nennen mich heute noch so. Ausgesucht hatte meinen Namen mein Vater, zwei Tage bevor ich auf die Welt kam, war er ihm als der richtige, der einzige Name für mich eingefallen, und als er am Abend in der Tür gestanden und ihn zum ersten Mal gesagt hatte, habe es geklungen, als habe er den ganzen Tag darauf gewartet, ihn zu verkünden, erzählte meine Mutter oft, auch dass sie sofort gefunden habe, er habe keinen besseren, keinen hübscher klingenden Namen auswählen können. Noch bevor ich ihn hätte selbst sagen können, war mein Vater aus meinem Leben verschwunden. Als ich gerade anfing, Antworten zu geben und Fragen zu stellen, gab es meinen Vater nicht mehr, und er hat mir etwas hinterlassen, das ich seitdem in mir getragen habe und von dem ich gehofft habe, irgendwann berühre es mich nicht mehr, eines Tages könne ich es abstreifen und vergessen.

Es gibt Bilder von uns. Mein Vater hält mich hoch und lacht in die Kamera, er liegt mit mir im Gras und spielt mit einer Handpuppe, einem Wolf mit großen schwarzen Augen, er steht mit mir vor einem Sack voller Geschenke und zieht eines an seiner Schleife heraus. Ich kann keine Erinnerung an diese Momente haben, aber ich bilde mir ein, ich hätte sie, ich wüsste, wie es gewesen war, auf dem Arm meines Vaters zu sitzen, vor einem Sack voller Geschenke, oder im Gras mit ihm zu liegen. Ich bilde mir ein, ich hätte seinen Geruch nicht vergessen, ich wüsste noch, wie es sich anfühlte, meine Hände auf seine Wangen zu legen, wenn Sonntag war und er sich am Morgen nicht rasiert hatte. Ich denke an ihn, an jedem Tag denke ich an ihn, wenigstens einmal drängt sich ein Bild dieser winzigen Auswahl in meinen Kopf, schiebt sich vor meine Augen, und wenn ich tags nicht dazu gekommen bin, zeigt es sich, wenn ich am

Abend die Augen schließe und in den Schlaf sinke, als könne mein Tag sonst nicht enden. Meine Mutter hatte nie aufgehört, über meinen Vater zu reden, als habe er uns nie verlassen, als könne er abends mit seinen Mappen und Taschen noch in der Tür stehen und sein dunkles Haar aus der Stirn streichen, wenn er sich zu ihr beugt, als könne er noch neben ihr aufwachen, mit der flachen Hand auf den Wecker schlagen, damit es wieder still wäre, seinen Kopf auf ihr Kissen legen, als hätten sie noch einen Augenblick, als müsse er nicht aufspringen, den Morgenmantel überziehen und im Bad verschwinden. Nie hatte sie im Sinn, ihn zu ersetzen, wir sollten ihn nicht vergessen, und deshalb vergaßen wir ihn auch nicht und lebten weiter mit ihm. Wir sträubten uns gegen das Vergessen, wir hielten dagegen und wehrten uns mit jeder Faser. Ich brauchte meine Mutter nur anzutippen, und sie hatte eine Geschichte für mich, ich musste nur still auf unserem Sofa sitzen und zuhören, wenn sie anfing, Dinge zu erzählen, von denen ich nicht weiß, waren sie so oder waren sie nur erfunden, damit ich etwas hatte, an dem ich mich würde festhalten können. Es gelang meiner Mutter, etwas aus den Anfängen des Lebens mit meinem Vater mitzunehmen und für mich zu retten. Selbst wenn es meinen Vater nicht mehr gab, sollte unser kleines Dreieck, unser Spiel zu dritt, nicht ganz verloren sein.

Weil er die lange Strecke von Rom nach Hause nicht mit dem Nachtzug hatte fahren wollen, hatte mein Vater damals das Flugzeug genommen, und meine Mutter hatte ihn abgeholt, an einem Freitag im Mai, der nach zu vielen Regentagen zum ersten Mal trockenes, warmes Wetter gebracht hatte. Sie war früh aufgestanden, wie sie mir oft genug erzählte, um sich nicht eilen zu müssen und das Gefühl auszukosten, sich Zeit lassen zu dürfen, war im Morgenmantel zum Tor gegangen, um die Zeitungen aus dem Briefkasten zu holen und darin zu blättern, während sie langsam zwei Löffel Honig in ihren schwarzen Tee gab. Sie hatte lange vor dem Spiegel gestanden, die Haare zusammengesteckt, gelöst und wieder zusammengesteckt, war hinter Kirchblüt nicht zu schnell unter hellgrünen Kastanien über die Landstraße gefahren, hatte die Fenster heruntergekurbelt, damit der Fahrtwind den Frühling hineinwehte, auf den sie in diesem Jahr zu lange hatte warten müssen und der jetzt an ihrem Halstuch zupfte. Das Radio hatte sie nicht eingeschaltet, aus Angst, es könne ihr leichtes, unbeschwertes Gefühl zerstreuen, und als sie den Wagen am Flughafen abstellte, war noch Zeit gewesen, auf der Terrasse in den wolkenlosen Himmel über dem Rollfeld zu schauen und zu warten, bis das Flugzeug aus Rom landen würde. Sie hatte sich am Geländer festgehalten, in ihren zartgelben Lederhandschuhen, war dann schnell die breiten Treppen hinabgestiegen, auf ihren hohen Absätzen, in ihrem Frühlingsmantel, den sie nicht zugeknöpft hatte, und vor den Türen zur Gepäckausgabe stehen geblieben, mit einer Aufregung, die sie an den Händen spüren und seit der Schulzeit nicht ablegen konnte, als meine Eltern das Gymnasium besuchten, auf das später auch Karl, Aja und ich gingen. Sie hatte lange auf meinen Vater gewartet, länger als sonst, die Türen hatten sich viele Male geöffnet, mit einem leise schnappenden Geräusch, aber herausgekommen waren immer nur andere. Plötzlich war sie ängstlich geworden, obwohl sie selten ängstlich war, und erst später, als sie schon im Wagen zurückfuhren, den mein Vater lenkte, und sie eine Hand in seinen Nacken gelegt hatte, als müsse sie sich seiner versichern, war diese Unruhe, diese Angst verflogen. Mein Vater hatte lange warten müssen, sein Koffer war in Rom geblieben, man hatte gesagt, mit einer der nächsten Maschinen würde er nachkommen und sobald er da sei, bekäme er Post von ihnen. Als sich die Türen endlich geöffnet und meinen Vater hinausgelassen hatten, mit seinem Mantel, den er über die Schulter geworfen hatte, in seinem weißen Hemd, dem grauen Anzug, war meine Mutter auf ihn zugelaufen und hatte ihn länger und heftiger umarmt als sonst, hatte die Ellenbogen auf seine Brust, ihre Hände an seine Wangen gelegt, und so hatten sie eine Weile gestanden, dass jeder hätte denken können, sie hatten sich seit Jahren nicht gesehen, dabei waren es nur zwei Tage gewesen.

Es war der erste Sonntag seit langem, den sie für sich hatten und an dem sie wie früher, als es mich noch nicht gegeben hatte, am Morgen ihre Fahrräder schnappten und es über den nahen Wald und die Hügel bis zum Neckar schafften, von oben hinabschauten auf sein Flussbett, das hier schmaler war, auf sein dunkelgrünes Wasser, das an dieser Stelle, die sie gut kannten, heller wurde und in das sie sich an den heißesten Tagen des Jahres schon oft hineingeworfen hatten. Der April war kalt und nass gewesen, der Mai hatte nur zögernd ein dichteres Grün auf die Zweige gesetzt, und weil es der erste Tag war, der den Winter endgültig vertrieb, zogen sie ihre Jacken aus und banden sie an die Gepäckträger, um die laue Luft auf den Armen zu spüren. Sie waren ohne Eile, weil sie am Abend den Zug nehmen und nicht mit den Rädern zurückfahren wollten, breiteten ihre Decke mit Blick aufs Wasser und die silbergrünen Pappeln am anderen Ufer aus, legten sich in den Schatten der Bäume und strichen mit der flachen Hand übers Gras. Meiner Mutter fiel ein, wie sehr sie sich geängstigt hatte, wie unruhig sie vor zwei Tagen noch gewesen war, bevor mein Vater aus der Tür an der Gepäckausgabe getreten war, und jetzt, da sie sich neben ihm ausstreckte, ihre Schuhe an den Bändern gelöst und neben ihre Füße gestellt, ihren Kopf auf seine Hüfte gelegt hatte und in den Himmel sah, in seine endlosen Schichten von Blau, kehrte es plötzlich zurück zu ihr, dieses Gefühl der Unruhe, als habe es sich zwischen Wolken verfangen und auf den rechten Augenblick gewartet, herabzufallen und sich noch einmal auf sie zu stürzen. Unten am Wasser fuhren sie langsamer weiter, mit kurzen Pausen, wenn ihnen die Strömung gefiel, die Biegung des Flusses, wenn sie nicht wussten, was sich dahinter verbarg, und dann ihre Fahrräder an einen Baum lehnten, um hinabzulaufen, die Füße in die Wellen zu stecken, und Stöcke warfen, um zu sehen, wie der Fluss sie langsam mitnahm. Im gelben Licht des Nachmittags setzten sie mit der kleinen Seilfähre über, um wie an vielen anderen Sonntagen, wann immer es das Wetter erlaubt hatte, unter Trauerweiden auf einer Schiffsterrasse Kuchen zu essen.

Das Radfahren in der Sonne hatte meinen Vater hungrig gemacht, er bestellte zwei Stücke Viktoriatorte, den Kaffee nahm er schwarz, meine Mutter goss ihn aus einer weißen Porzellankanne, die der Kellner ohne nachzufragen auf ihren Tisch gestellt hatte. Mein Vater trank schnell und gierig, als wolle er seinen Durst mit heißem Kaffee löschen, und noch bevor sein Mineralwasser mit einer Scheibe Zitrone im Glas gebracht worden war, ließ er die Tasse fallen, die

Kuchengabel, die Serviette aus rosafarbenem Papier, griff an seine Brust, seinen Hals und kippte mit dem Stuhl so heftig nach hinten, als habe er sich mit den Füßen abgestoßen, gegen den Rücken eines Fremden, der sich umdrehte und ansetzte zu schimpfen, aber gleich aufsprang, um meinen Vater zu halten, den Stuhl, den Tisch, die Teller, die er mitriss, sich über ihn zu beugen und seine Schultern zu fassen, während meine Mutter sich auf die Knie fallen ließ, die Hand meines Vaters nahm, die er zur Faust geballt hatte, wieder und wieder seinen Namen sagte, mit jedem Mal lauter, seinen Blick suchte, und jemanden in die Schiffsküche schickte, der zwischen Tellerstapeln aus weißem Porzellan schrie, man müsse einen Krankenwagen rufen. Mit ihrer freien Hand versuchte sie, nach der Stelle zu tasten, wo sie seinen Herzschlag spüren könnte, aber es gelang ihr nicht, ihr eigenes Herz schlug zu laut und zu schnell, es war zu unruhig um sie, die Leute waren von ihren Stühlen aufgestanden und näher gekommen, sie redeten und raunten in einem engen Kreis, der sich zu meinem Vater hinunterbeugte, wie ein großer Trichter unter dem Licht der Nachmittagssonne, die weiter ihr weiches, zuckendes Gelb auf die Wellen des Neckars setzte.

Als sie meinen Vater auf einer Liege in den Krankenwagen schoben, der spät gekommen war, weil sie den schmalen Feldweg übersehen hatten, den man zum

Schiff hinab nehmen musste, sprang meine Mutter auf und schlug die fremde Hand weg, die sie zurückhalten wollte, als sie zu meinem Vater drängte, den sie zu beruhigen suchte, mit einem schsch, das sie mit jedem Mal leiser zischte, und dessen Hand sie hielt und drückte, als sie unter Blaulicht abfuhren, neben einem Schwarm Zitronenfalter, der plötzlich aus den Gräsern flog und zum Fluss flatterte. Noch am selben Abend kehrte meine Mutter ohne meinen Vater nach Hause zurück, in einer Tasche seine Kleider mit seinem Geruch, die man ihm ausgezogen hatte und die sie erst nach Wochen ausräumte, als sie glaubte, sie könne es aushalten, sie könne nun die Kraft aufbringen, seinen schmalen Gürtel auszupacken, seine dunklen, knielangen Hosen, die sie an ihm gemocht und die er schon deshalb gern getragen hatte, sein helles Hemd mit den Flecken von Kaffee und Viktoriatorte, ohne die vier cremefarbenen Knöpfe, die abgesprungen waren, als man es im Krankenwagen aufgerissen hatte.

Die Fahrräder waren hinter dem Kartenhäuschen zur Seilfähre an einen Baum gelehnt geblieben, meine Mutter ließ sie mit einem Lieferwagen holen und vom Fahrer sofort in die Garage stellen, um sie nicht mehr sehen zu müssen. Auf all ihren Gängen nahm sie jetzt mich mit, zur Pfarrei am großen Platz, über dem die Platanen schnell ihr dichtes Blätterdach ausgebreitet hatten, als wollten sie meiner Mutter zuliebe die Maisonne aussperren, zum Bestatter, der neben ihr hinter Milchglas saß und unter einem goldenen Kreuz Taschentücher reichte, zur Bank, wo sie Papiere auf den Tisch legten, und als meine Mutter nicht aufhören konnte zu weinen, sagten, es habe Zeit, sie solle ein andermal wiederkommen. Sie setzte mich nicht mehr in den Kinderwagen, sondern auf ihre rechte Hüfte, nahm ein breites Tuch, das man ihr zu meiner Geburt geschenkt und das sie bisher nie benutzt hatte, band mich darin fest, und es machte ihr nichts, wenn ihr schwarzes Kostüm zerknitterte, wenn ihr Rock verrutschte, wenn ich ihr auf die Ärmel, auf den Kragen spuckte. Es half ihr, wenn sie mich halten konnte, wenn ich meinen Kopf an ihre Schulter legte, meine Hände an ihre Wangen, wenn ich an ihrer Kette mit den großen Perlen, an ihren Ohren, ihren Haaren zog, die sie im Nacken zum Pferdeschwanz band. Sie sagte, ich sei ihr Trost gewesen, etwas von meinem Vater habe sie immer auch in mir gefunden, es sei da gewesen, jedes Mal, wenn sie mich angeschaut habe, und habe dafür gesorgt, dass sie am Morgen aufgestanden sei und bis zum Abend durchgehalten habe.

Als sie sich aufmachte ins Büro meines Vaters, das jetzt ihr gehören sollte, als sie vorfuhr und mit der schmalen Aktenmappe ausstieg, um etwas in den

Händen zu halten, das aussah, als würde sie gleich anfangen zu arbeiten, standen alle stumm vor der großen Glastür zum Treppenhaus und schauten auf meine Mutter, als warteten sie auf einen Befehl, auf ein Kommando, das sie geben musste. Meine Mutter sagte, es würde weitergehen, irgendwie würde es weitergehen, aber sie sollten nicht herumstehen, sie sollten zurückkehren an ihre Plätze und ihre Arbeit tun, und obwohl ihre Stimme zitterte und kaum zuversichtlich klang, waren alle mit leisen Schritten über die schmalen Flure zurück an ihre Schreibtische und über den Hof zur Lagerhalle gegangen. Als sie die Post durchsah und die Karte entdeckte, die vom Flughafen geschickt worden war, lief sie die Treppen hinab und fuhr los, um den Koffer meines Vaters zu holen, mit Kleidern und Dingen, die niemand mehr brauchte. Sie fuhr denselben Weg unter den Kastanien, deren helles Grün sich in wenigen Wochen dunkler gefärbt hatte und die ihr vorkamen wie stumme Zeugen, die alles gesehen hatten und alles wussten, seit sie mit heruntergelassenen Fenstern unter ihren Zweigen, in ihrem Schatten gefahren war, um den Frühling hereinzubitten, seit sie mit meinem Vater zurückgekehrt war, mit diesem Gefühl der Unruhe, das sich nur schwer aufgelöst hatte, und der verrückte Gedanke beschlich sie, diese Kastanien hätten schon vor Wochen gewusst, was ihr geschehen würde und darüber geschwiegen.

Als sie den Wagen abstellte, blieb sie noch eine Weile hinter dem Lenkrad sitzen, bevor sie auf ihren hohen Absätzen über den Steinboden ging, langsamer als sonst, als sei sie mit einem Mal unsicher, was sie erwartete. Sie zog die Sonnenbrille ab, zeigte ihren Ausweis, und da man ihr zunächst den Koffer nicht geben wollte, fing sie an zu weinen und ärgerte sich, dass sie nicht anders konnte, als in diesem winzigen Zimmer, in dem sich das Gepäck in Blechregalen bis zur Decke stapelte, vor einem Fremden zu weinen. Sie wagte kaum, den Koffer anzufassen, seinen Griff zu berühren, aus Angst, die Abdrücke der Finger zu verwischen, die letzten Spuren meines Vaters zu löschen, fasste ihn dann an den Seiten und trug ihn vorsichtig zum Wagen, als sei nicht schmutzige Kleidung, sondern etwas Zerbrechliches darin. Sie stellte ihn neben sich auf den Vordersitz, weil sie den Gedanken nicht ertrug, eine Klappe über ihm zu schließen, und wenn sie an einer roten Ampel, an einer Kreuzung hielt, legte sie ihre Hand aufs Leder und strich über die kalten Schlösser. Sie nahm ihn nicht heraus, und sie öffnete ihn auch nicht mit dem kleinen Schlüssel aus der Brieftasche meines Vaters, sie räumte ihn nicht aus. Sie ließ ihn im Wagen, mit der schmutzigen Wäsche und allem, was sich sonst darin befand, damit er sie begleite, wenn sie durch Kirchblüt fuhr, damit ihn jeder sehen konnte, den Koffer meines Vaters, den er gepackt hatte, wenn er nur einmal, zweimal übernachten musste, und mit dem er vor wenigen Wochen ein letztes Mal in Rom gewesen war. Jeder kletterte im Wagen sofort nach hinten, jeder wusste, neben meiner Mutter, auf dem Vordersitz, stand ein Koffer, und wenn sie jemanden mitnahm, dann nur auf dem Rücksitz.

Als der Spedition die Aufträge schwanden, weil sie niemand einer Frau anvertrauen wollte, überließ meine Mutter es bald den Angestellten, zu bleiben oder zu gehen. Alle, die sich auf die Zimmer an den schmalen Gängen verteilten, selbst die Fahrer und Packer, die wenig von den Büchern verstanden und vor dem Schreibtisch, der jetzt meiner Mutter gehörte, auf neue Aufgaben warteten, sagten, sie würden bleiben wollen, sie könnten warten, noch ein wenig könnten sie warten, auch wenn ihr Lohn erst mal nicht gezahlt würde, und meine Mutter fing an, sich Tag für Tag durch die Bilanzen zu arbeiten, Abend für Abend durch die Briefe, die Rechnungen und wenigen Aufträge, die ihr geblieben waren und über denen sie nachts einschlief. Alles musste sie lernen, alles musste sie neu lernen, zu zählen, zu denken, selbst zu reden. Sie hob den Telefonhörer und führte Gespräche in die Luft hinein, sie redete mit Leuten, die sie in Gedanken auf die beiden Sessel neben den Rauchtisch unters große Fenster setzte, sie ging durchs Zimmer und versuchte ihre Hände nicht zu bewegen, sie ruhig zu halten, weil sie glaubte, es gehöre zum sicheren Reden, das sie jetzt einübte, wann immer sie zwei Minuten hatte, auch das schnelle Unterzeichnen, bei dem ihre Schrift flacher und die Buchstaben unseres Namens von Mal zu Mal undeutlicher wurden. Sie nahm Italienischstunden bei einer jungen Frau aus Triest, die sich an zwei Abenden der Woche zu ihr an den Schreibtisch setzte, und sie las französische und englische Zeitungen, um sich in die Sprachen wieder einzufinden. Spät am Abend, wenn sich die Räume geleert hatten und die große Glastür viele Male ins Schloss gefallen war, stand sie vor den Landkarten und fuhr mit einem Zeigestock über die Wege, bis die schwarzen Linien vor ihren Augen verschwammen und ihr schwindlig wurde von den unzähligen Namen der Städte, Straßen und Häfen. Nachts drängte sich ihr noch etwas in den Sinn, das sich mit einem Lastwagen den Weg in ihren Traum gebahnt hatte, der über eine falsche Straße zu einem falschen Hafen gefahren war, und sobald sie die Augen öffnete, schlug sie schon die Decke zurück und zog den Mantel über, der neben ihrem Bett auf einem Stuhl lag. Dann lenkte sie den Wagen langsam durch leere Straßen, weil sie zu dieser Stunde ein wenig brauchte, um zu sich zu kommen und klare Gedanken zu fassen. Bis es hell wurde, saß sie am Schreibtisch und rechnete an einer lauten Maschine, in der sich das Papier weiterdrehte, jedes Mal, wenn sie auf die rote Taste gedrückt hatte, änderte Zahlen und Routen, setzte die richtigen Wörter in einen Brief, die ihr tags zuvor nicht hatten einfallen wollen, und wenn der erste Fahrer am Morgen die Treppen hochkam, fand er sie schlafend, ihr Kopf auf ihren verschränkten Armen, unter dem Mantel der Saum ihres Nachthemds auf ihren nackten Füßen, und da er nicht wagte, an ihre Schulter zu tippen, blieb er am großen Fenster hinter dem Rauchtisch stehen und wartete, bis sie erwachte.

Meine Mutter hörte auf, Schuhe mit Absätzen zu tragen, die sie beim schnellen Laufen störten und von denen ihr am Abend die Füße geschmerzt hatten, wenn sie viele Male über die Flure und über den Hof zu den Lagerhallen gelaufen war, um mit jedem zu reden, von dem mein Vater einmal gesprochen hatte. Sie warf die alten Schuhe in die Kleidersammlung der Kirche, ließ ihren Pferdeschwanz abschneiden, und, obwohl sie blass geworden war in diesen Wochen, das Haar zwei Töne heller färben, dass es in der Sonne fast blond aussah. Sie fing an, es mit einem spitzen schwarzen Kamm zu toupieren, zwei Strähnen so zwischen ihren Fingern zu drehen, dass sie sich vor ihren Ohren auf die Wangen legten, und wehrte sich nicht, wenn sie jetzt das Mädchenhafte an sich verfliegen sah. Die Kette mit den großen Perlen, die mein Vater ihr zu Weihnachten geschenkt hatte, trug sie nun jeden Tag, und ihren Ehering legte sie auch beim Baden nicht mehr ab. Aber die Hälfte des Ehebetts ließ sie abbauen, weil ihr die Leere den Atem nahm und ihr das dunkle Holz zu hart und zu kalt geworden war, wie sie sagte. Die Kleider und Schuhe meines Vaters verschenkte sie an den Erstbesten, der ihr einfiel und dem sie sagte, er müsse sich beeilen, zu lange könne sie es nicht aushalten, wenn er die Kisten über die Treppen wegtrage und in den Wagen lade. Mit dem Fahrrad fuhr sie nicht mehr. Seit es in die Garage gestellt worden war, hatte sie es nicht mehr angeschaut, und sie sträubte sich lange, eins für mich zu kaufen. Sie mied Schiffe und Schiffsterrassen, und wenn Évi in den Anfängen Viktoriatorte gebacken hatte, hatte meine Mutter gesagt, die müsse Évi selbst ausfahren, bis Évi sie von ihrer Liste strich, und wenn sie doch jemand bestellen wollte, sagte sie, Viktoriatorte könne sie leider keine backen. Wenn meine Mutter mich sonntags auf den Rücksitz setzte und mit dem Wagen hinter Erdbeerfeldern unsere kleine Stadt verließ, damit wir uns die Zeit im Grünen vertrieben, fuhr sie überallhin, nur nicht an den Neckar.

Mein Vater hatte sich für Bücher begeistert, nicht für die Wasserhähne oder Gardinenstangen, die unter roten und gelben Planen durchs Land geschickt wurden. Er hatte nicht vorgehabt, unter Straßenkarten zu sitzen und sich auszudenken, wann welche Fracht gefahren werden müsste. Aber als sein Vater starb, hatte er wenige Tage später dort weitergemacht, wo mein Großvater aufgehört hatte, und sich nie beschwert, etwas tun zu müssen, das er nicht selbst gewählt hatte. Meine Mutter trieb die Vorstellung an, der Name meines Vaters würde auch weiter in die Welt getragen, auf gelben und roten Planen, über ein Netz aus Straßen und Wegen, aus Tunneln und Brücken, das nur dazu diente, diesen Namen in großen schwarzen, nach oben strebenden Buchstaben zu zeigen, damit jeder, der unsere Wagen vorbeifahren sah, ihn lesen und sich einprägen konnte. Sie ließ meinen Vater nicht aus unserem Alltag verschwinden, nur deshalb hatte sie seinen Platz eingenommen, deshalb stand sie schon am Fenster neben dem Rauchtisch, bevor sich die Tore zu den Lagerhallen öffneten und die ersten Fahrer hochwinkten. Es dauerte nicht lange, bis man erkannte, auch meiner Mutter konnte man Aufträge anvertrauen, auch eine Frau konnte Aufgaben erfassen und ohne Fehler erledigen, und es war Verlass auf sie, vielleicht sogar mehr, als auf meinen Vater jemals Verlass gewesen war. Als ich in den Kindergarten ging, kannte jeder dort meinen Namen, und als ich eingeschult wurde, hatte sich die Zahl der Fahrer und Wagen verdoppelt. Die Zeitungen fingen an, über meine Mutter zu schreiben, weil sie auf ihre Art zu arbeiten aufmerksam geworden waren. Wurde sie nach ihrem Leben als Witwe gefragt, sagte sie, darüber werde sie nicht reden, weil es nichts mit ihrer Arbeit zu tun habe, obwohl doch jeder wusste, nichts hatte mehr damit zu tun als mein Vater und ihr Leben ohne ihn.

Es dauerte Jahre, bis meine Mutter bereit war, mit mir zum Friedhof hinauszugehen, weil sie glaubte, nur alte Leute solle er beherbergen, aber niemanden wie meinen Vater, hinter der Brücke über den Klatschmohn, der Mauer aus Sandstein und dem schwarzen Tor mit den Eichblättern, das auch nachts geöffnet blieb. In den zähen Morgenstunden, wenn sie nicht aufhören konnte, nachzudenken, wie es weitergehen würde mit uns, in den langen Minuten am Abend, bis sie in den Schlaf fand, an allen stillen Sonntagen, die wir ohne meinen Vater verbrachten, hatte sich in ihre Trauer etwas wie Unmut gemischt, als könne sie meinem Vater nicht verzeihen, sie so früh mit mir allein gelassen zu haben. Vielleicht gelang es ihr deshalb, nie vor seinem Grabstein zu weinen, jedenfalls nicht vor mir, wenn ich über die schmalen Trampelpfade zwischen den Steinen lief, in weißen Schuhen und Strümpfen, auf die sich bei jedem Schritt, bei jedem Sprung mehr Staub legte.

Aber seit sie angefangen hatte, zum Friedhof zu gehen, ging sie, sooft sie konnte, kippte das Wasser aus den Vasen und warf die welken Blumen auf einen Haufen, nahm die moosgrüne Kanne hinter dem Wasserbecken und begoss die Stauden und Büsche, wischte mit einem Tuch über den Stein, an dem Schmutz und Regen genagt hatten, schnitt den Efeu zurück und schabte mit dem Stiel ihres spitzen Kamms das Moos weg, wenn es an den Seiten hochgeklettert war und sich auf die Buchstaben gesetzt hatte. Es war der einzige Ort, an dem sie glaubte, meinen Vater noch treffen zu können, der einzige Platz, an dem sie ihre Fragen stellen und auf seine Antworten warten konnte. Sie saß auf einem Klappstuhl mit gestreifter Lehne, den sie aus dem Kofferraum genommen und ans Grab gestellt hatte, in den Händen eine Rechnung, ein Auftrag oder Brief, redete und nickte, als habe sie ihre Antwort, als habe sie jetzt ihre Erklärung, nach der sie lange vergeblich gesucht hatte und auf die sie allein nicht gekommen war. Dann faltete sie das Papier und steckte es ein, klappte den Stuhl zusammen und trug ihn über den Kiesweg zurück, auf ihren flachen Absätzen, in ihrem dunklen Kostüm, mit ihrer Perlenkette, an die sie oft ihre Finger legte, um zu tasten, ob sie noch da war, und bis sie zum Tor kam, hatte sie sich noch zweimal, dreimal umgedreht, als glaube sie, meinem Vater könne noch etwas eingefallen sein, und er wolle es ihr nachrufen. Die Zeit war ihr gleich geworden, wenn sie etwas zu klären hatte, fuhr sie auch nachts hinaus, und wenn ich aufwachte, um in ihr leeres Bett zu schlüpfen, lief im Wohnzimmer das Radio, als könne sie mich täuschen, als könne ich dann glauben, sie sitze auf unserem roten Sofa und nicht vor einem schwarzgrauen Stein, zu dem sie redete und dessen Schriftzug sie im Mondlicht mit dem Stiel ihres spitzen Kamms nachzeichnete, den Namen meines Vaters, den sie auf roten und gelben Planen durchs Land und über seine Grenzen schickte, Hannes Bartfink, geboren im April 1930, gestorben im Mai 1960.

Anders als Karls Mutter Ellen hatte sich meine Mutter nicht abgewendet vom Leben, sie war, so schnell sie ihre Schritte setzen konnte, ohne sich aufhalten zu lassen, in seine Mitte gegangen und hatte sich in ihre Arbeit geworfen. Ihre Lippen waren schmaler geworden, zwei Fältchen hatten sich in ihre Mundwinkel gesetzt, und ihre Augen sahen aus, als seien sie dichter aneinandergerückt, als sei ihre grüne Farbe über allem dunkler geworden. Sie war empfindlich, sobald jemand aufs Herz zu sprechen kam, und hörte schnell weg, wenn jemand sagte, er habe Herzklopfen oder Herzrasen. Ellen und meine Mutter waren in ein Haus zurückgekehrt, in dem plötzlich jemand fehlte, in das eine Lücke gerissen worden war, die sie mit nichts zu füllen wussten, und dessen Leere nur größer wurde mit jedem Tag, an dem sie versuchten, sie zu vertreiben. Beide wussten um letzte

Minuten und Stunden, um die Tage davor, die sich im Rückblick mit Zeichen und Hinweisen füllten, die sie damals nicht hatten deuten können. Jede holte sie auf ihre Art ins Gedächtnis, um die weißen Flecken nicht zuzulassen, die sich in ihren Köpfen ausgebreitet hatten und sich von den Rändern zur Mitte fraßen, meine Mutter auf einem Klappstuhl mit gestreifter Lehne, wenige Schritte von einer Mauer aus Sandstein entfernt, und Ellen vor ihrem Fenster mit Blick auf das Schilf, das im Winter seine grüne Farbe verlor und gelb wurde. Sie sagten, sie beneideten Évi, sie könne sich auf die letzten Tage mit Zigi jedes Mal einstellen, auch wenn es Évi immer seltener gelingen wollte, auf dem Rückweg unter Kastanien ein Rad zu schlagen. Évi habe Zeit, den Abschied vorher zu denken und sich an die Vorstellung zu gewöhnen, Zigi würde verschwinden und sie wieder allein sein, in ihrer winzigen Küche, in deren schiefen Schränken Zigi am Abend noch Geldscheine in die Tassen gesteckt haben würde. Wenn er seinen dunklen Koffer zur Haltestelle trage, könne sie sich an seinem Arm festhalten, noch einmal den Stoff seiner dunklen Jacke fühlen, ihre Hände noch einmal in seine legen, bevor er auf den Bus springe, und wenn er sie ein letztes Mal anschaue, könne sie sich die schwarzbraunen Farbsplitter seiner Augen einprägen, um sie in den Monaten, in denen Zigi nicht bei ihr war, aus ihrer Erinnerung zusammenzusetzen.

Karl, Aja und ich, wir hatten keine Väter, jedenfalls nicht so, wie andere Kinder Väter hatten. Wir hatten unsere Mütter, mit ihren stillen Geheimnissen, die sie hüteten wie Schätze. Évi hätte nie zugegeben, dass sie das ganze Jahr über auf Zigi wartete und ihr dabei jeder Halm Unkraut half, den sie in ihrem Garten rupfen konnte, und meine Mutter versuchte zu übergehen, dass sie sich noch immer dabei erwischte, an der Treppe zu stehen, um eine Flasche Wein für meinen Vater aus dem Keller zu holen, weil sie glaubte, er würde am Abend nach Hause kommen. Als sie mich zum ersten Mal zum Friedhof mitgenommen hatte, hatte sie am Tor gefragt, ob ich ihr etwas versprechen könne, ich hatte genickt und gesagt, ja, ich könne, und dann hatte sie gefragt, ob ich ihr versprechen könne, nicht zu weinen, und ich hatte wieder genickt und gesagt, ja, ich könne es ihr versprechen, ich könne ihr versprechen, nicht zu weinen. Nur Ellen suchte nichts zu verbergen, sie saß unter Évis schiefem Küchenfenster und vertrieb vor unseren Augen die Dunkelheit, verscheuchte sie mit ihren Händen, und wenn wir wollten, durften wir uns setzen und ihr zuschauen dabei. Wir alle kämpften gegen eine Leere, und obwohl wir sie mit nichts füllen konnten, liefen die Fäden unseres Lebens dort zusammen. Karl vermisste seinen Bruder, Aja vermisste Zigi und ich meinen Vater, den ich kaum gekannt hatte und dem die anderen nie begegnet waren. Wir hatten unsere Mütter, und trotz der kleinen und großen Wunden, die sie uns zufügten, klammerten wir uns an sie und hielten uns fest an ihren Händen, als könnten wir sonst umfallen, als könne uns etwas umstoßen, in dieser Zeit, in der wir Abschied nahmen von den vielen Dingen, die unsere Kindheit eingerahmt hatten.

Aja und ich verloren den Glauben daran, Karls Bruder würde zurückkehren, er würde eines Tages an Évis Fenster vorbeilaufen. Karls Unruhe und Scheu verflogen. Ein Schatten legte sich auf ihn und mischte sich hinter den runden Gläsern seiner Brille in seinen Blick. Der Tod hatte sich in unsere Nähe gedrängt, Karl und ich kannten ihn. Er schlich um uns herum, er ließ uns nicht mehr aus den Augen, und unsere Aufgabe war es, die Türen zu verriegeln und ihn nie wieder in unser Haus zu lassen.

Eistanz

Ich habe mich oft gefragt, wann wir begonnen haben, die zu werden, die wir als Erwachsene sind. Wer unsere Mütter waren, bevor sie anfingen, so zu sein, wie wir sie kannten. Wie mein Vater war, bevor er die Größe von Kisten berechnete und auf Ladeflächen verteilte, wie er überhaupt war. Ob an einem bestimmten Tag unserer Kindheit etwas in uns wusste, was wir später einmal sein wollten, ob vielleicht damals schon etwas in Aja wusste, dass sie Ärztin werden würde, und sie deshalb so früh anfing, die Dinge mit Hingabe und Genauigkeit zu tun, und wenn sie nur mit ihren Fingern über Zäune streifte und es langsamer tat als wir, wenn sie sich nie ekelte und wand, nicht vor den Käfern und Spinnen, die sie über ihre Arme laufen ließ, nicht vor dem Blut auf ihrer Haut, wenn sie sich mit Évis scharfem Küchenmesser oder draußen auf den Feldern am Weizen geschnitten hatte. Vielleicht hatte es mit dem Tod zu tun, der Karl und mich belauerte, vielleicht wusste sie deshalb schon früh, was sie werden wollte, früher jedenfalls, als Karl und mir solche Gedanken überhaupt gekommen wären. Das Zirkusleben blieb für

Aja nur eine Idee, ein flackerndes buntes Bild, das ihr vertraut, aber fern war, auch wenn sie die glitzernden Anzüge mit dem runden Ausschnitt, die Zigi ihr jedes Jahr pünktlich zum Geburtstag schickte, so selbstverständlich trug, dass ihr auf dem großen Platz deshalb kaum noch jemand nachschaute, auch wenn sie klettern konnte wie ein Äffchen und leicht und zart blieb, mit kleinen Händen und Füßen, auch später noch, als sie schon durch die Gänge des Kreiskrankenhauses lief und jeder hätte glauben können, ein Mädchen habe sich einen zu großen weißen Kittel übergestreift.

Wenn Zigi jetzt bei ihnen war, nahm Aja sich zurück. Sie wollte verbergen, wie sie sonst mit Évi umging. Auch wenn Zigi nicht alles verstehen würde, würde es ihm nicht gefallen, wie sie Évis Aussprache verbesserte, ihre Art zu reden nachäffte und die Lippen verzog, als habe sie einen bitteren Geschmack im Mund. Sobald Zigi am schiefen Tisch saß, auf dem die Kaffeetassen so schräg standen, dass Évi nie zu viel eingießen konnte, verschonte Aja sie. Sie stieg in den Hochstuhl, den Karls Vater in einem fernen Sommer an die Rosentapete gesetzt hatte, schaute dem Herbstregen zu, wie er Blüten abschlug und Blätter auf den Rasen streute, und gönnte Évi eine Pause von dem Gift, das sie sonst versprühte, eine Zeit der Waffenstille, in der Évi nicht wachsam wie ein Jagdhund durch ihre eigene Küche gehen und sich zwingen musste, wenig zu sprechen, aus Angst, Fehler in ihre Sätze zu streuen, an denen sich Aja wie ein Tier an seiner Beute festbeißen würde.

In den Wochen vor Weihnachten hatte Zigi immer arbeiten müssen, nie hatten sie in dieser Zeit auf ihn verzichten können, sagte er, wenn die Menschen zum Zirkus strömten und darauf warteten, dass er rückwärts von seinem Trapez fallen und sich im letzten Augenblick mit den Füßen festhalten würde. Aber jetzt schien es ihm zum ersten Mal gleich zu sein, im Jahr nach der Plage mit den Weberknechten, von der ich glaube, dass sie unsere Kindheit beendete, in der sich unsere Tage nur in Farben, in hell und dunkel geteilt und wir von Zeit nichts gewusst hatten. Zigi verlängerte seinen Herbst mit Aja bis in den Advent, und bei allem sah er aus, als versuche er, ihr etwas zu sagen, als warte er auf den rechten Augenblick, um ihn doch jedes Mal zu verfehlen. Er schaute zu, wie man in Kirchblüt die Fenster mit Papiersternen und Engeln schmückte, ließ auf dem großen Platz jeden Nachmittag an einem kleinen Stand Marzipan für uns schneiden und kaufte heiße Maronen, Rosinen und getrocknete Aprikosen, die er vor unseren Augen durch die Luft warf und mit dem Mund auffing. Im Futter seiner dunklen Hose hatte er zwei Bündel Geldscheine mitgebracht, und als er sie am Bankschalter eintauschte, bekam er so viele Noten dafür, dass er sie mit Wäscheklammern zusammenhalten musste. Zigi war es gleich, was die Dinge kosteten, er machte sich nie die Mühe, ihren Preis umzurechnen. Wenn er mit Aja einkaufen ging, durfte sie aussuchen, was sie wollte, und wenn sie später mit ihren Tüten und Päckchen in Évis Küche standen, hielt Évi sich zurück, auch wenn sie glaubte, Aja brauche nichts davon. Aja hatte eine hellblaue Strickjacke genommen, deren Ärmel nicht zu lang waren und die schnell zu ihrer liebsten wurde, im selben Ton Fäustlinge mit feinen silberfarbenen Lurexfäden, die an ihrer Haut kratzten, und für ihre Schlittschuhe neue Kufenschoner, weil deren Drähte und Federn sich gelöst hatten und Aja sie mit einem roten Gummi von Évis Weckgläsern hatte festbinden müssen.

Wenn Karls Vater an den Vormittagen kam, um die großen Blechdosen mit Anissternen und Springerle zu holen, für die er schon im September neue Einsätze gebaut hatte, stand er mit Zigi am Zaun, wie in jedem Herbst, seit sie sich kannten. Während ich neben Karl auf den Stufen zum Fliegengitter saß, begrüßten sie einander wie alte Freunde und sprachen sich mit Vornamen an. Zigi hatte einmal gesagt, er könne sich keine Nachnamen merken, Karls Vater solle ihm daher seinen gar nicht erst sagen, und ihn selbst solle er bloß Zigi nennen, seinen vollen Namen müsse er sich nicht merken, aussprechen könne ihn hier sowieso niemand. Karls Vater öffnete sich Zigi, wie er sich sonst keinem öffnete, und vielleicht lag es daran, dass Zigi bloß die Hälfte von dem verstand, was er sagte. An jedem dieser Vormittage erzählte er von Karls Bruder, und Zigi fügte die Stücke seiner Erzählungen so gut er konnte zusammen, bis Karls Vater an einem Samstagmorgen, bevor er mit drei Christstollen und vier Pfefferkuchenhäusern losfuhr, seinen großen Kopf auf Zigis Schulter legte und Zigi ihn ungeschickt umarmte und mit flachen Händen auf seinen breiten Rücken klopfte, genauso, wie er die Wände rund um Évis Haus abklopfte. Évi hatte Karls Vater in seine Welt zurückgeschickt, aus der er gefallen war, als sein Sohn verschwand. Kleine, unsichtbare Brücken hatte sie gebaut, über die er auf seinem schwarzen Rad ohne Schutzbleche rollte, um sich an ihrem Küchenfenster zu zeigen und unter ihrem Birnbaum zu warten, bis sie den Kuchen bringen würde, den er über dieselben Brücken zurück ins Städtchen fahren würde, um danach mit einem spitzen Bleistift unter einer großen Lampe Häuser zu zeichnen, die alle aussahen wie Évis Haus. Évi hatte alles anders geplant und sich mit Karls Vater und Ellen alles anders vorgestellt, jedenfalls seufzte sie oft genug darüber, wenn beide zur gleichen Zeit in ihrem Garten standen und einander kaum anschauten. In ihrem Leben hatte sie keinen Platz für Karls Vater, auch wenn er gern dazugehört hätte, nicht in ihrem Garten, wo er den Rasen schnitt und das Holz mit einem flachen Pinsel ölte, wenn Zigi nicht da war, und nicht in ihrem Haus, durch dessen schmalen Flur er ging wie ein Riese, der den Kopf einziehen musste, um nicht an Decken und Türrahmen zu stoßen.

In diesem Herbst, in dem Aja jeden Nachmittag mit ihren neuen Kufenschonern über den großen Platz ging, sah Zigi sie zum ersten Mal auf dem Eis laufen. In den Jahren zuvor hatte die Bahn erst geöffnet, wenn Zigi schon abgereist war, und Aja hatte jedes Mal vor Zorn geweint, weil sie Zigi nur auf dem Gartentisch hatte zeigen können, wie sie sich auf Schlittschuhen bewegte, wie sie ihren Kopf, ihre Arme dabei hielt, zu welchen Drehungen und Sprüngen sie schon ansetzte und wie sie nach einem Lauf stehen blieb, die Füße kreuzte und den Kopf zur Brust fallen ließ, als verbeuge sie sich vor ihren Zuschauern. Jetzt aber, da Zigi bis in den Advent hinein bleiben konnte, ging er jeden Tag mit Karl und mir über den großen Platz, um Aja zuzusehen, in seinem dunklen Anzug, dessen Hosenbeine zu kurz waren und aus deren Saum Fäden hingen, mit seinem schwarzen Filzhut, dessen Krempe Aja an einer Seite hochgeschlagen hatte, und mit einem langen bunten Schal, den Évi an den Abenden aus Wollresten gestrickt und Zigi nicht mehr abgenommen hatte, seit Évi ihn um seinen Hals gebunden hatte. Wir machten den kleinen Umweg über den Fotoladen, und Zigi strich mit den Fingern über die Glastheke, auf die er eine Tüte mit heißen Maronen gelegt hatte, und dann liefen wir zurück über den großen Platz, wo man Zigi zunickte, weil jeder wusste, wer er war und zu wem er gehörte, weiter durch zwei, drei Straßen, in denen Karls Vater neue Häuser baute, bis zur Eisbahn, wo man kein Geld von Zigi verlangte, weil man wusste, er blieb zwischen den Bänken und schaute seiner Tochter zu, die als Einzige bis in den späten Abend hinein ihre Kreise lief und mit frisch geschliffenen Kufen Spuren aufs Eis setzte.

Aja trug zu ihren roten Schlittschuhen das schwarze Kostüm mit Pailletten auf dem runden Kragen, das Zigi zu ihrem vierzehnten Geburtstag geschickt hatte und dessen Fledermausärmel flatterten, sobald sie an Fahrt gewann. Es war in einem der hellbraunen Pakete gekommen, auf die Aja jedes Jahr an den heißen Gewittertagen wartete, auf dem ihr und nicht Évis Name stand, die ihr der Postbote am schiefhängenden Tor in die ausgestreckten Arme legte, nachdem sie mit seinem Stift unterschrieben hatte, und die sie nie sofort öffnete, sondern für die sie sich Zeit ließ, nachdem sie sie auf den Gartentisch gestellt und ein Rad geschlagen hatte, dann noch eines, um den Augenblick zu verlängern, in dem sie sich darauf freuen konnte, als widerspreche alles andere ihrer Vorstellung von Zeit, davon, wie schnell und wie langsam etwas zu sein hatte, bis sie endlich die helle Schnur abzog und das Papier aufriss, aus dem sie später die Briefmarken schnitt und Karl schenkte, der sie hinter Folie in ein Heft legte und nur noch mit einer Pinzette herausnahm. Zigi stand neben Karl und mir unter der großen schwarzen Uhr der Eisbahn, deren Zeiger sich laut bewegten, die kalten Hände tief in den Hosentaschen, und wenn Aja die Kufen schräg stellte, vor uns zum Stehen kam und so scharf bremste, dass Eis in unsere Gesichter spritzte, wenn sie ihre Hände auf die Hüften legte und wir sehen konnten, wie schnell sie atmete, weil ihre Brust sich hob und senkte, lobte er sie für ihre Geschwindigkeit, dafür, wie sie ihre Schritte setzte, den Rücken gerade und das Kinn hochhielt, weil sie gar nicht nach unten zu schauen brauchte. Zigi stand, ohne sich zu rühren, während der Minutenzeiger weitersprang, nur seine Augen bewegten sich, und er klatschte laut, wenn sich Aja vor ihm verbeugte und ihre acht Finger flach auf ihre Schenkel legte. Sein Blick folgte ihren Füßen, ihren Armen, ihrem Kopf, und es schien, als könne er Ajas Leichtigkeit an sich selbst spüren, als könne er ihre Schritte und Sprünge vorhersehen, als kenne er ihre Art zu tanzen wie seine eigene und wüsste immer schon, wie ihre nächsten Bewegungen sein würden, als habe sie seine übernommen und aufs Eis getragen. Selbst wenn er hochschaute zur Uhr, deren Zeit ihn nicht kümmerte, wenn er sich wegdrehte und den Blick kurz abwendete, schien er zu wissen, wie Aja an Fahrt gewinnen und nach wenigen Schritten abheben würde.

An Neujahr musste Zigi zurück sein, und obwohl Aja flehte, er solle bleiben, warf er seine wenigen Sachen in den schwarzen Koffer und band ihn mit einem Gürtel zu. Als er sagte, besonders möge er auf dem großen Schiff die Stille an Weihnachten, die Dunkelheit über dem Wasser, die den Abendstern heller zeige, als Aja ihn jemals gesehen habe, glaubte sie ihm nicht, schon weil es klang, als glaube Zigi es selbst nicht mehr. Er ging ein letztes Mal, um Aja auf dem Eis laufen zu sehen, bevor er am Morgen den Bus nehmen und Aja in der Schule neben mir sitzen würde, mit diesem Gesicht, in dem jeder sehen konnte, Zigi war abgereist. Aja und Zigi holten Évi im Fotoladen ab, hängten das Glöckchen ein und liefen über den großen Platz, wie sich sonst niemand auf ihm bewegte, mit ihren tanzenden Schritten, Aja in der Mitte, unter ihrem warmen Mantel der glänzende schwarze Anzug mit dem runden Kragen, über ihren Schultern die roten Schlittschuhe, Évi in ihren dicken Winterstiefeln mit dem Pelzbesatz, die wirren Haare unter einer Wollmütze. Karl und ich hatten vor dem Stand gewartet, wo Zigi ein letztes

Mal getrocknete Früchte kaufte, die er später hervorholte, ohne davon zu essen, die er in den Händen hielt wie Geldstücke, als er und Évi diesmal nicht unter der großen Uhr standen, sondern weiter weg von uns, als wollten sie etwas bereden und nicht gestört werden, hinter der hölzernen Absperrung, über die Aja ihren Mantel geworfen hatte, den Évi nicht mehr größer kaufte, seit Aja aufgehört hatte zu wachsen.

Von weitem sahen sie aus wie Kinder in den Kleidern ihrer Eltern, als spielten sie nur Erwachsene, Zigi mit seinem bunten Schal und Évi in ihrer dunklen Strickjacke, die sie an den Ellenbogen und Kragenrändern längst schon im Licht der kleinen Lampe hatte stopfen wollen. Évi hatte heißen Tee in einer Kanne mitgebracht, sie goss davon in zwei Becher aus Blech, die sie auf die Bank stellte, weil sie wusste, Aja würde heute lange laufen, an Zigis letztem Abend würde sie alles zeigen wollen, was sie in den jüngsten Wochen gelernt hatte, wenn er zu ihr aufs Eis gegangen und eine Schrittfolge für sie abgelaufen war. Aja sah anders aus an diesem Abend. Seit sie ihren Mantel abgelegt hatte, sah sie anders aus, und sie bewegte sich anders als sonst, hielt die Schultern, die Arme anders, als sie übers Eis glitt und erst den Kopf drehte, dann den Körper und rückwärts weiterlief. Auch Zigi und Évi mussten es merken, mit jedem Schritt, den Aja tat, während sie die Hände am heißen Blech der Tassen wärmten und von einem Fuß auf den anderen traten, damit es ihnen auf den klammen Brettern nicht kalt wurde. Vielleicht lag es am blassblauen Licht, das von den neuen Flutern kam, vielleicht an den Rehsprüngen, die Zigi Aja gezeigt hatte und die sie schnell beherrschte, vielleicht auch bloß daran, dass wir wussten, morgen würde Zigi gehen, trotz Ajas Flehen würde er sich aufmachen, mit seinem Koffer, der schon neben Évis kleinem Altar stand, vielleicht hatte sich deshalb etwas auf ihre Drehungen gelegt und sie verändert.

Ajas zitternde, fliegende Bewegungen erinnerten Zigi an Libelle, die Frau im Libellenkostüm, die nachts vor Évis Waggon gestanden hatte, bevor Évi ihre Sachen gepackt und sich mit Zigi aufgemacht hatte in ihr Wanderjahr, so viel wussten wir jedenfalls später, auch dass jetzt Évi schon an Zigis Blick hatte erkennen können, wohin seine Gedanken plötzlich gegangen waren, weil auch Évi an sie hatte denken müssen, weil sie gar nicht anders konnte, als an Libelle zu denken, jetzt, da sie Aja ansah, die Steine auf ihrem Kragen funkelnd im Licht der Fluter, die weiten Ärmel schwingend, wie sie lautlos auf einem Bein übers Eis fuhr, das andere nach oben gestreckt, als wolle sie mit der Kufe ihren Scheitel berühren, die Arme, als würde sie auf jemanden zugleiten und ihn umarmen wollen. Zigi hatte seinen

Becher abgestellt und Schlittschuhe angezogen, die er geliehen hatte, damit er ein letztes Mal mit Aja gemeinsam würde laufen können. Er stieg aufs Eis, ohne Évi anzusehen, ohne ihr etwas zu sagen, auf das sie vielleicht gewartet hatte, stieß sich mit beiden Händen von der Absperrung und fuhr sich nicht erst wie sonst in großen Kreisen warm. Als ziehe ihn etwas an einem kurzen Seil, glitt er sofort zu Aja, die eine lange, schmale Acht lief, und sobald sie Zigi kommen sah, streckte sie ihre Hände nach ihm aus, dann fassten sie sich und liefen eng nebeneinander mit schnellen, großen Schritten, die ihr wirres Haar flattern ließen. Zigi sagte etwas zu Aja, sie schob sich vor ihn, er nahm sie an den schmalen Hüften, hob sie mit durchgestreckten Armen über seinen Kopf und glitt so eine Weile mit ihr weiter, bevor er sie aufs Eis zurücksetzte und ihren ersten Bogen mit ihr fuhr, ohne ihn vorher gezeigt oder erklärt zu haben, Ajas Hand in seiner, sein Kopf übers Eis gesenkt, sein linkes Bein wie im Spagat weit oben. Als sie zum Stehen kamen und sich umdrehten, die Füße zusammenstellten, den Kopf auf die Brust fallen ließen und sich verbeugten, klatschten nur noch Karl und ich. Évi war schon gegangen.

Auf dem Weg nach Hause suchte Évi nach Antworten auf Fragen, die sie sich in den Jahren zuvor nie gestellt hatte. Sie fragte sich, warum sie nicht weg von hier, warum sie nie in den Süden gezogen war, wo Aja etwas anderes hätte lernen können als Eislaufen, so jedenfalls erzählte sie es an den Abenden nach Zigis Abschied meiner Mutter und Ellen, wenn sie am schiefen Küchentisch saßen und die Bestellungen für Weihnachtsgebäck in kleinen Stapeln ordneten. Warum sie im Norden geblieben war, wo sie damals doch jede Richtung hätte einschlagen können, wo sie nichts hätte an diesen Ort binden müssen, und was es war, das sie ausgerechnet in Kirchblüt hielt, wo jeder Winter sie quälte, weil sie noch immer nachts wach wurde und zu frieren glaubte, trotz ihrer Decken, ihrer Türen und Fenster. An der Brücke über den Klatschmohn hatte sie Wagengeräusche gehört, als sie von der Eisbahn durch den schneekalten Abend gelaufen war, und Ajas Unfall war in schwarzweißen Bildern zu ihr zurückgekehrt, der Anblick der Mauer, der Straße, des Wagens, aus dem sich das Fensterglas gelöst hatte, das alles war zu ihr zurückgekehrt, der dicke weiße Verband an Ajas winziger rechter Hand, die sie nicht anzuschauen gewagt hatte, jedes Mal, wenn der Arzt ihn gewechselt und Évi zu beruhigen versucht hatte, indem er gesagt hatte, es heile, es heile gut. Diese ferne Zeit sprang sie an, als sei es gestern erst gewesen, dass sie nach etwas gesucht hatte, das ihr einen Halt geben konnte, und es gefunden hatte in dem kleinen Altar, den sie in ihre Dachstube unters runde Fenster gestellt und vor dem sie fortan jeden Morgen ihr Gebet gesprochen hatte. Jetzt zog es sie in Gedanken zum ersten Mal weg von Kirchblüt, und sie schmiedete Pläne, wie sie aufbrechen und wegkommen, wie sie an einem anderen Ort neu anfangen würde, an nichts anderes dachte sie in der Nacht vor Zigis Abreise, in der sie und Zigi nie geschlafen hatten, weil ihnen die letzten Stunden zu kostbar gewesen waren und sie Uhren und Wecker hinausgestellt hatten, um nicht daran erinnert zu werden, wie wenig Zeit ihnen blieb, bis sie losmussten, bis Zigi seinen Koffer nehmen und zur Haltestelle tragen würde.

Aber diesmal hatte Évi vorgegeben, zu müde zu sein, um wach bleiben zu können, und Zigi saß in der Nacht allein in der Küche, spielte mit den Karten, die seine Freunde letzten Winter hier vergessen hatten, an einem leeren Tisch, nachdem Aja ihren Kopf neben ihren Teller gelegt hatte und eingeschlafen war, nachdem Zigi sie ins Bett getragen und zugedeckt hatte. Später erzählte mir Aja, am Morgen habe Évi pünktlich am schiefhängenden Tor gestanden, in ihrer Wollmütze und dem dicken langen Mantel, aber blass sei sie gewesen, als sie Zigi an der leeren Straße zum ersten Bus gebracht hätten. Zigi sei zwischen ihnen unter den weißgelben Lichtern der wenigen Laternen gelaufen, Aja habe seine Hand festgehalten und gedrückt, bis der Fahrer geöffnet habe, Zigi aufgesprungen und in die Dunkelheit gefahren sei, ohne sich wie sonst weit aus der Tür zu lehnen. Er sei schnell zu den hintersten Plätzen gegangen und habe dort gestanden, ohne zu winken. Er habe nur die Hände gehoben und sie flach aufs beschlagene Fenster gelegt. Es habe ausgesehen, als wolle er Évi und Aja von sich fernhalten, als wolle er sie wegschieben.

Als sie zurückkehrten, Aja mit ihren hellblauen Fäustlingen mit den Lurexfäden, die vom Radschlagen nass geworden waren, Évi mit schmutzigen Händen, da sie keine Handschuhe getragen hatte, bog der Postbote auf seinem gelben Fahrrad in den Feldweg ein und winkte mit einem Umschlag. Évi wartete unter Karls Linde, setzte ihren Namen auf ein Papier, riss im Gehen schon das graue Kuvert auf, zog dann einen der schiefen Stühle an den Küchentisch heran, schob Zigis Kaffeetasse und die Karten beiseite, die er bis zum Morgen gemischt und gelegt hatte, und strich den Brief mit beiden Händen glatt, als reiche ihr eine Hand dafür nicht aus. Sie fuhr mit ihrem Blick über drei Wörter: kann abgeholt werden, die sie laut vor sich hersagte, als wolle sie hören, wie sie klangen, wenn man sie laut sagte, kann abgeholt werden, als falle es ihr schwer zu glauben, dass für sie etwas bereitliege, ausgerechnet für sie, dass auf sie etwas warte, dass man ihr etwas zu geben hatte, das ihr wirklich gehören sollte und das man ihr nie mehr würde nehmen können. Selbst wenn sie es verlieren würde, bekäme sie es wieder.

Als sie den Briefträger schon an der Brücke über den Klatschmohn verschwinden sah, steckte Évi ihr Haar an den Seiten mit den dunklen Spangen fest, damit sie dem Bild ähnelte, das sie im Fotoladen für ihren Ausweis hatte machen lassen. Neben Aja ging sie in ihrem guten Mantel und den Gartenstiefeln durch den Schlamm, bis zum festen Weg, wo sie die Stiefel unter der Brücke stehen ließ und die Schuhe mit den Absätzen anzog, dann weiter übers Kopfsteinpflaster zum großen Platz, wo sie hinter dem Café einbogen, den Kellner grüßten, der wie jeden Morgen durchs Fenster winkte und einen Schritt auf sie zukam. Sie warteten vor der schweren Tür, bis sie um halb acht geöffnet wurde, und nahmen die Treppen hinauf zur Meldestelle, wo Évi oft auf einem der harten Stühle gesessen hatte, weil ihr Haus keine Straße und keine Nummer hatte. Diesmal ging Évi mit einem anderen Gefühl, wie sie später sagte, zum ersten Mal mit einem anderen Gefühl über die Holzdielen, die unter ihren leichten Schritten knarrten, stellte sich ans Fenster und sah auf die Ecke des großen Platzes, wo Zigi an den Abenden Maronen gekauft hatte, bis man sie aufrief, bis man ihren Namen, den sie von Zigi hatte, in den Warteraum sagte und ihn wie immer komisch aussprach, Frau Éva Kalócs, laut genug, um jeden aufblicken zu lassen. Évi nahm die Hände vom Fensterbrett, drehte sich um, strich den Rock glatt und ging die wenigen Schritte, um ihren Ausweis entgegenzunehmen und mit einem Kugelschreiber, der an eine Schnur gebunden war, auf zwei Papieren zu unterschreiben, dass sie ihn bekommen hatte. Bevor sie sich umwandte, hielt sie einen Augenblick inne, als dürfe sie nichts übereilen, blieb vor dem Schreibtisch stehen, strich über den grauen Einband, über die kleinen schwarzen Buchstaben, wie um sie nachzuzeichnen, Bundesrepublik Deutschland Personalausweis, und als man fragte, ob etwas damit nicht in Ordnung sei, sagte Évi, nein, alles sei in Ordnung damit, und als könne man sie überhört, als könne man sie nicht verstanden haben, sagte sie noch einmal, alles ist in Ordnung.

Sie ließ die guten Schuhe an, und als Aja sich zum Schultor aufmachte, lief Évi den Weg hinaus zur Spedition, vorbei an den Lastern, dem Namenszug auf dem Schiebetor, das man für sie zur Seite rollte, bis zum Eingang, wo man Évi kannte und sich nicht mehr wunderte darüber, wie sie aussah und redete, sondern sie sofort zu meiner Mutter ließ, die einmal erklärt hatte, für Éva Kalócs und Ellen Kisch sei sie jederzeit zu sprechen. Später sagte mir meine Mutter, sie habe ihre Bücher und Karten sofort fallen lassen und sich Évis neuen Ausweis angeschaut, habe durch jede leere Seite geblättert und Évis Geburtsort laut und deutlich gelesen, Sátoraljaújhely, so dass Évi habe lachen müssen, weil es fremd und komisch geklungen habe, wie meine Mutter es ausgesprochen habe, weil sie den Unterschied zwischen den As und Es nicht gekannt hatte, weil sie nicht gewusst habe, wie man ein S zu sprechen hatte, und Évi habe den Namen noch einmal ausgesprochen, so wie es richtig sei, Sátoraljaújhely, und meine Mutter habe gesagt, noch nie, wirklich noch nie habe sie einen so hübschen Ausweis mit einem so hübschen Namen darin gesehen.

Évi besaß von da an einen deutschen Ausweis, in dem stand, Kalócs, geborene Almáry, Éva Erzsébet, und sie wollte diesen Tag feiern, nicht nur mit uns und ihren Freunden, die sie ja weder Éva noch Évi, sondern Évike nannten, und sich für die kalten Tage über Weihnachten und Neujahr angekündigt hatten, sondern mit allen, die sie kannte, von den Kuchenbestellungen, aus dem Fotoladen, dem Café, in dem sie mit Aja saß, wenn ihr mittags zu wenig Zeit blieb, um nach Hause zu gehen, selbst mit unseren Fahrern, die jedes Mal das Wagenfenster herabließen und ein paar Sätze mit Évi wechselten, wenn sie an den Lagerhallen vorbeiging. Weil sie nicht bis zum Frühling warten konnte und in ihrem Haus kein

Platz war, lud sie ein in ihren Garten, ohne auf die Jahreszeit, das Wetter zu achten, und wenn man sie nach dem Anlass fragte, zog sie ihren Ausweis aus der Tasche, schlug ihn auf und zeigte wie zum Beweis, dass er wirklich ihr gehörte, das mit zwei Nieten festgestanzte schwarzweiße Foto darin, Évi mit dunklen Spangen im Haar, die ihre wirren Strähnen aus dem Gesicht hielten, ihr Blick so, als habe das Blitzlicht sie erschreckt.

Évi erlaubte Karls Vater, für diesen Samstag ein Zeltdach aufzubauen, falls es schneien würde, wie Aja vorhergesagt hatte, und sie ließ ihn zwei große Stahlkörbe für das Feuer aufstellen, das bis spät in die Nacht brennen sollte. Évi hatte ihre Küche erst verlassen, als sie geglaubt hatte, genug Gläser mit Konfekt und Blechdosen mit Gebäck stünden im schmalen Gang vor den Mänteln, und am Morgen hatte sie Punsch angesetzt, für den Aja Nelkenstifte in Orangenschalen gesteckt hatte, hatte dunkelrote Bänder in die kahlen Äste der Birnbäume gezogen und Fackeln und Kerzen aufgestellt, die Aja und ich mit langen dicken Streichhölzern anzünden durften, als es dämmerte. Évi und Aja legten kurz ihre Mäntel ab, und ohne die Kälte zu spüren, standen sie am schiefhängenden Tor, das Karls Vater für diesen Tag hatte festbinden dürfen, damit es keiner über den Boden schleifen musste. Beide trugen weiße Blusen und dunkelrote Schürzenkleider, die Évi so genäht hatte, dass sie die grünen Adern in ihren Kniekehlen verdeckten. Aja ging mit jedem zum Feuer, goss Punsch in Gläser, die meine Mutter in einem Lieferwagen hatte bringen lassen, und schnitt von den Mohnrollen und Nusskuchen, die Évi Tag und Nacht gebacken hatte. Obwohl Zigi weggefahren war, war Aja nicht in ihren giftigen Ton zurückgefallen. Sie gönnte Évi eine Schonzeit, an diesem Abend sollte sich unter den kahlen Bäumen alles fügen, wie Évi es sich gewünscht hatte, und obwohl man hätte glauben können, Évi habe in Kirchblüt wahllos Menschen aufgesammelt und in ihren Garten gebracht, fügte es sich und passte. Selbst als Aja recht behielt und es anfing zu schneien, störte der fallende Schnee niemanden, keiner schien ihn zu bemerken, als er sich auf die Mützen und Mäntel, auf die gestutzten Sträucher, aufs Zeltdach und die nackten Zweige unserer Linden setzte. Évis Freunde holten die Trommeln und das Akkordeon und spielten mit klammen, steifen Fingern, auch wenn sie nicht recht verstehen wollten, was ihre Freundin heute feierte. Karls Vater legte Holz nach, das er am Tag zuvor in einem Anhänger gebracht und hinter den Hasenställen gestapelt hatte, wir standen am Feuer und schauten auf die Funken, die der Januarwind in den Himmel jagte, meine Mutter neben Karls Vater, mit Punschgläsern in den Händen, Ellen in ihrem eisblauen Mantel mit dem

Fellkragen, auf dem ihr glattes blondes Haar lag, ihre blasse Haut rot im Licht des Feuers, neben ihr Karl, die Flammen in den Gläsern seiner Brille. Obwohl Karl und ich kaum begreifen konnten, warum Évi zu diesem Fest geladen hatte, warum ein Dokument, auf das wir nichts gaben, ausgerechnet ihr so viel bedeuten konnte, sprang etwas von Évis Freude auch auf uns, wie die Funken, die über den Zaun flogen, weil wir ahnten, Aja und Évi würden bleiben, wir bräuchten keine Angst zu haben, sie würden eines Tages aufbrechen und ohne uns weiterziehen.

Um Mitternacht stellten wir die Stühle zusammen und reichten die schmutzigen Gläser und Teller durchs Küchenfenster, wo Évi sie in eine große Wanne legte, weil sie keinen Platz mehr in der Spüle hatte. Als Ellen ihren eisblauen Mantel auszog, die Ärmel ihres Pullovers hochschob und anfing, mit einer Bürste die Reste von den Tellern zu kratzen, setzte sich Évi auf einen ihrer schiefen Stühle, faltete ihr Stofftaschentuch mit den Blumenranken auseinander und fing an zu weinen. Vielleicht weinte sie, weil ihr das Leben dazwischengekommen war, sein verrückter Lauf, der sich nicht um sie kümmerte, der über sie hinwegglitt wie die Stürme, die im Herbst an ihrem Haus zerrten, die gelben Blätter aus ihrem Garten holten und über die Felder trugen, und das ihr ausgerechnet einen Tag nachdem sie sich ausgemalt hatte, mit Aja wegzugehen, einen grauen Ausweis beschert, ihn auf der Meldestelle in Kirchblüt, in einem kleinen Fach, neben einem Kugelschreiber, der an einer Schnur hing, für sie bereitgelegt hatte. Ellen warf die Bürste ins Wasser, stellte sich hinter Évi, fasste sie an den Schultern und weinte ein bisschen mit ihr, meine Mutter sagte: Hört auf zu weinen, es gibt doch jetzt keinen Grund mehr, und dann lachten und weinten sie zu dritt, als könnten sie sich nicht entscheiden, als wüssten sie selbst nicht, warum sie ausgerechnet jetzt weinen mussten, da Évi ihren Ausweis doch endlich hatte.

Jakobsbeichten

Wir ließen unsere Kindheit hinter uns, ihre Strömungen wurden schwächer, die uns fortgetragen und hinabgezogen hatten in Tiefen, in denen wir leicht hätten verlorengehen können. Selbst die jüngsten Jahre, die Aja wie eine Krankheit überfallen hatten, gaben uns frei und nahmen die vergifteten Worte mit, die Aja aus einem schief gezogenen Mund auf Évi abgefeuert hatte. Auch wenn der Abschied von Zigi sie noch quälte, war ihre Sehnsucht ins Blau der Nächte gebannt, in die Zigi an seinem Trapez schwang, um Ajas Schlaf auf einem Seil zu durchschreiten, jetzt, da sie oft von der Stadt träumte, in der Zigi lebte, von der Küste, an die er auch an freien Tagen den Bus nahm und in deren Brandung er gestanden hatte, als er über ein Telegramm von Ajas Schneeunfall erfahren hatte. Das Lachen kehrte zurück in Ajas Leben, ihr helles, lautes Lachen breitete sich aus in den kleinen Zimmern, in Évis winziger Küche, in den Kronen der Birnbäume, über den losen Platten zum schiefhängenden Tor, auf den Gängen unserer Schule, auf ihrem Hof, auf dem großen Platz unter den Platanen, unter den Flutlichtern der Eislaufhalle und über unseren Kissen und Decken, wenn ich bei Aja schlief und wir so heftig lachen mussten, dass Évi wach wurde davon und am Morgen fragte, was mitten in der Nacht so lustig gewesen sei. Ich dachte Jahre später noch daran, wenn ich allein, wenn ich ohne Aja war und mir nichts blieb, als an sie zu denken, und ich fing wieder an zu lachen, wenn mir einfiel, was sie gesagt und wie ihre Stimme geklungen hatte, ihre feine, hohe Stimme, mit der sie zu allen außer Karl und mir immer zu laut gesprochen hatte.

Wir wurden achtzehn, bald nachdem Aja und ich angefangen hatten, Schuhe mit Absätzen zu tragen und tagsüber auf den Betten zu liegen. Aja gab sich nicht länger dem Gedanken hin, Zigi könne immer hier sein, er würde irgendwann nicht seinen Koffer packen und losziehen. Der Winter lag weit genug hinter uns, in dem die Sonne über Kirchblüt blass geblieben war und wir begriffen hatten, dass Zigi uns Geschichten erzählt hatte, die seines Vaters oder Großvaters vielleicht, und für Aja hatte er sich an Orte begeben, an denen er nie gewesen war, hatte sich Zugfahrten in England und die Wette für eine Schiffspassage ausgedacht, damit sie glauben konnte, er habe seinen ersten Abschied auf diese Weise bezahlt und nicht von dem Geld, das er Monat um Monat gespart hatte. Wir hatten Évis Warnung verstanden, Zigi träume von den Dingen und hole sie ins Leben, indem er vorgebe, sie seien so wirklich geschehen. Als sie Zigi begegnet sei, in einem Zirkuszelt, in dem die Pferde die Sägespäne mit ihren Hufen aufgewirbelt hätten, habe sie schnell begriffen, wie sehr er von Dingen träumen konnte, auch davon, eines Tages in einem der großen Häfen ein Schiff zu nehmen, und deshalb habe sie angefangen, ihm Modellschiffe aus Holz zu schenken, wann immer sie eines in einer Auslage entdeckt hatte, das etwa so ausgesehen habe wie der Dampfer, den Zigi Jahre später bestiegen hatte, damit er ihn über den Ozean trage.

Wir feierten unseren Geburtstag in Évis Garten, wo es nach süßem Herbst, nach fallendem Obst roch und das Gras hoch stand an diesem Oktobertag, dessen laue Luft die Blätter unserer Linden kaum bewegte. Aja und Karl hatten mit dem Fest gewartet, bis ich im Herbst auch achtzehn wurde, und so wie es Évi nie etwas gemacht hatte, machte es ihr auch jetzt nichts, als sich so viele zwischen ihren Bänken und schiefen Stühlen, auf dem Feldweg vor ihrem Zaun, unter der Regenrinne und auf den Stufen vor dem Fliegengitter drängten. Am Morgen hatten grauweiße Wolken den Himmel eingesperrt, und Évi hatte Ranken aus Efeu geschnitten, die im Sommer über den Maschendraht vor den Hühnern geklettert waren, hatte drei dichte Kränze gebunden und auf unsere Köpfe gesetzt, nachdem wir die Blechwannen mit Wasser und Eiswürfeln gefüllt hatten, die meine Mutter in großen Tüten hatte bringen lassen. Évi hatte uns mit einer ihrer kleinen Bewegungen über die Wangen gestrichen, sie hatte eine von Karls Strähnen zwischen zwei Finger genommen und getan, als habe sie den rotgrünen Kranz aus Efeu richten und an seinen Blättern zupfen müssen, als habe sie einen Vorwand gebraucht, um Karl zu berühren, als könne sie nicht mehr wie früher die Hand nach ihm ausstrecken und sein Haar anfassen, als reiche er ihr nicht schon längst über Kopf und Schultern, als sei er genau an diesem Tag zu groß dafür geworden.

Évi überließ uns ihren Garten, ohne zu sagen, was wir tun oder lassen sollten, ohne überhaupt etwas zu sagen, als könne jedes Wort nur falsch sein an diesem Tag, als könnten ihr die Gedanken plötzlich Fallen stellen. Aus ihrem Radio drang dieses Lied, Évi stellte es lauter und öffnete das Küchenfenster, und einen Augenblick lang dachte ich, sie habe es für uns bestellt, sie habe in einer dieser Sendungen angerufen und dieses Lied für uns bestellt, damit es am Abend durch ihren Garten dröhnen würde und wir glauben könnten, die Welt würde ihre Sorgen für sich behalten. Évi ging den Feldweg hinab, in ihren Gummistiefeln und der bunten Strickjacke, vorbei an den brachen Feldern, die sie in diesem Herbst früh abgetragen hatten. An der Brücke verloren wir sie aus dem Blick, vielleicht ging sie zu meiner Mutter, vielleicht zu Ellen oder zum Fotoladen, vielleicht auch langsam durch den stillen Wald, was sie häufig tat in letzter Zeit, unter seinen schweren Tannen über schmale Trampelpfade zum kleinen See, wo sie an diesem Abend auf dem Steg sitzen konnte, ohne zu frieren. Sie kam spät zurück, als wir nur noch zu dritt waren und an einem Feuer vorbei durch ein Meer aus leeren Flaschen zur Pforte stiegen, mit den Kränzen im Haar in die schwarze Nacht liefen, um so laut zu schreien, dass Évi sich die Ohren zuhalten musste. Wir brüllten: Wir sind erwachsen, wir sind erwachsen, viele Male hintereinander, als könnten wir es sonst nicht glauben, wir liefen an die Feldraine, breiteten die Arme aus und fassten uns an den Händen, lachten und brüllten über die herbstnackten Felder, wir sind erwachsen, wir sind erwachsen.

Im Sommer darauf verließen wir die Schule, ein bisschen wie Staubflocken, die ein Windstoß hoch in die Luft jagt. Karl und ich schüttelten die Schulzeit ab wie etwas, das wir nur noch hatten loswerden wollen und endlich abstreifen durften, nur Aja schien sich schwer zu verabschieden von dieser Welt, durch die sie sich leichter als Karl und ich, leichter als alle anderen bewegt und sich dabei weit entfernt hatte von einem Leben, wie Évi und Zigi es führten, nicht nur weil sie zu den Besten unseres Jahrgangs gehörte und während der Abschlussfeier im großen Saal auf der Bühne stehen durfte. Karl und ich saßen neben Évi, hörten auf die Glückwünsche und den Beifall, als man laut Ajas Namen und ihre Note sagte, und als sie ihr Zeugnis entgegennahm, wischte sich Évi mit den roten Stickrosen ihres Taschentuchs über die Augen. Jedem, der sie fragte, sagte Aja, Ärztin würde sie werden, in einem Ton, als sei alles andere ausgeschlossen, als sei es unsinnig, sie überhaupt danach zu fragen, als habe sich für Aja alles nur darauf hinbewegt, den Tod in die Irre zu führen, ihn auf eine falsche Spur zu setzen und eines Tages austricksen zu können, seit ein Stück Glas ihre Finger durchtrennt hatte und ihr Blut in den frischen Schnee getropft war. Vielleicht hatte sie auch der Krankenwagen am Neckarufer dazu gebracht, der mein Leben durchkreuzt und verändert hatte, vielleicht waren es die zwei Sekunden, die Karls Zeitzählung bestimmten und den Takt in seinem Kopf schlugen, vielleicht die sichtbaren Narben an Zigis linkem Fuß, an dem er spüren konnte, ob die kahlen Zweige nachts in Frost getaucht würden, die an Karls Schläfe, die zu einem blassen Dreieck zusammenliefen, dort wo sein Haar eine winzige Lücke ließ, und die unsichtbaren Narben in Ellens Kopf, die ihre hellen Tage beendet hatten und seither für Dunkelheit sorgten. Damals jedenfalls glaubte ich, Aja fange deshalb an, im Krankenhaus hinter den Sandsteinhäusern und Rosengärten zu arbeiten, sie quäle sich deshalb durch die Nächte, durch Zahlen und Zeichnungen, durch Kurven und Diagramme, auch wenn sie später behauptete, als wir alle drei schon zur Hochschule gingen, es sei keine Qual, es sei ein Vergnügen, sich in den Verästelungen unserer Nerven zu verlieren, es sei ein Abenteuer, herauszufinden, wie wir Menschen unter der Haut, hinter den Augen, wie wir zwischen unseren Adern und Gelenken aussehen. Trotzdem wollten wir Aja nicht immer glauben, schon weil sie blass war, nachdem sie eine Haut zerschnitten, eine Hand zerlegt hatte, wenn wir an der schweren Tür zum Leichenkeller auf sie warteten, wie Karl ihn nannte, um ein paar Schritte in der Sonne zu gehen.

Évi hatte Aja nie eine Richtung gewiesen, aber sie schien froh, dass Aja nicht auf einem Seil unter einer Zirkuskuppel und nicht auf Kufen übers Eis tanzen wollte, und die Geldscheine, die Zigi noch immer in blassblauen Kuverts schickte und Évi in abgeschlagenen Tassen sammelte, band sie mit rotem Gummi aus dem Porzellankästchen zusammen, damit Aja Bücher und Hefte und Mappen und was sie sonst noch brauchte davon kaufen konnte. Wenn Aja nachts im Kreiskrankenhaus in Kirchblüt arbeitete, stand Évi am Eingang, sobald es heller wurde, um Aja nach Hause zu begleiten, um ein, zwei Räder mit ihr zu schlagen, jedes Mal, wenn sie an einer Ecke einbiegen mussten, und wenn das Semester begann, fing sie Tage vorher an zu backen und zu kochen, damit Aja es in kleinen weißen Schüsseln mitnehmen und in die große Küche stellen konnte, die sie sich mit fünf anderen teilte, die alle ein schmales Zimmer an einem langen Gang hatten. Aja nahm den Rucksack, und Évi trug Zigis dunklen Koffer zur Haltestelle, der seit ihrem achtzehnten Geburtstag Aja gehörte, als könne er Aja mit all den Schüsseln und Kleidern zu schwer werden, wenn sie den Bus zum Bahnhof und später den Zug nahm, um herauszufinden, welche Wege unsere Venen zeichneten.

Évis Sorge um Aja hatte sich mit den Jahren verflüchtigt, wie das Wasser, das die Sommersonne mitnahm, um das Bachbett dem Klatschmohn zu überlassen. Die Sorge war kleiner geworden, mit jedem Tag, an dem Évi hatte sehen können, dass Aja nicht zu atmen aufhörte, sie wachte am Morgen auf und lief in ihrem Nachthemd mit den langen Ärmeln in die Küche, sie kehrte an den Abenden zurück und ging nicht verloren, sie wurde im klammen Haus nicht mehr krank, sie lernte lesen und schreiben und rechnen, und auch wenn ihre Eltern Évi und Zigi waren, wuchs sie auf, wie alle Kinder in Kirchblüt aufwuchsen. Aja war erwachsen geworden, Évi hatte zusehen und aufhören können, sich zu ängstigen, nach und nach hatte sie ihre kleinen Lampen gegen die Dunkelheit ausschalten können. Ihre Erinnerung an Schneefelder war verblasst, der fallende Schnee machte ihr nichts mehr. Seit Aja ihren achtzehnten Geburtstag gefeiert hatte, hatte Évi sogar angefangen, sich zu freuen, wenn Schnee das Laub zudeckte, das sie im Herbst nicht zusammengekehrt hatte, und wenn sie morgens auf ihrem Weg zum Fotoladen nicht durch Schlamm, sondern über frischen Schnee laufen konnte. Sie ging nicht mehr mit tastenden, zögernden Schritten und öffnete schon lange nicht mehr die beschlagenen Fenster zum Garten, damit ein Windstoß ihre Angst zu unseren Linden und über die Felder tragen würde.

Ajas Stimme hatte aufgehört, sich zu überschlagen. Aja musste nichts mehr ausgleichen und nicht mehr ablenken davon, dass sie kleiner war als andere, weil sie nach ihrem elften oder zwölften Geburtstag nicht weitergewachsen war und von allen, die nicht genau hinsahen, noch immer für ein Mädchen gehalten wurde. Ihren drängenden, forschen Ton hatte sie verloren, sie biss sich nicht länger fest an etwas und hatte es aufgegeben, andere mit Worten laut zu bekämpfen und schneller sprechen zu müssen, weil sie geglaubt hatte, einen Vorsprung zu brauchen und immer ein sicheres Stück voraus sein zu müssen, aus Angst, sie würde sonst überholt werden. Was ihr blieb, war ihre Gabe, den Schnee zu spüren, wenn er über Nacht kommen und am Morgen ihre Linde weiß malen würde, und im Krankenhaus fragten sie Aja öfter nach dem Wetter als nach den Krankheiten, auch später, als sie schon Ärztin war, auch da kam man zu ihr, um zu fragen, wann wieder Schnee fallen würde und wie heftig. Seit Aja angefangen hatte, im Krankenhaus zu arbeiten, glaubte ich eine Ähnlichkeit zu erkennen zwischen dem, wie Évi mit ihr gewesen war, und wie Aja jetzt mit den Menschen umging, die hier in den Betten lagen. Ich war sicher, all die Jahre, in denen Évi sie in frostkalten Nächten zugedeckt und an sommerheißen Tagen durchs flache Wasser des Waldsees gezogen hatte, hatten damit zu tun, wie Aja jetzt mit anderen sein konnte, all die Jahre, in denen sie ihre bunten Stifte mit dem kleinen Obstmesser gespitzt und still im Türrahmen gestanden hatte, während Aja in ihre Hefte geschrieben hatte, in denen sie sich zurückgenommen hatte, sobald Zigi mit seinem dunklen Koffer am schiefhängenden Tor aufgetaucht und dann über Wochen durch ihren Garten gesprungen war.

Karl und ich folgten Aja, etwas anderes, als zur nächstgelegenen Hochschule nach Heidelberg zu gehen, fiel uns nicht ein, und insgeheim mochten wir den Gedanken, an den Wochenenden nach Hause fahren zu können und nicht ganz aus dem Leben unserer Mütter zu verschwinden, auch wenn wir seit Jahren so getan hatten, als könnten wir ihnen jederzeit den Rücken kehren. Das Neckarufer mit seinen kantigen Höhen wurde für uns zum hellsten Streifen Land, und für eine ganze Weile konnten wir uns nichts darüber hinaus vorstellen. Für meine Mutter blieb die Gegend vergiftet, wie sie sagte, gerade wegen ihrer Zitronenfalter und weichen Gräser, aber Aja, Karl und ich, wir fuhren oft dorthin, auch wenn wir uns jetzt nicht mehr Tag für Tag sehen konnten. Einmal setzten wir sogar mit der Seilfähre über, an der meine Eltern vor Jahren ihre Räder hatten stehen lassen, und liefen zur Schiffsterrasse, wo mein Vater sein letztes Stück Viktoriatorte gegessen hatte, bestellten Kaffee in weißen Porzellankännchen und ließen unsere Blicke über das weiche Gelb der Wellen gleiten.

Karl hatte in Heidelberg ein Zimmer gemietet, mit einer Küche, in der er nie kochte, aber von deren rundem Fenster er einen Blick über die schräge Gasse hatte, deren Ende zur Hochschule abzweigte, zu der Karl aber kaum ging, weil er seine ganze Zeit brauchte, um Fotos zu schießen, in zwei Sekunden, die für ein Klack-Klack in seinem Kopf reichten, wenn er die Kamera vors Auge setzte und den Auslöser drückte. Dieselben zwei Sekunden, die Karls Leben verzerrt hatten, seit sein Bruder verschwunden war, trieben ihn jetzt durch die Straßen, mit der kleinen Kamera, die er durch Évi günstiger bekommen hatte und die Karl in die aufgesetzte Tasche seiner grünen Lederjacke stecken konnte. Übers Kopfsteinpflaster der schmalen Wege lief er zum Neckar hinunter, zur Alten Brücke, wo er zum Schloss sehen konnte, jedes Mal, wenn er sich umdrehte und aufs Wasser schaute, als könne er Ben dort entdecken, wo die Wellen ans Ufer schlugen und das blasse Licht weniger Laternen spiegelten. Er ging schnell, auch wenn Aja und ich dabei waren, schneller als wir, wenn er sich umschaute, als suche er immerzu nach Beweisen und sammle deshalb all diese Aufnahmen, aus denen er später winzige Ausschnitte so lange vergrößerte, bis für uns nichts mehr darin zu erkennen war. Er und Aja nahmen die Welt auf ihre Weise auseinander und setzten sie nach ihrer eigenen Vorstellung wieder zusammen, Aja mit Formeln und Ziffern, mit denen sie den menschlichen Körper wie unter einer Lupe absuchte, und Karl, indem er seine Umgebung in Stücke teilte, passend zu den zwei Sekunden, die seinem Kopf die Zeit vorgaben und seinen Lebenstakt schlugen, als könne er noch immer Hinweise auf seinen Bruder finden, die Fetzen der Welt aneinanderreihen und so ihre Lücken schließen.

Außer Aja und mir ließ Karl kaum jemanden in sein Leben, anders als Aja, die alle in ihr Leben ließ, sie brauchten nur leise anzuklopfen. Sie und Karl waren sich in vielen Dingen einig, und manchmal war mir, als teilten sie Geheimnisse, als rückten sie näher zusammen und vergrößerten den Abstand zu mir. Vieles kümmerte sie nicht, und wenn es nur der fallende Regen war, in dem sie ohne Schirm standen und redeten und nicht merkten, wenn sie nass wurden. Sie wurden komisch in ihren Gewohnheiten, Karl fing an, die Wettervorhersagen im Radio aufzunehmen und am Abend zu prüfen, ob sie eingetroffen waren, als brauche er sogar fürs Wetter einen Beweis. Aja begann, in Gedanken ihr Beileid auszudrücken und Gespräche durchzuspielen, die sie glaubte irgendwann führen zu müssen. Sie suchte die richtigen Worte und legte sie in eine Windung, in eine Kammer ihres Hinterkopfes, verwarf sie und stellte sie um, wann immer sie zwei freie Minuten hatte, um irgendwann das eine Gespräch führen zu können, in dem alles stimmen würde, als laufe der Tod auf gleicher Höhe neben ihr und sie müsse vorbereitet sein, wenn es ihm gelingen sollte, sie zu überholen. Sie fragte mich, was Zuspruch auf Spanisch und Französisch heiße, wie man in diesen Sprachen Trost und Trauer ausdrücke, um es irgendwann einmal selbst sagen zu können, als müsse sie es auch in den Sprachen sagen können, die ich weit genug entfernt vom Leichenkeller zu übersetzen lernte, als müsse sie all das lange vorbereiten. Trotzdem blieb ihr Blick auf den Tod nüchtern, schon weil er im Kreiskrankenhaus in Kirchblüt ständig auf den Fluren lauerte, wie sie sagte, anders als bei Karl und mir, die er zu früh umkreist und nicht mehr freigelassen hatte, und wenn sich Karl über den Tod beschwerte, als sei er etwas, über das man Beschwerde führen könne, sagte Aja bloß, hör auf mit diesem Todgerede. Karl und ich kannten den Tod, seit mein Vater mich nur noch als Erzählung umgab, seit Ben in zwei Sekunden aus Karls Leben verschwunden war, und deshalb schreckte uns der Gedanke auch nicht, eines Tages selbst nicht mehr da zu sein, wenn wir über Friedhöfe spazierten und nach Gräbern schauten, und so wie wir gerade begonnen hatten, einen Ort zum Leben zu suchen, suchten wir einen zum Sterben.

Karl hatte vor Jahren schon angefangen, im Fotoladen zu arbeiten, nicht wegen des Geldes, das er jederzeit von seinen Eltern bekam, sondern weil er alles hatte lernen wollen, was er in Kirchblüt übers Fotografieren lernen konnte. Als er schnell eine stärkere Brille gebraucht hatte, deren dunkle Ränder auf seinen Wangen saßen, hatte Évi den Kopf geschüttelt und geschimpft, die viele Arbeit im Labor sei schuld daran, das lange Starren auf Bilder, die unter dem roten Licht nur langsam scharf wurden und zu zögerlich ihre Umrisse zeigten. Évi konnte Karl die Schlüssel geben, wenn sie am Morgen noch Tortenguss anrühren und Zucker im Wasserbad zerlassen wollte, sie wusste, er würde den Fotoladen pünktlich öffnen, das Glöckchen einhängen, seine Brille mit den dunklen Rändern aufsetzen und anfangen, die Umschläge aus der gelben Kiste zu nehmen und unter den Anfangsbuchstaben der Namen in Fächer zu legen. Wenn sie kam, wühlte Karl schon hinter dem Vorhang in Papiereimern und hob auf, was andere von ihren Fotos geschnitten und neben den langen Klingen auf die Tischplatte hatten fallen lassen. Évi hatte sich nie gewundert, dass Karl in den schmalen Streifen etwas erkannte, dass er mehr darin sah als nur das Ende eines Strandes, kahle Wände oder die Räder eines Autos, wenn er sie nahm und ordnete, all die abgetrennten Laternen, Hausdächer und Baumkronen, und sie in Kartons sammelte, die er neben seinem Schreibtisch stapelte und mit Fotoschnipseln beklebte, von leeren Stühlen, von Menschen, die ins Bild gelaufen waren, am Rand auftauchten und auf ein anderes, ein nächstes Bild gehörten. Karl fügte sie zusammen, bis sie ein neues ergaben, in dem nichts passte, die Häuser nicht zur Landschaft, die Köpfe nicht zu den Körpern und das Licht nicht zum Himmel. Auf einem waren unter Johannisbeersträuchern Ajas schmale Füße in gelben, zu großen Sandalen zu sehen und daneben meine, zwischen Maulwurfshügeln und Butterblumen, nackt und schmutzig im hohen Gras. Évi musste sie einmal abgeschnitten haben.

Évi verstand immer mehr von Karls Arbeiten als andere, und wenn sie mit ihm redete, auf dem schmalen Bürgersteig vor dem Fotoladen, über den Karl noch immer jeden Samstag sein Fahrrad schob, um mit Évi die wenigen Schritte zum großen Platz zu laufen, hätte man denken können, sie sei seine Mutter, nicht Ellen. Kurz nachdem Ellen aufgehört hatte, Fremden ins Haar zu fassen, weil es sie an Ben erinnert und sie nicht anders gekonnt hatte, als ihre Hand danach auszustrecken, war Karl samstags allein zum Fotoladen gegangen. Er hatte die Schlüssel am schiefhängenden Tor geholt, damit Évi Teig kneten und Rosinen für die vielen Bestellungen einlegen konnte, die sie in den Wochen vor Weihnachten erreichten und die meine Mutter auf die spitzen Haken der Leiste spießte, deren dunkles Holz noch immer das Weiß der Wände teilte. Als Évi den Hefeteig vor den Ofen stellte, damit er in der Wärme aufgehen würde, hörte sie ein Klopfen am Fenster, ein heftiges kurzes Schlagen, und als sie sich umdrehte, weil sich Karls Vater oft so ankündigte, wenn er den Kuchen holen und mit dem Rad ins Städtchen fahren wollte, flatterte ein Vogel auf, ein kleiner schwarzer Vogel, wie er durch Karls Kopf hätte fliegen können, und obwohl es nicht selten geschah, dass sich ein Vogel verirrte und gegen ihre Scheiben flog, überfiel Évi eine Ahnung, ein plötzliches Gefühl der Unruhe, wie sie uns später sagte, das ihr von der Brust zur

Kehle schoss, über die Schultern und Arme bis in die Spitzen ihrer Finger. Sie vergaß, die Reste von Teig und Mehl von den Händen zu wischen, band die Schürze ab und warf sie über den Stuhl, zog Mantel, Mütze und Stiefel an, die auf Zeitungspapier in einer kleinen Pfütze neben ihrem Altar standen, und weil ihr das Laufen zu lange dauerte, nahm sie hinter dem Verschlag mit den Hühnern Ajas Fahrrad und fuhr unter den fliehenden Wolken eines hellgrauen Herbsthimmels zur Brücke über den Klatschmohn und dann weiter hinter den Marktständen übers Kopfsteinpflaster, und weil ihr keine Zeit blieb, schob sie das Fahrrad nicht in den Hof, sondern lehnte es ans große Fenster der Auslage, sprang die Treppen hoch, öffnete die Tür mit dem klingelnden Glöckchen und schob sich vorbei an allen, die im Laden standen und darauf warteten, dass Karl sich an der Theke zeigen würde. Später sagte uns Évi, sie habe die Plakate nicht sehen brauchen, Karls Blick habe ihr gereicht, um zu wissen, dass er hinter dem dicken Vorhang, in einer der großen Kisten, sie entdeckt hatte, Plakate mit dem Gesicht seines Bruders, die der Fotohändler vor Jahren für Ellen vergrößert hatte, ohne Geld dafür nehmen zu wollen. Ellen hatte sie damals in den Geschäften rund um den großen Platz aufgehängt, und Aja und mich hatten sie auf unseren Wegen begleitet. Wie Pfosten hatten sie unsere Pfade abgesteckt und vorgezeichnet, wie Pfeile hatten sie uns die Richtung gewiesen und gezeigt, wie wir zu gehen hatten, damit Karl zu uns stoßen und in unser Leben kommen konnte.

Karl stand vor einem Turm aus alten Kisten, vor seinen Füßen die Plakate, die damals übrig geblieben waren und die er jetzt gefunden und als Reigen desselben Gesichts wie einen großen Fächer auf die Fliesen gelegt hatte. Er war aus diesem hellgrauen Herbstmorgen, an dem ein Vogel an Évis Küchenfenster gestoßen war, wie durch einen Tunnel zurück in eine Zeit gestürzt, in der seine Eltern zu viele Kämpfe in ihren Köpfen ausgetragen und Karl darüber vergessen hatten. Évi war es gleich, dass Leute vor der Theke warteten und das Glöckchen viele Male klingelte, sie fragte, ob sie die Bilder wegbringen dürfe, ob Karl es erlaube, und als er seine Brille abnahm und den Kopf schüttelte, fragte sie noch einmal. Évi wiederholte die Frage, bis Karl schließlich nickte, kaum sichtbar, als falle es ihm schwer, seinen Kopf zu bewegen. Sie hob die Bilder auf und rollte sie hastig zusammen, aus Angst, Karl könne sie noch davon abhalten wollen, ging schnell an den Leuten vorbei, die Platz machten und ihr nachsahen, als sie die Treppen hinabstieg und weiterlief, als fürchte sie, Karl könne ihr folgen und sie zurückrufen. Die großen Tonnen hinter der Hofeinfahrt waren ihr zu nah, Évi wollte die Bilder weiter wegbringen, sie musste über den großen Platz, wo man sich schon vor den Marktständen drängte, musste in einen der schmalen Wege unterhalb der Kirche einbiegen und zu den Erdbeerfeldern, vorbei an den Häusern, die Karls Vater gebaut hatte und die alle aussahen wie ihr eigenes Haus, ein bisschen als schwebten sie. Sie war ohne Mütze, ohne Schal, hatte ihren Mantel nicht zugeknöpft und ließ den Herbstwind unter den letzten fallenden Blättern an ihm zerren, und sie ging schnell, als trage sie etwas, das zu gefährlich war, um es lange in den Händen zu halten, als könne es Feuer fangen und sie verbrennen, als könne es mit ihr in die Luft gehen. Als sie die Eisbahn sehen konnte, an der Haltestelle, wo der Bus über die Landstraße Richtung Süden abfuhr, steckte sie die zusammengerollten Plakate in einen Mülleimer, der zu klein war, um sie alle zu fassen. Es war ihr gleich, ob man ihr zusah und sich wunderte, sie schlug mit flachen Händen, an denen noch immer Reste von Teig und Mehl klebten, auf die Papierrollen, damit sie nicht mehr herausragten und Évi sie nicht länger sehen musste. Die Bilder waren zurückgekehrt, ohne ein Recht darauf zu haben, wie Évi fand, sie hatten sich aus ihrer Zeit gelöst und in diesen Vormittag gedrängt, an dem Évi Rosinen in Rum gelegt und Vanille in Zucker gerührt, an dem alles harmlos ruhig begonnen hatte, als handle es sich um einen Fehler, der die Jahre durcheinandergebracht hatte, um ein Versehen im

Lauf des Lebens, das Évi nicht zulassen konnte und über das sie sich ärgerte, aber noch mehr ärgerte sie sich über sich selbst, weil sie diese Bilder nicht schon viel früher hatte verschwinden lassen.

Über lange Zeit schoss Karl nichts als Vogelbilder. Am liebsten von kleinen Vögeln, die er mit einem starken Teleobjektiv heranholte und deren Flattern er einzufangen versuchte, die schnellen Bewegungen, die nicht fürs Fotografieren gedacht waren. An Wintertagen verbrachte er Stunden in Évis Küche, wenn Évi Futter gestreut hatte und die Vögel vor ihrem Fenster landeten, auf das die Nacht Eisblumen gemalt hatte und das Karl öffnen durfte, um das Hochflattern festzuhalten, wenn sie in unsere nackten Linden und hinaus zu den Feldern flogen. Karl wollte den kleinen schwarzen Vogel in einem Bild einfangen, ihn bändigen und daran hindern, weiter durch seinen Kopf und seine Nächte zu jagen, in die Bilder seiner Träume hinein, sie mit lauten Flügelschlägen aufzuscheuchen und durcheinanderzuwirbeln. Als Évi sagte, er solle aufhören mit diesen Vogelbildern, fotografierte Karl eine Weile Elfen, auch wenn alle sagten, auf den Bildern sei nichts zu sehen, selbst Aja und ich, sosehr wir auch schauten und uns gewünscht hätten, in den weißen Schatten, die alle aussahen wie Pusteblumen, Karl zuliebe Elfen zu sehen.

In Heidelberg begann Karl in einem Atelier auszuhelfen, das er in einer Herbstnacht in einem Hof entdeckt hatte, sein fahlgelbes Licht hinter zwei Akazien hatte ihn an die hohen Fenster gelockt. Es gehörte einem Fotografen, der Karl nach wenigen Augenblicken gesagt hatte, er kenne ihn – nicht nur weil er einen Blick für Gesichter haben musste, sondern weil Karls Gesicht zu vergessen unmöglich war für alle, die es einmal angeschaut hatten, allein wegen seiner Brauen, die so spitz zueinanderzeigten, als wollten sie aufeinander losspringen und ablenken von dem blassen Dreieck unter der Schläfe. Er hatte Karls Aufnahmen schnell auf den großen Tischen ausgebreitet und gesagt, er solle ihn beim Vornamen nennen, er sei Jakob, und ihm alles bringen, was er sonst noch in seinen Schubladen habe. Nach außen schien für Karl vieles mühelos, als gebe es keine Widerstände, als müsse er um nichts kämpfen, als sei das Leben um ihn herum angeordnet, und er brauche sich nur zu bedienen. Schnell durfte er seine Bilder in Jakobs Atelier ausstellen, und er ging zur Eröffnung anders als sonst – als habe er kein Gewicht, als habe ihn etwas aufgerichtet und halte ihn hoch, die Hände tief in den Taschen, sein Gesicht, sein Blick unverändert, gleich wer neben ihm stand und mit ihm redete. Er hatte Évi eingeladen, schon wegen der Vogelbilder in Schwarzweiß, die sie sehen sollte, weil er sie an ihrem Küchenfenster, an ihrem schiefhängenden Tor geschossen und danach jedes Mal an ihrem Tisch gesessen hatte, als müsse er sich ausruhen. Évi wusste, warum es ein kleiner schwarzer Vogel sein musste, den Karl mit der Linse einfing, und wann immer Karl wollte, ließ sie ihn im Labor des Fotoladens hinter dem dicken Vorhang seine Aufnahmen entwickeln, hängte das Schild mit den Öffnungszeiten in die Tür und stellte einen Teller mit Brot und Schinken auf die Kisten. An diesem Abend trug sie ihre weiße Bluse mit der gehäkelten Spitze auf dem runden Kragen, ihr wirres Haar hatte sie mit einem breiten Band zurückgenommen, die Lippen einen Ton dunkler gefärbt. In ihren guten Schuhen ging sie langsam von Bild zu Bild, und obwohl sie viele schon kannte, schaute sie länger als andere, als sei ihr doch alles neu, als sehe sie die Schatten aus Schwarz und Weiß zum ersten Mal und könne einen Hinweis, ein Zeichen darin finden. Sie las die Titel, die Karl seinen Elfenbildern gegeben hatte, und sie bewegte nicht nur die Lippen, wie es sonst ihre Art beim Lesen war, sondern las alles laut: Elfen über Feldern, Elfen unter Linden, zwei Elfen, drei Elfen, als sollten es alle hören, als könnten sie es nicht selbst lesen.

Évi sah seltsam aus zwischen all den anderen, so wie sie immer seltsam aussah und herausfiel, auch jetzt, da sie mit Aja und mir nach den Geburtstagsbildern suchte, aus den Jahren, wenn sie im Sommer verreist gewesen waren, Bildern, die Aja mit Fremden zeigten, denen sie danach nie mehr begegnet war. Évi hatte diese Leute dazugebeten, damit sie nicht allein feiern mussten, diesen heißesten Tag des Jahres, und nach den Aufnahmen hätte man glauben können, es seien gar keine Fremden, sie gehörten genauso wie Karl und ich zu Ajas Leben. Karl hatte sie einen Sommer lang abfotografiert und vergrößert, an vielen Vormittagen im Fotoladen, sobald Évi sicher gewesen war, dass sie Karl die Schlüssel geben konnte, er würde am Morgen pünktlich öffnen und das Glöckchen einhängen. Er hatte sich Zeit genommen, er hatte keine Eile gehabt, als er die Bilder nach und nach in eine Halterung geklemmt, die Kamera auf ein Stativ gesetzt und die Abzüge später im Labor angesehen hatte. Évi hatte gestaunt, als Karl sie und Aja herausgeschnitten und den Rest aufbewahrt hatte, nur die Fremden, die mit Aja gefeiert hatten. Karl hatte die Bilder in ein rotes Album geklebt, das er Aja zum achtzehnten Geburtstag geschenkt und auf das er geschrieben hatte: Heißester Tag des Jahres, sonstwer. Jetzt suchten wir sie vergebens hinter den farbigen Glasbausteinen, die den Raum teilten. Karl hatte sie in seiner Ausstellung nicht aufhängen wollen, sie zu zeigen wäre ihm wie ein Verrat vorgekommen, sagte er mir später, vielleicht weil Aja immer das Mädchen für ihn blieb, das mit seinem Fahrrad ins stille Wasser des Waldsees gestürzt war, selbst jetzt, da sie ihre mädchenhaften Züge abgelegt und sich mit leichten Schritten von ihrem Garten entfernt hatte, wo Évi auf jede ihrer Bewegungen und jeden ihrer Atemzüge achtgegeben hatte. Karl wusste davon nur, weil wir es ihm oft genug erzählt hatten, aber es hatte ihn nie gewundert, wie sehr wir damals erschrocken waren, obwohl Aja schon gut hatte schwimmen können und das Wasser an keiner Stelle so tief gewesen war, dass man sie nicht einfach hätte herausziehen können. Für Karl war dieser ferne Sommerabend eine Verbindung zu seinem Bruder, der oberhalb des Ufers gestanden und Aja zugeschaut hatte, als sie mit dem Rad über den Steg und dann durch die Luft gefahren war. Ben hatte mit uns in einem losen Dreieck gestanden, Aja und ich waren ein lebendes Stück Erinnerung an diesen sonnengelben Abend, an dem sich in Karls Leben noch nichts gewendet und verzerrt hatte. Vielleicht haftete es auch deshalb an Aja, dieses Seefallen, wie wir es nannten, das sich seither nicht von ihr gelöst hatte, auch wenn sie im weißen Kittel über die Gänge des Krankenhauses lief, haftete es an ihr, als sei ihr Haar, als seien ihre Kleider und Schuhe noch immer nass davon.

Ellen tat sich schwer mit Karls Bildern, sie mochte es nicht, wenn sie eine verzerrte, verschwommene Figur zeigten, die so an den Rand gedrängt war, als wolle sie aus dem Bild steigen. Sie mochte den

Schatten nicht, den Karl in seine Bilder ließ, weil er ihm nach Jahren noch durch den Tag folgte, in der Nacht vor seinem Bett kauerte und auf den Morgen wartete, um sich wieder an Karl zu heften, sobald er aufwachte und die Decke zurückschlug. Aja und ich konnten mit Karl kaum darüber sprechen, es war etwas, das er ausklammerte, und sooft wir ihm sagten, er habe keine Schuld, winkte er ab und sagte, doch, er habe Schuld, er habe seinen Bruder in den ersten Jahren weggewünscht, und mit diesem Wünschen habe er Schuld daran. Aja und ich hatten auf unseren Wegen durch Kirchblüt aufgehört zu glauben, Ben würde plötzlich an einer Kreuzung, an einer Ampel stehen, vor den Auslagen eines Geschäfts, er würde hinter uns in einer Schlange warten oder irgendwann am Feldrain entlanggehen, und Évi könnte ihm dann das Kästchen aus Blech geben, auf das sich jeden Tag nur neue Staubkörner legten. Karls Unruhe aus frühen Jahren hatte sich aufgelöst, sein aufgescheuchter Blick, wenn jemand an Évis Zaun vorbeigelaufen und Karl aufgesprungen war, um aus dem Fenster zu sehen. Geblieben war ein leises Pochen in seiner Brust, sagte er, das ihn begleitete und zu ihm gehörte wie der Schatten, den er abzuhängen versuchte, jedes Mal, wenn er in Heidelberg durch leere Gassen zum Neckar lief, wenn er diesen Schatten auf seine Bilder bannte, um ihn festzuhalten und hinter einem Glasrahmen einzusperren.

Ellen verstand nicht, was Fremde in Karls Bildern sehen wollten, und noch weniger verstand sie, dass sie bereit waren, Geld zu zahlen, damit die Bilder ihnen gehörten, aber zur Ausstellungseröffnung hatte sie unbedingt kommen wollen, trotz ihres Schwindels, auch wenn die Bilder kreisen, auch wenn sich der Raum und die Menschen darin drehen sollten. Wenige Tage nachdem Karl die Plakate im Fotoladen entdeckt und Évi sie in einen Abfalleimer an einer der Ausfallstraßen gestopft hatte, hatte sich ein Schwindel in Ellens Kopf gedrängt, der sie so gefangen nahm, dass sie alles andere darüber vergessen konnte. Ein winziges Klümpchen Kalk hatte sich in ihrem linken Ohr gelöst, hatte sich dort auf einen Gehörbogen gesetzt und warf nun die Bilder durcheinander, drehte den Gartenteich, auf den sich beim ersten Frost kleine Inseln aus Eis wie Seerosen setzten, das Schilf vor ihrem Fenster, kippte das Pflaster des großen Platzes, den Kirchturm, selbst unsere Linden vor Évis Zaun, und wenn Ellens Augen anfingen zu flattern, konnten wir zusehen dabei, wie ihr übel wurde und sie sich festhalten musste an Karls Arm, an seiner Schulter, am Blech ihres hellen Wagens, den sie dann stehen ließ und über Wochen nicht fahren konnte. Manchmal sah ich sie auf dem großen Platz, wenn sie plötzlich innehielt und nach etwas tastete, wenn ihre Hände nach der nächsten Bank suchten, weil die Steine unter ihren Füßen gerade verrutscht waren, weil sich der Boden schräg gestellt hatte wie ein kenterndes Schiff, wie Ellen sagte, weil er ihr unter den hohen, klappernden Absätzen weggerissen worden war und sie dann nur langsam weiterkonnte, im Zick-Zack von Platane zu Platane.

Ellen ging neben Évi durch die Ausstellung, wie Schachfiguren sahen sie aus, in ihrem Kontrast aus Hell und Dunkel, als sie sich an Jakob, dem Fotografen, vorbeischoben, der Ellen sofort erkannte und deshalb auch den Rest zusammenfügen konnte. Jetzt, da er Ellen sah, fiel ihm ein, wann er ihr begegnet war, dass er sie vor Jahren eine Weile jeden Tag und dann nie mehr gesehen hatte, obwohl er es sich gewünscht hätte, seit er Karl für die schweren Kleiderkataloge fotografiert hatte, die er nie gemocht, aber mit denen er damals sein Geld verdient hatte. Bevor er sein Atelier um Mitternacht verließ, schob er Karl hinter die Glasbausteine zu den Rollschränken, zog zwei Mappen heraus, und Karl schlug sie auf einer der großen Tischplatten auf, um sich als Kind in einem Schwarzweißbild liegen zu sehen, in einem Meer aus Kabeln, die Arme von sich gestreckt, die Hände zu Fäusten geballt, die Augen geschlossen, vor einem Hof mit Akazien, die gerade angefangen hatten auszuschlagen. Jakob konnte nicht ahnen, dass er ein Fenster zu hellen Tagen aufgestoßen hatte, die sich damals für Karl licht aneinandergereiht hatten, ohne Scherben, die seine Eltern erst später stumm auf seine Wege gestreut hatten, sein Kopf hatte den Takt von zwei Sekunden noch nicht gezählt, und seine ärgste Wunde war ein Brandmal an seiner Schläfe gewesen. Damals war das Bild nicht für den Katalog genommen worden, aber irgendwann später in einer Ausstellung aufgetaucht, zu deren Eröffnung Jakob eine Einladung geschickt hatte, die Ellen wie jede andere Post nicht beachtet hatte.

Seit sein Bruder in einem Auto verschwunden war, weil zufällig niemand in der Nähe gewesen war, der ihn abgehalten hätte davon, einzusteigen, weil zufällig keiner auf der anderen Seite der Straße gestanden und ihm zugewinkt, ihn gerufen hatte, als sich die Wagentür geöffnet hatte, seitdem glaubte Karl an Zufälle. Auch die Begegnung mit Jakob hielt er für einen Zufall, der ihn auf eine stille Art mit Jakob verband, die wir anderen nie durchdringen konnten. Vielleicht war es, weil Jakob eine Brücke zu Karls Kindheit schlagen konnte und sehen, Karl hatte sich nicht weit von ihr entfernt, nicht einmal von seinem Kindergesicht, das in seinen Zügen noch gut zu erkennen war, auch nicht von der Gabe, den Lärm und das Treiben ringsum auszuschalten, früher auf einem Gewirr aus schwarzen Kabeln im Licht der Scheinwerfer und heute zwischen allen, die gekommen waren, um seine Bilder zu sehen. Auch diese

Gabe hatte Karl behalten, gegen jeden Tag und jedes Jahr, in dem das Klack-Klack in seinem Kopf lauter und drängender geworden war.

Jakob hatte Zeit. Mehr als fünfzehn Jahre hatte er Ellen nicht gesehen, und jetzt hatte Karl sie zu ihm geführt, zwischen seinen nächtlichen Spaziergängen durch die Gassen der Altstadt, unter ihren beschlagenen Fenstern und Regenrinnen, die das Wasser zum Ufer schickten, das Karl noch immer absuchte nach etwas, von dem Jakob nichts ahnen konnte. Wenn er nach Ellen fragte, um sie einzuladen ins Atelier, sagte Karl, sie kann nicht, ihr ist schwindlig, in ihrem Kopf ist es zu dunkel, und Jakob schien es nie zu kümmern, wenn sie nicht kam, weil er jetzt wusste, wo Ellen war, er brauchte sich nur in seinen Wagen zu setzen und über Landstraßen, die weg vom Neckar führten, nach Kirchblüt zu fahren. Mit Karl hatte er eine Verbindung zu ihr, und nachdem es Jahre gebraucht hatte, bis Karl in einer mondlosen Nacht zu ihm gefunden hatte, wusste er jetzt, er hatte Zeit. Évi hatte gleich etwas in Jakobs Blicken erkannt, und jetzt fiel ihr immer etwas ein, was sie in den Geschäften rund um den großen Platz nicht besorgen konnte und so dringend brauchte, dass Ellen sie die halbe oder drei viertel Stunde nach Heidelberg fuhr, wann immer es ihr Schwindel zuließ, schon weil sie Zeit und wenig zu tun hatte, seit Karl nicht mehr in

Kirchblüt wohnte und ihr eine Leere gelassen hatte, die sie mit nichts zu füllen wusste. Évi buk Geburtstagstorten und Teegebäck, sie verkaufte Fototaschen und Farbfilme hinter einer Theke, sie hatte die Birnbäume, die Johannisbeeren und ein schiefhängendes Tor, an dem sich Zigi jeden Herbst zeigte. Meine Mutter hatte ein Geflecht aus Straßen, in dem sie jeden Tag nach den besten Wegen suchte, um den Namen meines Vaters auf roten und gelben Planen durchs Land und über seine Grenzen zu schicken, sie zupfte das Unkraut von seinem Grab und ließ seine Bücher abstauben, die auf weißen Regalen im Wohnzimmer bis an die Decke ragten. Selbst wenn sie nichts gehabt hätten, etwas hätte Évi und meine Mutter zusammengehalten, weil sie so gemacht waren, dass etwas sie zusammenhielt und sie nicht auseinanderfielen. Nur Ellen schien neben Karl nichts mehr zu haben, was ihre Tage ordnen und sie stützen konnte. Sie wartete in Jakobs Atelier, wenn Évi vorgegeben hatte, Mandelmus oder Rosenwasser besorgen zu müssen, und nach Stunden zurückkehrte, in denen sie durch die Kirchen der Altstadt gestreift war, mit Tüten in den Händen, die sie zu Hause gefaltet, in ihre Handtasche gesteckt und später mit Papierabfällen aus dem Atelier gefüllt hatte, aus einer Tonne hinter dem Haus, die Karl ihr gezeigt hatte, weil auch er wollte, dass seine Mutter ihre Nachmittage nicht vor ihrem Fenster, sondern in Jakobs

Nähe verbrachte, und wenn sie nur mit dem Rücken zu den großen weißen Tischplatten saß und keinen Schluck von dem Tee trank, den Jakob hinter Glasbausteinen kochte und auf einem Holztablett brachte, auf das er neben Kandis und Honig ein Foto legte, das er gerade entwickelt hatte und von dem er glaubte, es könne ihr gefallen. Jakob ließ ihr Zeit, er hielt Abstand, sprach kaum und stellte wenige Fragen, und es schien ihn nicht zu ärgern, wenn Ellen selbst darauf nicht antwortete und sich nie zu ihm drehte, sondern weiter mit den Fingern in ihren blonden Strähnen spielte und zwischen den schwarzen Fenstersprossen hinausschaute, als habe sie Angst, Évi zu verpassen, wenn sie mit vollen Tüten zurückkehren würde. Wenn ich Ellen im Atelier entdeckte, sah sie aus, als säße sie dort, um sich aufzuwärmen, um der Kälte des Winters und seinem Regen zu entfliehen, als habe sie nur einen Unterschlupf gesucht, um ihren nassen Mantel abzulegen, um ihr Haar zu trocknen, und Jakob habe es ihr nicht abschlagen wollen.

Jakob schien ohne Blessuren zu sein. Neben Karl und Ellen mit ihren hellen Augen, ihrem Blick, der zwei Falten zwischen ihre Brauen gezogen hatte, dem Schatten, der nicht von ihnen weichen wollte und den sie so sichtbar herumtrugen, sah Jakob aus wie ein Junge, der zu schnell gewachsen war. Schon wie er Fotos auf die großen Tischplatten legte und als Bildergeschichten ausbreitete, in denen Ellen sich sofort hätte erkennen können, hätte sie sich nur einmal umgedreht und geschaut, auf den Reigen ihrer Augen und Hände, ihrer Haare, Knöchel und Füße in Sandalen, die Jakob damals aufgenommen hatte, ohne dass es Ellen bemerkt gehabt hätte. Jakob hatte sich die Bilder, die nur Ausschnitte von Ellen zeigten, früher oft angesehen, so viel hatte er uns verraten, nicht nur, wenn er etwas gesucht hatte und in den Fächern und Schubladen zufällig auf sie gestoßen war. Aber immer hatte etwas gefehlt, wenn er sie aneinandergelegt hatte, um seiner Erinnerung zu helfen und ein Gesicht zusammenzufügen, das er nicht bereit war zu vergessen. Über Jahre hatte er ein Mosaik daraus zu legen versucht, für das er nicht alle Teile besessen hatte, das er aber jetzt vollenden konnte, seit Ellens Sohn auf seinen Streifzügen durch die Nacht über die schmalen Gassen in seinen Hof gefunden hatte.

Kurz nach Neujahr, das Ellen mit niemandem gefeiert und wahrscheinlich nur bemerkt hatte, weil Évi an ihre Tür geklopft, einen Teller mit Krapfen in die Küche gestellt und ein gutes neues Jahr gewünscht hatte, an einem Abend in Heidelberg, an dem die Lichter im Hof ausgefallen waren und Ellen nur sich selbst im Fenster hatte sehen können, drehte sie sich zum ersten Mal zu Jakob. Auf dem Stuhl mit den breiten Armlehnen drehte sie sich zu ihm, mit einer schnellen Bewegung, wie Jakob uns später erzählte, als sei ihr beim Blick in die plötzliche Dämmerung eingefallen, dass man sich auf dem Stuhl auch drehen könne, während sie darauf gewartet habe, dass Évi mit Tüten beladen zurückkommen würde, in denen sie weder Mandelmus noch Rosenwasser, sondern altes Papier trug. Zum ersten Mal schaute sie auf die Bilder, die Jakob hinter ihr ausgebreitet hatte, wie er es immer tat, sobald Évi und Ellen in der Tür standen. Später sagte Ellen, sie habe sich sofort in den Bildern erkannt und ihren Blick abgewendet, die winzigen Ausschnitte aus der Vergangenheit hätten sie geängstigt. Trotzdem hatte Jakob etwas in ihr angestoßen und aufgeweckt, so viel begriffen wir schnell, schon mit seiner Art, Abzüge durchzusehen, Bilder zu rahmen und zu hängen, die Linsen mit einem hellen Tuch zu säubern und die Kanne mit schwarzem Tee wegzustellen, ohne dass Ellen davon genommen hätte. Etwas geschah mit ihr, jeder konnte es sehen, nicht nur Aja, Karl und ich, jetzt, da sie anfing, sich im Fensterglas zu betrachten, an den kleinen Geschäften rund um den großen Platz und am Fotoladen, wenn sie vorbeiging und Évi zuschauen konnte, wenn Ellen ihren langen weißen Hals streckte, wenn sie über den Kunstfellkragen strich und den schmalen Gürtel auf ihrer Taille fester zog. Karl fiel es an den Wochenenden auf, wenn er in Kirchblüt war und Ellens Blick am Nachmittag, sobald es dunkel wurde, in der Fensterscheibe nicht mehr nach dem Schilf suchte, sondern nach sich selbst, wenn Ellen ihre Umrisse nachzeichnete und abtastete, als sei sie sich fremd geworden und versuche sich wiederzufinden, als prüfe sie noch, ob es wirklich ihre Augen auf den Fotos waren, ihre Finger und Füße, die Jakob auf den Tischplatten ausbreitete, jedes Mal, wenn Évi die Tür zu seinem Atelier aufgestoßen und sich schnell verabschiedet hatte. Als Ellen anfing, ihr Haar nach dem Waschen wieder auf eine Bürste zu drehen, wie sie es früher getan hatte, mit einer Bewegung, als sei es Zuckerwatte auf dem Jahrmarkt, wussten wir, etwas war zu ihr zurückgekehrt, etwas war wieder lebendig geworden, und es lag an Jakob und Évi, sie hatten dafür gesorgt, Jakob mit seinen Bilderreigen, in denen immer ein Stück fehlte, und Évi mit ihren leeren Tüten, die sie am Neckar entlang, durch den Schlossgarten und die Straßen der Altstadt trug, um sie abends an einer Tonne mit Papier zu füllen.

Als Ellen zum ersten Mal ohne Évi die Tür zum Atelier öffnete, als sie sich auf den Stuhl mit den breiten Armlehnen setzte und nicht mehr aussah, als habe sie nur vor dem Wetter fliehen wollen, wusste Jakob, sie würde wiederkommen, er brauchte sie nicht mehr einzuladen, nicht mehr über Karl Grüße zu bestellen, und Évi musste nicht länger vorgeben, sie habe in den schmalen Gassen einzukaufen, die eine Sorte Piment, die eine Flasche Orangenlikör, die sie für ihre Kuchenbestellungen brauchte und im Kaffeeladen in Kirchblüt nicht kriegen konnte. Etwas an Ellens Art sagte Jakob, sie würde wiederkommen, erklärte er später Karl, schon wie sie die Tür öffnete und leise ihr Guten Abend in den Raum warf, als habe sie Angst, Jakob könne es auch hören, schon wie sie ihren Mantel mit dem blauen Fellkragen so zögerlich ablegte, als trage sie nichts darunter, und dann auf hohen klappernden Absätzen von Bild zu Bild über den Betonboden ging, obwohl es seit Wochen dieselben Aufnahmen waren und sie alle längst gesehen hatte.

An Jakob war etwas, das nicht nur Ellen, sondern uns allen gefiel, sein schiefes Lachen, als passten seine Zähne nicht zu seinem Mund, als sei in seinem Gesicht etwas falsch zusammengewachsen, das Jungenhafte an ihm, über das wir oft genug vergaßen, dass Jakob älter war als wir, die Ruhe, die sich auf uns übertrug, wenn er eine Aufnahme zeigte und sich Zeit nahm dafür, wenn er unsere Fingerabdrücke vorsichtig mit einem Tuch abwischte, als habe er Angst, das Bild könne zerreißen, und wenn er es unter dem Licht einer Lampe drehte, damit wir jedes Mal etwas Neues darin entdecken konnten. Uns gefiel, dass er sein Atelier offen ließ und wir nie vor verschlossenen Türen standen, wenn wir seine Bilder sehen wollten, weil ihn der Gedanke nicht störte, jemand könne etwas mitnehmen wollen, wenn er spät am Abend nach Hause ging, mit Mappen und Folien unter dem Arm, unter den Doppeltürmen auf die Alte Brücke über den Neckar trat, wo er trotz des scharfen Windes jedes Mal stehen bleibe, wie er sagte, um sich zum Schloss zu drehen und zu schauen, ob es noch dort stehe, ob noch genau so wie am Morgen, als er sich aufgemacht hatte in die schmalen Gassen der Altstadt.

An einem solchen Abend im Februar, als es an der Hochschule schon niemanden mehr kümmerte, dass Aja nur drei Finger an einer Hand hatte, Monate nach Karls erster Ausstellung, als der Winter die Brückenpfeiler und Ufer nach Fastnacht einmal noch mit Schnee bestäubt und die roten Dächer zugedeckt hatte, war es Jakob, als folge ihm jemand. Er habe etwas im Nacken gespürt, sagte er später, schon als er die Tür zugezogen hatte, um wie jeden Abend übers schräge Kopfsteinpflaster zum Wasser zu laufen. Aber wenn er sich umgedreht habe, hatte er niemanden sehen können, nur den Schnee, der mit einem Mal dichter geworden und vom Wind um die Häuser gejagt worden sei. Jakob war allein auf der Brücke, außer ihm schien niemand bei diesem Wetter unterwegs zu sein, aber als er stehen blieb und wie jeden Abend zum Schloss schaute, dessen Mauern unter dem Weiß aussahen, als ragten sie plötzlich höher, war es ihm, als habe er im Brückentor einen Schatten bemerkt. Jakob schob seine Hände durch den frischen Schnee auf der Mauer, bis er aufs Wasser rieselte, bis seine Finger klamm waren und er trotz Mantel und Schal zu frieren anfing. Er ging langsam weiter, er ließ sich Zeit, zum anderen Ufer zu gelangen, weil er vielleicht etwas entdecken würde, das ihm vorher nie aufgefallen war, als sei ihm alles neu an diesem Abend, der die Schneeflocken über seinem Kopf tanzen ließ und fremde Schatten wie verspätete Fastnachtsboten durch die Straßen schickte, als könnten ihm Pfeiler und Steine heute etwas Neues zeigen, das er mit seiner Kamera würde festhalten wollen, die er in der dunkelroten Tasche trug, die er lautlos öffnen konnte, um den Sucher schnell vor sein linkes Auge zu halten, mit dem er besser sah, und die Blende so einzustellen, damit er später im Schwarzweiß genau die Konturen finden würde, die er haben wollte. Als der Schneefall nachließ, lief Jakob wie in einem Kegel weiter, in dem er hoch in einen blassgelben Himmel blicken konnte, ohne dass ihm noch Flocken aufs Gesicht gefallen wären. Er streckte die Arme zur Seite, nicht einmal seine Fingerspitzen berührte der Schnee, er drehte sich und zeichnete mit den Stiefeln einen Kreis, und als er sich ein drittes, viertes Mal um sich selbst drehte, sah er unter dem Brückentor Ellen stehen, als habe das Schneetreiben sie durch die Luft getragen und dort abgesetzt, in ihrem samtblauen Mantel, der Kragen so hochgeschlagen, dass er ihre Wangen versteckte. Sie schaute zu Jakob, zum lichten Kegel, in dem er stand, die Arme noch immer ausgebreitet, als habe er über Ellens Anblick vergessen, sie zu senken. Ellen trug weder Handschuhe noch Mütze, Schneeflocken klebten auf ihrem langen Haar, und als habe sie die Abstände zu den Seiten ausgemessen, ging sie genau in der Mitte über die Brücke, in hellblauen Stiefeln langsam durch den Schnee, in den sie auf hohen Absätzen ihre Spuren neben Jakobs Spuren setzte, und als sie nur noch drei, vier Schritte von ihm entfernt war, schlug er die dunkelrote Tasche auf, griff nach seiner Kamera, hielt den Sucher vor sein linkes Auge und drückte den Auslöser.

Fortan sah es aus, als wolle Ellen Jakob nicht mehr allein lassen, vielleicht aus Angst, noch einmal jemanden allein zu lassen, ohne den sie nicht sein konnte, und wenn sie zu ihm redete und zu dicht bei ihm saß, sagte Aja, hoffentlich ist Jakob nicht weitsichtig, sonst kriegt er gleich Kopfschmerzen. Jeden Tag fuhr Ellen über verschneite Landstraßen die sachten Hügel hinab zum Neckarufer. Évi nahm sie nicht mehr mit, weil sie nichts mehr aus der Stadt brauchte und für Ostern alles auch in Kirchblüt besorgen konnte, wie sie sagte. Wenn Jakob an den Abenden sein Atelier verließ, ging Ellen mit ihm über die Alte Brücke, in ihren Stiefeln aus Wildleder, mit denen sie trotz der hohen Absätze kaum an Jakobs Schultern reichte, über der seine dunkelrote Tasche hing, die er nicht mehr geöffnet hatte, seit Ellen gesagt hatte, sie wolle nicht, dass er die Kamera noch einmal so vor ihr Gesicht halte und den Auslöser drücke. Sie ging mit Jakob über die Brücke, um zu beichten. Sie schaute ihn nicht an, sie heftete ihren Blick aufs Wasser, auf seine kalten springenden Wellen, und jedes Mal, wenn sie auf halber Höhe stehen blieben, senkte sie ihren Kopf, wie in einem Beichtstuhl, in dem sie ihre Sünden, mit denen sie in all den Jahren allein geblieben war, endlich aussprechen konnte – so jedenfalls erzählte sie es später Évi und meiner Mutter, wenn sie in Évis Küche saßen und Winzersekt in Kristallgläser gossen. Ihre Schuld, die Kinder sich selbst überlassen und die Kammer mit Wäsche und Bügeleisen nicht verschlossen zu haben, an die sie denken musste, jedes Mal, wenn sie Karl anschaute und den blassen Fleck auf seiner Schläfe sah, wo seine Haut tausend winzige Wellen warf. Ihre Schuld, dass Ben bei seinem Vater und nicht bei ihr gelebt hatte und unter dem blauen Kirchblüter Himmel in einen Wagen gestiegen und mitgefahren war. Wenn sie zu den Lichtern schaute, die übers Wasser zuckten, sprangen Bilder aus dieser Zeit heran, als sie schon einmal hier gestanden und sich gewünscht hatte, die Strömung würde sie wegtragen, weg vom großen Platz und den schmalen Straßen, die auf ihn zuliefen, weg von der einen Straße, an der Ben an einem Frühlingsnachmittag aus ihrem Leben verschwunden war. Sie beichtete Jakob, dass sie Karls Vogelbilder kaum hatte ansehen können, aus Angst, durch die Jahre zu fallen, zurück zu einem Sonntagmorgen, an dem ein kleiner Vogel in ihr Leben geflattert war, der seitdem durch ihre und durch Karls Nächte flog, vielleicht sogar durch die Nächte von Karls Vater. Obwohl sie die Vorhänge, in denen er sich verfangen hatte, im neuen Haus nicht mehr aufgehängt hatte, obwohl sie die Hecken hatte schneiden lassen, damit ihn nichts mehr würde einsperren können, flatterte er weiter durch ihr Leben und fand nicht den Weg hinaus, mit seinen schnellen ängstlichen Flügelschlägen, so wie damals, als er ihr wie ein Zeichen geschickt worden war, das sie nicht zu deuten gewusst hatte.

Mit ihren Jakobsbeichten, wie wir sie nannten, kehrte etwas zurück zu Ellen, das sie vor Jahren abgelegt hatte. Es war, als sei das helle Grün ihrer Augen dunkler geworden, und sie könne nun besser sehen damit. In ihren Zügen löste sich etwas, und sie kam Schritt für Schritt wieder ins Leben, so wie wir es kannten, wenn sie plötzlich über Dinge lachte, über die bisher nur wir gelacht hatten, nur Aja, Karl und ich, wenn sie an den Auslagen vorbeiging und immer etwas fand, das sie einem von uns schenken wollte. Besuchte Karl sie an den Wochenenden, saß sie nicht mehr vor dem Fenster zum Schilf, sondern lief durchs Haus, durch den Garten, schlug mit einem Stock den Schnee von den Tannen, weil sie ihr Grün sehen wollte, und zog mit einem Netz die welken Gräser aus dem Teich, um den sie sich nie gekümmert hatte. Es sah aus, als tanze sie um sich selbst und die Dinge, die sie umgaben, schon weil sie ihre Schritte nicht mehr so vorsichtig setzte. Sie öffnete Terrassentüren und Fenster, ließ die Luft herein, das Zwitschern der Vögel, und irgendwann nahm sie ein Tuch aus dem schmalen Schrank unter dem Waschbecken und staubte die Bilder ab, die ihre Söhne zeigten.

Schon im April sagte Jakob, Ellen gehe leichter über die Alte Brücke, sie habe aufgehört, unter den Füßen der Minerva stehen zu bleiben und ihren Neid zu beichten, auf alle, die zu einem Grabstein gehen konnten, sie habe aufgehört, ihm von einer Welt zu erzählen, die ihm fremd geblieben sei, obwohl Ellen sie mit jeder Beichte zu ihm getragen habe und sie nur wenige Hügel weiter, hinter den Ufern des Neckars, hinter den ersten dichten Wäldern liege. Ellen ging jetzt in Schuhen, die sie früher einmal, zu einer anderen Zeit, zum Wandern getragen hatte, flache Schuhe mit dicken Sohlen, deren braune Bänder sich unter kleinen Haken aus Metall kreuzten. Sie lief auf Resten von Schnee, die das Wetter bald mitnehmen würde, als wolle sie ihn nicht hergeben, als fürchte sie den Frühling und wolle die Zeit nicht beenden, die dunkle Zeit des Jahres, in der sich ihre Tage so unerwartet hell aneinandergereiht hatten, jeder Tag heller als der zuvor, seit sie Jakob über die nassen Wege der Altstadt zum Wasser gefolgt war und unter Schneeflocken auf der Alten Brücke vor ihm gestanden hatte.

Ich habe mich oft gefragt, ob wir die anderen sehen können, wie sie wirklich sind, ob wir sie je erkennen oder nur das in ihnen sehen dürfen, was sie selbst auch zulassen. Vielleicht haben mich die Dinge, die geschehen sind, zu diesen Fragen gebracht, oder es ist, weil sie in Kirchblüt immer schon Lügen über Karl verbreitet haben, dass er das Herz eines anderen trage, wo doch sein Bruder zwei lange schräge Narben hatte, die ein Kreuz auf seine Brust gezeichnet hatten und mit der Zeit blass geworden waren, blasser mit jedem Sommer, in dem er am Waldsee sein Hemd über den Kopf gezogen hatte und ins dunkelgrüne Wasser gesprungen war. Wenn Aja und ich noch an Ben dachten, wie er hätte werden können, ob einer von uns, einer wie wir, fragten wir uns jedes Mal, wie es für Karl gewesen wäre, einen lebenden Bruder und keinen toten Schatten zu haben, was aus ihm geworden wäre, wenn Ben bei ihm geblieben wäre, ob Karl zu fotografieren gelernt, Vögel vor Évis Küchenfenster beobachtet und ans Glas geklopft hätte, damit sie hochflatterten und in unseren Linden verschwanden. Karl wäre ein anderer geworden, ich bin sicher, es war wegen dieser Dinge, dass er manchmal so leblos schien, wie Aja und ich es nannten, dass er so ungerührt und fern sein konnte. Das Klack-Klack in seinem Kopf, die Blicke seiner Eltern hatten ihn zu dem gemacht, was er war, auch wenn er es aufgegeben hatte, für seine Eltern besser sein zu wollen als andere, und lieber Vogelbilder schoss, um ihnen zu zeigen, was sie nicht sehen wollten, auch dass sie keine Schuld traf, anders als Karl, dessen Schuld es war, seinen Bruder weggewünscht zu haben.

Wir hätten uns aus den Augen verlieren können, wie sich viele in dieser Zeit aus den Augen verlieren, die uns erwachsen werden lässt. Aber wir blieben einander nah, wir lösten unsere Bande nicht, und es gab nichts, das uns zu anderen hätte hinziehen und voneinander entfernen können. Vielleicht war es der Schatten, mit dem jeder von uns lebte, vielleicht hielt uns das zusammen. Wir konnten uns der anderen sicher sein, und es gab lange nichts, das uns diese Zuversicht genommen hätte. So wie Aja nie an das Schicksal glaubte und Karl nur an den Zufall, wusste ich, wir drei hatten uns gefunden, weil wir zusammenfinden mussten, schon weil die Zumutungen, die das Leben für uns bereithielt, so besser auszuhalten waren. Selbst wenn Aja kurz aus meinem Blickfeld verschwand und mich das gleiche Gefühl überkam, das ich von früher kannte, wenn sie Karl und mich vergessen hatte und lieber allein übers Eis gelaufen war, wusste ich, wir verlieren einander nicht, schon weil Aja jemand ist, den man an einem Tag verliert und an einem anderen wiederfindet. Unser Dreieck blieb an seinen Spitzen geschlossen, auch wenn Aja und Karl manchmal davonzuspringen schienen, schon weil sie immer leichter als ich ihre Ziele verfolgten. Es war ihnen fremd, etwas zu überdenken und lieber nicht zu tun, Aja, weil sie keine Angst kannte, und Karl, weil er nichts zu verlieren hatte und sagte, ein Leben lang gehöre uns nichts, nur die Jahreszeit, in die wir ohne unser Zutun geboren würden, und wir gehörten ihr. Ich habe nie daran gezweifelt, es stimmt, Karl hat recht damit, so wie ich im Herbst geboren bin und unbedingt zum Herbst gehöre, gehört Karl zum Winter und Aja zum Sommer, zu keiner anderen Jahreszeit so wie zum Sommer, zu seinem weiten Himmel und seinen leuchtend hellen Tagen, von denen wir uns wünschen, sie würden nie enden.

An einem solchen Sommertag hörte ich auf, mich um die Gesetze meiner Mutter zu kümmern, die sie erfunden hatte, um sich zu schützen – vor was, ich weiß es nicht, es war doch alles schon geschehen, vor dem sie sich hätte fürchten müssen. Ich brach mein Versprechen, das ich ihr als Kind gegeben hatte, ich brach es an dem Tag, als Aja zu mir sagte, wenn du weinen willst, weine, niemand kann es dir verbieten, und Karl uns in Jakobs Wagen vom Neckar über die sachten Hügel fuhr, die sich der Sommer mit sattem Grün erobert hatte, zum Rand unserer kleinen Stadt, zur Brücke über den Klatschmohn, wo wir Évis Haus und unsere Linden sehen konnten. Wir gingen an der Mauer entlang zum Friedhof, Aja legte die Hände auf die warmen Steine, Karl öffnete das gusseiserne Tor mit den Eichblättern und blieb stehen, als wolle er Aja und mir einen Vorsprung lassen, und nach wenigen Schritten blieb auch Aja stehen. Ich ging allein über den schmalen Kiesweg, und sie warteten, während ich mein Versprechen brach und zum ersten Mal am Grab meines Vaters weinte. Ich weinte, weil meine Mutter und ich allein geblieben waren, ich weinte über den Namenszug meines Vaters auf diesem Stein, darüber, dass ich keine eigenen Erinnerungen an ihn hatte, wenn ich auf die gerahmten Fotos in unseren Regalen geschaut hatte. Ich weinte, weil ich den Klang seiner Stimme nicht kannte, weil ich längst nicht mehr wusste, wie es gewesen war, seine Wangen, seine Schultern anzufassen. Ich weinte, weil wir anfingen, unsere eigenen Wahrheiten zu haben, uns nicht länger auf die Geschichten unserer Mütter zu verlassen, unsere Welt nach eigenen Maßstäben zu erfinden, und weil die bunten, lauten Jahre unserer Kindheit hinter uns lagen. Wir würden nicht mehr warten, wir würden Luft holen und ins Leben springen wie in tiefes Wasser, und so weit wir nur konnten, würden wir hinausschwimmen.

Als wir zurückgingen, strich Aja mit den Fingern übers Tor, über jeden seiner gusseisernen Stäbe, und als sei sie durchs stille Warten darauf gekommen, sagte sie etwas, das sie noch nie gesagt hatte und über das Karl und ich lieber geschwiegen hatten. Ich bin ein Krüppel, sagte sie, an einer Hand habe ich bloß drei Finger, und weil Karl und ich glaubten, uns verhört zu haben, sagte sie es noch einmal, leiser und langsamer: Ich bin ein Krüppel, an einer Hand habe ich bloß drei Finger. Wir lehnten an der Mauer und schauten über die Felder zu Évis Haus, das von hier winzig aussah, als sei es kleiner geworden, seit wir nicht mehr jeden Tag durch den Garten sprangen, auf einem Bein über lose Steinplatten, durchs schiefhängende Tor zu unseren Linden. Es sah aus, als habe Évi es schrumpfen lassen, weil sie den Platz nicht mehr brauchte und es ihr ohne uns zu groß geworden war, jetzt, da wir nur noch selten kamen, als sei das Dach gesunken und die Regenrinne kürzer geworden, als seien die Holzwände zusammengerückt, als habe Évi ein Seil ums Haus gebunden und fest daran gezogen. Nur der Garten war unverändert, mit seinen Birnbäumen, Zigis schwarzen und roten Johannisbeeren, die in diesen Tagen des Sommers reiften. Wir konnten Évi nicht sehen, vielleicht saß sie am Tisch und legte die Stofftaschentücher mit den Stickrosen zusammen, in ihrer stillen Küche ohne Telefon, das sie nicht haben wollte, selbst wenn Karls Vater eine Leitung hätte legen können, weil es zu teuer sei und sie mit Zigi nie mehr als drei Sätze würde reden können und kein Telefon brauche, um ein Gespräch zu beenden, kaum dass es begonnen habe.

Etwas löste sich von uns, als wir über die Felder schauten und Évis Haus winzig aussah und fern, wie hinter Folie, als sich in ihrem Garten nichts zu regen schien, obwohl wir den Sommerwind auf unseren Armen spüren konnten. Wir würden weggehen von hier, so viel wussten wir, wir würden uns umdrehen, an der Mauer entlanglaufen, zur Brücke über den Klatschmohn, und weggehen. So wie wir uns als Kinder keinen anderen Ort als Kirchblüt, keine andere Welt als diese hatten vorstellen können, würden wir uns jetzt von ihr wegdrehen und es so machen, wie Évi und Zigi es Jahre zuvor gemacht hatten, als sie Landkarten in die Luft geworfen, blind mit einem Finger darauf gezeigt hatten und ohne Furcht losgezogen waren. Wir waren von unseren Linden geklettert, hatten die staubigen Wege verlassen und den hohen Mais ein letztes Mal mit unseren Armen gestreift. Wir brauchten nur noch unsere Mütter abzupflücken, die wie Kletten an den Stoffen unserer Kleider hafteten, uns die Augen zuzuhalten und ohne Gewicht ins Leben zu springen. Wir hatten keine Angst davor, und dass es so war, hatte mit Évi und meiner Mutter zu tun, sie hatten uns über die Jahre beigebracht, keine Angst davor haben zu müssen, auch wenn wir es nie zugegeben hätten, damals schon gar nicht. Jetzt, da wir Évis Garten hinter uns lassen würden, über dem der Mond anders stand, kam mir der Gedanke, dass es immer Évi gewesen war, die mir gefallen hatte, ich hatte zu Aja gewollt, um Évi sehen zu können, wenn sie die Stufen hoch zum Fliegengitter gegangen und der Saum ihres Kleides mitgeschwungen war, wenn sie sich zu uns gebeugt hatte und zwei Strähnen in ihre Stirn gefallen waren, wenn sie ein großes Tuch zwischen die Bäume und aus den Enden Schleifen gebunden, wenn sie Karls Vater durchs Fenster zugerufen hatte, es ist Zeit loszufahren. Nie hatte ich mich an den Dingen gestört, an denen sich andere gestört hatten, auch nicht daran, dass Évis Beine ein bisschen aussahen wie Spazierstöcke und sie kaum besser lesen konnte als wir damals, als wir gerade damit angefangen hatten.

Évi wusste, wir würden uns von ihr entfernen, wir hatten nichts sagen müssen. Sie hatte ihre Ahnung zerstreuen wollen, hatte sie im Frühling noch mit Händen zu verscheuchen gesucht, aber es war ihr nicht gelungen, nicht in ihrem geschrumpften Haus und nicht auf ihren Wegen durch Kirchblüt. Als wir im Juli Kirschen von den Bäumen pflückten, in Plastikeimer warfen und später auf der Bank saßen, die Karls Vater gebaut und unters Küchenfenster gestellt hatte, damit Évi so vor ihrem Haus sitzen konnte, wusste sie es schon. Obwohl es ihr sein musste, als stürze sie nach Jahren noch einmal von einer Kuppel, diesmal ohne Seil, das an ihrem Rücken festgehakt war, strengte sie sich an, sich mit uns zu freuen, als sie aufstand, um zwischen Maulwurfshügeln durchs Gras zu gehen, und Karl einen Stuhl heranzog, damit sie sich wieder setzte. Es würde dauern, sagte sie, sich mit dem Gedanken anzufreunden, wir könnten an einem anderen, an einem fernen Ort und nicht in ihrer Nähe sein, wir würden an den Wochenenden nicht nach Kirchblüt kommen, sie würde Aja in den Ferien nicht mehr am Krankenhaus abholen, nach Hause begleiten und am Wegrand mit ihr Räder gegen die Müdigkeit schlagen. Sie würde sich in einen Bus setzen und einen Tag und eine Nacht fahren müssen, um Aja sehen zu können. So weit würde sie ihre Arme nie ausstrecken können, sagte Évi, nicht in Zigis und nicht in Ajas Richtung, um nach ihnen greifen und sie berühren zu können.

Süden

Man muss den Zug nehmen nach Rom, den Nachtzug, der kurz vor Mitternacht losfährt und eine Weile wartet, wenn es still geworden ist, bis er sich in Bewegung setzt, bis er langsam losrollt, und der nach Stunden zum ersten Mal länger hält, wenn er Bellinzona erreicht, das über Lautsprecher angesagt wird und so in den Halbschlaf der Reisenden dringt. Die seltenen Male, wenn Aja und ich mit dem Zug fuhren, warteten wir auf die Durchsage Bellinzona, ein Ort, den es für uns nur als Namen, nur als Ansage über Lautsprecher gab und von dem wir nicht wussten, ob er wirklich dort lag, wenn man ausstieg, weil wir nie nachgeschaut hatten und seine Wege nie abgelaufen waren. Jedes Mal, wenn der Zug Bellinzona erreicht hatte, um kurz darauf, nachdem sich die Türen geöffnet und geschlossen hatten, weiter nach Süden in den Tag zu gleiten, wenn er mit einem Geräusch losrollte, das nur von Zügen kommen kann, die nach Süden fahren, hatten wir das Gefühl, gerettet zu sein, und jedes Mal, wenn wir die Durchsage Bellinzona hörten, öffnete Aja die Augen, schaute auf das Schild über dem Bahnsteig und sagte, wir sind gerettet, Seri. Wenn wir in Basel umsteigen mussten und unsere Koffer durch den Bahnhof trugen, wenn wir Franken eintauschten, um an einem der kleinen Stände eine heiße Schokolade zu trinken, wenn wir den Vorplatz unter blauem Himmel betraten, fanden wir, es roch schon nach Süden, und Aja sagte es laut, riech nur, der Süden springt uns an. Wenn wir uns auf die Holzbänke setzten, um über den Fahrkartenschaltern die Schweiz auf Wandbildern zu sehen, Engadin, Graubünden, Jungfraujoch, überfiel uns jedes Mal die Lust, zu bleiben, dreitausend Meter über Stock und Stein hochzusteigen und diese Luft zu atmen, aber dann nahmen wir doch den Zug, der uns weiter in den Süden brachte, weiter, als Aja mit Évi je gekommen war.

Es war das Jahr, in dem Aja aufhörte, mit Tauben zu sprechen. Sie hatte den schwarzen Koffer unter dem Bett hervorgezogen, den Zigi ihr zum achtzehnten Geburtstag überlassen hatte, hatte ihn mit den wenigen Dingen gepackt, die ihr gehörten, und wir waren nach Rom gefahren. Aja und ich zum ersten Mal, Karl war früher schon dort gewesen, wenn seine Eltern im Sommer ein Haus am Strand gemietet hatten, in einem der Küstenorte, deren steile Treppen zum Meer hinabfielen. Wenn sein Vater Lust gehabt hatte, war er am Morgen nach dem Schwimmen nach Rom gefahren, um mit seinen Söhnen den Staub und die

Hitze zu durchwandern, um ihnen Sibyllen mit verbundenen Augen zu zeigen und den göttlichen Finger, wie er den ersten Menschen berührt und ins Leben holt. Er war mit ihnen durch die Foren getobt, hatte sie in die Museen gebracht, und es war ihm gleich gewesen, wenn sie gebrüllt und sich auf den Boden geworfen hatten, wenn ein Wärter ihnen Zeichen gegeben und den Kopf geschüttelt hatte, wenn sie sich bespuckt und getreten und kaum auf die Fresken geachtet hatten, auf die Farben und Faltenwürfe, in denen sich Karls Vater stundenlang hatte verlieren können. Karl sagte, sein Vater sei trotzdem sicher gewesen, die Figuren fänden den Weg zu ihren Augen, und am Abend, wenn sie über Landstraßen gefahren seien, glücklich, weil sie die Stadt hinter sich gelassen hätten und ans Meer zurückgekehrt seien, weit genug entfernt vom Staub der Straßen, habe er geglaubt, es in ihren Gesichtern sehen und an ihren Augen ablesen zu können, jedes Mal, wenn er in den Rückspiegel geschaut hatte. Seitdem hatte Karl ein Bild von Rom in sich getragen, und wenn er Rom gesagt hatte, hatte es immer schon anders geklungen, als wenn Aja und ich es sagten, als sei es viel mehr als nur eine Stadt, als sei es etwas darüber hinaus.

Ich hatte die Karte für uns hochgeworfen, so wie Évi es früher getan hatte, wenn sie und Zigi in ihrem Wanderjahr den nächsten Ort gesucht hatten, zu dem sie aufbrechen sollten. Aja hatte blind mit dem Finger darauf gezeigt, und wir waren erleichtert gewesen, weil es nicht irgendeine Stadt, sondern Rom gewesen war, auf der Karte nicht mehr als drei schwarze Buchstaben in einem gelben Feld. Vielleicht hatte Aja nachgeholfen und die Augen in einem Augenblick geöffnet, in dem Karl und ich nicht aufgepasst hatten, und dann mit dem Zeigefinger auf Rom gedeutet, ausgerechnet Rom, durch das mein Vater gestreift war, wenige Tage bevor er in der Nähe des Neckars in einem Krankenhaus gelegen und meine Mutter hinter Scheiben aus Milchglas auf einem Flur gewartet hatte, um dann ohne ihn nach Hause zu gehen, mit einer Tasche in der rechten Hand, in die man sein verschwitztes Hemd mit den Flecken von Kaffee und Viktoriatorte gesteckt hatte und die Knöpfe, die davon abgesprungen waren. Ausgerechnet Rom, die letzte Stadt, in die mein Vater mit dem kleinen Koffer geflogen war, den meine Mutter noch immer im Wagen auf dem Sitz neben ihr spazieren fuhr, ausgerechnet Rom sollte es sein, mein verlorenes Rom, wie meine Mutter es nannte, als sei ihr eine Stadt verlorengegangen und nicht mein Vater.

Aja hatte an einen Ort fahren wollen, an dem es nie schneite. Sie wollte die Schneeflocken aus ihrem Leben streichen, die Kälte, den Frost, sie wollte den weißen Himmel nicht mehr sehen müssen, wenn er

Schnee brachte, den sie am Tag zuvor schon spüren konnte. Ein Meer wollten wir finden, das sich unter einem schwachen Wind kräuselte und wie der blasse Fleck über Karls Wange aussah, dort wo sein braunes Haar blond wurde und die Haut in winzige Wellen gelegt war. Eine Welt, die aus Geschichten gewebt war, an deren Wahrheit wir keine Zweifel hatten, in der Götter Seeschlangen ans Land schickten und Riesen Felsen ins Meer warfen. Die Entfernung schreckte uns nicht, der Weg konnte uns nicht weit genug sein, vielleicht glaubten wir, so unsere Schatten loswerden zu können, nicht nur Karls Schatten, der sich noch immer am Morgen an Karl heftete und bis zum Abend neben ihm lief. Rom lag weit genug entfernt, viel weiter, als Aja und ich uns vorstellen, als wir uns ausmalen konnten, und mit seinen vielen Plätzen, die uns lockten, glaubten wir, den einen ersetzen zu können, an dem wir aufgewachsen waren, den wir Tag für Tag mit unseren Sprüngen vermessen hatten und der mehr als nur ein Platz für uns war, weil es hier gewesen war, dass meine Mutter an die Türen geklopft hatte, damit die Leute wieder Évis Kuchen bestellten, weil Zigi hier heiße Maronen für uns gekauft, weil Ellen sich hier an Platanen festhielt, wenn sie der Schwindel überfiel, und weil wir uns hier vor der Sonne versteckt hatten, wenn Sommer gewesen war und die Blätter sich vor einen wolkenlosen Himmel gedrängt hatten, um uns zu schützen.

Wie tief die Tauben durch den Tag flogen, war das Erste, was mir auffiel in Rom, sechs, sieben nebeneinander, in einem langen V, tiefer als bei uns, tiefer, als ich es je gesehen hatte, und es blieb mir ein Rätsel, warum sie so tief flogen, ob sie die Abfälle besser schnappen konnten, ob ihnen die wenigen Wolken zu nah waren oder nur die Hitze sie zu Boden drückte, von der mir in den ersten Tagen der Kopf schmerzte. Wir hatten den Zug genommen, kurz nach Ajas zweiundzwanzigstem Geburtstag, den sie im Kreiskrankenhaus mit den Schwestern gefeiert und für den Évi drei Torten gebacken hatte, mitten im August, wenn die Römer sagen, nur Touristen und streunende Hunde sind auf den Straßen, als die Stadt verlassen und still war, alles in ihr zu schweigen, zu ruhen schien und die Sonne die Blätter an den Spitzen der Zweige schon versengt hatte. Wir ließen unsere Koffer am Bahnhof, und weil wir nicht wussten, wohin, stiegen wir in den nächsten Zug, der uns von Termini hinaus nach Ostia brachte, fanden den Weg zum Strand, zwischen mageren Katzen, die sich an unsere Waden schmiegten und dann schnell in den Löchern der Mauern verschwanden. Wir warfen unsere Kleider in den Sand, sprangen kopfüber in die schmutzig grünen Wellen und schwammen weit hinaus, mit dem gleichen Gefühl, mit dem wir vor Évis Garten in die Nacht gelaufen waren und über die herbstnackten Felder gebrüllt hatten, wir sind erwachsen, wir sind erwachsen. Wir schwammen zu den Holzstegen, zu ihren algenüberwucherten Pfählen, tauchten und drehten so lange Purzelbäume in den Wellen, bis uns selbst das laue Wasser kühl wurde. Karl und ich vergruben unsere Beine im warmen Sand und sahen Aja zu, wie sie im Schaum der Wellen ihr Rad schlug, und am Abend versteckten wir uns hinter einem Stapel Strandstühlen, um bis zum Morgen bleiben zu können. Wir lagen auf unseren Jacken, dicht beieinander, Aja in der Mitte, die Hände unter dem Kopf verschränkt, die nassen Haare im Sand, und schauten schweigend in einen Himmel, der sich ausbreitete, als wolle er uns zudecken, als sei er milde gestimmt, an unserem ersten Abend hier, jetzt, da er sich tiefer blau färbte und seinen Mond als silberfarbene Sichel zeichnete, um die Nacht anzumelden, die im Süden nie eine wirkliche Nacht ist, nur ein kurzes Aussetzen, eine kurze Unterbrechung des Tages.

Für mich würde das Lernen hier leichter sein, und zum ersten Mal konnte ich das Gefühl haben, ich selbst hätte den Anfang gemacht, und Aja und Karl wären mir gefolgt, zwölfhundert Kilometer nach Süden. Freunde von Karls Vater hatten auf Höhe der Engelsburg, auf der anderen Seite des Tibers, eine Wohnung für uns gefunden, hinter dicken hellbraunen Mauern, mit einer Hausmeisterin, in deren Gesicht alles auseinanderfloh, als wollten Nase, Augen und Lippen wegdriften, als strebten sie voneinander weg, wenn sie hinter dem Tor aus ihrem kleinen Fenster schaute, wenn sie den Dreck mit einem Besen hinauskehrte und wir nie wussten, mit wem sie gerade schimpfte, ob mit ihrem Kind oder Hund, die beide unter Wäscheleinen über den Hof tollten, in den trotz der Sommersonne kaum Licht drang. Wir hatten drei Zimmer unterm Dach, die für uns groß genug waren, einen winzigen Balkon vor der Küche, und Fensterläden, deren dunkelbraune Farbe blätterte, wenn wir sie aufstießen, festhakten und den Klang von Sirenen hereinließen, den die Rettungswagen auf den Uferstraßen ins Viertel gossen, als könnten sie uns nicht oft genug ans Leben erinnern und daran, dass es eines Tages enden würde.

Wir brauchten nicht viel, der Blick auf die gestreiften Markisen gegenüber reichte, unser Herd, auf dem wir den Kaffee in einer Blechkanne kochten, die Liege in jedem Zimmer und der Strauß gelber Dahlien, den Aja immer mittwochs an einem der Straßenstände kaufte und in eine Vase stellte, die sie unter der Spüle gefunden hatte, damit etwas auf uns warte, wie sie sagte, wenn wir das Haus verließen, um unsere Zeit auf den Plätzen zu vergeuden. Es machte uns nichts, wenn beim Duschen der Schaum aus dem Abflussgitter trat und über den Steinboden lief, wenn der Gestank der Abfalltonnen zu unseren Fenstern drang, weil der Müll nicht geholt worden war, und wenn man uns im Haus kaum grüßte, weil sich die Nachbarn Dinge über uns zusammenreimten, die sie abhielten davon. Wir hatten die Hitze, die uns überfiel, sobald wir die Laken zurückschlugen und aufstanden, den Staub auf unseren Gesichtern und Armen, den Mond, der abends vor unseren Fenstern auf die Dächer sank und die weißen Laken an den Leinen wie Segel aussehen ließ, als brauche es nur einen Windstoß, damit sich die Häuser lösten und wie Schiffe davonschwebten. Wir hatten den Lärm der Straße, mit ihren Stimmen und Rufen, dem Knattern der Roller, das uns nachts in den Schlaf und am Morgen zu einer Bar an der Ecke trug, in der wir Kaffee aus einem Glas mit heißer Milch tranken, den Aja fast singend bestellte, weil sie glaubte, es so bei den Römern gehört zu haben. Karl hatte den Balkon vor unserer Küche, an dessen Brüstung er seinen Blick über die rostroten Dächer, die wenigen Baumkronen schickte und Fassaden und Terrassen abtastete, die er mit seiner Kamera in winzige Ausschnitte teilte und einfing. Es sah aus, als habe er einen Ort gefunden, den er nicht verlassen brauchte, als könne er von hier oben genug sehen und müsse nicht weiter ruhelos durch die Straßen laufen.

Aja hatte in einer der ersten Nächte einen Schuh auf der Spanischen Treppe verloren und war am nächsten Tag barfuß zu einem der Stände am Bahnhof gegangen, an denen man den Preis aushandeln konnte. Sie hatte Strandschuhe genommen, mit drei gelben Stoffblumen über den Zehen, die sie früher nie getragen hätte, weil sie eher zu Évi gepasst hätten, aber jetzt lief sie leicht und schnell in ihnen durch die gleißend hellen Tage, obwohl sie die Hitze schlecht vertrug, schlechter als die Kälte, die ihr in Évis Haus in den klammen Monaten im Herbst und Winter nie viel ausgemacht hatte. Wenn sie morgens die Läden öffnete und wieder Farbe abblätterte, wenn sie an die Wand schlugen und Aja sie festhakte, freute sie sich schon übers erste Blau, das der Tag über die Dächer warf, und wenn sie sich aufmachte, mit Sonnenhut und neuen Schuhen, sah sie anders aus, so wie ich sie vorher nie gesehen hatte, als habe die lange Reise sie verändert und dann jeder weitere Tag, den wir hier verbrachten, als habe sie sich schnell entfernt von allem, was sie bislang gewesen war.

Wir berauschten uns am Klang der Sprache, die als dichtes Netz über der Stadt lag, alles einnahm und überallhin drang, mit ihren vielen Sprüngen und seltenen Pausen, an der Schnelligkeit, mit der sie gesprochen wurde, von denen, die in den Gassen rund ums Pantheon, an den vielen Brunnen und am Tiberufer an uns vorbeizogen. Wir lasen die Schriftzüge über den Geschäften und sagten sie laut vor uns her, und so wie Aja und ich in unserem ersten Sommer alles rückwärts gelesen hatten, nahmen wir jetzt die Wörter auf den Plakaten und Schildern auseinander, jedes Mal, wenn wir mit dem Bus die Stadt abfuhren, um sie kleiner zu machen, um sie mit ihren Plätzen und Kirchen, ihren Kuppeln und Türmen fassen zu können, um ihr Gefüge zu entwirren und in ihren Straßen nicht mehr verlorenzugehen. Aja und ich mochten es, dass die Namen endeten auf I und O, es gefiel uns, wenn sie Karl Carlo nannten, und wir nannten ihn auch so, erst nur im Scherz, aber schnell gewöhnten wir uns daran. Karl schien sein altes Leben zu vergessen und sich schnell an sein neues zu gewöhnen, schon wie er über die Plätze ging, über ihr ewiges Pflaster, und nachts an ihren Brunnen saß, wo ihn jeder für einen Römer hätte halten können, mit dem Motorroller, den er fuhr, den hellen, schmal geschnittenen Hemden, die er trug, und der dunklen Brille, die er über der Stirn ins Haar geschoben hatte. Wir wussten es, wir wussten es schnell, wir würden die Hitze in den Nächten und den kalten Steinboden unserer Küche nicht mehr verlassen wollen, wir würden so bald nicht zurückkehren, wir würden eine Weile bleiben. Vielleicht hatten wir es schon gewusst, als wir zum ersten Mal den Nachtzug bestiegen und Bellinzona erreicht hatten, vielleicht hatten wir da schon gewusst, wir würden nur noch zu Besuch nach Hause fahren und eine Weile bleiben.

Im Herbst fing Aja an, im nahen Krankenhaus, auf der anderen Seite des Tibers zu arbeiten, an den Tagen, an denen sie nicht den Bus zur Hochschule nahm, und sie fand sich schnell ein, auch wenn sie am Anfang wenig verstand und ich an den Abenden, wenn ein dicker Mond vor unserem Küchenfenster saß, die Bücher und Hefte mit ihr durchgehen musste. Sie lernte die wenigen Sätze, die sie immer brauchte, sie wusste schon, was Trost und Trauer hieß, und wann immer sie Zeit fand, schrieb sie in Gedanken ihre Beileidstelegramme und dachte sich Gespräche aus, von denen sie glaubte, sie einmal führen zu müssen. Ich hatte mich daran gewöhnt, dass sie ihre Sätze niemals auf ein Papier schrieb, sondern nur in Gedanken verwarf und umstellte, dass sie dann nach den richtigen Wörtern suchte und sie laut vor sich hersagte, in den Abend, den Himmel hinein, als säße ihr auf unserem kleinen Balkon jemand gegenüber. Aja hatte Rom betreten wie einen unbekannten Kontinent, als dürfe sie jetzt eine andere sein, als könne sie sich neu erfinden, weil hier niemand etwas über sie wusste und weil Zigi, Évi und ganz Kirchblüt weit genug entfernt waren. Niemand im Krankenhaus wusste, aus welcher Familie Aja kam, dass sie hätte zum Zirkus gehen können, weil sie klettern konnte wie ein Äffchen und eislaufen mit Rehsprüngen, weil sie rückwärts auf den Händen gehen, auf einer Kugel ihr Gleichgewicht halten konnte und auf einem Seil hätte balancieren können, wenn eines auf den Gängen des Krankenhauses gespannt gewesen wäre. Keiner wusste, dass Ajas Mutter nie in einer Schule lesen und schreiben gelernt hatte, dass ihr Vater auf der anderen Seite des Ozeans an einem Trapez Kunststücke vollführte und Briefe mit Geldscheinen nach Kirchblüt schickte. Wenn sie Aja sahen, mit ihrem klaren Blick, dem nichts entging, ihrer hellen Haut, die sich an den ersten Tagen an unserem Küchenfenster rot gefärbt hatte, ihrem kurzen störrischen Haar, das sie im Krankenhaus mit einem perlmuttfarbenen Reif zurückhielt, ihrem makellos weißen Kittel, den sie in einer Wäscherei glätten ließ und nie zuknöpfte, ihrer feinen Brille mit den runden Gläsern, die sie an einem Lederbändchen am Hals trug und nur aufsetzte, wenn sie ein Medikament nachschlagen wollte, in einem der roten Bücher, die hier überall auf den Regalen standen, dann konnten sie nichts ahnen von Zigi, nichts von Évi, von ihren schiefen Zähnen und wirren Strähnen, von ihren perlenbesetzten Trikots und den Bögen, die sie jederzeit ohne Vorbereitung auf dem Eis laufen konnten. Sie ahnten nichts von Zigis Schuhen, die er im Winter einem Fremden schenkte, nichts von dem Geld, das Évi mit Kuchenbacken verdiente und in abgeschlagene Tassen steckte, damit Aja Bücher davon kaufte, auf der anderen Seite des Tibers in der stickigen Luft eines Ladens hinter dem Krankenhaus. Sie ahnten nichts von dem Altar in dem kleinen Haus, das hinter Mais und Weizen von Brettern und einem Fliegengitter zusammengehalten wurde und an einem Feldweg lag, der zu einer Brücke über den Klatschmohn in eine kleine Stadt führte, wo jeder Aja kannte und all ihre Schritte über Jahre beobachtet worden waren. Niemand fragte nach Ajas Hand, an der sie nur drei Finger hatte, als habe Aja schon mit ihrem Blick durch die runden Gläser ihrer Brille gezeigt, dass sie darüber nicht würde reden wollen. Es war, als habe sie etwas abgestreift und abgelegt, wie eines ihrer Trikots, das sie getragen hatte, wenn sie auf Kufen weite Kreise aufs Eis gezeichnet hatte, und das in einer Kiste verschwand, sobald Zigi ein neues geschickt hatte.

Karl fing an, Verbrennungen zu fotografieren. Aja hatte Patienten gefunden, die nichts dagegen hatten, und dafür gesorgt, dass Karl ins Krankenhaus durfte. Ich verdiente etwas Geld mit ersten Übersetzungen, wenn ich am Abend den Küchentisch mit Aja teilte, an dem sie sich ihre Beileidstelegramme und Gespräche ausdachte, die sie einmal würde führen müssen, jedenfalls wenn sie in diesem Krankenhaus blieb, in dem der Tod still auf den Gängen saß, wie sie sagte, und die Menschen nur so wegstarben. Hier las sie Évis Briefe, die auf die grauen Linien weißen Papiers geschrieben waren, das Évi aus Ajas alten Heften gerissen haben musste. In ihrer großen schiefen Schrift, in der die Buchstaben auseinanderstrebten, als wollten sie einander abschütteln, schrieb sie, der Mond hat anders ausgesehen, als ihr in den Zug gestiegen seid, es fehlte ihm die Kraft, am Himmel zu bleiben, ich dachte, er würde in dieser Nacht noch vor meinem Garten in die Maisfelder fallen. Aja schien Évis Ton nicht zu beeindrucken, aber am nächsten Morgen kaufte sie an einer der Buden hinter dem Vatikan eine Schneekugel mit dem Petersdom, schnürte ein Päckchen für Évi und schrieb dazu, hier fällt der Schnee nur in Kugeln, er ist eingesperrt, er lässt einen nie frösteln, warum fliehst du nicht die Kälte, den Regen, warum kommst du nicht im Frühling, wenn der Baum unter unserem Küchenfenster sein hellstes Grün haben wird. Wenn sie käme, dann nur an Ostern, um niederzuknien auf dem Petersplatz und den Ostersegen zu empfangen, schrieb Évi im nächsten Brief, und als sie fragte, warum es jetzt schon zwei Richtungen seien, in die sie denken müsse, Westen und Süden, klang es, als könne sie Aja nicht verzeihen, den schwarzen Koffer gepackt zu haben und weggegangen zu sein.

Ich dachte oft an Évi, an die Dinge, die sie umgaben, an den Stuhl, den Karls Vater neben das Küchenfenster an die Wand geschraubt hatte, wo sie bei Regen saß und hinausschaute, an ihre Art, über die losen Platten zum Tor zu gehen, ein bisschen, als schwebe sie, und sich die Nägel rot zu lackieren, wenn sie im Gras vor unseren Johannisbeeren saß. Aber ich vermied es, Karl und Aja zu fragen, ob es auch ihnen so gehe, ich wollte ihre Leichtigkeit nicht stören, mit der sie durch die hellen warmen Tage dieses Herbstes glitten. Wenn ich früh aufwachte und hinter den Läden das erste Licht auf den Dächern lag, musste ich an das Licht denken, das Évi am Morgen sah, wenn sie über Nacht in ihrer winzigen Küche gebacken hatte, weil es ihr noch immer gefiel, wenn man in den Wohnzimmern rund um den großen Platz ihren Kuchen auftischte und die Preise bezahlte, die meine Mutter vor kurzem neu ausgehandelt hatte. Wenn ich die Treppen hinabsprang, um den Bus zur Hochschule zu nehmen, dachte ich, Évi trank jetzt Tee aus der abgeschlagenen Rosentasse, bald würde sie sich aufmachen zum Fotoladen und das Glöckchen einhängen, und wenn wir in der Dämmerung zum Fluss hinabstiegen, fiel sie mir ein, weil winzige Fischschwärme auseinanderstoben, und ich hörte erst auf, an sie zu denken, wenn uns die Mücken verscheuchten und hoch zur Uferstraße jagten.

Zwei Sommer später bewegten wir uns schon nicht mehr durch Rom wie Fremde, wir hatten längst aufgehört, alle Schilder lesen und alle Straßen mit dem Bus abfahren zu wollen. Ajas erste Patientin starb, und als Aja merkte, sie hatte sich nicht vorbereiten können, weil der Tod nicht vorzubereiten war, jedenfalls nicht mit all den Sätzen, die sie dafür gelernt hatte, verließen wir Rom und fuhren in ein Meer aus Sonnenblumenfeldern, nicht weit von Assisi, wo die kleinen Städte mit ihren Kirchtürmen auf Hügel gebaut waren und der heilige Franz über die Wiesen schwebte, so hatte es Ajas Patientin oft genug gesagt, und wir glaubten es, weil wir alles zu glauben bereit waren, was die Welt in fremdes Licht goss und ihr schroffes Gesicht weicher zeichnete. Wir suchten den blassblauen Himmel ab nach ihm, und wenn ein Schwarm Schwalben aufflog und über unseren Köpfen flatterte, hielten wir es für einen Gruß, den er uns schickte. Jemand hatte Karl ein Haus überlassen, ein Freund seines Vaters hatte erneut geholfen, so wie man sich half in den Kreisen, in die Karl sich begeben hatte, und wir durften es benutzen, wann immer wir dem Gestank der Mülltonnen und der Hitze entkommen wollten, die zwischen Häuserwänden gefangen war, dem Lärm der Stimmen, der zu unseren Fenstern drang und auch spät am Abend kaum nachließ, wenn der Verkehr rund um den Petersplatz mit seinen Abgasen weiter an den weißen Gesichtern der Apostel nagte.

Karl hatte zuerst nicht mitgewollt, er hatte gefragt, was er zwischen Salamandern und Blindschleichen solle, die sich durchs Gras schoben, jetzt, da er seine

Liebe zu Steinen entdeckt hatte, zu gepflasterten Wegen und Ampeln, die in Rom zu keinem Zweck aufgestellt waren und an denen er deshalb auch nie mit seinem Roller stehen blieb, auf dem er wie jeder hier ohne Helm fuhr. Trotzdem lieh er sich an einer der verstopften lauten Straßen, die aus der Stadt führten, uns zuliebe einen roten Fiat, mit einem Fenster im Dach, das Aja sofort aufkurbelte. Karl nahm sein Fahrrad mit, das bislang nur in seinem Zimmer gestanden hatte, zerlegte den Rahmen, zog die Räder ab, und weil es auch so nicht in den Kofferraum passte, band er die Klappe mit einem Seil fest, weil er zwischen den Sonnenblumenfeldern über die Hügel fahren wollte, auf denen wir nie jemanden auf einem Rad sahen und jeder schaute, wenn Karl seines über einen Platz schob und an einer Mauer stehenließ.

Wir hatten das Haus nur schwer gefunden, hatten viele Male den falschen Weg über den Hang genommen und den richtigen wenige hundert Meter weiter verfehlt, hinter einem alten Friedhof und einer Reihe schlanker Pinien, deren Kronen sich aneinanderschmiegten und zum Hang neigten. Aja hatte in der einzigen Bar gefragt, jemand hatte sein Glas abgestellt und uns mit großen Gesten auf den von Friedhofsmauern versteckten Weg geführt, den wir allein nicht hatten finden können. Erst dann konnten wir es sehen, ein blassbraunes Steinhaus, das Licht und Sonne abwehrte, mit kleinen Fenstern und einer Terrasse, bedrängt von Lavendel und hohem Gras, das lange nicht geschnitten worden war, beschattet von Kiefern, die sich beugten, als könnten sie sich jeden Augenblick mit ihren Wurzeln lösen und den Hang hinabrollen. Karl schraubte sein Fahrrad zusammen, stellte es neben die Tür, und bis zum Abend hatten Spinnen ihre Netze um die Räder gewebt. Wir ließen uns in die Stille fallen, so wie wir uns hatten ins Wasser vor Ostia fallen lassen, nachdem uns der Zug in Termini zum ersten Mal ausgespuckt hatte, ich vielleicht noch mehr als die anderen, weil ich die Landschaft in meiner Vorstellung nicht besser hätte entwerfen können, auch nicht das Licht am Abend, wenn es sich rot auf Hügel und Kirchtürme legte und wenig später die Zypressen schwarz färbte.

Wenn die Vögel uns am Morgen weckten, sagte Karl, hört nur, der Zwang der Natur, und am Abend, wenn die Hitze nachließ, sagte er, lasst uns durch die Berge ziehen, und wir liefen sofort los, auf überwucherten Pfaden, zwischen Schweinen und Schafen, lösten Gatter und traten auf Schneckenhäuser, die unter unseren Schuhen wie Glas knirschten. Hinter Olivenbäumen fanden wir einen Tümpel, zogen uns aus, balancierten an Wespenschwärmen vorbei und warfen uns ins dunkle Wasser, das unsere Arme und Beine schluckte, übersät von Blättern und grünen Linsen, von Gräsern und Libellen, die ihre zitternden Flügel senkten, wenn sie sich auf unsere Schultern und nassen Haare setzten. Es war, als habe sich Évis Garten vergrößert und mit neuem Gesicht zwischen diesen Hängen ausgebreitet, damit wir zwölfhundert Kilometer von Kirchblüt nicht auf ihn verzichten mussten, als sei er für uns in den Süden verpflanzt worden, damit wir ihn hinter einer Reihe schiefer Pinien wiederfinden konnten, und wenn das letzte Blau in den Hügeln hängen blieb, sagten wir, der heilige Franz war es, er hat ihn für uns hierhergebracht, nur den Birnbaum hat er vergessen. Wir liefen schnell über die schmalen Pfade, als hätten wir nie etwas anderes getan, Aja in ihren Schuhen mit den Stoffblumen über den Zehen, Karl und ich barfüßig, und bald schienen sie uns so vertraut wie die Wege, die rund um Évis Haus die Felder durchzogen. Abends sprangen wir in den Tümpel, wuschen die Hitze ab und kehrten erst zurück, wenn die Sonne schon untergegangen war. Wir tasteten uns durch die Dunkelheit an Gattern und Zäunen entlang, und wenn ein Wind in die Sträucher fuhr, in den Lavendel und ins hohe Gras, in die Hecken und Bäume, wenn er alles zum Rauschen und Flüstern brachte, hob Aja ihre Hand mit den drei Fingern und sagte: Hört nur, der heilige Franz, er fliegt über die Felder.

Wir fielen durch helle Tage und vergaßen die Zeit. Wenn die ersten Hunde im Dorf bellten, stieg Karl aufs Fahrrad, glitt den Hügel hinab und holte weißes Brot und frisches Obst im nächsten Dorf, in einem kleinen Laden, in dem sie das Gemüse nicht aus den Kisten packten. Mittags fuhr er uns mit dem Wagen über Serpentinen in eines der nahen Städtchen, und im Kühlen verbrachten wir Stunden unter Fresken, legten die Köpfe in den Nacken und starrten auf das Jüngste Gericht und die Auferstehung, auf schwebende Engel mit grünen und roten Flügeln, auf die Verdammten, auf ihre Einkehr in die Hölle, und konnten nicht genug kriegen von fallenden Leibern und verzerrten Gesichtern, von entrückten Blicken rund um die Mutter Gottes, von spitzen Schuhen und Heiligenscheinen und den sanften grünen Hügeln, die an die Decken und Wände der Kirchen gemalt waren und die wir draußen durchwanderten. Wir suchten Postkarten und schickten sie Évi, als hätten wir sonst niemanden, dem wir schreiben könnten, schrieben aber nie mehr als: Grüße vom heiligen Franz, oder: Wir haben den heiligen Franz gesehen, er lässt Dich grüßen, und dann setzten wir unsere Namen darunter, Aja, Carlo, Seri. Wenn wir am Nachmittag über Plätze streiften, dachten wir nicht mehr an den großen Platz in Kirchblüt, aber wenn wir am Abend die Täler durchwanderten, suchten wir nach den blauen Blumen, die sich schlossen, wenn die Sonne zu heiß wurde, weil sie uns an den Flachs erinnerten, der vor Évis Garten an den Feldrainen wuchs.

Wenn Karl von der Landstraße abbog und den Wagen abstellte, weil er müde geworden war, von der Hitze, dem Licht, dem Hupen, von den Lastwagen, die an uns vorbeizogen, breitete Aja im Schatten eine Decke aus, die sie im Haus gefunden hatte und mitnahm, wenn Karl zwischen Sonnenblumenfeldern nach Elfen Ausschau halten wollte, die als weiße Schatten auf seinen Bildern auftauchten und für Aja und mich noch immer nur wie Pusteblumen aussahen. Die spitzen Nadeln einer Pinie hatten sich wie Pfeile in den Stoff gekrallt, und Aja zog sie über Tage einzeln heraus, unter dem Feigenbaum vor der Terrasse, wenn sie aufs frische Brot wartete, das Karl mit dem Fahrrad bringen würde, und aussah, als gehöre sie in ein Märchen, in ihrer lindgrünen Jacke, die Évi gehäkelt und in einem Karton aus dem Fotoladen geschickt hatte, mit ihren nackten Füßen zwischen Ameisen, die sich um die Krumen vom Abend drängten, wenn sie an der Decke zupfte, wie Évi, wenn sie ein Huhn aus dem Verschlag gelockt und später gerupft hatte. Mir kam es vor, als gebe es diesen Streifen Land allein zu unserem Gefallen, mit seinen Faltern, die mit ihren Flügeln ans Fenster schlugen und rotbraune Flecken wie Sommersprossen auf unserer Haut ließen, mit seinen Spinnweben, die wir mit spitzen Fingern von unseren Beinen pflückten, seinen Schneckenhäusern, die auf den Wegen lagen wie Steine, und mit seinen Schwalben, die in die Bäume flogen, als suchten sie Zuflucht hinter den Blättern. Wenn sich die Luft nicht bewegte, dösten wir im Schatten der Kiefern, und bevor wir am Abend ins Haus gingen, legten wir die flachen Hände an seine Mauern, die warm blieben bis tief in die Nacht, wenn die Zikaden lauter wurden und ich draußen nach Glühwürmchen suchte, die blinkten und leuchteten, als wollten sie sagen, sieh nur, sieh uns an, hier sind wir. Nur die Feldmäuse mochten wir nicht, die durchs offene Fenster in die Badewanne kletterten. Karl und mir verging schnell die Lust, uns darin zu waschen, und wir fragten uns, warum die Katzen die Mäuse nicht jagten, warum sie nichts taten, als durch die kurzen Schatten zu spazieren und sich neben unsere Füße zu legen. Wenn wir die Mäuse hörten, ihr Fiepen und Tippeln, wenn sie versuchten, aus der Wanne zu klettern, und abrutschten, erbarmte sich Aja und warf einen Eimer über sie, um sie zu fangen. Wir konnten das Scheppern bis zur Terrasse hören, wenn die Mäuse darunter weiterliefen, bis Karl rief: Wie lange sollen wir diesen Mäuselärm ertragen, wirf sie aus dem Fenster.

Als Karl und Aja zurück nach Rom mussten, jammerte ich, dass ich nicht mitwollte, in diese barocke

Wüste aus Stein, zu diesen Marmorkörpern in Ketten, die sich darin verbargen, und Karl sagte sofort, ich könne bleiben, er werde mich abholen, in zehn Tagen werde er kommen und mich holen, und obwohl ich den Zug nehmen wollte, weil ich sie mochte, die langsamen, schmutzigen Bummelzüge, die nie nach einem Fahrplan fuhren und kaum vorankamen, bestand er darauf, sich noch einmal einen Wagen zu mieten und hinaus zu den grünen Hügeln zu fahren. Er legte den Rahmen seines Fahrrads in den Kofferraum, band die Klappe wieder mit dem Seil fest, und bevor sie einstiegen, standen wir da, in unserem Dreieck, und es fiel uns schwer, uns zu verabschieden, obwohl wir uns unzählige Male an unzähligen Tagen verabschiedet hatten. Eine verrückte Angst überkam mich, Aja und Karl könne etwas zustoßen, vielleicht hatte das die Landschaft mit mir gemacht, der Landregen, der schnell kam und genauso schnell vorbeirauschte, vielleicht hatten mich die Zikaden so gestimmt, die Libellen, die sich beim Schwimmen auf unsere Köpfe gesetzt hatten, der heilige Franz und die Verdammten auf den Fresken, die es in die Hölle zog. An diesem Morgen hatte ich Angst um Aja und Karl, und sie löste sich nicht auf, diese Angst, auch nicht, als Aja ihr Rad auf dem schmalen Weg schlug, den wir allein nicht hatten finden können, und sie verschwand auch nicht, als wir uns umarmten, Aja mit ihren flüchtigen, schnell in die Luft geworfenen Küssen und Karl mit seiner umständlichen, steifen Art, mich an den Schultern zu fassen und heranzuziehen, als könne er mir weh tun. Als der Fiat durchs hohe Gras rollte, Aja ihre schmalen Füße aus dem Fenster hängte und Karl einen Arm durchs offene Schiebedach streckte und winkte, lief ich durch die Staubwolke zum Ende des Weges, blieb stehen und schaute ihm nach, bis er zwei Kurven weiter hinter Sonnenblumen verschwand, die sich nach dem Licht drehten, als wollten sie von Karl und Aja Abschied nehmen.

Ein Gefühl der Unruhe überfiel mich, als hätte ich mich falsch entschieden und müsste es schon bereuen, als ich hinter dem Friedhof hoch zu den Pinien ging und zurück auf den Schotterweg schaute, über den Aja und Karl soeben in einem roten Fiat gefahren waren. Ich schrieb es der Hitze zu, die sich kurz vor Mittag auf die Dächer, auf die Wipfel der Bäume legte und ein Flirren über die Felder schickte, und den ganzen Tag versuchte ich, es zu verscheuchen, wie die Stechmücken, die in der Dämmerung auf meinen Armen landeten. Aber es ließ mich nicht los, auch nicht in der Nacht, als ich aufstand und Türen und Fenster schloss, weil ich zum ersten Mal Angst vor der Dunkelheit hatte.

Zwischen Felsen

Ich hatte genug Arbeit für Wochen mitgebracht, breitete früh am Morgen meine Hefte auf dem schmalen Tisch unter dem Fenster aus und legte Steine auf die losen Blätter, damit ein Wind sie nicht hochwirbeln und wegtragen würde. Ich saß auf einem Holzstuhl, dessen Lehne nachgab und den irgendwer vor Jahren gestrichen haben musste, schlug die Wörterbücher auf, in denen ich mich verlieren und alles andere darüber vergessen konnte, las und blätterte, jedes Mal, wenn ich ein Wort nachgeschlagen und darunter ein anderes gefunden hatte, von dem ich auch wissen wollte, was es bedeutete, und das ich dann in eines meiner Hefte schrieb, um es mir zu merken und immer wieder nachzulesen. Das Haus war ohne Karl und Aja in eine Stille gefallen, als sei mit ihrer Abreise jeder menschliche Klang entwichen und als klopften nur noch Falter an meine Tür. Drinnen war ich allein mit einem Weberknecht, der sich langsam über die kühlen Steine bewegte, an einem Bein eine Staubflocke, die sich verfangen hatte, und einer Heuschrecke, die neben der Gasflamme über den Herd lief, kaum eine Handbreit entfernt, und mich an Aja denken ließ, die auf den Fluren des Krankenhauses auf einer Höhe und im Gleichschritt mit dem Tod ging und aufpassen musste, dass er sie nicht überholte. Seit Tagen hatte ich nur diese Heuschrecke als Gesellschaft, die sich am Morgen neben meinen Frühstücksteller und am Nachmittag auf die Seiten meines Buches setzte, und wenn mir die Ruhe am Abend zu viel wurde, band ich mein Haar zusammen und stieg durch die hohen Gräser hinunter zur Bar, trank einen Kaffee im Glas und hörte den Stimmen zu, bis ich die Vorstellung wieder ertragen konnte, allein mit einer Heuschrecke im Lärm der Zikaden zu sein, wenn sie ansetzten, die Luft zu zersägen, vor diesem Haus, das einsam hinter einem Friedhof lag und als Nachbarn drei schiefe, sich zum Hang neigende Pinien hatte. Wenn ich einschlief, sah ich noch immer die Farben, die der Tag in die Wiesen und Felder gestreut hatte, das Licht, das die Lamellen nur in Streifen auf meine Blätter ließen, und träumte später von Grashüpfern, die auf meinen Teller sprangen, und von Sonnenblumen, die in der Dämmerung die Köpfe senkten, als schämten sie sich.

Karl kam an dem Morgen, an dem sich ein Skorpion in mein Bett gelegt hatte, in eine Mulde zu meinen Füßen, und als Karl ihn mit dem Laken hinaustrug und zwischen die Steine in die Sonne setzte, wusste ich, etwas war anders. Ich hatte es schon gemerkt, als Karl gehupt und mir durchs offene Dach gewinkt hatte, als ich aufgesprungen und die wenigen Schritte zu ihm gelaufen war, schon als er aus dem Wagen gestiegen und sich mit beiden Händen durchs Haar gefahren war, sein helles Hemd aufgeknöpft und über die Stuhllehne geworfen hatte, weil es ihm auf der Fahrt warm geworden war. Ich hatte es daran gemerkt, wie er die Heuschrecke auf seinen Arm hatte springen lassen und wie einen seiner Fotoabzüge betrachtet hatte. Karl schob den Stuhl heran und setzte sich unter den Feigenbaum, seine dunkelgrün glänzenden Blätter, und weil ich trotzdem glaubte, er habe es eilig, es dränge ihn zurück nach Rom, er wolle auf dem Land, zwischen Heuschrecken und Spinnweben, zwischen Blindschleichen, die ein langes S im Staub ließen, bevor sie verschwanden, keine Zeit mehr verlieren, nahm ich die Steine von den Papieren und räumte meine Hefte und Bücher zusammen. Karl ließ sich nicht überreden, ein letztes Mal in die Bar zu gehen, einen letzten Kaffee zu trinken, einem letzten Gespräch zu lauschen, bevor wir nach Rom fuhren, zurück zu seinen Mauern, seinen Gittern vor den Fenstern, seinen gepflasterten Wegen und verstopften Straßen. Vielleicht hatte ich nicht mehr als eine Ahnung und habe sie mir mit den Jahren erst zur Gewissheit gefügt. War es sein Gang, was war es, das Karl anders aussehen ließ an diesem Morgen, war es seine Art, aus dem Auto zu springen und die Tür zufallen zu lassen, waren es die Schweißlinien auf seinem Hemd, die mich an die Windungen des Neckars denken ließen, jetzt, da ich den Tiber vor der Haustür hatte. Oder spielt meine Erinnerung verrückt, weil sie alles durcheinanderwirft und dreht, weil mir neue Bilder einfallen, die vergessen waren, wie jene Kleinigkeit, der ich später erst Bedeutung gegeben habe, dass Karl an diesem Tag die Sonnenbrille mit den grünen Gläsern trug, die Ellen und Jakob in Heidelberg, in der Nähe des Brückentors gekauft hatten, weil sie Karl etwas hatten nach Rom mitgeben wollen, das er brauchen und das ihn gleichzeitig an zu Hause erinnern würde. Beim Abschied hatte er sie Ellen zuliebe aufgesetzt, im Zug abgezogen und weggelegt, weil er nicht mochte, wie sie ihren hellgrünen Filter vor alles setzte, den Blick auf die echten Farben störte und ihre Töne fälschte. Aber jetzt trug er sie, als sei ihm die Wirklichkeit gleich geworden, als könne die grüne Farbe der Gläser seinen Augen nichts anhaben, während wir über Serpentinen fuhren, unter den tiefliegenden Wolken des Mittagshimmels, und mir Karls Handgelenke auffielen. Sie fielen mir zum ersten Mal auf, mit ihren feinen dunklen Haaren, die sich an die Haut schmiegten, als habe sie der Wind über den Hügeln in Wellen gelegt. Karl sagte, das Klack-Klack in seinem Kopf sei stiller geworden, der Schatten sei gewichen, der nachts vor seinem Bett kauere und ihn anspringe, sobald er die Decke zurückschlage und die Läden aufstoße, und ich wusste, ich hatte etwas versäumt, in der kurzen Zeit, in der ich allein geblieben war, um unter Pinien zu sitzen und dem Flug der weißen Falter nachzuschauen, hatte ich es versäumt. Ich war zu dumm gewesen, den Lauf einer Heuschrecke zu deuten, die mir über Tage gefolgt war, als müsse sie erst Feuer fangen und in einer Gasflamme aufgehen, damit ich etwas begreifen konnte.

Karl trug meine Taschen die Stufen hoch, in seinen neuen Schuhen, die er auf einer unserer Fahrten übers Land gekauft hatte, und weil er sie nicht über Wochen einlaufen wollte, sprang er oben in der Wohnung von einem Fuß auf den anderen, zehnmal auf den rechten, zehnmal auf den linken, immer ein bisschen höher, als würden die Schuhe so schneller weich, während Aja zwischen Büchern auf dem Bett saß, seinen verrückten Tanz verfolgte und ihre Hände bewegte, als würde sie mit einer Stoppuhr die Zeit nehmen und wie beim Eislauf Tafeln mit Punkten hochhalten. Sie lachte ihr weites helles Lachen, goss es durch die geöffneten Läden und Fenster über die rostroten Dächer, als könne nichts lustiger sein als Karl, der auf einem Bein hüpfte, in seinen neuen Schuhen, und ich spürte, wie wütend ich wurde und wie es mich sogleich ängstigte, weil ich nie gedacht hätte, ich könne einmal so wütend auf Aja sein, wo sie doch nur auf dem Bett saß, mit nackten Beinen, in ihrem weißen Hemd mit dem großen spitzen Kragen, die kurzen Haare unter einem roten Reif, ein buntes Kissen im Nacken, die Knie angezogen, und nichts tat, als über Karl laut zu lachen. Aber es klang anders als in all den Jahren zuvor, zum ersten Mal klang es anders, und ich wurde das Gefühl nicht los, die beiden hätten sich gegen mich gewandt, in den wenigen Tagen, in denen sie ohne mich geblieben waren, als seien sie nicht früher schon oft genug ohne mich gewesen, als sei ihnen erst jetzt eingefallen, es könne ohne mich besser sein. Zugleich kam es mir albern vor, so zu denken, genauso albern, wie mir Ajas Schuhe mit den Stoffblumen jetzt vorkamen. Ich würde mich an diesen Anblick, an diesen Gedanken gewöhnen, ich würde ihn ertragen müssen, Karl und Aja ohne mich, auch wenn ich mich lange dagegen sträubte, jedes Mal, wenn ich aufwachte und sie nebenan schon hören konnte, wenn sie am Abend ihre nackten Füße über die Brüstung vor dem Küchenfenster hängten, und in der Nacht, wenn ich übers schräge Pflaster hinab zum Tiber lief, weil ich ihr Flüstern und Lachen nicht mehr aushalten wollte.

Meine Mutter hatte sich angekündigt, mit einer Karte, die schon in der Post gelegen hatte, bevor wir uns aufgemacht hatten, um zwischen Sonnenblumenfeldern und Olivenhainen unser Dreieck aufs Spiel zu setzen. Ihr Besuch gönnte mir einen Aufschub, denn ich konnte am Abend losgehen und brauchte keine Ausrede, auch wenn ich nur den Bus zum Forum nahm, um allein mit herrenlosen Katzen auf warmen Steinen zu liegen. Évi habe über die Felder geschaut und gesagt, es fange an, nach Herbst zu riechen, und meine Mutter hatte plötzlich Lust bekommen, sich nach Rom aufzumachen, erzählte sie, in die Stadt, durch die mein Vater wenige Tage vor seinem Tod spaziert war. Vor der nächsten Fuhre nach Süden hatte sie ihre Tasche mit den langen Reißverschlüssen gepackt, hatte sich neben einen ihrer Fahrer gesetzt und mitnehmen lassen bis zu einer der großen Straßen am Stadtrand, von wo der Laster weiter nach Süden gefahren war. In einer Pension in unserer Nähe hatte sie ein Zimmer bestellt, nach zwei Wochen würde sie ein Taxi an den Stadtrand nehmen, und ihr Fahrer würde sie an derselben Stelle auflesen und mit nach Kirchblüt nehmen. Früher hätte ihr nichts ferner liegen können, als in einem ihrer Laster mitzufahren, aber neuerdings umgab meine Mutter eine Leichtigkeit, die ich mir nicht erklären konnte, die sie aber jünger aussehen ließ und die mir gut an ihr gefiel.

Mittags ging sie in ein kleines Restaurant am Campo de' Fiori, von dem sie wusste, mein Vater hatte dort, wenn es die Jahreszeit erlaubt hatte, unter gelben Markisen gegessen, bestellte Fisch, wie er es getan hatte, und kümmerte sich wenig um die Blicke, mit denen man sie bedachte, weil sie allein am Tisch saß – seit Jahren hatte sie diese Blicke ertragen und sich längst an sie gewöhnt. Sie lief durch die Straßen, durch die mein Vater gelaufen war, saß auf den Stufen zum Petersdom, auf denen er gesessen hatte, jedes Mal, wenn Geschäfte ihn nach Rom geführt hatten, und ging ins Pantheon, um ein Licht zu sehen, von dem mein Vater erzählt hatte, ein Licht, das es im Norden nicht gab und das er immer wieder hatte sehen wollen. Nie hatte er die Stadt verlassen, ohne im Pantheon gestanden zu haben, ohne dem Lichtstrahl von der Kuppel zum Boden mit seinem Blick gefolgt zu sein, und jetzt, ein Vierteljahrhundert später, schaute meine Mutter in den gleißend hellen Kegel und den feinen Staub, der darin tanzte. Hier konnte sie meinem Vater auf eine ferne Art nah sein, so wie sie auch mir immer nur auf eine ferne Art nah sein konnte und ich sicher war, sie spürte in diesen Septembertagen, es gab etwas, das mich verstörte, über das ich mit ihr aber nicht reden wollte und über das mit Aja und Karl zu reden auch unmöglich war. Mit meiner Mutter vergaß ich die beiden für Momente, den Abstand, den sie mir gesetzt, die Lücke, mit der sie mich zurückgelassen hatten, und nur wenn ich irgendwo einen Hund bellen hörte, musste ich noch an die Täler denken, über deren Wiesen der heilige Franz schwebte.

Wir durchstreiften die Stadt, schritten über ihre sieben Hügel und schauten von oben herab auf das Meer aus rostroten Dächern, aus dem die Schwalben als schwarze flirrende Punkte stiegen. Abends saßen wir in einer Bar in Trastevere, und später warteten wir am Trevibrunnen, bis sich der Platz leerte, bis er nur noch uns und den Straßenfegern gehörte, die in Anglerhosen ins Wasser stiegen, um nach Münzen zu fischen, die man am Tag vor die Meeresgötter geworfen hatte, weil es hieß, dann würde man nach Rom zurückkehren. Meine Mutter erzählte von Kirchblüt, davon, dass der Sommer schon die Platanen auf dem großen Platz gelb gefärbt hatte, und davon, wie sehr Évi und Ellen uns vermissten und hofften, wir würden nicht mehr lange bleiben. Ich sehnte mich plötzlich nach Évi, nach den Schneelandschaften zu Hause, in die wir früher mit unseren Schnürstiefeln Spuren gesetzt hatten, nach den Feldwegen, die über Wochen ihre weiße Farbe behielten. An Nieselregen und nasse Füße musste ich denken, an die strenge Dunkelheit des Winters, hielt mich fest an diesen lächerlichen Gedanken an ein Wetter, das ich nie gemocht hatte, jetzt, da ich neben meiner Mutter durch die heiße Septemberluft lief und mich an den großen Platz mit seinen kleinen Straßen ringsum wünschte, zum lichten Grün unserer Linden, die bald anfangen würden, ihre Blätter zu verlieren.

An unserem letzten Morgen, bevor meine Mutter mich zum Abschied umarmte und mit einer ihrer schnellen Bewegungen, als habe sie nie Zeit für etwas, ins Taxi stieg, das sie zu einer der großen Straßen am Stadtrand bringen würde, sagte sie, sie habe den Koffer meines Vaters geöffnet. Seinen Koffer, den er auf seine letzte Reise mit nach Rom genommen hatte, der vergessen und nachgeschickt worden war, als mein Vater schon nicht mehr lebte, der meine Mutter seitdem auf dem Beifahrersitz ihres Wagens begleitet hatte und den sie in diesem Sommer habe öffnen können, wie sie sagte, als sei die Zeit jetzt erst dafür reif gewesen. Sie ließ es klingen, als habe etwas sie gezwungen, es mir auch zu sagen, als habe sie damit eine Aufgabe erledigt, die sie lange vor sich hergeschoben hatte, und als das Taxi sie mitnahm und an der nächsten Kreuzung mit ihr verschwand, glaubte ich, ich müsse ihr nachlaufen, die Tür aufreißen und fragen, was sie darin gefunden hatte.

Den Gedanken an Aja und Karl hatte ich verdrängen können, aber jetzt kehrte er zurück und sperrte mich unter eine Glocke, wo nichts anderes mehr Platz hatte. Ich überlegte, ein Zimmer zu nehmen, um nicht in unsere Wohnung zu müssen, aber dann ging ich doch, am lauten Tiberufer hoch zur Engelsbrücke, an der mir zum ersten Mal die Nägel und Geißeln in den weißen Händen der Skulpturen auffielen, und dann zu unserer Straße, wo ich sehen konnte, dass die Fenster zu unserem Balkon weit geöffnet waren. Als ich die Tür aufstieß, packte Aja Badesachen in ihre Tasche und warf die Landkarte hoch, weil sie mit Karl und mir ans Meer fahren wollte, eine kleine Bucht, einen hellen Strand suchen und den Geruch des Krankenhauses loswerden, wie sie sagte, den fiependen Ton der Geräte, wenn sie Alarm auslösten, den sie in den letzten Tagen zu oft habe hören müssen und der in ihren Ohren immerzu nachhalle. Etwas daran störte mich, als sie blind auf die Seiten tippte. Ich mochte es nicht, wenn sie tat, als könne sie die Orte jederzeit wechseln, so wie Évi und Zigi es getan hatten, in ihrem Wanderjahr, als könne sie Stadt und Land und Meer einfach austauschen, als könne ihr ein Ort allein nicht mehr reichen.

Karl lieh einen Wagen und holte uns am frühen Nachmittag. Er ließ den Motor laufen und hupte, wie es die Römer taten, bis Aja sich aus dem Fenster beugte, winkte und die Treppen hinabeilte, als habe sie Angst, ihn zu verpassen, als könne er ohne sie losfahren wollen. Ich stieg ein, obwohl ich nicht wusste, warum, und selbst nicht verstand, weshalb ich nicht blieb, in einer Wohnung ohne Aja und Karl, wo es leicht gewesen wäre, Arbeit vorzutäuschen, stapelweise Papiere aus dem Italienischen ins Deutsche zu übersetzen und zurück ins Italienische, um zu sehen, was dabei herauskam. Wir erreichten die Küste, als das Abendlicht schon auf den Häusern lag, die so an die Hänge gebaut waren, als könnten sie mit dem nächsten Windstoß ins Meer fallen. Karl stellte den Wagen ab, wir zogen die Schuhe aus, stiegen über steile Treppen zum Strand hinunter und liefen zu zwei Felsen, von denen Karl sagte, nur ein Zyklop könne sie ins Meer geworfen haben. Zwischen dem Silbergrau der Felsen, den stummen Zeugen einer anderen Zeitrechnung, wo das Wasser unsere nackten Füße umspülte, sah er Aja an, nicht länger als zwei Sekunden, die für ein Klack-Klack in seinem Kopf reichten, das er seit einigen Tagen schwächer hörte, zwei Sekunden, die mir genügten, um alles in seinem Blick erkennen zu können, was Aja darin erkennen sollte, und in denen ich mich fragte, warum wir so weit hatten fahren müssen, um das herauszufinden.

Als das Meer die Sonne schluckte, hüllten wir uns in Decken, und Karl schaute aufs Wasser, als müsse er es beobachten und in Schach halten, als sei es ihm nicht geheuer, selbst dieses lauwarme milde Meer, in dem wir nie hohe Wellen gesehen hatten. Es lag weit zurück, dass sein Vater ihm eine Figur im Kampf mit zwei Meeresschlangen gezeigt hatte, aber manchmal überfiel ihn am Strand das Bild eines wütenden, tosenden Meeres, das wir an dieser Küste jedenfalls nirgends hatten finden können. Wenn sie früher die heißesten Wochen des Jahres hier verbracht hatten und Karls Vater mit ihm und Ben in die Museen nach Rom gefahren war, hatte er sie zu einer Figurengruppe aus Marmor geführt, deren Namen sie sich nie hatten merken können, Laokoon mit seinen Söhnen. Karl hatte uns erzählt, er und sein Bruder hätten davor still gestanden, auch wenn sie sich sonst geprügelt, auf den Boden geworfen und an den Wandteppichen gezerrt hätten, davor aber hätten sie still gestanden und sich ausgemalt, wie sie selbst gegen Seeungeheuer kämpfen würden. Seit wir in Rom waren, war Karl oft in die Museen gegangen und hatte sich ins Gedächtnis gerufen, wie es damals gewesen war, Laokoon und seinen Söhnen zuzusehen, die versuchten, sich den Schlangen zu entwinden, die Poseidon geschickt hatte, und es sei ihm leichtgefallen, sich an alles zu erinnern, hatte er gesagt, selbst an den Geruch des Staubs, wenn er mit Ben davorgestanden hatte, sobald sie der Hitze des Tages hinter der Pforte entkommen waren, in den Sommern, bevor Ben zu seinem Vater gezogen und Karl bei seiner Mutter geblieben war.

In der Dunkelheit zündete jemand ein Feuer an, und als die Funken hochjagten, wusste ich, ich würde allein nach Rom zurückfahren, schon am nächsten Morgen, ich würde nicht länger so tun, als könne ich übersehen, was Aja und Karl vor mir zu verstecken suchten, als hätten sie keinen Mut, solange ich bei ihnen war, als schämten sie sich vor mir. Das Meer war matt und grau, als ich aufwachte. Es sah aus, als sei es weniger geworden, als habe es sich zurückgezogen und von uns entfernt, als hätten wir es mit unseren Versteckspielen, mit unseren Blicken und stummen Vorwürfen verschreckt. Ich schlug meine Decke zurück und lief zum Wasser, um mein Gesicht zu waschen, um Hände und Füße in die Wellen zu tauchen, solange Aja und Karl noch schliefen, so wie sie oft nebeneinander geschlafen hatten und es mich nie gestört hatte, weil mir nie in den Sinn gekommen wäre, zwischen uns könne sich eines Tages etwas ändern. Aber jetzt war es anders, alles war plötzlich anders, nicht nur das Meer, selbst das Licht an diesem Morgen, das schwefelgelb über die Häuser und den Sand kroch. Später schwammen wir hinaus, mit Aja in der Mitte, und als wir zurückschauten auf die Felsen, zwischen denen mir am Abend zuvor die Farbe von Karls Augen aufgefallen war, als hätte ich nie zuvor gesehen, dass sie aussah wie das Ostiameer im Winter, erschien mir plötzlich alles fad, das Meer nur noch als ein Meer wie jedes andere und wir unter diesem Himmel nur drei Schwimmer, die zufällig zur selben Zeit ins Wasser gesprungen waren.

Ich würde den Zug nehmen, einen dieser leeren, langsamen Züge, die selten fuhren, und weil das Wetter umschlug, hatte ich einen Vorwand, und Aja und Karl versuchten nicht, mich zum Bleiben zu überreden. Der Schmerz in meinem Kopf hatte das Unwetter angekündigt, und ich beruhigte mich, indem ich mir sagte, er habe nichts mit Aja und Karl zu tun, nur mit dem Wetter, den tiefhängenden Wolken, die sich gerade dunkelgrau färbten und aus denen es bald heftig regnen würde. Ich legte meine Hände auf die Stirn, an die Schläfen, hinter denen es hämmerte und pochte, und bevor unser Haar, bevor unsere Badesachen getrocknet waren, brachten mich Aja und Karl zum Bahnhof von Salerno, wo ein heißer Wind Abfälle über die Gleise blies, der Himmel die Hitze einsperrte und uns schwer atmen ließ, als wolle er uns nicht so schnell freigeben, als wolle er uns noch ein wenig gefangen halten. Ich sagte, sie sollten nicht warten, bis mein Zug käme, sie sollten etwas suchen, wo sie übernachten könnten, jetzt, da sich über uns etwas zusammenbraute, vor dem sich die Tauben unter den Dächern versteckten. Aber Aja bestand darauf zu bleiben, sie wollte sicher sein, dass ich nicht Stunden an diesem Bahnsteig bleiben müsse, während ein Unwetter über die Küste tobte. Als der Zug hielt, wischte sie mit ihrem Badetuch den Schweiß von der Stirn, und als ich mit einem letzten Winken einstieg, war es mir, als bewegten sich die Abfälle, die

Blätter, die Wolken, als bewege sich alles wie von einem Magneten angezogen auf etwas zu, als treibe es hin zu etwas, das ich noch nicht erkennen konnte.

Nur langsam fuhr der Zug aus Salerno hinaus, und als ließe ihn die heiße Luft nicht weiter, blieb er schon kurz dahinter stehen, und ich wartete eine Weile vergeblich auf eine Durchsage. Ich stand auf, zog das Fenster nach unten, und hinter einer Reihe blassbrauner Häuser glaubte ich, auf einem schmalen Weg einen Mann und ein Mädchen zu sehen. Als der Zug weiterfuhr, erkannte ich, es waren Aja und Karl, die still gestanden hatten und jetzt wieder anfingen zu laufen, die Hände ineinandergelegt, als tanzten sie durch den Staub der Straße, Aja neben Karl so klein, dass man sie vom Zugfenster aus hätte für ein Kind halten können. Sieben oder acht Sekunden, die Zeit, in der mein Zug an diesem Bild vorbeiglitt, stellten sich zwischen uns und stießen uns auseinander, als müsste ich in diesem Ausschnitt eines Nachmittags alles sehen, was unser Dreieck jemals zusammengehalten hatte und jetzt zu sprengen drohte. Ich fuhr im Regen zurück nach Rom, der laut aufs Zugdach prasselte und den gelben Schmutz von den Fenstern wusch. Als ich die Augen schloss, sah ich zwei Felsen vor einem bleifarbenen Meer, das schon weit genug hinter mir lag, und zwei Schlangen, die aus den Wellen glitten und Karl in die Tiefe rissen.

In Termini nahm ich ein Taxi, weil ich den Bus nicht ertragen konnte, das lange Warten, bis der Fahrer irgendwann doch einstieg und den Motor anwarf. Auch in den Tagen danach, in denen der Regen unablässig weiterfiel, mit einer Heftigkeit, die ich in Rom nie vermutet hätte, lief ich lieber durch die Stadt, ganz gleich wie weit meine Wege waren. Ich hatte Zeit, und das Gehen beruhigte mich, mein Herz schlug langsamer, ich konnte atmen – zwischen den Fassaden aus erdbraunem Stein, die mir im Sommer oft die Luft genommen hatten, konnte ich jetzt wieder atmen. Wenn ich das Küchenfenster öffnete, drang die regennasse Luft herein, in eine Stille, die Aja und Karl mir gelassen hatten und die sich auf die ganze Straße gelegt zu haben schien, auf der jetzt nur selten ein Auto fuhr und die Stimmen versiegt waren. Wenn ich die Gassen hinab zum Tiber ging und auf der anderen Seite in die Nähe des Krankenhauses kam, sah ich Aja und Karl unter Gewitterwolken auf einem schmalen Pfad hinter Gleisen, auch Tage später, als ich noch immer über Rinnsteine sprang, aus denen das Wasser sprudelte, durch die kleinen Bäche, die über die Brunnenränder schwappten, vorbei an Menschen unter Schirmen und Hauben, als der Regen noch immer alles versteckte, was der Himmel über Rom sonst zu zeigen hatte.

Karl und Aja hatten sich vor meinen Vater in meine Träume gedrängt. Wenn ich abends die Augen schloss, schlüpften sie an seine Stelle, und es fühlte sich an, als kratzten die Bilder an meinen Lidern, ein bisschen so, wie Zigi mit Évis Küchenmesser früher den Dreck von den Tischkanten gekratzt hatte. Wie hätte ich damals wissen können, dass es Karl sein würde, ausgerechnet Karl, als Aja und ich in einem Tuch zwischen Birnbäumen geschaukelt und Évi und Zigi durch den schmalen Flur getanzt waren, wenn sie die Mäntel und Hüte gestreift und wir uns gewünscht hatten, für uns möge es eines Tages auch so werden. In Gedanken lief ich rückwärts durch die Wochen, die hinter uns lagen, und suchte etwas, das ich bislang übersehen hatte. Ich stieg noch einmal durch Sonnenblumenfelder, unter Pinien die Hügel hinauf, ich schwamm noch einmal in einem Tümpel und spürte die Libellen auf meinem Kopf, ich fuhr neben Karl in dem kleinen Fiat über Serpentinen, bis mir übel wurde davon, ich nahm die Treppen zum Meer hinunter, um zwischen Felsen Karls Blicke zu sehen, ich saß noch einmal im Zug nach Rom und hoffte auf Seeschlangen.

Ich vergaß, mit wem ich gesprochen hatte, ich wusste nicht mehr, hatte ich etwas gesagt, hatte ich es in einem Brief geschrieben, hatte es mir jemand erzählt, die Blumenfrau, der Eisverkäufer, und wenn ich im Hof mit der Hausmeisterin geredet hatte, hatte ich schon vergessen über was, sobald ich nach oben ging. Wie sehr ich mich auch anstrengte, ich brachte die Tage und Gesichter durcheinander, ich wusste nichts mehr, während der Regen weiter auf die Baumkronen vor meinem Fenster fiel. Nur eines glaubte ich jetzt zu wissen, warum Aja und Karl mich ausgesucht, warum sie mich gebraucht hatten. Ich hatte gepasst, es war leicht, mich zu übergehen, ich war wenig genug, um nicht zu stören, so wie ich auch früher zwischen den Akkordeonspielern und Kartenlegern in Évis Küche nie gestört hatte. Mich hatten sie gebraucht, um hierherzukommen und etwas über sich herauszufinden, was sie zu Hause nie herausgefunden hätten. Ich war abergläubisch geworden, unter den Madonnen und Sklaven aus Marmor, unter den zahllosen toten Kämpfern, den Göttern und Tempeln, am ruhigen, silbergrünen Fluss, der die Stadt teilte in Leben und Tod, in Menschenströme und lichte Plätze auf der einen, in Krankenhaus und Petersdom auf der anderen Seite, das alles zwei Tagesreisen von Kirchblüt entfernt, von Évis Haus und Garten, zwölfhundert Kilometer weiter südlich von wo wir aufgewachsen waren. Ich hatte angefangen, an Zeichen zu glauben, die ich nicht verpassen durfte, und wenn ich am Küchentisch saß, ließ ich das Fenster trotz des Regens weit geöffnet. Als ich ein Pfeifen hörte, wusste ich nicht, war es das

Radio, pfiff jemand im Radio, das ich aufgedreht hatte, oder drang es hoch von der Straße. Ich stand auf und sah Aja, die den Kopf in den Nacken geworfen hatte, winkte und rief, sie habe keinen Schlüssel, was oft geschah, weil sie sich bei Évi nie an einen Schlüssel gewöhnt hatte und es noch immer komisch fand, wenn Karl und ich die Türen abschlossen. Sie trat ins Haus, ich konnte ihre Schritte auf der Treppe hören, die ich sofort hätte zuordnen können, auch wenn ich Aja nicht gesehen hätte, ihre kleinen, eiligen Schritte. Es war der Stoff ihres grünen Regenmantels, den ich an seinem Knistern erkennen konnte, sobald Aja sich darin bewegte und ihre Absätze über die Stufen klapperten. Sie habe mit mir allein sein wollen, Karl komme morgen erst, sagte sie, lehnte sich an die Brüstung vor dem Küchenfenster und schaute hinab auf die Straße, als rechne sie doch damit, dass ein Wagen um die Ecke biegen und Karl aussteigen würde. Ob ich ihr nicht verzeihen könne, fragte sie und hob ihre Hand mit den drei Fingern, so wie die Menschen in Rom ihre Hände hoben und bewegten, wenn sie redeten. Ich sah den Ring, rot und weiß wie Marmor, ausgerechnet an der Hand, an der Aja nie hatte Ringe tragen wollen, als habe Évi ihr Verbot, Aja einen Ring zu schenken, in diesem Herbst aufgehoben. Ich fragte, was ich ihr zu verzeihen hätte, aber es klang anders, als ich gewollt hatte, schon an Ajas Blick konnte ich sehen, es hatte ganz anders geklungen, als ich gewollt hatte. Aja sagte, das Klack-Klack in Karls Kopf sei im Regen nicht zurückgekehrt, es sei verstummt, ob ich denn wolle, dass er es weiter höre, ob ich wirklich wolle, dass es nicht ende in seinem Kopf und ihn weiter mit seiner Kamera durch alle Straßen dieser Welt jage, und ich wusste nichts darauf zu sagen, aber ich bin sicher, dass Aja sehen konnte, es war mir gleich, in diesem Augenblick zumindest war es mir gleich, ob Karl das Klack-Klack weiter hören und ob es ihn weiter durch alle Straßen dieser Welt treiben würde.

Der lange Regen hatte kühle, klare Luft gebracht, wie es sie selten gab in Rom, und als Karl zurückkehrte, als er die Treppen hochkam und später neben Aja vor dem Küchenfenster saß, die Füße ohne Schuhe und Strümpfe auf dem kalten Steinboden, die Hände unter seinem hellen, schmal geschnittenen Hemd, wusste ich, ich würde nicht länger bleiben wollen, ich würde nicht länger mit Karl und Aja in dieser Küche sitzen und auf den Mond warten, bis er sich hinter den Dächern zeigte und sein Licht auswarf. Als Karl sagte, der Mond hat heute keinen Hof, morgen wird das Wetter wieder gut, klang es für mich wie ein Kommando, als hätte ich nur auf eines gewartet, um in Termini in einen Zug zu steigen und die zwei Sekunden hinter mir zu lassen, die unsere Wege umlenken können, die zwei Sekunden, in denen Karls Blick zwischen zwei Felsen Aja hätte treffen sollen und mich dabei erwischt hatte. Plötzlich band mich nichts mehr an Rom. Ich wollte der Stadt, ich wollte Aja und Karl den Rücken zuwenden, ich würde bis Weihnachten zu Hause bleiben, vielleicht bis Neujahr, ich brauchte die lange Fahrt nach Hause, ich dachte an die Bahnhofsschilder von Bologna und Chiasso und sehnte mich, im Zug durch die Berge und über die Grenze zu gleiten, zwischen roten Herbstwäldern die Höfe und Kirchtürme zu sehen und in der Dunkelheit nicht mehr sagen zu können, ob der Zug sich vor- oder zurückbewegte.

Aja und Karl wollten noch einmal hinaus aufs Land, bevor es kälter werden würde, und mir fiel ein, wie sich Karl im Sommer auf die warmen Gleise im Tal gelegt hatte, wo die seltenen Züge nach Rom fuhren, und erst aufgesprungen war, wenn er schon ein Zittern auf den Schienen hatte spüren können. Ich hatte Angst gehabt, er würde einmal einschlafen und das Zittern nicht mehr bemerken, und Karl hatte mir zuliebe aufgehört damit. Als Aja ihre Tasche nahm, sagte ich an der Tür: Achte darauf, dass er sich nicht auf die Gleise legt und einschläft, aber ich ließ es klingen, als würde es mir nichts ausmachen, wenn es geschehen sollte, als wollte ich keine Warnung, sondern einen Wunsch aussprechen, als sei ich fähig dazu, mir zu wünschen, Karl würde sich einmal genauso schnell und leicht aus unserem Leben entfernen, wie er es einmal betreten hatte, er würde mit einem Satz aus unserem Dreieck hinausspringen, genauso, wie er sich vor vielen Jahren an seine Spitze gesetzt und es zu Ende gezeichnet hatte.

Während Aja und Karl durch die Sonnenblumenfelder spazierten, zog der Herbst in unsere Straße, mit klammen Tagen, die Karl und ich immer schlecht ertragen hatten, weil Rom nicht eingerichtet war auf Kälte. Nur Aja hatten sie nichts gemacht, sie kannte die Kälte noch aus den Winterwäldern, wo sie zwischen Évi und Zigi geschlafen hatte, aus ihrem Zimmer in Kirchblüt, das sie hatte verlassen müssen, sobald sich Eisblumen aufs Fenster gesetzt hatten, um sich an Évi zu wärmen, unter allen Decken und Laken, die sie hatten finden können und über sich ausgebreitet hatten. Als Aja und Karl vom Land zurückkehrten, in dicken Jacken und festen Schuhen, fegte der Wind die ersten gelben Blätter von den Bäumen und warf sie vor meine Füße, wie um mich zu fragen, was willst du noch hier. Ich nahm den Bus nach Termini, ging an den Ständen vorbei, wo sie die Strandschuhe abgenommen und Felljacken aufgehängt hatten, und weil ich unterwegs aus dem Fenster schauen und etwas sehen wollte, kaufte ich einen Fahrschein für den Zug, der früh am Morgen fuhr, wenn Aja und Karl noch schlafen würden.

Am Abend saß ich mit Aja in der Nähe des Krankenhauses in einer kleinen Bar mit einem Tisch und zwei Stühlen an der Straße, in der wir uns oft getroffen hatten, wenn Aja nachts arbeiten musste und den weißen Kittel und die Brille mit dem Lederband in einer Tasche bei sich trug. Karl und ich hatten vor dem Haus die zähe Länge des Augenblicks verkürzen wollen, er hatte meine Hand genommen, ich hatte sie weggezogen und mich sofort geschämt dafür, und jetzt suchten sogar Aja und ich nach Worten, die wir uns sagen konnten, obwohl es uns immer leichtgefallen war, sie zu finden, und wir nie hatten nach ihnen suchen müssen, um uns etwas zu erzählen. Bevor sich Aja aufmachte, um die Nacht an Krankenbetten zu verbringen, schlug sie ein letztes Rad für mich auf dem Bürgersteig, und als man ihr durchs Fenster zuschaute und klatschte, fasste sie mich mit ihren schmutzigen Händen, und ich konnte die Steinchen spüren, die an ihnen klebten. Sie legte ihre Hand mit den drei Fingern und dem neuen Ring auf meinen Arm und sagte, versprich mir, eine Münze in den Brunnen zu werfen, bevor du fährst, und als ich später nicht schlafen konnte, weil ich den Gedanken schwer aushielt, es würde meine letzte Nacht in Rom, meine letzte Nacht in Ajas Nähe sein, zog ich die Jacke über und sprang die breiten Stufen hinab durchs Treppenhaus. Ich lief ein letztes Mal zur Brücke, stand unter den garstigen Blicken der Engel, mit ihren Nägeln und Geißeln, die sie für den Kreuzgang bereithielten, ging weiter durchs tiefe Gelb der leeren Gassen, das die Laternen aufs Pflaster setzten, unter einem Sternenhimmel, den die Antennen in Stücke geschnitten hatten. Als ich das Wasser in den Brunnen plätschern hörte, dachte ich, dass es die schlechteste Zeit war, Rom zu verlassen, jetzt, da die Ströme des Sommers abgeebbt und die Plätze an mich zurückgefallen waren. Ich lief zum Campo de' Fiori, der still und einsam lag, Wochen nachdem meine Mutter hier mit den Gedanken bei meinem Vater unter Markisen gesessen hatte, dann zum Pantheon, wo der Regen eine große Pfütze gelassen hatte, und wenige Ecken weiter, nahm vor dem Brunnen eine Münze aus der Jackentasche, drehte mich um und warf sie über meine rechte Schulter vor die Meeresgötter.

Kirchblüt

So nah uns der Tod schon gerückt war, er war fern genug geblieben, als dass wir uns hätten vor ihm fürchten müssen. Seit wir in den Süden gefahren waren, in seine heißen Sommer und verregneten Winter, hatten wir auch nach einem Ort zum Sterben gesucht, vielleicht, weil wir uns auf eine Art für unsterblich hielten und es nie ernst genommen hatten, wenn wir uns den Tod ausgemalt hatten. Karl hatte uns in einem geliehenen Wagen über staubige Pisten gefahren, um vor einem dieser kleinen, an die Hänge geschmiegten Friedhöfe zu halten, wir waren über weißen Kies gelaufen, der unter unseren Sommerschuhen knirschte, den Hügel hinauf, mit Blick auf Zypressen und Gräber, die nie verwildert und überwuchert waren wie auf den Friedhöfen zu Hause, die schwarzen Steine wie soeben im Licht der Sonne geputzt, Gräber, über die Aja mit ihrem schnellen, flatternden Blick schaute und sagte, sie sehen aus, als seien sie unbewohnt.

Aja und ich glaubten, zum Sterben könnten wir eines Tages hierherkommen, und irgendwer würde schon dafür sorgen, dass wir auch begraben würden. Aber Karl wollte sichergehen, und jedes Mal, wenn wir fanden, dies wäre ein guter Ort zum Sterben, und vor einem Friedhof im Wagen übernachtet hatten, ging er am Morgen zum Rathaus oder Kreisamt, wo sie ihn für verrückt halten mussten, weil er drei Gräber in einer Reihe haben wollte und dafür Stunden auf einer Bank in einem Flur, vor ungläubigen Beamten warten konnte, um sich unter einem Fenster, das die Sommerluft hereinließ, mit Formularen und Merkblättern zu quälen, mit denen er uns später zuwinkte. Wie bei einem Spiel hatten wir nach einem solchen Ort gesucht und getan, als könnten wir übers Land fahren und den schönsten Platz dafür finden, nur weil der Tod kein Fremder für uns war, weil wir ihn kannten, Karl und ich seit wir Kinder waren, und Aja seit sie im Krankenhaus von Kirchblüt angefangen hatte, Tabletten und Thermometer zu verteilen, seit sie an Betten gewacht und Évi am Morgen an der Pforte gewartet hatte, um sie über Feldwege nach Hause zu begleiten, seit sie im Leichenkeller der Pathologie begonnen hatte, Hände zu zerlegen, und blass gewesen war, wenn wir sie abgeholt hatten, um ein paar Schritte durch die Sonne zu gehen. Jetzt, da ich im Zug saß und Rom hinter mir gelassen hatte, da die Landschaft im Norden schon flacher wurde, fielen mir die kleinen Friedhöfe ein, die wir entdeckt hatten, wenn wir von der Landstraße abgefahren und einem Schild mit einem Kreuz gefolgt waren, die polierten Steine mit den gerahmten Fotos der Toten, auf die Karl lange geschaut hatte, als könne er Ben auf einem von ihnen entdecken. Ich suchte nach dem Zeitpunkt, an dem sich mein Blick auf Karl geändert hatte – wann hatte ich angefangen, seine Haut, die sich hinter den Wangen in tausend Wellen legte, anders zu sehen? Ich wusste nicht mehr, warum ich ausgerechnet jetzt den Süden verlassen hatte, wo in Kirchblüt nur Schnee und Regen, nur Tage ohne Licht auf mich warteten. Aber später, als der Zug über die Grenze fuhr und ich vor Chiasso meinen Pass zeigen musste, hatte ich seit langem wieder das Gefühl, gerettet zu sein.

In den zwei Jahren war ich selten nach Hause gefahren, nur wenn es Geld und Zeit erlaubt hatten, aber jetzt war es mir gleich gewesen, ob mein Geld reichte, ob ich Zeit dafür hatte, ich fuhr, um mein altes Zimmer wiederzufinden, in dem alles unverändert war, in dem meine Mutter nichts berührt und nichts weggenommen hatte, in dem sogar die Bücher auf meinem Tisch noch so lagen, wie ich sie zurückgelassen hatte, als ich mich das letzte Mal gegen Mitternacht in einen Zug nach Rom gesetzt hatte, als habe meine Mutter gehofft, wir könnten weiterleben wie früher, wir könnten unser Leben dort wiederaufnehmen, wo wir aufgehört hatten. Als ich ausstieg, konnte ich sie schon am Bahnsteig sehen, in ihrem hellen Mantel mit dem runden Kragen, den Handschuhen im selben Ton, und als ich den Koffer abstellte, wartete sie nicht, sondern lief durch die Menge, streckte ihre Arme nach mir aus und hielt mich lange fest, als habe sie sich an diesem Morgen entschlossen, ihre schnelle, flüchtige Art abzulegen und sich Zeit für unsere Umarmung zu nehmen.

Sie fuhr einen neuen Wagen, in dem ich mich nach vorne setzen konnte, weil der Koffer meines Vaters nicht mehr auf dem Beifahrersitz lag. Im Sommer hatte sie ihn ins Haus getragen und geöffnet, nach fast einem Vierteljahrhundert hatte sie den kleinen Schlüssel aus dem Sekretär genommen und in die beiden Schlösser gesteckt, vielleicht, weil es mich nicht mehr gab in ihrem täglichen Leben und ich mit Blicken und Fragen nicht stören konnte, wenn sie auf das stoßen würde, was sie auf irgendeine Art immer schon geahnt haben musste. Als wir am Fotoladen vorbeifuhren, sagte sie, sie habe Briefe gefunden, in einem Fach neben der schmutzigen Wäsche, durch die sich in den Jahren gelbe Ränder gefressen hätten. Als sei Rom nicht der richtige Ort dafür gewesen, als habe sie mir vor Wochen nur einen Hinweis geben können, bevor sie ins Taxi gesprungen war, um dann am Stadtrand in einen ihrer Laster zu steigen, als könne sie nur in Kirchblüt darüber sprechen, umgeben von Hecken und Einfahrten und den Platanen des großen Platzes, fing sie jetzt damit an, und es klang, als habe sie lange warten müssen, um es loszuwerden, weil sie keine Pausen machte und kaum Luft zu holen schien, wenn sie ihre Hände vom Lenkrad nahm und mit den Armreifen klapperte, auch jetzt, da sich das Tor für uns geöffnet und sie den Wagen im Hof abgestellt hatte. Als ich fragte, warum sie nicht schon in Rom davon erzählt habe, sagte sie, dich haben doch andere Dinge beschäftigt, und für einen Vorwurf klang es zu mild, aber sie habe gewusst, lange würde es nicht dauern, und ich würde den Zug nehmen und nach Hause kommen.

Erst habe sie die Briefe mit dem unbekannten Absender, der fremden Schrift, ohne Briefmarken und Poststempel, nicht öffnen wollen. Sie sei zum Friedhof gelaufen, habe sich ans Grab gesetzt und mit den Umschlägen gewedelt, sie mit spitzen Fingern gehalten und dem Grabstein gezeigt, bevor sie einen aufgerissen und die ersten Zeilen laut gelesen habe, als habe sie meinem Vater vorführen wollen, dass er nichts dagegen tun und einwenden konnte. Vor den frisch gesetzten Veilchen habe sie gesessen und laut gelesen, Caro Hannes, was komisch geklungen und sie zum Lachen gebracht hatte, obwohl ihr nicht zum Lachen gewesen sei, dann weiter still für sich, durch die fremden Zeilen, die sie auf Anhieb verstanden hatte, obwohl sie lieber nicht alles auf Anhieb verstanden hätte. Nicht ein Wort habe sie nachschlagen müssen, als sie am Abend auf ihrem roten Sofa gesessen hatte, vor den Büchern meines Vaters, die bis zur Decke reichten, wo die Sätze und Wendungen nachgeklungen und mit dem Namen Elsa, der in vier großen Buchstaben unter jedem Brief gestanden hatte, zu einem Reigen angesetzt hätten, der sich in ihrem Kopf gedreht habe und ihr wie ein Mückenschwarm surrend durchs Haus gefolgt sei. Er sei aus dem Fenster über den Hof geflogen und wieder zur Tür herein, sobald meine Mutter sie geöffnet und schnell zugeworfen habe, durch die Diele zur Küche, über die Treppen ins Bad, ins Schlafzimmer zu ihrem Bett, über dem er seitdem kreise.

Die restlichen Briefe fand sie neben der großen Straßenkarte über ihrem Schreibtisch, in den Kisten, die sie seit Jahren von den Regalen herab angestarrt hatten und die meine Mutter nie hatte durchsehen wollen, weil sie keiner beschriftet hatte und meine Mutter mit einem sicheren Gefühl immer schon vieles von sich ferngehalten hatte, von dem sie glaubte, es würde sie nur durcheinanderbringen. Aber in diesem Sommer ließ sie zum ersten Mal eine Leiter dort aufstellen, und sobald sie am Abend allein war und sich Stille über die Gänge gelegt hatte, streifte sie ihre

Schuhe ab und stieg hoch, nahm die Kisten vom Regal und packte sie auf dem Rauchtisch vor dem geöffneten Fenster aus, weil sie wusste, ein Geruch von Staub und Zeit würde sie anfallen, der von den Briefen kam, die Elsa meinem Vater nie geschickt hatte, sondern ihm mitgegeben haben musste, wenn er in Rom gewesen war, um so die Lücken zu schließen und den verlorenen Tagen Leben zu geben, an denen sie sich nicht hatten sehen können, wie ein Tagebuch, in dem sie alles für ihn festhielt, wenn er weit von ihr entfernt war. Bis zum Morgen zählte meine Mutter an den Händen die Wochen und Monate zusammen und rechnete so das zweite Leben aus, das mein Vater in einem anderen Land, in einer anderen Stadt, mit einer anderen Frau geführt hatte, die auf den einen Tag gehofft hatte, von dem sie immer wieder schrieb, an dem er seinen Koffer nicht nehmen und gehen, sondern bleiben würde. Die Namen Maria und Therese tauchten in den Briefen nicht auf, eine Frau und ein Kind kamen nicht vor, es gab uns nicht, zwischen Elsa und meinem Vater hatte es uns nie gegeben. Nichts hatte sie von seinen zwei Leben gewusst, dem großen mit uns und dem kleinen mit ihr, das sie für das einzige gehalten haben musste, wie meine Mutter sagte, die plötzlich nicht mehr sicher war, welches für meinen Vater das große und welches das kleine Leben gewesen sei.

Sie hatte sich zu erinnern versucht, wie oft mein Vater nach Rom geflogen war, wie oft er einen seiner Fahrer begleitet hatte und wie er nach seiner Rückkehr gewesen war, ob sie etwas hätte merken müssen, an seiner Art, mit ihr zu reden, sie anzuschauen und anzufassen. Aber nichts fiel ihr ein, sosehr sie auch darüber nachdachte, wollte ihr nichts einfallen, über das sie Jahre später noch hätte stolpern können. Eine Fremde war in ihrem Wagen mitgefahren, nicht mein Vater, eine Fremde, von der meine Mutter kein Bild hatte, nur eine Vorstellung, mit der sie vor wenigen Wochen noch durch Rom gelaufen war, um in den Gesichtern das eine Gesicht zu suchen, das es hätte sein können, eine Art, sich zu kleiden, das Haar zu tragen und mit kleinen, sicheren Schritten übers ewige Pflaster zu gehen. Als ich mit herrenlosen Katzen durch die Foren spaziert war, um Karl und Aja zu entkommen, war meine Mutter zum Hotel gelaufen, dessen Adresse und Telefonnummer mein Vater einmal aufgeschrieben und wo meine Mutter nie angerufen hatte. Sie hatte sich aufgemacht in die Via Giovanni Antonelli, die als Absender auf den Briefkuverts stand, um von gegenüber auf das Haus mit der Nummer achtzehn zu schauen, auf dessen Türschild der Name Elsa Donati aber nicht auftauchte. Die Leichtigkeit, die ich an meiner Mutter zu sehen geglaubt hatte, war nur eine Art Vogelfreiheit, die sie an nichts mehr band, ein Lachen über sich selbst, darüber, fast ein Vierteljahrhundert mit einem Koffer gelebt zu haben, mit dem sie nicht meinen Vater, sondern nur seine schmutzige Wäsche spazieren gefahren hatte, und die Briefe einer Elsa, die meine Mutter wie ein Gespenst heimsuchte, das sie auf den Straßen und Plätzen Roms einzufangen gehofft hatte. Einen letzten Brief, eher eine Notiz, hatte meine Mutter im Koffer gefunden. Elsa hatte geschrieben, in der Eile des Aufbruchs habe mein Vater den Koffer auf dem Zimmer liegenlassen und sei die Treppen hinabgesprungen, weil sein Taxi schon gewartet habe. Sie habe den Koffer erst Tage später am Flughafen nachschicken lassen und gewusst, dieses Mal sei es nur sein Koffer gewesen, aber das nächste Mal würde er bleiben, sie würden sich nicht mehr trennen müssen. Wie sie von seinem Tod erfahren hatte, wusste meine Mutter nicht, es gab keine Briefe aus der Zeit danach. Sie wird in der Spedition angerufen haben, sagte meine Mutter, und jemand wird ihr gesagt haben, Hannes Bartfink lebt nicht mehr, seine Frau hat die Geschäfte übernommen.

Ich fragte mich, ob meiner Mutter erst mit den Jahren Zweifel gekommen waren, jedes Mal, wenn sie im Wagen auf den Sitz neben sich geschaut und sich den Tag vorgestellt hatte, an dem sie den kleinen Schlüssel aus dem Sekretär holen und die Schlösser aufspringen lassen würde. Oder ob sie schon etwas geahnt hatte, als mein Vater aus Rom zurückgekehrt war und sie am Flughafen lange hatte warten müssen, mit diesem Gefühl der Unruhe, das sich damals kaum gelegt hatte und das sie danach weggeschoben haben musste, wie sie vieles wegschob von sich, jedenfalls hatte sie in all den Jahren am Grab meines Vaters gesessen und zu ihm gesprochen, als habe sie es vergessen können. Erst dieser Sommer, in dem sie den Koffer geöffnet hatte, habe es zurückgebracht und alles aufgehoben, sagte sie, habe die Tage mit meinem Vater gedreht und in schwarzes Licht getaucht, als ob es das gebe, schwarzes Licht, und zum ersten Mal sei ihr der Gedanke gekommen, meinen Vater hätte man bestrafen müssen, nicht sie, als sei sein Tod eine Strafe für sie gewesen, als sei es das richtige Wort dafür. Das Verrückte sei, ihr Gefühl für meinen Vater habe sich nicht verändert, selbst wenn sie es gewusst, wenn sie es früher schon gewusst hätte, hätte es nichts geändert. Das wenige, was uns von meinem Vater geblieben war, hätte sie auch dann retten wollen, sie hätte trotzdem an seinem Grab gesessen und bis zu dem Tag gewartet, an dem ich alt genug wäre, es mir zu sagen. Nur die eine Frage ließ sie nicht los, sie hatte sich an den Mückenschwarm gehängt und folgte ihr durchs Haus, über die Straßen zur Spedition und alle Wege Kirchblüts, die Frage, ob mein Vater das Leben mit uns nur hatte leben können, weil es noch ein anderes gegeben hatte. Meine

Mutter hatte versucht, eine Antwort zu finden, jedes Mal, wenn sie die Via Giovanni Antonelli abgelaufen war und auf das Haus mit der Nummer achtzehn gestarrt, wenn sie nach einer Elsa Ausschau gehalten und sich bei jedem Gesicht einer Frau ihres Alters gefragt hatte, ob sie es sein könnte, ob sie jene Elsa sein könnte, die mit meinem Vater ein kleines Leben geteilt hatte, das für meine Mutter und mich groß genug war, um unsere Welt, wie wir sie gebaut und geschmückt hatten, auseinanderzupflücken.

Évi wusste davon. Wenn jemand davon wusste, dann Évi, meine Mutter musste es ihr erzählt haben, weil sie an den Abenden öfter zusammensaßen, seit wir in Rom waren und Ellen nur noch selten in Kirchblüt zu sehen war. Ich glaubte, es an ihrem Blick zu erkennen, an ihrer Art, mich zu umarmen, die Tür mit dem Fliegengitter zu öffnen, zum Tor hinauszulaufen und mir unter Karls Linde übers Haar, über die Wangen zu streichen, als müsse sie mich trösten, als ahnte sie, ich hatte im Haus meiner Mutter Zuflucht gesucht und nicht gefunden, ich war der einen Welt entflohen, nur um zu sehen, es gab auch die andere nicht mehr. Im Sommer hätte ich kommen sollen, sagte Évi, als der Klatschmohn rot unter der Brücke gestanden habe und der Storchschnabel gewachsen sei, dessen Samen einst meine Mutter gebracht hatte, und obwohl sie mich aufmuntern wollte, klang es fast ein wenig traurig. Die Blumen hätten die Gräser verdrängt, und der Klee, den Karl vor Jahren am Zaun gesät hatte, habe zum ersten Mal geblüht, ausgerechnet jetzt, als wir nicht da gewesen seien, um es sehen zu können. Der Herbst hielt Évis Garten schon gefangen, aber trotz des klammen Tages saßen wir draußen auf ihrer Bank, zwischen Kissen und Decken, legten die Füße auf einen Stuhl und schauten auf die roten Blätter des Birnbaums. Ich musste nichts sagen, Évi konnte selbst sehen, ich war allein, ich war ohne Aja und Karl gekommen. Sie brauchte nicht zu fragen, sie wusste, ich würde nicht reden, ich würde nichts davon erzählen, nur hier sitzen wollen, ihren schwarzen Tee trinken, in den sie Kardamom gab, und ihren Kuchen essen, zwei Stücke Linzer Torte, die sie auf abgeschlagenen Rosentellern auf den Tisch gestellt hatte.

Als es am Abend kühler wurde, gingen wir hinein, und über Évis kleinem Altar entdeckte ich die Postkarten, die wir mit Grüßen vom heiligen Franz geschickt und nie ernst genommen hatten, von denen wir aber wussten, Évi würde sie ernst nehmen, sie würde sie über ihrem Altar hüten wie Schätze, über seinen Blütenblättern und hohen Kerzen, die sie sich mitbringen ließ, von Klöstern und Pilgerstätten, wann immer sich jemand dorthin aufmachte. Jetzt sah ich sie wieder, die Verdammten, die in die Hölle einzogen, die Mutter Gottes, die Engel schwebend über den sanften grünen Hügeln, über die wir im Sommer noch gefahren waren, in einem roten Fiat, aus dem wir Hände und Füße hatten baumeln lassen, als wir die Hitze und den Lärm der Stadt verlassen hatten, um zwischen Heuschrecken und Libellen gleißend helle Tage zu verbringen und alles aufs Spiel zu setzen, was unser Dreieck zusammengehalten hatte.

Zigi war erst vor kurzem abgereist, ich hatte ihn abgelöst. In diesen Tagen und Wochen, in denen ich in meiner alten Wäsche, in meinem alten Bett schlief, in meinen alten Büchern las, in meinen Heften mit den ersten, frühen Übersetzungen, über die ich lachen musste, weil sie mir ungeschickt und ungelenk vorkamen, ging ich oft zu Évi. Während meine Mutter versuchte, den Namen Elsa abzuschütteln, ihn aus dem Haus zu jagen und ihm den Weg zum Schlafzimmer zu versperren, wenn er ihr über die Treppen hoch zu ihrem Bett folgen wollte, reihten sich meine Tage still aneinander. Es trug mich und fing mich auf, an Évis Küchentisch zu sitzen, vor der Schneekugel, die Aja in unserem ersten Sommer in Rom geschickt hatte und die Évi immer wieder umdrehte und aufstellte, als könne sie nicht genug kriegen davon, wenn die weißen dicken Flocken langsam auf die Kuppel des Petersdoms rieselten und liegen blieben, ohne je zu schmelzen. Vor Wochen hätte es mir vielleicht geholfen, Rom so umzudrehen, die Stadt auf den Kopf zu stellen, die Spitze unseres Dachs aufs Pflaster der Straße zu setzen und ein wenig Schnee auf uns rieseln zu lassen.

Obwohl Évi jedes Mal sagte, ich solle nichts mitbringen, brachte ich Wein und grüne Oliven von einem Laden am großen Platz, der vor wenigen Wochen eröffnet hatte, und wenn sie ausgespülte Senfgläser für uns auf den Tisch und eine flackernde Kerze vors Fenster stellte, sollte ich ihr von unseren Zimmern erzählen, von den Farben der Wände und Fensterläden, von den orangeroten Bussen, die uns zur Hochschule brachten und immer zu spät fuhren, von dem Plätschern des Brunnenwassers, das über den Plätzen lag, von den Schwalben, die aus einem Meer roter Ziegel aufstiegen, von dem Krankenhaus, in dem sie Aja Dottoressa nannten und nichts von ihren Kunststücken ahnten, von den Sirenen der Rettungswagen, deren Klang durch unser Viertel hoch in unsere Küche drang, auch am Abend, wenn wir warteten, bis sich ein satter Mond auf die schrägen Dächer setzte und sein Licht in unsere Fenster goss. Ich erzählte von Karl, den jeder Carlo nannte, von seinen hellen, schmal geschnittenen Hemden, dem Motorroller, den er ohne Helm fuhr, von dem roten Fiat, mit dem er uns aufs Land gebracht hatte, wo Aja über Tage Piniennadeln aus einer Decke gezupft hatte, als könne sie ihre Hände nicht ruhen lassen, und von den Fresken, vom Jüngsten Gericht in Orvieto, von dem wir Ausschnitte auf den Postkarten über Évis kleinem Altar sehen konnten. Ich erzählte von der Heuschrecke und der Gasflamme, neben der sie spaziert war, ohne sich zu verbrennen, und von dem Skorpion, der in einer Mulde zu meinen Füßen in meinem Bett gelegen hatte, als Karl mich abgeholt und zurück nach Rom gefahren hatte. Ich erzählte Évi von einer fremden Welt, die auch mir schon fremd geworden war, jetzt, da sie mit jedem Satz weiter wegrückte und mir unendlich fern schien, nicht nur weil das Jahr schon auf Weihnachten zuging und ich in Évis Küche saß, zwei Länder weiter, zwölfhundert Kilometer nördlich, sondern weil sich etwas zwischen uns gestellt hatte, zwischen Karl, Aja und mich. Ich wusste nicht mehr, waren mir Aja und Karl nach Rom gefolgt, oder waren Karl und ich wieder nur Aja gefolgt, weil wir nicht ohne sie hatten sein wollen. Ich war sicher, dass Évi spüren konnte, es fiel mir nicht leicht, ihr zu erzählen, während sie Wachsreste mit dem kleinen Messer vom Tisch kratzte, mit dem sie früher Ajas Stifte gespitzt hatte, wenn sie mit zwei Fingern Knoten aus ihrem Haar löste, in dem ich nicht einen grauen Faden entdecken konnte. Sie umarmte mich lange, bevor ich über die losen Platten zum schiefhängenden Tor in die Nacht ging. Ich hätte Aja nach Kirchblüt geholt und sie mit uns am Tisch, vor den ausgespülten Senfgläsern sitzen lassen, sagte sie, sie habe den Lärm auf den Straßen Roms hören und den Schwalben nachschauen können, wenn sie ihre Nester verlassen hätten und über den Kuppeln ins Blau des Himmels geflogen seien. Sie gab mir ihre Taschenlampe, wartete in der Tür und schaute mir nach, als könne ich mich in der Dunkelheit verlaufen, als könne ich den Weg nach Hause nicht finden, als sei ich ihn nicht unzählige Male schon gegangen. An der Brücke blieb ich stehen, dort wo im Sommer der Klatschmohn geblüht hatte, warf den Kopf in den Nacken, und wenn die Nacht klar genug war, konnte ich über den Feldern den Kleinen Wagen im Kirchblüter Himmel sehen.

Am Tag der heiligen Barbara schnitt Évi einen Zweig vom Kirschbaum und stellte ihn ins Wasser, damit er an Heiligabend blühen würde. Mitte Dezember fiel der erste Schnee, den Aja in der Nacht zuvor gespürt hätte, und Évi gab mir einen Brief, den der Postbote ihr am Fliegengitter überreicht und nicht in den Blechkasten am schiefhängenden Tor geworfen hatte. Aja hatte ihn geschickt, weil sie glaubte, hier würde er mich erreichen, ich würde in Évis kalter Küche sitzen und auf unsere Linden schauen, die Évi jeden Tag daran erinnerten, wie weit Aja von ihr entfernt war, wie sie sagte, auf die Meisen, die auf Futterringen vor dem Fenster landeten und hochflatterten, wenn ich ans Glas klopfte, so wie Karl es früher getan hatte, wenn er sie hatte fotografieren wollen. Aja schrieb, heute fallen die Blätter schon sehr, selbst hier fallen sie schon sehr, und sie fragte, wie kann es sein, dass du nicht bei mir bist und mit mir auf den Mond wartest, wenn du ihn jetzt sehen könntest, jetzt, da er vor unserem Fenster sinkt und nach den ersten Dächern greift. Während ich las, fiel Schnee auf unsere Linden, so langsam wie der Kunstschnee in Évis Kugel, die Aja zwischen Postkarten und Reiseführern in der heißesten Stadt gekauft hatte, zwischen den heißesten Steinen, die im August, sollte die Temperatur jemals einbrechen, über Tage noch Wärme abgeben würden. Lilien stünden in einer Vase auf dem Küchentisch, schrieb sie, und ich wusste, wie es dort aussah, unter dem Fenster, den geschlossenen Läden, die das Licht in helle Streifen teilten, auch jetzt noch, da der Winter selbst in Rom Einzug hielt.

Zum ersten Mal spürte ich keine Sehnsucht danach, weil nichts in mir dorthin wollte, aber es schmerzte mich, dass ausgerechnet uns etwas getrennt hatte, dass ausgerechnet unsere Wege in andere Richtungen zeigen sollten. Aja fragte nach Kirchblüt, nach Évis Garten, nach dem großen Platz, ob die Buden schon aufgestellt seien und ich heiße Maronen gekauft habe, ob ich auf der Eisbahn gewesen sei, den

Zug nach Heidelberg genommen habe, um Jakob und Ellen zu treffen. Nichts davon hatte ich getan, zu nichts hatte ich Lust gehabt, und ich ärgerte mich, weil ich in Rom nicht sein und in Kirchblüt nicht ankommen, weil ich nirgendwohin flüchten konnte, weil Aja mich bis hierher verfolgte und so, wie ich sie nicht freigeben wollte, auch mich nicht freigab. Ob ich ein Stück grüner Seife mitgenommen habe, wollte sie wissen, so wie wir es gehalten hatten, die wenigen Male, die wir nach Kirchblüt gefahren waren und immer ein kleines Stück grüner Seife mitgenommen und in die Schale ans Waschbecken gelegt hatten. Wenn es kleiner geworden war und sich schließlich aufgelöst hatte, wussten wir, der Süden war zu weit weggerückt, wir mussten uns aufmachen und den nächsten Zug vor Mitternacht nehmen, der uns wieder nach Rom bringen würde. Diesmal hatte ich keine Seife nach Hause mitgenommen, ich brauchte nichts, das mir zeigen würde, wie schnell oder wie langsam die Tage mit meinen kurzen Wegen zwischen Évi und meiner Mutter vergingen. Die Farben des Südens hatten angefangen, in meiner Vorstellung zu verblassen, ich brauchte keine Seife, die kleiner wurde, um zu sehen, wie weit Aja und Karl von mir entfernt waren und wie weit ich mich von ihnen fortbewegt hatte. Aja fragte, warum die Blumen, die sie bei der ersten Kälte vom Balkon hereingeholt hatte, nach wenigen Tagen eingegangen seien, ob sie die Wärme nicht mochten und es lieber kalt hätten, warum sie nur bei Évi blühten und wuchsen, und Évi musste lachen und den Kopf schütteln, als ich es vorlas. Wir hatten uns immer schon Briefe geschrieben, Aja, Karl und ich, als wir in Kirchblüt und später in Heidelberg gewohnt hatten, hatten wir uns Briefe und Karten geschrieben und in die Briefkästen geworfen, wenn wir uns nicht hatten sehen können. Seit wir in Rom waren, hatten wir angefangen, sie zu beenden mit einem Satz, den Karl irgendwo gelesen hatte und seitdem unter seine Briefe setzte: Bleib fern von offenen Fenstern. Als hätten wir aufpassen müssen, als hätte uns der Mond vor unserem winzigen Balkon gefährlich werden können, wenn er uns nachts ans Fenster gelockt hatte. Aja hatte diesen letzten Satz unter ihren Brief geschrieben, als könne ich in Kirchblüt aus meinem alten Zimmer fallen, oder wo immer sie glaubte, dass ich jetzt wäre. Aber es klang anders diesmal, für mich klang es anders, als habe dieser Satz seine Gültigkeit im Sommer verloren, als berge er nur noch eine Lüge, als könne ich nicht mehr glauben, Aja wolle mich warnen, sie wolle immer noch, dass ich fern von offenen Fenstern blieb.

Zwei Tage vor Weihnachten kam ein Päckchen mit einer Kassette, darauf das Meeresrauschen, das Aja und Karl aufgenommen hatten, damit ich mich nicht zu sehr danach sehnen müsse, wie Aja schrieb. Ich konnte es hören, das Meer vor Ostia, wie es klang im Dezember, wenn niemand außer Aja und Karl am Strand war, die riefen: Hörst du es, das Meer vor Ostia, hörst du es, unser Ostiameer? Und dann rauschte und toste es, und ich konnte sie mir vorstellen, ich brauchte kein Bild dazu, ich konnte sie sehen, vor den algenüberwucherten Pfählen, in ihren langen Mänteln und festen Schuhen, Karl mit einer Kapuze über dem Kopf, Aja mit einem Tuch, mit dem sie ihr Haar zurückband und die Ohren schützte, damit sie vom Wind nicht schmerzten, wie sie ihre Füße jetzt, zu dieser Jahreszeit, nicht ins Wasser tauchten, sondern nur auf seine graugrünen Wellen schauten. Dass sie an diesem Tag an mich gedacht, zu dieser Stunde zu mir gesprochen und die Ferne zu mir hatten überwinden wollen, wühlte etwas in mir auf, gegen das ich mich nicht zu wehren wusste. Wie ein Kind kam ich mir vor, das die Dinge ungeschehen machen wollte, und ich mochte mich selbst nicht mehr, weil ich so bitter, weil ich ausgerechnet zu Aja und Karl so unnachgiebig sein musste. Ich schämte mich, sie nicht ziehen lassen zu können, auf eigenen Wegen, die sie ohne mich gehen wollten und für sich allein gefunden hatten, nur weil meine Wege so nah an ihre gebaut waren und ich mir keine anderen für mich vorstellen konnte.

Meine Mutter fragte nicht, wie lange ich bleiben würde, sicher hoffte sie insgeheim, ich würde überhaupt nicht nach Rom zurückfahren, ich würde stattdessen Aja bitten, meine Sachen in Kisten zu packen, und meine Mutter würde einen Fahrer schicken, um sie mit der nächsten Fuhre nach Norden abzuholen. Ich verbrachte viel Zeit mit Évi, saß im Fotoladen auf einem der Klappstühle, und wenn nicht, durchwühlte ich unseren Dachboden und wusste selbst nicht, was ich dort zu finden glaubte, andere Briefe vielleicht, die aufheben würden, was meine Mutter von meinem Vater erzählt hatte. Ich fand die Schnur mit den Blättern, der die Jahre die Farbe genommen hatten und die einmal unser Haus durchzogen und geschmückt hatte, mit großen Buchstaben und Wörtern, die meine Mutter aufgeschrieben und aufgehängt hatte, damit Évi sie würde lesen können. Auch wenn Évi noch immer schlechter las als die Schüler in den ersten Klassen, entging ihr nichts, was mit Aja und mir zu tun hatte. Ich hatte ihr gesagt, ich hätte vor dem römischen Winter fliehen wollen, seinem Regen und feuchten Grau, ich hätte einen echten Winter, einen mit Schnee und Eis und Minusgraden erleben wollen, und sobald ich es ausgesprochen hatte, wusste ich schon, Évi musste allein am Klang meiner Stimme gemerkt haben, es war Unsinn, es war erfunden und gelogen. Sie hätte es ahnen können, als ich das Kästchen mit den Murmeln vom Regal genommen hatte, mit den Fingern über die Kugeln gefahren war und gefragt hatte, warum sie es aufhebe, ob sie wirklich glaube, Karls Bruder spiele noch mit Murmeln aus einem Kästchen, in dem früher einmal Schokolade gelegen hatte, ob sie glaube, er würde sich an Kugeln erinnern, die er vor langer Zeit durchs Fenster in den Garten geworfen hatte. Etwas an meinem Ton war verrutscht, es hatte spitz und scharf geklungen, so wie ich nie zu Évi gesprochen hatte, als hätte ich ihr vorwerfen wollen, ein Kästchen, das für ein Kind gedacht war, aufzubewahren für jemanden, der längst schon erwachsen wäre, als könne Évi etwas dafür, als trage sie Schuld daran, dass wir keine Kinder mehr waren, dass wir nicht mehr in unseren Linden saßen, sondern hinabgestiegen waren und uns auf die Wege der Erwachsenen begeben hatten.

Weihnachten feierte Évi bei uns, weil ihre Freunde nicht gekommen waren und meine Mutter nicht erlaubte, dass Évi an Heiligabend allein blieb. Sie wählte unsere Nummer in Rom, wünschte Frohe Weihnachten, reichte den Hörer schnell an mich weiter, und Aja fragte sofort, ob ich eine Münze in den Brunnen geworfen habe, bevor ich abgereist sei. Ihre Stimme klang fern, schon wegen der schlechten Verbindung, als sie herauszufinden versuchte, warum ich nicht geschrieben habe, ob ich ihr noch immer böse sei, und als ich sagte, nein, bin ich nicht, schauten mich Évi und meine Mutter an, als hätten sie mit diesen vier Worten und dem Ton, den ich angeschlagen hatte, alles erfahren, was es über uns zu wissen gab. Spät am Abend machten wir uns auf zur Kirche am großen Platz, wo Évi an den Sonntagen im Chor sang, seit Aja nicht mehr bei ihr wohnte. Ich blieb unter einer Platane stehen, die ihre Blätter verloren hatte und deren Äste aussahen wie die gespreizten Finger einer Hand, als wollten sie nach den Sternen greifen. Ich hatte immer darauf gehofft, die Leerstelle, die mein Vater mir gelassen hatte, einmal loszuwerden, vielleicht hatte ich darauf gehofft, Aja würde sie füllen, Karl würde es tun, sie würden die Lücke schließen können, aber jetzt, als meine Mutter und Évi stehen blieben und zu mir zurückschauten, kam es mir mit einem Mal unsinnig vor, geglaubt zu haben, Aja oder Karl hätten mich jemals davon befreien können. Als wir um Mitternacht unter dem Geläut der Glocken die Stufen hinabstiegen, sagte ich: Übrigens, das Klack-Klack in Karls Kopf ist verschwunden, und weil es nicht klang wie eine gute Nachricht, wie etwas, über das ich mich freute und Évi und meine Mutter sich auch freuen sollten, wussten sie, warum ich in einen Zug gestiegen und an Weihnachten nicht in Rom, sondern in Kirchblüt war.

Kirchblüt hatte sich vor meinen Augen gedreht. Der große Platz hatte sich auf den Kopf gestellt und Türme und Dächer durcheinandergeworfen. Die Hecken und Tore waren geschrumpft, die Fenster und Auslagen der Läden, auch die Straßen, in denen Karls Vater noch immer Évis Kuchen austrug, waren schmaler geworden. Alles in Kirchblüt war schräg und klein, ich lief durch eine Kulisse, die falsch zusammengebaut war, seit meine Mutter einen Koffer geöffnet hatte, den sie zweiundzwanzig Jahre lang spazieren gefahren hatte, damit unsere Welt nicht zusammenfallen würde wie bei einem Erdrutsch. Wenn ich durch den Wald zum Badesee ging, war mir, als zeigten die Tannenspitzen auf mich, als verhöhnten die Bäume mich. Ich konnte nicht begreifen, warum meine Mutter nicht weiter geschwiegen hatte, warum sie ein verschwommenes Bild unbedingt hatte scharfzeichnen und die Teile einer Erzählung nachreichen müssen, die mir nie gefehlt hatten und die ich jetzt nicht mehr hatte hören wollen. Ich saß unter nackten Weiden am Badesteg, die Knie angezogen, die Beine umschlungen, hörte auf den Wind und musste an Karl denken, wie er Hut und Hemd überzog, bevor er ins Meer sprang, seit er sich in Ostia die Schultern verbrannt und Aja ihm Joghurt aus dem Eisschrank auf die Haut geschmiert hatte. Ich dachte daran, wie er Aja an den Trägern ihres Badeanzugs hochgezogen und gesagt hatte, du wirst doch nicht ertrinken wollen, wenn wir weit draußen, wo das Wasser kühler wurde, hinabgetaucht waren. Ich dachte an den Tümpel, in dem wir im Sommer geschwommen waren, sein trübes Wasser versteckt unter grünen Linsen und Libellen, die sich als Kronen auf unsere nassen Haare gesetzt hatten. Ich dachte an Rom und seine Fassadenengel, die zusahen, wie alles unter ihnen blätterte und bröckelte, und mit jedem Tag kam es mir unwirklicher vor, dass ich in einen Zug gestiegen war und Aja und Karl zurückgelassen hatte.

Der Winter ging vorbei und verwandelte die Feldwege rund um Évis Haus in Schlamm. Ein Dröhnen und Knattern legte sich auf unsere kleine Stadt, als man anfing, Bäume zu schneiden und Hecken zu stutzen, als Évi mit den ersten warmen Tagen die Fenster aufstieß und die Treppen vor dem Fliegengitter hinabstieg, um den Knospen und Gräsern beim Wachsen zuzusehen. Seit Aja nicht mehr bei ihr wohnte, schlief Évi in Frühlingsnächten unter wenigen Decken draußen auf einer Sonnenliege, die Ellen ihr überlassen hatte, ihr Kopf auf einem geblümten Kissen unterm Birnbaum, der seine Zweige über Évi ausbreitete, als könne der Sternenhimmel sie blenden. Wenn ich morgens kam, ging sie durchs feuchte Gras und setzte Spuren vom Birnbaum zum schiefhängenden Tor, von den Johannisbeeren zum Verschlag mit den Hühnern, als müsse sie ihren Garten jeden Tag neu vermessen, als könne sie nach so vielen Jahren in Kirchblüt noch immer nicht glauben, dass es einen Ort gab, an dem sie bleiben durfte und der ihr gehören sollte.

Vor Ostern holte ich sie oft am Fotoladen ab, um ihr abends beim Backen zu helfen und vorher den Schlenker über den Friedhof zu machen, wo ich jeden Tag die Buchstaben am Grabstein meines Vaters mit den Fingern nachzeichnete und mich fragte, was meine Mutter damals übersehen hatte. An einem dieser Nachmittage hatte Évi es eilig, nicht wie sonst, wenn sie langsam zu den Feldern über die kleine Brücke ging, weil sie für vieles Zeit hatte, seit Aja nicht mehr in ihrem Haus wohnte. An diesem Tag aber hatte sie es eilig, schon als sie das Glöckchen aushängte und die Tür zum Fotoladen schloss, als sie den großen Platz mit schnellen Schritten überquerte, unter seinen Platanen, die noch nicht angefangen hatten auszuschlagen. An der Brücke sagte sie, wir sollten nicht zum Friedhof gehen, da die letzten Bestellungen für Ostern da seien, und dann lief sie den Weg hinab, immer mit Blick auf unsere Linden, als habe sie Angst, sie aus den Augen zu lassen und etwas zu versäumen, das unter ihren Zweigen geschehen könnte. Während sie Mehl durch ein Sieb rieseln ließ, Hefe zerbröselte und in warme Milch rührte, sah sie durchs Küchenfenster, an dem die bunten Vorhänge zur Seite gezogen waren, als warte sie auf etwas, das sich hinter dem Zaun zeigen würde, und immer wieder zur Uhr über den schiefen Schranktüren, als bewegten sich ihr die Zeiger heute zu langsam. In der Dämmerung stellte sie zwei dicke Kerzen ins Fenster, und als es Nacht wurde, begleitete sie mich so langsam zum Tor, als wolle sie mich vom Gehen abhalten, blieb stehen unter unseren Linden, in denen wir als Kinder die Blüten von den Zweigen gezupft hatten, und noch einmal vor den Maisfeldern, in denen wir uns damals vor Zigi versteckt hatten. Ob ich wüsste, dass man bei einer Verbrennung schnell Eis auflegen müsse, fragte sie, und es klang komisch, als habe sie plötzlich vergessen, wie alt ich war, als sei sie durch die Jahre gefallen und glaube, ich sei noch das Mädchen, dem sie solche Fragen stellen könne. Wir hörten ein Auto in der Nähe, seine Reifen, die sich durch den Staub drehten, und Scheinwerfer blendeten auf. Erst glaubte ich, meine Mutter würde mich abholen, aber Évi legte ihre Hand auf den Mund, löste sich von mir und eilte schon den Feldweg hinab ins Licht, dass es aussah, als würde sie in den Wagen hineinlaufen wollen. Ich konnte die schwarzen Umrisse ihrer Beine sehen, ihre schnellen, großen Schritte, sie winkte, bis der Wagen hielt, die Türen sich öffneten und Aja heraussprang, so viel konnte ich in der Dunkelheit erkennen, auch dass Évi sie umarmte und hielt, als habe sie zu lange darauf warten müssen. Ich hörte sie Ajas

Namen sagen, nichts als immer wieder ihren Namen, als müsse sie sich versichern, es war wirklich Aja, die sie in den Armen hielt.

Évi musste ihr geschrieben haben, in ihrer großen schrägen Schrift, damit Aja wusste, ich hatte Tag für Tag auf Évis Bank gesessen, ich hatte an ihrem Küchentisch Wein getrunken und Teig gerührt, und bei allem hatte ich nichts von den Dingen erzählt, die mich dazu gebracht hatten, Rom zu verlassen und nach Kirchblüt zu fahren. Évi hatte es geplant, sie hatte es eingefädelt, wir sollten uns in ihrem Garten, unter unseren Linden wiedersehen, sie hatte dafür gesorgt, genauso, wie sie früher dafür gesorgt hatte, dass Karls Vater den Kuchen für sie ausfuhr und Ellen sie nach Heidelberg brachte und in Jakobs Atelier auf sie wartete. Aja trug das Haar lang, zum ersten Mal sah ich sie mit langem Haar, über die Schultern hatte sie es wachsen lassen, obwohl sie es nie gemocht hatte, ihr dunkles, wirres Haar, das in allen Richtungen von ihrem Kopf strebte und das sie mit einem Tuch zusammenzuhalten versuchte, jetzt, da wir unter unseren Linden standen und Aja und Karl eine Nacht und einen Tag gefahren waren, damit wir uns in Kirchblüt wiedersehen würden und Aja zu mir sagen konnte, sie und Karl wollten nicht länger ohne mich sein.

Als wir tags darauf am großen Platz im Café saßen, dachte ich, Évi hätte ihnen nicht schreiben brauchen, sie hätten auch so gewusst, sie müssten sich einen Wagen leihen, nach Norden fahren und mich weg von einem Grabstein locken, der mir keine Antworten geben würde, sosehr ich sie mir erhofft hatte, jedes Mal, wenn ich mit den Fingern über seine Buchstaben gefahren war. Aja und Karl wirkten wie Fremde, die auf ihrer Reise von den großen Straßen abgefahren waren und zufällig nach Kirchblüt gefunden hatten. Zum ersten Mal sahen sie aus, als hätten sie nie hier gelebt, als hätte sie nie etwas mit diesen Platanen verbunden, nichts mit dem Kopfsteinpflaster und all den Wegen, die vom Platz wegführten und sich wie Adern durch Kirchblüt zogen. Karl blieb tagsüber bei seinem Vater, saß neben seinen Zeichnungen und ging in Gummistiefeln zu den Häusern, die er vor die Erdbeerfelder baute. Abends stieg er in die Bahn nach Heidelberg zu Ellen und Jakob, um seine neuen Bilder auf Jakobs große Tische zu legen, während Aja ihre roten Schlittschuhe vom Haken nahm, über die Schulter hängte und mit Évi und mir zur Eisbahn ging, auf die sie lange hatte verzichten müssen. Sie trug die Trikots und Anzüge nicht mehr, die Zigi ihr jedes Jahr zum Geburtstag geschickt und die Évi in grünes Mottenpapier gewickelt hatte. Sie lief jetzt in Hosen und Pullover ihre großen Kreise, dicht an den Absperrungen entlang, als wolle sie das Holz mit der Schulter streifen, und solange Évi heißen Tee aus einem Plastikbecher trank und von den Bänken aus zuschaute, verschränkte Aja die Hände über der Brust, legte den Kopf in den Nacken und drehte schmale Pirouetten, von denen ihr nie schwindlig wurde, lief wieder ein Stück, und wenn sie in Fahrt kam, breitete sie die Arme aus und hob an zu ihren Rehsprüngen, die ihr selbst ohne Übung genauso gelangen wie früher.

Karl wollte spät losfahren, er mochte die nächtlichen leeren Straßen, und die Gewissheit, wenn es hell werden würde, schon im Süden zu sein. Er wollte einem Licht entgegenfahren, auf das wir uns jetzt, da Évi auf Ostern wartete und still und schweigsam darüber werden würde, schon verlassen konnten, und ich musste lachen, als er sagte, er bringe mich nach Monaten der Dunkelheit zurück ins Helle, in einen Frühling, der seine ersten Farben schon auf die sieben Hügel Roms getupft habe. An unserem letzten Abend gingen wir gemeinsam zur Eisbahn, Aja hatte gesagt, sie könne nicht abreisen, ohne noch einmal dort gewesen zu sein. Karl lief langsam große Runden, mit seinem roten wehenden Schal, und wenn er stehen blieb, wenn er sich mit dem Rücken an die Absperrung lehnte und mit ausgestreckten Armen festhielt, folgte sein Blick Ajas zügigen Schritten, ihren Drehungen und Sprüngen, die an diesem

Abend vorsichtiger ausfielen, als habe Aja Angst, sich zu verletzen. Außer uns war niemand auf dem Eis, und als man die großen Fluter ausschaltete und so die letzten Minuten ankündigte, blieben wir unter der Uhr stehen. Wir hörten, wie ihre Zeiger weiterrückten, und schauten im flachen Licht auf unsere langgezogenen schmalen Schatten, Ajas Schatten als kleinster in der Mitte. Aja hob die Arme über ihren Kopf, dann hob Karl sie und dann ich, wir fassten uns langsam an den Händen und warfen ein Zickzackmuster aufs Eis. Wir standen lange so, ohne dass uns die Arme schwer geworden wären, jetzt, da wir einander wiederhatten und doch alles neu war. Ich musste an das Märchen denken, das Évi uns erzählt hatte, wenn sie am Zaun Johannisbeeren gepflückt hatte und wir in unseren Linden gesessen hatten, als habe man auch für uns Federn in die Luft geblasen, damit wir ihnen in verschiedene Richtungen folgten, als hätten uns die Federn irregeleitet, und wir hätten einander trotzdem gefunden.

Als wir um Mitternacht losfuhren, standen alle am schiefhängenden Tor. Évi, meine Mutter, Karls Vater, Ellen und Jakob, der Karl eine Tasche voller Schwarzweißfilme gab und sagte, Karl solle ihm mehr Bilder von Sonnenblumenfeldern und von den Dächern vor unserem Küchenfenster schicken. Évi musste Aja versprechen, im Herbst nach Rom zu kommen, sobald die größte Hitze vorbei sein würde, und Évi senkte den Kopf und sagte, sie würde jetzt nicht weinen, sie würde es sich aufheben für später, aber dann fing sie doch an, und meine Mutter fasste sie am Arm und schüttelte den Kopf, als wolle sie sagen, hör auf damit, lass sie fahren und weine später, wenn dich keiner sehen kann. Aja weinte ein bisschen mit ihr, und ich fing auch an zu weinen, weil ich plötzlich nicht mehr wusste, warum wir überhaupt zurückfahren, warum wir Kirchblüt verlassen mussten für einen Ort, an dem es nicht einmal Eisbahnen gab, wie Aja am Abend zuvor gesagt hatte, warum wir den Wagen nicht einfach stehen ließen und blieben, bei Évi und meiner Mutter, bei Ellen und den anderen, und ich bin sicher, Aja und Karl wussten es in diesem Augenblick auch nicht.

Jakob warf die Türen zu, und wir kurbelten die Fenster nach unten. Als der Wagen langsam losrollte, liefen sie mit Taschenlampen neben uns her und redeten, als wollten sie uns nicht gehen lassen, als wollten sie uns wenigstens noch ein paar letzte Sätze mit auf die Reise geben, bis zu der Abzweigung, wo es eine Weile dauerte, bis Karl dreimal, viermal hupte und dann langsam auf die Straße bog, die uns aus Kirchblüt, das still und dunkel vor uns lag, hinaus und unter nackten Kastanien nach Süden führen würde. Als ich zurückschaute, winkten sie mit ihren Taschenlampen und schickten Lichtstrahlen in den schwarzen Himmel. Évi reichte meiner Mutter ihr Taschentuch mit den Stickrosen, und ich fragte mich, ob sie jetzt weinte, weil ich sie verließ oder weil ich in die Stadt fuhr, in der sie auf den Spuren meines Vaters über die Via Antonelli gelaufen war und in den Gesichtern der Frauen eine Elsa gesucht hatte.

Das Bild folgte mir, in allen Schweizer Tunneln, in deren Dunkelheit ich Évi sehen konnte, die meiner Mutter ein Taschentuch reichte, während Aja sich laut beschwerte, weil Karl nicht die alte Straße über den Pass genommen hatte, und auf den Kilometerzähler starrte, um mitzuzählen, wie lange noch, bis sie die Fenster herunterlassen, bis sie wieder Licht sehen und Luft schnappen konnte. Hinter dem Gotthard fuhr Karl auf einen Parkplatz, und Aja stieg aus, ließ den Kofferraum aufspringen, tauschte die festen Schuhe gegen die offenen. Wie eine Läuferin an der Startlinie ging sie ein paar Schritte, streckte die Arme nach oben und atmete tief ein. Ich konnte sehen, wie sich ihre Schritte änderten, die Bewegung, mit der sie ihre Füße aufsetzte, wie sie erst langsam, dann schneller und plötzlich ganz anders ging, als müsse sie ihre Art zu gehen ändern, jetzt, da uns der Berg endlich ausgespuckt hatte und der Süden vor uns lag. Seit Kirchblüt hatte sie nichts gegessen, bis wir in Rom wären, würde sie auch nichts essen, dann nur wenig und jeden Tag ein bisschen mehr, weil es diese Unruhe in ihr gab, weil dieses

Südfieber sie überfiel, wie sie es nannte, jedes Mal, wenn die Berge hinter uns lagen und der Himmel größer und flacher geworden war, wenn Ajas Atem schneller ging und ihr Blick unruhig wurde und zu flattern schien, weil sie alles zu sehen, alles zu fassen suchte, was sich ihr zeigte, wenn der Süden den Norden ablöste.

Karl wechselte die Brillen, als wir durch die kurzen Tunnel Richtung Meer fuhren, eine Bewegung, auf die Aja und ich schon warteten, sobald am Morgen die Sonne auftauchte, Karls Tasten und Kramen im Handschuhfach, dann in der Brusttasche seines Hemds, wenn er die Sonnenbrille abnahm und die andere Brille aufsetzte, wenn er sie erneut wechselte, sobald wir einen Tunnel verließen und der nächste schon in Sicht war. Karl fuhr über Genua, wo der Frühling sein erstes Gelb auf die Hänge gezeichnet hatte. Er sagte, er brauche diesen Umweg, wie ein Betrug würde es ihm vorkommen, nicht über die blassroten Dächer hinab zum Meer zu blicken, das wir schon zu riechen geglaubt hatten, als wir die letzten Schluchten hinter uns gelassen hatten. Sein fernes Blau sprang uns an, hinter den weißen Steinmauern der Stadt, die sich vor ihm zu verneigen schienen, und es kümmerte sich nicht um uns, als wir hinabstiegen und unsere Füße in seine Wellen steckten. Ein helles Meer, das alles übertrumpfte, was wir sonst an den Küsten gesehen hatten, und auf das wir still von oben hinabschauten, sobald wir die Treppen zu einem kleinen Lokal mit großer Terrasse genommen hatten, das Karl einmal entdeckt hatte, sobald sie den Fisch brachten, von dem wir kaum aßen, weil wir alle nichts essen konnten in diesen ersten Stunden am Meer, in denen ich mich fragte, warum es Rom hatte sein müssen, warum nicht Genua, auf der Karte nur zehn Zentimeter weiter, mit seinen sonnengebleichten Häusern, die sich an die Hänge klammerten, seinen Wäschesegeln und Tankern, die wie Inseln aussahen, wenn sie ablegten und in See stachen.

Aja hatte das Südfieber, das Romfieber, wie sie es auch nannte, das sie zwei Tage ans Bett band, mit roten Wangen, schweißnassen Haaren und einem Schmerz, der ihre Arme und ihren Kopf lähmte. Die meiste Zeit döste sie und hörte nicht, was in ihrer Nähe geschah, ob wir laut oder leise waren, ob wir die Fenster öffneten oder das Haus verließen und die Tür zuschlugen. Nach zwei Tagen stand sie auf, und etwas an ihrem Blick war verändert, sichtbar nur für Karl und mich, wenn sie ins Bad ging, wo noch immer der Schaum aus dem Abflussgitter trat, wenn sie sich wusch und anzog, um wenig später die Treppen hinabzusteigen und über den Fluss zum Krankenhaus zu gehen, wo sie ihren makellos weißen Kittel überziehen und die langen wirren Haare zusammenbinden würde. Ich wusste, an jeder Ecke würde sie jubeln, wie immer, wenn sie nach Rom zurückgekehrt war und das Fieber sich gelegt hatte, weil der Müll sie nicht störte, nicht der Schutt, der Dreck in jeder Straße, weil sie die Abgase, den Gestank nicht roch und über vieles hinwegsah, das sie nicht sehen wollte. Nur ich konnte diesmal nichts finden an Rom, seinem Lärmen und Treiben, da es auf Ostern zuging und Fremde sich breitmachten, uns die Plätze und Tempel raubten, wenn sie ihre Wasserflaschen auspackten und überall liegenließen, wenn sie sich vorbeischoben an mir und ich jedes Mal hätte fragen können, was macht ihr in meiner Stadt, was wollt ihr von ihr. Erst nachts, wenn die Wege an die Katzen zurückfielen, wenn ich das Wasser in den Brunnen wieder hören konnte, konnte ich wieder spüren, was mich gefangennahm in Rom, was mich schon seit dem ersten Tag in Rom gefangengenommen hatte. So wie wir als Kinder geglaubt hatten, Zigis Schuhe habe ein Engel abgestreift, damit ein Paar Stiefel seine Füße über den Winter retten würde, glaubten wir heute, in Rom geschahen solche Dinge ständig. Wenn es etwas gab, das sich hinter unserer Vorstellung abspielte, dann hier, zwischen den Märtyrern, den Kreuzen und Heiligen in jeder Straße, und vielleicht lag es daran, dass für uns damals nur diese eine, diese ewige Stadt zählte.

Ich hatte mich damit abgefunden, Aja und Karl verband etwas Neues. Wenn ich ihnen vom Küchenfenster nachsah, musste ich zugeben, es passte, wenn sie die Straße hinuntergingen und Karl seinen Arm um Ajas Schultern legte, wenn sie seine Hand hielt, bis zur nächsten Ecke, wo sie Abschied nahmen und es ihnen schwerfiel, sich voneinander zu lösen. Ich hatte es aufgegeben, mich länger querzustellen, und als Aja vorschlug, wir sollten Weihnachten in Karls Leben zurückholen und es dieses Jahr mit ihm feiern, meine Mutter solle beim nächsten Mal Kugeln mitschicken, fand ich es auch nicht komisch, dass Aja jetzt schon an Weihnachten dachte, jetzt, da der Frühling gerade erst angeklopft hatte. Sie hatte sich vorgenommen, Weihnachten in Karls Leben zurückzubringen, das seine Eltern ohne Ben nicht mehr hatten feiern wollen, an das Karl auch keine Erinnerung hatte und das ihm nichts bedeutete, weil es aus seinem Leben gefallen war wie vieles andere auch. Wenn ich mit Aja durch die Geschäfte zog, nahm sie etwas in die Hände, drehte und wendete es und legte es zurück, wenn es nicht gut genug war für ihr Weihnachten mit Karl, der sich an die Stirn getippt und gesagt hatte, wir seien verrückt mit unserem Weihnachten, wir hätten aufgehört, an den Osterhasen und Nikolaus zu glauben, aber an Jesus glaubten wir noch immer, warum wir damit nicht aufhören wollten, genügend Gründe hätten wir doch.

Meine Mutter schrieb, sie habe auf den Frühling gehofft, aber zurückgekehrt sei der Winter und habe Kirchblüt noch einmal mit Schnee bedeckt. Évi habe nicht gut vertragen, dass wir abgereist seien, sie sei seltsam in letzter Zeit, vor dem Altarbild in der Kirche habe sie laut geschimpft, bis meine Mutter sie am Ärmel hinausgezogen hatte. Wozu sie einen Pass habe, wenn sie ihn nie benutze, hatte Ellen neulich gefragt, wozu sie sich einen Pass habe ausstellen lassen und ihn gefeiert habe, wenn sie das Land nie verlasse, und Évi hatte nichts zu antworten gewusst, als sei ihr der Gedanke niemals gekommen, das Land verlassen und zurückkehren zu können, weil sie einen Pass hatte, der ihr genau das erlaubte. Sie und Ellen würden noch vor dem Sommer nach Rom kommen, sie würden nicht mehr bis zum Herbst warten wollen. Sie hätten Évi sogar das Flugticket gezahlt, aber Évi habe es nicht erlaubt, sie glaube an den lieben Gott, an die Weissagungen seiner Engel, daran, dass er jemanden verstummen oder zur Salzsäule erstarren lassen könne, aber es falle ihr schwer zu glauben, dass es keine Schande sei, etwas anzunehmen und nichts dafür zurückzugeben. Aja schickte meiner Mutter eine Karte mit der Villa Borghese, auf der stand, sie solle das Ticket einfach kaufen, Évi würde schon mitkommen, und meine Mutter fragte im Fotoladen hinter Évis Rücken, wann sie freinehmen dürfe, und ließ in der Spedition für Mitte Mai Flüge buchen. Évi sei wütend gewesen, schrieb meine Mutter, wie ein Kind habe sie mit verschränkten Armen zwischen Kuchenblechen auf ihrer Bank gesessen und sich weggedreht, als meine Mutter ihr die Umschläge mit den Tickets gezeigt hatte, auf denen Kalócs, Bartfink und Kisch stand. Erst als sie gesagt habe, sie erwarte, dass Évi ihr jede einzelne Mark zurückzahle, bis zum Jahresende habe sie Zeit dafür, hatte Évi eingewilligt und am selben Abend noch ihren einzigen Koffer, von dem wir nicht wussten, wozu sie ihn überhaupt hatte, unter dem Bett hervorgezogen, um die Staubflocken abzuklopfen und ihn unter Birnbäumen zu lüften.

Als sie aus dem Flugzeug stiegen, trug Évi noch ein grünes Stützkissen im Nacken, das sie mit einem Häkchen unter dem Kinn schließen konnte, wir konnten sie vom Fenster aus übers Rollfeld gehen sehen. Wie ein Krake saß es noch auf ihren Schultern, als sie mit ihrem Gepäck wenig später vor uns stand, und Karl nahm es ab und legte es in ihre Hände, als er sie umarmte und im Scherz mit ihr schimpfte, weil sie nach Rom geflogen war und nicht den Zug genommen hatte. Wenn es nach ihm ginge, hätte Évi gleich auf dem Rollfeld abgewiesen werden sollen, sagte er, nach Rom müsse man den Zug nehmen, fliegen könne man in jede andere Stadt. Man müsse den Wald aus Masten und Drähten sehen, wenn der Zug in Termini einfahre, wenn er an den Läden der Häuser vorbeigleite, als wollten seine Waggons die Wäsche streifen, die dort an kurzen Leinen trockne, und ich fand, Karl hatte recht damit, man durfte nicht mit dem Flugzeug kommen, beim ersten Mal musste man den Zug nach Rom nehmen und durch den Wald der Masten und Drähte von Termini fahren.

Der Mai war so heiß, dass Ellen schon nicht mehr auf der Sonnenseite der Straße laufen konnte, wenn wir unseren Müttern unsere liebsten Plätze und Gassen zeigten und Évi alles still bestaunte, die Farben der Fassaden, ihre unzählbaren Töne von Braun, die Sonne und Zeit abwechselnd in die Mauern gefressen hatten, die Schwalbennester unter den Dächern, die schweren Gitter vor den Fenstern, die Tempel und Kirchen und die Brunnen, wo sie ihre Arme bis zu den Achseln ins Wasser tauchte, um sich mit nassen Händen über Gesicht und Haare zu fahren, und von denen sie sofort zu glauben bereit war, sie müsse nur eine Münze hineinwerfen, und der Wunsch, nach Rom zurückzukehren, werde sich erfüllen. Évi entdeckte Engel und Madonnen über Hauseingängen und Torbögen, wo wir sie nie gesehen hatten, in den Kirchen stand sie lange vor den Bildern, auch wenn die Farben sie blendeten, wie sie sagte, und in den Museen folgte sie den Figuren über die Linien ihrer Gesichter und hob die Hände, als wolle sie den Faltenwurf ihrer Kleider nachzeichnen. Es war verrückt, unsere Mütter hier, in dieser Stadt zu haben, weil sie herausfinden wollten, wie wir uns in ihrem Geflecht bewegten und wie wir lebten darin. Ich konnte mich nicht daran gewöhnen – Évi war hier, fern von Kirchblüt, wo wir uns vor wenigen Wochen verabschiedet hatten, ohne zu wissen, dass wir uns so bald wiedersehen würden, zwischen all den Steinen und Säulen, auf den lauten Straßen vor dem Krankenhaus, wo Évi früh am Morgen in ihren bunten Kleidern, ihren Schuhen mit Absätzen aus Holz wartete, wenn Aja über Nacht hatte arbeiten müssen. Es war komisch, Évi an unserem Herd zu sehen, wo sie ein Geschirrtuch um ihre Hüften band und kochte, was Ellen und meine Mutter auf den Märkten besorgt hatten, oder auf dem Vorsprung vor unserer Küche, den Évi Terrasse nannte und auf den sie sich setzte, um den Himmel nach Wolken abzusuchen, als sei es ein Spiel, in seinem Blau irgendwo ein Weiß zu finden.

Es war, als sei nicht nur Évi, sondern ganz Kirchblüt mit ihr gekommen, als habe Évi es in ihren Koffer gepackt und mitgebracht, als habe sie die Häuser in den Rosengärten eingesammelt, unsere Linden und die Feldwege aus Staub, das Glöckchen des Fotoladens, die kleinen Geschäfte rund um den großen Platz, den Wald mit seinem See, den Friedhof mit seinen gusseisernen Toren, als habe sie den Koffer in unserer Küche geöffnet, und alles sei herausgesprungen und habe sich aufgestellt zu Évis Füßen, neben ihren Absätzen aus Holz auf unseren Steinböden. Jetzt, da Évi sich durch unsere Küche bewegte, war auch Kirchblüt hier, als liege es nicht zwei Länder weiter, wenige Hügel von den Ufern des Neckars entfernt, hinter den ersten dichten Wäldern, sondern als sei es dort, wo Évi war, als würde es ihr folgen, sobald sie sich aufmachte und es verlassen wollte. Wenn die Mauern am Abend ihre Wärme abgaben, schien ein großer römischer Mond auf die kleinen Häuser Kirchblüts zu Évis Füßen, wenn Évi für uns auftischte und meine Mutter bald losziehen würde, um den Spuren meines Vaters zu folgen, wenn sie über die Via Antonelli lief oder ein Taxi zu den großen Lagerhallen nahm, als könne sie zwischen Leitplanken und Lastwagen etwas entdecken, das die Lücken schließen und ihr auf die Fragen, die sie nachts aufscheuchten, eine Antwort geben würde.

Wenn ich schlecht über meine Mutter redete, schimpfte Aja mit mir, weil sie ihr alles verzieh und nachsah, seit sie vor vielen Wintern auf unserem roten Sofa gesund geworden war, seit meine Mutter Handwerker bestellt hatte, um Ajas Fenster abdichten zu lassen, seit sie Aja die ersten passenden Schuhe geschenkt hatte, seit sie Hand in Hand mit mir die

Häuser rund um den großen Platz abgelaufen war, damit die Leute wieder Évis Kuchen bestellten. Aja hatte verstanden, warum meine Mutter Rom mein verlorenes Rom nannte, warum sie jetzt in unserer Küche saß, mit Blick auf die roten Dächer, den Kopf gesenkt, ein bisschen wie einer dieser Fassadenengel, denen die Flügel zu schwer geworden waren. Warum sie sich am Abend aufmachte, die Via Antonelli zu umkreisen, am Haus mit der Nummer achtzehn hochzuschauen und zu versuchen, in den Fenstern etwas zu erkennen, obwohl es dort kein Türschild mit dem Namen Elsa Donati gab. Warum sie die Straßen ablief, als könne sie noch Beweise für etwas finden, das vor mehr als zwanzig Jahren geschehen war, warum sie noch immer das Hotel aufsuchte, dessen Anschrift mein Vater ihr damals hinterlassen hatte. Meine Mutter hatte am Empfang gebeten, nachzusehen, ob mein Vater hier gewesen sei, ob der Name Hannes Bartfink in den Büchern stehe, und man hatte die Hände zusammengeschlagen und ihr erklärt, keines der Bücher habe man so lange aufgehoben, auch das nicht, in dem der Name Hannes Bartfink stehen könnte, zum letzten Mal im Mai 1960.

Évi kochte für ein Picknick am Strand, sie wollte ans Meer fahren, das sie noch nie gesehen hatte, und als sie glaubte, genügend Hühnchen eingelegt und gebraten zu haben, packte sie die Kühltaschen, die Karl besorgt hatte, und wir nahmen mittags die Bahn nach Ostia, weil Évi wissen wollte, wohin wir an unserem ersten Tag in Rom gefahren waren, welche Wege Aja damals gegangen war, als wir in Termini aus dem Zug gestiegen waren und unsere Taschen und Koffer am Schalter gelassen hatten. Ellen trug einen großen Strohhut mit blauen Bändern, der einen Schatten auf ihre schmalen weißen Schultern warf, weil ihr die Sonne zu stark war und sie ohne Hut Kopfschmerzen bekam, wie sie sagte. Sie lief vor uns zum Wasser hinab, in flachen Badeschuhen, ihre Schritte so, als gehe sie auf Absätzen, mit ihrer bunten Tasche, in deren Seitenfach das Foto steckte, das Jakob von ihr geschossen hatte, als sie sich zwischen Eis und Schnee auf der Alten Brücke begegnet waren, Ellen in ihrem blauen Mantel mit dem Fellkragen, in einem Winter, der schon fern und unwirklich geworden war, als habe es ihn gar nicht gegeben. Ellen mietete Strandstühle, drehte Stöcke in den Sand, spannte mit Karl ein großes gelbes Tuch und band es fest, damit es die Sonne von uns fernhalten würde. Die Jahre schienen weit weggerückt, in denen Ellen ausgesehen hatte, als habe man sie ins Leben geworfen und dann sich selbst überlassen, die Jahre, in denen unsere Mütter einander aufgefangen und gehalten hatten, damit sie nicht stürzten, und wenn doch, wieder aufstehen und weitergehen konnten. Wer Ellen jetzt begegnete, wer sie zwischen den Mauern Roms, am

Strand von Ostia zum ersten Mal sah, konnte nicht ahnen, wie sie früher gewesen war, als sie stumm und blind durch ihre Tage gefallen und ins Leben erst zurückgekehrt war, seit sie Jakob getroffen hatte. Nie hätte sie früher losziehen und Stühle mieten, Stöcke in den Sand stecken und ein Tuch gegen die Sonne aufspannen können, weil ihr selbst die einfachsten Dinge zu schwer gewesen waren. Aber jetzt konnte sie es, und es machte ihr nichts mehr, wenn sich Karl am Strand von Ostia mit seiner Kamera aufmachte, um Schatten zu fotografieren, zwischen den wenigen Besuchern und den Sonnenstrahlen, die ins schmutzig grüne Wasser stachen. Als er zurückkam, schrieb er meinen Namen in den Sand, wie um mir zu zeigen, er hatte mich nicht vergessen, er wusste noch, dass es mich gab, auch wenn die ersten Wellen schon das I mitnahmen, als Aja hinter den Schirmen auftauchte und ihre Hand mit den drei Fingern über die Augen hielt.

Sie hatte Wein gekauft, von dem Geld, das sie im Krankenhaus verdiente, am Abend goss Karl ihn in Gläser, und als falle ihm jetzt erst auf, mit wem wir hier saßen, stieß er mit uns an und sagte: Auf Évi, Ellen und Maria. Die Lichter an der Straße gingen an und warfen ihr mattes Gelb bis zum Strand. Évi und Aja schlugen ihre Räder in den weißen Schaum der Wellen und ließen den Saum ihrer Kleider nass werden, als der Mond seine schmale Sichel über den Pfählen zeigte und wir vergaßen, uns auf den Weg zurück in die Stadt zu machen. Évi sagte, wir sollten hier schlafen, und zeigte auf den Sand vor ihren nassen Füßen, so wie in unserer ersten Nacht, als wir nicht gewusst hatten, wohin, und bis zum Morgen an einem leise schwappenden Meer geblieben waren. Erst dachte ich, meine Mutter und Ellen hätten Évi nicht verstanden, als sie nickten und weiter aufs Wasser schauten, aber dann sah es aus, als habe Évi gar nicht zu fragen brauchen, als wären sie auch so geblieben, weil es ihnen gar nicht in den Sinn kam, den Bus zurück nach Rom zu nehmen, jetzt, da schon keine Züge mehr fuhren. Meine Mutter hatte noch nie im Freien übernachtet, bei Ellen war ich mir nicht sicher, aber vielleicht wollten sie Évi diesen Wunsch nicht abschlagen, vielleicht sollte diese Nacht eine Art Belohnung sein, schließlich waren sie es, die Évi gedrängt hatten, nach Rom zu fliegen. Aja besang den weiten Ostiahimmel über uns: Wie ist die Welt so stille, und in der Dämmrung Hülle, so traulich und so hold, und ich musste mich nur auf die Seite drehen, um meine Mutter, und nur meinen Kopf heben, um Ellen zu sehen, die zum Steg spazierte, jetzt, da die Hitze nachgelassen und sie den Hut abgelegt hatte, um ihr hellblondes Haar zu zeigen, das sich wie ein Umhang auf ihren Rücken legte. Ich konnte es nicht glauben – meine Mutter lag neben mir auf einem Handtuch im kalten Sand und suchte nach Sternbildern. Wenn ich in der Nacht aufwachte, konnte ich Évi sehen, die ihren Blick auf den Mond gerichtet hatte, ihre langen geschwungenen Wimpern im schwachen Licht der Straßenlaternen wie winzige Bürsten, neben ihr Aja und Karl, die Arme und Beine ineinander verschlungen, Ajas Kopf an Karls Schulter, ihre Füße versteckt unter dem hellen Stoff seiner Hose. Es machte mir nichts mehr, sie so zu sehen, es passte zum Sichelmond, zu den leeren, sandbemalten Gläsern vor ihren Füßen, zu den Liegestühlen, die auf Sommergäste warteten, zu den schmalen Wegen aus Beton, die vom Strand zur Straße führten, und zu den hellen Tagen, die zu mir zurückgekehrt waren und einander ablösten, seit unsere Mütter nach Rom gekommen waren.

Wir drehten die Kalenderblätter, der Tag der Abreise rückte zu schnell heran. Évi musste Aja Abend für Abend versprechen, spätestens im nächsten Jahr an Ostern wiederzukommen, wenn Aja einen Klappstuhl für sie auf den Petersplatz stellen und ihn gegen andere verteidigen würde. Ellen hatte sich gewünscht, an die Strände zu fahren, an denen Karl und Ben in einem anderen Leben, zu einer anderen Zeit, einmal Burgen gebaut hatten und Ellen sie am Bund ihrer Badehosen herausgezogen hatte, wenn sie ins Wasser gesprungen waren und noch nicht hatten schwimmen können. Ellen lieh sich einen großen Wagen und fuhr uns früh am Morgen, als es in Rom noch kühl war, aus der Stadt und über Küstenstraßen bis hinter Salerno. Évi hatte aufgehört zu reden. Sie schaute aufs weite Meer, und wenn wir ausstiegen, schüttelte sie den Kopf, als könne sie nicht begreifen, es hörte nicht auf, es lag da, jedes Mal, wenn Ellen den Wagen abstellte, weil sie fand, wir sollten aussteigen und über die Bucht schauen. Wir wunderten uns nicht länger über Ellen, weil sie einen Wagen leihen und ihn über Küstenstraßen lenken konnte, ohne die Karte aufgeschlagen zu haben, weil sie anhielt und es zuließ, sich an Tage zu erinnern, die zu einer anderen Zeit gehörten und längst verloren waren. Die Dunkelheit vor ihren Augen war verschwunden, Ellen konnte sehen, durch ihre Sonnenbrille mit den großen runden Gläsern konnte sie sehen, und sie wollte uns zeigen, was sie sah, als wäre uns das weite Blau vor der Küste nicht selbst aufgefallen, als hätten wir es nicht bemerken, als hätten wir in eine andere Richtung schauen und daran vorbeifahren können.

Ellen hielt an den steilen Treppen zu einem kleinen Strand, den sie daran wiederzuerkennen glaubte, wie seine silbergrauen Felsen an den Hang geworfen waren. Bevor sie hinabstieg, setzte sie den Sonnenhut mit der breiten Krempe auf und band ihn unterm Kinn fest, weil ein Wind aufgekommen war, der

Wellen über den Sand schickte, wie wir sie hier noch nie gesehen hatten. Évi zog Rock und Bluse aus, lief in ihrem buntgestreiften Badeanzug ans Wasser und hielt Gesicht und Hände in die Gischt, um sich nassspritzen und das Salz als weißen Film auf ihre Haut zu lassen, die sich in wenigen Tagen dunkel gefärbt hatte. Im Wind spürten wir die Sonne kaum, er wehte den Sand auf Stühle und Decken, riss Karl die Straßenkarte aus der Hand und jagte sie über den Strand. Die kurze Nacht und lange Fahrt hatten uns müde gemacht, mittags dösten wir im Schatten der Felsen und wachten auf von den lauten Rufen der Küstenwache, die von Stuhl zu Stuhl, von Decke zu Decke lief und nach einem Schlauchboot fragte, einem gelben Schlauchboot mit Paddeln, und nach einem Jungen, der hier vor ungefähr einer Stunde ins Boot gestiegen, losgerudert und mit der Strömung weggedriftet sein musste. Niemand hatte ihn gesehen, niemand wusste etwas zu sagen, auch wir nicht, unter den flachen Wolken dieses grellblauen Himmels, die auf einer Höhe lagen und sich trotz des starken Windes nicht zu bewegen schienen, über einem Meer, in dem keiner badete und über das mit lautem Tuckern ein Rettungsboot fuhr, und wenig später ein Hubschrauber flog, dessen Dröhnen uns die Köpfe heben ließ. Nicht weit vom Strand blieb er in der Luft stehen und setzte ein Kräuseln auf die Wellen, bis er plötzlich höher stieg und schnell hinter den Klippen verschwand. Ellen und Karl hielten die Hände als Schirm über die Augen und schauten übers Meer, das hellgrün vor uns lag. In ihren Blicken konnte ich sehen, Ben war in ihre Gedanken, er war in ihre Köpfe gesprungen und lief mit seinen kleinen Jungenschritten auf und ab, als suche er nach einer Öffnung, so wie Aja in den Schweizer Tunneln, wenn sie aus dem Wagen schaute und sich beschwerte, weil es zu wenige Aufgänge gab. Mich überkam ein Gefühl wie damals in Salerno, als mich Aja und Karl zum Bahnhof gebracht hatten, als bewege sich alles auf etwas zu, aber ich könne es weder erkennen noch aufhalten. Das Meer, vor dem ich mich nie gefürchtet hatte, war mir unheimlich geworden, weil ein Hubschrauber die Küste abgeflogen und nach einem Jungen gesucht hatte, den die Strömung mitgenommen haben musste, während wir die Augen geschlossen und unter der Mittagssonne gedöst hatten, und als wir über die Küstenstraße zurück nach Norden fuhren, hatte ich keine Lust mehr, es noch länger anzuschauen.

Am letzten Abend führte uns meine Mutter in ein kleines Lokal nicht weit vom Campo de' Fiori, das sie zwischen ihren Gängen rund um dic Via Antonelli entdeckt hatte, auf der Suche nach dem einen Gesicht, mit dem sie den Reigen halber Bilder würde vollenden können. Wir saßen unter Markisen, die Kellner legten ihre Blicke auf Ellens blondes

Haar, und Évi sagte, hoffentlich habe es zu Hause genug geregnet, sonst würde ihr Garten noch verkümmern. Es klang nicht, als habe sie wirklich Angst davor, schon weil es im Mai immer genug Regen gab in Kirchblüt, es klang nur, als müsse sie sich Mut machen, in ein Haus ohne Aja zurückzukehren, als wolle sie schon jetzt eine Brücke schlagen nach Kirchblüt, um es tags darauf auszuhalten, mit Ellen und meiner Mutter in ein Flugzeug zu steigen, das sie weg von hier und in weniger als zwei Stunden zurückfliegen würde. Kirchblüt schien auf einem anderen Kontinent zu liegen, den Évi mit ihrem Pass für zehn Tage verlassen hatte, an denen sie ausgesehen hatte, als habe sie Aja etwas sagen wollen, als habe sie immer auf den rechten Augenblick gewartet, und er sei ihr jedes Mal entglitten, weil sie keinen Anfang gefunden habe. Ich dachte daran, wie Évi geschwiegen hatte, als wir ihr damals eröffnet hatten, wir würden nach Rom fahren und vorerst nicht zurückkommen, wir würden bleiben, solange unser Geld reichte, und wie sie getan hatte, als könnten diese Wörter nicht im selben Satz stehen, als fänden sie keinen Platz nebeneinander und ergäben zusammen keinen Sinn – Geld und Rom und nicht zurückkommen. Der Blick, den sie Aja über die Tischdecke zuwarf, während sie an der Gabel zupfte und die Serviette glattstrich, ließ mich glauben, sie habe Aja jeden Tag sagen wollen, sie solle Rom verlassen und Évi zurück nach Kirchblüt begleiten, obwohl es nicht zu Évi passte, von Aja etwas zu fordern, überhaupt etwas von jemandem zu verlangen, so wie sie auch von Zigi nie verlangt hatte, er solle bleiben und den Bus lieber nicht nehmen, der ihn im Herbst unter Kastanien über die breite Straße hinaus aus Kirchblüt brachte.

Évi hatte ihr buntes Haarband neben dem Herd vergessen, das sie abgenommen hatte, jedes Mal, nachdem sie für uns gekocht hatte, und Aja trug es, seit unsere Mütter abgeflogen waren und uns neben den Lirescheinen, die sie unter unseren Kopfkissen versteckt hatten, nur den Nachklang ihrer Stimmen gelassen hatten, der nicht zum Fenster hinauswollte, so weit wir die Läden auch öffneten. Sie hielt ihr wirres Haar damit aus der Stirn, und wenn ich sie ansah, musste ich an Évi denken, wie sie früher einmal an Zigis Seite, mit Aja auf ihrem Arm ausgesehen hatte, auf den wenigen Bildern, die über der Liege in ihrem Zimmer hingen. Aja band es im Nacken fest, als wir seit langem zum ersten Mal wieder zu dritt durch die Nacht zogen, unter einem Junimond, der in Kirchblüt anders aussehen würde, wenn er dort zu dieser Stunde überhaupt zu sehen war. Wie früher liefen wir zu unseren liebsten Madonnen, die ihre Hände schützend über unsere Köpfe hielten, durch unsere liebsten Gassen, die uns jedes Mal zu den Foren führten, mit der gleichen Leichtigkeit, die ich zwischen Heuschrecken und Sonnenblumenfeldern verloren und dem heiligen Franz geopfert geglaubt hatte. Später hörten wir auf das Plätschern in den Brunnen, streiften die Schuhe ab und legten uns auf die warmen Steine unter die Flussgötter. Ich musste daran denken, wie ich im Herbst eine Münze ins Wasser geworfen hatte, aber nicht vorhatte zurückzukehren, und es schien mir albern und unsinnig, jetzt, da ich unser Dreieck wieder sehen und fassen konnte, so wie wir auf den Steinen lagen, Aja in der Mitte, unsere Schuhe neben uns, unsere Jacken unter unseren Köpfen, als habe es seine verschobenen Winkel zurückgesetzt und sehe aus wie früher, als habe es seine Spitzen kurz geöffnet und dann umso fester verschlossen.

Es wäre besser gewesen, ein Geheimnis zu behalten, es nicht zu verraten und die hellen Tage, die zu uns zurückgekehrt waren, damit jäh zu beenden. Wie im Rausch musste sich Karl gefühlt haben, nach der leichten Zeit mit Ellen, in der alles richtig gewesen war, als hätten sich seine Anstrengungen über die Jahre doch gelohnt, als sei ihm jetzt gelungen, was ihm als Kind nie hatte gelingen können, in diesen Tagen, in denen seine Mutter Sonnenliegen und Autos geliehen und sich mit Karl über Strände und Straßen bewegt hatte, als habe sich nie ein Schatten vor ihre Augen geschoben und nie ein Schwindel in ihren

Kopf gedrängt, als sei sie Karl nie abhandengekommen. Außerdem hatte ich Karl verziehen, redete und ging mit ihm um wie immer, und mit Aja musste er auch nicht länger heimlichtun und sich verstecken. Nur ein winziger Rest war geblieben, der Karl störte, eine kleine Wahrheit, die er nie hätte erwähnen müssen, von der Karl aber glaubte, sie stünde sonst zwischen ihm und Aja, vielleicht sogar zwischen ihm und mir, diese kleine Lüge hätte die letzte Nähe nicht zugelassen und Karl von Aja ferngehalten, einen winzigen letzten Schritt von ihr ferngehalten, von dem außer Karl niemand wusste und den er unbedingt gehen wollte. Diese Juninacht, in der wir vor den Flussgöttern aus Stein lagen und unsere Hände in die warme Luft streckten, als könnten wir sie festhalten und so schon den Sommer beschwören, seine sengende Hitze und sein lauwarmes Meer, musste sich für Karl anfühlen, als sei sie wie gemacht, ein Geheimnis zu lüften, es auszusprechen und endlich loszuwerden.

Karl fragte, ob wir ahnten, wer den Stein damals durch Ajas Fenster geworfen habe, und wir schüttelten die Köpfe, weil uns erst nicht einfiel, von was Karl überhaupt sprach, von welchem Stein, welchem Fenster, weil es zu weit zurücklag, um sich sofort daran erinnern zu können. Aber dann fiel es uns ein, auch wie es uns damals aufgescheucht hatte, wie

Ellen und meine Mutter Évi beschworen hatten, in die Nähe des großen Platzes zu ziehen und das Gartenhaus aufzugeben, in das man Steine durch Ajas Fenster warf, wenn in Kirchblüt alles schlief, und wie sie bei allem so getan hatten, als sei der Stein nicht mit einem Schlag auf dem kleinen Teppich vor Ajas Bett gelandet, sondern als habe er Aja selbst getroffen. Évi hatte das Klirren des Glases lange nicht vergessen können, bis zum Sommer hatte es sie verfolgt, selbst in den Jahren danach war es zurückgekehrt, wenn sie Ajas Fenster am Morgen geöffnet und sich am Abend gefragt hatte, ob sie es schließen sollte. Sie hatte Aja wieder zur Schule begleitet und am Mittag dort abgeholt, aus Angst, jemand könne ihr etwas tun wollen, jemand könne sich daran stören, dass sie in Kirchblüt lebten, dass sie hinter den Feldrainen, dort wo die Schranken des Bahnwärters schon zu sehen waren, in einem Gartenhaus wohnten, an dem die Herbststürme zerrten, als wollten sie es wegtragen, und über das Évi Planen gegen den Winter legte, sobald die ersten Eiszapfen die Regenrinne verziert hatten.

Karl sagte, er habe den Stein durchs Fenster geworfen, und Aja fing an zu lachen, weil sie es für einen seiner schiefgeratenen Scherze hielt. Aber Karl blieb dabei. Er sei damals spät am Abend wach geworden, und als sei er es nicht selbst gewesen, als habe etwas

Fremdes ihn dazu bewegt, habe er die Winterjacke übergezogen, die Stiefel, die vor seinem Bett lagen, und sei zwischen den nackten, unter Folie wartenden Rosenstöcken aus seinem Fenster gestiegen, habe das Tor aufgestoßen und nicht zurückgeschaut, sei über den großen Platz gelaufen, unter blätterlosen Platanen, die sich im Schein der Laternen schwarz zum Himmel gereckt hätten. Er sei nicht müde gewesen trotz der späten Stunde, etwas habe ihn getrieben, bis zur Brücke über den Klatschmohn, unter der die großen Steine lagen, von denen er einen genommen und im blassen Licht eines halben Mondes durch Eis und Schnee zu Évis Haus getragen habe, in dem die kleine Lampe über dem Küchenherd nicht gebrannt hatte. Es war die Zeit gewesen, in der Évi zu vergessen anfing, die Glühbirnen zu wechseln und die Lampen am Abend einzuschalten, weil sie keine Angst mehr vor der Finsternis hatte. Karl hatte am Zaun gestanden und nicht gezögert, er hatte den Stein ins Fenster geworfen, hatte gezielt und sofort getroffen, weil sich etwas in ihm über Monate gesammelt hatte, in denen sein Vater Évis Kuchen mit dem Fahrrad ausgefahren, Évis Zaun repariert, ihre Holzbank geölt, die Kaninchenställe winterfest gemacht, zwischen ihren Beeten und Sträuchern die Harke gezogen und mit seinen Werkzeugen ihr Dach und ihre Wände abgeklopft hatte. Deshalb hatte es Karl aus seinem Bett, aus seinem Zimmer in die Nacht und durch die Dunkelheit zu Évis Haus gejagt, wo sich sein Vater seit einer Weile so bewegte, als wolle er lieber dort bleiben als weiter mit Karl im Haus mit den geschlossenen Läden.

Karl hatte damals Évis Schritte gehört, sein Herz hatte bis zum Hals geschlagen, und weil er nicht schnell genug davonlaufen konnte, hatte er hinter seiner Linde gekauert. Er hatte gewartet, bis Évi an ihm vorbeigeeilt war, im Nachthemd, auf nackten Füßen, weil ihr die Zeit gefehlt hatte, Schuhe anzuziehen, durchs Mondlicht über Schnee und Eis, hatte hinter dem Stamm seiner Linde gewartet, die kahl in die Nacht ragte und nicht mehr aussah, als könne sie Karl noch schützen. Évi hob einen Stein auf, warf ihn über die schwarzen Felder und stieß diesen gellenden, wütenden Schrei aus, den Karl nicht mehr vergessen würde und später jedes Mal hörte, wenn Évi zu ihm sprach, vor dem Fenster ihrer Küche, vor den Johannisbeeren in ihrem Garten, vor den Treppen zum Fotoladen, und alle Wörter aus ihrem Mund wie Schreie klangen. Als Évi das schiefhängende Tor zugeschoben hatte und zum Haus zurückgegangen war, als sie sich noch einmal umdrehte und mit ihren Blicken über die Dunkelheit tastete, konnte Karl ihr Zittern und Beben spüren, als würde es auch ihn durchdringen, als reiche es bis zu seiner Linde und zu den Feldrainen, bis zur Brücke über den Klatschmohn und weiter, zu den Platanen des großen Platzes und allen schmalen Wegen ringsum. Als er sah, Évi kehrte die Scherben zusammen, hängte eine Decke vor Ajas Fenster, löschte die Lichter, und im Haus blieb es ruhig, stand er auf und rannte an den Feldern entlang, so schnell er konnte, als würde ihn auch jetzt etwas treiben und jagen, an der Kirche vorbei und durch die stillen Straßen zum Haus mit den geschlossenen Läden, wo er das Tor aufspringen ließ und durchs geöffnete Fenster in sein Zimmer stieg, die Stiefel, die Jacke abstreifte und mit seinem schmutzigen Schlafanzug ins Bett kroch, der Klang von Évis Schrei in seinen Ohren, der durchs Zimmer schoss und in alle Ecken drang, ans Fenster und an die Türen der Schränke stieß, sich über Karls Bett ausbreitete und Karl ansprang, auch wenn er die Decke hoch bis zu seinem Kinn zog.

Wir hörten auf das Plätschern im Brunnen, und weil ich glaubte, die Stille aufbrechen zu müssen, sagte ich, du hast bestimmt nur die Regenrinne treffen wollen, die dein Vater gerichtet hat, aber Karl schüttelte den Kopf, nein, das Fenster habe er treffen wollen, er habe absichtlich so geworfen, um das Glas zerspringen zu lassen, auch wenn er sich sofort dafür geschämt und sich gewünscht habe, Évi hätte ihn mit dem Stein getroffen, den sie aufgehoben und über die Felder geworfen habe. Ob Évi ihn laufengelassen habe, Karl wusste es nicht, vielleicht hatte Évi ihn gesehen und ihren Blick schnell abgewendet. Wir haben Évi nie gefragt, ob sie Karl hinter seiner Linde entdeckt und darüber geschwiegen hatte, weil doch niemand verletzt worden war und Aja trotz des lauten Klirrens und der Kälte, die ins Zimmer gedrungen war, einfach weitergeschlafen hatte. Was hätte Évi uns schon sagen können, was hätte die kleine angesichts der großen Lüge geändert. Évi hätte Karl zu schützen versucht, ich war sicher, sie hätte es als ferne Sünde abgetan, die man Karl nach Jahren einfach verzeihen müsse. Aber Aja konnte ihm nicht verzeihen, nicht jetzt, da alles anfing, vor unseren Augen zu tanzen und zu flimmern, die Flussgötter am Brunnen mit ihren Bärten und toten Gesichtern, mit ihren großen Händen und gespreizten Fingern, die schmalen Absperrungen aus Eisen, die Münzen auf dem Grund des Beckens, die durchs Wasser schimmerten, die Steine des weiten Platzes, der vor uns lag wie ein Schiff, das Anker gelichtet hatte und gleich mit uns in See stechen würde, zu einem unbekannten, fernen Ziel, und auch später konnte Aja ihm nicht verzeihen, als wir schweigend den Weg nach Hause gefunden hatten, hoch zur Brüstung vor unserem Küchenfenster, an der Évi noch wenige Abende zuvor gestanden hatte und auf die jetzt Aja ihre Hände legte, um nicht taumeln zu müssen, da alles zu flackern begonnen hatte, die schräg fallenden Dächer, die wenigen Baumkronen und die Antennen, die den Nachthimmel aufspießten und festhielten, als wollten sie den Morgen nicht mehr hereinlassen.

Karl glaubte, Ajas Fieberblick, der ihre Augen dunkler färbte und ihnen einen Schatten gab, würde aufklaren, sobald es hell würde, sie würde ihre Hände von der Brüstung nehmen und sich zu ihm drehen. Mit dem ersten Licht würde sich alles legen, so wie sich damals nach jener Winternacht alles gelegt hatte, weil Évi nicht mehr davon gesprochen und es für besser gehalten hatte, es zu vergessen, weil sie Ellen und meiner Mutter verboten hatte, es der Polizei zu melden und weiter davon zu erzählen, wie sie auf ihren Wegen durch Kirchblüt nach dem einen suchten, der es gewesen sein könnte. Aber nichts legte sich, nichts war mehr wie in den Tagen und Wochen zuvor, als dürften wir uns plötzlich nicht mehr bewegen, als könnten wir keinen Schritt mehr gehen, ohne über eine Lüge zu stolpern und zu verstehen, sie hatte uns seit Jahren begleitet und nur darauf gewartet, ausgesprochen zu werden. Es schmerzte mich, Karl und Aja so sehen zu müssen, und ich wurde den verrückten Gedanken nicht los, ich selbst hätte es verschuldet. Ich dachte an die fliegenden Engel, ihre grünen und roten Flügel, an die Verdammten und ihre Einkehr in die Hölle, die wir auf den Fresken gesehen hatten und später auf den Postkarten, die wir Évi vor einem Jahr erst geschickt hatten. Karl und ich gehörten dazu, wir gehörten zu diesem Heer der Verdammten, weil eingetreten war, was ich mir einen Herbst und einen Winter lang gewünscht hatte. Aber es fühlte sich anders an, nicht, wie ich es mir im Zug nach Hause, wie ich es mir in Évis Garten, in meinem alten Zimmer vorgestellt hatte, und ich schämte mich, weil ich meinen Wunsch zu spät aufgegeben hatte, Karl und Aja würde etwas auseinanderbringen, Karl würde unser Dreieck verlassen, genauso schnell, wie er sich einmal an seine Spitze gesetzt und es zu Ende gezeichnet hatte. Aja würde keine Zeit mehr bleiben, mit Karl durch einen Flur zu tanzen und einen Hut aufzusetzen, alles war plötzlich anders geworden, als Aja und ich es uns vorgestellt hatten, wenn wir in einem Tuch zwischen zwei Bäumen geschaukelt, zu Évi und Zigi durchs Fenster geschaut und geglaubt hatten, so würde es eines Tages auch für uns werden. Ein altes Gefühl holte Aja ein, das sie nach Zigis Sommer zum ersten Mal überfallen hatte, als wir auf dem Feldweg gesessen und gehofft hatten, der Weizen würde gemäht und abgetragen, zwischen dem Aja neben einem springenden, hüpfenden Zigi Fahrrad fahren gelernt hatte. Alles hatte in jenem Sommer danach ausgesehen, als würde er nicht enden, und doch hatte Zigi seinen schwarzen Koffer genommen, war mit Évi zur Haltestelle gelaufen, unter den Kastanien in den Bus gestiegen und hatte sich trotz Ajas Flehen, er solle bleiben, einfach aus Kirchblüt wegtragen lassen.

Aja fing an, die Weihnachtskugeln aus dem Fenster zu schmeißen, die Évi nicht mit einem unserer Fahrer geschickt, sondern im Flugzeug zwischen ihre Füße gestellt hatte, aus Angst, sie würden zerbrechen, wenn keiner auf das Paket aufpasste, das auf dem Schränkchen neben der Spüle lag, seit unsere Mütter abgereist waren. Kugel für Kugel ließ Aja sie aus den Händen fallen, mundgeblasene Weihnachtskugeln aus Kirchblüt, während ihr Blick auf den rostroten Dächern ruhte und sie immer kurz wartete, bevor sie die nächste warf, als sei ihr gleich, wie viel Geld Évi für sie ausgegeben, wie lange sie die Kugeln ausgesucht, zwischen spitzen Fingern gedreht und gewendet, vorsichtig in Papier gewickelt und in eine Kiste mit der Aufschrift Hannes Bartfink Sped. gepackt hatte. Ich lief die Treppen hinab, holte Schaufel und Besen aus dem Hof, um die Scherben aufzukehren, und Karl half mir und schnitt sich viele Male an den scharfen Kanten. Eine schmale Blutspur lief von den Handflächen über seine Arme, und weil winzige Splitter aus buntem Glas darin schwammen, bestand ich darauf, Karl ins Krankenhaus auf der anderen Seite des Tibers zu begleiten, holte zwei Geschirrtücher und band sie fest um seine Unterarme, wo sich kleine rote Flecken ins Weiß färbten. Eine

Krankenschwester nahm die Splitter mit einer Nadel auf, weil die Pinzette sie nicht fassen konnte, und fragte, ob Karl sich schon einmal verletzt habe, ohne Schmerzen zu spüren. Karl nickte, und ich wunderte mich, weil ich auch davon nichts gewusst hatte und mich nicht erinnern konnte, ob Karl jemals Schmerzen empfunden hatte, wenn er als Kind gefallen war, wenn er sich gestoßen oder geschnitten hatte oder von seiner Linde gestürzt war.

Judasküsse nannte Aja jetzt Karls Küsse, so wie Évi früher gesagt hatte, wenn Aja ihr nach einem Streit einen Kuss gegeben hatte. Ein Stein lag zwischen Aja und Karl, einer von den Steinen, wie sie unter der Brücke über den Klatschmohn im Bachlauf zu finden waren. Karl konnte ihn nicht mehr berühren, sosehr er sich wünschte, er könne ihn aufheben und über die Felder werfen. Seit wir Karl kannten, seit er vor so vielen Jahren nach Kirchblüt gezogen war, war er vor Évis Haus über die losen Platten zum schiefhängenden Tor balanciert, war mit Aja vom Badesteg gesprungen und durch den Waldsee geschwommen, hatte Zapfen gesammelt und sie an Wintertagen in Évis Küche mit Farbe bepinselt, hatte Aja beim Radschlagen zugesehen und irgendwann selbst die Hände aufgesetzt und die Beine hochgerissen. Er war mit Aja durch den Mais gejagt, wenn er hoch genug stand, im Schatten der Platanen über den großen Platz, durch die Gänge unserer Schule und ihren Hof, er war zur Eishalle geeilt, um Aja ihren Schal hinterherzutragen, wenn sie ihn am Kleiderhaken vergessen hatte, und er hatte von einer klammen Bank aus zugeschaut, als Aja angefangen hatte, in roten Schlittschuhen erste Pirouetten zu drehen. Er war neben ihr erwachsen geworden und hatte es mit ihr über die herbstnackten Felder vor Évis Garten geschrien. Er hatte sie in Heidelberg von der Pathologie abgeholt, vom Leichenkeller, um mit ihr durch die Sonne zu laufen und darüber eine Weile den Tod zu vergessen. Er hatte sie an den Trägern ihres Badeanzugs hochgezogen, wenn sie in Ostia zu weit draußen getaucht war, er hatte sie aus Rom hinaus zu Sonnenblumenfeldern gefahren, und zwischen Felsen hatte er alles in seinen Blick gelegt, was er ihr hatte sagen wollen. Er hatte ihr den ersten Ring geschenkt, und Aja hatte ihn an ihren Finger gesteckt, obwohl sie nie einen hatte tragen wollen. Er hatte zugesehen, wie sie ihr Haar wachsen ließ, obwohl sie langes Haar nie gemocht hatte, und bei allem hatte er immer gewusst, wer den Stein durch ihr Fenster geworfen hatte, und nie etwas gesagt.

Karls Gesicht sah anders aus, wenn er in diesen Tagen auf seiner Liege saß, wie das eines Langstreckenläufers, dem das letzte Stück vor dem Ziel zu viel Kraft genommen hatte. Zum ersten Mal sah es anders aus, mit dem blassen Fleck unter der Schläfe, dort wo sich die Haut in unzählige Wellen legte, mit seinen glatten feinen Zügen, die Karl hinter einer Brille mit dunklen Rändern und schulterlangen Haaren versteckte, die ihm bei jeder Bewegung in die Stirn fielen, als sei dieses Gesicht selbst mir fremd geworden, obwohl ich jeden Winkel darin kannte, als habe Karl uns über Jahre ein anderes, ein zweites Gesicht gezeigt. Er sagte mir, Aja habe ihre Beine so bewegt, ihren Hals und Kopf so gehalten, dass er immer habe an Rehe denken müssen, wenn sie mit ihrem feuerroten Schulranzen über den großen Platz gesprungen, wenn sie auf Kufen übers Eis getanzt, wenn sie über die Gänge des Krankenhauses gelaufen und in ihren Schuhen mit den Stoffblumen über die steilen Treppen an die Strände geklettert sei. Wann immer er Rehe auf einem seiner Streifzüge durch den Wald gesehen hatte, habe er an Aja denken müssen, wenn er auf einem der Hügel hinter dem Neckar über Nacht geblieben und für seine Bilder auf das erste Licht am Morgen gewartet hatte, wenn er die Tiere dann ohne jede Regung dicht beieinanderstehen gesehen hatte, als warteten sie nur auf ein Geräusch, um loszuspringen und im Dickicht zu verschwinden. Ich fragte nicht, wie lange er Aja schon mit diesem Blick angesehen hatte, wann genau er angefangen hatte, an Rehe zu denken, wenn sie ihren Kopf zu ihm gedreht und ihn angeschaut hatte. Wann genau es begonnen hatte und wann Aja und ich etwas verpasst und übersehen hatten.

Abermals hatte sich alles gedreht und verschoben, seit wir im Frühling auf dem großen Platz gesessen und Aja und Karl ausgesehen hatten, als hätten sie abgeschüttelt, was sie jemals an Kirchblüt gebunden hatte. Karl brüllte mich an, er heiße Carlo, wenn ich Karl zu ihm sagte, und weil ich glaubte, ich dürfe ihn nicht allein lassen, ging ich an den Abenden mit ihm nach Trastevere, in ein Lokal mit wenigen Tischen, weil er in unserer Küche nicht mehr essen wollte, seit Aja dort am Fenster stand, zwischen den Stimmen unserer Mütter, die jetzt leiser geworden waren. Wir redeten wenig, und wenn Karl nichts von dem berührte, was ich bestellt hatte, wenn er den Kellner alles mitnehmen ließ, wie es gebracht worden war, dachte ich, dass ich mich fast schon an Aja und Karl als Paar gewöhnt hatte. Wir fuhren nach Ostia, ohne Helme auf Karls Roller, unter einer weißgrauen Wolkendecke, in die der Wind ein Loch gerissen hatte, über die breiten Straßen von EUR, die Karl einen Sommer lang fotografiert hatte, und obwohl es Karl war, den ich glaubte nicht aus den Augen lassen zu dürfen, schon wegen seiner verbundenen Hände, hatte ich ein komisches Gefühl, Aja am Küchenfenster zurückgelassen zu haben, und mir fiel der eine

Satz ein, mit dem wir unsere Briefe beendet hatten: Bleib fern von offenen Fenstern.

Die ersten Boote lagen auf dem Wasser, das an diesem Tag sanft aussah und dessen Wellen harmlos wirkten, als kämen sie gegen das bisschen Wind nicht an, das an den Sonnenschirmen zupfte. Karl sagte, das Meer sei heute zu mild, um Seeschlangen ans Land zu schicken, aber er hätte gerade nichts dagegen, und ich musste lachen, weil es Karls alter Ton war, der in den letzten Tagen verschwunden war und den ich jetzt wieder hören konnte. Ich dachte an das Boot mit dem Jungen, das von der Strömung mitgenommen worden war, an dem kleinen Strand, zu dem Ellen uns gefahren hatte, daran, dass es Karl hätte warnen und ihn davon abhalten müssen, uns zu sagen, wer den Stein damals in Ajas Fenster geworfen hatte. Ich wusste nicht, war ich wütend auf Karl, weil er uns erzählt hatte, was niemand hätte wissen brauchen, oder weil er es zu lange verschwiegen hatte. Selbst die hellen Tage hatten etwas verborgen und versteckt gehalten, und Karl hatte sie in seinem blinden Taumel zerbröselt, er hatte geglaubt, es könne so bleiben, es könne sich endlos so fortsetzen, er brauche keine Angst und keine Scheu zu haben, er könne jede Vorsicht vergessen, als sei er selbst in ein Boot gestiegen und losgerudert, ohne auf den Wind zu achten, als habe ihn das Wasser mitgenommen und zu weit hinausgetragen, um sich noch gegen die Strömung ans Land zu retten. Bis zum Abend vergruben wir im warmen Sand unsere Füße, wenige Schritte von dort, wo wir mit unseren Müttern gelegen hatten und über Nacht geblieben waren. Nichts war mehr, wie es sein sollte, auch wenn jeder, der uns sah, hätte denken können, dass es für uns ein harmloser milder Tag war in einem harmlosen milden Leben. Karl legte den Kopf an meine Schulter und sagte, du riechst so gut nach Staub. Es klang müde und hörte sich verdreht an, als habe er eigentlich etwas anderes sagen wollen und sich versprochen, aber dann wiederholte er es, du riechst so gut nach Staub, als habe er meine Zweifel gespürt und wolle sie verscheuchen. Wir fuhren erst spät wieder über die leeren breiten Straßen von EUR, weil wir nicht wussten, warum wir überhaupt zurücksollten, vorbei an Häuserblocks mit schwarzen Fenstern, unter einem Mond, der aussah, als würde er jetzt, da ich zu ihm hochschaute, als würde er in diesem Augenblick abnehmen.

Seit Tagen hatten wir nicht in die Post geschaut, wir hatten es vergessen, so wie wir alles vergessen hatten, weil wir an nichts als an Karls Steinwurf hatten denken können, an eine ferne Winternacht, die vergessen gewesen war und deren Eis und Schnee Karl zurückgeholt hatte, um unsere hellen Tage zu verdunkeln. Wir hatten an die klirrende Scheibe gedacht, an die Scherben, die Évi zusammengekehrt, die Decke, die sie anschließend vors Fenster gehängt hatte, und alles andere darüber vergessen. Wir hatten vergessen, an einem der Stände Obst zu kaufen und auf dem Markt Brot zu besorgen, wir hatten vergessen, am Morgen die Läden vor unseren Zimmerfenstern zu öffnen und am Abend zu schließen, wir hatten vergessen, zum Tiber zu laufen, die Brücken abzuschreiten und in den Bus zur Hochschule zu steigen. Ich hatte meine Papierstapel auf dem Schreibtisch vergessen, Karl hatte vergessen, mit seiner Kamera die Fratzen Roms einzufangen, und Aja, ihren weißen Kittel aus der Wäscherei zu holen und ins Krankenhaus zu gehen. Als ich den Briefkasten öffnete, fiel mir die Post entgegen, ein Stapel farbiger Papiere, und Karl hob die Kuverts vom Boden auf und legte sie in seine noch immer verbundenen Hände, darunter ein braunes Päckchen, auf dem in großen roten Druckbuchstaben Aja Kalócs stand und das aus New York geschickt worden war, aber nicht von Zigi, und weil wir alles von Aja wussten, wussten wir auch, dass sie außer Zigi niemanden in New York kannte.

Karl trug den Stapel nach oben und blätterte ihn durch, während er die Treppe hochging, die Tür aufschloss und Aja am Küchenfenster stehen sah, als habe sie sich nicht einen Zentimeter bewegt, seit wir sie so zurückgelassen hatten. Nur die Muscheln und schwarzen Steine vor dem Waschbecken lagen nicht mehr so wie vorher, Aja musste sie hochgehoben haben. Ein bisschen sah sie jetzt aus wie Évi, nicht nur wegen des bunten Haarbands, das sie trug. Sie sah aus, wie Évi damals ausgesehen hatte, als sie allein am Waldsee geblieben war, nachdem Aja mit ihrem roten Fahrrad hineingefallen war und meine Mutter sie herausgezogen, ihre eigene Bluse aufgeknöpft und Aja gegeben hatte, damit sie nicht ohne Kleider hatte zurückfahren müssen. Karl sagte, du hast Post bekommen, Aja, aus Amerika, er schlug aufs Kuvert, und Aja drehte ihren Kopf und schaute Karl zu, wie er mit seinen verbundenen Händen das Päckchen mit den großen roten Buchstaben auf den Küchentisch legte, neben die Vase, für die Aja Tag für Tag vergessen hatte frische Dahlien zu kaufen, und weil sie sich nicht rührte, sagte Karl noch einmal: Du hast Post bekommen, Aja, willst du sie nicht öffnen?

Es dauerte, bis Aja die zwei Schritte zum Küchentisch ging und den dicken Umschlag mit den roten Buchstaben in die Hände nahm. Bis zum Morgen, der die ersten Schwalben über die Dächer schickte, ließ sie sich Zeit, weil sie auf eine Art, für die Karl und ich nie eine Erklärung finden konnten, ahnte, was sich dort verbergen würde. Kein Brief, nur ein Zettel lag darin, einer, der ausgereicht hätte, um die Einkäufe für Évis Kuchen aufzuschreiben, und auf dem in den gleichen roten Druckbuchstaben nichts weiter stand als, Zigi und deine Mutter haben fünfundzwanzig Jahre lang nicht den richtigen Augenblick gefunden. Aja zog eine Spule mit einem Filmband heraus und hielt sie gegen das Fenster, als könne sich mehr darin verstecken, und sie könne es sehen, sobald sie den Streifen gegen das Licht hielt. Karl sagte, was soll dieser Unsinn, wer schickt dir so etwas, und es war das erste Mal seit jener Nacht, da er zu Aja etwas sagte und sie es auch hörte. Aja tippte auf die Rückseite des Kuverts, auf die New Yorker Adresse hinter dem c/o und den Namen, der darüber geschrieben stand, als habe sie Angst, ihn auszusprechen, die Buchstaben, die sich dort aneinanderreihten, so laut zu sagen, dass wir sie würden hören können, und dann suchte sie den Zettel ab, drehte und wendete ihn, als habe sie etwas übersehen und könne noch mehr darin lesen.

Karl musste ihr sofort ein Gerät besorgen, mit dem sie den Film anschauen konnte. Wir sahen ihm vom Küchenfenster nach, als er ohne Helm, mit losen Schuhen auf seinen Roller stieg, um die Flohmärkte und Läden abzufahren, die er kannte und die solche Dinge gebraucht verkauften. Vielleicht glaubte er, er könne etwas wiedergutmachen, während Aja ihr Haar Strähne für Strähne um die Finger drehte, schnell und fahrig, als wolle sie es ausrupfen, und dabei auf den Zettel starrte, als könne sie noch einen Satz, einen Hinweis finden, der uns die Angst, die uns plötzlich überfallen hatte, nehmen und verscheuchen, der Aja etwas an die Hand geben würde, an dem sie sich festhalten könnte, bis wir Karls Schritte auf der Treppe hören würden. Karl brachte einen kleinen Projektor, für den er in der Eile zu viel bezahlt hatte, wie er sagte, und damit er hoch genug stand, stellte er ihn auf zwei meiner dicken Wörterbücher auf den Küchentisch, an dem Évi wenige Tage zuvor Zwiebeln geschält, Lauch geschnitten und Hühnchen mit Honig betupft hatte. Er öffnete die Klappe, legte das Band ein und schloss die Läden vor dem Fenster, als das Gerät ein grelles Licht an die Wand über der Spüle warf, auf den hellgrauen Putz und die vielen winzigen Löcher, aus denen die Farbe gebröckelt war. Karl brachte das Band zum Laufen, mit einem Rattern und Summen, und am Ende des Lichtkegels, in dem der feine Staub unserer Küche schwirrte, sahen wir die zitternden schwarzweißen Bilder eines Zirkuszelts, seinen Eingang, die zur Seite gesteckten Planen, den kurzen Weg aus Sägespänen, der zur Manege führte, zu einer kleinen schmalen Frau, die man auf den ersten Blick für ein Mädchen hätte halten können, im Libellenkostüm, mit durchsichtigen Flügeln und einer schwarzen Kappe über dem kurzen dunklen Haar, die ihre Stirn bedeckte und spitz auf ihre Nase zeigte. Sie lächelte in die Kamera, als wolle sie jemandem gefallen, als wolle sie jemanden anstiften, Gefallen an ihr zu finden, nahm die Hände vors Gesicht, spreizte die Finger und begann, mit einer schnellen Drehung zu tanzen. Mit großen flinken Schritten, die Arme weit ausgebreitet, sprang sie ohne Schuhe durch die Manege, dann auf die Bande und lehnte sich so weit zurück, bis ihr Scheitel an die Waden stieß und ihre Finger die Knöchel fassten. So lief sie rückwärts durch die zitternden wackelnden Bilder in Schwarzweiß, die ihre Bewegungen eckiger und flattriger zeigten, als sie gewesen sein konnten, stellte die Hände auf und ließ die Beine hochschnellen, ging im Handstand weiter, setzte sich in den Spagat und lachte, als habe man gerade etwas Komisches zu ihr gesagt. Noch einmal jagte sie mit Sprüngen und Radschlagen über Sägespäne, bis sie stehen blieb, die Ellenbogen dicht am Körper, bis sie stillstand und nur die Flügel auf ihrem Rücken sich bewegten, mit schnellen Schlägen durch die flackernden Bilder, von denen Karl und ich den Blick nicht abzuwenden wagten, aus Angst, auf Aja sehen zu müssen. Wir konnten nicht glauben, dass diese Frau im Libellenkostüm aussah, wie sie aussah, dass sie sich bewegte, wie sie sich bewegte, und wir sagten nicht, was wir dachten, wir sagten nicht, dass sie aussah wie Aja, dass sie lachte und sich bewegte wie sie.

Jede Ähnlichkeit mit Évi war mit einem Mal verschwunden. Hatten wir früher gedacht, Aja habe wie Évi ausgesehen, mit ihren kleinen, tanzenden Schritten, wenn sie Hand in Hand, in ihren alten Jacken und schiefen Hüten unter den Platanen über den großen Platz gelaufen waren, wie sie Kopf und Arme dabei gehalten hatten und die eine Strähne, die sich nie fügen wollte, bei beiden in die Stirn gefallen war, dann wussten wir jetzt, sie hatten einander nur in unserer Vorstellung geähnelt, in unserem Glauben, Aja und Évi seien ein Fleisch und Blut. Aja hatte immer wie diese Frau im Libellenkostüm ausgesehen, die in Évis Erinnerungen einmal aufgetaucht war, nachdem Aja und ich lange genug gedrängt hatten, damit Évi uns von dem einen Jahr erzählte, das wir später Wanderjahr nannten und von dem wir nie genug hören konnten, das Jahr, in dem sie an Flussufern und Waldrändern geschlafen und Aja in ihren aufgeklappten Koffer gelegt hatten, wenn Zigi ein Seil zwischen zwei Bäume oder Pfosten gespannt hatte, damit Évi darauf balancieren konnte. Sie war nie auf einem der wenigen Fotos zu sehen gewesen, auf dem sie neben Zigis Freunden hätte vor einem Zirkuszelt stehen können, aber jetzt war sie vor unseren Augen gleich durch die Manege getanzt, hatte ihre Finger vor dem Gesicht gespreizt, als wolle sie es noch vor uns verstecken, hatte uns mit Ajas Augen angesehen, mit Ajas Lachen angelacht, hatte Ajas Bewegungen nachgeahmt, und es war ihr vollständig gelungen, in einem Kostüm mit durchsichtigen Flügeln, von dem Évi uns einmal erzählt hatte, in dem sie wie eine Libelle zitternd und flatternd davongejagt war.

Aja wand sich, während sich in ihrem Kopf alles drehen musste, wie die Sprünge und Räder, die wir soeben gesehen hatten und die Aja wieder und wieder anschauen wollte, als könne sie so den ersten Eindruck zerstreuen und aufheben, als brauche sie in den Bildern, die das Gerät auf unsere Küchenwand geworfen hatte, nur den einen Hinweis zu finden, der es zulassen würde, das Band aus der Klappe zu ziehen, ins Kuvert zu stecken, zur Post zu bringen und an die New Yorker Anschrift zurückzuschicken, als sei es falsch adressiert gewesen und könne nicht Aja meinen, als sei ihr ein Brief zugestellt worden, der nicht für sie gedacht war. Sie sträubte sich, etwas glauben zu müssen, das sie nicht zu glauben bereit war, sie sträubte sich, Zigi und Libelle zu verbinden, Libelle und Évi, sie mit nackten Füßen über Sägespäne tanzen zu lassen, die sie mit ihren Schritten und Sprüngen aufwirbelten, alle drei über den einen Weg gehen zu lassen, der am Ende zu ihr selbst führte. Aber es gelang ihr nicht, keinem von uns gelang es, die bewegten Bilder fielen über uns her und setzten sich so vor unsere Augen, dass wir nichts anderes mehr sehen konnten. Seit Karl das Band eingelegt hatte, flatterte Libelle durch unsere Küche, landete auf unserem Tisch und schwirrte weiter, ohne dass wir sie hätten verscheuchen brauchen, flog hinaus über die Dächer und setzte sich schließlich auf die Brüstung vor unserem Fenster. Vielleicht hätte es geholfen, sie nicht in Bewegung, sie nur auf einem Foto zu sehen, aber jetzt, da wir wussten, wie sie den Kopf und die Arme hielt, da uns ihr Blick getroffen, da er zweieinhalb Jahrzehnte und einen Ozean übersprungen hatte, konnten wir nicht leugnen, es war Ajas Blick, es waren ihre Schritte auf ihren schmalen Füßen, es war die Libelle unter Zigis Nacken, über seinen Schulterblättern, die wie Pfeile auf sie zeigten, die Libelle, die wir hatten sehen können, jedes Mal, wenn Zigi sich verbeugt hatte und seine Nase an die Knie gestoßen war. Sie hatte sich nach Jahren gelöst, um an unsere Läden zu klopfen, um durchs geöffnete Fenster hereinzufliegen und ihre lilafarbenen zitternden Flügel, so klein und zart sie auch waren, über uns auszubreiten.

Plötzlich wussten wir alles, die Bilder fügten sich und erklärten sich von selbst: warum Zigi eine schwarze Libelle mit spitzer Nadel hatte unter seinen schmalen Hals setzen lassen und seine Schultern ein Dreieck mit ihr zeichneten, warum er sie jeden Herbst hatte loswerden wollen und jemanden gesucht hatte, der die Farbe würde wegnehmen können, bis Évi sein Pflaster abgezupft und gesagt hatte, lass sie ruhig weiter über deinen Rücken flattern, lass sie ruhig weiter in deinem Nacken sitzen. Jetzt wussten wir, warum Évi sich zurückgezogen hatte, sobald Zigi mit seinem dunklen Koffer am schiefhängenden Tor gestanden hatte, warum sie Abstand gehalten und es manchmal ausgesehen hatte, als wolle sie sich verstecken, als habe sie kein Recht, Aja und Zigi zu stören. Wir wussten auch, was Évi versäumt hatte, Aja zu sagen, als sie hier gewesen war, als sie an Plätzen und Brunnen vorbeigezogen und vom Krankenhaus über die Engelsbrücke gelaufen waren. Wir wussten, was Zigi jeden Herbst auf den Lippen gehabt hatte und nie hatte aussprechen können, auch nicht, als er mit Aja übers Eis geflogen und den ersten Bogen mit ihr gefahren war, als Aja in ihrem schwarzen Anzug mit dem runden Kragen ausgesehen haben musste wie Libelle, und Évi die Eishalle verlassen hatte, weil Zigi in all den Wochen den rechten Augenblick immer wieder versäumt hatte, die Wahrheit zu sagen, und weil sie vielleicht geglaubt hatte, ihr selbst stünde nicht zu, sie Aja zu erzählen. Zigi war feige gewesen. Obwohl er in allem mutig war, in jeder Höhe ohne Sicherung durch die Luft sprang, sich in ihrem Wanderjahr nie von Dunkelheit und Kälte hatte schrecken lassen und ihm kein Wasser zu tief oder zu wild gewesen war, um ans andere Ufer zu schwimmen, war er zu feige gewesen, Aja die Wahrheit zu sagen, ihr Haar aus der Stirn zu streichen, ihr Gesicht zwischen den Händen zu halten, die drei Finger ihrer rechten Hand einzeln zu küssen, wie er es oft getan hatte, und ihr dann an einem Abend zu erzählen, wer diese Frau mit den Flügeln war, die sie Libelle nannten und die aussah wie Aja. Wir fragten uns nicht, wer die Aufnahme gemacht haben könnte, wir waren sicher, Zigi musste es gewesen sein, auf den Libelle geschaut hatte, er musste ihr mit der Kamera gefolgt sein, während sie rückwärts über die Bande gelaufen und auf nackten Füßen durch die Manege gesprungen war, etwas an ihrer Art, in die Linse zu schauen, den Kopf zurückzuwerfen und die schwarze Kappe zu richten, ohne Ton aufzulachen und die schmalen Schultern zusammenzuziehen, sagte uns, es konnte niemand anderes gewesen sein als Zigi.

Aja hatte nie nach der Wahrheit gedrängt, lieber hatte sie mit Zigis erfundenen Geschichten gelebt, deren kleine Lügen Jahr für Jahr durchgesickert und die auseinandergefallen waren, sobald Aja sie angetippt hatte. Aber jetzt drängte sie nach ihr, jetzt wollte sie von Zigi selbst hören, wer Libelle war, er sollte aussprechen, was wir ohnehin schon wussten, und ich lief mit ihr zum Postamt, wo sie Zigi jeden zweiten Montag angerufen und das Gespräch vorab an der Theke bezahlt hatte, von dem Geld, das Zigi nach Kirchblüt und Évi dann nach Rom geschickt hatte. Wie eine der Furien aus den Museen sah sie aus, als fehlten nur die Schlangen auf ihrem Kopf. Ihr Fieberblick hatte sich auf die Augen gelegt, seit Karl das Gerät ausgeschaltet hatte und es still geworden war in unserer Küche, seit wir die Läden geöffnet hatten und die Mittagssonne höhnisch hereingeschaut hatte, seit Karl und ich nicht gewusst hatten, was wir sagen und wie wir die Bilder löschen sollten, diesen Ausschnitt aus hellen Tagen, die allein Zigi und Libelle gehört hatten. Aja kannte Zigis Nummer auswendig, seine lange Nummer mit zwei fremden Vorwahlen, die sie mir aufschrieb, damit ich das Gespräch anmeldete, und nach einer Weile hörte ich am

Schalter jemanden sagen, Aja Kalócs möchte mit Ihnen sprechen, einen Augenblick bitte. Aja fing an zu reden, hinter der Glastür der engen Kabine, in der kurz zuvor jemand geraucht haben musste, aber Aja störte sich nicht daran, es war ihr gleich, so wie es ihr gleich war, dass es in New York noch früh war und Zigi vielleicht noch geschlafen haben könnte, in seinem Zimmer mit Küche, wo er seit Jahren wohnte, wo er schon gewohnt hatte, als ihn die Nachricht von Ajas Schneeunfall erreicht und er den Bus zum Meer genommen hatte, um Aja und Évi in der Ferne so nah wie möglich zu sein. Das Muster in der braungetönten Glastür teilte Ajas Rücken in Streifen, sie hatte ihr Gesicht zur Wand gedreht, ich sah die Bänder ihrer gelben Bluse, die im Nacken zu einer Schleife gebunden waren und an denen sie mit den drei Fingern ihrer rechten Hand zupfte und zog, als wolle sie den Knoten lösen.

Zigi sagte, es sei einer dieser verrückten Zufälle gewesen, auch wenn ihm Libelle kurz danach geschrieben hatte, es könne kein Zufall gewesen sein, dass sie sich an diesem Ort, an diesem einen Tag, nach fünfundzwanzig Jahren über den Weg gelaufen seien, mitten im Mai, der die Parks über Nacht grüngefärbt und die Menschen an die Sonne gelockt hatte, ans Wasser, auf die Bänke und Wiesen, wo sie ihre Decken ausgebreitet, die Schuhe abgestreift und ins Gras gelegt hätten, das nach Regentagen zum ersten Mal trocken gewesen sei. Ausgerechnet in New York hatten sich ihre Wege gekreuzt, nicht in einer der unzähligen Straßenschluchten, sondern in einem Park, den sie zur gleichen Zeit durchquerten, Libelle mit den langsamen Schritten der Reisenden, Zigi mit seinen kurzen, schnellen, die ihn durch jeden seiner Tage führten. Libelle hatte in diesem Frühling, in dem sie keine Arbeit hatte, zum ersten Mal ein Flugzeug nach New York bestiegen, wo sie bei einer Freundin blieb, die früher neben Libelle durch die Manege getanzt, aber nach Hause zurückgekehrt war, seit ihre Knie dick und rot geworden waren und das Kühlen und Bandagieren nicht mehr geholfen hatte. Libelle hatte nicht gewusst, dass Zigi hier lebte, mit den Jahren hatte sie aufgegeben, nach ihm zu fragen und herausfinden zu wollen, unter welchem Zirkuszelt er gerade versuchte, das Gleichgewicht zu halten und den richtigen Augenblick für seinen Sprung nicht zu verpassen, und wenn sie seine Freunde getroffen hatte, hatten sie nichts von ihm erzählt und so getan, als hätten auch sie Zigi aus den Augen verloren, ihn und Évi und Aja. Aber jetzt glaubte sie, es könne kein Zufall sein, sie habe dieses Flugzeug nehmen müssen, um hier an Zigi vorbeizulaufen, nach zwei Schritten stehen zu bleiben und sich nach ihm umzudrehen, langsam zurückzugehen und in ein Gesicht zu schauen, das sie auch fünfundzwanzig Jahre später sofort erkennen konnte, trotz der feinen Linien an Mund und Augen, trotz der ersten grauen Fäden, die sich ins Haar gedrängt hatten. Als meine Mutter die Flüge nach Rom gebucht hatte, musste es gewesen sein, noch bevor wir alle am Strand von Ostia übernachtet hatten, dass sich Zigi und Libelle siebentausend Kilometer westlich von uns begegnet waren, als hätten sie diese Entfernung gebraucht, als hätten sie sich nur an einem Ort treffen können, an dem Évi und Aja noch keine Spuren hinterlassen und keine Luft geatmet hatten, an dem sie bloß in Gedanken und niemals wirklich gewesen waren.

Libelle hatte nach Aja gefragt, und es war ihr gleich gewesen, dass sie vor Jahren die Abmachung getroffen hatten, Libelle solle nicht nach ihr fragen, und weil es auch Zigi an diesem Tag gleich gewesen war, was sie zu einer Zeit ausgemacht hatten, die so weit zurücklag, als habe es sie gar nicht gegeben, hatte er Libelle ein Foto gezeigt, das an den Rändern ausfranste und das er in seiner Jacke immer bei sich trug und anschaute, wenn er zwischen zwei schnellen Schritten stehen blieb und innehielt. Aja war in roten Schlittschuhen auf dem Eis zu sehen, in dem Winter, in dem Zigi den ersten Bogen mit ihr gefahren war und Évi die Halle verlassen hatte. Libelle strich mit ihren schmalen Fingern darüber, über den enganliegenden schwarzen Anzug, den runden Kragen und die langen Fledermausärmel, über Ajas kurzes wirres Haar, das mit Klammern an den Seiten festgesteckt war, über die Absperrung aus Holz, auf die Aja in den Pausen ihre Arme gelegt hatte. Mit dem Bild in der Hand ging sie ein paar Meter, als wolle sie allein sein, und Zigi ließ es geschehen, als stehe es Libelle nach so vielen Jahren zu, mit Aja allein zu sein, und wenn es nur mit ihrem Foto war. Sie setzte sich ins Gras, als habe sie mit einem Mal keine Kraft mehr zu stehen, und als sie anfing zu weinen, wusste Zigi schon, es war ein Fehler gewesen, ihr das Bild aus seiner Jackentasche zu geben und etwas anzustoßen, das er nicht mehr würde aufhalten können.

Libelle rührte ihn, wie sie im Gras saß, den Rücken aufgerichtet, die Beine und Füße, die Fußspitzen weit nach unten gestreckt, als sei sie bereit, sogleich aufzuspringen und loszuturnen, mit Ajas Foto in den Händen, auf das sie starrte, als könne sie mehr darin sehen, als auf einem Foto zu sehen war. Ajas Adresse gab er ihr nicht, als sie darum bat, aber seine eigene schrieb er auf, als wolle er ihr nach all den Jahren wenigstens so viel zugestehen. Libelle sagte, er müsse keine Angst haben, sie würde sich an die Abmachungen halten, und trotzdem wurde er in den Tagen darauf das Gefühl nicht los, es würde nicht lange dauern, und Aja hätte Besuch oder Post von ihr. Zigi hatte ihr unsere Anschrift in Rom nicht gegeben, aber es änderte auch nichts, es machte keinen Unterschied, ob sie ihr jemand gegeben, ob Libelle sie selbst herausgefunden oder jemanden bezahlt hatte, damit er es für sie tun würde. Zigi glaubte, Libelle sei nach fünfundzwanzig Jahren von einer Laune besiegt worden, die sie immer zu unterdrücken gewusst hatte, nur aus dieser Laune heraus habe sie das Filmband geschickt und vielleicht schon bereut, als sie das Päckchen am Postschalter aus der Hand gegeben hatte und es in einer Kiste nach Übersee gelandet sei. Nur in dieser Laune müsse sie geglaubt haben, es sei an der Zeit, etwas loszuwerden, das sie aufbewahrt und bei sich getragen hatte, aus einer Zeit, in der es Aja noch nicht gegeben hatte und Zigi und Évi einen Winter, Frühling und Sommer lang geglaubt hatten, sie könnten ohne den anderen leben. Zigi hatte die Kamera damals gehalten und Libelle zum Lachen gebracht, für ihn war ihr Lachen bestimmt gewesen, ihre Blicke, ihre Drehungen und Sprünge auf unserer Küchenwand waren alle einmal für Zigi bestimmt gewesen. Libelle hatte die Aufnahme aufgehoben, auf der sie jünger war als Aja heute. Es war ihre einzige Verbindung zu Zigi geblieben, nachdem er sie zurückgelassen hatte, nachdem er mit Évi und Aja losgezogen und Libelle nichts geblieben war als ein Filmstreifen, den sie nie mehr angeschaut, aber gehütet hatte wie einen Schatz, von dem Zigi und Évi fürchteten, eines Tages würde Aja ihn entdecken.

Aja hatte hinter der Glastür laut ungarisch gesprochen, und nur als sie Libelle gebrüllt hatte, in ihrem schrillen, keifenden Ton, den ich vergessen geglaubt hatte und der in diesem Augenblick zurückgekehrt war, als sie mit der Faust gegen das Glas geschlagen und am Schalter jemand aufgeschaut und den Kopf geschüttelt hatte, erst als sie den Namen Libelle gebrüllt hatte, hatte ich sie verstanden, als sie auf Deutsch gefragt hatte: Willst du es mir nicht sagen?, als habe sie plötzlich nicht mehr gewollt, dass Zigi endlich aussprechen würde, was wir seit dem Morgen ahnten, seit wir den kurzen Film gesehen hatten und zu wissen glaubten, warum eine Libelle in Zigis Nacken saß, warum er sie hatte loswerden wollen und es ihm in all den Jahren nie gelungen war. Aja schrie in den Hörer, damit Zigi etwas auf diese eine Frage erwidern würde, obwohl Aja schon selbst beantworten konnte, wer Libelle war, und niemanden brauchte, der es noch für sie aussprechen würde. Als sie aufgelegt hatte, setzte sie sich auf den Drehhocker in der Kabine, und ich ließ ihr eine Weile, bis ich kaum hörbar an die Tür klopfte, sie öffnete und Aja flüstern hörte, als wolle sie nicht, dass ein anderer, dass noch jemand außer mir hören würde, wie sie sagte, meine Mutter ist eine Filmaufnahme, Seri, ich bin die Tochter einer Filmaufnahme.

Ich weiß nicht mehr, wie wir es an diesem Tag zurück schafften, wie es uns gelang, durch einen gleißend hellen Junitag in unsere Straße zu finden, an den Brunnen unsere Hände ins Wasser zu tauchen und dann in den Nacken zu legen, wie wir es schafften, die Treppen hochzugehen, und wie es Karl und mir später gelang, Aja immer wieder zu sagen, nein, eine Filmaufnahme ist nicht deine Mutter, Évi ist deine Mutter, jedes Mal, wenn Aja diesen verrückten Satz ausgesprochen hatte. Karl hatte sein altes Gesicht wieder, er sagte, es ist gleich, wer Libelle ist, Évi ist deine Mutter, sie war es von Anfang an, niemand anderes, aber Aja schüttelte den Kopf, als wolle sie es abwehren, als wolle sie nichts von dem hören, was wir ihr zu sagen hatten, und sie blieb dabei, sie erwiderte stur, als müsse sie es für sich selbst wiederholen, nein, sie ist es nicht, sie war es nie, von Anfang an nicht. Etwas an der Art, wie Zigi von Libelle erzählt hatte und wie Aja es jetzt Karl und mir erzählte, ließ uns nicht wütend auf sie sein, obwohl sie Aja an einen Abgrund gedrängt hatte und wir nicht wussten, wie wir sie dort wegziehen sollten, jetzt, da Libelle Zigi nach fünfundzwanzig Jahren wiederbegegnet war, an einem Ort, an dem sie ihn nie vermutet hätte, und ihr mit einem Mal die Kraft abhandengekommen sein musste, die Filmspule weiter wie einen Schatz zu hüten und nicht mit einem roten Stift in großen Buchstaben zum ersten Mal den

Namen ihrer Tochter zu schreiben, die sie nach den ersten Wochen nie mehr gesehen hatte.

Etwas ließ uns milde mit ihr sein, schon wegen der Vorstellung, sie habe mit Ajas Foto im Gras gesessen und sei mit den Fingern über Ajas Haar und die Pailletten ihres Kostüms gefahren. Aber auf Zigi waren wir wütend. Er hatte Aja belogen, in jedem Jahr, an jedem Tag, den sie zusammen verbracht hatten, hatte er sie belogen. Seine Geschichten, die er uns erzählt hatte, wenn der Sommer in den Herbst übergegangen war und wir im großen Tuch zwischen Évis Bäumen geschaukelt hatten, wenn Aja manches für mich hatte übersetzen und Zigi die Wörter liefern müssen, die ihm fehlten, waren erfunden gewesen. Nicht nur die Zugfahrt mit dem kleinen Hund, den er Otto genannt, und die Butterbrote, mit denen er ihn gefüttert hatte – alles war immer nur erfunden gewesen, und die Wahrheiten, die er Aja hätte sagen müssen, hatte er verschwiegen, aus Angst, sie wären nicht gut genug, um erzählt zu werden. Zigis Welt war verdreht, Zigi hatte sie nach seinem Geschmack zusammengesetzt und mit jedem Sprung vom Trapez wieder auf den Kopf gestellt. Er hatte die Wahrheiten verteilt, wie es ihm gefallen hatte, und wenn er sagte, ein Hund habe ihn aus einem Bergwerk gerettet, war es eben so gewesen. Nur in seiner Vorstellung war er nach Norden gefahren, hatte den Hafen erreicht und das Schiff gesehen, aber er hatte es erzählt, als sei es geschehen, damit Aja schon früh ein Bild von einem Schiff und einer Reise haben konnte, die Zigi jeden Herbst über ein weites Meer trug. In welchem Krieg hätte er auch kämpfen sollen, es hatte keinen gegeben, in dem Zigi mit dem Flugzeug über England hätte abstürzen können, jedenfalls nicht zu seiner Zeit. Vielleicht hatte ihm die Geschichte jemand zugetragen, und er hatte sie für Aja weitergesponnen, weil das Spinnen von Lügen zu seinem Leben gehörte, auch wenn er es nicht so genannt hätte.

Mit der Filmrolle, die in unserer Küche lag, waren auch diese Geschichten verloschen, selbst die harmlosen und vergessenen hatten sich aufgelöst im blendend grellen Licht, mit dem der Projektor eine Frau im Libellenkostüm an die Wand über unserer Spüle geworfen hatte. In Ajas Leben, in den fünfundzwanzig Jahren ihres Lebens passte nichts mehr. Libelle hatte selbst Zigis Sommer weggeschoben, in den Aja jederzeit in Gedanken hatte zurückkehren können, sie hatte den Weg versperrt, seit sie am Morgen vor geschlossenen Läden durch unsere Küche getanzt war. Zigi hatte seinen festen Platz verlassen, er war hochgesprungen und fand nicht zurück zum Boden, weder auf Hände noch Füße. Er wirbelte durch die flimmernde Juniluft, flog wie ein Ball und schlug an die Bande, und an Ajas flatterndem Blick glaubte ich zu sehen, wie sie seinen Bewegungen, seinen Sprüngen zu folgen versuchte, als wolle sie Zigi festhalten, ihn einfangen und noch einmal zur Rede stellen, als sei nicht alles schon gesagt.

Ausgerechnet hier, wo die Fäden der Lügen zusammengelaufen waren, gab es in einer Kirche nicht weit von den Foren, zwischen drei Hügeln Roms, einen Kanaldeckel aus antiker Zeit, von dem nicht klar war, welchen Gott er im Relief zeigte, von dem es aber hieß, Lügnern würde er die Hand abreißen. Meinem Vater hätte er die Hand abgerissen, Évi und Zigi hätten ihre Hände an ihn verloren, nur Karl nicht, er hätte seinen Arm in den Schlund stecken und herausziehen können, nur Karl hatte Aja die Wahrheit gesagt und war gerade dafür bestraft worden. Vielleicht webten wir alle an diesem Geflecht, in dem wir uns nicht mehr auskannten. In diesem Jahr, in diesem Sommer jedenfalls kam es mir vor, als sollten wir nur noch Lügen aufdecken, damit sie neben uns einschlugen wie die Blitze auf dem freien Feld rund um Évis Garten. Vielleicht hatten wir alle schon Lügen erzählt, in denen sich die anderen verfangen hatten, vielleicht war keiner von uns frei davon, nicht einmal Ellen und Karls Vater, nicht einmal Jakob in Heidelberg, vielleicht hatte er in Karl sofort den kleinen Jungen auf dem Meer aus Kabeln erkannt und es ihm zunächst verschwiegen. Wenn irgendwo in dieser Welt Dinge geschahen, die hinter unserer Wahrnehmung lagen, musste es hier sein, zwischen Engeln und Madonnen, zwischen toten Sklaven, Kriegern und Wolfskindern – zumindest Aja und ich hatten daran geglaubt, seit wir unseren ersten Tag in Rom verbracht und die Stadt unter einem fetten Mond durchwandert hatten. Nur hatten wir uns diese Dinge anders ausgemalt, als sie sich jetzt zeigten, so waren sie in unserer Vorstellung nie gewesen.

Aja zerrte ihren Koffer unter dem Bett hervor, klappte ihn auf und setzte sich hinein, als könne sie eine Brücke zu dem Sommer schlagen, in dem Zigi Libelle zurückgelassen und Aja mit einem Tuch auf seinen Rücken gebunden hatte, die Straße hinabgegangen und dann ein Jahr lang übers Land gezogen war, sich in Flüssen gewaschen und an Feldrainen geschlafen hatte. Es sah aus, als würde sie gleich mit ihm davonfliegen, wie in dem Märchen, das Évi uns oft genug erzählt hatte, wenn der erste Schnee auf den Feldern lag und wir Watte für ihre Lebkuchenhäuser gezupft hatten, als würde sie gleich zum Fenster hinausfliegen, über die Dächer mit ihren Antennen und Schornsteinen, weg von den Straßen, die Rom durchzogen, von dem Postamt, in dem sie mit Zigi gesprochen hatte, und weit weg von unserer Küche, über deren Wand an diesem Morgen Libelle zum ersten Mal geflattert war. Nichts wollte Karl und mir einfallen, was wir hätten sagen können, weil es nichts gab, was hätte helfen können, da wir nichts von dem aufheben und zurücknehmen konnten, was Aja jetzt wusste und auf irgendeine Weise vielleicht immer schon geahnt hatte. Wir konnten nichts dagegen tun, dass eine Fremde im Libellenkostüm, von der wir kaum etwas wussten, über unsere Wände tanzte, dass ihre Libellenflügel noch immer zitterten und sich öffneten, sobald sie sich nach hinten beugte und ihr Scheitel die Waden berührte. Es gab nichts, das Aja hätte trösten können, so wie es auch Karl nie getröstet hatte, wenn Aja und ich gesagt hatten, er wäre nie mit Ellen nach Kirchblüt gezogen, wir wären einander nie begegnet, wenn Ben nicht verschwunden wäre. Es hatte ihn geärgert, wenn wir so geredet hatten, weil es klang, als habe er seinen Bruder hergeben müssen, nur um Aja und mich treffen zu können. Über Nacht war das zurückgekehrt, was wir Ajas Seefallen genannt hatten, seit das Kuvert auf unserem Küchentisch gelegen hatte, war es da gewesen. Es hatte Aja eingeholt und haftete nun an ihr, nur dass Karl nicht mehr hinausschwimmen und sie einfach an den Trägern ihres Badeanzugs aus dem Wasser ziehen konnte.

An den Abenden ging Aja allein los, und wenn wir später fragten, wo sie gewesen sei, sagte sie, sie habe sich unter ihre liebsten Madonnen gestellt, aber sie hätten ihre Hände nicht mehr schützend über ihren Kopf gehalten. Sie sagte, sie möge ihren Namen nicht mehr, eine Frau im Libellenkostüm habe ihn ausgesucht, von der sie nichts wisse, und alles, was Karl und mir zu sagen einfiel, war, nein, Zigi wird ihn ausgesucht haben, sicher hat Zigi ihn für dich ausgesucht, obwohl wir selbst nicht daran glaubten. In einer dieser Nächte hatte Aja eine Frau gesehen, die sich neben Libelle in ihren Kopf gedrängt hatte, als sei gerade noch genügend Platz für sie. Vor einem Lokal hatte sie gestanden, vor der Schiefertafel mit den Gerichten des Tages, und mit der flachen Hand Buchstaben weggewischt, aus frutta die zwei Ts, aus pesce das C, und Aja hatte ihr zugeschaut und sich gefragt, welche Botschaft es war, die sie verschlüsselte. Etwas daran ließ Aja nicht los, vielleicht glaubte sie, jetzt überall Botschaften lesen und etwas nachholen zu müssen, das sie zu lange versäumt hatte. Sie fragte, ob ich ihr nicht endlich verzeihen wolle, ob ich es noch immer nicht könne, und ich sagte, es ist doch längst geschehen, was müsste ich dir noch verzeihen. Ausgerechnet jetzt fragte sie, da Libelles Tanz und ihre gespreizten Finger alles weggewischt hatten, das Aja weg von mir und näher zu Karl gerückt hatte, jetzt, da alles andere unwichtig geworden war, es auch nicht mehr zählte, ob Karl sich hatte hinreißen lassen, uns die Wahrheit zu sagen, ob er sich absichtlich die Hände an den Weihnachtskugeln zerschnitten hatte, ob er und Aja im letzten Sommer unser Dreieck aufs Spiel gesetzt hatten, ob ich nach Kirchblüt geflüchtet war und wir die Nähe und Abstände zwischen uns eine Zeitlang durcheinandergebracht hatten.

Meine Mutter rief an und sagte, Zigi habe ein Telegramm an Évi geschickt, in dem nichts gestanden hatte als: Aja weiß von Libelle. Sie hatte für Évi einen Flug buchen und bezahlen wollen, und selbst wenn Évi es erlaubt hätte, Aja hätte nicht gewollt, dass Évi noch einmal nach Rom kommen würde, als sei es ihre Stadt, durch die sie jede Nacht zu ihren liebsten Madonnen lief, als sei es ihre Straße, in der wir wohnten, als sei es ihr Haus, in dem sie die Stufen jetzt langsamer nahm, um nicht zu schnell unterm Dach anzukommen, als sei sie nicht mehr sicher, was sie dort erwartete. Sie sagte, sie könne nicht hierherholen, was nach Kirchblüt gehöre, und als sie fragte, ob ich mit ihr dorthin fahren würde, nahm ich am Ufer den Bus nach Termini, lief an den Ständen vorbei, wo Aja in unseren ersten Tagen in Rom die Strandschuhe mit den Stoffblumen entdeckt hatte, und kaufte in der großen Halle Fahrscheine. Zwischen dem kalten weißen Stein, von dem ich noch immer nicht wusste, ob er die Stimmen dämpfte oder ihren Hall nur verstärkte, überfiel mich die Angst, es könne das letzte Mal sein, ich könne zum letzten Mal meine Lirescheine unter das Fenster des Schalters legen, und auf dem Drehteller könnten ein letztes Mal die Fahrkarten zu mir geschoben werden.

Wir packten unsere Taschen am Abend, dann gingen wir noch einmal durch leere Gassen zum Trevibrunnen, warfen aber keine Münze, als könne wegen einem Geldstück im Wasser wirklich etwas geschehen, und wir wüssten gerade nicht, wofür wir uns entscheiden sollten. Karls Stimme klang ängstlich, als er Aja fragte: Wann, sagtest du, werdet ihr fahren?, und neben uns lief, ein bisschen wie einer dieser streunenden Hunde, die sich an den Stadträndern an fremde Fersen hängten. Aja schaute an den Fassaden hoch und sagte, Blut fließt über die Wände, könnt ihr das nicht sehen, die Straßen tragen es zum Fluss hinab, die Wäsche vor den Läden ist getränkt davon, und Karl folgte ihrem Blick und sagte, du kannst nicht länger im Krankenhaus arbeiten, es bekommt dir nicht. Er wusste nicht, dass Aja sich dort verabschiedet hatte, am selben Tag, an dem sie mich zum Bahnhof geschickt hatte, um nach Zügen zu schauen, die uns nach Hause bringen würden. Ins Krankenhaus hatte sie das rote Band mitgenommen, das sie im Hof manchmal zwischen zwei Pfosten gespannt hatte, um nicht aus der Übung zu kommen, wie sie sagte, hatte es mit mir von Wand zu Wand an den Rohren festgezogen und war vor den Krankenbetten darauf balanciert. Sie war durch die Flure gesprungen, wo die Patienten warteten, sie war auf Händen gelaufen, rund um Sitzbänke, Essenswagen und Rollstühle, hatte Räder geschlagen und Purzelbäume in der Luft gedreht, hatte sich unter dem Applaus der Schwestern und Ärzte mit verschränkten Armen verbeugt und mit der Nase ihre spitzen Knie berührt. Aja hatte nie nach der Wahrheit gedrängt, sie hatte mit kleinen und großen Lügen gelebt, mit erfundenen Geschichten, und es hatte sie nicht gekümmert, wenn sie auseinandergefallen waren, sobald sie eine davon berührt hatte. Aber jetzt hatte sie mit ihren Sprüngen und Drehungen zeigen wollen, wer sie war und woher sie kam, von einer Frau im Libellenkostüm, die aussah wie sie selbst, als Erwachsene noch immer wie ein Mädchen, das mit seinen Armen und Beinen anstellen konnte, was ihm gerade einfiel.

Rom machte uns den Abschied leicht, die Stadt hatte uns liebgewonnen und nach einer Gewitternacht milden Regen geschickt, hatte die Wolken gefärbt und die Hitze mitgenommen, als sollte es zu Beginn dieses heißen Sommers schon Herbst werden. Ein gelber Schleier legte sich am Abend auf die roten Dächer, über die wir vom Küchenfenster schauten, bevor wir unsere leeren Gläser in die Spüle stellten, Karl unsere Taschen nahm und über die breiten

Stufen hinabtrug. Aja sah auf Karls Hände, und als sei sie nach Tagen zu sich gekommen und habe zum ersten Mal wieder einen Blick für Karl, fragte sie, warum sie verbunden seien. Karl drehte sich zu ihr, und damit er nicht antworten musste, sagte ich, er hat sich an deinen Weihnachtskugeln geschnitten, an Kirchblüter Weihnachtskugeln, du hast sie auf die Straße geworfen, und wir haben sie zusammengefegt. Ich konnte nicht anders, ich musste es wie einen Vorwurf klingen lassen, als sei Aja verrückt geworden und zwinge mich, ihr Dinge zu erklären, die keine Erklärung brauchten, als wisse sie nicht mehr, was sie mit Karl noch wenige Tage zuvor verbunden hatte, als sei plötzlich alles umsonst gewesen, als habe Karls Blick sie umsonst getroffen, als sei ich umsonst nach Kirchblüt abgereist und als seien Aja und Karl mir umsonst nachgefahren und hätten mich umsonst nach Rom zurückgeholt.

In Termini blieb Karl an der Sperre zum Bahnsteig zurück, und als falle ihm nichts Gescheiteres zu Libelle ein, sagte er, in diesem Ton, in dem er die Dinge oft abwehrte und uns sonst immer zum Lachen brachte: Nett sah sie doch aus. Der Zug fuhr uns langsam, viel zu langsam aus Rom hinaus, als fehle ihm die Kraft und er müsse angeschoben werden. Früher war unser letzter Blick auf die Wäsche vor den Häusern gefallen, die uns wie Fahnen geleitet und zum

Abschied gegrüßt hatten. Jetzt sahen die Fassaden kahl aus, die Läden waren geschlossen, als weigerten sich alle außer Karl, Abschied von uns zu nehmen, als wolle niemand wahrhaben, dass Aja die Stadt verließ. Ich hatte aufgehört, mich zu fragen, warum die Züge in den Norden des Landes immer leer und die Züge in den Süden immer überfüllt waren, seit ich den Norden gesehen hatte, mit seinen endlosen flachen Landschaften und seinem weißen Himmel. Ich war sicher, Aja würde nicht in Kirchblüt bleiben wollen, wohin sie schon seit einer Weile nicht mehr zu passen schien. Sie würde nach Rom zurückkehren, ob wir nun eine Münze geworfen hatten oder nicht. Aber am Morgen, als wir über die Schweizer Grenze fuhren, als wir unsere Pässe zeigten und ich fragte, willst du wieder nach Rom zurück, sagte sie, ich will nirgendwo mehr hin.

Der heißeste Tag des Jahres

Niemand wusste, wir würden kommen. Ich hatte meiner Mutter nicht geschrieben. Wir wollten nicht, dass sie uns in Heidelberg am Bahnhof abholen und nach Kirchblüt fahren würde. Wir wollten allein sein, uns wie Diebe still und heimlich nähern, allein aus dem Bus steigen, unter den Kastanien die Straße hinab, zur Brücke über den Klatschmohn gehen, wo die Steine lagen, von denen Karl einen aufgehoben und durch Ajas Fenster geworfen hatte. Wir wollten so lange warten, bis Aja bereit wäre, an den Feldern mit Mais und Weizen entlangzulaufen und an eine Tür zu klopfen, von der sie seit wenigen Tagen nicht mehr wusste, was sich die letzten zwanzig Jahre hinter ihr wirklich zugetragen hatte. Jetzt, da ihr alles im Licht der Lüge erschien, wollte Aja hören, zu welchem Lied, in welchem Reigen Libelle mit Évi und Zigi getanzt hatte, als noch niemand an Aja gedacht hatte, und wie sie sich später voneinander gelöst und Libelle abgestreift hatten, in dem Sommer, in dem Aja geboren worden war. Bevor sie losging, sagte sie, sie könne die Fliegen und Weberknechte in ihrem Haar nicht vergessen, ihre filzigen Strähnen, die Évi hätte abschneiden müssen, als befehle sie ihrem Kopf gerade, schnell noch etwas anderes zu denken, bevor sie sich aufmachte, zu Évis Küche mit der niedrigen schiefen Decke, unter der sich im Sommer mit der Weberknechtplage die klebrigen Streifen in ihrem Haar verfangen hatten und das sie seither lieber kurz getragen hatte. Aja wollte ohne mich weitergehen, sie sagte, die letzten Schritte brauche sie, um in ihrem Kopf ein wenig aufzuräumen, als könne sie jetzt noch ordnen, was durcheinandergekommen war, als könne sie auf dem letzten Stück zu Évis Haus schon anfangen aufzuräumen und den Rest für später, für einen anderen Tag aufheben. Wir umarmten uns, als hätten wir uns an diesem Vormittag, auf dieser Brücke, die Kirchblüt von den Feldern und dem Friedhof trennte, nach langer Zeit wiedergefunden, und bevor ich mich aufmachte, um über den großen Platz zu gehen und den Bus zur Spedition zu nehmen, weil ich müde war und nicht mehr laufen wollte, schaute ich Aja nach. Ich musste mich zwingen, ihr nicht nachzueilen, nichts nachzurufen, über den schmalen Weg an den Weizenfeldern, wo Zigi ihr das Fahrradfahren beigebracht hatte. An der Abzweigung zum Bahnwärterhäuschen blieb sie stehen, und es sah aus, als habe sie der Mut plötzlich verlassen, als wolle sie lieber umkehren, aber dann ging sie schneller als zuvor, durch den kühlen Sommerwind, der an ihrem Haar zupfte und ihren hellgrünen Mantel aufblies, als wolle er sie zurückhalten.

Später sagte mir Aja, Évi habe auf sie gewartet, an jedem Tag, seit Zigis Telegramm sie erreicht hatte, hatte sie auf Aja gewartet. Sie hatte im Garten gesessen und gewusst, Aja würde an der Brücke über den Klatschmohn auftauchen und den Feldweg hinabgehen, sie würde ihre Reisetasche fallen lassen, das schiefhängende Tor öffnen, und Évi würde sich wünschen, es wäre anders gekommen, Zigi hätte einmal den Mut aufgebracht, Aja alles zu erzählen, er hätte seine Zeit nicht mit Sprüngen und Drehungen vergeudet, er hätte Aja weniger Kunststücke auf dem Fahrrad, auf dem Seil, auf dem Eis gezeigt und dafür einmal mit ihr gesprochen. Évi hatte unter den Lichtkegeln ihrer kleinen Lampen unzählige Male durchgespielt, was sie Aja würde sagen können, und zum ersten Mal hatte sie Angst vor Aja gehabt, Angst davor, sie könne sich abwenden und käme nur noch, um es ihr zu sagen. Während Aja in Rom durch die Straßen gelaufen war und unter ihren liebsten Madonnen Schutz gesucht hatte, während sie Blut über die Fassaden hatte rinnen sehen, aufs Pflaster hinab zum Fluss, während sie neben mir im Zug gesessen hatte, der uns langsam aus dem Drahtgewirr von Termini gefahren hatte, war Évi durch ihren Garten gelaufen, an den Feldrainen zu den Schranken des

Bahnwärterhäuschens, weil sie nicht mehr hatte ruhig sitzen können in diesen Tagen.

Sie hatte Zigi verflucht, weil sie sich zurückgenommen hatte, sobald er am schiefhängenden Tor aufgetaucht war und in so vielen Jahren trotzdem nie den Augenblick gefunden hatte, mit dem Erzählen anzufangen. Sie hatte am Küchentisch, in ihrer schiefen, angestrengten Schrift böse Briefe an ihn geschrieben, weil er auch diesmal zu weit entfernt war und alles bei ihr selbst lag, aber keinen davon abgeschickt. Den Namen Libelle hatte sie dabei vermieden, weil sie glaubte, es sei nicht Libelles, sondern allein Zigis Schuld, dass geschehen war, vor was sie sich immer gefürchtet hatte. Ein Vierteljahrhundert lang hatte Évi diese Ahnung gehabt, sie hatte gewusst, dieser Tag würde kommen, auch wenn sie sich die Begegnung zwischen Zigi und Libelle anders ausgemalt hatte. Die Stunde hatte in ihr geschlummert und sich nachts in ihren Traum geschlichen, wenn sie die Augen geschlossen und unter ihren vielen Lampen in den Schlaf gefunden hatte. An ihrem letzten Abend in Rom, als meine Mutter uns zum Essen ausgeführt hatte, hatte Évi sagen wollen, dein Vater hat Libelle getroffen, sie wird dir schreiben, sie wird dir etwas schicken, fass es nicht an, wirf das Päckchen weg, lass es Seri oder Karl für dich tun. Aber dann hatte sie den Mut nicht aufgebracht, auch weil sie noch immer glaubte, ihr stünde nicht zu, Aja überhaupt von Libelle zu erzählen, Zigi müsse es tun. Am Strand von Ostia waren meine Mutter und Ellen über Nacht geblieben, weil Évi sie in Kirchblüt schon zu sich gebeten hatte, um ihnen alles zu erzählen, und weil sie Évi in diesen Tagen jeden Wunsch erfüllt hätten. Sie hatten Évi beschworen, es nicht Zigi zu überlassen, nicht zu warten, bis er es Aja sagen würde, und sie hatten in Rom dafür gesorgt, dass Évi oft genug mit Aja allein sein konnte, und als sie abreisten und gewusst hatten, Évi hatte Aja nichts sagen können, hatten sie ihr keine Vorwürfe gemacht. Évis alte Angst, Zigi könne Aja eines Tages mitnehmen, war von der Angst abgelöst geworden, Aja würde sich abwenden von ihr, sobald sie die Wahrheit kannte, sobald sie wüsste, wie vor Jahren alles begonnen hatte, sobald sie wüsste, dass Zigi und Évi sich einmal aus den Augen verloren und Zigis Wege Libelles Wege gekreuzt hatten.

In der Nacht rollte Aja unser Tor zur Seite, und weil sie es zum ersten Mal nicht lautlos tat, wurden meine Mutter und ich wach davon, zogen die Morgenmäntel über, stiegen die Treppen hinab und hörten Aja schon an die Tür hämmern. Als ich öffnete, sah ich hinter ihr Évi, ein wenig als sei sie geschrumpft, als hätten sich ihr Kopf und ihre Schultern gesenkt, als habe ihr jeder Satz, zu dem sie sich hatte überwinden müssen, ein Gewicht aufgelegt. Aja sagte, sie brauchten den Wagen, meine Mutter müsse sie fahren, und Évi würde ihr sagen, welchen Weg sie nehmen müsse. Wir hörten schon an ihrem Ton, es konnte nicht bis zum Morgen warten, es musste jetzt sein, mitten in dieser Juninacht, in der sich ein spitzer Sichelmond hinter den Bäumen versteckte, als wolle er nichts mit uns zu tun haben. Aja blieb im Türrahmen stehen, sie ließ uns kaum Zeit, uns anzuziehen und den Wagen aus der Garage zu holen, und dann fuhren wir, Aja auf dem Vordersitz, Évi neben mir auf der Rückbank, ein bisschen wie eine Diebin, die abgeführt und weggebracht wurde.

Wir ließen die Wälder und Hügel am Neckar hinter uns, fuhren über leere, nachtdunkle Straßen, und während sich Wolken vor die Sterne schoben, gelangten wir weiter nach Westen, wo das Land bald flacher wurde. Wir mussten nicht gegen den Schlaf kämpfen, keine von uns musste es, alle Schläfrigkeit war dahin gewesen, als wir Ajas Schläge gehört, als wir die Tür geöffnet und ihr Gesicht gesehen hatten. Meine Mutter schien ängstlich, wohin Aja uns bringen und was uns dort erwarten würde, schon weil sie aussah, als könne sie ihr altes Gift versprühen, sollte einer von uns etwas Falsches sagen, sollte einer von uns vorschlagen, die Reise durch die Nacht abzubrechen. Mir fiel der Zettel ein, den Libelle zu der Filmrolle gelegt hatte, dass sie geschrieben hatte: Zigi und deine Mutter, und nicht: dein Vater und Évi, was doch richtig gewesen wäre. Noch immer tanzte Libelle ohne Schuhe, auf ihren schmalen Füßen über unsere Köpfe, die Arme weit ausgebreitet sprang sie mit ihren flinken Schritten über die Sitze unseres Wagens, hielt sich fest an den Gurten und dem Rückspiegel, über den meine Mutter versuchte, Évis Blick zu treffen. Libelle schob sich dazwischen, lehnte sich so weit zurück, bis ihr Scheitel an die Waden stieß und ihre Finger die Knöchel fassten, jagte noch einmal springend und radschlagend über das Lenkrad, um hineinzugreifen und die Richtung zu bestimmen, die wir zu nehmen hatten.

Vielleicht gehörte es zu den Aufgaben meiner Mutter, Aja von Évi fernzuhalten, wenn es sein musste, vielleicht musste sich hier der Kreis zum Waldsee schließen, vielleicht stand alles in einer Linie, vielleicht hatte damals etwas begonnen, was jetzt zu beenden war. Meine Mutter redete auf Aja ein, mit ihrer bestimmten Art, der man nicht widersprechen und nichts entgegnen konnte, sie fragte, ob Aja ihr nicht wenigstens sagen wolle, wohin wir fuhren, aber diesmal schüttelte Aja den Kopf und sagte, du wirst es schon sehen, Maria, du wirst es noch früh genug sehen. Évi wies meiner Mutter den Weg, den sie in vielen Jahren nicht vergessen hatte, sie wusste noch, in welche Straße wir einbiegen mussten und wie die Orte hießen, durch die wir zu fahren hatten, im hellen Wagen meiner Mutter, dessen Farbe die Dunkelheit schluckte, vier Frauen in Sommermänteln, die in dieser Juninacht nicht in ihren Betten liegen konnten. Als es zu dämmern begann, fuhren wir über die Gleise eines Bahnhofs, über eine Schotterpiste, und Évi klopfte leise ans Fenster, so leise, wie ich in Rom an die Tür der Telefonkabine geklopft hatte, als wolle sie meiner Mutter ein Zeichen geben, hier ist es, gleich sind wir da. Ich wunderte mich, dass sie den Weg so schnell hatte finden können, dass wir uns nicht einmal verfahren hatten und nicht einmal hatten wenden müssen, obwohl sich doch vieles verändert haben musste in einem Vierteljahrhundert, seit Ajas Leben hier begonnen und Évis Leben eine neue Richtung genommen hatte, an diesem Ort, der sich durch nichts auszeichnete, an den Évi sich aber genau erinnerte, weil sie hier den Zirkus durchs hohe Tor verlassen hatte und losgezogen war, mit einem Kind, das nicht ihr Kind war und doch zu ihr gehörte, seit sie und Zigi ihren Waggon aufgegeben, seit sie sich von ihren Freunden verabschiedet, seit Zigi Aja in einem Tuch auf seinen Rücken gebunden hatte, damit er beim Laufen die Hände frei haben würde, und Libelle mit herabhängenden Flügeln zurückgeblieben war.

Zwei Lastwagen standen auf dem Platz, der für nichts anderes da zu sein schien, als den Stadtrand anzuzeigen und auf die Wege zu verweisen, die man von hier nehmen konnte. Wir stiegen aus, und Aja sah sich um, als könne sie etwas entdecken, das eine Brücke bauen würde in eine Zeit, zu der sie den Ort jetzt zwar gefunden hatte, ihr ansonsten aber alles fehlte, weil sie erst seit heute Nacht von ihr wusste und ihr Leben plötzlich einen anderen Anfang haben sollte, anders als Aja ihn sich immer vorgestellt hatte, und deshalb alles, was danach geschehen war, nicht mehr gelten konnte. Évi deutete in die Luft, als könne sie die Hand ausstrecken und uns etwas zeigen, als verschwänden die Stationen unseres Lebens nicht, sondern kämen an einem bestimmten Ort zu einer bestimmten Stunde zusammen, und wir könnten sie wiederfinden, an ihnen vorbeigehen wie an den Bildern einer Ausstellung, und sie anschauen, als stünden die Zirkuswagen noch hier, als könnten wir die wenigen Stufen hochgehen und durch ein Fenster wie in ein Puppenhaus blicken, auf die kleine Spüle, den schmalen Tisch, den Zigi zum Essen nach unten geklappt hatte und nach oben, wenn sie schlafen gingen, und auf die Lampe, unter der Évi Pailletten an die Ärmel seiner Anzüge genäht hatte.

Évi stand neben Aja auf Schotter und Kies, und alles sprang in ihre Erinnerung, als seien nicht fünfundzwanzig Jahre, sondern nur Stunden vergangen, so deutlich war alles da, die Luft, die ihr den Atem genommen hatte, jedes Mal, wenn sie das Zelt betreten hatte, wo die Vorstellung des letzten Abends nachhallte, wenn die Artisten auf Einrädern durch die gedämpften Laute ihrer Probe fuhren, als Kommando in die Hände klatschten und mit der Zunge schnalzten. Plötzlich war der weiche Boden wieder da, unter ihren Schuhen schob er sich über den Kies und verstreute Sägespäne, damit Évi ihn noch einmal spüren konnte, auch den Sog der Dunkelheit im Zelt, die das Tageslicht ausgesperrt hatte. Sie konnte die dicken schwarzen Planen zur Seite schieben und mit einem Blinzeln hinausgehen, zu den Wagen, die so im Kreis aufgestellt waren, damit die einzelnen Buchstaben den Zirkusnamen ergaben, über den kleinen Fenstern, die nach außen gekippt und mit Riegeln festgesteckt waren, an denen Wäsche trocknete. Évi sagte, sie könne das Akkordeon spielen hören, die klirrenden Scherben, die am Abend vor ihrer Hochzeit zu ihren Füßen gelegen hätten. Unter dem großen Tuch, das sie im Sommer an die Seile gebunden hätten, damit es seinen Schatten auf den Platz werfe, könne sie Libelle sehen. Obwohl ihre Züge mit den Jahren verschwommen seien, könne sie ihr Gesicht jetzt deutlich erkennen, unter der schwarzen Kappe, die spitz auf ihre Nase zeige, ihre gespreizten Finger, die auf ihren Schenkeln lägen, und die lilafarbenen durchsichtigen Flügel, die auf ihrem Rücken zitterten.

Alles habe sich damals fremd angefühlt, nachdem Évi und Zigi durch die schmale Zeitschleuse geschlüpft und über die grüne Grenze in den Westen gelaufen seien. Alles war ähnlich fern oder nah gewesen, keine Grenze hatte sie mehr zurückgehalten, auch keine in Gedanken. Weiter als je zuvor hatte sie blicken können, und weil sich die ganze Welt plötzlich vor ihr aufgetan hatte, hatte sie geglaubt, in jede Richtung loslaufen zu können, wenn es sein müsste, auch ohne Zigi. Sie hatte nicht mehr im Zirkus arbeiten wollen, jetzt, da sich trotz der dunklen Jahreszeit helle Tage vor ihr ausgebreitet hatten, da ihr plötzlich alles möglich erschienen war und die neue Zeit ihr eine Leichtigkeit gegeben hatte, nicht wie bei Zigi, den sie niedergedrückt und verwirrt hatte, als sei er aus einem Netz festgefügter Maschen gefallen und wüsste nicht, wohin, als kenne er sich nirgendwo mehr aus und müsse seine schnellen Schritte erst einmal verlangsamen. Évi zog es in den Süden und Zigi in den Norden, schon nach Neujahr trennten sich ihre Wege, und es fiel Évi nicht schwer, von Zigi Abschied zu nehmen. Sie fing als Zimmermädchen in einer Pension an, zu der breite Skipisten führten, auf denen sie schnell zu fahren lernte. Man gab ihr ein winziges Zimmer neben den Kesseln und Rohren der Heizung, und wenn sie am Abend durch verschneite Straßen ging und keiner sie beobachten konnte, kletterte sie auf Geländer und breitete die Arme aus, um wie auf einem Seil zu balancieren. Vom ersten Tag an malte sich Évi aus, wie die Leute wohl waren, die sie im Hotel nie zu sehen bekam, wie jemand sein könnte, der eine solche Kette trug, die sie im Bad hochnahm, wenn sie übers Waschbecken wischte, und welches Gesicht zu dem Hemd passen würde, dessen Kragen sie über dem Kleiderständer richtete. Wenn sie am Morgen die Betten aufschüttelte und die Fenster öffnete, um die schneekalte Luft hereinzulassen, wenn sie den Staub mit einem weichen Tuch von den Bilderrahmen nahm, und auch wenn sie im leeren Speisesaal ein Stück Butter neben zwei helle Brötchen auf ihren Teller legte, fügte sie sich die neue Welt zusammen, in die sie ganz allein hineingegangen war. Sie baute sie aus Skianzügen und Mützen, zu denen sie sich Gesichter und Stimmen vorstellte, aus Teppichmustern und Federkissen, in deren Mitte sie eine Falte schlug, aus den Blumen, die sie aus großen Vasen nahm, wenn sie welk waren, aus den Tönen, die von den Heizungsrohren neben ihrem winzigen Zimmer kamen, und auch aus den Bewegungen der Wolken, wenn sie am Morgen hinaussah, über frischen Schnee und Tannenwälder, während Zigi zur selben Zeit an einem Hafen weit oben im Norden den großen Schiffen nachschaute, die über den Atlantik fuhren, und wann immer er genügend Geld zusammenhatte, die Fähre zu einer der Inseln nahm, die nicht weit vom Festland ins Wasser geworfen waren, um dem Wind zu trotzen.

Später erst wusste Évi, Zigi hatte im Frühling, an einem der seltenen sonnigen Tage, auf einer dieser Inseln, in einem kleinen Hafen auf einem Poller gesessen, und weil der Wind geruht hatte, Jacke und Schuhe abgestreift. Évi musste gerade aus seinen Gedanken gefallen sein, als ein Kahn vorbeizog, an dessen Bug eine Frau saß, die Haare unter einem Kopftuch, das sie im Nacken gebunden hatte und ihre Stirn bedeckte, an einem Ohr ein breiter goldener Ring, der Zigi an Seeräuber denken ließ. Ihre nackten Beine hingen in dunklen Stiefeln über die Bordwand, sie spielte Schifferklavier zu einem Seemannslied, das sie sang mit einer hellen klaren Stimme, als verliere sie sich in seiner Melodie und vergesse darüber alles andere. Als der Kahn vorbeiglitt, schaute sie zu Zigi und drehte den Kopf nach ihm, und einen Augenblick lang sah es aus, als verliere sie den Halt und falle ins Wasser. Zigi fing an, in einem kleinen Zirkus sein Geld zu verdienen, der ihn engagiert hatte, nachdem er einmal übers Seil und auf den Händen durch die Manege gelaufen war. Trotz des schwarzen Kostüms mit dem Kopfschmuck aus Federn erkannte Zigi sofort die Frau von dem Kahn wieder, als sie ihm zwischen Tierkäfigen und Stellwänden vorgestellt wurde, und als er bald einen Tanz mit ihr einübte, mit vielen Sprüngen und Drehungen, gab er ihr den Namen Libelle, weil ihre zitternden, flatternden Bewegungen, ihre Art, den Kopf zu halten und davonzujagen, ihn an eine Libelle erinnerten, auch weil sie klein war und neben ihm zu verschwinden schien, als habe sie früh aufgehört zu wachsen, damit sie biegsam und gelenkig wie ein Kind bleiben würde, damit ihre Fußspitzen ihren Scheitel berühren konnten, wenn sie sich auf den Bauch legte, den Kopf in den Nacken warf und mit den Händen nach ihren Knöcheln fasste.

Es war die Zeit, in der Évi begann, von Judasküssen zu sprechen, wenn Zigi sie besuchte, wenn er den Zug nahm und einen Tag lang nach Süden fuhr, um für zwei Nächte das winzige Zimmer mit ihr zu teilen und auf die Geräusche der Kessel und Rohre zu hören. Sein Geruch war anders geworden, etwas Fremdes hatte sich auf sein Haar gelegt und blieb in seinem Kissen, wenn Évi es morgens aufschüttelte. Wenn sie die Tür zu ihrem Zimmer öffnete, überfiel es sie schon, und sie ahnte schnell, warum es sich in Zigis Haut, warum es sich ins Bett und in die Wäsche gefressen hatte, obwohl sich Zigi nur an Évi gebunden glaubte, wie er ihr oft genug versicherte, und es niemanden gab, der ihn von Évi hätte wegziehen können, auch Libelle nicht. Einmal hatte Libelle ihn nach Évi gefragt, und als habe Zigi sich selbst etwas beweisen wollen, hatte er noch an diesem Tag sein Haar aus dem Nacken genommen, mit einem Gummi hochgebunden und mit schwarzer Farbe eine Libelle in seine Haut zeichnen lassen, auf die seine spitzen Schulterblätter fortan zeigten, eine Libelle, die sich nie mehr lösen, sondern durch all die Jahre weiter an Zigi haften sollte. Aja und mir hatte sie immer gefallen, weil wir nie geahnt hatten, auf wen sie verwies und warum Zigi versucht hatte, sie loszuwerden, warum er sein Haar nie hatte kurz schneiden lassen, warum es über den Nacken hatte reichen und die Libelle verdecken müssen, auch wenn es nichts geholfen hatte, weil Évi nur über Zigis Locken streichen, weil sie nur in seinen Nacken hatte fassen müssen, um zu spüren, dass ihre Finger auf einer Libelle lagen, die sich schwarz und glänzend auf Zigis blasse Haut gesetzt hatte, damit Évi sich an sie gewöhnen würde.

Schon im Herbst, ein Jahr nachdem Zigi und Évi über die Grenze nach Westen gelaufen waren, machte Zigi sich auf zu einem neuen Zirkus, hierher, zu diesem Platz, auf dem jetzt wir standen und den Kies mit unseren Blicken abtasteten. Évi verließ die Pension, das winzige Zimmer, den Speisesaal und die Skipisten vor den Fenstern, um hier einen Wagen mit Zigi zu teilen, hinter einem roten Zirkuszelt, zu dem die Menschen durch ein großes Tor strömten. Weder Zigi noch Évi wussten, dass Libelle, wenn sie richtig rechnete, im Sommer ein Kind bekommen würde. Später erst erfuhren sie, wie sehr Libelle sich in Gedanken gewunden hatte, in ihrem kleinen Wagen, wo Zigi sie jede Nacht besucht hatte, wenn er nicht den Zug nach Süden genommen hatte, um für zwei Tage in Évis Zimmer zu verschwinden. Libelle hatte durch ihren Kalender geblättert, hatte die Seiten umgeschlagen, gerechnet und gezählt, mit der Faust gegen ihren Bauch geschlagen, war die Manege im Zirkuszelt viele Male abgelaufen und hatte sich jeden Tag hinter den schweren Vorhängen vor einen großen Spiegel gestellt, um zu sehen, ob sich ihr Bauch schon wölbte, ob ihre Gesichtszüge sich schon änderten.

Als Libelle im Frühling nicht mehr auftreten konnte, packte sie ihre Sachen und machte sich auf zu Zigi, und es brauchte keine Erklärungen, als Évi sie am großen Tor stehen sah, in schwarzen Stiefeln, mit Kopftuch und dem goldenen Ohrring, mit einem Koffer in der einen und einem Wäschesack in der anderen Hand. Zigi sorgte dafür, dass man Libelle einen Waggon gab und etwas Geld dafür, dass sie Karten in dem kleinen Häuschen verkaufen und später am Eingang entzweireißen konnte, wenn die Menschen zur Vorstellung strömten, um Évi an einem Seil hochschweben zu sehen. Während der Sommer übers Land kam und auf den Feldern ringsum den Weizen in die Höhe trieb, wurde Libelles Bauch größer und runder, und nach einer Nacht, in der die Hitze durch die Klappfenster zwischen die Laken gekrochen war und Libelle den Puls hatte in ihrem Nabel spüren können, wurde Évi am frühen Morgen von Ajas erstem Schrei geweckt, der die Luft über dem Zirkusgelände zerschnitt und von dem Évi wusste, er würde nicht nur Libelles, er würde auch Zigis und ihr Leben für immer verändern.

Schnell sei es so gewesen, sagte Évi, dass man habe vergessen können, zu wem Aja gehörte, weil jeder sie gewiegt und in einem Kissen durch die Manege getragen hatte, weil sie zu allen und zu niemandem ganz zu gehören schien. Sie hatte aufgehört zu weinen, wenn Évi sie hochnahm, und war schnell eingeschlafen, wenn Zigi das Tuch angestoßen hatte, das man während der Proben an zwei Stangen gebunden hatte, damit Aja darin schaukeln konnte. Ohne Zigi hatte Libelle auch Aja nicht gewollt, jedenfalls hatte sie es so gesagt, wie aus einem Trotz heraus, den sonst nur Kinder hatten, und als Zigi erwidert hatte, er würde Aja mitnehmen, Aja solle bei ihm bleiben, schien sich in Libelle nichts dagegen zu sträuben. Zigi und Évi heirateten, damit alle denselben

Namen haben würden, Zigi, Évi und Aja, Évi trug einen Schleier über dem wirren Haar, das sie mit Wachs zurückgekämmt hatte, und Zigi eine Fliege, die er sich geliehen und deren dunkelroten Satin er im Nacken über der schwarzen Libelle festgebunden hatte. Auf den Stufen vor ihrem Waggon ließen sie sich trauen, Zigis Freunde spielten Akkordeon, tanzten durch Kies und Staub und reichten Aja in einem Kissen weiter, bis am Abend die Vorstellung begann, bis Évi in ihren nachtblauen Schuhen übers Seil balancierte und zum ersten Mal einen schmalen goldenen Ring am Finger trug.

Als Libelle den Abstand nicht wahrte, den Évi für sie gesteckt hatte, packten sie ihre Taschen. Zigi band sein Kind in einem Tuch auf den Rücken, und Évi hielt dabei sein Köpfchen, damit es nicht wackelte. Libelle hatte den Namen für Aja ausgesucht. Es war ihr nicht schwergefallen, sie hatte einfach ihren Namen an ihr Kind weitergegeben, und später, als sie schon wusste, Zigi würde nicht zurückkehren, war es ihr, als habe sie den Namen ausgesucht, damit Aja auch von ihr etwas haben würde, damit sich ihre Bande nicht auflösten, damit etwas sie durch die Jahre und Jahrzehnte zusammenhielt, und wenn es nur derselbe Name war. Libelle hatte geglaubt, Zigi würde mit Aja nach wenigen Wochen zurückkehren, spätestens wenn der Winter käme, würde er sie zurückbringen.

Sie hatte nicht mit Zigis Härte gerechnet, auch nicht mit der großen Leere, mit der sie zurückblieb, so jedenfalls erzählte sie es Évis Freunden, wann immer sie ihnen in den Jahren darauf begegnete, der großen Leere, die sie mit nichts zu füllen wusste, sosehr sie ihren neuen Waggon auch schmückte, sosehr sie ihren Tanz beherrschte, so häufig sie Länder und Städte auch wechselte und sich jedes Mal unter größerem Applaus verbeugte.

Libelle hörte nichts mehr von Aja. Sie wusste nichts von der klammen Kälte, gegen die Évi Decken ausbreitete, nichts von ihren Nächten unter Füchsen, auch nichts von einem Dachzimmer mit Schrägen, in das Évi sich vor dem Winter rettete. Als Zigi sich aufmachte und ein Schiff bestieg, das ihn weg von Évi und Aja brachte, als er sich für sein neues Leben einen neuen Namen gab, den jeder würde aussprechen und sich merken können, als er Évi nichts zurückließ als ein dunkles Haar in ihrem Kamm und als letzten Gruß eine Karte, die Évi versteckt und Aja später trotzdem gefunden hatte, in einer Schublade, in die Évi alles legte, was geflickt und gestopft werden sollte, wusste Libelle nichts davon. Sie wusste auch nichts von Évis Angst, wenn Zigi gekommen war, um mit Aja von Stadt zu Stadt zu ziehen, wenn er sie in einem Tuch auf den Rücken gebunden hatte und Évi allein geblieben war mit dem Geruch eines Stoffaffen, den Zigi mitgebracht hatte und dessen Füße man mit einem Draht bewegen konnte. Libelle wusste nichts von Évis Angst, sie könnten diesmal nicht zurückkehren, Zigi könne Aja einfach auf seine Schultern setzen und das Schiff mit ihr besteigen.

Libelle wusste nicht, dass Zigi einen Garten fand zwischen Feldrainen, er gab einem Bauern Geld dafür und brachte jeden Herbst noch mehr davon, damit Évi und Aja bleiben konnten. Sie wusste nicht, dass er dort, wo sich die Feldwege kreuzten, nicht weit von den Schranken des Bahnwärters, ein Haus für sie baute, das für andere eine Hütte war, dass Évi und Aja an einem Tag im Mai mit wenigen Kisten dort ankamen und jedem in unserer kleinen Stadt sofort auffielen, schon wegen ihrer wirren, störrischen Haare, die sie mit Klammern feststeckten und unter Tüchern festbanden. Libelle wusste nichts von Kirchblüt, nichts vom nahen Wald und dem tiefgrünen See darin, nichts davon, dass ihre Tochter mit Karl und mir unter Birnbäumen aufwuchs, schneller als andere lesen und schreiben lernte, den großen Platz unter den Platanen jeden Tag mit ihren fliegenden Schritten überquerte, im Winter Vogelfutter streute, damit sich Meisen aufs Fensterbrett setzten, und im Sommer unter einer Brücke Klatschmohn pflückte und als Strauß in hohe Weckgläser stellte.

Sie ahnte nichts von Évis Angst, wenn der Postbote sein Fahrrad an den Pfosten lehnte, könne er einen Brief von Libelle bringen, auch wenn sie nicht wusste, wo Aja und Évi lebten, weil alle Spuren sorgfältig verwischt worden waren und Libelle jetzt gut darin war, sich an Abmachungen zu halten. Sie wusste nicht, dass Évi selbst vor Zigis Briefen Angst hatte und sie eine Weile ungeöffnet neben dem Fliegengitter liegen ließ, bevor sie anfing, nach den drei Buchstaben zu suchen, die sie als ihren Namen erkennen konnte, und dass ihr manchmal nur das Beten vor ihrem kleinen Altar half, neben dem sich die bunten Umschläge stapelten. Sie wusste nicht, dass Aja zu Évi Mama sagte, seit sie angefangen hatte zu reden, dass Zigi sie nicht abhielt davon und Évi trotzdem fürchtete, sich von Aja verabschieden zu müssen, jedes Mal, wenn Zigi sich am schiefhängenden Tor zeigte, und sich ihre Angst nach Wochen erst legte, wenn Zigi Ajas Hand losließ, bevor er in den Bus sprang, und Évi ein letztes Mal hielt, als wolle er sagen: Es ist gut, wie es ist, ich sehe, es ist gut so.

Zigi schrieb Libelle selten, und wenn, schrieb er wenig, ließ seine Anschrift weg und schickte keine Fotos. Libelle erfuhr nichts von Ajas Schneeunfall, von den zwei Fingern, die fehlten, obwohl Évi gesagt hatte, Zigi müsse ihr schreiben. Libelle hatte sich entfernt, in Kilometern und Gedanken, nichts wies darauf hin, dass sie irgendwann gegen ihre Abmachung die Fährte zu Aja aufnehmen würde. Trotzdem hielt Évi den Schneeunfall für eine Strafe Gottes, weil Aja nicht ihr Kind war und weil sie an Gott und seine Strafen glaubte. So wie Zacharias und all die anderen aus Évis kleiner schwarzer Bibel, von denen sie uns oft erzählt hatte, bestraft worden waren, glaubte sie, auch sie sei bestraft worden, weil Aja bei ihr blieb und nicht bei Libelle, obwohl Zigi und Libelle es so entschieden hatten. Zigi hatte Évi nie vorgeworfen, Aja an einem Winternachmittag spazieren gefahren zu haben, nachdem der Regen über Nacht zu Eis auf den Straßen und Gehsteigen geworden war, und doch zählte Évi sich seit dem Schneeunfall zu den Verdammten, hatte deshalb den kleinen Altar neben dem Fliegengitter und vergaß sonntags nie, in die Kirche zu gehen. Zigi wusste, Évi machte sich genügend Vorwürfe, er brauchte sie nicht zu ermahnen, auf Aja besser aufzupassen, und deshalb sprach er auch nie davon, in den wenigen Wochen, die ihm heilig waren, wenn er in Évis Bett schlief und an ihrem Tisch aß, wenn er Aja auf den Schultern über die abgemähten Felder trug und Évi sich zurückzog, damit Aja aus diesen hellen Tagen genügend mitnehmen und es für ein Jahr wieder reichen würde, wenn sie vorgeben konnten, sie seien eine Familie wie jede andere, obwohl Évi gerade dann spürte, Aja war nicht ihre, sie war allein Zigis Tochter.

Mit den Jahren wurde die Angst kleiner, Libelle würde eines Tages am Tor stehen und nach Aja fragen. Évi hatte sie in ihre Nächte gebannt, wenn sie unter einem Licht eingeschlafen war und Aja im Traum in einen Zug steigen und davonfahren sah. Aber sie haderte mit sich, als Aja in den Waldsee gefallen, als sie ihr ein zweites Mal entglitten war, weil sie nicht aufgepasst hatte. Als meine Mutter Aja aus dem See gezogen und ihr später die ersten passenden Sandalen gekauft hatte, hatte es Évi nicht gemocht, weil es in eine Zeit fiel, von der Aja und ich auch erst jetzt erfuhren, als man Aja hatte zu einer fremden Familie bringen wollen und Évi vor Schreibtischen gesessen und sich vorgenommen hatte, nicht zu weinen, im selben Haus, in dem sie Jahre später ihren Pass abholen sollte, und es erst vorbei gewesen war, nachdem meine Mutter die Amtsstuben mit Évi abgelaufen war, Évis Haus hatte richten lassen und mit mir an der Hand rund um den großen Platz von Tür zu Tür gegangen war und die Leute dazu gebracht hatte, keine Lügengeschichten über Évi zu erfinden und wieder Kuchen bei ihr zu bestellen. Die Zeiten häuften sich, in denen Évi vergaß, an Libelle zu denken, sich ein Bild von ihr zu machen und sich auszumalen, unter welchem Zirkuszelt sie gerade zu welchen Sprüngen ansetzte und wer ihr dabei zuklatschte. Libelles Gesichtszüge verschwammen in ihrer Erinnerung, was ihr im Gedächtnis blieb, war ihre Art, sich zu bewegen, die Finger zu spreizen, bevor sie die Hände hochriss und lossprang, und es wollte ihr nicht gelingen, in Aja nicht auch Libelle zu sehen, wenn Aja durch ihr Zimmer, durch den Flur hinaus in den Garten tanzte, wenn sie von ihrer Linde kletterte und auf einem Bein den schmalen Pfad hinab zu den Maisfeldern hüpfte. Trotzdem fing Évi an, durcheinanderzubringen, wessen Tochter Aja war, wenn Aja sich im Waldsee an Évis Schultern festhielt, wenn sie nebeneinander im Bett lagen, damit Aja nicht frieren musste, wenn Évi ein Tuch zwischen die Birnbäume band, damit Aja darin schaukeln konnte, wenn sie Ajas bunte Stifte mit dem Küchenmesser spitzte und ihren Ranzen zur Schule trug, wenn sie am heißesten Tag des Jahres Girlanden in die Zweige vor dem Küchenfenster hängte und am Abend, nachdem alle gegangen waren, im Garten blieb und die Rufe und Stimmen nachklingen ließ. Wenn sie neben Aja am großen Platz vor einer Auslage stand und sie sich im Fensterglas spiegelten, mit ihren wirren Haaren und schiefen Hüten, wollte sie glauben, was alle in Kirchblüt glaubten – dass sie aussahen wie Mutter und Tochter.

Zigi war es schwergefallen, ohne sie zu sein, auch wenn Évi es früher nie hatte wahrhaben wollen. Wenn er sich tief verbeugte und die Libelle in seinem Nacken zeigte, wenn er am Trapez schwang und die Menschen unter ihm wie Flecken aussahen, wenn sie aufsprangen und den Applaus zu ihm hochjagten, hielt er sich fest an dem Gedanken, er würde Évi von dem Geld schicken können, das man ihm jede Woche in kleinen Scheinen an der Zirkuskasse auszahlte. Sah er in den ersten Reihen ein Mädchen mit seiner Mutter, gab es ihm einen Stich, und manchmal folgte er ihnen später unter flatternden Fahnen über den Vorplatz, bis sie ihr Eis gegessen und ihre Limonade getrunken hatten, und wenn sie sich zu ihm drehten, als wollten sie fragen, warum er sie so anschaue, wandte er seinen Blick nicht ab, als könne er Aja und Évi in ihnen erkennen, wenn er nur lang genug hinsehe. Évi blieb an Zigis Seite, es kam ihr nie in den Sinn, sich von ihm zu lösen. Sie lebte mit einem Mädchen, das nicht ihre Tochter war, und richtete sich ein in ihrem Kirchblüter Leben, das in zehn von zwölf Monaten ein Leben ohne Zigi war und sie doch nie von ihm wegtrug, sondern ihm immer Brücken baute, die er zu ihr und Aja gehen konnte. In Gedanken pflasterte sie die Feldwege um ihr Haus jeden Herbst mit seinen Zeichnungen, wenn er den Bus genommen und nichts als einen Stapel Blätter zurückgelassen hatte, darauf ein winziges Bund gelber Blumen, ein winziges Dachfenster mit einem winzigen Kind auf einem winzigen Kissen, als Erinnerung an eine Zeit, von der Évi geglaubt hatte, sie habe ihm nichts bedeutet. Évi hielt sich fest an seinen Briefen, die sie erst lesen konnte, nachdem meine Mutter es ihr von Sommer zu Sommer beigebracht hatte, sie suchte nach den drei Buchstaben, die sich zu ihrem Namen fügten, und sie zählte, wie oft Zigi ihn geschrieben hatte. Wenn sie zwischen den Maulwurfshügeln vor ihrem Haus lag, die Arme unter dem Kopf verschränkt, schaute sie auf ein Band im Birnbaum, das uns Kindern nur im Winter auffiel und das wir vergaßen, sobald der Frühling es hinter Knospen und Blüten versteckte. Zigi hatte es dort angebunden, als er die ersten Bretter und Steine hierhergebracht hatte, und Évi hatte es nie abgenommen, damit es sie daran erinnerte, Zigi hatte diesen Garten gefunden, er hatte dieses Haus gebaut, damit sie mit Aja hier leben konnte. Wenn er abgereist war und das Band zwischen den Ästen flatterte, war es ihr, als habe Zigi es gerade erst aufgehängt, damit sie nicht vergaß, er würde zurückkehren, spätestens im nächsten Herbst würde er zurückkehren, um zu sehen, wie Aja gewachsen und wie es ihr auf den schmalen Wegen, die Kirchblüt durchzogen, ergangen war.

Meine Mutter hatte mit ihren flachen Schuhen Linien in den Staub gezeichnet, als die ersten Radfahrer vorbeigezogen waren und sich gewundert hatten über vier Frauen, die neben zwei Lastwagen auf ein Paar Füße gestarrt hatten. Sie hatte Évi gefragt, wo genau alles gestanden hatte, und Zirkuswagen und Käfige zwischen die Steinchen gezeichnet, wie bei einem Kinderspiel, zu dem sie Vorbereitungen getroffen hatte, damit wir anfangen könnten, sobald das Morgenlicht hart auf unsere Gesichter fallen würde. Évi und Aja hatten es geschehen lassen, dass meine Mutter mit Vierecken und Buchstaben und zwei Flügeln im Staub diese Geschichte in Bildern nacherzählte, ohne dass Évi noch etwas hätte sagen, ohne dass sie noch etwas hätte ergänzen müssen. An diesem Platz konnte sich Aja festhalten, er war nicht unter halben Wahrheiten verschwunden, es gab ihn, hier, vor unseren Augen, aus Kies und Schotter und Staub, er stieß noch immer an die Felder, auf denen der Weizen damals, am heißesten Tag des Jahres, hoch gestanden hatte, und an die Straße, die Évi und Zigi wenig später genommen hatten, als sie durchs Zirkustor gegangen waren und Libelle zurückgelassen hatten. Auf diesem Platz konnte Aja einen Augenblick innehalten und zum ersten Mal tief Luft holen, jedenfalls sagte sie es mir später so, nachdem sie in den Tagen davor nicht dazu gekommen war, seit sie wusste, ihr Leben hatte mit einer Lüge begonnen, und dann jeder neue Tag in diesem Leben, an dem Évi morgens die dunklen Stellen mit einem Messer vom Brot gekratzt und es für Aja mit Butter bestrichen hatte, an dem sie abends Ajas Decke aufgeschüttelt und ihre Hausschuhe vors Bett gestellt hatte, damit sie nach dem Aufwachen würde hineinschlüpfen und zu Évi in die Küche laufen können.

Évi hob die Arme und zog ein Knie hoch, um ein Rad zu schlagen, und als Aja wegschaute, setzte ich selbst die Hände in den Staub, riss die Beine hoch, und obwohl ich es zu lange nicht getan hatte, gelang es mir, mich neben Évi in einem halben Kreis zu drehen und die Füße wieder aufzustellen. Ich klopfte mir den Schmutz von den Händen und richtete mein Kleid, während Évi weiter Räder schlug und ihre Füße zwischen den Strichen aufkommen ließ, die meine Mutter gezeichnet hatte. Ihre langen schmalen Beine flogen über die Umrisse des Zelts und das Fähnchen auf seiner Spitze, über die Buchstaben auf den Waggons und die Treppenstufen vor den Türen, übers Kassenhäuschen, an dem man ihnen montags das Geld ausgezahlt und in dem Libelle Eintrittskarten verkauft hatte, über die Stühle, die sie in den Pausen vors Zelt gestellt hatten, und über die zwei Kreuze, die meine Mutter in den Kies gezogen hatte, um zu zeigen, hier war Aja geboren worden und dort war das Tuch festgebunden gewesen, das jeder, der vorbeikam, angestoßen hatte, damit Aja weiter darin schaukelte. Als Évi zum Stehen kam, die Füße dicht aneinandergestellt, als wolle sie ihre Übung abschließen, war jede Farbe aus ihrem Gesicht gewichen, als habe sie sich überschätzt und einen Augenblick lang wirklich geglaubt, ihr Körper sei noch der von damals und sie könne noch immer mit ihm anfangen, wonach ihr der Sinn gerade stehe, und als müsse sie noch einen letzten Satz sagen, als falle ihr aber nichts Geschickteres ein, sagte sie, alles Weitere kennst du selbst, und Aja nickte und wiederholte: Ja, alles Weitere kenne ich selbst.

Wir fuhren gegen Mittag zurück, nicht wegen des leichten Regens, der jetzt fiel und den wir kaum bemerkten, sondern weil Aja zurückwollte, weil sie genug gesehen hatte von diesem Platz, den Évi für uns abgelaufen war, um zu zeigen, wo die Dinge gestanden und sich abgespielt hatten, und auf den meine Mutter Zirkuswagen und zwei große Kreuze mit den Füßen in den Staub gezeichnet hatte. Was in Rom angefangen hatte, hatte sich an diesem Junimorgen weitergedreht, an diesem seltsamen Ort, an dem wir sonst vorbeigefahren wären, ohne ihn zu bemerken, und der sich jetzt in Ajas Leben ausbreitete, als sei alles nur noch diesem Stück Erde unterworfen. Aja saß auf dem Vordersitz und starrte aus dem Fenster, aber von etwas schien sie sich befreit zu haben, etwas ließ sie ruhiger zurückfahren, ich konnte es sehen, jetzt, da sie ihre Hände auf die Schenkel legte und ihre acht Finger spreizte. Libelle sprang nicht länger über unsere Köpfe und breitete nicht länger ihre Flügel über uns aus. Sie lief nicht mehr über unsere Scheitel und hielt sich nicht mehr am Rückspiegel fest, um zu schaukeln und in die Spuren des Scheibenwischers zu gleiten. Wir hatten sie auf dem Platz zurückgelassen. Wir hatten sie an den Schultern gefasst, über die Stufen gehoben, in ihren Waggon gestellt und seine Tür verschlossen. Wir hatten die Riegel unter den Fenstern ausgehängt und gehört, wie sie zugeklappt waren. Wir waren rückwärts zu unserem Wagen gegangen, meine Mutter zwischen Aja und Évi, mit ihren flachen Schuhen voller Staub, wir waren ohne zu winken losgefahren und hatten uns nicht mehr nach Libelle umgedreht.

Als wir Évi am schiefhängenden Tor absetzten, kämpfte ich dagegen, aus dem Wagen zu steigen und ihr nachlaufen zu wollen. Unsere Linden zeigten ihr tiefstes Grün, und die Baumkronen standen so dicht beieinander, dass ich nicht erkennen konnte, wo die Zweige von Karls Linde die der anderen berührten. Es sah aus, als seien sie in diesem Frühjahr zusammengewachsen. Évi ging langsam die wenigen Stufen hoch, und bevor sie das Fliegengitter löste, fasste sie zum ersten Mal an den Handlauf aus Metall, den Karls Vater vor Jahren wieder angebracht hatte, nachdem Zigi ihn abgenommen hatte, als habe er gewusst, ein Tag würde kommen, an dem Évi sich daran würde festhalten müssen.

Aja wollte nicht in ihr altes Zimmer, sie wollte nicht auf ihre Linde schauen, nicht auf den Zaun, der Évis Garten von den Feldwegen trennte, vom Bachlauf, von den Dächern und Kirchtürmen der Stadt. Sie sagte, sie möge ihren Namen nicht mehr, und ich konnte ihn fortan nicht mehr sagen, ohne dabei an Libelle denken zu müssen, weil sie ihn Zigi und Évi mit auf den Weg gegeben hatte, als sie sich aufgemacht hatten in ihr Wanderjahr, um auf Straßen und Plätzen, an Wäldern und Flüssen zu leben. In unserem Gästezimmer setzte sich Aja auf mein gestreiftes Kindersofa, das meine Mutter nie hatte weggeben wollen, ohne Schuhe, in ihrem hellgrünen Sommermantel, die Beine angewinkelt, die Knie ans Kinn gezogen und umschlungen, an ihrem Finger ein weißer Streifen, wo sie Karls Ring getragen und vor kurzem abgezogen hatte. Sie sah aus, als wundere sie sich, warum das Kindersofa so klein geworden war, warum selbst für sie dieses Sofa, auf dem wir früher zu dritt gesessen hatten, zu klein oder sie zu groß dafür geworden war. Jetzt, da sie wusste, dass sie Teil einer Abmachung war, in der Libelle die Fährte zu ihr aufgegeben, Zigis Nähe nicht gesucht und nur eine Filmrolle von ihm behalten hatte, die in Rom in unserer Küche, auf meinen Wörterbüchern lag, hörte sie nicht auf, es mir auch zu sagen. Ich bin Teil einer Abmachung, Seri, ich gehöre zu einer Abmachung, sagte sie, in einer endlosen verrückten Melodie, ich bin eine Abmachung zwischen Libelle und meinem Vater, aber weil sie nicht wie sonst Zigi sagte, sondern mein Vater, in diesem Ton, der immer mit Zigi verbunden gewesen war, glaubte ich, ihre Wut habe sich für diesen Augenblick gelegt, als sei jetzt nur noch ich wütend, auf Zigi, weil er in jedem Herbst versucht hatte, die Libelle aus seinem Nacken entfernen zu lassen, und Aja nie erklärt hatte, warum, auf meine Mutter, weil sie jahrelang Moos von einem Grabstein gekratzt hatte und mit einem Koffer spazieren gefahren war, in dem sie schon viel früher alles hätte finden können, und auf Évi, weil sie in Rom für uns gekocht, weil sie unter unserem Dach Gemüse geschnitten, Obst gewaschen, auf unseren fetten Mond geschaut und Aja an jedem dieser Abende aufs Neue nicht gesagt hatte, Zigi hat Libelle getroffen.

Libelle aber stieg aus ihrem Zirkuswagen in unseren Reigen, als sei auch ihr Leben um eine Lücke gebaut und nur für sie vorgesehen, diese Lücke irgendwann schließen zu dürfen, obwohl Aja keinen Grund dafür finden konnte, warum jemand sein Kind nicht behalten wollte, und ich sie mit dem Gedanken zu trösten versuchte, es gebe Menschen, die zum Leben nicht taugten, und Libelle sei vielleicht ein solcher Mensch, der zum Leben einfach nicht taugt. Irgendetwas daran schien Aja als Erklärung zu reichen, an diesem Tag jedenfalls, an dem sie sich immer wieder fragte, wie es sein konnte, dass sie und Évi dieses wirre Haar hatten, wo Évi doch gar nicht ihre Mutter war. Ich sagte, es ist doch gleich, wer sie ist, und ein wenig klang es, als müsse ich es mir selbst einreden, indem ich es wiederholte: Von Anfang an war sie deine Mutter, niemand anderes war das, deine, unsere Évi. Aber Aja schüttelte den Kopf und sagte, nein, das war sie nicht, meine Mutter ist eine Filmaufnahme, ich bin die Tochter einer Filmaufnahme, und jedes Mal, wenn sie diesen Satz aussprach, mit dem sie in Rom angefangen hatte, erwiderte ich, nein, deine Mutter ist keine Filmaufnahme, Évi ist deine Mutter.

Heimkehr

Unsere Tage in Kirchblüt vergingen langsam. Ich verstand nicht, auf was Aja wartete, warum wir nicht unsere Taschen packten, warum wir nicht dem großen Platz und den kleinen Straßen ringsum den Rücken kehrten, wo wir doch alles wussten, was Aja hatte wissen wollen. Warum sie weiter auf meinem alten Kindersofa lag, in ihren kurzen Sommerblusen, die sie in Rom in einem düsteren Laden hinter dem Krankenhaus gekauft hatte, wenn sie sich für die vielen Nächte belohnen wollte, in denen sie dort wachte, warum sie weiter mit meiner Mutter und mir am Küchentisch saß, wie vor einem Scherbenhaufen, den sie mit spitzen Fingern zu ordnen hatte. Aja kannte sich nicht mehr aus, sie wusste nicht, wohin sie sich aufmachen sollte, ob sie den Weg zu Libelle oder den Weg zurück zu Karl gehen, ob sie überhaupt eine Richtung einschlagen oder einfach bleiben sollte, jetzt, da sie weder Lust noch Kraft für die einfachsten Dinge hatte. Zu Évi hätte sie sich leicht aufmachen können, sie hätte nur unser Tor zur Seite schieben und loslaufen brauchen, zum großen Platz, zur Brücke über den Klatschmohn, an den Feldern mit Weizen und Mais vorbei. Aber jeden Morgen, wenn ich vorschlug, zu Évi zu gehen, wenigstens zum Fotoladen, sagte sie, nein, sie gehe diesen Weg nicht mehr, weder zum Fotoladen noch zu Évi nach Hause. Meine Mutter fragte nicht, wie lange wir bleiben würden, und wenn es mir gelang, Aja am Abend zu überreden, uns ins Café zu setzen, fuhr sie zu Évi hinaus, um ihr zu sagen, wir seien nicht abgereist, Aja liege weiter auf meinem Kindersofa und sehe nicht aus, als würde sie nach Rom zurückwollen. Sie fragte, ob Évi den Abend nicht bei ihr verbringen wolle, aber Évi schüttelte dann jedes Mal den Kopf und blieb an ihrem schiefen Tisch, unter dem Regal mit dem Blechkästchen für Karls Bruder, als habe sie eine Strafe abzusitzen und dürfe Haus und Garten nicht verlassen, sich nicht aufmachen nach Kirchblüt, über die schmalen Wege zu unserem Haus, und nicht an unsere Tür klopfen, hinter der Aja sich verschanzt hatte wie in einer Festung.

Ich rief Karl an und ließ mich von seiner Stimme auffangen. Ich stellte mir vor, wie er in unserer Küche in Rom das lange Kabel des Telefons zwischen den Fingern drehte, auf dem Vorsprung am Fenster, wie er die Füße auf die Brüstung gelegt hatte, vor ihm die blassroten Ziegel der Dächer, die sich zum Fluss hinabbeugten. Ich fragte nach seinen Händen, nach den Schnitten und Wunden, und als er antwortete, klang es, als habe ich ihn an etwas erinnert, das sein Gedächtnis schon verlassen hatte, die Splitter und Scherben von Weihnachtskugeln, die ich auf dem Pflaster zusammengekehrt hatte, die Verbände, die man Karl in der Notaufnahme angelegt hatte, unsere Fahrt nach Ostia hinaus, als habe es all das nicht gegeben, als sei, was ihn und Aja verbunden und getrennt hatte, unwichtig und klein geworden, als habe Libelle es uns vergessen lassen, seit sie in Schwarzweiß über den Putz unserer Küchenwand gesprungen war. Ich erzählte Karl von dem Staub, in den meine Mutter mit flachen Schuhen Striche und Vierecke und ein Kreuz an die Stelle gezeichnet hatte, wo Libelles Waggon einmal gestanden hatte und Aja geboren worden war. Karl hörte nicht auf, sich den Vorwurf zu machen, den kurzen Film nicht vorher angesehen und zerstört, Aja nicht angelogen zu haben, es gebe schon lange keine solchen Projektoren mehr, nicht auf den Flohmärkten und nicht in den Läden, die er mit seinem Roller abgefahren war. Er fragte, wie hoch in Kirchblüt der Weizen stehe, wie hoch der Mais vor Évis Garten, ob der Klatschmohn blühe, der Klee, den er vor Jahren am Zaun gesät hatte, ob der Bachlauf Wasser führe, die Platanen auf dem großen Platz ihr Dach schon über uns ausgebreitet hätten, und ich sagte zu allem ja. Ja, Weizen und Mais stehen hoch, ja, der Klatschmohn blüht, und wie er blüht, wenn du ihn sehen könntest, ja, im

Bach fließt Wasser, und ja, wir sitzen auf dem großen Platz unter einem Dach aus Blättern. Ich sagte nicht, aber es ist nicht wie früher, weil nichts wie früher ist, weil sich alles gedreht und verschoben hat. Wir laufen durch Kirchblüt, und alles ist anders, wir haben es verloren, so wie wir die Orte unserer Kindheit verlieren, zum ersten Mal, wenn wir keine Kinder mehr sind, und später noch einmal, wenn wir als Erwachsene zurückkehren und uns wundern, wie sie wirklich aussehen.

Das Wetter schlug um, und der Juliregen brachte Kälte. Ich nahm zwei Strickjacken aus dem Schrank, und als müsse ich sie darauf stoßen, als könne sie nicht von selbst darauf kommen, sagte ich zu Aja, ich hätte in Kirchblüt keine Zeit mehr zu vergeuden, wenn sie wolle, könne sie mich begleiten. Wir fuhren samstags, als die Stände auf dem Markt schon aufgebaut und die Markisen aufgezogen waren. Meine Mutter hatte darauf bestanden, uns mit dem Wagen nach Heidelberg zu bringen, und als wir mit den Taschen im Hof standen, sahen wir Évi unter Kastanien die Straße hochlaufen, als sei sie unterwegs zum Fotoladen, so wie jeden Morgen, wenn sie sich früh aufmachte, um rechtzeitig das Glöckchen vor die Tür zu hängen, die gelbe Kiste hineinzutragen, die Umschläge mit den Bildern zu ordnen und in die Fächer mit den großen Buchstaben zu stecken. Sie blieb am Tor stehen, ohne es zu öffnen, und Aja drehte sich weg und richtete die Taschen im Kofferraum, als müsse sie ausgerechnet jetzt nachschauen, ob alles war, wo es sein sollte. Évi sagte, sie habe uns einmal noch sehen wollen, bevor wir abfuhren, nachdem Aja nicht ein einziges Mal mehr zu ihr gekommen sei, aber es klang kein Vorwurf und kein schiefer Ton mit, und weil Aja sich nicht rührte, schob ich das Tor auf, umarmte Évi und flüsterte, lass sie, lass sie mit mir fahren und sich beruhigen. Évi kam mir schmal vor, als sei sie geschrumpft, seit sie sich auf diesem großen leeren Platz alles in Erinnerung gerufen hatte, das Aja hatte wissen müssen, als habe sich alles an ihr zusammengezogen, als seien nur die Knochen gleich groß geblieben und stünden nun mit scharfen Kanten hervor. Meine Mutter fuhr den Wagen auf die Straße, Aja schloss das Tor und ging ohne ein Wort an Évi vorbei, und obwohl ich wusste, wie schlecht Aja im Verzeihen war, fragte ich mich, wie es ihr gelingen konnte, so an Évi vorbeizugehen. Ich kurbelte das Fenster nach unten und streckte meinen Arm hinaus, damit Évi meine Hand fassen konnte. Sie sagte: Verliert euch nicht aus den Augen, nur so viel, und ein bisschen klang es wie unser: Bleib fern von offenen Fenstern, als habe sie in diesen Julitagen darüber nachgedacht, was sie Aja würde mit auf den Weg geben wollen, und sich diese sechs Worte zurechtgelegt und aufgehoben für den

Abschied, um Aja so zu sagen, es war ein Fehler, Zigi jemals aus den Augen gelassen zu haben, als sei das alles, als könne es nur darum gehen, sich nicht aus den Augen zu lassen.

Ich hatte keine andere Bahnverbindung gefunden, am Abend mussten wir uns ein Zimmer an der Strecke nehmen, nicht weit von Flüelen, um am nächsten Morgen erst weiterzufahren, auch wenn Aja es kaum aushielt, noch einmal zu schlafen, bis die Berge endlich hinter uns liegen und wir den Süden sehen würden. Früher waren wir die Nacht immer durchgefahren, nie wäre uns eingefallen, die Reise zu verzögern. Aber diesmal ließen wir etwas anderes zurück als Kirchblüt, etwas hatte sich in unser Leben gedrängt und versuchte, die Wege zu verschlingen, über die wir bislang gegangen waren. Vielleicht nahmen wir deshalb zum ersten Mal ein Zimmer mit Blick auf den weißen Kirchturm und den tiefgrünen See dahinter, der zu kalt war, um darin zu baden. Wir wachten auf vom Sechs-Uhr-Läuten, saßen beim Frühstück allein vor Gardinen, die den Blick auf den See nicht zuließen, und weil Aja keinen Hunger hatte, nicht nur wegen des Südfiebers, das sie auf diesem Weg jedes Mal überfiel, steckte sie für später Äpfel aus einer Holzschale ein, über der geschrieben stand, bitte kein Obst mitnehmen. Évi hatte mir ein Rätsel aufgegeben. Auf dem ganzen Weg nach Rom fragte ich mich, wieso es ein Fehler gewesen sein konnte, Zigi damals aus den Augen gelassen zu haben. Aja wäre nicht geboren worden, auch wenn sie diesen Gedanken nicht mögen würde, genauso wie Karl es nie gemocht hatte, wenn wir gesagt hatten, wäre dein Bruder nicht verschwunden, du wärest nie nach Kirchblüt gekommen, und unser Dreieck hätte es nie gegeben.

Ich ahnte, wir würden nicht mehr lange in Rom bleiben, diesen letzten heißen Sommer, vielleicht einen letzten Herbst und Winter noch. Ich konnte es schon an den Schritten ablesen, als Aja in Termini aus dem Zug stieg und zu den orangefarbenen Bussen ging, später die Treppen hoch zu unserer Wohnung, daran, wie sie die Hausmeisterin grüßte und dann Karl, als sei sie an niemanden, an nichts mehr gebunden, an keine Menschen und keine Dinge, als sei ihre Welt vor wenigen Wochen auseinandergefallen und habe Aja an einen fremden Ort verbannt, der zu nichts mehr passen und sich zu nichts mehr fügen wollte, weit entfernt von Kirchblüt und weit entfernt von Rom. Karl trug ein schmales Bärtchen am Kinn, das er sich hatte stehen lassen, als er ohne uns gewesen war und etwas mit seinem Gesicht habe anstellen müssen, damit er sich, wie er sagte, morgens im Spiegel ansehen könne. Meine Wörterbücher lagen auf dem Küchentisch, Karl hatte sie nicht weggeräumt, aber mir war die Lust vergangen, sie anzufassen und aufzuschlagen und jedes Mal daran denken zu müssen, dass sie unter dem Projektor gelegen hatten, damit wir Libelles Gesicht, ihre gespreizten Finger, damit wir ihre Sprünge und Drehungen hatten sehen können. Aja machte sich nicht mehr zum Krankenhaus auf, auch wenn sie dort sofort hätte wieder anfangen können. Sie hatte sich mit einer tiefen Verbeugung verabschiedet, nach kleinen langsamen Schritten über das Band, das wir nicht weit über dem Boden zwischen Heizungsrohren gespannt hatten, und konnte jetzt nicht zurückkehren, als sei es nicht geschehen. Sie versank hinter ihren Büchern, als lerne sie für die nächsten Prüfungen und könne Karl und mich täuschen, als könnten wir wirklich noch glauben, Aja setze sich wieder an ihren Schreibtisch, und alles gehe mit uns weiter wie früher. Dass sich etwas in ihrem Kopf zusammenbraute, konnte ich sehen, wenn sie die Stirn in Falten legte, von ihren Büchern aufschaute und sicher keine Zeile darin gelesen hatte. Ich wartete nur noch auf den Tag, an dem sie uns sagen würde, wo Libelle lebte und wann sie dorthin fahren würde, und jeder Tag, an dem es nicht geschah, kam mir seltsam vor, als säßen wir in einem Wartezimmer, zu dem man die Türen geschlossen und uns dahinter vergessen hatte.

Drei Monate nachdem wir Kirchblüt verlassen hatten, gab die große Hitze nach, und ich glaubte nicht mehr zu verbrennen, wenn wir zum Ufer liefen, um den Bus zur Hochschule zu nehmen. An einem Montag war ich mit Aja zum Postamt gegangen und hatte das Gespräch am Schalter angemeldet, damit Aja nach Libelles Anschrift fragen konnte, und als Zigi sich geweigert hatte, hatte Aja gebrüllt, er könne wenigstens das für sie tun. Die Anschrift hatte sie dann auf eine der Karten geschrieben, die sie zum Lernen brauchte, und sie hielt sie in der Hand, als sie nach Termini fuhr, um nach Verbindungen zu fragen und von dem Geld, das Évi unter ihr Kopfkissen gelegt hatte, ihre Zugfahrt nach Frankreich zu bezahlen. Als sie die Filmspule einpackte, die in der Küche geblieben war, weil keiner von uns gewusst hatte, wohin damit, sagte sie, sie bringe sie Libelle zurück, sie habe genug davon gesehen, Karl könne auch das Gerät verkaufen, sie wolle keine Bilder mehr über die Küchenwand flackern lassen. Aber den Zettel, der mit dem Film gekommen war, steckte sie in ihren Taschenkalender, zwischen Postkarten, die sie nie abgeschickt hatte, und kleinen Meldungen aus Wissenschaft und Medizin, die sie aus Zeitungen gerissen und mit rotem Stift angestrichen hatte. Karl und ich hatten sie begleiten wollen, aber Aja hatte es nicht erlaubt. Sie ging an einem kühlen Septembermorgen, der die Straßen in ein erstes müdes Herbstlicht tauchte. Am Abend hatte sie am Küchenfenster die blassroten Dächer mit ihren Blicken abgetastet, als zähle sie die Ziegel und brauche die richtige Zahl, um aufbrechen zu können. Sie hatte ihre Sachen still in ihre schwarze Tasche mit den Reißverschlüssen gepackt, die sie jetzt über die Schulter warf, um nach einer ihrer kurzen, festen Umarmungen schnell zu gehen, als könnten wir sie noch aufhalten wollen. Wir schauten zur Straße hinunter und warteten, bis Aja zu sehen war, bis sie auftauchte in ihrem leichten grünen Mantel, mit ihrem gelben Hut, den sie mit einer Hand festhielt, damit ein Windstoß ihn nicht davontrug. In diesem Augenblick sah sie aus wie Évi, nicht wie Zigi oder Libelle, wie sie ihre schmalen Füße mit den gleichen schnellen Schritten aufsetzte und den Hut mit den drei Fingern ihrer rechten Hand festhielt, die sie schon lange nicht mehr versteckte. Ich war sicher, Karl dachte es auch, so wie er Aja nachsah, musste er das Gleiche denken.

Wir blieben zurück mit dem Geräusch von Motorsägen, mit denen sie anfingen, die Bäume zu schneiden, als beginne der Herbst dieses Jahr früher, als würde er jetzt schon eingeläutet, mit gestutzten Ästen, die aussahen, als könnten sie nie mehr Blätter tragen. Etwas ging zu Ende, so viel konnten wir spüren, etwas machte sich los und stahl sich fort. Es war, als fielen nicht nur Äste und Zweige, es war, als falle die ganze Stadt auseinander, als lösten sich Steine und Ziegel, als bröckelten Mauern und Dächer, als stürzten die Säulen um und könnten die Tempel nicht länger tragen, als ließe Ajas Abschied die ganze ewige Stadt zittern und beben. Das Wetter wurde schlecht, und Karl und ich schauten auf die Regenfäden, wie es die Kinder in Rom tun, wenn sie zum ersten Mal Schnee sehen. Der Regen schien nur für uns zu fallen, uns zuliebe wusch er mehr weg als nur den Staub, den die Motorsägen hoch zu unseren Fenstern gewirbelt hatten. Meine Mutter rief an und sagte, der Postbote habe Évi ein Telegramm gebracht, in das Zigi habe schreiben lassen: Aja hat nach Libelles Anschrift gefragt, und obwohl ich das schon gewusst hatte, ahnte ich jetzt erst, Aja würde nicht mehr nach Rom zurückkehren. Sie hatte Rom nur als Umweg gebraucht, sie hatte nicht von Kirchblüt aufbrechen können, sie hatte Kirchblüt und Libelle nicht verbinden wollen, auch nicht mit einer Reise im Zug, auf der sie vielleicht fünfmal hätte umsteigen müssen. Ohne Aja aber würde ich nicht bleiben wollen, und ich stellte mir vor, meine Wörterbücher auf dem Küchentisch liegenzulassen, in Termini den Zug zu nehmen und ihr zu folgen. Wir waren nach Rom gekommen, um Dinge zu erfahren, die wir nicht hatten wissen wollen und die jetzt über uns bestimmten, als gebe es nichts anderes mehr, als habe es davor nichts gegeben und als könne es auch danach nichts mehr geben. Ich malte mir aus, wie es sein würde, wenn wir zurückgingen, wenn wir alle nach Kirchblüt zurückkehrten, unsere letzten Prüfungen ablegten und anfingen zu arbeiten, wenn wir beginnen würden, uns am Leben der Erwachsenen zu versuchen und uns darin zurechtzufinden, so wie unsere Mütter einmal damit angefangen hatten, sich daran zu versuchen und sich darin zurechtzufinden.

Aja rief nach Tagen an, und ich schimpfte, weil sie uns keine Anschrift, keine Nummer hinterlassen hatte, unter der wir sie hätten erreichen können. Évi ist fast verrückt geworden, sagte ich, obwohl ich gar nicht mit Évi gesprochen hatte, und als ich glaubte, Aja habe am anderen Ende der Leitung mit den Schultern gezuckt, fragte ich lauter: Hast du etwa mit den Schultern gezuckt? Ich war wütend auf Aja, sie hatte mich zurückgelassen und abgehängt wie einen Waggon, der nicht mitfahren sollte, sie hatte Karl und mich verwiesen auf die fernen Plätze, damit wir sie nicht störten bei dem, was sie in diesen Tagen, weit genug entfernt von uns, zu tun hatte. Ich fragte, ob sie sich schon getroffen hätten, und vermied es, den Namen Libelle zu sagen, aus Angst, Aja damit zu bedrängen, mit einem Namen, den Zigi sich vor Jahren ausgedacht hatte, als sei nicht alles schon ausgesprochen, als könne Aja noch ein Geheimnis haben und es behalten wollen. Aja erzählte, wie sie vor dem Haus, auf der anderen Seite der Straße gewartet hatte, versteckt und geschützt vom lauten Verkehr, abgeschnitten von den Bussen und Wagen, die an diesem Vormittag vorbeigefahren waren. Sie hatte Libelle sofort erkannt, als sie aus der Haustür gekommen war, den Schlüssel in der Tasche verstaut hatte, zwei Schritte gegangen und stehen geblieben war, als sie Aja erblickt hatte. Sie hatte mit einer Hand ihre dunkle Sonnenbrille abgezogen und mit der anderen ihre Tasche wie einen Schild vor die Brust gehalten. Aja sagte, ein paar Sekunden lang sei nichts geschehen, selbst der Verkehr sei stillgestanden, als hätten die Busse und Wagen angehalten, damit Libelle und Aja sich sehen konnten, als habe jeder gewusst, hier begegneten sich zwei, und niemand durfte sie stören. Libelle hatte die flache Hand gehoben, um den Fahrern ein Zeichen zu geben, hatte die Straße langsam überquert und sich vor Aja auf die Zehenspitzen gestellt, als wolle sie mit einer Übung beginnen. Sie hatte Aja gefragt, ob sie im Juli geboren sei, ob sie am 31. Juli geboren sei, 1958, und Aja hatte genickt und versucht, dem Zittern in ihren Mundwinkeln nicht nachzugeben. Auch Libelle hatte nur genickt, mehr hatte sie nicht zu fragen gebraucht und im Augenblick auch nicht zu sagen gewusst, sie hatten dort gestanden, während die Busse und Wagen weitergefahren waren und dafür gesorgt hatten, die Stille zu zerstören, die gerade entstanden war, und dann sagte Aja: Seri, diese kleine Frau mit den Libellenbeinchen soll meine Mutter sein, und ich sagte, das ist sie nicht, Aja, Évi ist deine Mutter.

Alle drei, vier Tage schickte Aja nun eine Karte aus dem Süden Frankreichs, nicht weit vom Meer, nicht weit von der italienischen Grenze, und wir bekamen eine Ahnung davon, wo Libelle lebte und wo sich Aja gerade aufhielt, auch wenn sie kaum etwas über Libelle schrieb. Obwohl sie Karl sicher nicht verziehen hatte, schrieb sie: Liebe Seri, lieber Karl, und ließ ihre Karten wieder enden mit: Bleibt fern von offenen Fenstern. Sie schrieb wenig und nutzte kaum den Platz, den sie gehabt hätte, genauso wie sie aus Rom immer Postkarten an Évi geschickt hatte, vom Papst, vom Petersdom, von Brunnen und Madonnen, weil sie Évi wie in einem Bilderbuch alles hatte zeigen, aber nur wenig hatte dazu schreiben wollen. Sie schrieb, dass sie eine Weile streunen wolle, so wie sie es früher einmal mit Évi und Zigi getan hatte, dass sie in Flüssen gebadet und an ihren flachen Ufern Steine übers Wasser geworfen, dass sie in Wäldern geschlafen und Ausschau nach Füchsen gehalten habe. Uns reichten die wenigen Wörter, die kurzen Sätze, um zu spüren, dass wir uns nicht sorgen mussten. Ajas Schrift ließ es so aussehen, etwas am Schwung ihrer Buchstaben, wie sie sich nach oben streckten und nach vorne beugten. Karl glaubte, Ajas

Karten seien auch an Évi geschrieben, und er war sicher, Aja würde sich über Wälder und Flüsse wieder nähern, jeden Schritt, den sie jetzt von Évi weg tat, würde sie später wieder auf sie zugehen. Nach jeder neuen Karte wählte er die Nummer des Fotoladens, frühmorgens, wenn er glaubte, Évi habe schon vor der Zeit aufgeschlossen, um hinter dem Vorhang die gelbe Kiste mit den Umschlägen durchzugehen. Wenn er dann rief, es läutet, und mir seine Handfläche zeigte, um mir zu bedeuten, still zu sein, hatte ich jedes Mal das Gefühl, Aja zu hintergehen. Etwas daran war unrecht, ihre Sätze, die für uns gedacht waren, an Évi weiterzugeben, auch wenn Karl es nur tat, damit sich Évi nicht ängstigte, damit sie hörte, Aja war nichts geschehen, sie wollte nur eine Weile wandern, und sie wollte allein sein dabei.

Karl fuhr aufs Land, er sagte, er müsse noch einmal zwischen Sonnenblumen Ausschau nach Elfen halten, bevor das Oktoberlicht die Farben des Sommers schlucken würde. Er ließ seinen Roller stehen, er lieh sich keinen Wagen, er nahm den Zug, weil es ihm gleich war, ob es Stunden dauern würde, bis er aus der Stadt heraus war und der Bus ab Chiusi ihn weitergebracht haben würde, zu den letzten Häusern des Dorfes, wo Karl hinter dem Friedhof den Weg hochsteigen, den Schlüssel aus der Mulde über dem Fenster nehmen, die Tür zur Küche öffnen und sich draußen auf die warmen Fliesen setzen würde, wo wir vor einem Jahr unter Spinnweben gelegen hatten, an diesen leuchtend hellen Tagen, von denen ich geglaubt hatte, sie könnten sich endlos so aneinanderreihen. Karl hatte Zeit, seit Aja mit einer ihrer leichten Bewegungen aus seinen Tagen gesprungen war, also konnte er auch den Zug nach Chiusi nehmen, am Bahnsteig sitzen und warten, ohne auf die Uhr zu schauen. Als Libelles Filmrolle auf unserem Küchentisch gelegen hatte, hatte Karl noch geglaubt, etwas retten und wenden zu können. Er sagte, er habe gehofft, er müsse nur auf seinen Roller steigen und die Läden nach einem Gerät absuchen, mit dem Aja sich das Band anschauen könne, und sie würde ihm vergeben. Aber seit Aja aus Kirchblüt zurückgekehrt sei, wisse er, sie würden nichts mehr fortsetzen, auch deshalb fahre er aufs Land, um es hinter einem kleinen Friedhof endlich aufzugeben, sich noch ein Bild von Aja und sich als Paar zu machen.

Ich war am Küchentisch zurückgeblieben, während Karl zwischen Grashüpfern dem Herbst entgegenlief. Zum ersten Mal nahm ich die Wörterbücher wieder zur Hand, seit der Projektor darauf gestanden hatte und Libelle von ihnen zur Küchenwand gesprungen war, und übersetzte den Katalog einer Möbelmesse, der genügend Geld brachte, um den Rest des Jahres davon leben zu können. Mein Blick fiel auf die Markisen gegenüber, auf ihre schmalen blauen Streifen, und meine Gedanken glitten schnell weg von Bughölzern und Betthäuptern. Vielleicht hatten mich Ajas Postkarten abgelenkt, die Karl zwischen unsere schwarzen Steine aus Ostia gesteckt hatte, vielleicht Karls schneller Abschied, seine Fahrt hinaus zu den Hügeln, über denen der heilige Franz schwebte. Ich fragte mich, wie Aja wohl zwischen zwei Lügen wanderte, wo immer sie jetzt auch war, zu weit entfernt von mir jedenfalls, als dass ich hätte nach ihr greifen und sie anfassen können. Ich dachte an die hellen Tage mit unseren Müttern, hörte Ellens klappernde Absätze und Évis Stimme auf den Treppen, sah ihre Füße, die schnelle Art, mit der sie über den Küchenboden gegangen war, um auf dem kleinen Vorsprung stehen zu bleiben und am Himmel Wolken zu suchen. Ich sah das Muster des bunten Tuchs, mit dem sie das Haar beim Kochen zurückgebunden und das später, als Évi es hatte liegenlassen, Aja getragen hatte. Ich dachte an die roten Buchstaben auf dem Umschlag und die Filmrolle darin, die Aja eingepackt hatte, um sie Libelle zurückzugeben, und ich hörte noch einmal das Knattern von Karls Roller, das anders geklungen hatte, als er an jenem Junimorgen losgefahren war, um ein Abspielgerät zu suchen. Nichts hatten wir von Aja abwenden können, selbst wenn Évi uns gewarnt hätte, hätten wir nichts von ihr abwenden können. Uns blieb nur, die Dinge hinzunehmen, die zwei Sekunden, die unser Leben veränderten, die Richtungswechsel und Zufälle auf den Wegen, die wir einschlugen, obwohl wir genauso gut einen anderen Weg hätten nehmen können. Ich klappte die Wörterbücher zu, als die Nacht die Farben löschte und die Schwalben in ihr verschwanden, und ging mit dem Gedanken zu Bett, wir hatten vergeblich nach Évis Garten Ausschau gehalten, nach dem schiefhängenden Tor, das wir anderswo hatten öffnen wollen, um unter Birnbäumen durchs Gras zu laufen – sosehr wir einen Ort für uns gesucht hatten, wir hatten ihn nicht gefunden. Selbst nach Kirchblüt zurückzukehren war diesen Sommer anders gewesen. Der große Platz mit seinen Platanen war kleiner geworden, sogar ihre dunkelgrünen Blätter waren kleiner geworden, auch die Wege vom Fotoladen zum Haus mit den geschlossenen Läden, das wir noch immer so nannten, obwohl Karl die Läden vor Jahren geöffnet hatte. Alles war weggerückt und weggesprungen, die Fenster und Treppen unserer Schule, die Vorgärten hinter den Hecken und Zäunen, selbst die schmalen Pfade zu den Feldern. Jemand hatte die Häuser Kirchblüts mit einer Pinzette hinter Glas gesetzt und darin verschlossen. Wie Pantheon und Engelsburg blieben sie in einer dieser Glaskugeln, und damit Schnee auf ihre Dächer fiel, brauchten wir sie nur umzudrehen und schütteln.

Nebel lag über der Stadt, als Karl nach Tagen zurückkehrte, und weil es in Rom nie Nebel gegeben hatte, seit wir hier waren, sah es aus wie das Bild eines Traums, das der Morgen vergessen hatte mitzunehmen. Karl stieg aus dem Zug, zog die Brille ab und kniff die Augen zusammen, als er über den Bahnsteig schaute, winkte und lachte und breitete die Arme aus, als er näher kam und ich die hell gebliebene Stelle über seinem Kinn bemerkte, die aussah wie eine Wunde. Als ich darauftippte, sagte Karl, er habe sich den Bart abrasiert, in dem kleinen Bad, in dessen Wanne einmal die Mäuse gesprungen waren, die Aja mit einem Eimer gefangen und hinausgebracht hatte, weil weder Karl noch ich es hatten tun können. Termini, sagte Karl, der von allen Carlo genannt wurde, seit wir zum ersten Mal hier ausgestiegen waren, Termini habe ihn nie enttäuscht, sagte er, als wir uns umarmten, und es klang, als habe alles andere ihn enttäuscht, nur nicht dieser Ort, mit seinen endlos scheinenden Bahnsteigen unter seinem schwarzen Himmel aus Drähten. Alles sei unverändert, sagte Karl, wenn der Zug einfahre, sei immer alles gleich, es seien dieselben Läden vor denselben Fenstern, vielleicht sogar dieselben Wäschestücke an den Leinen, die jedes Mal aussähen, als könnten sie sich wie Flügel ausbreiten und mit den Häusern davonschweben.

Wir nahmen nicht den Bus, sondern streunten mit den Katzen über die Plätze, bis wir eine kleine Bar fanden und mir unter Markisen dieses Lied einfiel, in dem sie im Regen wartet und er nicht zur Verabredung kommt, während die Stadt sich zu drehen beginnt, die Straßen, die Autos, die Menschen, die Auslagen. Als es Nacht wurde, summte ich es noch immer, und Karl legte die Hände an seine Schläfen und sagte, das Klack-Klack sei zurückgekehrt, wenn es an die Fenster geregnet habe, sei es mit jedem Tropfen heftiger ins Haus gedrungen, in das Haus, von dem ich im Sommer vor einem Jahr noch gedacht hatte, es könne keinen besseren Ort für uns geben. Sein ewiger Begleiter gebe ihn nun doch nicht frei, sagte Karl, vielleicht sei es bloß seine gerechte Strafe, und ich schüttelte den Kopf und erwiderte, Strafen sind doch nur etwas für Ellen und Évi.

Mitte Oktober zog Karl eine Karte mit dem Freiburger Münster aus dem Briefkasten und legte sie in mein aufgeschlagenes Wörterbuch, zwischen Maternità und Màtria, Mutterschaft und Muttererde, oder Mutterliebe und Heimat, als sei es kein Zufall, sondern als habe er nach zwei Wörtern gesucht, die dazu passen könnten. Aja schrieb, sie werde nicht nach Rom zurückkehren, sie werde nach Kirchblüt fahren, vielleicht bei meiner Mutter bleiben, sie werde ihr Studium in Heidelberg beenden, die letzten Prüfungen ablegen, alles sei besprochen und ausgemacht. Ich wunderte mich, weil meine Mutter in keinem Brief etwas davon erwähnt hatte, aber ich hörte Ajas alten Ton zwischen den Zeilen, ihren Ehrgeiz und Willen, etwas durchzusetzen, und mir lag die Frage auf den Lippen, was dann aus uns werden sollte, aus Karl und mir, als löse sich ohne Aja auch für Karl und mich alles auf, als verliere es sogleich seinen Sinn, als sei schon allein der Gedanke verrückt, ohne Aja weiter in Rom zu bleiben. Ich ging zum Fenster, hinaus auf den kleinen Vorsprung, den Aja Terrasse nannte, und Rom sah mit einem Mal anders aus, nur noch wie jede andere Stadt, in der ich die unzählbaren Töne von Braun nicht sehen wollte, und ich hatte plötzlich keine Lust mehr, zur Nacht die Treppen hinabzusteigen und mich zwischen den Mauern zu verlieren.

Aja rief an einem lauen Abend im November an, als Karl mit seinem Roller über die sieben Hügel fuhr, auf die Rom gebaut war, was er jetzt häufig tat, weil er sie abmessen und herausfinden wollte, wie sie sich aneinanderschmiegten, ob er spüren könne, wo der eine aufhörte und der nächste begann. Aja fragte, ob wir ihre Karte bekommen hätten, sie würde nicht mehr nach Rom fahren, und alles was mir einfiel, war zu erwidern, ja, haben wir, dafür hättest du nicht anrufen brauchen. Ich fragte nicht, wo sie jetzt war, es spielte keine Rolle, auf ihrem Weg nach Kirchblüt würde sie sein, von Freiburg aus konnte sie in weniger als drei Stunden dort ankommen. Aja sagte, sie wolle einmal eine Zugfahrkarte kaufen, ohne an die Rückreise denken zu müssen, nur für den einfachen Weg, und ich fragte mich im Stillen, warum dann nicht nach Rom. Ich wollte wissen, wie lange sie bei Libelle gewesen war. Nicht länger als zwei Tage, sagte Aja, den Rest der Zeit sei sie gelaufen, ohne Wanderschuhe über die Berge hinter der Küste, durch die Dörfer in Pastell, die im Oktober so gut wie leer seien. Nach diesen zwei Tagen habe sie zwei Monate gebraucht, um in ihr altes Leben zurückzukehren, das sowieso nicht mehr ihr altes Leben sei, und obwohl sie es klingen ließ, als sei das schon alles gewesen, als gebe es nicht mehr mitzuteilen, ahnte ich, sie würde Libelle wiedersehen, sie würden beide langsam herausfinden, was es sein könnte, das sie einander zu sagen hatten. Aja wollte in Heidelberg ein Zimmer mieten und sich schnell für die letzten Prüfungen anmelden. Ich sollte ihre Sachen in Kisten packen, nur die Kleider und Bücher, und einem unserer Fahrer mitgeben. Ein Laster mit dem Schriftzug Hannes Bartfink Sped. sollte Ajas Sachen nach Kirchblüt bringen, ausgerechnet einer unserer Fahrer sollte dafür sorgen, dass Ajas Sachen Rom verließen und zurückkehrten zu ihr, und obwohl ich mich zu überwinden hatte, suchte ich alles schnell zusammen und verpackte es, bevor Karl zurückkommen und die Tür öffnen würde, damit er es nicht sehen musste.

Die nächste Karte zeigte das Heidelberger Schloss. Aja schrieb, ich habe ein Zimmer, ein kleines Zimmer mit einer Dusche in der Küche und einem Klo auf dem Gang. In einem der Häuser gegenüber singt jemand am Fenster Seemannslieder. Ich habe alles zurückgelassen und bin so weit gefahren, nur um jemanden zu hören, der Seemannslieder am offenen Fenster singt. Ich soll die Frau auf dem Kahn also nicht vergessen, schrieb sie, und ich dachte daran, wie Libelle damals, als Zigi sie zum ersten Mal gesehen hatte, nicht Libelle, sondern nur eine Frau auf einem Kahn gewesen war, die ein Seemannslied gesungen hatte. Unter PS stand: Ich habe eine neue Teekanne, grün mit weißen Tupfen, von einem der Trödelmärkte, nur mit dir weihe ich sie ein, am liebsten gleich, am besten mit einem süßen Wintertee, den du in Rom nirgendwo findest. Ich ärgerte mich, weil sie nicht einfach schreiben konnte, ich vermisse dich, gib Rom endlich auf, damit wir süßen Wintertee aus einer grünen Kanne trinken können, und doch reichte es mir, um mich an der Hochschule abzumelden und Karl meine Schlüssel und letzten Lirescheine zu geben. Er fragte, was aus unserer Suche werden würde, ob ich noch einen Friedhof mit ihm suchen würde, er habe das Gefühl, er brauche bald einen, und ich antwortete schnell, ja, natürlich, ich würde noch einmal mit ihm übers Land fahren, und vielleicht antwortete ich deshalb so schnell, weil es noch immer aussah wie eine Wunde, wo Karl seinen Bart abgenommen hatte, weil ich seine Verletzung noch sehen konnte, weil er sie in seinem Gesicht zur Schau trug, für jeden, der einen Blick dafür hatte. Ich sagte, ich werde mich wohl doch in Kirchblüt begraben lassen, es sieht ganz danach aus, und Karl erwiderte: Aber da bist du doch jetzt schon begraben, und dann lachten wir seit langem zum ersten Mal wieder so laut und frei wie früher.

Karl brachte mich mit dem Roller nach Termini. Ich hatte nur meinen großen Rucksack zu tragen, alles andere war in Kisten verpackt, die zusammen mit Ajas Dingen bald von einem Fahrer abgeholt werden würden. In der Schalterhalle sagte Karl, wir waren zu oft in Termini, Seri, wir kennen in Rom nichts so gut wie Termini, wir hätten besser nicht wissen sollen, dass es Züge gibt, die uns von hier jederzeit in jede Richtung wegbringen können, und ich glaubte, Karl könne recht haben mit dem Gedanken, wir wären immer noch zu dritt in Rom, gebe es diesen riesigen kalten Bahnhof nicht, mit seinen sauberen glatten Böden, den großen Anzeigetafeln und dem Geflecht aus Drähten über den Zügen. Wenn du zurückkommen willst, sagte er, kommst du einfach zurück, du kaufst einen Fahrschein und steigst in den Zug, und es gelang ihm, mich damit zu trösten, in diesem Augenblick jedenfalls, in dem mein Zug schon bereitstand, weil er ausgerechnet heute zur angegebenen Zeit fahren musste, als wolle man mir dieses letzte Mal keinen Aufschub gönnen. Ich strengte mich an, nicht zu weinen, auch wenn ich nicht wusste, über was ich gerade weinen wollte, ob es mein Abschied von Rom war, das ich wie meine Mutter jetzt auch mein verlorenes Rom nennen konnte, von seinen Splitterfassaden und Sibyllen, seinen Münzen im Wasser der Brunnen, von seinem süßen Geruch, der von den Kammern und Gräbern, den Mauern der Kirchen und herrenlosen Katzen kam, von seinen unzähligen Faltenwürfen, Fratzen und Säulen, die nur noch Reste stützten, überhaupt von seinen Steinen, die im Sommer die Hitze des Tages sammelten und in der Nacht freiließen. War es mein Abschied von Karl, von seiner Art, durch den Schaum der Strände zu spazieren, um seinen Bruder zu suchen, die nackten Füße über die Brüstung zu hängen und die Antennen auf den Dächern mit der Kamera abzutasten, von seinen Händen, wenn er sich die Haare aus dem Gesicht strich, dort wo sich die Haut in tausend winzige Wellen legte, von seiner Brille, deren schmutzige Gläser ihm nie etwas ausmachten, vielleicht weil er sie zum Sehen gar nicht brauchte. Oder war es, weil mich gerade die Angst überfiel, wir würden nie mehr zu dritt über herbstnackte Felder laufen.

In Kirchblüt hatten die Platanen schon vor Wochen ihre Blätter verloren. Der Wind hatte sie übers Pflaster getragen, sie waren vom Regen durchtränkt und klebten als gelbe Tupfer auf den Steinen. Ich hatte in Heidelberg den Bus genommen, war hinter dem großen Platz ausgestiegen und nach Hause gelaufen, hatte niemanden getroffen und glaubte, von niemandem gesehen worden zu sein, obwohl es das in Kirchblüt gar nicht geben konnte. Meiner Mutter hatte ich nicht geschrieben, wann ich ankommen würde, ich hatte allein bleiben und mich bis zum letzten Augenblick still von Rom verabschieden wollen, mit jedem Kilometer und jeder Stunde, in der mich der Zug weiter weggetragen hatte. Sie sollte nicht auf mich warten und aufspringen, sobald ich das Tor beiseiterollte, ich wollte das Haus allein betreten, allein in der Küche sitzen und in den Hof schauen, ein Glas Wasser aus dem Hahn trinken und auf mein Zimmer gehen. Ich schloss die Tür auf, warf meinen Rucksack vor den großen Spiegel in der Diele, zog meinen Mantel aus und schaute ins Wohnzimmer. Die hohen Regale mit den Büchern waren verschwunden, die freie Wand hatte eine neue, hellrote Farbe, heller als Sessel und Sofa. Ich streifte meine Stiefel ab, stieg die Treppe hoch, legte mich auf mein altes Bett und schlief ein, kurz nachdem es vom großen Platz drei Uhr geschlagen hatte, mit dem Gedanken an Évi, die nach der Mittagszeit im Fotoladen das Glöckchen wieder einhängen und die Lichter in der Auslage bald einschalten würde.

Ich wurde wach, als meine Mutter einen Stuhl heranzog und sich zu mir ans Bett setzte. Bevor ich nach den Büchern fragen konnte, erzählte sie, Évi und Ellen hätten an einem Sonntagmorgen angeklopft, nicht lange nachdem wir durch die Nacht gefahren waren und den Platz gesucht hatten, wo Aja geboren worden war. Sie hatten ihr gesagt, feste Schuhe anzuziehen, nicht mehr, und dann waren sie mit ihr auf der Rückbank in Ellens Wagen losgefahren, wenig später an einem Waldrand ausgestiegen und über die steinigen Pfade gelaufen, die sich über die Hügel zogen, um auf den Neckar hinabzuschauen, auf sein sanftes grünes Band zwischen den weichen Ufern. An diesem Morgen war sie zum ersten Mal zurückgekehrt, seit sie damals mit meinem Vater auf Rädern dort entlanggefahren war, hatte aufs Wasser geschaut, war seinen Windungen gefolgt und hatte die Angst verfliegen gespürt, es könne ihr noch den Atem nehmen. Die Bilder hätten sie eingeholt, die Decke, die sie ins Gras gelegt hatten, die silbergrünen Pappeln auf der anderen Seite des Ufers, die Schiffsterrasse, das springende Licht auf dem Wasser, die Flecken von Viktoriatorte auf dem Hemd und der Krankenwagen, der zu spät gekommen und neben einem Schwarm Zitronenfalter zu langsam losgefahren war. Aber sie habe weitergeatmet, ruhig weitergeatmet, und nicht geglaubt, sie müsse sich umdrehen und davonlaufen. Zu dritt waren sie hinabgestiegen, mit Blick aufs Wasser und die sommergrünen Hänge, meine Mutter in der Mitte, als hätten Évi und Ellen Angst, ihre Beine könnten plötzlich doch nachgeben. Bis zur Seilfähre waren sie gekommen, und weil meine Mutter nicht zur Schiffsterrasse hatte gehen wollen, hatten sie sich ins Gras gesetzt und eine Weile Steine in die Fluten geworfen.

Sie habe die Sonntage nicht zurückgezählt, sagte meine Mutter, auch die Jahre nicht, aber als Ellen sie am Abend abgesetzt hatte, habe sie angefangen, die Bücherwand im Wohnzimmer abzubauen, die sie seit damals Tag für Tag von ihrem roten Sofa gesehen habe. Sie hatte die Bücher meines Vaters abgeräumt, von denen sie in all den Jahren nicht eines weggenommen hatte, hatte Buch für Buch in große Kisten mit der Aufschrift Hannes Bartfink Sped. gelegt, damit sie nicht länger an die Decke reichten und jeder Band an meinen Vater erinnerte. Sie habe sich nicht beeilt, nicht so, wie sie sich damals mit seinen Kleidern und Hemden hatte beeilen müssen, sie habe sich Zeit gelassen, und mit jedem Buch, das sie abgeräumt und in eine Kiste gelegt hatte, habe sie noch besser atmen können. Die Wand hatte sie nicht streichen lassen, sondern zum ersten Mal selbst gestrichen, sie hatte sichergehen wollen, jede Spur und jeder Schatten, den die Bücher auf die Wand gezeichnet hatten, würde auch wirklich übermalt. Ellen hatte sie zwei Tage lang nach den Anfangsbuchstaben ihrer Verfasser geordnet, und an einem Samstag, an dem Évi nicht hatte arbeiten müssen, hatten sie die Bände verkauft, auf Tapeziertischen, die Karls Vater im Hof aufgestellt hatte. Évi habe Blechkuchen gebacken und Ellen Winzersekt in den Eisschrank gelegt, damit sie am Abend anstoßen konnten, als fast alles verkauft gewesen war, Karls Vater eine Handvoll Markstücke auf den Teller gelegt und auch die restlichen Bücher noch mitgenommen habe. Mir kam es verrückt vor, unsere Mütter kamen mir verrückt vor, als seien Évi und Ellen und meine Mutter verrückt geworden, als seien sie durchgedreht, als habe etwas ihren Verstand geraubt, aber auch mein eigener Ton kam mir verrückt vor, mein lauter, vergifteter Ton, weil ich nicht gefragt worden war, bevor meine Mutter unsere Bücher über Kirchblüt verteilt und zugelassen hatte, dass die Seiten, durch die mein Vater einmal geblättert, und die Stoffbändchen, die er wie Lesezeichen zwischen den Fingern gehalten hatte, jetzt von fremden Händen berührt wurden, auf fremden Tischen lagen und in den Straßen rund um den großen Platz in fremden Bücherschränken standen.

Meine Mutter sagte, sie gebe das Geld, das sie für die Bücher bekommen habe, heimlich in Évis Tassen, jede Woche ein bisschen, und weil es nur Münzen seien, glaube sie, Évi würde nichts davon merken. Évi sei komisch in letzter Zeit, ob Aja deshalb zurückgekommen sei, fragte sie mich, ausgerechnet mich, wo sie doch Aja jeden Tag hätte fragen können, als sie vor Wochen ihre Tasche in unserer Diele abgestellt, in unserem Gästebett geschlafen und jeden Morgen mit meiner Mutter am Küchentisch gesessen hatte, bevor sie in Heidelberg ein Zimmer gefunden hatte, zu dessen Fenster manchmal jemand Seemannslieder schickte, als habe Libelle ihn aus der Ferne dazu angewiesen. Das mit Évi habe schon begonnen, nachdem uns eingefallen sei, in Rom zu leben, und wir zum ersten Mal um Mitternacht den Zug nach Süden genommen hatten, sagte meine Mutter. Sie und Ellen hätten es aber nie ernst genommen, wenn Évi vergessen hatte, an etwas zu denken, das ausgemacht gewesen war, wenn sie sich nicht hatte an Dinge erinnern können, wenn sie an Wintertagen keine Strümpfe getragen und am Nachmittag, wenn Ellen vorbeigeschaut hatte, noch im Nachthemd gewesen, wenn sie spätabends im Fotoladen geblieben war, weil sie vergessen hatte, nach Hause zu gehen, und zu Zeiten an der Haltestelle stand, wenn kein Bus mehr fuhr. Aber seit einer Weile schmeckten Évis Kuchen nicht mehr, Évi merke nicht, ob sie zu viel oder zu wenig Zucker dazugebe, ob der Kakao, der Mandellikör zu bitter, ob die Eier noch gut und die Gelatineblätter auch aufgelöst seien. Neulich habe jemand Streifen aus der Schokosahne gefischt, und meine Mutter hatte sich für Évi entschuldigt und das Geld zurückgegeben. Die Bestellungen seien zurückgegangen, und Karls Vater, der noch immer Évis Kuchen mit dem Fahrrad ausfuhr, schreibe sie jetzt selbst manchmal unter falschen Namen auf die kleinen Papiere, die meine Mutter einmal entworfen hatte und in der Spedition stapelweise ausdrucken ließ. Ich dachte, dass sie mit neuen Lügen anfingen, sie webten ein neues Netz, auch wenn es diesmal anders war und Karls Vater nur seine Schrift änderte, um Bleche und Rührkuchen zu bestellen, die Évi am leichtesten und schnellsten backen konnte. Wenn er den Kuchen in den Aufsatz vor seinem Lenker geschoben habe, fahre er hinter der Brücke über den Klatschmohn quer über den großen Platz, wo jeder ihn sehen könne, sagte meine Mutter, und weiter durch ein paar Straßen, damit niemandem auffalle, dass er den Kuchen zu sich nach Hause brachte, in der Küche abstellte, auf dem Tisch und den Ablagen ringsum, auf der Fensterbank und dem Buffet, als könne doch jemand an die Tür klopfen und etwas kaufen wollen. Tags darauf gebe er Évi das Geld dafür, und sie lasse es in ihrem schiefhängenden Schrank in einer abgeschlagenen Tasse verschwinden, und sobald sie glaube, genug gesammelt zu haben, stecke sie es für Aja in ein Kuvert, um es ihr zu geben, falls sie doch einmal wieder zu ihr kommen sollte. Karls Vater hatte meiner Mutter verboten, ihn zu verraten, und solange Évi nichts merkte, solange ihr nichts auffiel, wollte er es weiter so halten, es sei der kleinste Gefallen, den er Évi tun könne, Kuchen unter falschem Namen bei ihr zu bestellen, und ich fragte mich, warum es nicht Karls Vater hatte sein können, warum Évi in all den Jahren an Zigi festgehalten hatte, in denen er sie im Herbst besucht und nach Wochen an der Haltestelle zurückgelassen hatte.

Aja kam samstags nach Kirchblüt. Ihr Haar trug sie wieder kürzer, die Spitzen waren vom langen Sommer noch gebleicht. Sie umarmte mich fest und hielt die ganze Zeit meine Hände, auch wenn sie nicht viel sagen wollte über die Wochen ohne Karl und mich, über ihre Nächte in Wäldern, an Flüssen, und ich ließ sie, ich ließ ihr diese Geheimnisse, es war etwas zwischen Libelle, Évi und Aja, für mich war kein Platz darin. Aja hatte aufgehört, Évi Mutter zu nennen, und es klang sonderbar, wenn sie immer nur Évi sagte, wenn sie von ihr sprach, als müsse sie ständig richtigstellen, was alle ein Vierteljahrhundert lang falsch gesehen hatten. Wenn jemand fragte: Wer ist Évi?, antwortete Aja: Die Frau, bei der ich aufgewachsen bin, und es hatte etwas Bitteres, es klang noch immer fremd und feindselig, obwohl Aja versuchte, es nicht so klingen zu lassen. Aber auch Libelle nannte sie nicht Mutter, und so war es, als habe sie keine, als habe sie niemanden, zu dem sie Mutter sagen konnte. Wir gingen hinter den Erdbeerfeldern zur Eisbahn, wo man Aja begrüßte, als sei sie nie woanders gewesen, als habe sie Kirchblüt nie verlassen, als laufe sie weiter jeden Abend ihre Bahnen, als gehe sie weiter in ihrem schwarzen Anzug mit dem paillettenbesetzten Kragen, mit ihren roten Schlittschuhen über der Schulter am Kassenhäuschen vorbei, um Pirouetten zu drehen und Anlauf für ihre Sprünge zu nehmen. Vielleicht hatte Aja Kirchblüt wirklich nie verlassen, vielleicht war es gar nicht möglich, Kirchblüt zu verlassen, jedenfalls nicht für uns. Als sich am Abend die Bahn leerte und unsere langen Schatten auf dem Eis lagen, musste ich an Karl denken, und es kam mir vor, als betrüge ich ihn, weil nur ich mit Aja hier war. Mir fiel ein, wie wir letzten Winter zu dritt dicht nebeneinander auf dem Eis gestanden hatten und ich geglaubt hatte, mit uns würde sich alles zum Guten wenden, wir könnten weiterleben wie bisher und müssten unser Dreieck nicht aufgeben, weil es vieles aushielt, weil es dafür gemacht war, vieles auszuhalten.

Am Silvesterabend blieben wir in Heidelberg auf Ajas Zimmer. Ihre Kisten waren angekommen, ein Fahrer hatte sie die Treppen hochgetragen, und als wir sie öffneten, wehte uns die laue römische Luft ins Gesicht. Karl hatte Ajas schwarze Steine hineingelegt und auf einen Zettel geschrieben: Schicke Euch ein Stück Ostia nach Kirchblüt, schreibt mal, wie es sich dort fühlt. Wir saßen vor der Dusche an dem kleinen Tisch, Aja hatte Maishühnchen gebraten, und Ellen hatte am Morgen eine Kiste Winzersekt gebracht und gesagt, vergesst nicht, auf Karl anzustoßen. Kurz vor Mitternacht riefen wir an, um Karl ein glückliches neues Jahr zu wünschen, aber er hob nicht ab, und wir machten uns auf und liefen durch die Straßen, in Schals und Mützen und festen Winterschuhen, die auch zum Wandern gut waren, unter roten und blauen Raketen, die zischend in den schwarzen Himmel gejagt wurden, an Jakobs leerem Atelier und den nackten Akazien vorbei, übers feuchtkalte Pflaster zur Alten Brücke, auf die in diesem Herbst und Winter noch kein Schnee gefallen war. Ich musste ans blassgrüne Wasser des Tibers denken, an die Mückenschwärme, die sich dort ans Licht der Laternen klammerten, an die leuchtend weißen Hände der Marmorengel, die für den Kreuzgang alles bereithielten. Ich fragte Aja, ob sie Rom nicht vermisse, ob sie nicht wie ich zu oft an Rom denken müsse, aber ich fragte nicht nach Rom, ich fragte nach Karl und wagte es nur nicht auszusprechen. Als sie den Kopf schüttelte und aufs Wasser sah, an seine Ufer, an denen Karl in vielen Nächten seinen Bruder gesucht hatte, glaubte ich ihr, und ich konnte ahnen, nichts war ihr wichtiger, als in Évis Nähe zu sein, auch wenn es ihr noch nicht gelingen wollte, das schiefhängende Tor zu öffnen, die Steinchen dabei durch den Staub zu schieben, über die losen Platten zu gehen und an Évis Tür zu klopfen.

Auf dieser Seite des Ozeans

Kurz nach Neujahr hörte Aja auf, Évi zu meiden, und Évi schrieb es ihren Gebeten zu, die sie im Advent und über Weihnachten Tag für Tag gesprochen hatte und die endlich erhört worden waren. Aja hatte den Bus genommen, sie habe fliehen müssen, sagte sie, die Seemannslieder am Fenster gegenüber seien laut geworden wie Sirenengesänge. Ich stand unter meinem Regenschirm an der Haltestelle, wo Zigi jeden Herbst unter Kastanien Abschied genommen hatte, unter denen auch meine Mutter zum Flughafen gefahren war, als mein Vater ohne Koffer aus Rom zurückgekehrt war. Der Bus tauchte am Ende der Straße auf, als er anhielt, öffneten sich die Türen mit einem Zischen und ließen nur Aja heraus, als wolle sich an diesem verregneten Samstag außer ihr niemand auf den Weg nach Kirchblüt machen. Aja hatte sich nicht angekündigt, trotzdem hatte Évi auf sie gewartet, schon weil meine Mutter ihr jedes Mal, wenn sie sich am großen Platz oder im Fotoladen getroffen hatten, gesagt hatte, sie wird kommen, Évi, du wirst sehen, sie wird bald zu dir kommen, und Seri wird sie begleiten, ich bin sicher, warte nur, es kann nicht mehr lange dauern.

Wir gingen nicht über die kleine Brücke, wo Évi uns vom Küchenfenster aus hätte sehen können, wir gingen über die andere Seite, wo der Weg breiter war und Ellen und meine Mutter mit dem Wagen fahren konnten. Jetzt, da sich Aja auf ihr altes Haus zubewegte, da sie bereit war, das schiefhängende Tor zu heben, die wenigen Schritte zu gehen, um an Évis Tür zu klopfen, musste Évi uns gehört haben, obwohl wir leise gesprochen und auf dem letzten Stück geschwiegen hatten, als habe uns der Blick auf schlammigen Boden die Sprache genommen. Sie löste schon das Fliegengitter, das sie im Herbst nicht wie sonst abgenommen hatte, stieß die Tür auf, rief unsere Namen und winkte uns herein, damit wir schnell die Schuhe auszogen, die nassen Mäntel an die Haken hängten und uns an den Tisch setzten, den sie jeden Tag für uns gedeckt hatte. Sie strich über unsere Wangen, unsere Haare und fasste unsere Hände, sie redete lauter und schneller als sonst, und ein helles Rot setzte sich auf ihre Wangen, während sie an der Tischdecke zupfte und sie viele Male glattzog, Kaffee aufbrühte und vom Kuchen schnitt, den sie am Morgen gebacken hatte. Wir sollten erzählen, und wie immer wollte sie alles wissen, was mit uns zu tun hatte, wie wir unsere Tage verbrachten, obwohl nichts wie früher war, obwohl sich alles geändert hatte, seit das Kuvert mit den roten Buchstaben im Briefkasten gelegen hatte, seit wir Libelle hatten in Schwarzweiß über unsere Wand tanzen sehen, seit wir eine Nacht auf dem staubigen Platz verbracht hatten, auf dem Aja zur Welt gekommen war, seit Aja mir entwischt war und mich mit Postkarten vertröstet hatte, seit sie die Jahre und Tage zusammengezählt hatte, in denen Zigi und Évi nie den richtigen Augenblick gefunden hatten.

Aja redete und ließ Évi ihre wirren Strähnen, die noch vom Sommer gebleichten Haare berühren, ließ sie eine Hand auf den Ärmel ihrer Strickjacke legen, wo sich die braunen Fäden lösten, ließ sie Kaffee nachschenken und Kuchen schneiden, der an diesem Morgen schmeckte wie immer und an dem nichts daran erinnerte, dass Karls Vater die Bestellzettel ausfüllte und die Bleche und Teller mit Torten in seiner Küche lagerte. An Ajas Blick konnte ich erkennen, es fiel ihr nicht schwer, sie brauchte sich nicht zu überwinden, an Évis Tisch zu sitzen und Évis Stimme zu hören, und fast hätten wir vergessen können, dass es lange genug anders gewesen war. Wir schauten nicht auf die Uhr, die neben dem schiefhängenden Schrank leise tickte, als könnten wir mit diesem Nachmittag, an dem der Regen bald schwächer fiel und das Licht sich viele Male änderte, die verlorenen Nachmittage zurückgewinnen, als könnten wir mit diesem Besuch alle ausgebliebenen Besuche ausgleichen und aufholen, was wir versäumt und vermisst hatten. Später zogen wir Mäntel und Mützen über und liefen mit Évi am Bahnwärterhäuschen vorbei zum Wald, zum kleinen See, der dunkelgrün schimmernd zwischen Tannen lag und wegen des vielen Regens die Beine des Stegs verschluckt hatte, an denen wir uns als Kinder beim Tauchen festgehalten hatten. Évi lief die Böschung hinab, setzte sich aufs nasse Holz und zeichnete mit den Spitzen ihrer Gummistiefel schwimmende Kreise ins Wasser, in dem vor Jahren Ajas rotes Fahrrad gelegen hatte, als zwischen unseren Müttern etwas begonnen hatte, das sie bis heute aneinanderband, mit einem unsichtbaren Faden, der nicht reißen konnte, seit sie ihn damals vom Badesteg durch den Wald zu unserem Haus, über den großen Platz zur Brücke über den Klatschmohn und den Feldweg hinunter zu Évis Garten gespannt hatten.

Abends kochte Évi Reissuppe und briet zum Nachtisch Pfannkuchen, nachdem sie im Küchenschrank das Kuvert mit den Münzen und Geldscheinen gesucht hatte, die Karls Vater ihr gegeben hatte und die Aja mitnehmen sollte. Aja verpasste nach zwei Gläsern Wein den letzten Bus, und als ich fragte, ob sie in unserem Gästezimmer schlafen wolle, schüttelte sie den Kopf und deutete mit dem Kinn zu Évis Flur, wie um mir zu sagen, ich schlafe in meinem alten Zimmer, in dem alles unverändert ist, in dem sogar Zigis Zeichnungen noch an den Wänden und die Papierengel vor dem Fenster hängen. Als es vom Kirchturm zur Mitternacht schlug, brachten sie mich nach Hause, an der Brücke über den Klatschmohn schickte ich einen stillen Gruß zum Friedhof, und obwohl nichts wie früher war, umarmten wir uns wenig später zum Abschied, als sei alles wie immer, als könnten wir weiterleben wie bisher, als habe uns nichts von unseren Wegen gedrängt. Ich blieb am Tor stehen, um den beiden nachzuschauen, ihren schnellen Schritten, ihrem wirren Haar, das unter den Mützen hervorschaute, Aja, die neben Évi noch immer aussah wie ein Mädchen. Kurz bevor sie um die Ecke zum großen Platz bogen, legte Évi den Arm um Ajas Schultern, so wie sie es früher getan hatte, wenn sie nebeneinander gelaufen waren, und Aja ließ es geschehen. Sie ging einfach weiter, mit Évis Arm auf ihren Schultern, unter einem Mond, der hinter dem schwarzen Kreuz des Kirchturms aussah wie mit einem Rest weißer Farbe in den Himmel getupft, als habe jemand nur einen Pinsel säubern wollen.

Karl rief an und sagte, es schneit, kannst du es glauben, ausgerechnet jetzt muss es schneien, wenn ihr nicht da seid, ich dachte immer, in Rom gibt es

Schnee nur in diesen Kugeln mit Petersdom und Kolosseum, er ist eingesperrt und kann nicht hinaus. Aja hätte den Schnee am Abend zuvor gespürt, fuhr er fort, an dem er die Schallplatten gehört habe, die Aja und ich dagelassen hatten, Ritornerai sei von allen Liedern sein liebstes geworden, du wirst zurückkehren, ritroverai tutte le cose, du wirst all die Dinge vorfinden, die du zurückgelassen hast, und ich sagte nicht: Hör auf damit, sie wird nicht zurückkehren, sie will die Dinge nicht mehr vorfinden, aber es kam mir komisch vor, dass Karl so redete, dass er sich plötzlich benehmen wollte wie ein Kind, dem der Verstand noch fehlt und dem man daher nichts erklären kann, weil ich geglaubt hatte, er habe Aja aufgegeben und sich abgefunden damit, dass wir abgereist waren. Nach einer Pause sagte er: Seri, ich gehe durch die Zimmer und sehe, ihr seid nicht da, ich kann nicht glauben, ihr habt mich allein gelassen, und es klang, als rede nicht Karl, als sage es stattdessen ein anderer für ihn, weil es nicht zu Karl passte, etwas zu sagen, das nach einem Vorwurf klang, weil es nie seine Art gewesen war, irgendwem Vorwürfe zu machen, schon gar nicht Aja oder mir. Karl wusste schon von den Kuchenbestellungen. Er sagte, sein Vater habe nicht viel erklären müssen, ihm sei schon im Mai etwas aufgefallen, als Évi mit dem Stützkissen im Nacken aus dem Flugzeug gestiegen war. Etwas habe in ihrem Blick gelegen, in ihren Antworten, für die sie noch länger gebraucht hatte als sonst. Er frage sich, wie Aja es nicht habe merken können, wieso sie überhaupt Ärztin sei, wenn ihr das nicht aufgefallen sei, und wie zum Trotz sagte ich, sie hatte eben nur Augen für dich, und einen Moment blieb es still zwischen uns. Ob ich denn nichts bemerkt habe, als Évis Stützkissen wie ein Krake auf ihren Schultern gesessen hatte, und ich wusste nichts darauf zu sagen, weil mich das Kissen auf Évis Schultern nicht gestört hatte. Erst jetzt, da Karl davon sprach, als sei es ein Vorbote, als sei es eine Warnung gewesen, die wir alle hätten verstehen müssen, fing es an, sich in meiner Erinnerung zu verändern, als könne auch ich plötzlich eine Drohung darin erkennen.

Niemand hätte Aja von den Dingen erzählen müssen, die Évi vergaß, von den Kuchen, die nicht mehr schmeckten, von dem Geld, das Karls Vater ihr für Bestellungen gab, die er sich nur noch ausdachte und auf die Leiste an Évis Küchenwand spießte. Seit einer Weile hatte sie diese Ahnung, so wie sie von vielen Dingen eine Ahnung haben konnte, nicht nur vom Schnee, den sie spürte, bevor die Wolken ihn nachts loslassen und zur Erde schicken würden. Etwas hatte sich in Évis Leben geschlichen, so viel wussten wir, es sickerte in ihre Tage und breitete sich darin aus, wie das Harz, das hinter dem Bahnwärterhäuschen aus den Tannen trat und zäh über die Rinden tropfte. Aja sagte, es sei ein zögernder, ein stiller Anfang von dem, was sich in den nächsten Jahren auf Évi legen würde, und sie war wütend, weil Évi jetzt schon damit anfangen müsse, wie sie sagte, wo sie vielleicht gar nicht nach Kirchblüt habe zurückkehren und schon gar nicht Évis Ärztin habe sein wollen.

Évis Vergessen kam langsam, und obwohl wir auf alles schauten und achtgaben, fiel uns lange nichts auf, was sie nicht schon früher getan oder gesagt hätte. Sie schlief in der Küche ein, ihr Kopf neben einer Tasse Tee auf der Tischplatte, die wirren Locken zwischen Nadel und Faden, die sie aus dem Kästchen genommen hatte, und ging ins Bett, wenn das erste Lärmen der Vögel sie geweckt oder meine Mutter am Morgen an die Scheiben geklopft hatte. An kalten Tagen trug sie die offenen Schuhe mit den Holzabsätzen zu Schal und Mütze, und auf dem Markt fragte sie im September nach Erdbeeren, als habe sie beschlossen, auch die Jahreszeiten zu vergessen. Sie nahm das Kästchen aus Blech wieder öfter vom Regal und strich über Bens Murmeln, ganze Abende konnte sie damit verbringen, sie aneinanderzustoßen, mit dem Klack-Klack, das sich in Karls Kopf ausgebreitet hatte, wegen Aja verschwunden und wegen ihr zurückgekehrt war, und sie legte das Kästchen erst weg, sobald Aja das schiefhängende Tor beim Öffnen durch den Staub schob, das Fliegengitter löste und die Schuhe abstreifte. Wenn es schneite, saß Évi draußen unter ihrem Küchenfenster auf der Bank, die Karls Vater jeden Frühling ölte und mit neuen Schrauben versah, hielt die flachen Hände hoch, als wolle sie die Flocken abwehren, damit sie sich nicht aufs Dach und die Regenrinne setzten. Manchmal schaute Évi nach dem Fotoladen bei meiner Mutter vorbei, und wenn sie das Schlagen der Tennisbälle hörte, die sich mit der Wäsche im Trockner drehten, sagte sie, es klinge, als poche darin ein großes lautes Herz.

Aja und ich bestanden unsere letzten Prüfungen, und obwohl noch Jahre vor ihr lagen, bis sie sich Frau Doktor würde nennen dürfen, sagte man es rund um den großen Platz schon zu ihr, wenn sie am Wochenende kam und für Évi auf dem Markt einkaufte. Nichts hätte mich in dieser Zeit an einen anderen Ort, weg von Aja ziehen können, einmal nur dachte ich daran, nach Rom zu fahren, um Karl zu sehen, das blasse Dreieck über seinem Ohr, wo seine Haut in tausend Wellen lag, unsere Zimmer unterm Dach, die blassroten Ziegel vor den Fenstern, und ich malte mir aus, den Verästelungen der Straßen zu folgen und die Brunnen abzulaufen, die ich nachts plätschern hören konnte, wenn in Kirchblüt alles ruhte. Im Sommer fing Aja wieder an, im Kreiskrankenhaus zu arbeiten, obwohl sie an anderen, größeren Kliniken hätte beginnen können. Ihr Zimmer in Heidelberg behielt sie, aber wenn sie nachts Dienst hatte, schlief sie tags darauf bei Évi, die Aja wie früher am Eingang abholte. Aja hatte aufgehört zu sagen, dass Évi nicht ihre Mutter sei, und Évi dankte es ihr, an jedem neuen Tag, an dem Aja darauf verzichtete, wenn sie vom Krankenhaus über den großen Platz und den Feldweg kam, um in Évis Küche zu sitzen und auf den Birnbaum zu schauen, der im Hochsommer das Licht in Stücke brach, und auf das Band, das Zigi vor Jahren um einen Ast gewickelt und dem das Wetter die gelbe Farbe schon lange genommen hatte.

Vielleicht war es nur ein Zufall, dass Évi anfing, krank zu werden, als Aja gerade damit anfing, Kranke zu heilen, dass sie Namen zu vergessen und zu vertauschen begann, obwohl seit Jahren dieselben Leute ihre Filme bei ihr abgaben und Évi immer dieselben Namen mit ihren schrägen Buchstaben auf die Umschläge geschrieben hatte. Niemand hatte seinen Zettel je auf die Theke legen müssen, weil Évi jeden Namen gekannt und gewusst hatte, wann der Film abgegeben worden war, selbst am ersten Samstag nach den Ferien, wenn das Glöckchen viele Male klingelte und man sich im Fotoladen drängte, waren ihr die Namen und Tage nie durcheinandergeraten. Jetzt brauchte sie lange dafür, die Kameras mit einem Filztuch aus der Vitrine zu nehmen und auf die Theke zu legen, und sie musste auf den weißen Schildern nach den Preisen schauen, die sie früher alle hätte aufsagen können, die Preise für Objektive und Taschen, für Stative und Batterien und was im Laden sonst noch zu kaufen war. Am Abend vergaß sie, die Fenster im Hof zu schließen, am Morgen ließ sie den Schlüssel neben dem Fliegengitter liegen und suchte in allen Taschen, wenn die ersten Kunden schon vor dem Eingang warteten. Am besten vergesse Évi gleich alles, sagte Aja, sie könne fast neidisch werden, und sie sagte es in diesem scharfen Ton, von dem ich geglaubt hatte, ihn nicht mehr hören zu müssen.

Nur mir machte es damals noch nichts, wenn Évi länger für alles brauchte, wenn sie die Tür zum Fotoladen dreimal auf- und wieder zuschloss und am Knauf rüttelte, um zu sehen, ob die Tür auch verschlossen war, wenn sie immer die gleichen Fragen stellte, die ich längst schon beantwortet hatte, wenn sie unter dem Kirchturm stehen blieb, um zu prüfen, ob die Zeiger der Uhr auch vorwärtsrückten, wenn wir uns für mittags im Café am großen Platz verabredet hatten und sie nicht kam. Für mich blieb Évi dieselbe, die ich als Kind gekannt hatte, die im Winter ohne Schuhe zum Verschlag mit den Hühnern gegangen war, um Mais durch den Maschendraht zu werfen, und die sich in Frostnächten zu den Rosenstöcken ins Gras gelegt hatte, um zu sehen, ob ihnen die Kälte auch nichts anhabe. Ich wunderte mich am wenigsten über die Dinge, die Évi jetzt manchmal von sich gab. Wenn sie fragte, ob es früher auch so viel Dreck in der Welt gegeben habe, sagte ich, ja, sicher, früher hat es auch so viel Dreck in der Welt gegeben. Wenn sie neuerdings meinte, jedes Haus, jede Mauer habe ein Gesicht, aus jedem Haus werde irgendwann ein Gesicht, fragte ich, welches Gesicht denn ihr Haus, ihr kleines Haus habe. So redete ich jetzt mit Évi, wir alle redeten so mit ihr, auch Karls Vater, Ellen und Aja, selbst meine Mutter, obwohl es sie anstrengte und immer schief klang, weil ihr etwas daran nicht gelingen wollte, so mit Évi zu reden. Wir gewöhnten uns daran, Évi im Sommer sagen zu müssen, den Schal zu Hause zu lassen, und im Winter, die Schuhe mit den Holzabsätzen wegzustellen und die gefütterten Stiefel anzuziehen. Wir alle schauten nach ihr, wann immer wir Zeit hatten und wussten, Aja hatte ein paar Tage frei und blieb in Heidelberg. Wir klopften an ihr Küchenfenster, riefen ihren Namen übers schiefhängende Tor, winkten ihr vom Fahrrad, wenn wir über den Feldweg am Mais entlangfuhren, liefen durch den Garten hinters Haus, bis wir Évi bei den Hühnern entdeckten und sie uns auslachte, den Kopf schüttelte und fragte, was soll denn mit mir sein, was soll mir schon geschehen. Meine Mutter schimpfte, weil Évi kein Telefon hatte und nicht hören wollte, wenn meine Mutter sagte, sie würde es bezahlen, auch die Leitung, die gelegt werden musste, würde sie bezahlen, sie wolle nicht mehr jedes Mal in ihren Wagen springen, um nachzusehen, ob Évi tot umgefallen oder nur am Küchentisch zwischen ihren Rosentassen eingeschlafen sei, die Angst um Évi würde sie zu viele Nerven kosten und am Ende noch die Gesundheit, aber es klang falsch und ungeschickt, so mit Évi über Gesundheit zu reden.

Als Évi zu heizen vergaß und ihr Haus die klamme Kälte nicht mehr loswurde, fand Aja, Évi dürfe nicht länger allein leben. Ich schlug vor, sie solle eines der leeren Zimmer meiner Mutter beziehen, es gebe genug davon, aber Aja schüttelte den Kopf und sagte, Zigi müsse kommen. Sie ließ es klingen, als stünde es schon fest, als sei es besprochen, als gebe es schon einen Tag, an dem Zigi reisen würde. Es sei das mindeste, was er für sie tun könne, sagte sie, sein Leben auf der anderen Seite des Ozeans aufzugeben und es auf dieser Seite, neben Évi weiterzuführen. Er sollte sich von den Straßenschluchten verabschieden und sich mit seinen wenigen Dingen auf eine letzte Reise begeben, die in Kirchblüt enden würde, um seine Tage fortan hinter Klatschmohn und Mais neben Évi zu verbringen, nicht weit vom Haus des Bahnwärters und dem tiefgrünen Waldsee, in den Aja gefallen war, nachdem Zigi ihr einen Sommer lang das

Radfahren beigebracht und sie dann verlassen hatte. Wenig später erzählte mir Aja, sie habe mit Zigi gesprochen, um sechs Uhr New Yorker Zeit habe sie angerufen, und es sei ihr gleich gewesen, ob sie ihn geweckt habe, sie habe nicht länger warten können, ihm zu sagen, Évi fange an, den Verstand zu verlieren, er müsse sich auf den Weg machen, wenn er noch Zeit mit ihr verbringen wolle, bevor sich dieser Verstand irgendwann ganz auflöse. Zigi hatte nicht lange gebraucht, um zu antworten, er hatte auch nichts eingewendet, als habe er selbst schon beschlossen gehabt zu kommen und nur gewartet, bis sein Telefon läuten und Aja ihm sagen würde, es ist so weit.

Ein leichter Ostwind vertrieb das Grau des Winters aus Kirchblüt, und viele Kilometer und Seemeilen weiter westlich warf Zigi seine wenigen Kleider in einen Koffer, setzte den Hut auf und nahm Abschied von den Holzplanken, über die er seit Jahren zum Zirkuszelt gelaufen war, von den Buden, an denen sie Eis und Limonade verkauft, und von den Möwen, die sich auf die im Wind klirrenden Fahnenmasten gesetzt hatten. Zum ersten Mal bestieg er ein Flugzeug, und obwohl ihn auf dem Trapez nie gekümmert hatte, wie weit der Boden von ihm entfernt war, wurde ihm flau, als es nach sieben Stunden an Höhe verlor, weil er noch nie so schnell von einer Seite des

Atlantiks zur anderen gelangt war – so jedenfalls erzählte er es später unter Évis Birnbaum. Am Flughafen hatte er den Bus Richtung Süden genommen und kurz darauf den nächsten, der ihn nach Kirchblüt gebracht hatte, wo er weder den Tag noch die Stunde seiner Ankunft angekündigt hatte, weil er es wie früher halten wollte, dieses letzte Mal wollte er es wie früher halten. Er wollte allein unter den Kastanien die Straße hinunterlaufen, allein in den schmalen Feldweg biegen, Steine in die Hand nehmen und sie zum ersten Mal weit über die lichtgrünen Felder des Frühlings werfen, die er noch nie gesehen hatte. Er wollte mit seinem leichten Koffer am schiefhängenden Tor stehen und warten, bis Évi sich am Küchenfenster zeigen, die wenigen Schritte zum Fliegengitter gehen und es lösen, die Stufen hinabsteigen und über die wackelnden Platten zu ihm eilen würde, mit ihren schnellen, fliegenden Schritten, an denen sich nichts geändert hatte, um hinter dem Tor eine Hand auf seine Wange zu legen und die andere auf sein Haar.

Ich hatte Zigi lange nicht gesehen. In den wenigen Wochen, die er in Kirchblüt verbracht hatte, seit Aja erwachsen war, war ich kaum dort gewesen, und es lag viele Jahre zurück, da ich ihm unter fallenden gelben Blättern von meiner Linde nachgeschaut hatte, wenn er losgelaufen war, um seine Schuhe zu verschenken. Zigi hatte nichts von dem verloren, was mich als Kind angezogen hatte, auch wenn sich inzwischen viele graue Fäden in sein Haar drängten und seine Haut an den Armen welk geworden war. Er brachte Zirkusluft nach Kirchblüt, sie hatte sich in seinen Locken und Kleidern verfangen, wehte frisch über den großen Platz und fuhr in die Platanen, wenn Zigi unter ihren ersten Blättern von einer Seite zur anderen ging, in Hosen, die zu kurz waren, um die Knöchel zu bedecken, wenn er die Tür zum Fotoladen öffnete und seine schiefen Zähne zeigte, die sich dicht nebeneinander drängten, wenn er sich auf einen der Klappstühle setzte und Stunden warten konnte, bis Évi den Staub von den Vitrinen gewischt und das Glöckchen ausgehängt hatte, bis sie die Tür dreimal auf- und zugeschlossen hatte und dann seinen Arm fasste, um fürs Abendessen einzukaufen, was so spät noch zu kriegen war. Es war neu, Zigi hier zu haben und zu wissen, er würde bleiben, er hatte seinen Koffer ausgepackt und weggestellt, Évi hatte zwei Schubladen für ihn leergeräumt, und er hatte seine wenigen Kleider hineingelegt. Seit Jahren hatte ich sie nicht mehr so gesehen, wie sie jetzt wieder durch Kirchblüt liefen, Aja wie ein Mädchen in der Mitte, das Évi und Zigi beim Abschied in den Armen hielten, als wollten sie es nicht loslassen und hergeben, jedes Mal, wenn Aja an der Ecke zum Krankenhaus abbog. Niemand hätte ahnen können, etwas hatte Aja von ihren Eltern weggerissen, etwas hatte sich zwischen sie gedrängt und ließ sich nicht mehr wegschieben.

Évi glaubte nicht, dass Zigi bleiben würde, auch wenn er es ihr jeden Tag viele Male sagte. Wenn sie am Morgen Wasser aufsetzte und Kaffee in die Kanne gab, rechnete sie damit, er würde seinen Koffer unter dem Bett hervorziehen, seine wenigen Kleider hineinlegen, die Schlösser zuschnappen lassen und sich aufmachen. Den ganzen Sommer über wollte sie nicht glauben, dass Zigi seinen Koffer unter dem Bett und seine Kleider in den Schubladen ließ, dass er nicht im ersten Licht über den Feldweg nach Kirchblüt lief und in den Bus stieg, sich nicht aus der Tür lehnte und mit seinem Hut winkte. Im Herbst dachte sie, jetzt sei die Zeit gekommen, und als das Jahr auf Weihnachten zuging, bereitete sie sich noch immer am Abend darauf vor, Zigi in der Frühe zur Haltestelle zu begleiten und im gelben Schein der Laternen ohne ihn zurückzulaufen. Wir konnten ihr zusehen, wenn sie Mütze und Handschuhe zurechtlegte, den Schirm suchte und die grünen Gummistiefel ans Fliegengitter stellte, damit sie am Morgen schnell hineinschlüpfen könnte. Ein ganzes Jahr dauerte es, bis sie begriff, am Abend würde Zigi wieder mit ihr zu Bett gehen und am Morgen wieder neben ihr aufwachen, weil es ihm nicht mehr zustand, sich aufzumachen und loszuziehen. Seit Aja das Kuvert mit den roten Buchstaben geöffnet und Libelle über die Wand hatte tanzen sehen, stand es ihm nicht mehr zu. Seit Aja Rom verlassen hatte, seit sie wusste, sie war nicht in Évis Zirkuswagen geboren, seit sie an einer lauten Straße vor Libelles Haus gewartet hatte, seit Zigi in Kirchblüt angekommen war und Aja ihn am Tor zum Krankenhaus angeschrien und Erklärungen verlangt hatte, für die Zigi die ersten Tage und Nächte nicht gereicht hatten, seitdem stand es ihm nicht mehr zu, sich aufzumachen und zu gehen. Zigi würde in Kirchblüt bleiben, im Frühling würde er die Vogelhäuser im Garten abnehmen und die Äste mit einer langen Schere zurückschneiden, im Sommer würde er das Dach richten, im Herbst die Blätter des Birnbaums zusammenkehren und im Winter die Eiszapfen von den Fensterrahmen schlagen. Irgendwann würde er vielleicht das schiefhängende Tor anheben und so festschrauben, dass es nicht mehr am Boden schleifte.

Zigi hatte Bündel von Geldscheinen in die Seitentaschen seines Koffers gestopft gehabt, und weil Évi nicht gewusst hatte, wo sie die Packen verstecken sollte, war Zigi zur Bank am großen Platz gegangen, hatte das Geld wechseln lassen und auf Évis Konto eingezahlt, und wenn sie davon brauchten, füllte er an der Kasse den rosafarbenen Zettel aus und legte ihn in den Drehteller. Meine Mutter gab ihm Arbeit in der Spedition, wo er Kisten verlud und jeder wusste, wer er war, dass er mit Évi hinter Kirchblüt lebte, wo sich die Feldwege kreuzten und drei Linden am Zaun standen. Obwohl Zigi sich weigerte, mit dem Zollstock zu messen und etwas an der Wasserwaage auszurichten, ließ Karls Vater ihn auf seinen Baustellen aushelfen und zahlte ihm schon am Abend das Geld aus, weil er jedes Mal glaubte, Zigi würde am nächsten Tag nicht mehr kommen. Schließlich konnte jeder sehen, dass Zigi nicht auf eine Baustelle gehörte, es gab einen anderen Ort für ihn, allein schon daran konnte man es sehen, wie er in hohem Bogen Tee aus einer Kanne goss, wie er über die Bretter balancierte, die als Brücken durch den Schlamm gelegt waren, und wie er mit einem Mal aus dem Stand hochsprang, um sich an einem Gerüst hochzuziehen, loszulassen und die Füße trotz schwerer Schuhe leise aufzusetzen.

Einmal, an einem Sonntag, ging Zigi mit Évi in den Zirkus. Zigi habe etwas in Évis Tage zurückholen wollen, das sie vor langer Zeit geteilt hätten, sagte meine Mutter, die sie im Wagen hinfuhr, aber nach der Vorstellung habe Évi nur einen Stock aufgehoben und zwei Flügel in den Staub gezeichnet. An einem anderen Sonntag hatte meine Mutter sie zu dem Platz gebracht, auf dem Aja geboren wurde, Évi habe es so gewollt. Zigi hatte die Schuhe ausgezogen und war den Kies abgelaufen, als habe er die Vergangenheit mit nackten Füßen besser spüren können, den ganzen weiten Platz war er so abgelaufen, hatte nach rechts und links in die Luft gezeigt, als stünden die Wagen noch, als seien die Pflöcke des Zelts noch in den Boden geschlagen. Ihm war eingefallen, dass Évi in der letzten Vorstellung Rosenblätter und Fetzen aus Stanniol hinabgeworfen hatte, es hatte ausgesehen, als regne es Blut und Silber von der Kuppel. Später hatte sie eine Handvoll aufgesammelt und in ein Säckchen getan, das sie mahnen sollte, sich nie mehr an einem Seil hochziehen zu lassen und kopfüber hinunterzuspringen. Es sollte vorbei sein, bald nachdem Évi Aja zum ersten Mal angeschaut hatte, sollte es vorbei sein. Sie würde sich nicht mehr aus dieser Höhe hinabstürzen, sie würde auf sich aufpassen, genauso wie sie auf Aja fortan aufpassen würde.

Mütter

Es war still geworden in Kirchblüt. Etwas hatte sich auf seine Dächer gelegt, auf unsere Wege und Schritte, selbst auf das Glöckchen des Fotoladens und die Schläge der Turmuhr. Unsere lauten schrillen Stimmen, die wir fürs Streiten gebraucht hatten, waren verstummt, etwas lag hinter uns und scheuchte uns nicht mehr auf. Der Winter war vergangen, in dem Aja gesagt hatte, Zigi solle den Rollkragenpullover ausziehen und die Haare hochhalten, weil wir die Libelle unter seinem Nacken sehen wollten. Zigi hatte ihn ausgezogen und über die Stuhllehne geworfen, sich zum schiefen Küchenschrank gedreht und uns Rücken und Schultern gezeigt, denen wir im Licht des kleinen Fensters ansehen konnten, dass Zigi nie etwas anderes getan hatte, als an einem Trapez zu schwingen.

Aja und ich verbrachten wie früher die Abende bei Évi, und es war, als habe uns das Leben einen Aufschub gewährt, als habe es uns eine Pause geschenkt und belohnt für etwas, das wir ausgehalten und ertragen hatten. An einem solchen Abend im März, wie es ihn nur in Kirchblüt gibt, wenn der Winter über Nacht sein letztes Eis schicken wird, dem eine schwache Sonne über Wochen nichts wird anhaben können, strich meine Mutter die Italienroute der Spedition und gab die Geschäftsbeziehungen in den Süden auf. Sie dachte nicht mehr an das Licht im Pantheon, das durch eine runde Öffnung in der Kuppel drang, nicht mehr an das kleine Restaurant am Campo de' Fiori und nicht mehr an die Stufen vor dem Petersdom, auf denen mein Vater gesessen hatte, jedes Mal, bevor er Rom hatte verlassen müssen. Sie fuhr nie wieder nach Rom. So wie sie einmal die Ufer des Neckars in ihrem Kopf gelöscht hatte, hatte sie jetzt die Wege nach Rom gelöscht, hatte auf der Straßenkarte hinter ihrem Schreibtisch schwarzes Kreppband über den Stiefel geklebt und sofort angefangen zu vergessen, dass darunter ein Land lag, über dessen Straßen seit mehr als dreißig Jahren Lastwagen mit dem Schriftzug unseres Namens gefahren waren. Sie war nicht mehr empfindlich, wenn jemand nur das Wort Herzschlag in den Mund nahm, und sie brauchte nicht mehr wegzuhören und sich abzuwenden, wenn jemand sagte, er habe Herzklopfen.

Etwa zur gleichen Zeit fingen Ellen und Karls Vater an, wieder miteinander zu reden. Wir sahen sie über den großen Platz gehen und sich zum Abschied umarmen, als sei es nie anders gewesen, als habe es nie eine Zeit gegeben, in der sie sich kaum hatten anschauen können, weil ihre Blicke immer nur nach Ben gefragt hatten. Évi hörte auf, im Fotoladen zu arbeiten, gerade als der weiße Flieder vor der Auslage zu blühen begann. Meine Mutter hatte ihren Schreibtisch verlassen, war an den Lagerhallen vorbei über den Hof gelaufen und zum Fotoladen gefahren, als Évi zum letzten Mal das Glöckchen aushängte, die Tür abschloss und den Schlüssel nicht in ihre Tasche steckte, sondern neben dem Schaufenster in den Hausbriefkasten warf und diesem Geräusch lauschte. Meine Mutter ließ den Wagen stehen und ging mit Évi zur Brücke über den Klatschmohn, und obwohl sie ahnen konnte, dass Évi ablehnen würde, sagte sie noch vor den Maisfeldern: Wenn du magst, kannst du jederzeit in der Spedition anfangen. Sie wusste, bald würden die Jahre beginnen, in denen Évi sich nicht einmal an sie erinnern würde, wenn sie erst die kleinen unwichtigen, später die großen wichtigen Dinge vergessen würde, unsere Gesichter und Stimmen, selbst Karls Gesicht und Stimme, obwohl es schwerfiel, mir vorzustellen, Évi könne Karl jemals vergessen, sie könne jemals nicht mehr wissen, dass er vor ihrem Haus in seiner Linde gesessen und Blätter hatte hinabsegeln lassen, dass er in ihrem Gras die Hände aufgesetzt, die Beine hochgerissen und zum ersten Mal ein Rad geschlagen hatte.

Sie würde anfangen, das Laub im Herbst nicht mehr auf einen Haufen zu kehren und unter dem Novemberhimmel zu verbrennen, sie würde die Gummistiefel nicht mehr anziehen, wenn es über Tage geregnet hatte und die Wege im Schlamm versanken. Sie würde vergessen, den Herd auszuschalten, das Wasser abzudrehen, und Zigi würde es für sie tun. Irgendwann würde sie vielleicht nicht mehr wissen, wohin der Feldweg, wohin die Brücke über den Klatschmohn führte und dass sie das schiefhängende Tor anheben musste, wenn sie es öffnen wollte, damit es nicht auf dem Boden schleifte. Aja hatte es so ausgemalt, und Ellen hatte sofort angefangen, das Leben zu verfluchen, aus dem sich ausgerechnet Évi so verabschieden musste, die ihre schnellen Schritte immer leichter als alle anderen auf das Pflaster des großen Platzes gesetzt hatte, ausgerechnet sie musste sich so davon verabschieden. Es sei ein Unsinn, hatte Ellen geschimpft, Évi dem Leben zu entziehen, das sie besser zu leben wisse als wir alle zusammen, und ob Évis Götter, und sie sagte noch immer Götter, obwohl Évi ihr schon oft genug erklärt hatte, sie glaube nur an einen Gott, ob Évis Götter da nicht etwas verwechselt hätten. Ellen und meine Mutter hatten Évi nie Vorwürfe gemacht, als Aja Rom verlassen hatte, um Libelle zu sehen. Sie hätten gewusst, sagten sie, Évi sei jede Nacht vor ihrem Zaun den Weg auf und ab gelaufen, bis der Himmel sein erstes Licht auf die abgeernteten Felder geworfen habe, weil die Angst sie aus dem Bett gejagt habe, Aja könne etwas zustoßen. Ihnen war gleich, wer Aja neun Monate unter dem Bauchnabel getragen und zur Welt gebracht hatte, so jedenfalls sagte es Ellen. Sie hatten Évi schnell verziehen, dass die Wahrheit so spät ans Licht gekommen war, weil sie Évi jederzeit alles verziehen hätten, Ellen, weil Évi sie ins Leben zurückgelotst hatte, und meine Mutter, weil sie an niemandem so hing wie an Évi und Aja.

Ich begriff langsam, es war nie der Tod, auf den sich Aja hatte vorbereiten wollen, es war etwas anderes gewesen, in ungezählten Nächten in Krankenhäusern, in denen sie noch nicht gewusst hatte, dass Évi einmal einen Nutzen davon haben würde. Über Jahre hatte Aja ihr Beileid in erfundenen Telegrammen ausgedrückt, und wenn das Vergessen auch eine Art zu sterben war, hatte Aja die Telegramme an unserem Küchentisch in Rom an sich selbst geschrieben. Sie hatte geglaubt, wie ein Spaziergänger laufe der Tod neben ihr her, und alles, was sie zu tun habe, sei, darauf zu achten, dass er sie nicht überholte. Jetzt hatte er einen Vorboten geschickt, Aja hatte nicht aufgepasst, sie hatte die Tür geöffnet und ihn hereingelassen, und obwohl sie ihn nicht eingeladen hatte, hatte er an Évis schiefem Küchentisch unter der Leiste mit den Bestellzetteln einfach Platz genommen. Manchmal war ich nicht sicher, ob Évi sich nur verstellte, wenn sie sagte, zu viele Vögel flögen in ihren Birnbaum, flatterten auf und erschreckten sie, ständig zitterten seine Zweige. Dann klang es, als treibe sie einen Scherz mit mir, über den sie gleich selbst würde lachen müssen. Vielleicht war sie müde geworden, von den vielen Tagen, die sie in Kirchblüt verbracht hatte, mit dem sie verwachsen schien wie sonst keiner von uns. Vielleicht war sie ja davon müde geworden, mit Kirchblüt so zu verwachsen, im Takt seiner Glockenschläge über das Kopfsteinpflaster des großen Platzes und den Feldweg zu laufen, wo sie mit jedem Schritt abzählen konnte, wie weit entfernt von den letzten Häusern sie wohnte, wie weit von den schmalen Straßen, in denen Karls Vater ihren Kuchen ausfuhr, wie weit weg vom dichten Blätterdach der Platanen, das im Sommer den Regen auffing, wie weit von den Fotos, die sie hinter einem dicken Vorhang ordnete, und dem, was auf ihnen zu sehen war.

Nicht lange nachdem sie im Fotoladen aufgehört hatte, bat sie mich, Fallen vor ihrem Haus aufzustellen, und zum ersten Mal hörte es sich anders an. Sie sagte, Zigi könne sie nicht darum bitten, und als ich fragte, Fallen für was, flüsterte sie, für die großen Tiere, nicht für die kleinen, die kleinen sollten ruhig laufen. Ich schrieb Karl, er solle nach Kirchblüt kommen und genügend Kleider einpacken, damit er eine Weile würde bleiben können, und ließ den Brief enden mit: Bleib fern von offenen Fenstern, auch wenn es leer klang, als seien alle Warnungen immer umsonst ausgesprochen gewesen. Ich hatte nicht anrufen wollen, ich wollte ihm die Zeit lassen, die er für seine Antwort brauchen würde, aber als ich den Brief zur Post brachte, war ich sicher, Karl würde sofort seine Taschen packen, er würde eine Fahrkarte für den Zug kaufen oder einen kleinen roten Wagen leihen, er würde die Nacht durchfahren und die Tage nicht zählen, die er mit uns in Kirchblüt verbringen würde.

Er kam an einem Sonntag, an dem ich Évi zur Kirche begleitet hatte, weil Zigi sich nur noch selten dazu aufraffen konnte. Als wir nach der Messe auf den großen Platz traten, sah ich Karl auf einer Bank unter den Platanen sitzen, die ihre ersten Blätter vorsichtig zeigten. Er sprang auf, Évi eilte auf ihn zu, und als er sie umarmte, hielt sie sein Gesicht zwischen den Händen, strich seine langen Strähnen zurück und fuhr über die blasse Stelle an seiner Schläfe, dort, wo sich die Haut in Wellen legte. Évi schüttelte den Kopf, schob Karl an den Schultern von sich, als könne sie ihn dann besser anschauen, schüttelte wieder den Kopf, als könne sie nicht glauben, dass es wirklich Karl war, der an diesem Sonntag nach Kirchblüt gekommen war, um auf uns zu warten, bis die Glocken läuten und die Kirchentüren sich zum großen Platz öffnen würden. Ich konnte seinem Gesicht die Sonne und die warme Luft des Südens ansehen, und etwas ließ mich denken, ich würde mich nicht sattsehen können daran. Zu lange hatte ich Karl vermisst, und jetzt schmerzte es mich, ihn vor mir zu haben, weil ich die Zeit plötzlich fassen konnte, in der wir uns nicht getroffen hatten. Karl sagte, er habe gewusst, Évi sei hier, wo solle sie am Sonntagmorgen schon sonst sein, und dann lachten wir, und Évi zeigte ihre kleinen spitzen Zähne, nahm Karl an der Hand und sagte, er solle gleich mit zu ihr kommen, ich solle alle zusammenrufen und für den Nachmittag zu ihr bestellen. Ich ging zum Krankenhaus, damit Aja den Dienst tauschte, ich rief Ellen an, die aus Heidelberg mit dem Wagen kommen würde, und ich lief zu Karls Vater, der gerade die Kletterrosen neben den Fensterläden mit Draht festband, und sagte, er könne nicht bis zum Nachmittag warten, um Karl zu sehen, er müsse gleich los.

Es war nicht zu kalt, um draußen zu sitzen. Zigi hatte den großen Tisch unter den Birnbaum gestellt und Karl die Stühle. Aja winkte schon von weitem, ihr weißer Kittel lugte aus ihrer Tasche, als sie das Tor öffnete, und sie umarmte Karl lange und fasste seine Hände, und als Karl sich zu ihr beugte, schob sie seine Brille zurück, die vorgerutscht war, so wie sie es in Rom oft getan hatte. Meine Mutter legte die Tischdecke auf, Ellen goss Winzersekt in die Kristallgläser, die sie Évi vor langer Zeit mitgebracht hatte und von denen in all den Jahren nicht eines zersprungen war, und dann stießen wir an, auf Karl und darauf, dass er nach Kirchblüt gekommen war. Évi stellte zwei Bleche Streuselkuchen auf den Tisch, und weil er ihr gelungen war, brauchten wir nicht so zu tun, als schmecke er. Sie schenkte uns diesen Nachmittag, an dem wir nichts taten als sitzen und reden und der sich doch in meine Erinnerung gebrannt hat wie kein anderer, als habe Évi ihn mit Zigi geplant – als sollten wir uns in ihrem Garten wiederfinden, damit sie für immer dieses Bild von uns haben würde, Aja, Karl und ich auf schiefen Stühlen unter der geflickten Regenrinne, als könnten wir an diesem Nachmittag die Zeit zurückdrehen, als könnten wir die alten Farben noch einmal sehen und vergessen, dass der Frühling keinen Hut mit gelben Bändern trug. Dass wir längst von unseren Linden gestiegen waren und keine Blüten mehr zupften, um sie über den Zaun ins hohe Gras segeln zu lassen.

Wir merkten kaum, dass sich der Abend auf die Felder senkte und einen kühlen Wind von Süden brachte. Wir saßen im Dunkeln und kümmerten uns nicht um den Kleinen Wagen, der sich hoch über unseren

Köpfen am Kirchblüter Himmel zeigte. Aja hatte aus dem Verschlag hinter den Hühnern zwei alte Töpfe geholt, in die Évi ihre Wachsreste warf und zu neuen Kerzen schmolz. Sie zündete drei Dochte an, und das flackernde Licht setzte springende Schatten auf unsere Gesichter. Ellen reichte Karls Vater die letzte Flasche Winzersekt zum Öffnen, und Évi sagte, sie habe uns zu sich bestellt, weil sie uns etwas mitzuteilen habe. Aus ihrem Mund klang es schief und schräg, weil es der Ton aus Évis Amtspapieren war, aus den Briefen, die ihr der Postbote jahrelang gebracht hatte und für die sie ihre Unterschrift hatte geben müssen, und an Karls Blick konnte ich erkennen, er musste ungefähr das Gleiche denken. Évi sagte, sie wisse schon, ihr Verstand löse sich auf, und viel könne sie nicht dagegen tun, also müssten wir auch nicht vorgeben, es sei nicht so. Sie schaute Karls Vater an, als wolle sie sagen: Ich weiß von Ihren Bestellungen, ich weiß, es ist immer nur Ihre Handschrift. Warum man ihr auch das bisschen Verstand noch nehmen müsse, fragte Évi, wo sie doch nie zu viel davon gehabt habe, aber bevor sie ihn ganz verliere, wolle sie uns sagen, was auf ihrem Grabstein zu lesen sein müsse, wenn er eines Tages auf dem Kirchblüter Friedhof stehen würde, sie wolle sicher sein, Aja und Zigi könnten sich nicht einfach anders entscheiden. Neulich habe sie das Radio eingeschaltet und diesen Satz gehört, vielleicht sei er aus einem

Lied, einem Schlager, der vorher gelaufen sei und den sie versäumt habe, weil sie die Lautstärke zu spät aufgedreht habe. Karl müsse den Satz aufschreiben, der auf dem Stein stehen solle: Die hellen Tage behalte ich, die dunklen gebe ich dem Schicksal zurück. Zigi konnte an unseren Gesichtern sehen, dass etwas nicht stimmte, und Ellen wiederholte es für ihn auf Englisch, aber weil es plötzlich still geworden war, flüsterte sie nur. Karl nahm den Zettel, den Évi auf den Tisch gelegt hatte, und schrieb zwischen die Linien, auf denen sonst die Kuchensorte stand, die bestellt, und die Anschrift, an die geliefert werden sollte. Er schrieb es auf, wie Évi es soeben gesagt hatte, er musste nicht nachfragen, er hatte sich den Satz sofort gemerkt, so wie Aja und ich, und wir schauten ihm zu, wie er die Buchstaben im Halbdunkel aufs weiße Papier setzte, die hellen Tage behalte ich, die dunklen gebe ich dem Schicksal zurück. Aja sagte: Damit sie ein anderer nimmt, oder wie stellst du dir das vor?, und wieder fiel sie in ihren alten Ton zurück, als habe sich ihre Wut auf Évi in all der Zeit doch nicht gelegt, als sei sie in diesem Augenblick nur größer geworden. Niemand wusste etwas zu sagen, nichts fiel uns ein, weil wir an alles andere als an Évis Grab gedacht hatten, bevor Évi diesen Satz über helle und dunkle Tage ins flackernde Licht der Kerzen geworfen hatte, den wir nicht hatten hören wollen und der nicht zu diesem Sonntag passte, an dem Karl nach Kirchblüt gekommen war und ich ihn unter Platanen hatte umarmen können.

Karl faltete den Zettel und steckte ihn in seine Hosentasche, als wir um Mitternacht aufbrachen. Er sagte, er sei noch nicht in Évis Küche gewesen, und verschwand im Haus, nahm das Kästchen aus Blech vom Regal, klappte es auf und strich mit den Fingern über das bunte Glas der Murmeln. Seine Eltern schauten durchs Fenster, zum ersten Mal schauten sie Karl zu und wandten ihren Blick nicht ab, sie ließen es zu, dass er vor ihren Augen die Murmeln über Évis schiefen Küchentisch rollen ließ und Kugel für Kugel langsam zurück ins Kästchen legte. Aja kam mit mir, Karls Vater leuchtete uns den Weg, und wir folgten dem suchenden Licht seiner Taschenlampe. Ellen stieg in ihren Wagen, kurbelte das Fenster nach unten, ihr blondes Haar lag auf dem großen Kragen ihres Mantels, als sie sich nach uns umdrehte und winkte. Es dauerte, bis sie den Feldweg hinunterfuhr und am Ende auf die große Straße einbog, die sie nach Heidelberg zurückbrachte, und einen Augenblick lang glaubte ich, sie würde nicht fahren, sie würde mit uns in Kirchblüt bleiben wollen, obwohl sie am Tor zu Évi gesagt hatte, sie habe nicht über Grabsteine reden wollen, von Toten habe sie genug, es reiche für den Rest ihres Lebens. Wir gingen ohne ein Wort durch die Dunkelheit am Bachlauf entlang, der in diesem Frühling kaum Wasser führte. Die Felder schickten ihre feuchte Kälte, von der uns fröstelte, vielleicht war es auch das Reden über Grabsteine gewesen, das uns frieren ließ. Vor der Brücke über den Klatschmohn fragte Karl, was wir nur hätten, das mit den hellen und dunklen Tagen und dem Schicksal, das sei doch Évi, das sei doch ganz und gar Évi, wenn einer etwas von hellen und dunklen Tagen verstehe, dann wohl Évi. Was Aja daran störe, fragte er, mit Toten würden wir uns doch alle gut auskennen, und ich wusste, so wie Ellen dachte er jetzt an seinen Bruder und nicht an Évi, auch wenn sie auf diese Art zum ersten Mal ausgesprochen hatten, Ben könne tot sein.

Jetzt, da ihre Zeit in Rom nur eine Erinnerung war und Aja gesagt hatte, von der ganzen Schönheit dort sei ihr sowieso nur schlecht geworden, redeten Aja und Karl wieder so leicht wie früher miteinander. Sie hatten sich entfernt von den sieben Hügeln, dem Plätschern der Brunnen, von den Steinsplittern unseres Küchenbodens und den schmutzig grünen Wellen Ostias, selbst von Karls Steinwurf hatten sie sich weit entfernt. Karl sagte an einem dieser Abende zu mir: Aja und mich hat es nie gegeben, Seri, und ich schüttelte den Kopf und erwiderte, doch, es hat euch gegeben, ich war doch dabei, ich habe es gesehen. Karls Beichte war seit langem abgelegt, sie war fast unwirklich geworden, und wenn wir über den

Feldweg zu Évi liefen, dachten wir schon nicht mehr daran, es war hier geschehen – Karl hatte unter dieser Brücke einen Stein gesucht, er war neben diesen Maisfeldern zu Évis Zaun gelaufen, um ihn durchs Fenster zu werfen.

Musste Aja am Abend arbeiten, gingen Karl und ich allein zu Évis Haus, und wenn uns dann die Stille der Felder und der Geruch frisch geölter Bretter umgab, stand Zigi wie früher auf einer Kugel und rollte sie mit nackten Füßen über Maulwurfshügel und Mauselöcher, und Évi nahm aus einem Haufen Stoffe etwas zum Stopfen und legte es aus der Hand, sobald sie zwei, drei Stiche mit der Nadel getan hatte, als sei alles Weitere zu mühsam. Langsam würde sie sich von uns entfernen, so viel hatten wir begriffen, auch wenn sie weiter am Küchentisch saß und Saft in ausgespülte Senfgläser goss, auch wenn sie die Tischdecke zurechtschob, sobald sie verrutscht war, und die Zuckerdose mit dem Griff aus Porzellanrosen wieder in die Mitte setzte. Wir konnten ihr fast zusehen, wie sie verschwand, so wie wir Karls Mutter früher zugesehen hatten, wenn sie in Évis Küche die Dunkelheit mit ihren Händen verscheucht hatte, jedes Mal, wenn Évi die Hände faltete und in den Schoß legte, konnten wir ihr zuschauen dabei, wenn sie durchs Fenster in den Garten blickte und mit ihren Gedanken dahinter verschwand.

Aja war streng mit Évi, sie schrieb ihr Übungen vor, und sie schimpfte, wenn Évi sagte, sie habe keine Zeit dafür gehabt. Évi sollte jeden Morgen die Zeitung lesen, die Aja für sie bestellt hatte, und Zigi erzählen, was darin stand, sie sollte das große Einmaleins wieder rechnen, aus jedem Lebensjahr eine Erinnerung aufschreiben, ganz gleich wie unbedeutend sie war, und die Seiten Aja am Abend zeigen. Aja brachte aus dem Krankenhaus große Blätter mit vielen kleinen Figuren, die Évi sich merken und nachzeichnen sollte, sie schlug Bücher auf dem Küchentisch auf, zeigte auf Räder, auf Flaggen und Tiere, und wenn sie die Seiten zuklappte, sollte Évi sagen, was sie gerade gesehen hatte, und Aja zählte die richtigen Antworten an ihren acht Fingern ab. Wenn Évi sich festhielt an ihren abgeschlagenen Rosentassen, las Aja am Küchenfenster aus dem schmalen grünen Bändchen vor, das sie immer bei sich trug und in dem sie blätterte, wenn sie im Krankenhaus zwei Minuten fand. Schnell konnte Évi die Strophen eines Gedichts auswendig sagen, in der gleichen Geschwindigkeit, in der sie in unserem Wohnzimmer einmal laut gelesen hatte, und sie sagte sie auf wie ein Gebet am Morgen und Abend, wenn sie ein letztes Mal mit dem Geschirrtuch über den Herd wischte, die Stühle an den Tisch rückte und im schmalen Gang die Mäntel streifte: Heute verschifften sie unseren Sommer nach Hause, in zwei Kisten, eingeschlagen in braunes Wachspapier, eingenäht in Leinen.

Aja wusste, ihr blieb wenig Zeit mit Évi, selbst wenn es noch Jahre sein sollten, hätte sie zu wenige Stunden, in denen sie mit Évi würde reden können wie früher. Aja nutzte sie, wir alle nutzten sie, die lichten Augenblicke und hellen Tage, die uns mit Évi blieben, und wann immer wir konnten, standen wir am schiefhängenden Tor, saßen auf ihrer Gartenbank und versuchten, diese Zeiten in unserem Gedächtnis zu versenken. Aja wollte in Évis altem Leben aufräumen, wie sie es nannte, und Évi schien nichts dagegen zu haben, als wir das Haus in Ordnung brachten, nur das Band im Baum durften wir nicht entfernen, Wind und Wetter sollten es auflösen. Karl setzte ein neues Fliegengitter ein, weil Évi die Risse zu oft an denselben Stellen geflickt hatte, ich nahm den Schmutz von den Kabeln und Glühbirnen, Aja räumte die Schränke leer und wischte feucht übers Holz, zog die Schrauben der Stühle fest und klebte Filz unter ihre Beine, damit Évi sie leise zum Tisch schieben konnte. Karl warf die Läufer über den Zaun und klopfte große Wolken Staub über den Feldweg, ich weichte die Gardinen in Seifenlauge, hängte sie nass auf, legte sie in Falten, wie Évi es mochte, und goss das graue Wasser vor unsere Linden. Wir trugen den Müll in schwarzen Säcken ans schiefhängende Tor, Karl fuhr ihn mit dem Fahrradanhänger zu den großen Tonnen hinter der Schule und brachte Tüten mit Arznei zur Apotheke, die Évi in all den Jahren lieber nicht genommen hatte. Aja schien es nichts zu machen, als Karl ihre Sachen in Kisten zum Pfarrbüro fuhr, wo sie verschickt und verschenkt werden sollten, vielleicht konnte sie so ordnen, was noch immer in ihr wütete, seit Libelle in Rom über unsere Küchenwand getanzt war. Sie brauchte das große Aufräumen, wie sie erklärte, bei dem sie bis auf ihre ersten roten Schlittschuhe und wenige andere Dinge alles weggab, auch Évis altes Nähzeug, weißes und schwarzes Garn, eine kleine stumpfe Schere und Nadeln in einem hellen Stück Stoff. Als ich sagte, Aja müsse es aufheben, eines Tages würde sie sich erinnern wollen, wie Évi Pailletten an Zigis Kostüme genäht hat, schüttelte sie den Kopf und tippte sich an die Stirn, als sei ich verrückt geworden.

Wir entdeckten das Heft mit dem Einband aus gelbem Leinen, das meine Mutter vor Jahren in einem der besseren Geschäfte für Évi ausgesucht hatte. In Évis angestrengter Schrift stand dort viele Male nebeneinander Zündholz, und ich dachte an den Sommer, in dem Papierketten aus farbigen Buchstaben unser Haus durchzogen hatten, weil meine Mutter sich in den Kopf gesetzt hatte, Évi das Lesen beizubringen. Wir fanden den Zettel, auf den Zigi viele Male Évi geschrieben und dahinter mit Bleistift ein kleines Bild gemalt hatte, als Évi seine Briefe noch nicht lesen, aber zählen konnte, wie oft ihr Name darin stand, und was es zu bedeuten hatte, wenn er nur in der Anrede auftauchte, wenn sie ihn zweimal fand, dreimal oder zehnmal. Évi kannte diese Liste noch auswendig, auch wenn sie nicht mehr hatte daraufschauen müssen, seit sie die Wörter entziffern konnte. Sie wusste noch, was die Zeichen neben ihrem Namen bedeuteten, wenn er einmal, zweimal, zehnmal auftauchte – bald kommt Geld, ich schicke es in einem gefütterten braunen Kuvert, der Winter war garstig, aber ich bin ohne Verletzung, meine Gelenke halten mich noch, im September werde ich das Schiff nehmen, schickt neue Bilder, schickt bitte neue Bilder. Aus dem Verschlag hinter den Hühnern holte Karl Évis nachtblaues Trikot hervor, eingewickelt in knisterndes Papier, in das sich der Geruch feuchter Erde gefressen hatte, und die blauen Schuhe, von denen Évi vor langer Zeit schon gesagt hatte, sie könne sie nicht mehr finden. Mir kam es vor, als hätten wir wie in dem Gedicht den Sommer in Kisten gepackt und verschifft, und ich war nicht mehr sicher, ob Aja das Haus hatte für Évi herrichten, ob sie ihre eigenen Kleider, ihre alten Spiele und Stifte hatte loswerden oder nach etwas hatte suchen wollen, das sie verschwunden glaubte, in den Schubladen, die sie geleert, in den Schränken, die sie ausgeräumt hatte, als sei nicht alles längst gesagt, als gebe es noch irgendeine Entdeckung, die sie hätte machen können, als fehle ihr noch immer die eine Erklärung, und sie hätte sie hier finden können.

Der August ging mit heftigen Gewittern zu Ende, die auf dem großen Platz Äste der Platanen abschlugen und aufs Pflaster warfen. Der Wind hatte Évis Regenrinne abgerissen und Hagelkörner aufs Dach gestreut. Als es aufklarte und der Himmel ruhig blieb, kehrte Zigi Zweige und Blätter zusammen und setzte mit Karl neuen Maschendraht vor die Hühner. Aja pflanzte Hortensien neben das schiefhängende Tor, als zögen Herbst und Winter dann an Évi vorbei, und steckte rostige Nägel in die Erde, damit sie tiefblau würden, so wie Évi es ihr vor Jahren gezeigt hatte. Évi saß auf den Stufen vor dem Fliegengitter, neben dem Handlauf aus Metall, an dem sie sich ein einziges Mal festgehalten hatte, und sagte, sie wünsche sich einen Hund, einen, der still unter dem Küchentisch sitze, wenn sie koche, und der aufspringe und belle, sobald der Postbote hinter den Linden auftauche, einen Hund, der im Korb vor dem Fliegengitter schlafen und die Ohren spitzen würde, wenn sich nachts im Garten etwas rege. Wir glaubten, uns verhört zu haben, weil wir es nicht mit Évi verknüpfen konnten, nur mit anderen Leuten, die durch Kirchblüt spazierten, aber nicht mit Évi, es war das Letzte, was wir uns bei ihr vorstellen konnten, mit einem Hund an den Feldern entlangzugehen, ihn festzubinden vor den Geschäften und beim Metzger nach Knochen zu fragen, die sie dann in Zeitungspapier gewickelt mitnehmen würde. Trotzdem lief Karl die Tierheime ab, bis Ellen es ihm ausredete und einen Züchter fand, dem sie viel Geld bezahlte, für einen Hund mit kurzem weißem Fell und schwarzen Flecken, der trotz seiner langen, schmalen Beine nicht zu Évi passte, genauso wenig wie die Kristallgläser zu ihr gepasst hatten, die Ellen vor langer Zeit für sie ausgesucht hatte.

Karl hatte uns alle zu Évi bestellt, auch seine Eltern und meine Mutter, und wir warteten schon am Zaun, als er von der Brücke über den Klatschmohn den Feldweg hinabgelaufen kam. Der Hund sprang neben ihm hoch, Karl warf einen Stock in die Felder, der Hund jagte ihm nach und legte ihn vor Karls Füße. Wir gingen ein Stück, um sie besser sehen zu können, und es dauerte eine Weile, bis Karl vor Évi stehen blieb, ihr die Leine aus rotem Leder reichte und sagte, bitte schön, Évi, dein Hund, wie willst du ihn nennen. Évi schlug die Hände vor ihrem Gesicht zusammen, und dann lachte sie, ein bisschen zu spät, ein bisschen zu leise, wie es schon immer ihre Art gewesen war, und Karl schnalzte mit der Zunge und ließ den Hund vor den Stufen sitzen, neben einem Knochen, den er aus einer Tüte gefischt und auf den Boden geworfen hatte. Obwohl Karl ihn gebracht hatte, schmiegte sich der Hund sofort an Évis Beine, und später, als es dunkel wurde, legte er sich in den Korb, den Évi draußen unter das Fliegengitter gestellt hatte. Karl hatte uns nicht wegen des Hundes kommen lassen, sondern wir hatten hören sollen, er würde Évis Wunsch erfüllen, wenn es sonst keiner von uns tun wollte, Karl würde ihn erfüllen. Bevor er am Abend ging, wartete er auf den Augenblick, in dem er wusste, dass alle ihn hören würden, fasste Évis Hände und sagte, es wird so sein, wie du es willst, und obwohl Évi nur nickte und nichts erwiderte, wussten wir, er redete vom Grabstein und seiner Inschrift, über die wir kein Wort mehr verloren hatten, seit Karl sie auf einen der Bestellzettel für Kuchen geschrieben hatte und wir hinter dem springenden Licht der Taschenlampe durch die Nacht gelaufen waren.

Aja und ich brachen spät auf, Aja in ihrem alten schwarzen Mantel, den sie beim Aufräumen entdeckt und sofort angezogen hatte, obwohl er an den Ellenbogen die Farbe und an der Leiste zwei Knöpfe verloren hatte. Sie hatte ihre Tasche neben dem kleinen Altar liegenlassen, die sie immer für zwei, drei Tage packte, wenn sie in Kirchblüt blieb und bei Évi oder im Gästezimmer meiner Mutter schlief. An der

Brücke über den Klatschmohn kehrten wir um, als ein halber Mond dunkelgelb über Évis Haus stand und der Garten plötzlich fern aussah, wie von einem Tuch verhüllt, wie ein Gemälde, das man zur Nacht abgedeckt hatte. Aja öffnete das schiefhängende Tor, der Hund sprang auf, ohne zu bellen, schleckte über Ajas Hand, ließ uns durchs hohe Gras schleichen und ins Küchenfenster schauen. Évi und Zigi standen im Türrahmen, in dem Karls Vater seinen Kopf einziehen musste, damit er sich nicht stieß. Zigi trug kein Hemd, Évi hatte eine Hand in seinen Nacken gelegt und tippte mit dem Zeigefinger auf die schwarze Libelle, die mit den Jahren blasser geworden war. Sie sah aus, als wolle sie sagen, sprich mit deiner Tochter, bevor sie es selbst herausfindet, als habe sie vergessen, dass es zu spät dafür war, alles war längst geschehen, Aja hatte Libelle längst über die Küchenwand tanzen sehen, sie hatte sich längst schon aufgemacht und vor Libelles Tür gewartet, auf der anderen Seite der Straße, bis Libelle das Haus verlassen und der Verkehr einen Augenblick stillgestanden und eine Schneise für sie geöffnet hatte.

Wir klopften nicht ans Fenster, wir lösten das Fliegengitter nicht, um ins Haus zu gehen und Ajas Tasche zu suchen. Wir schauten uns an und legten die Finger auf die Lippen, schoben leise das schiefhängende Tor zu und liefen schnell weiter. Als wir uns umdrehten, hatte sich eine Wolke vor den Mond geschoben, das Haus lag im Dunkeln, das Licht in der Küche war gelöscht. Aja sagte, lass uns noch warten, und dann standen wir, ohne dass uns kalt geworden wäre, und schauten auf Ajas altes Zuhause, wo sie an Évis Seite aufgewachsen war, auf unsere Linden, die sich silberschwarz zum Himmel streckten und in die jetzt ein Wind fuhr, von dem ich noch immer glaubte, er wehe nur durch Évis Garten. Ich stellte mir vor, wie Évi und Zigi jetzt in ihrem Bett lagen, nachdem sie in der Küche das Licht gelöscht hatten, und dachte, Évi müsse nicht mehr fürchten, Zigi könne am Morgen aufstehen und sie verlassen. Aja sagte, vor ein paar Tagen habe sie Angst bekommen, als Évi plötzlich alle Uhren abgenommen und dann nach der Zeit gefragt hatte, aber als sie später gegangen sei und vom Garten durchs Fenster geschaut habe, sei ihre Angst verflogen. Évi hatte mit Zigi am Küchentisch gesessen, vor ihren abgeschlagenen Tassen und dem Stapel Karten, den Zigi an den Abenden austeilte, um mit Évi die alten Spiele zu spielen. In diesem Augenblick war sie sicher gewesen, Zigi würde nicht gehen, sie müssten keine Angst mehr davor haben. Sein Koffer würde unter dem Bett bleiben, und mit jedem Tag würden sich nur neue Staubflocken auf ihn setzen.

Anfang Oktober fuhr Karl zurück nach Rom. Als er sagte, er wolle das erste Herbstlicht nicht versäumen, konnte ich sehen, wie schwer es Aja fiel, ihn gehen zu lassen, schon an der Art, ihre Füße ein paarmal schnell durch den Staub zu ziehen und kleine Kreise zu zeichnen, daran, wie sie zu lachen versuchte, als er sagte, wir würden schon ohne ihn auskommen, und wenn nicht, in nur zwölf Stunden könne er hier sein. Ein Freund von Jakob würde ihn bis Bologna mitnehmen, und wir trafen uns sonntags bei Évi, bevor Karl am Abend in den Zug nach Heidelberg steigen würde, um von dort loszufahren. Évis Haus war heller und größer geworden, seit wir aufgeräumt hatten. Es sah aus, als brauche Karls Vater den Kopf nicht mehr einzuziehen, jetzt, da er durch den schmalen Gang an den Mänteln vorbei zur Küche ging, um neue Bestellungen an die Leiste zu stecken. Évi schob die kurzen Gardinen zur Seite und öffnete das Fenster, um Teller und Gläser herauszureichen, meine Mutter und Ellen wischten über die Tischplatte und fegten mit dem Handrücken die ersten gelben Blätter weg, die wir als Kinder zwischen Buchdeckeln gepresst und unter Pergament in ein Kästchen gelegt hatten. Es roch nach Herbst, nach Most und Quitten. Von Kirchblüt wehte der Duft frisch geschnittenen Grases herüber, wie ein letzter Gruß an Karl, der in den letzten Tagen mit Aja und mir immer wieder hatte zum Waldsee gehen wollen, um auf dem Steg Schuhe und Strümpfe auszuziehen, die Füße ins Wasser zu hängen und auf das Wispern der Blätter zu hören, wie er sagte, als könne er dann leichter Abschied nehmen.

Während Zigi neuen Wein in unsere Gläser goss, stand Karl am Zaun. Er hatte die Arme ausgebreitet auf die Latten gelegt und schaute an unseren Linden vorbei zu den Feldern. Hinter dem Weizen sahen wir drei Kinder nicht weit vom Bahnwärterhäuschen am Feldrain entlanglaufen. An der Brücke stiegen sie zum Bach hinab und warfen Steine ins seichte Wasser, kletterten hinauf und rannten über den schmalen Weg weiter, rissen die Arme nach oben, sprangen hoch und höher, verloren ihre Stiefel, zogen sie an, drehten sich und fassten einander an den Händen. Der Wind trug ihr lautes Lachen und ihre hellen Stimmen zu uns. Zigi und Karls Vater hatten sich zu Karl gestellt, als gebe es etwas zu sehen, das sie nicht verpassen dürften, und Aja und ich folgten ihren Blicken vom Zaun über den langen staubigen Weg, in dem die Radspuren der Traktoren in den letzten Tagen hart geworden waren. Als die Kinder näher kamen, konnten wir erkennen, dass es ein Junge und zwei Mädchen waren, die langsam am Mais entlanggingen, der hoch stand und weit über ihre Köpfe ragte, als habe man in diesem Jahr vergessen, ihn abzutragen. Sie streckten ihre Hände nach den Blättern aus und verschwanden, jagten einander durchs Feld, bis nach einer Weile alles still blieb und selbst die Rispen sich nicht mehr rührten. Es sah aus, als seien sie verschluckt worden, als habe der Mais sie eingesperrt und gebe sie nicht mehr frei, und mit einem Mal war ich unsicher, ob sie wirklich da gewesen waren oder ich sie mir nur eingebildet hatte, ob sie ein Bild aus meiner Vorstellung waren, die mir einen Streich spielte, und das sich an diesem Sonntag vor die Felder gedrängt hatte, aber dann sprangen sie plötzlich heraus, lachten und winkten und rannten in ihren bunten Regenstiefeln an uns vorbei.

Évi hatte das Messer beiseitegelegt, mit dem sie Brot geschnitten hatte, hatte das Mehl von ihren Händen geschüttelt, von ihrem dunklen Kleid geklopft, hatte das Fliegengitter gelöst und war ohne Schuhe die Stufen hinabgestiegen. Sie hatte das schiefhängende Tor angehoben, die Steinchen durch den Staub gezogen, und war wenige Schritte den Feldweg hinuntergegangen, als wolle sie den Kindern folgen. Sie schob zwei ihrer wirren Strähnen unters Tuch, mit dem sie ihr Haar zurückhielt, stützte die Hände in die Hüften und legte den Kopf schief, als wolle sie mit dem Ohr die Schulter berühren. Ellen und meine Mutter hatten still gestanden und auf Évi geschaut, einen Augenblick lang hatte es ausgesehen, als könnten sie sich nicht bewegen, als hätten sie vergessen, wie man einen Fuß vor den anderen setzt und dabei vorwärtskommt, aber dann hatten sie ihre Gläser doch zum

Tisch gebracht und den Garten verlassen, um sich neben Évi zu stellen, die sie auch ohne Schuhe überragte. Die Kinder drehten sich um und schauten zurück, als hätten sie die falsche Richtung eingeschlagen und wollten umkehren. Ellen ging ein Stück auf sie zu, aber dann hoben sie nur Stöcke auf, liefen weiter und entfernten sich langsam. Meine Mutter war Ellen gefolgt, mit kleinen, zögernden Schritten, bis sie mit Évi in einem losen Dreieck auf dem Feldweg standen, als hätten sie nichts miteinander zu tun, als seien unsere Mütter Fremde, die zufällig zur gleichen Zeit auf einem Feldweg stehen geblieben waren, um drei Kindern nachzuschauen, einem Jungen und zwei Mädchen, die der Mais soeben verschluckt und ausgespuckt hatte.

Der Wind ließ in diesem Augenblick nach. Alles was wir hörten, war ein Vogel, der aus Ajas Linde aufflog, ein kleiner schwarzer, der durch Karls Kopf hätte flattern können. Unsere Mütter standen noch immer, ohne sich zu rühren. Sie schauten den Kindern lange nach, so lange, bis sie an der Abzweigung zur größeren Straße hinter zwei Kastanien verschwanden.

Zigi und Évi sind von Sommer zu Sommer schmaler geworden. Ihre Schultern haben sich zusammengezogen, in den vergangenen Jahren, in denen sie gemeinsam in einem Haus gelebt und in einem Zimmer ein Bett geteilt haben, in jeder Nacht des Jahres. Der große Platz ist kleiner geworden, den sie mit ihren schnellen Schritten nur noch selten überqueren. Sogar die Kastanienallee mit der Haltestelle, an der Zigi den Bus so viele Male genommen hat, ist kürzer geworden, wie ein Band, das zusammengesurrt ist, seit wir es losgelassen haben.

Aja ist jetzt Frau Doktor Kalócs. Karl und ich nennen sie oft so, eine Ärztin mit drei Fingern an einer Hand, die sie schon lange nicht mehr versteckt, an der sie aber auch keine Ringe mehr trägt, seit Karls Ring nie mehr einen Ring getragen hat. Sie arbeitet in der Neonatologie, noch immer im Kreiskrankenhaus in Kirchblüt. Sie will dort sein, wo das Leben beginnt, sagt sie, wo es wirklich beginnt, und lässt es klingen, als wüsste sie, wo das Leben, wo unser Leben beginnt und wo es aufhört. Karl und ich glauben,

Aja will die Kinder vor falschen Müttern schützen. Sie will sehen, welches Kind zu wem gehört, an jedem Tag will sie prüfen, sind es die richtigen Eltern, die in den Gängen und vor den Brutkästen sitzen, als müsse sie verhindern, eines dieser Kinder könne erfahren, was sie erfahren hat. Sie verbringt die Nächte zwischen winzigen Körpern, die unter Kabeln und Schläuchen und großen weißen Pflastern versteckt liegen, wandert zwischen Müttern und Vätern, und es reicht ein Nicken, ein Kopfschütteln, und jemand beginnt zu weinen. Trotzdem, sagt Aja, würde im ganzen Krankenhaus hier am wenigsten geweint. Selbst wenn es keine Hoffnung gebe, hier hofften sie. Aja übt sich nicht mehr darin, ihr Beileid auszudrücken, aber manchmal weint sie ein bisschen mit. Ich glaube, sie hat das von Évi, sie muss es von Évi haben.

Kirchblüt lässt Aja und mich nicht los. Wenn es Évi schlechter gehen sollte, wollen wir an keinem anderen Ort sein. Aja sagt, die kurze Zeit noch, in der sie Fragen stellen und Évi sie manchmal auch beantworten kann, will sie in Évis Nähe sein. Wenn ihr etwas einfällt, will sie vom Krankenhaus schnell über den großen Platz und den Feldweg laufen können, wo Évis Hund, der noch immer keinen Namen hat und den wir Évis kleiner Hund nennen, obwohl er so groß ist, vor dem Fliegengitter liegt und aufspringt, sobald er Aja kommen hört. Jetzt, da Évi manchmal am Abend vergisst, ins Haus zu gehen und am Morgen aufzustehen, aber sich an Dinge aus einer Zeit erinnert, in der ich Aja noch nicht begegnet war, sagt Aja, es kann nicht mehr lange dauern, bis sie nichts mehr von uns wissen wird, nichts von Zigi und mir, auch nichts von euch, von euch schon gar nichts.

Aja hat vor langem aufgehört zu sagen, meine Mutter ist eine Filmaufnahme, ich bin die Tochter einer Filmaufnahme, und wir müssen nicht mehr zu ihr sagen, hör auf damit, nein, Évi ist deine Mutter. Libelle hat nie mehr etwas geschickt, nie mehr einen Zettel in ein Kuvert gelegt, aber Aja ist zu ihr gefahren, wann immer sie Lust und Zeit hatte, sich in Heidelberg in einen Zug nach Südwesten zu setzen, um Libelles Stimme und Akkordeon zu hören. Diesen Frühling habe ich sie zum ersten Mal begleitet. Ich habe in der Sonne unter Oleanderbüschen gewartet, bis sie zurückkam und sagte, sie habe ein Krebshäuflein besucht, aber sie möge dieses Krebshäuflein, und es sei verrückt, jetzt schon wissen zu können, wie sie in zwanzig Jahren einmal aussehen werde. Seit einiger Zeit will sie nach New York fliegen, sie hat Geld gespart, jeden Monat hat sie dafür beiseitegelegt. Sie sagt, sie will endlich ihr altes Koordinatensystem kennenlernen, also auch den Ort, zu dem sie als Mädchen all ihre Gedanken geschickt hat. Sie will durch die Straßenschluchten spazieren und über die hölzerne Promenade von Coney Island. Sie will sehen, ob der Bus noch fährt, den Zigi damals, als Aja ihre Finger verlor, an die Küste, hinaus zu diesem Zipfel Land genommen hat.

Karl hat sich eingerichtet in Rom, er sagt, er brauche den Lärm der Motorroller und den Dreck vor Ostia. Er hat sich mit seinen Fotos einen Namen gemacht. Im Winter sind sie in Mailand gezeigt worden, und Aja und ich sind durch Kirchblüt gelaufen, mit diesem Satz auf den Lippen, für jeden, der ihn hören wollte oder nicht, Karl Kischs Bilder werden gerade in Mailand gezeigt. Seine Wohnung liegt in der Nähe der Foren, zu denen er am Abend geht, um sie mit streunenden Katzen zu teilen, die auf seine Beine springen, wenn er sich setzt und an einen flachen Stein lehnt. Wenn er hier ist, gibt er vor, in der Gegend zu arbeiten, obwohl wir wissen, dass es nur einen Grund gibt, aus dem er hier ist, und er muss uns nicht sagen, dass er darauf hofft, Évi könne anfangen, wieder Évi zu sein, sie könne aufstehen und die letzten Jahre mit einer kleinen Bewegung abschütteln, damit sie von ihren Schultern fallen, und wir könnten die Zeit dann für uns anhalten.

Ich frage mich oft, was aus ihm und Aja hätte werden können, wenn Karl geschwiegen hätte, wenn er uns nicht gesagt hätte, wer den Stein damals durch Ajas

Fenster geworfen hatte, wenn er uns nicht erzählt hätte, was wir ohnehin nicht hatten wissen wollen. Jeden Oktober kehrt die Frage zu mir zurück, wenn Karl nach Kirchblüt kommt und wir zu dritt über die herbstnackten Felder laufen, um den kleinen Wolken unseres Atems zu folgen. Es ist etwas, das mich trägt, nicht bloß durch die Monate ohne Licht und Grün, und ich bilde mir ein, es trägt auch Karl und Aja, jedenfalls sehen sie dann so aus, mit ihren roten Wangen und klammen Fingern, wenn sie stehen bleiben und zurückschauen auf Évis Haus, das den Wind noch immer abwehrt, auf den Wald mit seinem verborgenen See, auf den Friedhof und die kleine Brücke über den Klatschmohn, auf die abgesteckten Pfade unserer Kindheit, auf denen mit uns dreien alles begonnen hat, auf denen überhaupt alles für uns begonnen hat.

Erst kürzlich habe ich gehört, unser Gedächtnis verschiebe sich alle paar Jahre und ordne sich neu. Also verschiebe auch ich etwas, ein junger Gedanke verdrängt einen älteren, weil nicht alles gleichzeitig Platz in meinem Kopf hat. Vieles ist jetzt zurückgekehrt, als habe ich wenig vergessen aus jener Zeit in Évis Garten, als könne ich diese Bilder auch nicht vergessen, als würden sie ihren Platz in meinem Gedächtnis nicht räumen und freigeben wollen. Nur der Tag will mir nicht einfallen, an dem Karl und ich aufgehört haben, mit den Tauben zu sprechen, obwohl Aja weiter zu ihnen sprach, sosehr ich mich zu erinnern versuche, er will mir nicht einfallen. Wenn ich an Aja denke, an meine ersten Tage mit ihr, sehe ich zwei Mädchen über eine Wiese laufen. Das größere versucht, das kleinere zu heben, bis sie fallen, erst auf dem Bauch, dann auf dem Rücken landen, mit den Füßen aufstampfen und sich krümmen und biegen vor Lachen. Es gibt diesen Film von Aja und mir, fünfzehn, vielleicht zwanzig Sekunden ohne Ton, meine Mutter hat ihn gedreht, es muss in Zigis Sommer gewesen sein, vielleicht im Sommer danach. Aja und ich haben uns diese Bilder angeschaut, weil uns manchmal danach war, weil wir sehen wollten, wie wir damals sprangen und fielen, und wie es uns nichts ausmachte zu fallen, weil wir keine Angst haben mussten, weil wir einfach aufstehen konnten, den Dreck abklopfen und weiterlaufen.

Ellen und meine Mutter haben nicht aufgehört, Évi zu besuchen, sooft sie können, und wir auch nicht, Aja, Karl und ich. Karl verbringt jeden Abend bei ihr, wenn er in Kirchblüt ist, als habe Évi etwas gut bei ihm, als sei Karl ihr etwas schuldig, und ich weiß nicht, ob es ist, weil sie den Steinwurf verschwiegen hat, ist es, weil sie seine Eltern zurückgeholt hat ins Leben, oder einfach, weil sie ist, wie sie ist. Karl will ich nicht danach fragen, auch wenn er manchmal sagt, für Évi würde er durchs Feuer gehen, und es dann klingt, als wolle er mir auch sagen, warum. In dem Herbst, als von nichts anderem berichtet wurde als von den Menschen in der Prager Botschaft und den Menschen, die über die grüne Grenze nach Westen geflohen waren, über Ungarn, das Land, in dem Évi geboren wurde, schaltete Karl jeden Tag Évis Radio ein, das sein Vater ihr vor Jahren geschenkt hatte, und obwohl alles fern genug geschah, drang es über die Hügel und durch die dichten Wälder in Évis winzige Küche, auch wenn wir nicht wussten, wie viel Évi in diesen Tagen überhaupt davon verstand. Wir konnten diese Stimme hören, und wir hörten sie immer wieder, jedes Mal, wenn wir bei Évi waren, den Anfang dieses einen Satzes: Wir sind zu Ihnen gekommen, um Ihnen mitzuteilen, dass heute Ihre Ausreise, und der Rest versank in Jubel, weit entfernt von uns, und doch konnten wir ihn selbst in Kirchblüt, in Évis Küche noch spüren, wir brauchten nur das Radio einzuschalten, die kleine Antenne zu richten und konnten ihn spüren. Auch als Ellen und meine Mutter kamen, mit zwei Flaschen Winzersekt aus Ellens Kofferraum, spürten wir etwas davon, als wir anstießen mit den Kristallgläsern aus dem schiefen Schrank, als Ellen sagte: Évi, jetzt schließt sich dein Kreis, und meine Mutter: Ihr werdet sehen, jetzt versinken die Grenzen.

Jemand von der Polizei ist bei Ellen gewesen. Ausgerechnet jetzt, da sie ihren Frieden mit der Dunkelheit geschlossen hat, wie sie sagt. Manchmal hat sie Jakob gebeten, mit Ben allein sein zu dürfen, und er hat sie über die Landstraßen schnell nach Kirchblüt gefahren und gewusst, wenn sie hinter dem Tor verschwindet, wird sie Tage im Haus verbringen, mit den Bildern an den Wänden und denen in ihrem Kopf, mit Bens Stimme, die sie noch immer hören kann, nach so vielen Jahren noch immer hören kann. Ellen sagt, sie hätten neue Hinweise, sie hätten die Spur wiederaufgenommen, mit neuen Verfahren. Ellen schöpft gerade Hoffnung, sie hofft auf Klarheit, nach einem halben Menschenleben hofft sie jetzt auf Klarheit. Jemand muss es ihr sagen, jemand muss es für sie aussprechen, sie muss hören, Ben ist tot, vielleicht braucht sie dann das Kästchen aus Blech nicht mehr von Évis Regal zu nehmen und die Murmeln über den schiefen Tisch zu rollen. Aja und ich haben uns oft gefragt, ob Ellen wirklich glaubt, Ben würde noch mit Murmeln spielen, es würde ihn freuen, sie zu sehen, und er würde sich an sie erinnern, ob er in ihrer Vorstellung wirklich nie gewachsen und älter geworden ist, sondern weiter Murmeln an sein Fenster schnipst.

Meine Mutter hat angefangen, Figuren aus Ton zu kneten, Frauen mit langen Kleidern über ihren dicken Hüften und Bäuchen. Sie stehen in der Garage und im Haus, auf den Fensterbänken und Treppenstufen, kleine Frauen aus Ton, die sie mit den Händen geformt hat. Alle sehen ähnlich aus, mit ihren kurzen roten Haaren, die meine Mutter mit einem Pinsel aufgemalt hat, ihren spitzen Lippen und den runden, weit aufgerissenen Augen, in deren Blick sich ein leiser Vorwurf geschlichen hat. Ein Heer aus Tonfiguren begleitet meine Mutter stumm, und während es Staub ansetzt, füllt es die Leere des Hauses und nimmt ihm etwas von seiner Größe, jetzt, da ich schon lange nicht mehr dort wohne und Aja seit Jahren kein Gästezimmer mehr braucht. Seit meine Mutter Italien von ihrer Landkarte gestrichen hat, seit sie aufgehört hat, die Via Antonelli abzulaufen und nach einer Elsa Ausschau zu halten, sich bei jedem Gesicht zu fragen, ob sie es sein könnte, ob sie jene Elsa sein könnte, die mit meinem Vater ein winziges Leben gelebt hat, das für meine Mutter groß genug war, um ihr eigenes ins Wanken zu bringen, seitdem hat sie auch aufgehört, einen Klappstuhl ans Grab meines Vaters zu stellen, mit ihm zu reden und das Moos mit dem spitzen Ende ihres Kamms wegzukratzen. Ich gehe an den Abenden zum Friedhof, wann immer ich Zeit finde, jetzt, da wir ohne Schatten leben, da wir ihn abgestreift haben und er uns nicht mehr gefolgt ist, jetzt, da unsere Wunden kaum mehr sichtbar sind und wir sie nur noch spüren, wenn das Wetter umschlägt. Ein Rest Ferne ist zwischen meiner Mutter und mir geblieben, so wie auch früher immer ein Rest Ferne zwischen uns geblieben war. Sie hat meinem Vater verziehen, jedenfalls sagt sie es so, schließlich sehe sie sein Gesicht in meinem, jedes Mal, wenn ich vor ihr stehe, sehe sie es, und wie könne sie ihm nicht verzeihen, wenn sie sein Gesicht in meinem sehe. Sie geht wieder am Neckar spazieren, sie hat sich den Blick aufs Wasser zurückerobert, auf seine Wellen, die das Licht vor sich hertreiben, es macht ihr nichts mehr, auch der Gang über die schmalen Wege am Ufer macht ihr nichts mehr. Als es vor Wochen anfing, am Abend früher dunkel zu werden, waren wir dort, haben Stöcke gesammelt, in die Wellen geworfen und zugesehen, wie der Fluss sie mitgenommen hat.

Meine Mutter hat die Spedition umbenannt. An meinen Namen hatte sie gedacht, aber ich wollte nicht, dass er in die Welt getragen würde, und so steht seit zwei Jahren auf den gelben und roten Planen Maria Bartfink. Bevor meine Mutter ihr Büro für mich räumte, ließ sie an der Einfahrt Hannes durch Maria ersetzen, ein Abschiedsgeschenk, das sie sich selbst machte und zu dem Ellen und Évi sie seit langem schon ermutigt hatten. Sie ließ die Buchstaben abnehmen, die sechs Buchstaben, die den Vornamen meines Vaters ergeben, und als man sie verlud, schauten wir vom Rauchtisch am Fenster aus zu. Seitdem schicke ich unsere Lastwagen über die Straßen, so wie es meine Mutter mehr als dreißig Jahre lang getan hat, und ich werde es so lange tun, bis ich es überhaben werde, noch habe ich es nicht über. Vielleicht reicht es noch einmal für dreißig Jahre, es könnte sein.

Manchmal übersetze ich noch aus dem Italienischen, aber ich schlage nicht mehr so gern in den Büchern nach, weil es jedes Mal damit endet, zwischen den Zeilen Erklärungen zu suchen, als könne ich mich nicht abfinden damit, dass vieles unerklärbar bleibt. Ich habe angefangen, Viktoriatorte zu backen, und im Sommer, wenn die Baumkronen der Platanen am großen Platz gerade über uns zusammenwachsen, träumen Aja und ich davon, uns könne das kleine Café gehören. Karls Vater hat einmal für uns entworfen, wie es aussehen könnte, in der Mitte eine lange Theke mit Kuchen, mindestens drei davon nach Évis Rezepten. Er hat mehr Zeit fürs Zeichnen, seit er es aufgegeben hat, seine eigenen Bestellungen auf Évis Leiste zu spießen und die Kuchen in seinem Eisfach zu stapeln. Er hat ein neues Fahrrad ohne einen Aufsatz mit Schubfächern, aber seinen Hals streckt er weiter so, als gebe es diesen Aufsatz noch, als nehme er ihm noch immer die Sicht.

Eine Weile ist es her, dass Karls Vater mich hereingewinkt hat, als ich vor dem Haus mit den geschlossenen Läden stehen geblieben bin, das wir noch immer so nennen, auch wenn die Läden seit Jahren geöffnet sind. Er hat mir die Bücher meines Vaters gegeben, die er damals mitgenommen und für mich aufgehoben hat, als meine Mutter sie in unserem Hof auf Tapeziertischen verkaufte. Sie stehen jetzt auf einem hellen Regal aus Buchenholz, das er gebaut hat, damit ich sie hüten kann wie einen Schatz, so jedenfalls hat er es gesagt, als er Kiste und Regal in seinen Kofferraum geladen und zu mir nach Hause gefahren hat. Er hatte die Bände erwischt, die Ellen unter S eingeordnet hatte, Schiller ist dabei, Storm und Schnitzler. In jedem Band steht auf der ersten Seite in der Handschrift meines Vaters sein Name und das Jahr, in dem er es gekauft oder gelesen haben muss, ich weiß es nicht, meine Mutter will ich nicht danach fragen.

Karl muss seinen Bruder nicht mehr suchen, wenn er durch die Foren wandert, er muss ihn nicht mehr in jeder Meereswelle, in jedem Sonnenstrahl auf dem Wasser finden. Das Klack-Klack in seinem Kopf ist leiser geworden. Seit er gesehen hat, wie sich seine Eltern auf dem großen Platz umarmt haben, wie Ellen vor dem Haus mit den geschlossenen Läden ihre Hände auf die Arme seines Vater gelegt hat, glaubt er, seine Schuld sei abgetragen. Jeden Frühling schreibt er, Aja und ich sollten uns aufmachen, bevor Rom im Schlaf überfallen wird, von Tausenden, die über die Plätze strömen, an den Tempeln vorbeijagen und Münzen in die Brunnen werfen, und Aja und ich tun jedes Mal, als hätten wir es wirklich vor, als wollten wir noch einmal mit dem Zug über Bellinzona und durch den Mastenwald von Termini fahren. Karl hat nie verstanden, dass wir Angst haben, wir haben noch immer Angst davor. Zu vieles schlummert unter den Steinen und plätschert aus den Brunnen, zu viele Fratzen springen noch über die sieben Hügel und lachen uns aus. Noch ist nicht die Zeit dafür, aber irgendwann werden wir Karl dort wiedertreffen, ich bin sicher, irgendwann werden Aja und ich uns vornehmen, mit dem Nachtzug über Bellinzona zu fahren, allein schon, um nachzusehen, ob es ihn wirklich gibt, diesen Ort, den wir nur von einer Lautsprecherstimme kennen – liegt er wirklich dort, wenn wir den Zug verlassen?

So wie ich beim Klang des Akkordeons immer werde an Libelle denken müssen, braucht es nicht viel, um mich an Rom denken zu lassen, an die Flecken und Farbsplitter unseres Küchenbodens, ein Licht reicht aus, ein Stein, ein Regen. Wenn ich die vier Buchstaben, ein R, ein O, ein M, ein A, auf einem Wagen sehe, ROMA, zieht es etwas in mir zusammen, als habe sich dort unser Leben gewendet, als habe man erst dort drei Federn für uns in die Luft geblasen und uns in verschiedene Richtungen losgeschickt. Heute wundere ich mich, dass uns die Strecke nach Rom nie zu lang wurde und wir nie an die Zeit dachten, die es brauchte, weil sie kein Gewicht für uns hatte und wir grenzenlos über sie verfügten. Als wir glaubten, unser ganzer Besitz müsse in einen Koffer passen, in einen kleinen dunklen, so wie Zigi ihn besessen und dann Aja geschenkt hatte, in den Jahren, in denen wir Rom für die Mitte der Welt hielten und nicht mehr Kirchblüt. Wir haben schon lange aufgehört, Rom für die Mitte der Welt zu halten, wir haben sogar aufgehört, uns selbst für die Mitte der Welt zu halten, auf unseren Wegen rund um den großen Platz und an den Feldrainen haben wir damit aufgehört.

Ellen hat erzählt, im Radio hätten sie berichtet, Évi dürfe zurück in ihre Heimat und bekomme einen Ausweis. In Ungarn seien die Verräter von 1956 freigesprochen worden, und Ellen hat wirklich Verräter gesagt, wie sie früher von vielen genannt worden waren. Wir haben unter Évis Birnbaum gesessen, der im vierten Jahr keine Früchte mehr getragen hat, und mit einem Mal war es still geworden, als hätten wir Angst, Évi könne wirklich aufstehen und gehen, sie könne ihre Sachen packen und sich aufmachen, und bis Aja anfing zu lachen, hörten wir nichts als Évis Klappern mit der Teetasse. Aja lachte über die Vorstellung, Évi solle ihren Ausweis, den man ihr vor langer Zeit in Kirchblüt ausgestellt hatte, weggeben für einen anderen, den sie nach so vielen Jahren nicht mehr haben wollte, und dann lachten wir mit, auch Évi lachte mit uns, als habe sie alles richtig verstanden, als käme auch ihr der Gedanke verrückt vor, Kirchblüt könne nur ein Zwischenhalt, ein Warteplatz gewesen sein, nach dreißig Jahren in Kirchblüt könne sie an einen längst verlorenen Ort zurückwollen, nur weil es plötzlich möglich war.

Karl hat geschrieben, ein letztes Mal, bevor er anklopfen und mit Aja und mir wie jedes Jahr über die herbstnackten Felder laufen wird. Er schreibt, der Vogel, der durch seinen Kopf flatterte, ist verschwunden. Karl ist in unserer alten Straße gewesen, die zum Tiber hinunterführt, jetzt, da der Baum unter unserem alten Küchenfenster das dunkelste Grün getragen hat und bald rot werden wird. Er hat vor der Fassade gestanden und zu dem kleinen Vorsprung mit der Brüstung hochgeschaut, auf die Aja und er früher einmal ihre nackten Füße gelegt haben. Die Schwalben sind kreischend aus den Kronen geflogen und haben den Himmel kurz schwarz gefärbt. Seitdem hält sein Kopf still. Am Abend kann er zwischen den warmen Steinen der Foren sitzen und hört den

Flügelschlag in seinem Kopf nicht mehr, selbst wenn er lauscht und darauf wartet. Der Vogel muss in den Schwarm der Schwalben aufgestiegen und mitgeflogen sein.

Zigi hat das schiefhängende Tor gerichtet. Damit es getan ist, wenn der Winter kommen und Kirchblüt zudecken wird. Es schleift nicht mehr am Boden, es schiebt keine Steinchen mehr durch den Staub. Aber es ist ein Klang, der mich nie verlassen wird, ich kann ihn noch immer hören, jedes Mal, wenn ich das Tor öffne, um die wenigen Schritte über die losen Platten zu Évis Haus zu gehen, kann ich es hören, das Schleifen der Steinchen im Staub, und ich bin sicher, Aja und Karl, sie hören es auch.

Inhalt